国家社科基金资助项目
项目批准号：09CZW027

唐代山东士族的复兴与文学思潮

李建华 著

中国社会科学出版社

图书在版编目（CIP）数据

唐代山东士族的复兴与文学思潮/李建华著.—北京：中国社会科学出版社，2018.5
ISBN 978-7-5161-8468-4

Ⅰ.①唐… Ⅱ.①李… Ⅲ.①中国文学—古典文学研究—唐代 Ⅳ.①I206.2

中国版本图书馆 CIP 数据核字(2016)第 145027 号

出 版 人	赵剑英
责任编辑	郭晓鸿
特约编辑	席建海
责任校对	刘　娟
责任印制	戴　宽

出　　版	中国社会科学出版社
社　　址	北京鼓楼西大街甲 158 号
邮　　编	100720
网　　址	http://www.csspw.cn
发 行 部	010-84083685
门 市 部	010-84029450
经　　销	新华书店及其他书店
印　　刷	北京明恒达印务有限公司
装　　订	廊坊市广阳区广增装订厂
版　　次	2018 年 5 月第 1 版
印　　次	2018 年 5 月第 1 次印刷
开　　本	710×1000　1/16
印　　张	37
插　　页	2
字　　数	470 千字
定　　价	158.00 元

凡购买中国社会科学出版社图书，如有质量问题请与本社营销中心联系调换
电话：010-84083683
版权所有　侵权必究

目 录

引 言 ……………………………………………………………… 1

第一章 中古士族发展概述 ……………………………………… 16
第一节 士族与郡望 …………………………………………… 16
第二节 山东士族地位的确立 ………………………………… 24
第三节 唐代山东士族与唐代的山东 ………………………… 33
第四节 唐代江东士族的形成 ………………………………… 40

第二章 唐代山东士族的特点 …………………………………… 48
第一节 唐代山东士族的家风 ………………………………… 51
第二节 唐代山东士族是文化士族 …………………………… 70
第三节 山东士族与关中士族 ………………………………… 80
第四节 陇西李氏属于山东士族 ……………………………… 88
第五节 "牛李党争"中的"用兵""销兵"之争 ……… 101

第三章 唐代山东士族的兴衰 …… 109

第一节 初盛唐山东士族的政治处境 …… 110

第二节 山东士族在中唐的复兴 …… 117

第三节 山东士族复兴的原因 …… 129

第四节 唐代山东士族的衰落 …… 140

第五节 唐代官方谱牒的修撰 …… 147

第四章 山东士族的复兴与科举取士 …… 159

第一节 山东士族加入科举考试 …… 159

第二节 山东士族借助科举复兴 …… 164

第三节 唐代山东士族知贡举的情况 …… 176

第四节 私学的兴起 …… 185

第五章 唐代山东士族的婚姻 …… 194

第一节 唐代山东士族的通婚对象 …… 195

第二节 唐代山东士族"不乐国姻" …… 205

第三节 唐代山东士族女性观与婚姻观的社会影响 …… 210

第六章 唐代山东士族的思想 …… 224

第一节 山东士族的家学 …… 224

第二节 山东士族与"三教合一"的思想 …… 234

第三节 山东士族与"会昌灭佛" …… 241

第七章　唐代山东士族的文学创作 ………………… 254

第一节　唐代统治阶级对文学的重视 ………………… 255

第二节　山东士族重视文学与唐代科举取士 ………… 264

第三节　唐代山东士族文学创作的繁荣 ……………… 269

第四节　山东士族在唐代文坛地位的升降 …………… 281

第八章　唐代山东士族与唐诗流变（上）………… 289

第一节　唐代山东士族与初盛唐山水田园诗 ………… 289

第二节　"由宫廷走到市井"

　　　　——唐代山东士族与初唐诗风的转变 ……… 314

第三节　唐代山东士族与律诗的形成 ………………… 331

第四节　山东士族与唐代边塞诗 ……………………… 354

第九章　唐代山东士族与唐诗流变（下）………… 382

第一节　"时危且喜是闲人"

　　　　——唐代山东士族与大历诗风 ……………… 382

第二节　唐代山东士族与韩孟古体诗派 ……………… 410

第三节　唐代山东士族与新乐府运动 ………………… 433

第十章　山东士族与中唐古文运动 ………………… 454

第一节　唐代古文运动与山东士族 …………………… 455

第二节　山东士族的修史传统与古文运动 …………… 468

第三节　科举与唐代古文运动 ………………………… 483

第四节　唐代山东士族的骈文创作 …………………… 501

第十一章　唐代山东士族与唐代小说 …… 518

第一节　唐代山东士族的小说创作 …… 519
第二节　唐代小说中山东士族的形象 …… 531
第三节　唐代传奇小说与科举行卷之风 …… 546

第十二章　山东士族的复兴与中唐文坛复古主义思潮 …… 555

第一节　山东士族复古宗经的传统 …… 555
第二节　中唐文坛共同的复古主张 …… 561
第三节　山东士族与中唐文坛复古思潮 …… 566

结　语 …… 574

参考文献 …… 576

引　　言

一　选题意义与国内外研究现状

唐代文学研究一直是古代文学研究的"显学"，是古代文学断代研究中成果最多的一段。晚清民国以来，许多前辈大师从事唐代文学研究，为此作出了杰出贡献。唐代文学研究繁荣的原因主要是：唐代文学本身空前繁荣，成为后代文学家学习的楷模；唐以前文学作品流传太少，史料十分缺乏，给研究者带来很大麻烦；唐以后文学作品流传又太多，浩如烟海，难以穷尽；古人在整理唐代文学方面取得重大成就，《太平广记》《全唐诗》《全唐文》将传世的唐代小说、诗歌、骈文和散文搜罗殆尽，为我们留下了较为完备的资料。正是由于以上原因，唐代文学成为众多学术大师研究的对象。近半个世纪以来，仍有大批学者从事唐代文学研究，唐代文学成为许多硕士、博士论文和专题研究的选题。

我们在为唐代文学研究的成绩欢欣鼓舞的同时也感到自身的困境，那就是，唐代文学研究取得了公认的巨大成就，已经很难找到可以开发的空间。过去认为，唐以前史料保存太少，唐以后史料太多，唐代史料适中，正好可以穷尽。现在看来，在前人已经开垦的基础上，唐代史料还是太少了。于是拓宽学科视野已成为唐代文学研究的必然。

美国学者鲁丝·本尼迪克特在《文化模式》中指出：

> 个体生活历史首先是适应由他的社区代代相传下来的生活模式和标准。从他出生之时起，他生于其中的风俗就在塑造着他的经验与行为。到他能说话时，他就成了自己文化的小小的创造物，而当他长大成人并能参与这种文化的活动时，其文化的习惯就是他的习惯，其文化的信仰就是他的信仰，其文化的不可能性就是他的不可能性。①

生长、生活的文化环境对于个人的文化习惯、文化影响十分巨大。个人生长、生活的文化环境包括所处的地理环境、家庭环境和社会环境。中古时期，我国进入门阀社会，家族成为文化传承的基本单元。对于个人成长而言，家族文化的影响超过地域影响。

六朝时期，士族掌控了国家政治、经济特权，成为这段历史必须研究的对象。20世纪20年代，陈寅恪先生开始以士族为研究对象研究中古史，将士族研究作为中古社会研究的关键，成为这段历史研究的奠基人，其代表作《金明馆丛稿初编》《金明馆丛稿二编》《唐代政治史述论稿》等正是以"地域－家族"作为其基本研究思路的，"地域－家族"的研究方法也成为其史学基本研究方法之一。

唐代士族来源于东汉、六朝，我们在研究唐代士族的同时，不能不关注唐以前士族研究的成果。有关唐以前士族的研究成果大致如下：钱穆《略论魏晋南北朝学术文化与当时门第之关系》、田余庆

---

① [美]鲁丝·本尼迪克特：《文化模式》，何锡章等译，华夏出版社1987年版，第2页。

《东晋门阀政治》、[日]谷川道雄著，马彪译《中国中世社会与共同体》、王伊同《五朝门第》、于迎春《秦汉士史》、毛汉光《中国中古社会史论》《中国中古政治史论》、王永平《六朝江东世家大族之家风家学研究》等。

中古山东士族个案研究兴起于20世纪下半期，国外学者对此作出了很大贡献，如美国学者姜士彬（David G. Johnson）著有《中世纪中国的寡头政治》及长篇论文《一个大姓的末年：晚唐宋初的赵郡李氏》；伊佩霞（Patricia Buckley Ebrey）著有《早期中华帝国的贵族家庭——博陵崔氏个案研究》。①

近年来，对中古世家大族的个案研究正在具体深化，夏炎著《中古世家大族清河崔氏研究》，致力研究中古时期山东高门清河崔氏发展史；王力平著《中古杜氏家族的变迁》，专门研究中古时期关中郡姓京兆杜氏家族发展史。

日本学者对中国六朝时期士族进行了深入的探讨，产生了谷川道雄、池田温、内藤湖南、冈崎文夫、宫崎市定等研究专家，代表作有池田温《唐朝氏族志研究》、谷川道雄《中国中世社会与共同体》等，后者在探索中国中古社会的研究中创造了"共同体"理论。

山东士族在唐代的社会地位压倒同时代的关中士族以及侨姓士族和吴姓士族。刘禹锡《乌衣巷》诗中所咏"旧时王谢堂前燕，飞入寻常百姓家"，感叹唐代士族地位下降。但是，"如果放眼全国，通南北士族而言，我们还可看到北方的山东士族入唐后仍不失为强大的社会力量。他们不但与迁居南方而倏然消失的侨姓士族不同，亦吴姓士族所望尘莫及。究其终极原因，还是由于山东士族具有更为长久的宗族

---

① 参见张广达《近年西方学者对中国中世纪世家大族的研究》，《中国史研究动态》1984年第12期。

历史和更为深固的经济根基,所以政治变化虽然极为频繁巨大,其社会影响仍得发挥久远。"①

从汉末至唐亡的七百多年中,士族是结合政治与社会领域的关键力量,此期间他们在统治阶级中所占的比例,始终在百分之五十以上。唐代士族力量仍然十分强大,清人顾炎武说:"盖近古氏族之盛,莫过于唐。"②宋赵明诚《金石录》载:"唐以前士人以族姓为重,故虽更千百年,历数十世,皆可考究。自唐末五代之乱,在朝者皆武夫悍卒,于是谱牒散失,士大夫茫然不知其族系之所自出,岂不可惜也哉。"③

欧阳修在《新唐书》中叙述了他作"宰相世系表"的原因:"唐为国久,传世多,而诸臣亦各修其家法,务以门族相高。其材子贤孙不殒其世德,或父子相继居相位,或累数世而屡显,或终唐之世不绝。呜呼,其亦盛矣!"④

陈寅恪先生认为中国家族伦理之制度发达最早⑤,"故欲通解李唐一代三百年之全史,其氏族问题实为最要之关键"⑥,将家族文化研究作为其隋唐史研究的基本方法。

中国中古时期的历史和文学,往往与家族有密切的关系。与魏晋士族研究相比,对于唐代士族的研究较为薄弱。陈寅恪先生是第一个系统研究唐代士族的学者,其后,岑仲勉先生以唐史作为研究重心,观念与陈寅恪先生多有不同,但研究方法与陈寅恪颇有相似之处,其

---

① 田余庆:《东晋门阀政治》,北京大学出版社2005年版,第290页。
② (清)顾炎武:《顾亭林诗文集》卷五,中华书局1983年版,第101页。
③ (宋)赵明诚:《金石录校证》,金文明校证,上海书画出版社1985年版,第458页。
④ (宋)欧阳修、宋祁:《新唐书》卷七一上《宰相世系表》,中华书局1975年版,第2179页。(书中引用该古籍均是此版本,后文中只标明书名和页码,特此说明)
⑤ 吴学昭:《吴宓与陈寅恪》,清华大学出版社1992年版,第10页。
⑥ 陈寅恪:《金明馆丛稿二编》,上海古籍出版社1980年版,第303页。

代表作《隋唐史》《唐史余渖》等皆对唐代士族给予关注。岑仲勉还对唐代林宝所撰《元和姓纂》进行考订辑补工作，使我们对林宝原著以及中古士族有了进一步的了解。王仲荦《隋唐五代史》利用敦煌文献与存世资料逐一校对，展现了士族各姓氏在唐代的概况。

近年来，唐代士族研究再次受到关注，产生了一些优秀论文，如查屏球《天宝河洛儒士群与复古之风》、邓文宽《唐前期三次官修谱牒浅析》、吴宗国《唐代士族及其衰落》、李光霁《简论唐代山东旧士族》、田廷柱《关于唐代门阀士族势力消长问题的考察》、田廷柱《隋唐士族》等。

文人既受到地理环境的影响，又受到家族文化的影响，导致其作品风格的不同。我们从"文化地理学"的角度来研究文学作品风格的话，就会发现地理环境对文学风格的形成是有影响的。直接影响指创作常常要以自然作为加工材料；间接影响是指地理环境首先在一定程度上影响人们的风俗习惯、性格、面貌，进而影响人们的审美趣味，审美趣味又影响着作品艺术风格。

随着文化、文学研究的深入，很多研究者认识到地域与文化、文学的密切关系。地域文化研究逐渐深入，代表作品有陈正祥《中国文化地理》、卢云《汉晋文化地理》、曾大兴《中国历代文学家之地理分布》、陶礼天《北"风"与南"骚"》、胡阿祥《魏晋本土文学地理研究》、李浩《唐代三大地域文学士族研究》、戴伟华《地域文化与唐代诗歌》等。

我国自古就有通融文史哲的优良传统，20世纪唐代文学的跨学科研究已经取得了很大的成就，1980年，上海古籍出版社出版了程千帆先生的《唐代行卷与文学》，拉开了跨学科研究的序幕。20世纪80年代初，傅璇琮先生撰写了《唐代科举与文学》，以科举为中心，将它与文学联系起来，从文化史的角度研究文学，兴起了古典文学的历史文化研究热。薛亚军《唐代进士与文学》、王勋成《唐代铨选与文学》紧随其后，将唐代科举与文学之联系逐渐深化。与文学有关的其他门类研究亦在深入，如王昆吾研究音乐与文学，孙昌武、陈允吉研究佛教、道教与文学，戴伟华研究幕府与文学，孙琴安、胡可先、王汝涛研究政治与文学。另外，还有交通与文学、关中士族与文学等。

秦汉以来，文学与家族就有密切关系，如枚乘与枚皋、张子乔与张丰两家父子，均有赋作（据《汉志》），杜延年与杜钦、王吉与王骏、杨敞与杨恽、司马谈与司马迁等父子均能文。西汉刘辟疆家族相继涌现了刘德、刘向、刘歆等作家。魏晋时期，文学更是集中到家族内部，著名者如"三曹"（曹操、曹丕、曹植）、"二阮"（阮籍、阮咸）、"三张"（张载、张协、张亢）、"二陆"（陆机、陆云）、"两潘"（潘岳、潘尼）等。南北朝时期，文学与文化更加集中于少数世家大族，与政治、经济特权一起世代相传。

以唐代士族与文学的关系为研究对象首推李浩的《唐代关中士族与文学》，该书是第一部从家族文化角度研究唐代关中地域文学的专著。书中对关中文化精神、关中方土气息与文学趣味、唐代关中文学士族的崛兴、唐代关中文学群体的构成、唐代关中士族的教育等问题做了系统的分析。

其后，士族与文学的关系开始进入其他断代文学研究，如曹道衡先生《兰陵萧氏与南朝文学》以南朝文学大族兰陵萧氏与南朝文学的关系作为研究对象；蓝旭《东汉士风与文学》研究东汉士风与文学的关系。

纵观中古时代，士族由武力强宗向文化高门过渡，其文学成就在唐代尤为突出。作为唐代的最高门第，山东士族文学成就也远远超越其他士族，达到了极盛。明胡应麟说："唐著姓若崔、卢、韦、郑之类，赫弈天下，而崔尤著……皆矫矫足当旗鼓。以唐诗人总之，占籍几十之一，可谓盛矣。"① 并列出崔姓诗人50多人。另据《唐代文学家大辞典》以及《唐诗大辞典》，仅出自"山东五姓"（清河崔氏和博陵崔氏、范阳卢氏、荥阳郑氏、赵郡李氏和陇西李氏、太原王氏）的文学家就不可胜数。唐代士族问题，主要是山东士族和关中士族问题，明李东阳说："文章固关气运，亦系于习尚。周召二南、王豳曹魏诸风，商周鲁三颂，皆北方之诗，汉魏西晋亦然。唐之盛时称作家在选列者，大抵多秦晋之人也。"② 唐代江东士族呈衰落之势，沦为关陇贵族的附庸。对于关中士族与文学的研究已有李浩的专著《唐代关中士族与文学》，而对于唐代门第最高、地位最为显赫、文学家数量最多的山东士族与文学的关系至今尚无专门研究。

学术研究如同积薪，后来者居上。我们站在巨人的肩膀上视野更加开阔，信息科学的发展又为我们的研究带来了方便，很多前人无法进行的研究工作在今天成为可能。本书以山东士族与唐代文学的关系为研究对象，确定山东士族在唐代文学发展中的重要地位及其对唐代文学的重要影响。

二 主要内容和结论

本书在前贤时彦研究成果的基础上，以唐代士族最高门第山东士族为研究对象，分析他们在唐代的发展及其对唐代政治、思想、科举制度、婚姻观念等方面的影响，并着重研究他们对唐代文学的贡献和影响。

第一章分析中古山东士族发展简史。第一节分析中古士族的产生，士族是"士"与"宗族"的结合，西汉的强宗大族发展到东汉

---

① （明）胡应麟：《诗薮》外编卷三，上海古籍出版社1979年版，第174页。
② （明）李东阳：《麓堂诗话》，丁福保辑《历代诗话续编》，中华书局2006年版，第1377页。

的士族，开始以诗礼传家为主要特点。阐述郡望和房支的概念，郡望和房支来源于姓氏，其作用由区分姓族发展为辨别身份贵贱。第二节分析山东士族地位的确定。魏文帝定九品中正制度，中国进入门阀社会。永嘉之乱后，中原士族随晋室南迁。由于东晋正朔无人怀疑，故东晋侨姓士族地位最高。南北朝时南北士族势均力敌。北魏孝文帝迁都洛阳后山东士族成为北方士族的代表。南方士族在隋唐完全衰退，山东士族成为最高门阀。第三节分析唐代的山东士族与唐代的山东。首先分析山东概念的演变，指出唐人主要以河北为山东，河北在安史之乱前后成为胡化区域，山东士族迁往两京一带。分析唐代山东地位的重要性以及山东士族的重要社会地位。第四节分析唐代江东士族的形成，江东士族诞生于江南文化，由江东吴姓士族和永嘉南渡的侨姓士族构成。入唐后江东士族有的繁衍贵达，有的则沦为凡庶，唐代江东士族虽被皇权有效肢解，并被重新置于皇权政治的框架之内，但其社会影响力仍不容小觑。

第二章主要研究唐代山东士族的特点。第一节分析山东士族的家风。山东士族家风来源于儒家礼法，"山东五姓"皆重孝道，唐代五姓子弟多出自孤寒，保留了节俭的美德。李德裕重用孤寒并不指他不重门第，实际上他重用的是出自孤寒的高门子弟。以《新唐书·列女传》为主要研究对象，认为山东士族女子多守礼法，分析山东高门女子作为女儿、妻子、母亲三方面的特点。第二节提出唐代山东士族是文化士族的概念。唐代山东士族已失去了六朝时期的政治、经济特权。研究唐代山东士族不能照搬研究六朝士族的方法。区别唐代士族不能完全按照血缘关系，最重要的是依照其家族的文化传承。作为形而上的精神士族，山东士族保留了文化传统，文化修养极高，包括经史、文学和其他艺术门类。第三节从关中、山东的历史沿革来区分关中士族和山东士族的不同。受商鞅变法以及胡化的影响，关中地区尚武之风大盛，山东重文教，文化之发达远胜关中。山东士族文化传承超过关中士族，社会地位在隋唐远胜关中士族。第四节主要阐明陇西李氏属于山东士族，本节从唐、五代、宋人的观念、婚姻角度总结出陇西李氏属于山东士族。再分析陇西李氏加入山东士族的过程，批判以自然地理划分士族的错误。第五节分析"牛李党争"中的"用兵""销兵"之争。山东高门对藩镇持用兵之议，主张维护大一统的局面，原因是山东高门祖居地及祖先坟茔所在地落入藩镇以及吐蕃手中，这是他们坚决主张用兵收复失地的原因。

第三章分析唐代山东士族的兴衰，主要考察山东士族在中唐的复兴。第一节分析山东士族在初唐的处境，由于唐初朝廷实行关中本位政策，文化高门山东士族受到打击。武后以文学取士使得山东士族有机会走上政治舞台，崭露头角。玄宗朝山东士族则未受重用。第二节从山东士族拜相的情况分析山东士族的崛起，并与关中士族作对比，统计出山东士族的崛起和关中士族的相对衰落。分析两种社会势力在唐代前后期力量的消长，并分析关中士族盛衰的原因。第三节分析山东士族复兴的原因。主要从三点考察：首先中唐以后帝王多好礼法，山东士族作为礼法之门受到朝廷的启用；山东士族反对永贞革新，因而在唐宪宗元和年间掌握国家中枢权力；安史之乱后，胡汉关系发生了变化，山东士族作为传统汉文化的代表受到社会的重视。第四节分析唐代山东士族的衰落。山东士族衰落源于唐末五代的战乱。唐末五代战乱性质不同于六朝战乱和安史之乱。六朝战乱和安史之乱主要矛盾是民族矛盾，即胡汉之争。唐末战乱是农民的暴动，属于阶级斗争。胡汉矛盾使山东高门作为汉传统文化的仅存硕果受到重视，其宗族凝聚力反而在战乱中增强，势力在战乱中扩大。农民暴动属于阶级斗争，作为贵族的山东高门成为革命的对象。山东士族衰落的另一重要原因是谱牒失传，从而使其失去了作为高门的凭借。第五节分析唐

· 9 ·

代四次官方谱牒的修撰。四次官方谱牒的修撰无不贯穿了统治者的意图。前三次修谱反映了关陇集团和掌权寒族的利益，中唐时期《元和姓纂》的修撰反映了山东高门全面复兴后欲齐整人伦、分明姓族的意图。《元和姓纂》的修撰代表了山东士族的利益。

第四章分析山东士族的复兴与科举取士。第一节分析山东士族在失去经济基础的情况下被迫利用其文化积淀加入科举考试。第二节研究山东士族在科举考试中的出色表现。从山东士族在唐代状元中的比例、科举及第者的比例以及科举及第的宰相比例中发现山东士族在科举考试中有出色表现，从而得出这样的结论：山东士族正是凭借科举考试全面复兴的。认为山东旧族与科举制度水火不容或者将山东旧族与新兴进士划成两大阶级是不符合史实的。山东士族是科举制度最大的受益者。关中士族的政治地位与科举成绩基本相符，江东士族衰落较为明显。第三节分析唐代山东旧族知贡举的情况。找出唐宪宗元和元年至唐末科举考试中的知贡举者，分析其家族出身，发现山东高门知贡举者比例极高，超过同时代的其他士族。得出山东士族借科举而复兴与其掌握了知贡举的大权有密切关系。第四节分析唐代私学的兴起，由于官学衰微，官员子弟失去科举中的优势地位。唐代山东士族属于文化高门，家学渊源，保存了私家讲学之风。社会对乡贡进士的重视使得他们在科举考试中脱颖而出。认为重乡贡不利于门阀士族是错误的，乡贡不利于当权冠冕才是实际情况。

第五章分析唐代山东士族的婚姻。第一节分析唐代山东高门通婚的对象。初盛唐时期唐代山东高门婚姻十分尴尬，李唐皇室在婚姻上打击山东高门，但民间仍然重五姓婚姻，一些出自山东地区的新兴士族偷偷与五姓通婚，婚姻也是初盛唐山东士族入仕的重要原因。第二节分析李唐皇室不守礼法与山东高门门风存在根本矛盾，这是唐代山东士族"不乐国姻"的原因。第三节分析唐代山东士族对于唐代女性观和婚姻观的影响。唐代山东士族反对女子干政，在武周革命后维护了封建纲常，对李唐皇室和民间婚姻有重要影响。

第六章分析山东士族的思想。第一节分析山东士族的家学，以《新唐书·艺文志》为研究对象，分唐以前和唐代为前后两个时段，考察山东士族的著作在四部中的分布，分析山东士族著作前后的变化，发现唐代山东士族经学的衰落和文学的兴起。第二节分析山东士族与"三教合一"的关系，从隋代王通至唐代慧能，部分山东士族为了调节三教矛盾走上了融合三教的道路。第三节分析"三武灭佛"与山东士族的关系，部分山东士族极端分子从夷夏大防以及儒家节俭思想两方面反对佛教，最终走向灭佛之路。

第七章分析唐代山东士族的文学创作。第一节分析唐代山东士族重视文学的原因。唐代统治者重视文学，唐代皇帝、唐代后妃、唐代掌权的宦官、唐代重臣皆好文学。他们对山东士族家学从经学向文学的转变起到了重要作用。唐代文学地位超过其他艺术门类。第二节分析山东士族重视文学与唐代科举取士有关。由于进士科以诗赋取士，积极入世的山东士族开始重视文学，并以文学仕进，家传儒学开始向文学转变。第三节论述唐代四个时期山东士族文学创作皆有不俗表现，尤以初盛唐为最。初唐时期王绩以及"初唐四杰"扩大了文学表现内容。山东士族对律诗的形成，卢藏用对于古文，山东高门对于盛唐边塞诗和山水田园诗，大历十才子对于律诗的规范化，李绅对于新乐府运动都起到重要作用。另外，山东高门对于古文运动和韩孟诗派的古体诗等也有重要贡献。第四节分析唐代山东士族在文坛地位的升降。山东士族在初唐文坛地位很高，盛唐时期达到巅峰，中唐仍有不俗表现但已呈现颓势，晚唐由于南方文化兴起，山东士族文学地位下降。

第八章分析唐代山东士族与唐诗流变。研究初盛唐山水田园诗以及唐代边塞诗的关系，考察山东士族对初唐诗风的转变以及律诗形成的贡献，分析山东士族热衷于此类诗歌创作的原因。第一节探讨山东士族与初盛唐时期山水田园诗兴盛的关系。唐代山水田园诗与山东高门有密切的关系。在山水田园诗人中，出自"山东五姓"的有王绩、王勃、卢照邻、卢僎、卢鸿、王维、崔兴宗、卢象等人。山东高门诸士人成为唐代最为著名的山水田园诗人与其家学中的道家思想有关，与当时的隐逸之风与走终南捷径的时风有关，其家族深厚的文化修养提高了山水田园诗的创作水平。第二节探讨山东士族与初唐诗风的转变。唐初诗坛笼罩于宫廷诗风之下，而出自山东士族的魏徵与王珪却不入俗流，在野的王绩、崔信明、郑世翼、王勃、卢照邻诗歌表现题材多样，将诗歌表现内容"由宫廷走向市井"。初唐山东士族诗人能够走出宫廷诗绮靡诗风的窠臼与他们远离中枢权力中心有关，与其家传儒学中的复古思想有关。第三节探讨山东士族与近体诗形成的关系。出自山东高门的王绩、王勃、卢照邻、李峤、崔融、崔湜兄弟、李乂兄弟等人对近体诗形成与定型居功甚伟，成绩在"沈宋"之上。原因除了他们的创作实践之外，还在于其律诗理论上有诸多建树，还在于他们在政坛与文坛上的地位。第四节探讨山东士族与唐代边塞诗的关系。唐代出自山东高门的边塞诗人包括初盛唐时期的王勃、卢照邻、王昌龄、高适、王之涣、王翰、李颀等人，中晚唐时期出自山东高门的边塞诗人则包括卢纶、李益、李端、王涯、高骈等人。山东高门边塞诗创作繁荣的原因一是军功成为山东士族复兴的重要渠道，二是山东士族祖居的河北地区胡化，其家学中有儒家强烈的"尊王攘夷"与"大一统"的思想。

第九章分析唐代山东士族与唐诗流变。研究唐代山东士族对大历诗风以及韩孟古体诗派与新乐府运动的参与和影响，并分析其原因。第一节探讨山东士族与大历诗风的关系。曾被称作"大历十才子"的李嘉祐、李端、卢纶、崔峒、李益都出自"山东五姓"。由于山东高门祖居地河北地区的胡化加上安史之乱，山东高门不得不迁离原籍，前往南方以及两京地区，南方成为他们新籍，失去祖居田产的山东高门子弟很多成为权贵的文学侍从。他们的创作题材体现出他们作为文学侍从的特点，对江南的景物描写，寄托了乡愁哀思。第二节探讨山东士族与中唐韩孟诗派的关系。韩孟诗派的主要人物韩愈、孟郊、崔立之、李观、卢仝、刘叉等多出自山东士族，并处于山东士族的婚姻圈与文化圈内，韩孟古体诗从产生至成熟与山东士族的提携与参与密不可分。他们秉承了山东士族的复古传统，加入古体诗歌的创作中。第三节探讨山东士族与中唐新乐府运动的关系。盛唐时期，出自山东高门的高适、王昌龄、王维、王翰、李颀、崔颢等诗人已开始创作大量"即事名篇"的新乐府诗歌，大历时期，出自山东高门的卢纶与李益亦创作了大量脍炙人口的新乐府诗歌。中唐时期，出自山东高门的李绅开启了中唐新乐府运动，直接带动了元稹、白居易的新乐府运动。元稹成长于山东士族的家庭，白居易亦深受山东士族的影响。新乐府宗经复古、"尊王攘夷"的传统以及实用主义的精神与山东士族的古老门风是一致的。

第十章研究唐代山东士族的古文创作与骈文创作，探讨山东士族与中唐古文运动的关系。古文运动宗旨与山东士族门风近似，古文运动与唐代科举取士有密切关系。第一节分析古文运动与山东士族的关系，很多山东高门子弟是西魏以来的复古主义者。盛唐以后的很多古文家出自山东士族，山东士族与重要古文家关系密切，他们影响了古文家的思想。第二节分析唐代山东士族的修史传统与古文运动的关系。唐代统治者十分重视史书修撰，史书的载体——古文因此绵延不绝。唐代山东士族本就具备修史传统，史学是其家学的重要组成部分，并在唐代得到更大发展。唐代大多数古文家兼具史家身份，山东士族的修史传影响了唐代的古文发展与古文运动。第三节分析科举与唐代古文运动的关系。科举考试内容是齐梁体格的诗歌，很多研究者依据科举考试内容浮华就认为科举考试带来了浮华之风。实际上，唐代科举有其特殊性。科举的录取很少决定于考试内容，往往决定于科场之外的印象。由于中唐以后的君相多好礼法，知贡举者多为礼法之士，通榜者往往是复古主义者，他们很多出自山东高门。中唐杰出古文家往往成为最重要的通榜者，因而，科举考试反而带来了复古之风。第四节分析唐代山东士族的骈文创作。在骈文笼罩下的唐代文坛，山东高门的骈文创作也取得很高的成就，出现了王绩、王勃、卢照邻、李峤、崔融、王维、李华、李德裕等骈文大家。受家族门风的影响，山东高门子弟的骈文创作融合南北文风，摆脱了传统骈文的窠臼。其骈文创作往往情文并茂，雄健而气象阔大，笔力遒劲。他们将古文的创作手法融入骈文的创作之中，减少了骈文的用典，使得语意更加通俗易解，句式不再板滞，语言更加生动。他们给唐代骈文的发展注入了新的活力。

第十一章研究唐代山东高门的笔记小说与传奇小说的创作，探讨唐代山东士族分别在笔记小说与传奇小说中的形象，分析唐代传奇小说的繁荣与科举行卷的关系。第一节分析山东士族笔记小说创作与传奇小说创作中的出色表现，认为山东士族创作笔记小说与其家学重经史有关，也与唐代修史地位崇高有关。第二节分析唐代山东高门在小说中的形象。他们在笔记小说中多以正面形象出现，在传奇小说中多以负面形象出现，成为门第较低的新兴进士的攻击目标。第三节分析唐代传奇小说与科举行卷之风之间的关系，认为中唐是传奇小说创作的巅峰时期，也是山东高门全面复兴的时期。山东高门在中晚唐几乎控制了科举，一方面，传奇小说文风与山东士族门风迥异，因此，不大可能用传奇小说来行卷。另一方面，唐代优秀传奇常常攻击山东高门，自然难以用来行卷。唐人主要以诗文行卷而缺少以传奇小说行卷的证据，创作传奇小说的目的是为了出名和醒人耳目。

第十二章研究山东士族的复兴与中唐文坛的复古主义思潮之间的关系。山东士族复兴后带来中唐文坛的复古主义思潮，对古文运动、韩孟古体诗派以及新乐府运动的复古主义产生了重要的影响。第一节探讨山东士族复古宗经的传统。自东汉以来，山东士族以儒学为家学，秉承复古宗经的传统，世代冠冕不绝，产生了崔骃、卢植、郑玄、卢玄、王通等大儒。第二节探讨中唐文坛的复古思潮。中唐文坛三大文学思潮：古文运动、韩孟古体诗派、新乐府运动都高举复古宗经的大旗。第三节探讨山东士族与中唐文坛复古思潮之间的关系。

第一章

中古士族发展概述

士族形成于东汉，至六朝而极盛。山东士族是中古时期最富有生命力的社会阶层，北魏孝文帝迁都洛阳后，山东士族成为北方士族的代表。进入隋唐时期，南方士族迅速衰落，山东高门之门望遂无人企及。

第一节　士族与郡望

一　"士族"的产生

"士族"来源于"士"，"士"为四民之一，顾炎武说："士、农、工、商谓之四民，其说始于《管子》。三代之时，民之秀者乃收之乡序，升之司徒而谓之士。固千百之中不得一焉……春秋以后，游士日多……而战国之君遂以士为轻重，文者为儒，武者为侠。呜呼！游士兴而先王之法坏矣。"①

　　士为四民之首，是战国游士兴起以后的事。游士或以其才干托身于贵门，或以"帝王之学"游说于诸侯。前者如孟尝君门下之冯谖及鸡鸣狗盗之徒，后者如苏秦、张仪之辈。儒家思想中对"士"的解释起源于《论语》，孔子在回答子贡时认为"士"的标准是："行己有耻"；"使于四方，不辱君命"；"宗族称孝，乡党称悌"；"言必信，行必果"（《论语》卷七）。这可视作孔子对士的道德和能力的具体要求。

　　上古社会并没有国家的概念，人们因为血缘关系群居在一起，形成了宗族。对此，吕思勉先生说道："古未有今所谓国家。抟结之最大者，即为宗族。故治理之权，咸在宗族。"②古代天子与诸侯之间的关系，实际上与宗族内部的关系相似，治理好家族就能治理好国家，故有"修身、齐家、治国、平天下"之说。

　　战国以后，国家的概念得到了加强。秦汉以来帝王不断加强中央集权，弱化宗族力量。秦始皇为了强本弱枝，于始皇二十六年徙天下富豪十二万户于咸阳，所迁富豪多来自山东六国。西汉时期，强盛的宗族往往聚族而居，他们拥有雄厚的经济实力和社会影响力，甚至凌驾于代表皇权的地方政权之上，故当时有谚云："宁负二千石，无负豪大家。"③这种称霸一方的强宗大族，不可避免地与皇权和国家利益发生冲突。汉高祖立国后，一仍秦旧，徙山东诸豪族于诸陵。"汉兴，立都长安，徙齐诸田，楚昭、屈、景及诸功臣家于长陵。后世世徙吏二千石、高訾富人及豪杰并兼之家于诸陵。盖亦以强干弱枝，非独为

---

① （清）顾炎武：《日知录集释》，（清）黄汝成集释，上海古籍出版社1984年版，第439页。
② 吕思勉：《中国制度史》，上海世纪出版集团上海教育出版社2002年版，第297页。
③ （汉）班固：《汉书》卷九〇《酷吏传》，颜师古注，中华书局1975年版，第3668页。（书中引用该古籍均是此版本，后文中只标明书名和页码，特此说明）

奉山园也"。① 汉武帝下诏"强宗大姓不得族居",也是因为地方豪强的兴起不利于中央集权。

战国游士家无恒产,西汉初年的儒生如郦食其、陆贾、叔孙通等皆带有战国游士之风,并无其他社会凭借,因此宗族势力与士人之间尚未发生具有社会含义的联系。秦汉之后,"中国知识阶层发生了一个最基本的变化,即从战国的无根的'游士'转变为具有深厚的社会经济基础的'士大夫'……士和田产开始结下了不解之缘,我们可以称之为'地主化'或'恒产化'"②。

在汉武帝崇儒政策推行之后,士人的宗族便逐渐发展。"士族的发展似乎可以从两方面来推测:一方面是强宗大姓的士族化,另一方面是士人在政治上得势后,再转而扩张家族的财势……所谓'士族化'便是一般原有的强宗大族使子弟读书,因而转变为'士族'。"③士与宗族的关系在汉武帝以后发生了巨大的变化。

士族产生于东汉。与汉高祖君臣不同,东汉君臣多好儒,整个社会由此而开始尊儒。西汉的强宗大族发展至东汉,其面貌发生了变化。田余庆先生认为,西汉的豪强大族与东汉的世家大族,是向魏晋士族发展序列中的两种先期形态。④也就是说,东汉的世家大族代替了西汉的豪强大族。与西汉的豪强大族不同的是,东汉世家大族强调"累世经学"。"在大田庄和众多佃客构成的物质基础上,世家大族的存在已经拥有了文化上的深厚依据。在大宗族由豪强而世家的过程中,强宗大族的士人化固然是这一问题十分明显的一面。"⑤

余英时先生认为:"西汉末页,士人已不再是无根的'游士',而

---

① 《汉书》卷二八下《地理志》,第1642页。
② 余英时:《士与中国文化》,上海人民出版社2003年版,第52页。
③ 同上书,第196—197页。
④ 参见田余庆《东晋门阀政治》,北京大学出版社1996年版,第330页。
⑤ 于迎春:《秦汉士史》,北京大学出版社2000年版,第438页。

是具有深厚的社会基础的'士大夫'了。这种社会基础，具体地说，便是宗族。换言之，士人的背后已附随了整个的宗族。士与宗族的结合，便产生了中国历史上著名的'士族'。"①

士族又被称为世族、世家，何启民先生说："由于他们是士人的家族，故被称为士族；与其说是因任官的高下多少，而定世家大族地位之高下，不如说因家族历史的久远光彩为其先决条件，故有世族、世家、世门、世胄之名，而特为世所重。"② 士族兴盛于六朝，魏晋时期，中国进入了门阀社会，士族高门掌控了国家的政治、军事大权。永嘉之乱后，随晋室渡江的有中原上百家士族。公元317年，琅琊王司马睿在南北士族的联合支持下建立了东晋王朝，士族特权政治继续发展。

士族是士与宗族结合的产物，与政治及经济基础有密切关系，而强宗大族使子弟读书则增加了自身的文化修养。有关士族的特点，陈爽说："'士族'作为一个综合性的概念，有着多方面的历史内涵：政治上的累世贵显，经济上的人身依附和劳动占有，以及文化上的家学世传，是几个最基本的衡量界标。缺乏其中任何一个要素，都不能构成完整意义上的'士族'。"③

陈寅恪更是从文化的角度阐述了士族的特点，他说："所谓士族者，其初并不专用其先代之高官厚禄为其唯一之表征，而实以家学及礼法等标异于其他诸姓。"④

家族文化对士族的影响越来越重要，西汉豪族如金、张、许、史

---

① 余英时：《士与中国文化》，上海人民出版社2003年版，第195页。
② 何启民：《鼎食之家——世家大族》，第72—73页，收入《中国文化新论·社会篇·吾土吾民》，（台北）联经出版公司1982年版。按：宋代以后，亦有士人家族称士族者，但其家族历史的"久远光彩"远不能与中古时期相比。士族概念在宋以后发生了变化。
③ 陈爽：《世家大族与北朝政治》，中国社会科学出版社1998年版，第189页。
④ 陈寅恪：《唐代政治史述论稿》，上海古籍出版社1997年版，第69页。

四大家族靠政治恩遇绵延百年①，这四大家族政治地位和经济地位维持了百年，但我们只能称他们为豪族，而不能称之为士族。汉武帝以后，强宗大族使子弟读书，由此向士族转化。西汉时期的韦贤家族②，已经十分注重子孙的文化教育。

东汉的大族有南阳新野邓氏、扶风平陵窦氏、扶风茂陵耿氏、安定乌氏梁氏。但他们都属于政治性家族，"政治性的家族随政局的变动而盛衰，脱离不了朝代更迭与政潮起伏之影响，故在魏晋以后已非大族矣。"③ 六朝情况十分相似，东晋琅琊王氏和陈郡谢氏家族文化十分深厚，虽在南朝失去政治权势，仍历经百年不衰。谯国桓氏（桓温、桓玄家族）文化积淀远不如王谢二家④，失势后湮没无闻。家族文化对世家大族门第的维持十分重要，只有以诗礼传家的士族才能累世不衰，如以经学闻名的弘农杨氏、博陵崔氏等从东汉至唐代绵延数百年。

二 郡望和房支

三代之时，只有姓氏的概念，尚无郡望的概念。王国维说："男子称氏，女子称姓，此周之通制也。"⑤ 郡望的概念与郡县制有关，岑

---

① 左思《咏史》诗之"金张藉旧业，七业珥汉貂"，即指此事。
② 《汉书》卷七三《韦贤传》载邹鲁所流传的谚语"遗子黄金满籝，不如一经"，即指韦贤家族。（《汉书》，第3107页）
③ 毛汉光：《中国中古社会史论》，上海书店出版社2002年版，第61页。
④ 桓温虽位极人臣，不为文化士族所重，以"兵"称之。《世说新语·方正》载："王文度为桓公长史时，桓为儿求王女，王许咨蓝田。既还，蓝田爱念文度，虽长大，犹抱著膝上。文度因言桓求己女婿。蓝田大怒，排文度下膝，曰：'恶见，文度已复痴，畏桓温面？兵，那可嫁女与之！'文度还报云：'下官家中先得婚处。'桓公曰：'吾知矣，此尊府君不肯耳。'后桓女遂嫁文度儿。"另据《晋书》卷七九《谢奕传》载："（谢奕）与桓温善。温辟为安西司马，犹推布衣好。在温坐，岸帻笑咏，无异常人。桓温：'我方外司马。'弈每因酒，无复朝廷礼，常逼温饮，温走入南康主门避之。主曰：'君若无狂司马，我何由得相见！'弈遂携酒就听事，引温一兵帅共饮，曰：'失一老兵，得一老兵，亦何所在。'"太原王氏和陈郡谢氏皆出自高门，他们虽为桓温下属，但鄙视桓温出身。
⑤ 王国维：《观堂集林》卷十《殷周制度论》，河北教育出版社2003年版，第241页。

仲勉先生认为："战国撩乱，人户流离。汉高已不自知其姓，后此人各以氏代姓，今所谓姓，即古所谓氏，是为我国种族混乱之第一次大变。所幸战国至汉，各地陆续建立郡县，郡县大约依古代各氏族之住地为区域，人口即有迁移，犹能各举其原籍之郡名以作标识，如太原、陇西、安定、南阳、清河等，皆后世所谓郡望也。"①

士族形成以后，为了辨明姓族，产生了"地望"的概念。士人在其姓氏前加上郡望，不仅可以证明其血统，更关键的是证明其家族文化。"故善言谱者，系之地望而不惑，质之姓氏而无疑，缀之婚姻而有别。"②何启民先生认为："在他们发展形成的过程中，先有族姓、次有门户，而后有了地望的观念：族姓—门户—地望。"③

西汉以后，废姓存氏，出现了郡望。郡望指众人所仰望的显贵家族长期居于某地形成的地望，籍贯往往指祖居地和出生地。郡望的形成是一个长期的历史过程，相对而言，籍贯的形成时间较短。籍贯与郡望不同，与家族血统的贵贱无关。"就最初言之，郡望、籍贯，是一非二"，由于人口迁移，郡望与籍贯开始分离，"然人多自称其望者，亦以明厥氏所从出也。延及六朝，门户益重，山东四姓，彭城三里，簪缨绵缀，蔚为故家，此风逮唐，仍而未革，或久仕江南而望犹河北，或世居东鲁而人曰陇西，于后世极糅错之奇，在当时本通行之习"④。

郡望与家族和血统有关，费孝通认为，氏族郡望乃是"血缘的空间投影"⑤。唐以前，中国人多聚族而居，社会活动和政治活动往往带

---

① 岑仲勉：《隋唐史》，河北教育出版社2000年版，第119—120页。
② 《新唐书》卷一九九《儒学中》，第5679页。
③ 何启民：《鼎食之家——世家大族》，《中国文化新论·社会篇·吾土吾民》，台北联经出版公司1982年版，第71页。
④ 岑仲勉：《唐史余沈》，中华书局2004年版，第229页。
⑤ 费孝通：《乡土中国》，生活·读书·新知三联书店1985年版，第74页。

有浓厚的家族性，居住地对士人也有深刻的影响。研究士族，既应考虑其地域性，也应考虑其家族性，而后者往往对其有更深刻的影响。郡望的作用本来是辨别姓族，清人孙星衍说道："姓氏与郡望相属，乃知宗派所出。"① 六朝时期门阀观念得到强化，在门阀社会，正如郑樵所说，"郡望"成为"明贵贱"的工具，以"郡望"来区分血统的贵贱。郑樵《通志·氏族略序》载：

> 三代（夏、商、周）之前，姓氏分而为二，男子称氏，妇人称姓。氏所以别贵贱，贵者有氏，贱者有名无氏。……故姓可呼为氏，氏不可呼为姓。姓所以别婚姻，故有同姓、异姓、庶姓之别。氏同姓不同者，婚姻可通；姓同氏不同者，婚姻不可通。三代之后，姓氏合而为一，皆所以别婚姻，而以地望明贵贱。②

中古士人往往聚族而居，政治和社会生活带有强烈的家族色彩。五胡乱华后，衣冠之士迁徙频繁，大量士人离开其原住地，导致郡望和籍贯分离。山东四姓（崔、卢、李、郑）中，"四姓唯郑氏不离荥阳，有冈头卢，泽底李，士门崔，家为鼎甲"。③ 北魏孝文帝迁都洛阳，鲜卑胡人汉化，以汉姓取代其胡姓，皆自称洛阳人。

六朝史籍所载籍贯皆指郡望而非实居，实居无论如何迁徙，郡望绝不相随而变更。北朝人称南望，南朝人称北望，皆源于此。唐人郡望和籍贯往往混称，千头万绪，很难梳理。唐人喜欢标榜门第，称郡望，而对于实际占籍往往疏于记载，唐代文献记载中常常郡望、籍贯不分。如韩愈郡望为昌黎（今辽宁义县），家却在河阳（今河南孟县）。

---

① （清）孙星衍：《校补元和姓纂辑本序》，《元和姓纂（附四校记）》，中华书局1994年版，第4页。
② （宋）郑樵：《通志二十略》，王树民点校，中华书局1995年版，第1—2页。
③ （唐）李肇：《唐国史补》卷上，《唐五代笔记小说大观》本，上海古籍出版社2000年版，第166页。

安史之乱前后，人口大量迁移，导致山东高门郡望和籍贯严重分离。地处黄河以北的山东士族迫于胡族压力，大批迁离原郡，目的地主要是河南府这一传统的山东地区。毛汉光先生统计了唐代著姓的迁移"新贯"，本书从中找出地处河北的山东士族的迁移地域，其中：清河崔氏七著房支皆迁往河南府，博陵崔氏八著房支有三个迁往河南府，范阳卢氏八著房支有六个迁往河南府，陇西李氏六著房支皆迁往河南府和郑州，赵郡李氏九著房支有六个迁往河南府和郑州，太原王氏七著房支有四个迁往河南府。①

士族脱离原籍后，往往籍贯与郡望并称，但出自高门者多称郡望，以显示门第之高贵。

事实上，不仅姓氏和郡望有别，不同房支之间的区别也很大。由于家族繁衍日久，支脉增多，同一郡望之中，血缘关系出现了亲疏之分，房支的概念产生了。房支既可以证明血缘的亲疏，更重要的还是文化的认同，最终，又产生了由房支带来的贵贱之分。如《唐语林》卷四载：

> 琅邪王氏与太原皆同出于周。琅邪之族世贵，号"锥头王氏"；太原子弟争之，称是己族，然实非也。太原自号"钑镂王氏"。崔氏，博陵与清河亦上下。其望族，博陵三房。第二房虽长，今其子孙即皆拜第三房子弟为伯叔老，盖第三房婚娶晚迟，世数因而少故也。姑臧李氏亦然，其第三房皆受大房、第二房之礼。清河崔氏亦小房最著，崔程出清河小房也。世居楚州宝应县，号"八宝崔氏"。宝应本安宜县，崔氏梦捧八宝以献，敕改名焉。②

---

① 毛汉光：《从士族籍贯迁移看唐代士族之中央化》，《中国中古社会史论》，上海书店出版社2002年版，第329页。按：荥阳郑氏地望本在河南，不在统计范围之内。

② （宋）王谠：《唐语林校证》，周勋初校证，中华书局1987年版，第376页。（书中引用该古籍均是此版本，后文中只标明书名和页码，特此说明）

中古属于士族社会，士族高门十分在意自身的郡望和房支，对此保留有详细的记载。我们研究这一段时间的历史文化时，必须要重视这一问题。

第二节　山东士族地位的确立

论及中古士族，一般按地域将其分成山东士族、关陇士族、侨姓士族、吴姓士族、代北虏族等。

毛汉光先生《中国中古社会史略论稿》中选出唐代除李唐宗室外最贵盛的十四族（十七家），即赵郡李氏、陇西李氏、赵郡崔氏（即清河崔氏）、博陵崔氏、京兆韦氏、荥阳郑氏、河东裴氏、弘农杨氏、范阳卢氏、兰陵萧氏、太原王氏、琅琊王氏[①]、京兆杜氏、彭城刘氏、渤海高氏、河东薛氏、河东柳氏十七家。[②]其中，赵郡李氏、陇西李氏、赵郡崔氏（即清河崔氏）、博陵崔氏、荥阳郑氏、范阳卢氏、太原王氏、彭城刘氏、渤海高氏属于山东士族，京兆韦氏、河东裴氏、弘农杨氏、京兆杜氏、河东薛氏、河东柳氏属于关中士族，兰陵萧氏、琅琊王氏属于江东侨姓士族。

唐代最贵盛的十七家（李唐宗室除外）中有九族为山东士族，六族为关中士族，两族为江东侨姓士族。山东士族在数量上处于绝对优势地位，而江东士族势力锐减，与南北朝时不可同日而语。"所谓山东士族，就是以五姓（七姓）高门为代表，包括众多的家族与支系的

[①] 琅琊，或作琅邪或瑯琊，殊不一律。
[②] 参见毛汉光《中国中古社会史论》，上海书店出版社2002年版，第336页。

婚姻集团。"① 唐人所谓"山东五姓"郡望指荥阳郑氏、范阳卢氏、太原王氏，李姓有陇西和赵郡二望、崔姓有博陵和清河二望。故就郡望而言称"七望"，就姓氏而言则称"五姓"。除了"山东五姓"外，山东高门还有彭城刘氏和渤海高氏。他们姓族虽然不多，却对中古社会产生了重要影响。

永嘉南渡前的魏晋时期，中国进入门阀社会。由于当时政治文化中心处于北方，故北方士族中的山东士族和关中士族门第最高。永嘉南渡后，大量中原士族迁至南方，成为侨姓士族。南北朝时期，南朝往往以侨姓士族为贵，北朝以山东士族为贵。

纵观中古士族史，山东士族何以在隋唐时期一枝独秀，成为士族最高门第？这里，我们先研究南北正朔之争。

一　南北正朔之争

公元280年，晋武帝灭吴，从而结束了三国分裂的局面。"太康盛世"不久即毁于"八王之乱"和"五胡乱华"，晋室南渡造成南北分治长达二百余年。在国家分裂时代，正朔问题关系北方士族和南方士族（包括永嘉时随晋室南渡的侨姓士族）中，哪一方是汉文化的继承人。东晋政权虽偏安于江左，但北方政权多为五胡，故其代表华夏正朔所在自无可非议。身处河北的山东士族在晋室南渡后未及南逃，只得接受五胡政权的统治，但他们心中仍以晋室为念。《晋书·卢谌传》载：

（卢）谌名家子，早有声誉，才高行洁，为一时所推。值中原丧乱，（卢谌）与清河崔悦、颍川荀绰、河东裴宪、北地傅畅，

---

① 陈爽：《世家大族与北朝政治》，中国社会科学出版社1998年版，第79页。

并沦陷非所，虽俱显于石氏，恒以为辱。谌每谓诸子曰："吾身没之后，但称晋司空从事中郎尔。"①

卢谌出自范阳卢氏，为东汉名臣卢植之后。因当时南路阻绝，卢谌无法联系江左东晋政权，只得委身于后赵石氏，心中仍以晋臣自居，在助冉闵诛石氏的过程中不幸身亡。②

前秦苻坚重用汉人王猛，天下大治。王猛亦以东晋为正朔，《晋书·王猛传》载：

> 及（王猛）疾笃，（苻）坚亲临省病，问以后事。（王）猛曰："晋虽僻陋吴越，乃正朔相承。亲仁善邻，国之宝也。臣没之后，愿不以晋为图。鲜卑、羌虏，我之仇也，终为人患，宜渐除之，以便社稷。"③

王猛临终前对苻坚的建议未被采纳，苻坚错误估计了形势。公元382年冬季，苻坚决意灭晋，在太极殿召集群臣，宣布其南征打算。结果，他最宠信的大臣、亲属，如权翼、道安、石越、苻宏、张夫人都再三反对，其弟苻融亦重提王猛临终遗言，坚决反对南下征战。苻坚最终没有听取王猛的遗言，挥师南征，结果被谢玄、刘牢之率领的北府兵大败于淝水。苻坚讨伐关东群雄时几乎无人阻拦，讨伐东晋时则众叛亲离。这表明王猛、苻融说的是真实情况，东晋是天下正朔所在，伐晋的时机尚未成熟。苻坚自称以德承袭正统，只是一种虚幻的感觉。东晋末年，刘裕北伐关中，撤师之时，"三秦父老闻裕将还，诣门流涕诉曰：'残民不沾王化，于今百年，始睹衣冠，人人相贺。

---

① （唐）房玄龄：《晋书》卷四四《卢谌传》，中华书局1974年版，第1259页。
② 作为汉人的冉闵诛杀胡人是当时胡汉民族矛盾的产物，卢谌虽委身石氏，实非所愿。
③ （唐）房玄龄：《晋书》卷一百十四《王猛传》，中华书局1974年版，第2933页。

长安十陵是公家坟墓，咸阳宫殿是公家室宅，舍此欲何之乎！'"① 这表明东晋末年，即使处于关中被五胡统治多年的人民依旧以东晋为正统。

北方五胡政权虽然占有中原，但却不得不以偏安江左的东晋王朝为正朔所在。"东晋君臣虽偏安江左，犹能卓然自立，不与刘、石通使，旧京虽失，旋亦收复。"② 东晋曾三次收复旧京洛阳：一为永和七年至兴宁三年（351—365），一为太元九年至隆安三年（384—399），一为义熙十二年至东晋末（416—420）。五胡十六国政权中的大多数认可东晋政权，以为正朔所在。③

正朔问题实际上是文化正统问题，东晋既然为正朔所在，其政权是当时所公认的合法政权。拥戴该政权的士族政治、经济和社会地位因此得到了保障。东晋朝内几乎没有正朔之争，故江东侨姓士族地位领先于山东士族和关中士族，琅玡王氏、陈郡谢氏人物尤多。

与东晋政权不同，南朝统治者出自庶族地主，其正统地位遭到质疑。北方作为汉文化的发源地，随着北方五胡政权的汉化，其政权越来越受到北方士族的拥戴。北魏文明太后冯氏和孝文帝坚持汉化政策并迁都洛阳后，吸引了大批中原士族。自从东晋灭亡后，中原士族已认可了北方鲜卑政权。这时候，南北正朔之争开始浮出水面。

北魏孝庄帝永安二年（529），梁武帝派陈庆之入北，在张景仁的

---

① （宋）司马光：《资治通鉴》卷一一八"义熙十三年"，中华书局1956年版，第3714页。（书中引用该古籍均是此版本，后文中只标明书名和页码，特此说明）
② （清）钱大昕：《廿二史考异》卷一八"晋穆帝永和七年"条，上海古籍出版社2004年版，第323页。
③ 清人王夫之说："慕容、苻、姚、段氏皆依晋为名……张氏虽无固志，而称藩不改。"（《读通鉴论》卷一三"晋成帝"条，中华书局1975年版，第358—359页）按：五胡十六国的大部分政权以晋为正朔所在。

酒席上遇到出自北方士族弘农杨氏的杨元慎。陈庆之醉酒后说道："魏朝甚盛，犹曰五胡，正朔相承，当在江左。秦皇玉玺，今在梁朝。"杨元慎正色曰："江左假息，僻居一隅，地多湿蛰，攒育虫蚁，疆土瘴疠，蛙黾共穴，人鸟同群。短发之君，无杼首之貌；文身之民，禀蕞陋之质。浮于三江，棹于五湖，礼乐所不沾，宪章弗能革。虽复秦余汉罪，杂以华音，复闽楚难言，不可变改。虽立君臣，上慢下暴。是以刘劭杀父于前，休龙淫母于后，见逆人伦，禽兽不异。加以山阴请婿卖夫，朋淫于家，不顾讥笑。卿沐其遗风，未沾礼化，所谓阳翟之民不知癭之为丑。我魏膺箓受图，定鼎嵩洛，五山为镇，四海为家。移风易俗之典，与五帝而并迹；礼乐宪章之盛，凌百王而独高。岂卿鱼鳖之徒，慕义来朝，饮我池水，啄我稻粱，何为不逊，以至于此？"庆之归南后，"钦重北人，特异于常。朱异怪而问之。曰：'自晋宋以来，号洛阳为荒土，此中谓长江以北尽是夷狄。昨至洛阳，始知衣冠士族并在中原，礼仪富盛，人物殷阜，目所不识，口不能传。所谓帝京翼翼，四方之则，如登泰山者卑培塿，涉江海者小湘沅，北人安可不重？'庆之因此羽仪服式悉如魏法，江表士庶竞相模楷，褒衣博带，被及秣陵"。①

中原礼法开始影响到南方士庶，北朝逐渐在南北正朔之争中占有优势。身为汉人的南方统治者这时候也不甘示弱，梁武帝萧衍以衣冠礼乐吸引中原士族。鲜卑化的东魏丞相高欢说："江东复有吴翁萧衍，专事衣冠礼乐，中原士大夫望之以为正朔所在。"② 由于北方政权的汉化及南方门阀势力的衰退，这时候南北正朔之争已经势均力敌。

---

① （北魏）杨衒之：《洛阳伽蓝记》卷二"城东景宁寺"条，杨勇校笺，中华书局2006年版，第113—114页。
② 《资治通鉴》卷一五七，第4881页。

二 南朝士族的衰落

魏晋时期，由于世家大族的强盛，君权旁落。东晋末年，庶族出身的刘裕，在镇压了孙恩、卢循起义后掌握了东晋的军政大权。公元420年，刘裕建立了刘宋政权。南朝君主为了行使皇权的方便，常常以出自寒门庶族者掌管机要。在门阀制度尚存在的情况下，皇帝欲完全剥夺世家大族的权力，会带来很大麻烦，因此，他们将清要的高官让给世家大族，而实际的军政大权落入寒人庶族手里。

南朝多用寒素掌机要，以中书舍人等低阶官员掌管中枢权力，位列三公的士族并无实权，高门士族逐渐成为朝廷的摆设。刘宋和后来的萧齐对士族采取了既拉拢又打击的政策，出自王谢高门的谢混、谢灵运、王僧达等名士先后被杀，南朝士族开始衰落。宋文帝之后，庶族寒士的影响越来越大，他们甚至开始担任历来由士族担任的官职。本来，"中书侍郎、舍人皆以名流为之，太祖（宋文帝）始用寒士。秋，当世祖尤杂选士庶，巢尚之、戴法兴皆用事，及上（宋明帝）即位，尽用左右细人。"[①] 南朝士族与庶族开始混杂，以致造成沈约所谓"宋齐二代，士庶不分……元嘉以来，籍多假伪"[②]。由于南朝君主打击士族，也导致了隋唐时期南朝士族力量无法与北方士族尤其是山东士族相抗衡。

在整个南北朝时期，河北士族成为北方士族的代表，而侨姓士族则成为南方士族的代表。隋唐南北再度统一后，南北士族的力量对比发生了重要的变化，南方士族迅速衰落。对此，陈寅恪先生认为：

[①] 《资治通鉴》卷一三二，第4146页。
[②] （唐）杜佑：《通典》卷三，中华书局1988年版，第60页。

南朝商业的发达，大家族制度的破坏，带来的一个结果是，士族喜欢住到城市中去，且喜欢住在建康、江陵。大家族制度的破坏，为士人脱离土地、宗族，迁居城市，创造了条件或提供了可能性。①

陈先生认为建康、江陵两大士族集团的灭亡，"便与他们迁居城市有关。城市被打下之日，也就是他们灭亡之时"②。北方士族为何能保存下来？陈先生说：

"大魏恢博，唯受谷帛之输"。这决定了北方的士族与农业土地的难分的关系。北方大家族制度的继续维持，又决定了北方的士人与宗族的难分的关系。北方士族除了在京城和地方上做官，都不在都市。都市被攻破，士族很少受到影响。因此，北方士族的势力可以延长或延续下来。这影响到隋唐的历史。在隋唐史籍中，我们犹能见到北方崔、李等姓，而难发现南朝王、谢还有什么人物。原因便在南北士族所联系的事物的不同。一个主要与农村、土地、宗族相联系，一个主要与城市、商业相联系，宗族则已分解。③

即使同一宗族，侨居南朝的房支往往默默无闻，留居北朝者至隋唐仍为世族，如卢谌子孙有北祖和南祖之分，北祖卢偃以下历仕慕容氏、拓跋氏，子孙繁衍贵达，直至隋唐，成为范阳卢氏的正宗。南祖随晋室南渡，寓居江左，至隋唐绝无闻人。④另外，出于太原王氏的王慧龙入北魏后为清河崔浩所重，成为日后太原王氏兴盛的主要原

---

① 万绳楠整理：《陈寅恪魏晋南北朝史讲演录》，黄山书社1987年版，第330页。
② 同上。
③ 同上。
④ 参见田余庆《东晋门阀政治》，北京大学出版社2005年版，第260页。

因，留居南朝的太原王氏的其他房支至隋唐已沦为凡庶。

南北朝的混一以北朝战胜南朝而结束，隋唐统治阶级属于北朝系统，其人物以北朝人物后裔为主干，受北魏影响尤为深刻。由于南方士族的迅速衰退，南北正朔之争结束。中原衣冠的代表山东士族，以华夏文化的主要继承者自居，其社会地位在隋唐时期凸显出来。

三　山东士族地位的确立

我们在论及唐代山东士族时，必须从北魏、东魏北齐、西魏北周、隋代开始。魏晋是我国门阀社会建立的时期，尤其是西晋，广泛吸收名门望族加入其政权。"八王之乱"使门阀遭到严重打击，北方因此陷入五胡政权的统治。鲜卑拓跋氏所建立的北魏政权由于与中原文化接触较晚，故在定鼎之初，文化比较落后。道武帝时，出身于山东士族首望的清河崔宏、崔浩父子加入北魏政权。太武帝拓跋焘于公元439年灭掉北方最后一个敌手北凉，完成了统一北方的历程。在统一中国前后，太武帝开始以中原天子自居，努力将华北各地的士大夫吸收进其政权。公元431年，太武帝颁布诏令，广泛吸收当时的山东望族，延聘名士数百人，包括范阳卢玄、博陵崔绰、渤海高允、赵郡李灵、太原张伟等。

公元471年，孝文帝登基，孝文帝成年后锐意改革，开始了其汉化的过程。① 公元495年，孝文帝迁都洛阳，来到山东文化圈内，以汉姓取代胡姓，并与山东士族联姻。《资治通鉴》卷一四〇载：

---

① （北齐）魏收《魏书》卷七下《高祖纪》载："（孝文帝）雅好读书，手不释卷。五经之义，览之便讲。学不师受，探其精奥。史传百家，无不该涉。"（第187页）按：孝文帝汉文化修养极高，这一点连南朝史家亦无法否认。（参见《南齐书·魏房传》）

魏主（孝文帝）雅重门族，以范阳卢敏、清河崔宗伯、荥阳郑羲、太原王琼四姓，衣冠所推，咸纳其女以充后宫。陇西李冲以才识见任，当朝贵重，所结姻，莫非清望；帝亦以其女为夫人。诏黄门郎、司徒左长史宋弁定诸州士族，多所升降。又诏以"代人先无姓族，虽功贤之胤，无异寒贱；故宦达者位极公卿，其功、衰之亲仍居猥任。其穆、陆、贺、刘、楼、于、嵇、尉八姓，自太祖已降，勋著当世，位尽王公，灼然可知者，且下司州、吏部，勿充猥官，一同四姓。自此以外，应班士流者，寻续别敕。其旧为部落大人，而皇始已来三世官在给事已上及品登王公者为姓；若本非大人，而皇始已来三世官在尚书已上及品登王公者亦为姓。其大人之后而官不显亦为族；若本非大人而官显者亦为族。凡此姓族，皆应审核，勿容伪冒。令司空穆亮、尚书陆琇等详定，务令平允"。琇，馛之子也。

魏旧制：王国舍人皆应娶八族及清修之门。咸阳王禧娶隶户为之，帝深责之，因下诏为六弟聘室："前者所纳，可为妾媵。咸阳王禧，可聘故颍川太守陇西李辅女；河南王干，可聘故中散大夫代郡穆明乐女；广陵王羽，可聘骠骑咨议参军荥阳郑平城女；颍川王雍，可聘故中书博士范阳卢神宝女；始平王勰，可聘廷尉卿陇西李冲女；北海王详，可聘吏部郎中荥阳郑懿女。"懿，羲之子也。时赵郡诸李，人物尤多，各盛家风，故世之言高华者，以五姓为首。①

世家大族的高度文化素养和深刻的社会影响力是其参与北魏王朝政治的必要前提，但这种巨大的政治潜能不能自动地转化为现实政治

---

① 《资治通鉴》卷一四〇，第4393—4395页。胡三省注云："卢、崔、郑、王并李为五姓。赵郡诸李，北人谓之赵李；李灵、李顺、李孝伯群从子侄，皆赵李也。"

权力，必须通过一些必要的渠道。北魏孝文帝的改革措施大大提高了代表汉文化传统的山东士族的政治地位，孝文帝将分明姓族当作他汉化事业的重要部分，"山东五姓"的地位在北魏孝文帝时得以确立，山东士族尤其是"山东五姓"成为中古士族首望。北魏孝文帝分定姓族，对后世产生了重大影响。北魏王朝以皇权干预士族事务，由皇室为士族"营事婚宦"的种种尝试，也为李唐政权所承袭。北魏分定姓族，采取的是官爵和婚姻的双重标准，促成了北魏新门阀秩序的形成。山东士族的社会地位正是在这一时期得以确立的。

隋文帝统一中国后，实行中央集权制度，正式废除了九品中正制度。只有当朝冠冕可以享受门荫制和免课役特权，传统高门士族在这一范围以外。隋唐时期，士族制度完全失去了享受政治、经济特权的法律依据，士族的发展进入了一个完全不同于前代的新的历史时期。

北魏"太和四姓"实际上就是唐代"五姓七家"的雏形，唐代士族制度虽已消亡，但北魏孝文帝以来的士族形态依旧存在。隋唐以后，侨姓士族迅速衰落，山东士族成为最高门第。唐代山东士族社会地位十分崇高，这深深影响到唐代政治、婚姻、文学等一系列问题。

第三节 唐代山东士族与唐代的山东

一 唐以河北为山东

山东是一个宽泛的地域概念。山东之说，始于战国合纵连横之时。当时山东、山西以崤山为界，通称崤山或华山以东为山东。因崤山有函谷关①，故山东又称关东。自古以来，山东地区就是关中政府的牵制力量。战国时期，山东便处于秦国所处关中地区的对立面，所以秦国以外的六国被称为山东六国。

与秦国相对的山东六国地域很大，《尚书·禹贡》分中国为九州，即冀州、兖州、青州、徐州、豫州、荆州、扬州、梁州、雍州。山东六国包括梁州和雍州以外的其他七州，使得山东概念过于广泛。劳干以为山东之核心范围应不包括北方边郡（西北边郡如天水、陇西、安定、北地、上郡、西河），南边以淮河为界，除去荆州、扬州，以冀、青、兖、豫、徐五州为重。②劳干先生所说山东指的是汉代，九州中有五州大约属于山东地区也说明了汉代山东的重要性。

从《禹贡》的九州到秦代的三十六郡，再到汉代的十三刺史部，中国行政区域在不断调整变化之中。唐太宗贞观元年（627）定制，全国依山川形势划为十道，即关内、河南、河北、河东、山南、淮南、江南、陇右、剑南和岭南道，其中河南、河北、河东道的部分地区与山东地区相仿佛。事实上，唐代的道与汉代的刺史部一样，并非行政区域，唐初的贞观十道是巡察使区。唐玄宗开元年间分天下为十五道，开元十五道虽是贞观十道的再分③，但已确定了各道的治所。唐宪宗元和年间分天下为四十八方镇④，道与方镇名称已混用⑤。从

---

① 函谷关位置在历史上曾有变迁：战国秦汉时，函谷关在崤山，元鼎三年（前114），汉武帝将函谷关向东迁徙，改置于今河南新安境内，一般称此关为新关。关中之东界遂扩至太行山，山东地域缩小，山西则增加了河南、河内二郡。东汉定都洛阳，山东、山西之界始复旧。东汉末年，设关的地方又改在今陕西潼关县。参见史念海《古代的关中》，见《河山集》第1集，生活·读书·新知三联书店1963年版，第26页。

② 参见劳干《两汉户籍与地理之关系》，《史语所集刊》第五本之第二分，1935年版，第183页。

③ 开元年间，分关内道立京畿道，分河南道立都畿道，山南道分为东、西两道，江南道分为东西两道和黔中道。

④ 一说四十七镇，方镇为军事驻防区。

⑤ 参见史念海《论唐代贞观十道和开元十五道》，《唐代历史地理研究》，中国社会科学出版社1998年版，第34页。

西京长安往东，出潼关进入都畿道，再顺黄河而下就是广袤的河北道、河南道，一直到齐鲁大地及苏北皖北等，这一大块土地习惯上被称为山东。

永嘉之乱后，中国陷入分裂，衣冠之士竞相南渡。逃往南方的士人大抵是黄河以南的琅琊王氏、陈郡谢氏等。黄河以北的高门由于路途遥远，滞留于北方。在河南士族南渡的情况下，河北士族成为北方士族的楷模。作为华夏文化在北方仅留的硕果，他们受到北朝社会的敬仰。曹道衡先生认为：

> 北朝的高门大族，一般推崔（清河与博陵）、卢（范阳）、李（赵郡与陇西）、郑（荥阳）诸姓。在这些家族中除陇西李氏是北魏平凉州后迁居平城以及后来迁居洛阳外，崔、卢、和赵郡李氏均居今河北及山东北部一带；郑氏则自西晋永嘉之乱时已避地冀州，长期生活在黄河以北的地区。这一带在魏晋时代本是保存汉儒学说较多、而受玄谈影响甚浅的地区。加上崔氏是东汉崔骃之后；卢氏是东汉卢植之后，继承经学家法，"世禅雕龙"（《后汉书·崔骃传》），再加上汉末大儒郑玄晚年依附袁绍，卒于河北，对那里的士人影响很深。①

由于"山东五姓"绝大多数郡望处于河北，故唐代山东以河北地区（黄河以北，非今河北省）为代表。清人王鸣盛说：

> 愚谓唐以河北、魏博、镇冀诸镇为山东，前于《后汉·邓禹传》论山东、山西与此亦略同，至今之山东则大不同……愚谓今之山东，若指为陕山以东亦可，未必遂无著，如《史记》云"山

---

① 曹道衡、沈玉成：《南北朝文学史》，人民文学出版社1991年版，第528页。

东豪杰并起亡秦"是，要与河北之山东大异。《通鉴》第二百七十一卷《后梁均王纪》下龙德二年"晋王李存勖率兵至新城南，候骑白契丹前锋宿新乐，涉沙河而南，诸将劝击之，晋王亦自负云'帝王之兴，自有天命，契丹其如我何？吾以数万之众平定山东'"云云，胡三省注云："河北之北在太行常山之东。"①

唐人以河北为山东的一个重要原因就是，河北是多数山东士族的祖居地，在河北保存了中国的宗法制度和士族文化。

二 河北的胡化

河北的情况在安史之乱前后发生了变化。胡族的压力使得山东士族大量离开祖居地河北，迁移至两京（西京长安和东京洛阳）一带，并加速了其中央化的进程。安史之乱后，河北三镇长期割据，呈尾大不掉之势。山东士族离开原籍，使得河北地区胡化情况更加严重。史载：

> 杜牧愤河朔三镇之桀骜，而朝廷议者专事姑息，乃作书，名曰《罪言》，大略以为国家自天宝盗起，河北百余城不得尺寸，人望之若回鹘吐蕃，无敢窥者。②
>
> 天下指河朔若夷狄然③。
>
> 安、史乱天下，至肃宗大难略平，君臣皆幸安，故瓜分河北地，付授叛将，护养孽萌，以成祸根……遂使其人自视由羌狄然。一寇死，一贼生，讫唐亡百余年，卒不为王土。④

---

① （清）王鸣盛：《十七史商榷》卷九〇"唐以河北为山东"条，上海书店出版社2005年版，第809—810页。
② 《资治通鉴》卷二四四，第7886—7887页。
③ 《新唐书》卷一四八《史孝章传》，第4790页。
④ 《新唐书》卷二一〇《藩镇魏博传》，第5921页。

河北地区的胡化使得滞留于原籍的山东高门子弟亦深受其影响，杜牧《唐故范阳卢秀才墓志铭》载：

> 秀才卢生名霈，字子中。自天宝后，三代或仕燕，或仕赵，两地皆多良田畜马。生年二十，未知古有人曰周公、孔夫子者，击球饮酒，马射走兔，语言习尚，无非攻守战斗之事。镇州有儒者黄建，镇人敬之，呼为先生。建因语生以先王儒学之道，因复曰："自河而南有土地数万里，可如燕赵比者百数十处。有西京、东京，西京有天子，公卿士人眭居两京间，皆亿万家，万国皆持其土产，出其珍异，时节朝贡，一取约束。无禁限疑忌，广大宽易，嬉游终日。但能为先王儒学之道，可得其公卿之位，显荣富贵，流及子孙，至老不见战争杀戮。"生立悟其言。①

卢秀才出身于范阳卢氏，20岁竟不知周公、孔子，也不知河北以外的朝廷。当时河北与唐朝廷几乎是两个国家，对此，陈寅恪先生认为：

> 唐代中国疆土之内，自安史之乱后，除拥护李氏皇室之区域，即以东南财富及汉化文化维持长安为中心之集团外，尚别有一河北藩镇独立之集团，其政治、军事、财政等与长安中央政府实际上固无隶属之关系，其民间社会亦未深受汉族文化之影响，即不以长安、洛阳之周孔名教及科举仕进为其安身立命之归宿。②

这种状况至宋代仍没有改变，宋朝仍不能有效控制燕云十六州，

---

① （唐）杜牧：《樊川文集》，上海古籍出版社1978年版，第144页。
② 陈寅恪：《唐代政治史述论稿》，上海古籍出版社1997年版，第25页。

使河北地区胡化时间长达数百年。①

三 唐代山东与山东士族的地位

山东士族所处地域在唐代十分重要。虽然中唐以后,河北三镇长期割据,胡化现象十分严重,但很多有识之士认识到了河北的重要性,唐代诗人杜牧《战论》载:

> 河北视天下犹珠玑也,天下视河北犹四支也。珠玑苟无,岂不活身;四支苟去,吾不知其为人。何以言之?夫河北者,俗俭风浑,淫巧不生,朴毅坚强,果于战耕。名城坚垒,落辥相贯;高山大河,盘互交锁。加以土息健马,便于驰敌,是以出则胜,处则饶,不窥天下之产,自可封殖。亦犹大农之家,不待珠玑然后以为富也。②

唐代山东士族处于河北、河南,这两个地区在隋唐时期地位十分重要。隋大业五年(609),河北道民户2143174,民户之多仅次于河南,列全国第二位,河北与河南人口占全国人口总数的54%。③由于这两个地域的人口占全国人口总数的一半以上,其重要性不言而喻。

东汉以来,学术移于家族,故家族文化的影响更甚于地域。陈寅恪先生认为:

> 盖自汉代学校制度废弛,博士传授之风气止息以后,学术中

---

① 五代后,燕云十六州又被割于契丹人。长期的多民族共居及民族融合,造成燕地汉人民族意识淡薄,没有中原以及江南汉人强烈的华夷观。金世宗说:"燕人自古忠直者鲜,辽兵至则从辽,宋人至则从宋,本朝至则从本朝,其俗诡随,有自来矣。"(《金史》卷八)
② (唐)杜牧:《樊川文集》,上海古籍出版社1978年版,第91页。
③ 翁俊雄:《唐代区域经济研究》,首都师范大学出版社2001年版,第53页。

心移于家族，而家族复限于地域，故魏、晋、南北朝之学术宗教皆与家族、地域两点不可分离。①

河陇一隅所以经历东汉末、西晋、北朝长久之乱而能保存汉代中原之学术者，不外前文所言家世与地域之二点，易言之，即公立学校之沦废，学术之中心移于家族，太学博士之传授变为家人父子之世业，所谓南北朝之家学者是也。又学术之传授既移于家族，则京邑与学术之关系不似前此之重要。②

陈先生的论述说明了东汉以来，学术移于家族，士族成为文化传承的基本单位。家族文化既与地域有关，更与家族本身的文化传承有关，士族之间的区别根本上是文化传承的区别。

朝代的更替带来了门第的变化，很多出身寒族的新贵尽管在新朝取得高官厚禄，其政治经济地位盖过传统士族，但由传统沿袭下来的社会地位并不高。由于他们出身寒微，一谈及出身，也不免有极大的自卑感。贞观年间，唐太宗因追问张玄素的门户，谏议大夫褚遂良上疏曰："陛下昨见问张玄素云：'隋任何官？'奏云：'县尉。'又问：'未为县尉已前？'奏云：'流外。'又问：'在何曹司？'玄素将出阁门，殆不能移步，精爽顿尽，色类死灰。朝臣见之，多所惊怪。"③ 当时张玄素已官居三品，一问到出身，竟如此自卑。

山东士族以其自然经济根深蒂固，家族庞大而自成体系。唐人推崇门第郡望，"山东五姓"更是为时人所重。

郑仁表出自荥阳郑氏，是武宗宰相郑肃之孙，以门第文章自负，

---

① 陈寅恪：《隋唐制度渊源略论稿》，上海古籍出版社 1982 年版，第 17 页。
② 同上书，第 19—20 页。
③ （后晋）刘昫等：《旧唐书》卷七五《张玄素传》，中华书局 1975 年版，第 2643 页。（书中引用该古籍均是此版本，后文中只标明书名和页码，特此说明）

诗中自称："文章世上争开路，阀阅山东拄破天。"① 出身于陇西李氏的李积更是将出身置于朝廷官爵之前，"李积，酒泉公义琰侄孙，门户第一而有清名。常以爵位不如族望，官至司封郎中、怀州刺史，与人书札唯称陇西李积而不衔"②。

白居易《唐河南元府君夫人荥阳郑氏墓志铭》载："天下有甲族五（天下有五甲姓），荥阳郑氏居其一，郑之勋德官爵，有国史在；郑之源流婚媾，有家牒在。"③ 白居易所谓天下五个甲族包括清河崔氏、博陵崔氏、范阳卢氏、荥阳郑氏、陇西李氏、赵郡李氏、太原王氏五姓七家，这五姓是唐代最高门第。山东高门政治地位在唐代前后虽有变化，但社会地位一直领先于其他社会阶层。

第四节　唐代江东士族的形成

江东，顾名思义，指长江以东，为六朝以来习用之地域概念。从总的流势来讲，长江由西向东流去，将广袤的淮南大地分成江南、江北地区，但因长江在安徽境内向东北方向斜流，故以此段江为标准则可分为江东、江西。江东地区所指区域有大小之分，广义的江东指芜湖、南京一带及江北临江的滁县、六合、来安等地，包括今苏南、浙江、皖南、皖东以及今江西赣东北（东部）。狭义的江东地区通常被

---

① （后晋）王定保：《唐摭言》卷一二"自负"条，《唐五代笔记小说大观》本，上海古籍出版社 2000 年版，第 1685 页。
② （唐）李肇：《唐国史补》，《唐五代笔记小说大观》本，上海古籍出版社 2000 年版，第 166 页。
③ （唐）白居易：《白居易集笺校》，朱金城笺注，上海古籍出版社 1988 年版，第 2716 页。（书中引用该古籍均是此版本，后文中只标明书名和页码，特此说明）

称为吴、会地区，吴、会指三吴和会稽，主要指春秋时期的吴国和越国。① 三吴的具体范围历来颇有争议，据唐代典籍《十道志》《通典》和《元和郡县志》的解释，三吴包括吴郡（唐苏州）、吴兴郡（唐湖州）和丹阳郡（唐润州）；或包括吴郡、吴兴郡与义兴郡（唐常州）。会稽的范围，则包括六朝时期的会稽郡（唐代越州和明州）。本书中的江东地区，大致相当于唐代的浙西道及毗邻的越、明二州。

相对于北方地区，南方开发较晚。比之于南方人，北方人自然有优越感。春秋时期的楚国就被视为荆蛮，楚人亦以蛮夷自居，如楚王熊渠曰："我蛮夷也，不与中国之号谥。"②

秦并天下，分全国为三十六郡，"定荆、江南地，降越郡，置会稽郡"。③ 江东属于会稽郡，其治所在吴，吴以今苏州为核心区域。至西汉时期，北方人仍然视南方为百越纹身之地。正如淮南王刘安上汉武帝书载："越，方外之地，剪发文身之民也。不可以冠带之国法度理也。自三代之盛，胡越不与受正朔，非强弗能服，威弗能制也，以为不居之地，不牧之民，不足以烦中国也……且越人愚戆轻薄，负约反复，其不用天子之法度，非一日之积也。"④ 司马迁也认为："江南卑湿，丈夫早夭。"⑤ 对南方存在一定的偏见。

汉武帝建元三年（前138），闽越举兵围东瓯，东瓯告急于汉。时武帝年未二十，以问太尉田蚡。田蚡以为越人相攻击为寻常事，且反复无常，不足烦朝廷派兵救之，自秦时即已弃之。⑥

---

① （清）顾炎武：《日知录集释》卷三一"吴会"条，（清）黄汝成集释，上海古籍出版社2006年版，第1728—1730页。
② （汉）司马迁：《史记》卷四〇《楚世家》，中华书局1959年版，第1692页。（书中引用该古籍均是此版本，后文中只标明书名和页码，特此说明）
③ 《史记》卷六《秦始皇本纪》，第234页。
④ 《汉书》卷六四《严助传》，第2777—2778页。
⑤ 《史记》卷一二九《货殖传》，第3268页。
⑥ 《汉书》卷六四《严助传》，第2776页。

秦汉的统一为南方经济文化的发展注入了活力,汉人与百越长期杂处,对于江南经济文化的开发起到了至关重要的作用。汉武帝以一代雄主之态经营四方,南方逐渐受到重视。《汉书·东方朔传》记载武帝与东方朔对话:"方今公孙丞相、貌大夫、董仲舒、夏侯始昌、司马相如、吾丘寿王、主父偃、朱买臣、严助、汲黯、胶仓、终军、严安、徐乐、司马迁之伦,皆辩知闳达,溢于文辞,先生自视,何与比哉?"[1] 此时,会稽人严助、朱买臣已与董仲舒等大儒并列,足见南方文化地位的提高。故《汉书·公孙弘赞》称武帝时得人,"应对则严助、朱买臣"[2]。严助(亦作庄助,东汉时避汉明帝刘庄讳),西汉辞赋家,会稽吴人,庄忌之子,或云庄忌族子,郡举贤良对策,武帝擢为大夫。武帝尝令严助等与大臣辩论,以义理之文相应,大臣屡为之屈。建元中,拜会稽太守。《汉书·艺文志》录严助赋35篇。

汉武帝以南人治理南方,严助与朱买臣相继拜会稽太守。严助贵幸后荐同邑朱买臣,他们的出现使江东逐渐为人所重。

东汉哲学家王充是当时江东地区最著名的文士,也是中国学术史上著名的异儒,对于传统的儒家学说并不以为然。王充字仲任,会稽人,其祖先从魏郡元城迁徙至会稽。王充少孤,曾至京城太学里学习,拜扶风人班彪为师。《论衡》是其代表作品,也是中国历史上一部不朽的无神论著作。王充的出现使江东地区的学术水平得到很大的提升,几乎可与北方学术相颉颃。

东汉时期是士族形成时期,东汉士族有别于西汉的豪族,他们以诗礼传家,世代冠冕不绝。东汉江东士族多来自北方移民。自从汉武帝设立河西四郡割断了匈奴与西羌的联系之后,河西走廊经济文化得

---

[1] 《汉书》卷六五《东方朔传》,第2863页。
[2] 《汉书》卷五八《公孙弘传赞》,第2634页。

到很大发展。两汉之际，每当中原丧乱，大批士人往往逃到这里。东汉以后，羌人纷纷叛乱，河西诸郡的人口锐减，北方人由西北转而纷纷逃至江东。邹逸麟主编《中国历史人文地理》（科学出版社2001年版）根据东汉永和五年（140）的人口统计，北方人口在全国人口中的占比由原来的81%下降到66.4%，而南方人口则由原来的19%上升到33.6%。其中相当一部分文人加入这个流徙的行列中，譬如扶风人梁鸿与妻子孟光就避难吴地，死后也葬于吴，蔡邕亦避难吴会地区长达12年之久。

永嘉之乱前，江东士族指"吴姓"士族，"吴姓"士族大多是在两汉时期相继从北方迁移江南的，主要分为吴郡士族和会稽士族两个地域群体。"吴姓"士族为原有土著或汉代移民，其著房大概包括吴郡：吴县朱、张、顾、陆氏，钱塘朱氏；会稽郡：余姚虞氏、上虞魏氏，山阴孔、谢、贺、丁氏；义兴郡：阳羡周氏、许氏；丹阳郡：秣陵纪氏、陶氏、句容葛氏。其中顾、陆、朱、张在东吴多出名臣，家族鼎盛，为江东士族之冠。东晋吴姓士族中地位最高的顾、陆、朱、张四姓中，只有顾氏为土著，其他三姓则为汉代移民。[①]

东汉中晚期，正是由于这些文化士族的初步形成及其活动，才促成了江东地域社会风貌的改观。东吴立国江东，与曹魏、蜀汉鼎足而立，三分天下有其一，前后长达80余年之久。这一时期，江东吴姓士族在政治上臻于极盛，而且在学术文化上也有长足进步，各士族大姓形成了自身独特的家学与门风。西晋太康元年（280），杜预、王浚灭吴，江东士族相对独立的发展状态被打破，他们很多人只得以俘虏降臣的身份走上了与北方士族的融合之路。西晋时期出自江东士族吴

---

① 参见何启民《中古南方门第——吴郡朱张顾陆四姓之比较研究》，《中古门第论集》，台湾学生书局1982年版，第79—120页。

郡陆氏的陆机、陆云兄弟就是在这样的情况下入洛阳的，他们在当时被当成"亡国之余"而遭受羞辱是难以避免的。八王之乱和五胡乱华使得晋室南渡，北方士族因此来到昔日的"敌国"，江东人物的构成从此发生了根本变化。

晋永嘉之乱造成更大规模的移民潮。由于琅琊王司马睿割据江东，大批北方士族随驾逃至南方。永嘉之后，北方士族如琅琊王氏、陈郡谢氏、彭城刘氏、陈郡袁氏、兰陵萧氏、河南褚氏、河东裴氏、颍川荀氏等纷至沓来，他们与东晋皇室一起组建了北方侨姓政权。永嘉之乱后，地处河北的山东高门未及南渡，滞留于北朝。未及南渡的河北士族主要包括赵郡李氏、陇西李氏、赵郡崔氏（即清河崔氏）、博陵崔氏、荥阳郑氏、范阳卢氏、太原王氏、彭城刘氏、渤海高氏等山东士族和京兆韦氏、河东裴氏、弘农杨氏、京兆杜氏、河东薛氏、河东柳氏等关中士族。黄河以南的士族则纷纷南渡，南迁的北方士族主要包括以诸葛恢为代表的琅邪诸葛氏；王导、王敦等为代表的琅邪王氏；以颜含为代表的琅邪颜氏；以王承为代表的太原王氏[①]；以桓彝为代表的谯国桓氏；以庾亮、庾冰兄弟为代表的颍川庾氏；以钟雅为代表的颍川钟氏；以郗鉴为代表的高平郗氏；以荀崧为代表的汝南荀氏；以应詹为代表的汝南应氏；以周颛、周谟、周嵩兄弟为代表的汝南周氏；以祖逖、祖约兄弟为代表的范阳祖氏；以谢鲲为代表的陈郡谢氏；以袁瑰为代表的陈郡袁氏；以殷浩为代表的陈郡殷氏；以羊曼为代表的泰山羊氏；以范坚、范汪为代表的南阳范氏及以蔡谟为代表的济阳考城蔡氏。另外，如两晋之际的彭城刘氏、兰陵萧氏等次等士族南迁后，在南朝时期相继崛起，其个别房支开始重视文化教育，

[①] 太原王氏世居黄河以北，永嘉南渡时其主支部分南迁，一部分仍居于北朝。北魏太武帝时，北朝太原王氏人物凋零。南朝王慧龙北归后，为崔浩拔擢，成为唐朝山东高门太原王氏的祖先。

逐渐转变为文化高门。

北方侨姓士族大批南渡后,由于侨、吴士族文化上隔阂很深,双方不可避免地发生利益冲突。甚至到了南齐时,吴姓士族对侨、吴之别仍然不能释怀,出自吴兴乌程丘氏的丘灵鞠还说:"我应还东,掘顾荣冢。江南地方数千里,士子风流,皆出其中,顾荣忽引诸伧渡,妨我辈途辙,死有余罪。"[1]顾荣本吴姓首望,曾不以地域之嫌坚定拥戴司马睿的侨姓政权。正是经过王导、顾荣等的不懈努力,侨姓、吴姓士族之间才达成一定的妥协,随着侨、吴士族之间妥协的达成,两种文化加速了融合。王、谢等侨姓士族避开吴姓士族集中的吴郡、吴兴等地,继续往南转而开发会稽等地。

东晋政权由侨姓士族牢牢把持,侨姓和吴姓庶族往往地位卑下,他们往往只能成为士族的佃客和私属。一部分庶族如欲光大门楣,只能投身戎旅,置身锋刃之间,以武力起家,成为当地豪族。由于士族掌控了东晋的政治、经济、文化等特权,形成了后世所谓的东晋门阀政治。严格意义的门阀政治只存在于江左的东晋时期,前此的孙吴不是,后此的南朝也不是;至于北方,并没有出现过门阀政治。南朝时期江东世家大族的突出标志,除了世袭政治特权外,主要在于高度的文化而不是雄厚的经济。

所谓吴姓豪族,是指地域观念上有别于侨姓,家族特质上迥异于士族的家族类型。以义兴周氏和吴兴沈氏为代表的吴姓豪族,未必拥有高官显爵,却拥有雄踞乡里的经济根基和根深蒂固的宗党势力以及广泛的社会影响。吴姓豪族的社会地位和官场权势虽高于寒门庶族,却逊于吴姓士族(如顾、陆、朱、张等"吴四姓"),更难以与琅琊

---

[1] (南朝梁)萧子显:《南齐书》卷五二《丘灵鞠传》,中华书局1972年版,第890页。(书中引用该古籍均是此版本,后文中只标明书名和页码,特此说明)

王氏和陈郡谢氏等侨姓士族比肩。

由于整个社会崇文，部分豪族开始教子孙读书，以文儒为务，从而向士族转化。吴兴长城人钱凤说"今江东之豪莫强周、沈"，即感叹义兴周氏与吴兴武康沈氏之豪强。义兴周氏为江东土著，属于吴姓豪族，素以武力强宗知名，除三害的周处即出自义兴周氏。周处最终问学于陆机、陆云反映了豪族向士族的过渡。这种转变也有一个自微而渐的过程，吴兴武康沈氏亦为江东著名地方豪强，自东汉初定居吴兴，沈氏以武力起家，至南朝陈亡，历经五个多世纪，经历了由武力强宗到文化士族的转化。沈氏子弟在东晋和刘宋时代以武力著称（如沈充、沈田子、沈林子兄弟等），而到了齐、梁、陈三代则以文学、史学、经学而知名，文人知名者如沈麟士、沈约等。沈氏家学鼎盛，家中藏书甚至超过一般侨姓士族，完成了豪族向士族的转化。一方面，豪族或庶族通过教子孙读书而转化为士族；另一方面，由于因缘际会等原因，部分士族也向庶族转化。

唐代山东士族著房在数量上处于绝对优势地位，而江东士族势力锐减，与南北朝时不可同日而语。江东士族的情况与山东士族颇有不同，山东士族以五姓为代表，"五姓七家"几乎涵盖了山东士族的主体。但江东士族包括侨姓与吴姓士族，族姓繁多。永嘉之乱造成大批北方士族南渡，过江士族有百谱之多，再加上大量吴姓士族的存在，江东士族的种姓之多远非"山东五姓"所能比肩。江东士族中最贵盛的兰陵萧氏和琅琊王氏仅为江东士族之冰山一角，并不能涵盖江东士族的主体。事实上，江东士族子弟在唐代政治文化领域的地位虽不能比拟于六朝时期，但在唐代仍然具有重要影响力。

江东士族是六朝时期的文化高门，南北混一虽以北朝征服南朝而告终，但作为俘虏降臣的江东士族尚能以其学术修养屹立于新朝。隋开皇九年平陈后，大批江东士族才俊云集长安，"陈叔宝与其王公百司发建康，诣长安，大小在路，五百里累累不绝。帝命权分长安士民宅以俟之，内外修整，遣使迎劳，陈人至者如归"①，唐人孙元晏咏叹道："文物衣冠尽入秦，六朝繁盛忽埃尘。"（《淮水》）隋炀帝践祚后，开始重用江东士族，如许善心、虞世基、虞世南、虞绰、王胄等是梁陈文坛的名流，皆出自江东士族，陈亡后入隋。吴郡陆知命、吴兴姚察等亦得到重用。唐定鼎伊始，江东世家大族依旧保持了相当雄厚的地方势力基础。唐太宗虽以武力定祸乱，出入与之俱者，多为西北骁勇之士。但在天下既定以后，太宗偃武修文，所精选弘文学士，多为东南儒生。这些东南儒生多来自南朝，他们大多出自江东士族。

唐初政治上虽然采取关中本位政策，朝廷依赖关陇集团。但江东士族仍然有许多人在唐初朝廷中担任要职，如太宗时期出自会稽虞氏的虞世南为太宗所器重，杭州褚遂良、许敬宗拜相。高宗时苏州陆敦信，武后朝吴兴沈君谅，苏州陆元方、顾琮，中宗朝润州桓彦范，睿宗时的陆象先等，均曾官至宰相。太宗朝江东士族在儒学、文学等方面人才济济，地位显赫的江东士族儒学之士包括：出自吴郡陆氏的陆德明，秦王府文学馆学士、太学博士；出自吴郡朱氏的朱子奢，弘文馆学士；出自吴郡张氏的张后胤于高祖镇太原时引居宾馆，太宗就授《春秋左氏》，曾任国子祭酒，散骑常侍；出自高阳许氏的许叔牙，崇贤馆学士。入唐后有的士族子孙繁衍贵达，有的则沦为凡庶，唐代江东士族虽被皇权有效肢解，并被重新置于皇权政治的框架之内，但其社会影响力仍不容小觑。

---

① 《资治通鉴》卷一七七，第5516页。

第二章

唐代山东士族的特点

中古时代中国社会可以分成士族和庶族两大阶层。东汉以来，一些强宗大族逐渐完成了向士族的转变，没有完成转变的大族则走向衰落。与南朝士族多居于都市不同，北朝山东士族多处于乡村，往往聚族而居，保存了完整的宗法制度。

魏晋南北朝时期，为了抵御胡族的侵扰，北朝士族常常整个宗族聚居于一体，往往累世同居，如北魏弘农杨播家族、范阳卢渊家族常被当作典范。另外，如博陵崔挺的五世同居，博陵李几七世共居同财。这种家族聚居带来了一种特殊的经济关系："（博陵崔）士谦性至孝，与弟说特相友爱，虽复年位并高，资产皆无私焉，居家严肃，旷及说子弘度并奉其遗训云。"[①] 崔士谦属于博陵崔氏，其兄弟子侄无私产。同族中还有孝芬、孝伟、孝演兄弟，也是共居一处并共同拥有财产，其经济生活正如《北史·崔孝芬传》所说：

一钱尺帛，不入私房，吉凶有须，聚对分给。诸妇亦相亲

[①] （唐）李延寿：《北史》卷三二《崔士谦传》，中华书局1974年版，第1166页。

爱，有无共之。始（崔）挺兄弟同居，孝芬叔振既亡后，孝芬等承奉叔母李氏，若事所生。旦夕温清，出入启觐，家事巨细，一以咨决，每兄弟出行，有获财物，尺寸以上，皆入李之库，四时分赉，李氏自裁之。①

整个家族就是一个小社会，因而，儒家礼法成为家族内部管理的不二法门。② 同为山东高门的范阳卢氏也将儒家礼法用在家族内部：

> （卢）度世，李氏之甥。其为济州也，国家初平升城。无盐房崇吉母傅氏，度世继外祖母兄之子妇也。兖州刺史申纂妻贾氏，崇吉之姑女也，皆亡破军途，老病憔悴。而度世推计中表，致其恭恤。每觐见傅氏，跪问起居，随时奉送衣被食物，亦存赈贾氏，供其服膳。青州既陷，诸崔坠落，多所收赎。及渊、昶等并循父风，远亲疏属，叙为尊行，长者莫不毕拜致敬。闺门之礼，为世所推。谦退简约，不与世竞。父母亡，然同居共财，自祖至孙，家内百口。在洛时，有饥年，无以自赡，然尊卑怡穆，丰俭同之。亲从昆弟，常旦省谒诸父，出坐别室，至暮乃入。朝府之外，不妄交游。其相助以礼如此。又一门三主（公主），当世以为荣。③

对此，《魏书》有史臣赞曰："卢玄绪业著闻，首应旌命，子孙继迹，为世盛门。其文武功烈，殆无足纪，而见重于时，声高冠带，盖

---

① （唐）李延寿：《北史》卷三二《崔孝芬传》，中华书局1974年版，第1183页。
② 日人谷川道雄谈到北朝大士族累世同居的意义，他认为大士族累世同居是礼教意识的产物（《中国中世社会与共同体》，中华书局2002年版，第196—202页）。
③ 《魏书》卷四七《卢度世传》，第1062页。

德业儒素有过人者。"①

由于宗族势力的强大，历代统治者对他们恩威并施，既打击又拉拢。唐杜佑《通典》卷三引宋孝王撰《关东风俗传》曰：

> 昔六国之亡，豪族处处而有，秦氏失驭，竞起为乱。及汉高徙诸大姓齐田、楚景之辈以实关中，盖所以强本弱末之计也。文宣之代（指北魏孝文帝和宣武帝），政令严猛，羊、毕诸豪，颇被徙逐。至若瀛、冀诸刘，清河张、宋，并州王氏，濮阳侯族，诸如此辈，一宗近将万室，烟火连接，比屋而居。献武（北齐神武帝）初在冀郡，大族蜩起应之。②

乱世之时，各种政治势力尽量拉拢地方宗族势力以增强自身实力。一旦政权稳固之后，统治者为了强本弱末，往往会削弱宗族势力。尽管孝文帝和宣武帝政令严猛，大宗族仍然"一宗近将万室，烟火连接，比屋而居"。北齐神武帝为冀州刺史、都督冀州诸军事时，利用冀州大族稳定了山东，为日后建立北齐政权奠定了基础。稍后，宇文泰利用关陇大族稳定了关陇地区，遂有北周政权。

唐代山东士族沿袭了北朝传统，往往聚族而居。即使在朝为官，他们与原籍仍未疏远，有的在京师设居所，在原籍亦有居所，形成"城市与乡村的双家形态"。有的虽然没有双家，其亲族仍在乡村。③"甘露之变"失败后，宦官欲废唐文宗，招翰林学士崔慎由起草诏书，"慎由大惊曰：'某有中外亲族数千口，列在搢绅，长行、兄弟、甥侄仅三百人，一旦闻此覆族之言，宁死不敢承命。况圣上高明之德，覆

---

① 《魏书》卷四七《卢玄传》，第1064页。
② （唐）杜佑：《通典》，中华书局1988年版，第62页。
③ 参见毛汉光《中国中古社会史论》，上海书店出版社2002年版，第239页。

于八荒，岂可轻议！'"① 崔慎由出自山东高门清河崔氏，"有中外亲族数千口"，足见其家族的庞大。

第一节　唐代山东士族的家风

山东士族的特点体现在其家学和家风之中。隋代赵郡李士谦和博陵崔廓皆保留了北朝以来山东高门的家风特点，据《隋书·李士谦传》载：

> 李士谦，字子约，赵郡平棘人也。髫龀丧父，事母以孝闻。母曾呕吐，疑为中毒，因跪而尝之。伯父魏岐州刺史玚，深所嗟尚，每称曰："此儿吾家之颜子也。"年十二，魏广平王赞辟开府参军事。后丁母忧，居丧骨立。有姊适宋氏，不胜哀而死。……李氏宗党豪盛，每至春秋二社，必高会极欢，无不沉醉喧乱。……家富于财，躬处节俭，每以振施为务。州里有丧事不办者，士谦辄奔走赴之，随乏供济。有兄弟分财不均，至相阋讼，士谦闻而出财，补其少者，令与多者相埒。兄弟愧惧，更相推让，卒为善士。有牛犯其田者，士谦牵置凉处饲之，过于本主。望见盗刈其禾黍者，默而避之。其家僮尝执盗粟者，士谦慰谕之曰："穷困所致，义无相责。"遽令放之。……其后出粟数千石，以贷乡人，值年谷不登，债家无以偿，皆来致谢。士谦曰："吾

---

① 《资治通鉴考异》引皮光业《见闻录》。(此事又载于《唐语林校证》卷三，第206页）按：崔慎由于唐宣宗大中初始入朝为右拾遗、员外郎，知制诰，文宗时尚未为翰林学士。此事当为慎由子崔胤杜撰，盖崔胤深恶宦官，欲加重宦官之罪而诬之。然根据"通性真实"的原则，清河崔氏宗族庞大的情况当为不诬。

家余粟，本图振赡，岂求利哉！"于是悉召债家，为设酒食，对之燔契，曰："债了矣，幸勿为念也。"各令罢去。明年大熟，债家争来偿谦，谦拒之，一无所受。他年又大饥，多有死者，士谦罄竭家资，为之糜粥，赖以全活者将万计。收埋骸骨，所见无遗。至春，又出粮种，分给贫乏。赵郡农民德之，抚其子孙曰："此乃李参军遗惠也。"①

李士谦和崔廓齐名，《隋书·崔廓传》载：

崔廓字士玄，博陵安平人也。父子元，齐燕州司马。廓少孤贫而母贱，由是不为邦族所齿。初为里佐，屡逢屈辱，于是感激，逃入山中。遂博览书籍，多所通涉，山东学者皆宗之。既还乡里，不应辟命。与赵郡李士谦为忘年之友，每相往来，时称崔、李……（崔廓子崔赜）母忧去职，性至孝，水浆不入口者五日。……（隋炀帝）因谓牛弘曰："崔祖浚（崔赜字）所谓问一知二。"②

李士谦和崔廓，出自北朝以来名闻山东的"博崔赵李"家族。从上述二例我们可以发现山东士族的家族特点。在家学上：博学多闻；在信奉儒家学说的基础上，有融合三教的趋势。在家风上：首先，特别重孝道；其次，重义轻利，有节俭的美德。另外，我们从《新唐书·列女传》中发现，山东士族女子多重礼法、守妇道。

一 注重孝道

作为"士"的标准，《论语》中的记载如下：

---

① （唐）魏徵等：《隋书》卷七七《李士谦传》，中华书局1973年版，第1752—1753页。（书中引用该古籍均是此版本，后文中只标明书名和页码，特此说明）
② 《隋书》卷七七《崔廓传》，第1755—1757页。

子贡问曰："何如斯可谓之士矣？"子曰："行己有耻，使于四方，不辱君命，可谓士矣。"曰："敢问其次。"曰："宗族称孝焉，乡党称悌焉。"曰："敢问其次。"曰："言必信，行必果，硁硁然小人哉！抑亦可以为次矣。"①

"孝"是儒家思想的基本要义，"宗族称孝"是"士"的重要标准。儒家讲究修身、齐家、治国、平天下的先后次序。孝悌则可以齐家，"欲治其国者，先齐其家"，然后才可以治国平天下。

五胡乱华后的北方，政权更迭频繁。汉人士族面对的是五胡政权，难以倾心归顺，因而家族内部很少强调对朝廷的忠诚。与南方士族（包括侨姓士族）生活于大城市不同，北朝士族居住于乡村，战乱时常常举族聚于坞堡之内。这样的大家族生活在一起，没有一定的宗法规则是无法调和家族内部矛盾的。山东士族家传儒学，儒学中的孝悌观念自然被引用到家族内部。

唐代山东士族沿袭了北朝士族的遗风，家族内部讲究孝道，这实际上也是儒学思想在治家方面的反映。《新唐书》的修撰者欧阳修、宋祁认识到孝悌对于治理国家的作用，他们在《新唐书·孝友传》中赞曰：

圣人治天下有道，曰"要在孝悌而已"。父父也，子子也，兄兄也，弟弟也，推而之国，国而之天下，建一善而百行从，其失则以法绳之。故曰"孝者天下大本，法其末也"。至匹夫单人，行孝一概，而凶盗不敢凌，天子喟而旌之者，以其教孝而求忠也。②

---

① 《论语》卷七《子路》第十三。
② 《新唐书》卷一九五《孝友传》，第5592页。

唐代士族讲孝道，有关这方面的记载比比皆是。下面列出一些出自唐代"山东五姓"的孝子。

赵郡李氏

赵郡李公道枢，先夫人卢氏，性严，事亦类此。道枢名声已闻，又在班列，宾至门，往往值其受杖。①

李珏字待价，赵郡赞皇人。早孤，居淮南，养母以孝闻。②

李藩字叔翰，赵郡人……祖畬，开元时为考功郎中，事母孝谨，母卒，不胜丧死。③

陇西李氏

李杰，本名务光，相州滏阳人。后魏并州刺史宝之后也。其先自陇西徙焉。杰少以孝友著称。举明经，累迁天官员外郎。明敏有吏才，甚得当时之誉。④

博陵崔氏

崔沔，字善冲，京兆长安人。后周陇州刺史士约四世孙，自博陵徙焉。纯谨无二言，事亲笃孝，有才章。擢进士。举贤良方正高第，不中者诵訾之，武后敕有司覆试，对益工，遂为第一……睿宗召授中书舍人，以母病东都不忍去，固辞求侍。⑤

崔衍，字著，深州安平人。父伦，字叙，居父丧，跣护柩行

---

① 《唐语林校证》卷一，第15页。
② 《唐语林校证》卷三，第263页。
③ 《旧唐书》卷一四八《李藩传》，第3997页。
④ 《旧唐书》卷一百《李杰传》，第3111页。
⑤ 《新唐书》卷一二九《崔沔传》，第4475—4476页。《旧唐书》卷一八八《孝友传》亦载此事。

千里，道路为流涕，庐冢弥年。服除，及进士第，历吏部员外郎。①

范阳卢氏

卢迈，字子玄，河南河南人。性孝友。举明经入第，补太子正字。②

太原王氏

王维……与弟缙齐名，资孝友。……母丧，毁几不生。服除，累迁给事中。……缙为蜀州刺史未还，维自表："己有五短，缙五长，臣在省户，缙远方，愿归所任官，放田里，使缙得还京师。"③

中国历代多以孝治天下，山东士族十分讲究孝道，这正是他们长盛不衰、绵延数百年的重要原因。

二 唐代山东士族往往出自孤寒，保留了节俭的美德

（一）唐代山东士族往往出自孤寒

出自陇西李氏的唐人李揆号称天下"三绝"，罢相后在江南养病，"既无禄俸，家复贫乏，孀孤百口，丐食取给"④。唐代士族之盛，"实系于冠冕"，若非累世公卿，本人又居家不仕，则举家不免于贫

---

① 《新唐书》卷一六四《崔衍传》，第5041—5042页。
② 《新唐书》卷一五〇《卢迈传》，第4815页。
③ 《新唐书》卷二〇二《王维传》，第5764—5765页。
④ 《旧唐书》卷一二六《李揆传》，第3561页。

困。唐代山东高门子弟常常出自孤寒，如：

> 太宗朝宰相王珪出自太原王氏，"王珪字叔玠，太原祁人也。……珪幼孤，性雅澹，少嗜欲，志量沉深，能安于贫贱，体道履正，交不苟合。季叔（王）颇当时通儒，有人伦之鉴，尝谓所亲曰：'门户所寄，唯在此儿耳。'"①

> 玄宗朝宰相崔日用出自博陵崔氏，"（崔）日用从父兄日知，字子骏，少孤贫，力学，以明经进至兵部员外郎。与张说同为魏元忠朔方判官，以健吏称"②。

> 崔蠡出自清河崔氏，"唐崔蠡知制诰日，丁太夫人忧，居东都里第，时尚清苦俭啬。四方寄遗，茶药而已，不纳金帛，故朝贤家不异寒素，虽名姬爱子，服无轻细。"③

> 卢商出自范阳卢氏，"（卢）商，元和四年擢进士第，又书判拔萃登科。少孤贫力学，释褐秘书省校书郎"④。

> 王播出自太原王氏，"王播少孤贫，常客扬州惠昭寺木兰院"⑤。

《唐摭言》卷七有"起自寒苦"条，所载李义琛兄弟、王播、郑朗、李绛、徐商、韦昭度共六例。⑥ 其中前四位皆出自"山东五姓"，占大部分，可见唐代山东士族的显贵多出自孤寒，他们多以

---

① 《旧唐书》卷七〇《王珪传》，第2527页。
② 《新唐书》卷一二一《崔日用传》，第4331页。
③ （宋）李昉等编：《太平广记》卷一八二引《芝田录》，中华书局1961年版，第1354页。（书中引用该古籍均是此版本，后文中只标明书名和页码，特此说明）
④ 《旧唐书》卷一七六《卢商传》，第4575页。
⑤ （后晋）王定保：《唐摭言》卷七，《唐五代笔记小说大观》本，上海古籍出版社2000年版，第1635页。按：王播寄食于惠昭寺木兰院，庙中僧侣深恶之，将吃饭时间改在敲钟之前。
⑥ 同上书，第1635—1636页。

科举进身。

李德裕的用人之道十分值得探讨，一方面李德裕重门第，反对进士科，《新唐书》载李德裕对唐武宗语：

> 郑肃、封敖子弟皆有才，不敢应举。臣无名第，不当非进士。然臣祖天宝末以仕进无他岐，勉强随计，一举登第。自后家不置《文选》，盖恶其不根艺实。然朝廷显官，须公卿子弟为之。何者？少习其业，目熟朝廷事，台阁之仪，不教而自成。寒士纵有出人之才，固不能闲习也。则子弟未易可轻。①

另一方面，史籍又津津乐道于李德裕选拔孤寒之事，范摅《云溪友议》卷中载：

> 或问赞皇公（李德裕）之秉均衡也，毁誉如之何？削祸乱之阶，辟孤寒之路；好奇而不奢，好学而不倦；勋业素高，瑕疵不顾。是以结怨豪门，取尤群彦。（光福王起侍郎，自长庆三年知举，后二十一岁，复为仆射，武皇朝犹主国。凡有亲戚在朝者，不得应举，远人得路，皆相贺庆而已）。后之文场困辱者，若周人之思乡焉，皆曰："八百孤寒齐下泪，一时回首望崖州。"②

崔郾家族多次掌贡举，亦有选拔孤寒之名，与李德裕志同道合：

> （崔郾为官时），孤寒无援者未尝留滞，铨叙之美，为时所称。……其年转礼部侍郎，东都试举人。凡两岁掌贡士，平心阅

---

① 《新唐书》卷四四《选举志上》，第1169页。
② （唐）范摅：《云溪友议》卷中，《唐五代笔记小说大观》本，上海古籍出版社2000年版，第1299页。

· 57 ·

试，赏拔艺能，所擢者无非名士，至大中、咸通之代，为辅相名卿者十数人……会昌初，李德裕用事，与郾弟兄素善。①

孙光宪《北梦琐言》"卢肇为进士状元"条载：

唐相国李太尉德裕，抑退浮薄，奖拔孤寒。于时朝贵朋党，掌武破之，由是结怨。而绝于附会，门无宾客，惟进士卢肇，宜春人，有奇才，每谒见，许脱衫从容。旧例，礼部放榜，先禀朝廷，恐有亲属言荐。会昌三年，王相国起知举，先白掌武，乃曰："某不荐人，然奉贺今年榜中得一状元也。"起未喻其旨，复遣亲吏于相门侦问，吏曰："相公于举子中，独有卢肇久接从容。"起相曰："果在此也。"其年卢肇为状头及第。时论曰："卢虽受知于掌武（李德裕），无妨主司之公道也。"②

陈寅恪先生赞同以上观念，他说："拔引孤寒之美德高名翻让与山东旧族之李德裕矣。"③ 亦认为李德裕重用孤寒之辈。

实际上李德裕重用孤寒与重门第并不矛盾，他所用的多为出自山东高门中的孤寒之士。卢肇属于孤寒，实指其政治、经济地位。其门第出自山东高门之范阳卢氏，在血统和文化上属于山东高门。山东高门之间往往相互援引，李德裕出自赵郡李氏，多次掌贡举之崔郾家族出自清河崔氏，王起出自太原王氏，皆为山东士族一等高门。

李德裕所用士人多为传统士族，这些士族由于政治地位和经济地位衰落，沦落为"孤寒"，但依旧保持着社会地位和文化传承，后人

---

① 《旧唐书》卷一五五《崔郾传》，第4118—4120页。
② （后晋）孙光宪：《北梦琐言》，贾二强点校，中华书局2002年版，第41页。（书中引用该古籍均是此版本，后文中只标明书名和页码，特此说明）
③ 陈寅恪：《唐代政治史述论稿》，上海古籍出版社1997年版，第78页。

多根据其政治地位和经济基础将他们误认为庶族。唐代山东士族已丧失政治、经济特权，其家庭正如唐太宗所云"名虽著于州闾，身未免于贫贱"①。与六朝士族不同的是，唐代山东士族变成纯粹的精神贵族，"平流进取，坐致公卿"已经成为过去，很多士族子弟沦为孤寒而不得不加入科举考试以获取功名。

（二）唐代山东士族保留了节俭的美德

东汉以来门第兴衰无常，很多豪门大族子孙沦为凡庶，延绵数百年而家风不堕者往往有富贵不能淫的美德。弘农杨氏德业相继，有"关西孔子"之称的杨震以"使后世称为清白吏子孙"的美誉遗留子孙。与清廉的弘农杨氏相反，同为东汉名族，有"四世三公"之称的袁氏"车马衣服极为奢僭"，被时人认为不及杨氏能恪守家风。②

北朝以来，山东士族具备深厚的经济基础和良好的文化传统，相比较而言，他们更重视文化传统，以淡泊功利为美德。如出自范阳卢氏的卢义僖：

> （卢义僖）散秩多年，澹然自得。李神俊劝其干谒当途。义僖曰："学先王之道，贵行先王之志，何能苟求富贵也。"……义僖少时，幽州频遭水旱，先有谷数万石贷民，义僖以年谷不熟，乃燔其契。州闾悦其恩德。性宽和畏慎，不妄交款，与魏子建情好尤笃，言无所隐。义僖性清俭，不营财利，虽居显位，每至困

---

① （唐）吴兢：《贞观政要集校》，谢保成集校，中华书局2003年版，第396页。（书中引用该古籍均是此版本，后文中只标明书名和页码，特此说明）
② （南朝宋）范晔：《后汉书》卷五十四《杨震传》注引《华峤书》，中华书局1965年版，第1790页。（书中引用该古籍均是此版本，后文中只标明书名和页码，特此说明）

乏，麦饭蔬食，忻然甘之。①

卢义僖"性清俭"，虽不求富贵，但家道殷实，他所谓"先王之道"指的是儒学。正如《论语》所说"君子喻于义，小人喻于利"，儒学思想中有很多重义轻利的思想，这种思想影响到唐代山东士族的家风。

唐代山东士族即使已经身为高官，大多数仍然能保持节俭的美德。盛唐时期的卢怀慎就是典型的例子。《新唐书·卢怀慎传》载：

> 卢怀慎，滑州人，盖范阳著姓……怀慎清俭不营产，服器无金玉文绮之饰，虽贵而妻子犹寒饥，所得禄赐，于故人亲戚无所计惜，随散辄尽。赴东都掌选，奉身之具，止一布囊。既属疾，宋璟、卢从愿候之。见敝箦单藉，门不施箔。会风雨至，举席自障。日晏设食，蒸豆两器。菜数杯而已……及治丧，家亡留储。帝时将幸东都，四门博士张星上言："怀慎忠清，以直道始终，不加优锡，无以劝善。"乃下制赐其家物百段，米粟二百斛。帝后还京，因校猎鄠、杜间。望怀慎家。环堵庳陋，家人若有所营者，驰使问焉，还白怀慎大祥，帝即以缣帛赐之，为罢猎。经其墓，碑表未立，停跸临视，泫然流涕。②

卢怀慎为官清廉，其孙卢杞于德宗时因此凭借祖荫拜相。

中唐时期出自荥阳郑氏的宰相郑余庆也是清廉的典型，郑余庆去世后，"帝（穆宗）以其贫，特给一月奉料为赠禭"③。郑余庆之节俭

---

① 《魏书》卷四七《卢义僖传》，第1053—1054页。
② 《新唐书》卷一二六《卢怀慎传》，第4415—4418页。
③ 《新唐书》卷一六五《郑余庆传》，第5061页。

又见于《唐语林》:"司徒郑贞公(郑余庆谥曰'贞')每在方镇,公厅陈设,器用无不正备,宴犒未尝刻薄。其平居奉身过于俭素,中外婚嫁甚多,礼物皆经处画。"①

郑余庆贵为宰相,本无柴米之忧,其财产多接济他人,其节俭只是为了体现他的生活方式。《新唐书·郑余庆传》载:

> 其禄悉赒所亲,或济人急,而自奉粗狭,至官府,乃开肆广大,常语人曰:"禄不及亲友而侈仆妾者,吾鄙之。"大抵中外姻嫁,其礼献皆亲阅之。后生内谒,必引见,谆谆教以经义,务成就儒学。自至德后,方镇除拜,必遣内使持幢节就第,至则多馈金帛,且以媚天子,唯恐不厚,故一使者纳至数百万缗。宪宗每命余庆,必诫使曰:"是家贫,不可妄求取。"议者或诋其沽激,余庆不屑也。②

同出于荥阳郑氏的郑覃虽位至宰相,亦以清贫著称。《旧唐书·郑覃传》载:"(郑)覃少清苦贞退,不造次与人款狎。位至相国,所居未尝增饰,才庇风雨。家无媵妾,人皆仰其素风。"③

山东士族属于文化高门,虽然思想较为保守、复古,但保留了中国传统的节俭美德。当中唐山东士族执政以后,他们以节俭之美德影响人君,《旧唐书·李藩传》载:

> (李)藩性忠荩,事无不言,上重之,以为无隐。四年冬,(宪宗)顾谓宰臣曰:"前代帝王理天下,或家给人足,或国贫下困,其故何也?"藩对曰:"古人云:'俭以足用。'盖足用系于

---

① 《唐语林校证》卷六,第522页。
② 《新唐书》卷一六五《郑余庆传》,第5061页。
③ 《旧唐书》卷一七三《郑覃传》,第4492页。

俭约。诚使人君不贵珠玉，唯务耕桑，则人无淫巧，俗自敦本，百姓既足，君孰与不足，自然帑藏充溢，稼穑丰登。若人君竭民力，贵异物，上行下效，风俗日奢，去本务末，衣食益乏，则百姓不足，君孰与足，自然国贫家困，盗贼乘隙而作矣。今陛下永鉴前古，思跻富庶，躬尚勤俭，自当理平。伏愿以知之为非艰，保之为急务，宫室舆马，衣服器玩，必务损之又损，示人变风，则天下幸甚。"帝曰："俭约之事，是我诚心；贫富之由，如卿所说。唯当上下相勖，以保此道，似有逾滥，极言箴规，此固深期于卿等也。"①

李藩出身于赵郡李氏，为李畲之孙。他劝宪宗以节俭治天下，正是山东士族传统门风的体现。山东士族传统门风强调重义轻利，李藩之言所以为宪宗所采纳，与他本人的表现是分不开的："李藩字叔翰，赵郡人……父卒，家富于财，亲族吊者，有挈去不禁，愈务散施，不数年而贫。年四十余未仕，读书扬州，困于自给。"②

李德裕亦十分节俭，"李卫公性简俭，不好声妓，往往经旬不饮酒。"李德裕自称"无常人嗜欲：不求货殖，不近声色，无长夜之欢，未尝大醉。"③ 中唐的节俭使朝廷的储备增加，对付突发事件的能力增强：

懿宗尝行经延资库，见广厦钱帛山积，问左右："谁为库？"侍臣对曰："宰相李德裕。以天下每岁度支备用之余，尽实于此。自是以来，边庭有急，支备无乏。"上曰："今何在？"曰："顷坐吴湘贬崖州。"上曰："有如此功，微罪岂合诛谴！"④

---

① 《旧唐书》卷一四八《李藩传》，第3999页。
② 同上书，第3997页。
③ 《唐语林校证》卷七，第613页。
④ 《唐语林校证》卷三，第284页。

李德裕在宣宗朝被贬死于崖州，但他在武宗会昌年间之善政，于懿宗朝尚且受益，可见中唐节俭之风对维持晚唐政局的作用。

与山东士族的节俭形成鲜明对比的是，一些非高门出身的新兴进士，沾染了浮华的风气。段文昌与白居易等新兴进士门第较低，富贵后生活奢侈。如：

> （段）文昌晚贵，以金莲花盆盛水濯足，徐相商以书规之。文昌曰："人生几何，要酬平生不足也！"①
>
> （段）文昌少孤，寓居广陵之瓜洲，家贫力学……（段文昌）在中书厅事，地衣皆锦绣，诸公多撤去，而文昌每令整饬，方践履。同列或劝之，文昌曰："吾非不知，常恨少贫太甚，聊以自慰尔。"②

幼年贫困的段文昌富贵后生活极端奢侈糜烂，这与中年以后的白居易十分相似。白居易自贬江州司马后，选择了"中隐"的生活方式。不同于东方朔的大隐隐于朝，亦不同于其他隐士隐于山林，白居易要求在富庶的东南及东都洛阳为官。这样既保持了内心的平静，又极力享受人生的乐趣。白氏晚年虽自号"香山居士"，信奉释氏，却徜徉于醇酒美人之间，创作了大量的闲适诗。

三　山东士族女子多守礼法

钱穆先生说："女子教育不同，则家风门规颇难维持。此正当时门第所重，则慎重婚配，亦理所宜。"③ 传统士族女子多守妇道，

---

① 《唐语林校证》卷六，第 574 页。
② 同上书，第 575 页。
③ 钱穆：《略论魏晋南北朝学术文化与当时门第之关系》，《新亚学报》第 5 卷第 2 期，1963 年版。

这是士族门风得以维持的重要保障。东汉南阳邓氏累世显贵,高密侯邓禹被列入云台二十八将之首。中兴之初,邓禹"有子十三人,各使守一艺。修整闺门,教养子孙,皆可以为后世法"①。受胡风影响,唐代的社会风气十分开放,即使作为天下表率的公主亦视再嫁为寻常事。武则天和中宗皇后韦氏尽管母仪天下,皆不能守妇节。与当时社会风气迥异的是,山东士族女子多守妇道、讲礼法。《新唐书·列女传》载:

> 女子之行,于亲也孝,妇也节,母也义而慈,止矣……唐兴,风化陶淬且数百年,而闻家令姓,窈窕淑女,至临大难,守礼节,白刃不能移,与哲人烈士争不朽名,寒如霜雪,亦可贵矣。②

《新唐书·列女传》所谓"闻家令姓,窈窕淑女"指的主要是衣冠之姓,士族之女。对女子的要求主要有三方面:首先,"于亲也孝",对父母要尽孝;其次,"妇也节",指女子贞节,对夫家尽责;最后,"母也义而慈",指对子女要尽做母亲的责任和义务。这实际上是宋代"三从四德"的"在家从父""出则从夫""夫死从子"的雏形。作为一个女子,必须对父母、夫家、子女尽做女儿、妻子、母亲的义务。

《新唐书》卷二〇五《列女传》中记载了48位女性,现按照其婚姻圈③分类列表如下:

---

① 《后汉书》卷一六《邓禹传》,第605页。
② 《新唐书》卷二〇五《列女传》,第5816页。
③ 由于"山东七姓"与"关中六姓"有婚姻关系,故统计中有交叉现象。如"王继妻韦",其婚姻既与关中士族裴氏有关又与山东士族王氏有关。另外,《列女传》所谓"闻家令姓,窈窕淑女"指的主要是衣冠之姓、士族之妻女,因此表中统计数字基本可靠。

	山东七姓婚姻圈（"山东五姓"以及高氏、刘氏）	关中六姓婚姻圈（柳、裴、薛、杨、杜、韦）	其 他
具体事例	李德武妻裴淑英、杨庆妻王、房玄龄妻卢、独孤师仁姆王兰英、杨三安妻李、郑义宗妻卢、刘寂妻夏侯碎金、杨绍宗妻王、李氏妻王阿足、李畲母、崔绘妻卢、汴女李、坚贞节妇李、高睿妻秦、王琳妻韦、卢惟清妻徐、卢甫妻李、王泛妻裴、高愍女、李孝女妙法、李湍妻、王孝女和子、郑孝女、李廷节妻崔、李拯妻卢、朱延寿妻王	李德武妻裴淑英、杨庆妻王、杨三安妻李、杨绍宗妻王、王琳妻韦、王泛妻裴、杨烈妇、董昌龄母杨、杨含妻萧、韦雍妻萧	樊会仁母敬、卫孝女无忌、于敏直妻张、楚王灵龟妃上官、贾孝女、樊彦琛妻魏、符凤妻玉英、饶娥、窦伯女仲女、邹待征妻薄、金节妇、贾直言妻董、段居贞妻谢、衡方厚妻程、殷保晦妻封绚、窦烈妇、山阳女赵、周迪妻
人数	26	10	18
比例	54.2%	20.8%	37.5%

《新唐书·列女传》中共48例，尚有几例姓氏不明。其中与崔、卢、郑、李、王婚姻圈有关的有23例（指五姓之妻女），加上刘氏和高氏则有26例，已经超过总数的一半。属于关中六姓婚姻圈的有10例，排在第二位。与山东旧族和"关中六姓"没有关系的不超过18例。①

与初盛唐女子开放的风气不同的是，《新唐书·列女传》中的女子严守礼法，这正是山东旧族传统家风的具体表现。《新唐书·列女传》中女子多为士族尤其是山东旧族妻女，足见山东旧族对唐代礼法的重要影响。山东旧族重视对女子的礼法教育，因为，女子在家庭中对子女起表率作用。

首先，山东士族女子多讲孝道。

---

① 其中有几人姓氏不明，也有可能与山东旧族婚姻圈有关。

山东士族家族庞大，而"孝道"是维持大家族正常运转的首要条件，《新唐书·列女传》载：

>卢甫妻李，秦州成纪人。父澜，永泰初为蕲令。梁、宋兵兴，澜谕降剧贼数千人。刺史曹升袭贼，败之。贼疑澜卖己，执澜及其弟渤，兄弟争相代死，李见父被执，亦请代父。遂皆遇害。①

卢甫妻李氏，秦州成纪人，当出自陇西李氏。当父亲有难时，女儿请以身代父，一门之中，可谓"男忠女孝"。另据《太平广记》载：

>大中五年，兖州瑕丘县人郑神佐女，年二十四，先许适驰雄牙官李玄庆。神佐亦为官健，戍庆州，时党项叛，神佐战死，其母先亡，无子，女以父战殁边城，无由得还，乃剪发坏形，自往庆州，护父丧还，至瑕丘县进贤乡马青村，与母合葬，便庐于坟所，手植松桧，誓不适人……诏旌表门闾，而赞曰："政教隆平，男忠女贞。礼以自防，义不苟生。彤管有炜，兰闺振声。《关雎》合雅，始号文明。"②

唐代荥阳郑氏，人物尤多。郑神佐女一方面尽对父母的孝道，另一方面，她誓不适人，立志守节。唐宣宗大中年间，由于宣宗好山东衣冠之族，并且嫁爱女万寿公主于荥阳郑颢为妻。故旌表郑神佐女，唐室公主开始守礼法如山东士族。

范阳卢氏亦可称为守妇道的典范，《新唐书·列女传》载：

---

① 《新唐书》卷二〇五《列女传》，第5818页。
② 《太平广记》卷二七〇"郑神佐女"条，第2120页。此事又见于《新唐书》卷二〇五《列女传》之"郑孝女"。

> 郑义宗妻卢者，范阳士族也。涉书史，事舅姑恭顺。夜有盗持兵劫其家，人皆匿窜，惟姑不能去，卢冒刃立姑侧，为贼挥捶几死。贼去，人问何为不惧，答曰："人所以异鸟兽者，以其有仁义也。今邻里急难尚相赴，况姑可委弃邪？若百有一危，我不得独生。"姑曰："岁寒然后知松柏后凋，吾乃今见妇之心。"

郑义宗娶妻卢氏，属于"山东五姓"婚姻圈。卢氏在强盗抢劫时，不顾自身安危保护其公婆，这正是士族之家所谓"妇道"。

其次，山东士族女子多守贞节。

东汉经学发达，贞节观念盛行。六朝以来，由于受到玄风的影响，南方社会风气开放，而北朝士族恪守汉儒礼法。唐代山东高门沿袭北朝以来传统，山东高门女子很少有改嫁的记载，多讲究贞节，如《千字文》所谓"女慕贞节，男效才良"。

《新唐书》卷二〇五《列女传》载：

> 房玄龄妻卢，失其世。玄龄微时，病且死，诿曰："吾病革，君年少，不可寡居，善事后人。"卢泣入帷中，剔一目示玄龄，明无它。会玄龄良愈，礼之终身。①

房玄龄妻卢氏虽失其世系，但从房玄龄出自山东士族清河房氏，好山东高门婚姻来推测，卢氏当出于范阳卢氏。② 房玄龄妻卢氏的贞节与房玄龄子房遗爱之妻高阳公主（即合浦公主，太宗女）形成鲜明对比。另据《新唐书》卷二〇五《列女传》载：

---

① 此事又见于《太平广记》卷二七〇"卢夫人"条，中华书局1961年版，第2120页。
② 《新唐书·高俭传》："王妃、主婿皆取当世勋贵名臣家，未尝尚山东旧族。后房玄龄、魏徵、李勣复与昏，故望不减。"当关陇贵族婚姻重当朝冠冕时，出身山东的房玄龄、魏徵、李勣、魏元忠、张说等人仍然坚持与"山东五姓"通婚。

> 崔绘妻卢者,鸾台侍郎献之女。献有美名。绘丧,卢年少,家欲嫁之,卢称疾不许。女兄适工部侍郎李思冲,早亡。思冲方显重,表求继室,诏许,家内外姻皆然可。思冲归币三百舆,卢不可,曰:"吾岂再辱于人乎?宁没身为婢。"是夕,出自窦,粪秽蔑面,还崔舍,断发自誓。思冲以闻,武后不夺也,诏为浮屠尼以终。①

武后朝正是社会风气最开放之时,武后以女主临天下,其女太平公主和孙女安乐公主皆求为皇太女,酿成后世封建文人所谓"太平、安乐之祸"。崔绘娶妻卢氏,属于典型的山东五姓婚姻圈。卢氏在"思冲方显重""诏许""家内外姻皆然可""思冲归币三百舆"的情况下仍然为丈夫守节。非高门女子耳濡目染传统礼法,焉能至此。

唐末,天下大乱,山东士族女子在乱世之中,尽显其礼法传统。《新唐书·列女传》载:

> 李廷节妻崔。乾符中,廷节为郏城尉。王仙芝攻汝州,廷节被执。贼见崔姝美,将妻之,诟曰:"我,士人妻,死亡有命,奈何受贼污?"贼怒,刳其心食之。②

作为士人妻的崔氏以身相抗,守节而死。同书载李拯妻卢氏之事:

> 李拯妻卢者,美姿,能属文。拯字昌时,咸通末擢进士,迁累考功郎中。黄巢乱,避地平阳,僖宗召为翰林学士。帝出宝鸡,陷于嗣襄王煴。煴败,拯死,卢伏尸哭。王行瑜兵逼之,不从,胁以刃,断一臂死。③

---

① 《新唐书》卷二〇五《列女传》,第5821页。
② 同上书,第5830页。
③ 同上。

卢氏"美姿,能属文",显然受过良好的家族文化教育。最后伏尸而死,不辱其门风,可谓烈妇。

最后,山东士族女子重"母仪"。

山东高门往往重五姓婚姻,重要原因在于士族高门女子讲究礼法,其口传身教对子女有重要影响,使家族门风得以维持。唐代很多名士的成长都与其母亲的教育有关,这些幕后的女子很多出自山东高门,如:

> (李)绅六岁而孤,母卢氏教以经义。绅形状眇小而精悍,能为歌诗。乡赋之年,讽诵多在人口。元和初,登进士第。①
>
> (元)稹八岁丧父。其母郑夫人,贤明妇人也,家贫,为稹自授书,教之书学。稹九岁能属文。十五,两经擢第。②

韩愈父母早逝,他是在嫂子荥阳郑氏的教育下长大的。柳宗元母亲出自范阳卢氏,柳宗元《先太夫人河东县太君归祔志》提及他母亲行状:

> 先夫人姓卢氏,讳某,世家涿郡……尝逮事伯舅,闻其称太夫人之行以教曰:"汝宜知之,七岁通《毛诗》及刘氏《烈女传》,斟酌而行,不坠其旨。汝宗大家也,既事舅姑,周睦姻族,柳氏之孝仁益闻。岁恶少食,不自足而饱孤幼,是良难也。"③

柳宗元母卢氏不仅十分重视儒学的启蒙教育,而且注重德行熏染。这种教育对于处于孩童时期的士族子弟十分重要,即使在他们成年以后,母亲的影响还在继续,如《新唐书》卷二〇五《列女传》

---

① 《旧唐书》卷一七三《李绅传》,第4497页。
② 《旧唐书》卷一六六《元稹传》,第4327页。
③ (唐)柳宗元:《柳河东集》卷一三,上海古籍出版社2008年版,第203—204页。

所载李畲母亲的故事：

> 李畲母者，失其氏。有渊识。畲为监察御史，得禀米，量之三斛而赢，问于史，曰："御史米，不概也。"又问车庸有几，曰："御史不偿也。"母怒，敕归余米，偿其庸，因切责畲。畲乃劾仓官，自言状，诸御史闻之，有惭色。①

李畲出自赵郡李氏，是宰相李藩的祖父，事母尽孝。李畲母这种教育方式对于子弟的成长十分有利，这是山东高门子弟在中唐复兴的重要原因。

我们从上述事例中可以得出唐代山东士族的一些基本特点：强调孝悌观念；多出自孤寒，保持节俭的美德；女子多守妇道。

第二节　唐代山东士族是文化士族

魏文帝执政后，采纳了吏部尚书陈群的建议，于延康元年（220）正式实行九品中正制度（即九品官人法）。魏晋之际，州郡中正完全被门阀大族操纵，士族掌握了国家的政治、经济特权，门阀制度产生了。《新唐书·儒学传》记载了士族发展兴衰的基本历程：

> 魏氏立九品，置中正，尊世胄，卑寒士，权归右姓已。其州大中正、主簿，郡中正、功曹，皆取著姓士族为之，以定门胄，品藻人物。晋、宋因之，始尚姓已。然其别贵贱，分士庶，不可

---

① 《新唐书》卷二〇五《列女传》，第5821页。

易也。于时有司选举，必稽谱籍，而考其真伪。故官有世胄，谱有世官，贾氏、王氏谱学出焉。由是有谱局，令史职皆具。……"郡姓"者，以中国士人差第阀阅为之制，凡三世有三公者曰"膏粱"，有令仆者曰"华腴"，尚书、领、护而上者为"甲姓"，九卿若方伯者为"乙姓"，散骑常侍、太中大夫者为"丙姓"，吏部正员郎为"丁姓"。凡得入者，谓之"四姓"。又诏代人诸胄，初无族姓，其穆、陆、奚、于，下吏部勿充猥官，得视"四姓"。北齐因仍，举秀才，州主簿、郡功曹非"四姓"不在选。故江左定氏族，凡郡上姓第一，则为右姓；太和以郡四姓为右姓；齐浮屠昙刚《类例》凡甲门为右姓；周建德氏族以四海通望为右姓；隋开皇氏族以上品、茂姓则为右姓；唐《贞观氏族志》凡第一等则为右姓；路氏《姓略》，以盛门为右姓；柳冲《姓族系录》凡四海望族则为右姓。

……

夫文之弊，至于尚官；官之弊，至于尚姓；姓之弊，至于尚诈。隋承其弊，不知其所以弊，乃反古道，罢乡举，离地著，尊执事之吏。于是乎士无乡里，里无衣冠，人无廉耻，士族乱而庶人僭矣。①

唐代社会推崇门第郡望，作为唐代山东士族首望的"五姓七家"尤为时人所重。士族是一个综合性的概念，具有多方面历史内涵，包括政治上的累世通显，经济上的土地和劳动力的私人占有，文化上的家学家风之传承，这是东汉以来士族必备的三个条件。与六朝门阀不同的是，唐代士族既没有法律意义上仕宦的特权，又失去经济基础，

---

① 《新唐书》卷一九九《儒学中》，第5677—5679页。

成为完全的文化士族。

　　首先，唐代山东士族是文化士族表现在他们已经失去政治地位和经济基础。政治上的权势垄断与经济上的大土地私人占有是中古世族的本质特征。魏晋南北朝士族往往平流进取，坐致公卿。出身于琅邪王氏的王僧达（王导五世孙）"自负才地，一二年间便望宰相"[①]；王僧达的孙子王融"自恃人地，三十内望为公辅……又叹曰：'车前无八驺卒，何得称为丈夫？'"[②]

　　这种情况到了唐代已无可能。北魏所谓"膏粱""华腴""甲姓""乙姓""丙姓""丁姓"皆依数世冠冕而定，这种将门第与仕宦直接挂钩的做法影响了本书对唐代士族的研究。如毛汉光先生划分士族标准时，以三世任官达五品者作为参数。[③] 由于唐太宗欲重本朝冠冕，打击传统士族，因而，唐代山东士族已无世代官宦，总结士人三代祖先的仕宦官品已完全不适用于唐代。唐代士族已经失去凭借门第仕宦的法律基础，武后以后盛行的科举制度与东汉以来至六朝时期的荐举制度完全不同，很多显宦以进士及第，他们中的很多人出自孤寒，或为近代新门。而传统高门士族并无政治地位与经济地位，他们所具有的只是婚姻地位。历代判别士族往往从"婚宦"即"婚姻"与"仕宦"两方面考虑，判别唐代士族可以用"婚姻"但不能以"仕宦"。如果从唐代山东五姓祖上数代的仕宦状况考察，则五姓根本算不上"膏粱""华腴"之族。正如《旧五代史》所载：

　　　　（李）专美之远祖本出姑臧大房，与清河小房崔氏、北祖第二房卢氏、昭国郑氏为四望族，皆不以才行相尚，不以轩冕为

[①] （唐）李延寿：《南史》卷二一《王弘传子僧达附传》，中华书局1974年版，第573页。
[②] 《南齐书》卷四七《王融传》，第822页。
[③] 参见毛汉光《两晋南北朝士族政治之研究》第一章，毛先生后将此标准扩展到唐代，见《唐代统治阶层社会变动》（《中国中古社会史论》，上海书店出版社2002年版，第58页）。

贵，虽布衣徒步，视公卿蔑如也。男女婚嫁，不杂他姓，欲聘其族，厚赠金帛始许焉。唐太宗曾降诏以戒其弊风，终莫能改。其间有未达者，必曰："姓崔、卢、李、郑了，余复何求耶！"①

李专美出自陇西李氏姑臧大房，他们与崔、卢、郑四望族"虽布衣徒步，视公卿蔑如也。男女婚嫁，不杂他姓"。他们所重者为"婚姻"，并不重"仕宦"。唐代士族失去仕宦的特权，只能与寒庶一起以科举进身。因此，将门第与仕宦直接挂钩来研究唐代士族是错误的。

即使六朝时期士族所拥有的经济基础，到唐代亦已荡然无存。中古士族在经济上也逐渐具备了大地主的特征，唐长孺先生指出："大族之所以著称，不仅仅由于族大人多，更重要的是他们在经济上获得了特殊利益，即扩大土地与劳动力的占有，从而形成政治上的势力。"② 田余庆先生论及东晋士族时也认为："世家大族或士族的存在，都是以大田庄为其物质基础。"③ 东汉郑泰出身于荥阳郑氏，他"家富于财，有田四百顷，而食常不足，名闻山东"④。郑泰是山东富

---

① （宋）薛居正：《旧五代史》卷九三《晋书·李专美传》。中华书局1976年版，第1230页。
② 唐长孺：《魏晋南北朝史论丛》，生活·读书·新知三联书店1955年版，第12页。
③ 田余庆：《东晋门阀政治·后论》，北京大学出版社2005年版，第286页。按：何启民先生《南朝门第经济之研究》罗列了南朝大量的家贫而不影响其门第的事实，他说："门第的贫富，与他们的社会地位无关，不因贫而不成其为门第，亦不因富而地位上升……贫穷可能更有助于'清望'的增高，与社会地位的上升。"（《中古门第论集》，台湾学生书局1982年版，第183页）何先生完全否定门第的经济基础，与南朝士族的实际情况不符合。田余庆先生反对此观点，他说："士族人物由于际遇的原因，偶有少年家贫而成年以后富者，也有此代贫而下代富者，但不会累世贫穷而犹得称为士族。正因为他们先人已具备各种条件，包括经济条件，使其家族跻身士族，所以骤遇逆境，虽可能一时贫困，但是逆境既迁，贫犹得富，与常人毕竟不同。"（《东晋门阀政治》，北京大学出版社2005年版，第289页）田余庆先生的观点颇符合六朝士族状况。何启民先生所云士族情况与唐代山东士族情况颇为相似，唐代山东士族失去经济基础，多数宗族累世清贫，以所谓"清望"光荣独立，以家学家风获得时人尊重。
④ 《后汉书》卷七〇《郑泰传》，第2257页。

豪，为董卓所倚重。刘宋时期的世家大族的经济基础仍然十分雄厚，陈郡谢混"仍世宰辅，一门两封，田业十余处，童仆千人"。① 唐代郑虔同样出于荥阳郑氏，家境不免于贫困，"郑虔任广文博士，学书而病无纸，知慈恩寺有柿叶数间屋。遂借僧房居止，日取红叶学书，岁久殆遍"。②

由于唐太宗欲重本朝冠冕，山东士族在初盛唐政治、经济地位都很低。正如唐太宗所说，唐代山东士族"名不著于州闾，身未免于贫贱，自号膏粱之胄，不敦匹敌之仪，问名唯在于窃赀，结褵必归于富室"③。

失去了经济基础的山东士族只能以文化相标榜，通过科举和婚姻努力仕进。唐玄宗时期，北方胡人不断内迁，大批汉化的胡人在河北道定居下来，成为新的社会力量。这与唐朝宽容的民族政策是分不开的，但其中也有一个实际情况，就是隋末社会动乱使得山东人口骤减，为了补充人口，大量胡人迁移到河北。胡人尚武，对祖居河北的山东旧族造成了巨大压力，他们不得不向河南府和两京一带迁移。离开祖居地的山东旧族子弟失去田产和经济基础，只能以家传文化立身于异域，成为纯粹的精神贵族。

历来研究唐代士族者往往将唐代山东士族与魏晋南北朝士族相提并论，这忽视了唐代士族的特殊性。实际上，每个时期士族生存的环境都不一样。唐代以前，即使不是田余庆先生所谓严格的门阀政治，但士族所拥有的政治、经济特权却为寒庶所不能企及。唐代山东士族失去了他们祖先拥有的政治、经济地位，很多沦为孤寒之辈。

---

① （南朝梁）沈约：《宋书》卷五八《谢弘微传》，中华书局1974年版，第1591页。（书中引用该古籍均是此版本，后文中只标明书名和页码，特此说明）
② 《太平广记》卷二〇八"郑广文"条引《尚书故实》，第1595页。
③ 《贞观政要集校》，第396页。

唐代山东士族的门第声望来自民间，失去政治、经济基础的山东士族主要依靠其家族文化而登上政治舞台，并影响到唐代政治。

其次，唐代山东士族的区分不能完全依靠血缘，实际上，文化传承才是区分他们最重要的标准。

唐代山东士族为一等高门，唐人又好标榜门户，因此，很多非山东士族出身的士人多喜好自称山东士族。如唐代皇室自认为陇西李氏，实际上属于胡人婚姻圈。许多人自称出自山东旧族，如何看待这类人？实际上血缘并不重要，陈寅恪先生指出："胡汉之分，不在种族，而在文化。"① 如北齐神武帝高欢出自渤海高氏，血统上属于汉人，却自认为鲜卑人。《北齐书·神武纪上》载："神武既累世北边，故习其俗，遂同鲜卑。"② 陈先生认为："高欢在血统上虽是汉人，在'化'上因为累世北边，已经是鲜卑化的人了。'化'比血统重要，鲜卑化人也就是鲜卑人。'化'指文化习俗而言。"③ 标榜门户之人，视其情况，远祖自可冒认，三代以内要冒认是不可能的。如其遵循士族礼法亦可视为士族。

郡望本来被用来辨别血缘关系，清人孙星衍说："姓氏与郡望相属，乃知宗派所出。"④ 但在士族社会，郡望成为区分出身贵贱高低的象征，所谓"而以地望明贵贱"。⑤ 唐人重郡望，很多新兴士族为了谋求社会地位，自抬身价，以山东高门自居，拼命挤入山东高门，"同谱"现象出现了。"同谱"就是不同郡望的同姓者，将家族编入

---

① 陈寅恪：《唐代政治史述论稿》，上海古籍出版社1997年版，第77页。
② （唐）李百药：《北齐书》卷一《神武纪上》，中华书局1972年版，第1页。
③ 万绳楠整理：《陈寅恪魏晋南北朝史讲演录》，黄山书社1987年版，第294页。
④ （清）孙星衍：《校补元和姓纂辑本序》，《元和姓纂（附四校记）》，中华书局1994年版，第4页。
⑤ （宋）郑樵：《通志二十略》，王树民点校，中华书局1995年版，第2页。

同一家谱，意味着双方公开认同其同祖先的关系。唐代士族重视郡望，对是否"同谱"十分重视。宰相杜正伦因与京兆杜氏求"同谱"不被接纳，甚至利用职权开凿京兆杜氏居住地杜固以发泄怨气。①

唐代很多新兴士族掌权后与士族高门求同谱，如同为新兴士族的张说与张九龄同谱，李义府与赵郡李敬玄同谱，京兆韦氏显赫时，诸韦同属籍。很多"同谱"现象是旧门阀和新权贵之间的一种交易。

唐代郡望不再是少数士族血统和身份的标志，而是一种相当宽泛和笼统的概念。刘知几《史通·邑里篇》云："碑颂所勒，茅土定名，虚引地邦，冒为己邑。"② 唐人言李必云陇西、赵郡，言王必举太原、琅琊③，士族身份十分混乱。

唐代推崇门第郡望，一些显贵为了追求社会地位，趋附山东士族传统的社会声望，想尽办法向他们攀亲。李敬玄是否出身于山东高门，今天已很难确认，《新唐书·宰相世系表》将他列入赵郡李氏南祖房。我们从两《唐书》本传中只能知道他是亳州人，出自寒族的可能性较大。高宗为太子时，马周向他推荐了李敬玄。李敬玄在高宗继位后得到重用，"敬玄久居选部，人多附之。前后三娶，皆山东士族"④。李敬玄利用其政治地位加入了山东士族婚姻圈，但为了巩固家族的社会地位，"又与赵郡李氏合谱，故台省要职，多是其同族婚媾之家"⑤。通过与赵郡李氏合谱，赵郡李氏承认了他同宗的地位。李敬

---

① 《新唐书》卷一〇六《杜正伦传》："正伦与城南诸杜昭穆素远，求同谱，不许，衔之。诸杜所居号杜固，世传其地有壮气，故世衣冠。正伦既执政，建言凿杜固通水以利人。既凿，川流如血，阅十日止，自是南杜稍不振。"杜正伦出自襄阳房，门第较低，不及京兆城南杜氏（唐人有"城南韦杜，去天尺五"之说）。李敬玄曾经讥笑襄阳出身的杜易简（为杜甫从祖）："襄阳儿轻薄乃尔！"（《新唐书》卷二〇一《杜审言附杜易简传》）
② （唐）刘知几：《史通通释》，（清）浦起龙释，上海古籍出版社1978年版，第145页。
③ 同上书，第144页。
④ 《旧唐书》卷八一《李敬玄传》，第2755页。
⑤ 同上。

玄处处效仿山东高门家学家风，史称"（敬玄）该览群籍，尤善于礼"①"敬玄博览群书，特善五礼"②。

李敬玄的身世本来很模糊，从血缘上讲，他有可能不属于山东士族，但从文化上讲，我们完全可以将他视作山东士族。实际上地域与血缘都不重要，文化传承才是士族与庶族的区别，也是士族之间的区别。

最后，作为文化士族的唐代山东士族具有深厚的文化修养。经济条件是士族阶层存在的物质基础，但文化条件对士族的存在和发展起到重要作用。汉代以来地方豪强要转化为士族，必须走通经入仕的道路。六朝士族就是当时先进文化的代表者，他们在学术文化方面往往有独特的造诣。至隋代仍然如此，《隋书·崔儦传》载：

> 崔儦，字岐叔，清河武城人也。……世为著姓。……每以读书为务，负恃才地，忽略世人。大署其户曰："不读五千卷书者，无得入此室。"数年之间，遂博览群言，多所通涉。解属文，在齐举秀才，为员外散骑侍郎，迁殿中侍御史。寻与熊安生、马敬德等议《五礼》，兼修律令。③

北朝以来山东士族家传文化包括很多内容，除了经史、文学以外，其家族文化还包括了其他杂学。《颜氏家训·杂艺篇》中提到书法、绘画、射箭、卜筮、医疗、弹琴、围棋、算术、博弈、投壶之类，名目十分繁多，其中尤以书法、绘画二事最受重视。北朝书法世家中以崔、卢二家最为著名，崔悦与卢谌齐名。"初，（卢）谌父（卢）志法钟繇书，传业累世，世有能名。至邈以上，兼善草迹，渊

---

① 《新唐书》卷一〇六《李敬玄传》，第4052页。
② 《旧唐书》卷八一《李敬玄传》，第2754页。
③ 《隋书》卷七六《崔儦传》，第1733页。

习家法,代京宫殿多渊所题。白马公崔玄伯亦善书,世传卫瓘体。魏初工书者,崔卢二门。"① 实际上,在北朝除了崔卢二家以外,荥阳郑氏文化修养亦极高。如郑羲"文学为优",郑懿"涉猎经史",郑道昭"少好文学,综览群言,好为诗赋",郑幼儒"好学修谨,时望甚优",郑伯猷"博学有文才,早知名"。尤其是郑道昭,不仅诗赋好,还是著名的书法大师,其成就当在崔卢之上。②

唐代山东士族保留了北朝以来的传统,除了经术、文史等学术文化外,其他才艺之事亦不让前贤。如:

> 卢藏用,字子潜,幽州范阳人。父璥,魏州长史,号才吏。藏用能属文,举进士,不得调。与兄徵明偕隐终南、少室二山,学练气,为辟谷,登衡、庐,彷洋岷、峨。与陈子昂、赵贞固友善。……(卢)藏用善蓍龟九宫术,工草隶、大小篆、八分,善琴、弈,思精远,士贵其多能。……子昂、贞固前死,藏用抚其孤有恩,人称能终始交。③

卢藏用出自范阳卢氏,博学多才,为朝野所敬重。王维祖籍太原祁(今山西祁县),属于太原王氏,母亲博陵崔氏。除了诗文以外,王维还精通音乐、绘画、书法,《新唐书·王维传》载:

> (王)维工草隶,善画,名盛于开元、天宝间,豪英贵人虚左以迎,宁、薛诸王待若师友。画思入神,至山水平远,云势石

---

① 《魏书》卷四七《卢谌传》,第1050页。
② 《魏书》和《北史》中对郑道昭的书法只字未提,后人对此才一无所知。自唐太宗以后,历代统治者和书法爱好者一直推崇"二王"(琅琊王羲之、王献之父子)。直到清中叶,随着金石学的发展,大量古碑、墓志逐渐出土,魏碑在书法史的地位逐渐提高。郑道昭的书法作品代表了魏碑的最高水平,其著名作品《郑文公碑》被称为"魏碑第一"。
③ 《新唐书》卷一二三《卢藏用传》,第4374—4375页。

色,绘工以为天机所到,学者不及也。客有以按乐图示者,无题识,维徐曰:"此《霓裳》第三叠最初拍也。"客未然,引工按曲,乃信。①

另外,王维精研佛教,以"诗佛"著称。他能够将艺术因素和宗教因素融入其诗歌之中,使其诗歌具有诗情、画意和音乐美,且富于禅趣。

与王维同时代的郑虔出自荥阳郑氏,他也是文艺上的多面手,《太平广记》卷二〇八载:"郑虔任广文博士……后自写所制诗并画,同为一卷封进。玄宗御笔书其尾曰:'郑虔三绝。'"②

岑仲勉先生认为唐代山东士族有下列特点:

一、它非如前朝之四世三公,以官宦、名流自豪,宰相郑覃之孙女,只要嫁给一个姓崔的九品官,故太宗谓其"并无官宦、人物"。二、它包括有士、农、工、商各界人物,不定是富户,不能算作一个特殊阶级。三、它并不是依附统治者来压迫人民,故终唐一代,赵郡之李反比陇西之李为可贵,他们总不愿与皇室结亲,而受到唐朝的干涉。四、它是婚姻性的产物,不是政治性的产物。其所以得到一般仰慕,要点在于能保持"礼教","礼"即汉族相传之习俗,所以能够保持,就在于少混血。简言之,"山东门第"者比较未大接受五胡族的熏染之姓氏而已。③

岑仲勉先生指出山东士族已经失去了六朝时期的政治经济基础,凭借婚姻与文化标新立异,成为唐人仰慕的对象。

---

① 《新唐书》卷二〇二《王维传》,第5765页。
② 《太平广记》卷二〇八"郑广文"条引《尚书故实》,第1595页。
③ 岑仲勉:《隋唐史》,河北教育出版社2000年版,第118页。

综上所述，唐代山东士族成为文化士族体现在三个方面：首先，与前代不同的是，唐代山东士族失去仕宦的制度保障和经济基础；其次，区别唐代士族不能完全按照血缘关系，而是要依照其家族的文化传承；最后，唐代山东士族继承了家族文化传统，具有深厚的文化底蕴。唐代山东士族已由经济性而形而上，血缘也不是区分士族的唯一标准，文化传承成为确定士族身份最重要的依据。

第三节　山东士族与关中士族

六朝士族分成江左侨姓士族、吴姓士族、山东士族、关中士族、代北虏姓士族。《新唐书·儒学传》载：

> 过江则为"侨姓"，王、谢、袁、萧为大；东南则为"吴姓"，朱、张、顾、陆为大；山东则为"郡姓"，王、崔、卢、李、郑为大；关中亦号"郡姓"，韦、裴、柳、薛、杨、杜首之；代北则为"虏姓"，元、长孙、宇文、于、陆、源、窦首之。"虏姓"者，魏孝文帝迁洛，有八氏十姓，三十六族九十二姓。八氏十姓出于帝宗属，或诸国从魏者；三十六族九十二姓，世为部落大人。并号河南洛阳人。[①]

山东士族和关中士族同属于北方士族，吴姓士族与江左侨姓士族

---

① 《新唐书》卷一九九《儒学传》，第5677—5678页。

属于南方士族①，代北房姓随北魏孝文帝迁居洛阳，汉化后称洛阳人。由于地域文化和风土人情的不同，这几类士族存在很大区别，《新唐书·儒学传》中载柳芳之言：

> 山东之人质，故尚婚娅，其信可与也；江左之人文，故尚人物，其智可与也；关中之人雄，故尚冠冕，其达可与也；代北之人武，故尚贵戚，其泰可与也。及其弊，则尚婚娅者先外族、后本宗，尚人物者进庶孽、退嫡长，尚冠冕者略伉俪、慕荣华，尚贵戚者徇势利、亡礼教。四者俱敝，则失其所尚矣。②

柳芳是唐代著名史学家，这段话反映了唐人对不同士族的看法。一般论及地域文化的差别，多以南北区分。关中士族与山东士族同处北方，具有很多相同和相似之处，但由于历史和地理环境的不同，二者的区别也是显而易见的。

山东士族与关中士族的区别，既有地域不同的原因，也有家族文化传承的原因。虽然地理环境决定论是错误的，但是，一方水土养一方人，不同地域有不同的文化，地域特色的确是存在的，这一点我们不能否认。唐人李筌认为：

> 勇怯有性，强弱有地。秦人劲，晋人刚，吴人怯，蜀人懦，楚人轻，齐人多诈，越人浇薄，海岱之人壮，崆峒之人武，燕赵之人锐，凉陇之人勇，韩魏之人厚。地势所生，人气所受，勇怯然也。③

---

① 江左侨姓士族原籍并非南方，他们主要是中原地区的士族，随东晋司马睿乔迁南方以后，原籍并没有什么人物出现。他们自东晋至南朝，逐渐走向官僚家族，入唐后完全可视为南方士族。
② 《新唐书》卷一九九《儒学传》，第 5679 页。
③ （唐）李筌：《太白阴经》卷一《人谋上》，文渊阁《四库全书》影印本。

李筌生活于唐朝，他认识到地域不同会带来人物性格的差异。自古以来关中与山东以函谷关或潼关为界，山东处于函谷关或潼关以东的北方地区，关中处于关西。东周时期，关中属于秦地，《尚书·禹贡》分中国为九州，秦人本居于雍州，后司马错伐蜀，取梁州之地。故《汉书·地理志下》载：

> 故秦地于《禹贡》时跨雍、梁二州，《诗风》兼秦、豳两国。昔后稷封斄，公刘处豳，大王徙岐，文王作酆，武王治镐，其民有先王遗风，好稼穑，务本业，故《豳诗》言农桑衣食之本甚备。①

由于周文王和周武王的治理，秦地之人重农耕，有先王遗风。自秦孝公用商鞅变法，秦人尚武之风大盛，《史记·商君传》载：

> （商鞅）令民为什伍，而相牧司连坐。（[索隐]曰：牧司，谓相纠发也。一家有罪而九家连举发，若不纠举则十家连坐。恐变令不行，故设重禁）不告奸者腰斩，告奸者与斩敌首同赏，匿奸者与降敌同罚。民有二男以上不分异者，倍其赋。有军功者，各以率。受上爵；为私斗者，各以轻重被刑大小。僇力本业，耕织致粟帛多者复其身。事末利及怠而贫者，举以为收孥。（[索隐]曰：末谓工商也。盖农桑为本，故上云"本业耕织"也。怠者，懈也。《周礼》谓之"疲民"。以言懈怠不事事之人而贫者，则纠举而收录其妻子，没为官奴婢，盖其法特又重于古制也）宗室非有军功论，不得为属籍。（[索隐]曰：谓宗室若无军功，则不得入属籍。谓除其籍，则虽无功不及爵秩也）明尊卑爵秩等

---

① 《汉书》卷二八《地理志下》，第1642页。

级，各以差次名田宅，臣妾衣服以家次。（［索隐］曰：谓各随其家爵秩之班次，亦不使僭侈逾等）有功者显荣，无功者虽富无所芬华。①

商鞅变法，"行之十年，秦民大悦，道不拾遗，山无盗贼，家给人足。民勇于公战，怯于私斗，乡邑大治"②。商鞅强调"富贵之门，要在战而已矣"，"富贵之门，必出于兵"（《商君书·赏刑》）。使得秦民乐于征杀，举国上下尚武之风大盛。另外，因为秦国实施愚民政策，秦民文化素质低下，缺少礼仪约束，没有仁爱精神和道德自律。奖励耕战使民重实际，其"连坐法"使民不重信义，战国时代，"秦人无信"为山东六国所共知。

西汉承秦制，立都秦地长安，关中人仍然保持秦人之风习。《汉书·地理志下》载：

> 汉兴，立都长安，徙齐诸田，楚昭、屈、景及诸功臣家于长陵。后世世徙吏二千石、高訾富人及豪杰并兼之家于诸陵。盖亦以强干弱支……是故五方杂厝，风俗不纯。其世家则好礼文，富人则商贾为利，豪杰则游侠通奸。濒南山，近夏阳，多阻险轻薄，易为盗贼，常为天下剧。又郡国辐凑，浮食者多，民去本就末，列侯贵人车服僭上，众庶放效，羞不相及，嫁娶尤崇侈靡，送死过度。天水、陇西，山多林木，民以板为室屋。及安定、北地、上郡、西河，皆迫近戎狄，修习战备，高上气力，以射猎为先。故《秦诗》曰"在其板屋"；又曰"王于兴师，修我甲兵，与子偕行"。……汉兴，六郡良家子选给羽林、期门，以材力为

---

① 《史记》卷六八《商君传》，第2230—2231页。
② 同上书，第2231页。

官,名将多出焉。孔子曰:"君子有勇而亡谊则为乱,小人有勇而亡谊则为盗。"故此数郡,民俗质木,不耻寇盗。①

关陇地处高寒地带,气候条件决定了该地区出产良马。另外,由于地近戎狄,民族战争不时爆发,故该地区良将辈出。

东汉末,由于关中武力强于山东,出身于荥阳郑氏的郑泰劝董卓时说:"山东承平日久,民不习战。关西顷遭羌寇,妇女皆能挟弓而斗。天下所畏者,无若并、凉之人与羌、胡义从。而明公拥之,以为爪牙,譬犹驱虎兕以赴犬羊,鼓烈风以扫枯叶,谁敢御之?"②

至晋代,关中胡化趋势越来越明显,晋江统《徙戎论》载:"关中之人,百余万口,率其少多,戎狄居半。"③五胡乱华之后,关中胡汉杂居,使胡风蔓延,出身于清河崔氏的北魏权臣崔浩对魏主说:"关中华、戎杂错,风俗劲悍;(刘)裕欲以荆、扬之化施之函、秦,此无异解衣包火,张罗捕虎。"④崔浩也认为关中胡化已不可逆转,代表汉文化的南朝已无法改变关中胡化的局面。

总的来讲,关中之人多功利、豪奢、尚武,缺少礼仪。受关中民风的影响,以长安为首都的王朝往往轻儒学、少礼仪。

处于山东的鲁地为孔孟之乡,西周时,周公封于鲁国,鲁人因此率先知道礼乐文化。以洛阳为首都的东汉经学远胜以长安为首都的西汉。乱世往往思良将,治世往往需贤臣。天下太平之后,封建帝王常常修文偃武,以儒家思想维系社会稳定。这时候,重礼乐文化的山东士人就会受到统治者的重视。《汉书·赵充国传赞》:

---

① 《汉书》卷二八《地理志下》,第1643—1644页。
② 《资治通鉴》卷五九,第1909页。
③ (唐)房玄龄:《晋书》卷五六《江统传》,中华书局1974年版,第1533页。
④ 《资治通鉴》卷一一八,第3706页。

秦汉以来，山东出相，山西出将。① 秦将军白起，郿人；王翦，频阳人。汉兴，郁郅王围、甘延寿，义渠公孙贺、傅介子，成纪李广、李蔡，杜陵苏建、苏武，上邽上官桀、赵充国，襄武廉褒，狄道辛武贤、庆忌，皆以勇武显闻。苏、辛父子著节，此其可称列者也，其余不可胜数。何则？山西天水、陇西、安定、北地处势迫近羌胡，民俗修习战备，高上勇力鞍马骑射。故《秦诗》曰："王于兴师，修我甲兵，与子皆行。"其风声气俗自古而然，今之歌谣慷慨，风流犹存耳。②

另据《后汉书·虞诩传》载："谚曰：'关西出将，关东出相。'"李贤注："《前书》曰：'秦汉以来，山东出相，山西出将。'秦时郿白起，频阳王翦；汉兴，义渠公孙贺、傅介子，成纪李广、李蔡，上邽赵充国，狄道辛武贤，皆名将也。丞相萧、曹、魏、丙、韦、平、孔、翟之类也。"③

西汉丞相46人，以其籍贯或出生地计，属于山东者36人，属于山西者8人。并且，"山东人为相之时极长，且多所建树，山西人则蘼蘼焉"④。事实上，秦人自穆公以后，就大量使用山东人，著名公卿如百里奚、蹇叔、商鞅、张仪、李斯皆为山东人。

自秦汉以来，关中与山东地区文化就存在很大区别。山东士族尚礼法，关中士族尚功利、重实用。南北朝时期，关中与山东既有统一又有分裂。北魏太武帝统一北方后，山东与关中重新统一。由于东汉

---

① 战国时，山东、山西以崤山为界，六朝习惯因之。杨兆贵认为山东、山西的范围有广义、狭义之分。以狭义言，山西为关中（故秦之地），山东包括崤山以东的黄淮海一带，不包括江东地区。（《论班孟坚"山东出相"说》，《中华文史论丛》第57辑）
② 《汉书》卷六九《赵充国传赞》，第2998—2999页。
③ 《后汉书》卷五八《虞诩传》，第1666页。
④ 杨兆贵：《论班孟坚"山东出相"说》，《中华文史论丛》第57辑，上海古籍出版社1998年版，第170页。

以来山东的文化积淀一直优于关中，加上北魏政权中心在山东，山东士族成为北方士族的代表。其门第在北魏孝文帝定"太和四姓"之后超过了关中士族和代北房姓。①

隋文帝杨坚统一北方后，深知山东儒学及礼乐文化之发达远胜关陇，北魏孝文帝以来的文化正统在山东。杨坚要以汉文化的正统继承者自居，必须重用山东士族。《隋书》载："时高祖又令（牛）弘与杨素、苏威、薛道衡、许善心、虞世基、崔子发等并诏诸儒，论新礼降杀轻重。"② 对此陈寅恪先生说："修撰五礼之薛道衡、王劭及与制礼有关之人如裴矩、刘焯、刘炫、李百药等，其本身或家世皆出自北齐，以广义言，俱可谓之齐人也。"③ 北齐所辖地为山东诸境，尽管北齐亡于北周，其文化的发达却远非宇文氏的北周所能比。这正是中古时期山东士族社会地位高于关中士族的重要原因之一。

至隋代，原本为关中显赫大姓的城南韦、杜，弘农杨氏，门第已比不上山东士族。像其他北方士族一样，出身于关中郡姓弘农杨氏的杨素十分重视婚姻的门第，杨素为他的儿子杨玄纵所娶清河崔氏，乃崔儦之女。《隋书·崔儦传》载：

>　　清河武城人也……世为著姓……越国公杨素时方贵幸，重

---

① 关中士族和南方士族的地位虽低于山东士族，但高于代北房族。隋代萧琮（兰陵萧氏）嫁从父妹于外族人钳耳氏时，时为尚书令的杨素对萧琮说："公帝王之族，何乃适妹钳耳氏？"（《北史》卷九三《萧琮传》）杨素对梁武帝子孙萧琮（兰陵萧氏）的"婚宦失类"很是可惜。

② 《隋书》卷四九《牛弘传》，第1308—1309页。另外《北史》卷三八《裴矩传》载："其年（仁寿二年）文献皇后崩，太常旧无仪注，矩与牛弘、李百药等据礼参定。"《通鉴》卷一七九载："闰（十月）甲申诏杨素、苏威与吏部尚书牛弘修五礼。"皆说明隋代礼仪与北齐有关。

③ 陈寅恪：《隋唐制度渊源略论稿》，生活·读书·新知三联书店2001年版，第49页。

（崔）儦门地，为子玄纵娶其女为妻，聘礼甚厚，亲迎之。始公乡满座，素令骑迎儦，儦故敝其衣冠，骑驴而至。素推令上座，儦有轻素之色，礼甚倨，言又不逊。素怂然拂衣而起，竟罢座。后数日，儦方来谢，素待之如初。①

杨素出身于弘农杨氏，其祖先是被称为"关西孔子杨伯起"的杨震。弘农杨氏是中古显赫大族，其主要支脉族聚于华阴，属于关中士族一等高门。杨素本人当时势倾朝野，炙手可热，婚姻上却为清河崔儦所轻视。这个事例生动地说明了至隋代时，关中士族社会地位已远逊于山东士族。

周隋政权中心在关中，关陇集团开始打击山东士族。隋炀帝大业初年，关中著姓韦云起（出自京兆韦氏）上疏奏曰："今朝廷之内多山东人，而自作门户，更相剡荐，附下罔上，共为朋党。不抑其端，必倾朝政，臣所以痛心扼腕，不能默已。谨件朋党人姓名及奸状如左。"② 隋炀帝令大理寺追究。

地域文化的比较十分复杂，只能大概言之。秦汉定都于关中，为了强本弱末，统治者迁徙山东大族于诸陵，导致关中风俗不纯。汉代关中政治地位十分重要，汉代以来关中人才辈出，如：京兆韦氏在西汉出现的韦贤家族，东汉弘农杨氏出现了关西孔子杨伯起，魏晋时期京兆杜氏出现了通《左传》的经学大师杜预。

至唐代，关中士族经学传统多已沦丧。韦、杨成为初盛唐外戚集团，京兆杜氏成为文学世家（杜审言、杜甫、杜牧皆以文学知名）。杜甫《赠蜀僧闾丘师兄》诗中云："吾祖诗冠古。"③ 其《宗武生日》

---

① 《隋书》卷七六《崔儦传》，第1733—1734页。此事又见载于《北史》卷二四。
② 《旧唐书》卷七五《韦云起传》，第2631页。
③ （唐）杜甫：《杜诗详注》，中华书局1979年版，第767页。（书中引用该古籍均是此版本，后文中只标明书名和页码，特此说明）

诗告诫其子："诗是吾家事。"① 这表明，京兆杜氏已由杜预的经学世家转化为文学世家。

与关中士族相比，唐代山东高门尚能够坚持传统礼法。杜甫要求儿子"精熟《文选》理"，然而，出自山东高门赵郡李氏的李栖筠、李吉甫、李德裕却"家不藏《文选》"。京兆杜氏家风早已堕落，如杜希望以边将进身；其子杜佑晚年以妾为夫人，母丧不去官②；。"③ 杜甫《故著作郎贬台州司户荥阳郑公郑虔》称郑虔"荥阳冠众儒"④，表现了对山东士族家传儒学的羡慕。

清人王鸣盛说："西汉亡，义士不如东汉亡之多，西汉重势利，东汉重名节也。宋亡有文信国，唐亡无一人，宋崇道学，唐尚文辞也。"⑤ 西汉产生了豪强大族，士族则产生于东汉。西汉建都长安，受关中风俗影响较大；东汉建都洛阳，受山东影响较大。因此这两个朝代虽皆为刘氏子孙统治，皆以孝治天下，而时代精神相去甚远。西汉承秦制，建都关中，受秦地风俗影响，重势利。东汉建都洛阳，受山东人文精神的影响，重名节。汉末大儒卢植、郑玄等皆长期居于山东，成为山东文化兴盛的原因之一。

第四节 陇西李氏属于山东士族

陇西郡属于秦置三十六郡之一，《汉书》卷二八下《地理下》载："陇西郡，秦置。莽曰厌戎。"颜师古注曰："陇坻谓陇阪，即今

---

① 《杜诗详注》，第1477页。
② 参见（清）王鸣盛《十七史商榷》，上海书店出版社2005年版，第818页。
③ 《旧唐书》卷一七六《郑肃传》，第4573页。
④ 《杜诗详注》，第1409页。
⑤ （清）王鸣盛：《十七史商榷》，上海书店出版社2005年版，第859页。

之陇山也。此郡在陇之西，故曰陇西。"① 由于陇西地处关陇地区，很多学者将陇西李氏列入关陇士族。如李光霁先生认为："唐朝初年，社会公认的士族都是南北朝时期遗留下来的旧士族。山东旧士族在当时虽然基本处于当朝特权阶层之外，但社会地位依然很高。能够和他们并肩的只有陇西李氏。"② 李浩先生在统计牛李党争主要成员的郡望分布时，将李让夷、李逢吉等陇西李氏划入关陇士族。③

李光霁先生和李浩先生等人将陇西李氏划入关陇士族的依据主要是陇西地处陇山之西，属于关陇地区，他们是从自然地理划分的。但士族的区分不能只从其郡望所处地域考虑，而应该从历史沿革和文化传承考虑。

一 唐宋以陇西李氏为山东士族

从地理角度讲，陇西处于陇山之西，战国时属于秦国。秦汉以来，六郡良家子名将辈出，陇西出了大量名将，西汉飞将军李广即出自陇西李氏。五胡乱华后，黄河中、下游文化遭到严重破坏，陇西成为北方文化中心。西晋后期，凉州一带政治安定，凉州刺史张轨又提倡文教，中原士族很多人逃奔此地。前凉亡后，后凉、西凉、北凉一直保持这一传统。特别是割据西凉的李暠（出自陇西李氏）深具文学修养，有文章辞赋传世。在李氏家族统治的这段时间，陇西成为西北地区的文化绿洲。因此，史称"区区河右，而学者埒于中原"。④ 北

---

① 《汉书》卷二八《地理志下》，第1610页。
② 李光霁：《简论唐代山东旧士族》，《唐史学会论文集》，陕西人民出版社1986年版，第30页。
③ 参见李浩《从士族郡望看牛李党争的分野》，《唐代关中士族与文学》，中国社会科学出版社，第156—160页。(此文亦载于《历史研究》1999年第4期）按：李浩分析了牛党人物和李党人物的士族出身，并得出：牛李党争中两派主要成员的郡望分布具有极突出的地域特征，李党成员主要是山东郡姓士族，牛党成员基本上属关陇士族。
④ （唐）李延寿：《北史》卷八三《文苑传》，中华书局1974年版，第2778页。

凉亡后，河西人程伯达称陇西"自张氏（张轨）以来，号有华风"①。这些都反映了当时陇西地区文化的繁荣。由于十六国时期，文化多保存于家族，世居凉州的陇西李氏对这一带的文化保留功不可没。陇西李氏从秦汉时期的武力强宗转化为十六国时期的文化士族。

唐代"山东士族"的概念来源于北魏，历经北齐、隋唐，与秦汉时代的概念并不相同。在唐代士族眼里，陇西李氏属于山东士族，《旧唐书·袁朗传》载：

> 袁朗，雍州长安人，陈尚书左仆射枢之子。其先自陈郡仕江左，世为冠族，陈亡徙关中。朗勤学，好属文。……朗自以中外人物为海内冠族，虽琅邪王氏继有台鼎，而历朝首为佐命，鄙之不以为伍。朗孙谊，又虞世南外孙。神功中，为苏州刺史。尝因视事，司马清河张沛通谒，沛即侍中文瓘之子，谊揖之曰："司马何事？"沛曰："此州得一长史，是陇西李亶，天下甲门。"谊曰："司马何言之失！门户须历代人贤，名节风教，为衣冠顾瞩，始可称举，老夫是也。夫山东人尚于婚媾，求于禄利；作时柱石，见危授命，则旷代无人。何可说之以为门户！"②

袁谊所云"山东人尚于婚媾"指的就是被清河张沛称为"天下甲门"的陇西李亶。很显然，初盛唐士族已经将陇西李氏视作山东士族。袁朗属于汝南袁氏，汝南地处豫州，属于山东。汝南袁氏自袁安在汉章帝时任宰相开始，至汉末，四世五人位列三公。永嘉南渡后袁氏主枝已经南迁，成为侨姓士族，至隋唐时期，原籍山东的高门汝南袁氏并没有把自己当作山东人。

---

① （唐）李延寿：《北史》卷三四《胡叟传》，中华书局1974年版，第1263页。
② 《旧唐书》卷一九〇上《袁朗传》，第4984—4986页。

成书于五代的《旧唐书》亦将陇西李氏列入山东士族,《旧唐书》卷七二载:"李玄道者,本陇西人也,世居郑州,为山东冠族……贞观元年,累迁给事中,封姑臧县男。"① 姑臧大房是陇西李氏重要房支,李玄道出自姑臧大房的陇西李氏,为山东冠族。

北宋欧阳修、宋祁所撰《新唐书》也以陇西李氏为山东旧族,《新唐书·高俭传》载:

> 先是,后魏太和中,定四海望族,以(李)宝等为冠。其后矜尚门地,故《氏族志》一切降之。王妃、主婿皆取当世勋贵名臣家,未尝尚山东旧族。②

这里,陇西李宝家族显然被视为山东旧族。唐五代往往将陇西李氏与赵郡李氏以及崔、卢、郑氏并列,称为四姓,再加上太原王氏,则称山东五姓,《旧五代史》卷九三载:

> (李)专美之远祖本出姑臧大房,与清河小房崔氏、北祖第二房卢氏、昭国郑氏为四望族……男女婚嫁,不杂他姓,欲聘其族,厚赠金帛始许焉。唐太宗曾降诏以戒其弊风,终莫能改。其间有未达者,必曰:"姓崔、卢、李、郑了,余复何求耶!"③

李专美出自陇西李氏姑臧大房,为陇西李氏著房著支。这里,崔、卢、李、郑等山东四姓并称,显然包括了陇西李氏。

柳芳《氏族论》称:"山东则为'郡姓',王、崔、卢、李、郑为大;关中亦号'郡姓',韦、裴、柳、薛、杨、杜首之;代北则为

---

① 《旧唐书》卷七二《李玄道传》,第2583页。
② 《新唐书》卷九五《高俭传》,第3842页。
③ (宋)薛居正:《旧五代史》卷九三《晋书·李专美传》,中华书局1976年版,第1230页。

'虏姓',元、长孙、宇文、于、陆、源、窦首之。"(《新唐书·儒学传》)这里关中郡姓和代北虏姓无李姓,山东郡姓显然包括了赵郡李氏和陇西李氏。

二 陇西李氏婚姻上属于山东士族

唐代山东士族最重视婚姻,山东高门婚姻往往集中于五姓内部,很少与门第较低的士族通婚,更不用说嫁娶于凡庶。岑仲勉先生认为山东士族是婚姻性的产物,不是政治性的产物。其所以得到一般人的仰慕,要点在于能保持"礼教","礼"即汉族相传之习俗,所以能够保持,就在于少混血。① 隋唐之际,山东高门"虽皆沦替,犹相矜尚,自为婚姻"②,其婚姻主要集中在五姓圈内,这在唐初引来了唐太宗的愤怒。高宗时,由于赵郡李氏结怨于出自寒门的李义府,"义府为子求婚不得,乃奏陇西李等七家,不得相与为婚"③。朝廷为此所下"禁婚诏"云:"后魏陇西李宝、太原王琼、荥阳郑温、范阳卢子迁、卢浑、卢辅,清河崔宗伯、玄孙,凡七姓十一家,不得自为婚姻。"④这里陇西李氏亦等同于其余山东旧族,被列入"禁婚家"的行列,陇西李氏很显然被初唐统治者视作山东旧族。此事亦载于李华《唐赠太子少师崔公神道碑》:

> 神龙(705—707)中,申明旧诏,著之甲令,以五姓婚媾,冠冕天下,物恶大盛,禁相为姻。陇西李宝之六子、太原王琼之四子、荥阳郑温之三子、范阳卢子迁之四子、卢辅之六子、公

---

① 岑仲勉:《隋唐史》,河北教育出版社2000年版,第118页。
② 《旧唐书》卷八二《李义府传》,第2768—2769页。
③ 同上。
④ (宋)王溥:《唐会要》卷八三,上海古籍出版社1991年版,第1811页。(书中引用该古籍均是此版本,后文中只标明书名和页码,特此说明)

(清河崔景晊)之八代祖元孙之二子、博陵崔懿之八子、赵郡李楷之四子,士望四十四人之后。同降明诏,斯可谓美宗族人物而表冠冕矣!……山东士大夫以五姓婚姻为第一,朝廷衣冠以尚书端揆为贵仕,惟公兼之。①

出自山东高门赵郡李氏的李华于大历四年(769)撰此文,他将"山东士大夫以五姓婚姻为第一"放在"四十四人"禁婚家之后,显然也将陇西李氏等同于自己,视作山东五姓。此事又见载于《新唐书·高俭传》:

又诏后魏陇西李宝,太原王琼,荥阳郑温,范阳卢子迁,卢浑、卢辅,清河崔宗伯,崔元孙,前燕博陵崔懿,晋赵郡李楷,凡七姓十家,不得自为婚。②

陈寅恪先生亦据此将陇西李氏看作山东士族,他在《记唐代之李武韦杨婚姻集团》中引用《新唐书·高俭传》此条目后认为:"太宗深恶山东士族,故施行压抑七姓十家之政策。"③而所谓山东士族中的"七姓十家"即以陇西李宝为首。

陇西李氏与其他山东高门通婚属于典型的"五姓"婚姻圈,这在唐代尤为普遍,如出自陇西李氏姑臧房的古文家李翱家族婚姻多属于"五姓"婚姻圈。据《太平广记》卷一八一载:"(李翱)遂遣诸女出拜之,乃曰:'尚书他日外孙三人,皆位至宰辅。'后(卢)求子携,郑亚子畋,杜审权子让能皆为将相。"④据此可知,李翱有一女适范阳

---

① (清)董诰:《全唐文》卷三一八,中华书局1983年版,第3230页。(书中引用该古籍均是此版本,后文中只标明书名和页码,特此说明)
② 《新唐书》卷九五《高俭传》,第3842页。
③ 陈寅恪:《金明馆丛稿初编》,生活·读书·新知三联书店2001年版,第269页。
④ 《太平广记》卷一八一"卢求"条,第1349页。

卢求，一女适荥阳郑亚。另据《唐诗纪事》卷五二载："李翱江淮典郡，（卢）储以进士投卷，翱礼待之，置文卷几案间。因出视事，长女及笄，闲步铃阁前，见文卷，寻绎数回，谓小青衣曰：'此人必为状头。'迨公退，李闻之，深异其语，乃令宾佐至邮舍，具语于储，选以为婿。储谦辞久之，终不却其意，越月遂许。来年果状头及第，才过关试，径赴嘉礼。催妆诗曰：'昔年将去玉京游，第一仙人许状头。今日幸为秦晋会，早教鸾凤下妆楼。'"① 据此，则李翱长女适范阳卢储。李翱三婿卢求、郑亚、卢储皆出自"山东五姓"，李翱家族属于典型的"五姓"婚姻。

夏炎曾以隋唐清河崔氏与他氏婚姻关系为考察对象，能够统计出的隋唐时期与清河崔氏发生婚姻关系者共183人，总共60郡姓。其中范阳卢氏37人、陇西李氏26人、荥阳郑氏25人、太原王氏13人、赵郡李氏7人、姑臧李氏8人（属于陇西李氏姑臧房，亦应归入陇西李氏）、宗室4人，其余郡姓与清河崔氏通婚者基本为1人，最多不超过3人。② 隋唐时期，清河崔氏婚姻圈主要在山东高门之间，"五姓"之间通婚率近三分之二。在与山东第一高门清河崔氏发生婚姻关系的诸姓中，陇西李氏以34人居范阳卢氏之后列第二位。唐人重"山东五姓"婚姻的重要原因在于他们"少混血"，如果唐人以陇西李氏为关陇士族，清河崔氏与他们家族的婚姻关系就不可能如此密切。

---

① （宋）计有功：《唐诗纪事》，上海古籍出版社2008年版，第797页。（书中引用该古籍均是此版本，后文中只标明书名和页码，特此说明）

② 夏炎：《中古世家大族清河崔氏研究》，天津古籍出版社2004年版，第299页。按：姑臧李氏为陇西李氏的重要房支，"陇西李氏定著四房：其一曰武阳，二曰姑臧，三曰燉煌，四曰丹杨。"（参见《新唐书·宰相世系表》，中华书局1975年版，第2473页），故统计结果中陇西李氏应该是34人。

三 陇西李氏加入山东高门的历史过程

陇西李氏的"魏晋旧籍"远不如博（陵）崔赵（郡）李及太原王氏等其他山东四姓高贵，因而才有"驼李"①的传说，陇西李氏地位提高直接来源于北魏李冲的宠遇。山东高门的地位在北魏孝文帝时期从制度上得到了保障，而李冲正是在这个时期得到身为汉人的文明太后冯氏的赏识。《魏书·李冲传》载：

> 李冲，字思顺，陇西人，敦煌公宝少子也。少孤，为长兄荥阳太守承所携训。……冲与承长子韶独清简皎然，无所求取，时人美焉。显祖末，为中书学生。冲善交游，不妄戏杂，流辈重之。高祖初，以例迁秘书中散，典禁中文事，以修整敏惠，渐见宠待。……冲为文明太后所幸，恩宠日盛，赏赐月至数千万，进爵陇西公……是时循旧，王公重臣皆呼其名，高祖常谓冲为中书而不名之。文明太后崩后，高祖居丧，引见待接有加。及议礼仪律令，润饰辞旨，刊定轻重，高祖虽自下笔，无不访决焉。冲竭忠奉上，知无不尽，出入忪勤，形于颜色，虽旧臣咸辅，莫能逮之，无不服其明断慎密而归心焉。于是天下翕然，及殊方听望，咸宗奇之。高祖亦深相仗信，亲敬弥甚，君臣之间，情义莫二……高祖初依《周礼》，置夫、嫔之列，以冲女为夫人……（李冲赞同迁都洛阳）车驾南伐，以冲兼左仆射，留守洛阳……（李冲家族）然显贵门族，务益六姻，兄弟子侄，皆有爵官，一家岁禄，万匹有余，是其亲者，虽复痴聋，无不超越官次……冲

---

① （唐）张鷟《朝野佥载》卷一载："后魏孝文帝定四姓，陇西李氏大姓，恐不入，星夜乘鸣驼，倍程至洛。时四姓已定讫，故至今谓之驼李焉。"（中华书局1979年版，第6页。本书中该古籍使用此版本较多，后文中将省略朝代与作者，特此说明）

兄弟六人，四母所出，颇相忿阋。及冲之贵，封禄恩赐皆以共之，内外辑睦。父亡后同居二十余年，至洛乃别第宅，更相友爱，久无间然。皆冲之德也。①

李冲在文明太后及孝文帝之世极受重用，其门望亦随之见重。由于李冲"所联婚姻，莫非清望"这一重要原因，孝文帝最终亦"以冲女为夫人"。因此，在太和年间孝文帝诏令评定诸州士族时，陇西李氏便与山东四姓并列，婚姻上面亦得到孝文帝的垂青。《资治通鉴》卷一四〇载：

魏主雅重门族，以范阳卢敏、清河崔宗伯、荥阳郑羲、太原王琼四姓，衣冠所推，咸纳其女以充后宫。陇西李冲以才识见任，当朝贵重，所结姻，莫非清望；帝亦以其女为夫人。诏黄门郎、司徒左长史宋弁定诸州士族，多所升降。②

除了与北魏皇室通婚外，李冲还与其他山东高门互通婚姻，如李冲本人娶荥阳郑羲女，郑羲子郑道昭（著名书法家）与族孙郑洪建也分别娶于李冲家族。另外，范阳卢氏与李冲也有密切的婚姻关系，"（卢）渊与仆射李冲特相友善。冲重渊门风，而渊私冲才官，故结为婚姻，往来亲密"③。与其他山东高门一样，陇西李氏与皇族以及五姓之间通婚提高了自身社会地位，避免了"婚宦失类"带来的危险。如同后汉外戚得援"四姓小侯"④之例，陇西李氏获得了与"四姓"同

---

① 《魏书》卷五三《李冲传》，第 1179—1189 页。
② 《资治通鉴》卷一四〇，第 4393 页。
③ 《魏书》卷四七《卢渊传》，第 1050 页。
④ 《后汉书》卷二《明帝纪》载："是岁（永平九年），大有年，为四姓小侯开立学校，置五经师。"李贤注引袁宏《汉纪》曰："永平中，崇尚儒学。自皇太子、诸王侯及功臣子弟莫不受经。又为外戚樊氏、郭氏、阴氏、马氏诸子弟立学，号'四姓小侯'，置五经师。以非列侯，故曰小侯。"

等的特殊礼遇和社会地位，遂为当世盛门。显然在太和二十年（496）后，陇西李氏已与山东高门其他诸姓并列。

北魏太武帝时，清河崔浩因修国史灭族，此事株连甚广，殃及崔浩姻亲。李冲最终以功名始终，其子孙在北朝显宦不断。唐高宗时的"禁婚家"包括了陇西李宝之六子[1]，《北史》卷一〇〇《序传》载李宝六子，除李公业早卒外，各房均子嗣显达，显宦不绝。这是陇西李氏最终与山东四姓并列，领衔诸族的原因。

魏齐周隋之间，经过多次易代分合，陇西李氏仍官宦不绝。一些旁族显贵的冒入，无形中又提高了这一家族的社会声望。如冒称陇西李氏的李贤兄弟，是关陇贵族集团的重要人物，在西魏、北周颇为显要。李贤之子李穆，在隋初位望极重，"子孙虽在襁褓，悉拜仪同，其一门执象笏者百余人，（李）穆之贵盛，当时无比"[2]。

唐代陇西李氏门第极高，《新唐书·李揆传》载：

> 李揆字端卿，系出陇西（姑臧大房），为冠族，去客荥阳。祖玄道，为文学馆学士……拜中书侍郎、同中书门下平章事，修国史，封姑臧县伯。揆美风仪，善奏对，帝叹曰："卿门地、人物、文学皆当世第一，信朝廷羽仪乎！"故时称三绝。[3]

李揆的名望甚至为胡人所知，"（李）揆既至，蕃长曰：'闻唐家第一人李揆，公是否？'揆曰：'非也，他那个李揆争肯到此。'恐其拘留，以此谩之也。揆门第第一，文学第一，官职第一。"[4]

"李揆三绝"依次为门第、文学、官职，将门第置于官职之前，

---

[1] 《魏书》卷三九《李宝传》："（李宝）有六子：承、茂、辅、佐、公业、冲。"（第886页）
[2] 《隋书》卷三七《李穆传》，第1117页。
[3] 《新唐书》卷一五〇《李揆传》第4807—4808页。
[4] 《唐语林校证》卷四，第356—357页。

这正是魏晋门阀社会遗风的存留。另外，同样出身于陇西李氏的李积完全不以朝廷官爵为念。"李积，酒泉公义琰侄孙，门户第一而有清名。常以爵位不如族望，官至司封郎中、怀州刺史，与人书札唯称陇西李积而不衔。"①官爵为国家名器，本当得到崇重，在这里，李揆和李积都将官爵置于门户之后，足见陇西李氏在唐代地位的尊崇。陈寅恪先生论及唐代山东士族家风礼法时，亦据此将陇西李氏视作山东士族。②

陇西李氏较早迁离原籍，其著房著支在唐以前迁入山东，与建都于洛阳的北魏政权关系密切，为太和四姓之一。李冲的祖先李暠是西凉的定鼎者，北魏控制凉州地区后，李暠的孙子李宝于太武帝太平真君三年（444）入朝赴京（平城，今山西大同），"（沮渠）无讳走渡流沙，据鄯善。李暠孙宝据敦煌，遣使内附"③。子孙后随孝文帝迁都洛阳，转居华北平原。李暠子孙中，以李冲名望及官位最高，并与北魏孝文帝太和时期相始终，子孙遂定居于山东。

陇西李氏是北魏平凉州后迁居平城的，后来又迁居洛阳，早就被视为山东士族。唐代安史之乱爆发后，朝廷将西北边军调入内地以平定叛乱，吐蕃趁机占有陇西李氏的旧居之地——陇西地区。郑处晦《邠州节度使厅记》载："洎禄山勃起，幽、朔、西戎，尘坌汤涌，乘艰难际，盗据河右（陇右、河西）。番兵去王城不及五百里，邠（州）由是为边郡斥候。"唐代宗广德元年（763）十月，吐蕃攻入长安，代宗仓皇逃至陕州，数日后，因传闻唐军将大举反攻，吐蕃方才撤出长安，占据原州、会州，经常骚扰泾州、陇州，因而邠州成为边

---

① （唐）李肇：《唐国史补》卷上，《唐五代笔记小说大观》本，上海古籍出版社2000年版，第166页。
② 参见陈寅恪《唐代政治史述论稿》，上海古籍出版社1997年版，第76—77页。
③ 《魏书》卷四下《世祖纪》，第94页。

镇。在这种情况下，陇西李氏遂绝乡土之思。这时，陇西李氏不可再以地理概念衡量，成为完全的文化士族。

李姓是中古大姓，分布很广。唐诗人李白诗《赠清漳明府侄聿》云："我李百万叶，柯条布中州。"① 李氏郡望有13个之多，他们分别是：陇西李氏、赵郡李氏、柳城李氏、略阳李氏、鸡田李氏、武威李氏、代北李氏、高丽李氏、范阳李氏、渤海李氏、西域李氏、河南李氏、京兆李氏。十三望李氏家族中，陇西与赵郡两支名望最大。秦国司徒李昙长子李崇传下了陇西房，幼子李玑传下了赵郡房。陇西房和赵郡房同出一源，又各有所系。洛阳属于山东，属于山东士族文化圈，北魏孝文帝迁都洛阳后推崇山东士族。陇西李冲得宠后，与赵郡李氏一样被视作山东士族。

至唐代，陇西李氏主支早就迁至山东，与赵郡李氏再度攀亲。《唐国史补》卷上载："李赞皇峤，初与李奉宸迥秀同在庙堂，奉诏为兄弟。又西祖令璋与信安王祎同产。故赵郡、陇西二族，昭穆不定，一会中，或孙为祖，或祖为孙。"② 由于赵郡李氏属于典型的山东旧族，与之同出一源的陇西李氏自然被视为山东士族。

李唐皇室自称出自陇西李氏，唐高祖李渊曾经对裴寂说："我李氏昔在陇西，富有龟玉，降及祖祢，姻娅帝室。及举义兵，四海云集，才涉数月，升为天子。至如前代皇王，多起微贱，勋劳行阵，下不聊生。公复世胄名家，历职清显，岂若萧何、曹参起自刀笔吏也！唯我与公，千载之后，无愧前修矣。"③ 李渊自称陇西旧族，这混淆了人们的视线。很多人将陇西李氏认作关陇士族的重要原因是唐皇族属

---

① （唐）李白：《李太白全集》，（清）王琦注，中华书局1977年版，第497页。（书中引用该古籍均是此版本，后文中只标明书名和页码，特此说明）
② （唐）李肇：《唐国史补》卷上，《唐五代笔记小说大观》本，上海古籍出版社2000年版，第166页。
③ 《旧唐书》卷五七《裴寂传》，第2288页。

于陇西李氏，由于李唐皇室属于关陇贵族，因而陇西李氏属于关陇士族。这一点，明人杨慎早有驳斥，杨慎说："陇西之李与唐室之李不同族。"① 他认为：

> 姓氏谱李氏凡十三望，以陇西为第一。唐时重族望，虽帝系之贵，亦自屈居第三而让陇西为一。则陇西之李与唐室之李不同族明矣。史官修唐世系表，谓皋陶为尧大理，世为理氏。纣时有逃难食李得全，故改理为李。此附会杜撰以媚时之说，殊不足信。陇西之李与唐室之李不同族。②

陈寅恪先生认为李渊祖先葬于赵州昭庆县，非出自陇西李氏。③ 唐太宗李世民说："我与山东崔、卢、李、郑，旧既无嫌。"④ 并不以山东士族自居，不管其为陇西李氏或为赵郡李氏之破落户，文化上已不能算山东士族。

将陇西李氏归入关陇士族是错误的，这种完全依照自然地理的分类显然不符合客观实际。划分士族属性，应该按照文化分类。如果按照自然地理分，那么，河东地处崤山以东，河东柳氏、河东薛氏、河东裴氏理应属于山东士族，但这三姓却是传统意义上的关中士族。西魏宇文泰的基业在关陇、河东地区，唐高祖李渊起兵太原，后拥有关陇，这一带士人响应宇文泰集团和李唐革命，较早加入关陇集团。将其划入关中士族的原因可参照毛汉光先生的说法："河东大士族裴氏、

---

① 参见杨慎《升庵集》卷五〇"李姓非一"条，文渊阁《四库全书》影印本。
② 同上。另据唐代释彦悰《唐护法沙门法琳别传》下载法琳对唐太宗之言曰："窃以拓跋元魏，北代神君。达阇（即大野）达系，阴山贵种。"释彦悰将大野氏（即李氏，唐高祖李渊之祖父李虎为西魏"八柱国"之一，宇文泰赐姓大野氏）视为"阴山贵种"，固知唐初人知其皇室氏族冒认陇西。
③ 参见陈寅恪《李唐氏族之推测》《李唐氏族之推测后记》《三论李唐氏族问题》，见《金明馆丛稿二编》。
④ 《贞观政要集校》，谢保成集校，第396页。

柳氏、薛氏等其主支大部分归向西魏北周，其人物与关中政权长期结合，所以时人将此三大士族归类于关中郡姓之中。"① 同样，琅玡王氏与陈郡谢氏从自然地理上讲皆为山东人，他们从永嘉南渡后至隋唐，早被视为江左侨姓士族，无人以山东士族视之。袁朗出自"四世三公"的汝南袁氏，本亦属于山东士族，但侨居南方后就被视为侨姓士族。对此，陈爽认为："比较而言，名家大族的地域特征并不十分明显，郡望只是其社会身份和政治地位的标志之一。"② 士族主要成员大多具有较高的文化素养和政治才干，以此进入统治阶层，其政治势力与社会影响，已远远超出了地域的局限。

以文化与婚姻而言，陇西李氏应为山东高门。以自然地理划分士族郡望并不符合当时实际情况，因而是错误的。

第五节 "牛李党争"中的"用兵""销兵"之争

"牛李党争"指中晚唐时期以牛僧孺、李宗闵为代表的牛党和以李德裕为代表的李党之间长达数十年的政治斗争。"牛李党争"起于宪宗朝，对中晚唐的政治、文化领域产生了重要影响。历来学者对"牛李党争"性质问题众说纷纭，最有影响的是沈曾植和陈寅恪先生的学说，他们认为，牛党属于新兴进士阶层，李党重门第，属于山东高门，这也成为陈先生史学的基本思想。③ 胡如雷先生则认为，"李党

---

① 毛汉光：《北朝东西政权之河东争夺战》，《中古政治史论》，上海书店出版社2002年版，第187页。
② 陈爽：《世家大族与北朝政治》，中国社会科学出版社1998年版，第190页。
③ 参见陈寅恪《唐代政治史述论稿》，上海古籍出版社1997年版，第84页。

是公卿显官集团的代表",牛党则代表了地方豪强大地主势力。① 李浩先生认为,牛李党争中的牛党成员多出自关陇士族,李党成员多出自山东士族。② 王力平博士则对此持反对态度。③

李党和牛党之争表现在政治的各个领域。唐代安史之乱后,河北藩镇长期处于割据状态,呈尾大不掉之势。一般史学研究者认为,在对待藩镇问题上,李党主张对藩镇用兵,牛党主张"销兵"。陈寅恪先生说:"当时主张用兵之士大夫大抵属于后来所谓李党,反对用兵之士大夫则多为李吉甫之政敌,即后来所谓牛党。"④ 胡如雷先生也认为两党斗争的焦点是"对藩镇叛乱持不同态度"⑤。本节将讨论代表山东士族的"李党"何以会对藩镇态度强硬,持用兵之议。

唐宪宗为唐室中兴之英主,他重用山东士族,改变了唐代宗大历、德宗贞元以来姑息苟安的积习,主张以武力削平藩镇,重整朝廷威望。山东士族在历次对待藩镇的问题上,立场鲜明,主张以武力平定。唐宪宗即位之初,剑南西川节度使韦皋去世后,刘辟居蜀反,"上欲讨(刘)辟而重于用兵,公卿议者亦以为蜀险固难取。杜黄裳独曰:'(刘)辟狂戆书生,取之如拾芥耳!臣知神策军使高崇文勇略可用,愿陛下专以军事委之,勿置监军,辟必可擒。'上从之。翰林学士李吉甫亦劝上讨蜀,上由是器之"⑥。另据《新唐书·李吉甫传》载:"刘辟平,(李)吉甫谋居多。"李吉甫出自赵郡李氏,由于他与同样出自赵郡李氏的李绛的坚持,朝廷取得对剑南西川叛乱的胜利,

---

① 参见胡如雷《唐代牛李党争研究》,《历史研究》1979 年第 6 期。
② 参见李浩《从士族郡望看牛李党争的分野》,《历史研究》1999 年第 4 期。
③ 参见王力平《地域分野难以界说党派之争——〈从士族郡望看牛李党争的分野〉商榷》,《历史研究》2000 年第 4 期。
④ 陈寅恪:《唐代政治史述论稿》,上海古籍出版社 1997 年版,第 95 页。
⑤ 胡如雷:《唐代牛李党争研究》,《历史研究》1979 年第 6 期。
⑥ 《资治通鉴》卷二三七,第 7626 页。

出自渤海高氏的高崇文生擒刘辟。

在对待淮西的问题上，山东高门同样立场坚定。《旧唐书·李吉甫传》："淮西节度使吴少阳卒，其子元济请袭父位。（李）吉甫以为淮西内地，不同河朔，且四境无党援，国家常宿数十万兵以为守御，宜因时而取之。颇叶上旨，始为经度淮西之谋。"① 平定淮西的主要功臣李愬为李晟之子，出自陇西李氏。

牛党人物牛僧孺、李逢吉、令狐楚、萧俛与段文昌对淮西主张"销兵"，《旧唐书·李逢吉传》载："（李）逢吉夭与奸回，妒贤伤善。时用兵讨淮、蔡，宪宗以兵机委裴度，逢吉虑其成功，密沮之，由是相恶。及度亲征，学士令狐楚为度制辞，言不合旨，楚与逢吉相善，帝皆黜之，罢楚学士，罢逢吉政事，出为剑南东川节度使、检校兵部尚书。"② 另据《旧唐书·令狐楚传》载：

> （令狐）楚与皇甫镈、萧俛同年登进士第。元和九年，镈初以财赋得幸，荐俛、楚俱入翰林，充学士，迁职方郎中、中书舍人，皆居内职。时用兵淮西，言事者以师久无功，宜宥贼罢兵，惟裴度与宪宗志在殄寇。十二年夏，度自宰相兼彰义军节度、淮西招抚宣慰处置使。宰相李逢吉与度不协，与楚相善。楚草度淮西招抚使制，不合度旨，度请改制内三数句语。宪宗方责度用兵，乃罢逢吉相任，亦罢楚内职，守中书舍人。③

唐宪宗为阉寺所弑，牛党在宦官的帮助下掌权，穆宗持"销兵"之议。《旧唐书·萧俛传》载：

---

① 《旧唐书》卷一四八《李吉甫传》，第3996页。
② 《旧唐书》卷一六七《李逢吉传》，第4365页。
③ 《旧唐书》卷一七二《令狐楚传》，第4460页。

吐蕃寇泾原，命中使以禁军援之。穆宗谓宰臣曰："用兵有必胜之法乎？"俛对曰："兵者凶器，战者危事，圣主不得已而用之。以仁讨不仁，以义讨不义，先务招怀，不为掩袭。古之用兵，不斩祀，不杀厉，不擒二毛，不犯田稼。安人禁暴，师之上也。如救之甚于水火。故王者之师，有征无战，此必胜之道也。如或纵肆小忿，轻动干戈，使敌人怨结，师出无名，非唯不胜，乃自危之道也。固宜深慎！"帝然之……穆宗乘章武恢复之余，即位之始，两河廓定，四鄙无虞。而（萧）俛与段文昌屡献太平之策，以为兵以静乱，时已治矣，不宜黩武，劝穆宗休兵偃武。又以兵不可顿去，请密诏天下军镇有兵处，每年百人之中，限八人逃死，谓之"消兵"。帝既荒纵，不能深料，遂诏天下，如其策而行之。而藩籍之卒，合而为盗，伏于山林。明年，朱克融、王廷凑复乱河朔，一呼而遗卒皆至。朝廷方征兵诸藩，籍既不充，寻行招募。乌合之徒，动为贼败，由是复失河朔，盖"消兵"之失也。①

元稹《连昌宫词》有"老翁此意深望幸，努力庙谋休用兵"之句，就迎合了穆宗的"销兵"之议。

在中唐对藩镇问题上，主和者有段文昌、张仲方、萧俛、李逢吉、令狐楚、元稹、牛僧孺、白居易等人；主战者有李绛、李吉甫、李德裕、裴度、崔群、韩愈等人。宪宗元和前后入相的郑絪（荥阳）、郑余庆（荥阳）、李吉甫（赵郡）、李绛（赵郡）、李藩（赵郡）、王涯（太原）、崔群（清河）、李鄘（赵郡）都是一时之佳选。在他们入相后，取得对藩镇的一系列胜利：宪宗元和元年（806）平定剑南西川，诛刘辟，平夏州，诛知节度留后杨惠琳；元和二年（807）平定镇海军，诛

---

① 《旧唐书》卷一七二《萧俛传》，第4477—4478页。

节度使李锜；元和五年（810）擒获昭义节度使卢从史；元和七年（812），魏博田兴（后赐名田弘正）归附朝廷；元和八年（813），平定振武军；元和十一年（816），平定宥州乱事；元和十二年（817），宰相裴度平定淮西，诛自领节度使吴元济；元和十三年（818），成德节度使王承宗送二子入朝为人质；元和十四年（819）平定淄青，诛节度使李师道；幽州节度使刘总"既继父，愿述先志，且欲尽更河朔旧风。长庆初，累表求入朝，兼请分割所理之地，然后归朝"，并于穆宗长庆元年（821）将地盘交还朝廷。这样，包括河北三镇及淄青在内的藩镇问题在宪宗元和年间基本得到解决。杜甫《承闻河北诸道节度入朝欢喜口号绝句十二首》云："河北将军尽入朝。"① 该诗作于大历年间，所闻的误传在几十年后的唐宪宗元和年间得以实现。

"元和中兴"的局面得以在中唐出现与唐宪宗重用山东士族有关，山东旧族主张对强藩采取高压措施，反对姑息藩镇。出自山东士族且与山东高门有密切关系②的韩愈对藩镇进行了批判：

> 伏以大唐受命有天下，四海之内，莫不臣妾；南北东西，地各万里。自天宝之后，政治少懈，文致未优，武克不刚。孽臣奸隶，蠹居棋处，摇毒自防，外顺内悖，父死子代，以祖以孙；如古诸侯自擅其地，不贡不朝六七十年。③

唐武宗重用赵郡李德裕，取得了对藩镇的一系列胜利，明王世贞

---

① 参见《杜诗详注》卷十八，第1624—1625页。引朱注："《唐史》：'大历二年正月，淮安节度使李忠臣入朝。三月，汴宋节度使田神功来朝。八月，凤翔等道节度使李抱玉入朝。'河北入朝事，史无明文，疑公在夔州，特传闻而未实耳。"
② 韩愈由嫂子荥阳郑氏抚养大，成长于山东士族文化区内，本人与山东旧族交往密切。
③ （唐）韩愈：《韩昌黎文集校注》，马其昶校注，上海古籍出版社1986年版，第619页。（本书中该古籍使用此版本较多，后文中将省略朝代与作者，特此说明）

对李德裕的削藩大加赞赏：

> 文饶（李德裕字）佐武宗通黠戛斯、破回鹘、平太原、定泽潞，若振槁千里之外，披胆待烛，百万之众，俯首而听一言之指麾。国势尊，主威振。①

尽管学者对牛李党争的性质众说纷纭，但在李党主张对藩镇用兵而牛党主张销兵问题上并无太多异议。李党何以主张对藩镇用兵？这是以前学者很少论及的问题。其原因是，李党重要人物多出自山东高门，如李德裕与李绅出自赵郡李氏、郑覃出自荥阳郑氏、李让夷出自陇西李氏。安史之乱前后，山东士族祖居地陷入胡人手中，其祖坟所在地成为一胡化地域，脱离了唐朝政府的控制。山东高门子弟掌握国家中枢权力后主张对藩镇用兵，收复失地，其维护大一统的决心因而较其他士族强烈。

山东高门士族中，赵郡李氏、范阳卢氏、清河崔氏、博陵崔氏皆祖居河北，坟茔所在地也在河北。陇西李氏坟茔所在地在陇西。唐玄宗开元、天宝年间，山东士族可能迫于胡族的压力而迁离原郡。据陈寅恪先生说："吾国中古士人，其祖坟住宅及田产皆有连带关系……故其家非万不得已，决无舍弃其祖茔旧宅并与茔宅有关之田产，而他徙之理。"② 田产之记载已然失传，坟茔的所在地则成为现在研究某家族重心的重要证据。以赵郡李德裕家族为例，他们可能就是迫于胡族的压力而迁居洛阳的。李德裕《让官表》云："先臣松槚，近在东都，血属数人，皆居上国。"两《唐书》不载李栖筠和李吉甫葬地，傅璇琮先生说："（李）栖筠宦游在外，河北又在强藩之手，恐亦不得归葬

---

① （明）王世贞：《弇州四部稿读会昌一品集》卷一一二，文渊阁《四库全书》影印本。
② 陈寅恪：《金明馆丛稿二编》，生活·读书·新知三联书店2001年版，第2页。

赵郡。自此以后，李氏一门，卒后即迁葬于洛郊。"①

与赵郡李氏情况相似，山东旧族其他诸姓也不得不离开故土，改葬两京。陈寅恪先生说："河北旧壤为山东士人自东汉魏晋北朝以降之老巢，安史之乱后已沦为胡化藩镇之区域，则山东士人之舍弃其祖宗之坟墓故地，而改葬于李唐中央政府所在之长安或洛阳，实为事理所必致，固无足怪也。"②

安史之乱使得山东士族再次遭到打击，安史叛军从范阳起兵南下，安禄山在洛阳称帝，其主要战场集中在山东地区。五姓郡望所在地范阳（卢氏）、清河（崔氏）、博陵（崔氏）、赵郡（李氏）、荥阳（郑氏）、太原（王氏）遭兵燹，其中，范阳更是安史老巢。另外，彭城（刘氏）、渤海（高氏）等山东地区也处于战乱地带。

战乱使山东旧族不得不离开故土，失去经济基础的高门子弟流落于外地，生活十分悲惨。《太平广记》载：

> 唐天宝末，禄山作乱，赵郡李叔霁与其妻自武关南奔襄阳，妻与二子死于路，叔霁游荆楚，久之。禄山既据东京，妻之姑寡居，不能自免，尚住城中，辛苦甚至。役使婢洛女，各出城采樵。③

出身于赵郡李氏的李叔霁妻子在途中丧身，妻之姑则出城采樵。这反映了安史之乱中山东士族生存的困境，带有普遍意义。

安史之乱平定后，河北三镇仍然长期割据河朔。"自禄山反后，山东范阳，外虽示顺，实皆倔强不庭。"④ 山东士族甚至已无法归葬原籍，这是山东士族执政后主张对藩镇用兵的原因。

---

① 傅璇琮：《李德裕年谱》，河北教育出版社2001年版，第8页。
② 陈寅恪：《论李栖筠自赵徙卫事》，《金明馆丛稿二编》，生活·读书·新知三联书店2001年版，第2页。
③ 《太平广记》卷三三五"李叔霁"条引《广异记》，第2661页。
④ 《旧唐书》卷一四三《朱滔传》，第3896页。

另外，陇西李氏的故乡在安史之乱后也陷入吐蕃。由于抵御吐蕃的朔方军调入内地平叛，吐蕃趁机攻入长安，邠州遂成为边镇。陇右为吐蕃控制，直到唐宣宗大中五年，"张义潮发兵略定其旁瓜、伊、西、甘、肃、兰、鄯、河、岷、廓十州。遣其兄义泽奉十一州图籍入见。于是，河湟之地尽入于唐"①。

李吉甫撰写的《元和郡县图志》是我国现存最早又较完整的地方总志，《四库全书总目》列之于地理总志之首。其序言中说：

> 况古今言地理者凡数十家，尚古远者或搜古而略今，采谣俗者多传疑而失实，饰州邦而叙人物，因丘墓而征鬼神，流于异端，莫切根要。至于丘壤山川，攻守利害，本于地理者，皆略而不书，将何以佐明王扼天下之吭，制群生之命，收地保势胜之利，示形束壤制之端，此微臣之所以精研，圣后之所宜周览也。②

傅璇琮先生对此认为：

> 又按李吉甫撰《元和郡县图志》，有其现实政治目的，那就是鉴于安史之乱以后藩镇割据、"强侯傲而未肃"的局面，想通过编写全国郡县山川地形图，加强中央政权对全国的控制。③

李吉甫撰写此书时，以太宗朝实际控制地域为基础，并非宪宗元和年间实际控制地域，表达了他维护领土完整的决心及故土之思。李吉甫是宪宗朝宰相，与赵郡李绛等人坚决主张对藩镇用兵，实现儒家大一统的理想，这与其撰写《元和郡县图志》的用意是一致的。

---

① （宋）袁枢：《通鉴纪事本末》卷三六下，《历代纪事本末》本，中华书局1997年版，第864页。
② （唐）李吉甫：《元和郡县图志》，中华书局1983年版，第2页。
③ 傅璇琮：《李德裕年谱》，河北教育出版社2001年版，第78页。

第三章

唐代山东士族的兴衰

东汉末年，袁绍割据冀州，出自荥阳郑氏的郑玄晚年投靠袁绍，讲学于河北，使得山东地区的经学水平领先于其他地方。永嘉南渡后，地处河南的中原士族随晋室南迁。河北士族由于路途遥远，大部分被迫滞留于北方。中原以北地区被五胡占领，其政权性质虽多为胡族政权，但中原士族势力不容小觑。北朝盛行大家族制度，往往整个家族生活在一起，战乱时则藏于坞堡之中，维持了他们的经济基础和社会声望。

北魏皇室出自鲜卑，太武帝统一北方后，十分重视汉人士族，出自清河崔氏的崔浩以及出自渤海高氏的高允等人都得到重用。清河崔浩正是在这种情况下"齐整人伦，分明姓族"的：

> 卢玄，字子真，范阳涿人也。曾祖谌，晋司空刘琨从事中郎。祖偃，父邈，并仕慕容氏，为郡太守，皆以儒雅称……司徒崔浩，玄之外兄，每与玄言，辄叹曰："对子真，使我怀古之情更深。"浩大欲齐整人伦，分明姓族。玄劝之曰："夫创制立事，各有其时，乐为此者，讵几人也？宜其三思。"[①]

[①]《魏书》卷四七《卢玄传》，第1045页。

卢玄认为崔浩的改革还没到时候，崔浩的改革果然以失败告终。崔浩的失败株连甚广，"真君十一年六月诛浩。清河崔氏无远近，范阳卢氏、太原郭氏、河东柳氏，皆浩之姻亲，尽夷其族"①。与其有关的士族多遭到严重打击，但这并没有影响到山东士族兴盛的趋势。北魏孝文帝迁都洛阳后，加速了汉化进程。由于地缘和汉化之故，山东士族受到北魏皇室的青睐，成为北魏时代的显赫大姓。孝文帝分明姓族之举给予了山东士族崇高的政治地位和社会地位，孝文帝分别姓族的重要目的，在于促进鲜卑贵族的士族化。在北朝后期胡汉融合的过程中，大批鲜卑贵族通过法律的认可进入士族的行列中，争定门第高下，"词讼不绝"。北朝士族队伍的无限膨胀在唐代社会的反映，便是士族身份的蜕变。

第一节　初盛唐山东士族的政治处境

一　唐高祖、太宗实行关陇本位政策

唐高祖、太宗夺得天下主要依靠关陇势力，故定鼎初期，对关陇地区尤为重视。唐初，朝廷实行关陇本位政策。"太宗列置府兵八百所，而关中五百，举天下不敌关中，则居重驭轻之意也。"② 汪篯先生认为，太宗所任22位宰相中，握有重权者6人，即长孙无忌、杜淹、杜如晦、李靖、侯君集、杨思道，均来自关中，他们"全部是西魏北

---

① 《魏书》卷三五《崔浩传》，第826页。
② 《新唐书》卷一五七《陆贽传》，第4913页。

周杨隋之勋贵或大臣的后裔，并无例外。"① 高祖、太宗出自夷狄，重本朝冠冕，山东士族在唐代初期屡受打击。唐太宗征伐天下和夺取政权所依靠的班底除了关陇集团外，还团结了所谓的"山东豪杰"，如英国公李勣、尉迟敬德、程咬金、秦叔宝等。他们虽出自山东，但并非出自高门士族，如李勣自称"我山东一田夫耳"②，自以为"我老翁不识字，无可教汝"③。魏徵出身于巨鹿魏氏，虽属于山东士族，但并不属于山东五姓高门，也被唐太宗称为"田舍汉"。④ 北朝山东士族一般依靠深厚的文化功底或婚姻入仕，可是，出身于陇西李氏姑臧大房，官居宰相的李靖却是依靠军功致显。唐初统治集团与山东士族之间有深深的鸿沟，唐室本出自夷狄，与李勣、秦叔宝和程咬金同来自瓦岗寨的单雄信就称李元吉为胡儿：

> 英公（李勣）始与单雄信俱臣李密，结为兄弟。密既亡，雄信降王充，勣来归国。雄信壮勇过人。勣后与海陵王元吉围洛阳，元吉恃膂力，每行围。王充召雄信告之，酌以金碗，雄信尽饮，驰马而出，枪不及海陵者尺。勣惶遽，连呼曰："阿兄阿兄，此是勣主。"雄信乃揽辔而止，顾笑曰："胡儿不缘你，且了竟。"⑤

被山东人单雄信视为胡儿的海陵王李元吉为唐高祖李渊之子，李世民之弟。李渊以关陇势力镇压了山东刘黑闼后，欲"尽杀其党，使

---

① 汪篯：《汪篯隋唐史论稿》，中国社会科学出版社1981年版，第139页。
② 《旧唐书》卷六七《李勣传》，第2489页。
③ 《朝野佥载》，第112页。
④ （唐）刘餗：《隋唐嘉话》卷上，程毅中点校，中华书局1979年版，第7页。（书中引用该古籍均是此版本，后文中只标明书名和页码，特此说明）
⑤ 同上书，第9页。

空山东"①，以此报复山东人。太宗开始对山东人也有偏见，张行成"尝侍宴，帝语山东及关中人，意有同异。行成曰：'天子四海为家，不容以东西为限，是示人以隘矣。'帝称善。"②

在团结所谓"山东豪杰"的同时，太宗不遗余力地打击山东士族。李唐平定天下后，民间仍认可"山东五姓"的社会地位，对此，唐太宗大为恼火，他说：

> 今崔、卢之属，惟矜远叶衣冠，宁比当朝之贵？公卿已下，何假多输钱物，兼与他气势，向声背实，以得为荣。我今定氏族者，诚欲崇树今朝冠冕，何因崔干犹为第一等，只看卿等不贵我官爵耶？不须论数代已前，止取今日官品、人才作等级，宜一量定，用为永则。③

为了推崇本朝冠冕，他又下诏曰：

> 氏族之盛，实系于冠冕；婚姻之道，莫先于仁义。自有魏失御，齐氏云亡，市朝既迁，风俗陵替。燕、赵古姓，多失衣冠之绪；齐、韩旧族，或乖德义之风。名不著于州闾，身未免于贫贱，自号膏粱之胄，不敢匹敌之仪，问名唯在于窃赀，结褵必归于富室。乃有新官之辈，丰财之家，慕其祖宗，竞结婚媾，多纳货贿，有如贩鬻。或自贬家门，受屈辱于姻娅；或矜其旧望，行无礼于舅姑。积习成俗，迄今未已，既紊人伦，实亏名教。朕夙夜兢惕，忧勤政道，往代蠹害，咸已惩革，惟此弊风，未能尽

---

① 《通鉴考异》卷九引《太宗实录》，《资治通鉴》卷一九〇，胡三省音注，中华书局1956年版，第5963页。
② 《新唐书》卷一〇四《张行成传》，第4012页。
③ 《贞观政要集校》，谢保成集校，第397页。

变。自今已后，明加告示，使识嫁娶之序，务合典礼，称朕意焉。①

唐太宗此举目的是推崇本朝冠冕，其实质是维护政权的需要。出于对山东士族婚姻的嫉妒，初盛唐统治者不与其通婚姻。但统治阶级的禁婚并不能左右民间的婚姻取向，许多关陇集团以外的高官仍以山东五姓婚姻为荣。

高宗时期宰相李义府在推动高宗武后重修《姓氏录》的同时，因"为子求婚不得"，请禁七姓自为婚姻。《新唐书·诸帝公主》与《唐会要》卷六"公主"条的记载表明，除了极少数例外，初盛唐公主的确"皆取当世勋贵名臣家，未尝尚山东旧族"。山东士族在武德、贞观年间屡遭执政的关陇贵族的打击，政治地位已远不及北朝时期。出自山东的宰相房玄龄、魏徵、李勣等由于地缘之故，推崇山东婚姻。他们不顾朝廷禁令，偷偷与之通婚，才维持了山东士族的社会声望。

二 武后、玄宗对山东的不同态度

武后出自山东寒族，本太宗才人。当她掌握权力后，开始打击主要由关陇贵族构成的开国老臣。"太后自垂拱以来，任用酷吏，先诛唐宗室贵戚数百人，次及大臣数百家，其刺史、郎将以下，不可胜数。"② 为了对付关陇集团，武后开始重用文士，而出自山东的文士由于地缘之故，开始得到武后青睐。武后掌权后，出自山东士族的文士逐渐走进权力中枢，我们从《新唐书·宰相年表》发现武后开始大量使用山东士族为相，这一时期的宰相如李敬玄、李峤、崔神基等都出

---

① 《贞观政要集校》，谢保成集校，第396页。
② 《资治通鉴》卷二〇五，第6485页。

自"山东五姓"。

作为文化大族,山东士族具备深厚的文化功底。武后重用文士,使他们得以文学进身,博陵崔氏正是在高宗、武后朝开始利用武后崇文的机会取得政治地位的:

> 崔仁师之孙崔湜并涤,及从兄莅,并有文翰,列居清要。每私宴之际,自比王谢之家。谓人曰:"吾之一门及出身历官,未尝不为第一。丈夫当先据要路以制人,岂能默默受制于人!"故进取不已,而不能令终。①

崔湜以进士及第,执政时年仅三十八岁,"(崔)湜执政时,年三十八,尝暮出端门,缓辔讽诗。张说见之,叹曰:'文与位固可致,其年不可及也。'"②崔湜以文学进身,"湜少以文辞知名,举进士,累转左补阙,预修《三教珠英》,迁殿中侍御史。神龙初,转考功员外郎"③。

大批山东高门子弟在武后朝被起用,这在关陇贵族执政的初唐是不可想象的。然而,他们在武后朝并无大权,武后以女主君临华夏,名不正,言不顺,故高度集权。为了防止大权旁落,那些以文学进身的宰相仍不免成为文学侍从的角色。武后朝宰相更替频繁,鲜有善终者。《资治通鉴》卷二〇五载:

> 癸丑,同平章事李游道(赵郡李氏南祖房)、王璿(琅琊王氏)、袁智弘(侨姓首望)、崔神基(清河崔氏南祖房)、李元素(赵郡李氏南祖房)、春官侍郎孔思元、益州长史任令辉,皆为王

---

① (后晋)王定保:《唐摭言》卷一二,《唐五代笔记小说大观》本,上海古籍出版社2000年版,第1684—1685页。
② 《新唐书》卷九九《崔湜传》,第3923页。
③ 《旧唐书》卷七四《崔湜传》,第2622页。

玄义所陷，流岭南。①

武后出自寒门，对士族子弟严加防范，士族子弟虽能以文学进身，也遭到武后猜忌。崔湜虽少年得志，亦不能独善其身，"（崔湜）与郑愔同知选事，铨综失序，为御史李尚隐所劾，愔坐配流岭表，湜左转为江州司马"②。为了加强集权统治，武后频繁更换宰相，使得她掌权时宰相数量达到70多人。③

初唐山东士族政治地位和经济地位急剧下降，唯一能够保存的是凭借其优良门风而维持的社会地位。武后出自山东，但非高门，她重用山东士族的原因并非阶级缘故。在武后打击关陇贵族的同时，山东士族由于地缘之故崭露头角，然而，武后所好乃辞章之士而非经义，她一方面打击旧门阀，建议高宗重修《氏族志》，改《氏族志》为《姓氏录》，以皇后武氏族为第一等；另一方面因本人出于山东，故重用山东人，但其本出自寒门，且因高宗所废王皇后出自山东高门太原王氏，故未必重用山东旧士族。④武则天在成为皇后的道路上，对于传统门阀中阻碍她为皇后的部分士族进行打击，受打击的首先是与李唐皇室关系（包括婚姻关系）密切的关陇贵族，长孙无忌、于志宁、柳奭相继被贬。

"武周革命"沉重地打击了关陇本位主义，她执政后，将重心转移至山东。对此，陈寅恪先生认为：

> 盖西魏宇文泰所创立之系统（关陇本位主义）至此（武后

---

① 《资治通鉴》卷二〇五，第6487页。
② 《旧唐书》卷七四《崔湜传》，第2622—2623页。
③ 这一点与汉武帝十分相似。汉高祖曾任萧何，后来曹参、陈平等都能总揽机要。汉武帝猜忌大臣，频繁更换宰相，破坏了汉初以来的宰相制度，武帝时宰相多不能善终。
④ 参见李光霁《简论唐代山东旧士族》，《唐史学会论文集》，陕西人民出版社1986年版，第35页。

朝）而改易，宇文氏当日之狭隘局面不适应唐代大帝国之情势，太宗以不世出之英杰，犹不免牵制于传统之范围，而有所拘忌，武曌则以关陇集团外之山东寒族，一旦攫取政权，久居洛阳，转移全国重心于山东。①

武后执政后以地处山东的洛阳作为神都，更加关注山东。陈子昂《谏灵驾入京书》是在高宗去世后，为阻止其梓宫运往长安所作。在高宗梓宫是否要运往长安早已经营多年的陵寝的问题上，朝廷掀起一场大的争论。这时候武则天在东都洛阳已经扶植起很大的势力，她并不愿意跟随高宗灵柩回长安，陈子昂的上书迎合了武后的要求。

武后朝，山东士族以地缘之故走上了政治舞台。其中很多人靠谄媚武后集团发迹，如李峤、崔融等，他们不惜依附张易之兄弟以求仕进。

中宗复辟直至玄宗朝，武后之政策有革新也有保留，一方面，朝廷开始"行贞观故事"，包括继续关陇本位政策；另一方面，武后重词科的政策继续得到贯彻和执行。唐玄宗执政后，又开始经营关中。唐玄宗在对待关中和山东问题上与武后有很大不同：武则天称帝后大部分时间都在其神都洛阳，而唐玄宗则以长安为活动中心；在分封五岳的问题上，两人的做法也大相径庭，武则天作为山东人，以中岳为首，封位于河南登封的嵩山为"天中王"，玄宗却是从华山开始，封之为"金天王"。

唐玄宗在政治上对山东士族怀有极大警惕，几次想任命崔琳、卢

---

① 陈寅恪：《记唐代之李武韦杨婚姻集团》，《金明馆丛稿初编》，生活·读书·新知三联书店2001年版，第279页。

从愿二人为宰相，只因为他们"族大，恐附离者众，卒不用。"① 因而，开元时期，崔氏几乎无人为相。直到安史之乱爆发，玄宗幸蜀，崔浣、崔圆迎驾，方被任命为宰相。

第二节　山东士族在中唐的复兴

一般认为，唐代是士族衰败、没落的时代。如田廷柱先生认为："从整个士族门阀制度的兴衰史来看，唐代的门阀士族已是强弩之末，处于进一步的衰落时期。"②

李浩先生认为："山东高门在政治上已失去昔日辉煌，但是作为一种民间资源和社会力量仍有其特异之处，与政治的适度张力，亦对统治者有些许文化制衡。"③ 以为唐代山东士族政治上已经衰落。

这种思想在唐宋时期就已存在，据《新唐书·高士廉传》载：

> 至中叶，风教又薄，谱录都废，公靡常产之拘，士亡旧德之传，言李悉出陇西，言刘悉出彭城，悠悠世祚，讫无考按，冠冕皂隶，混为一区，可太息哉!④

学术界常用这个史料来说明中唐以后士族的衰落。

隋唐时期取消了魏晋以来的士族制度，士族从此失去了入仕的特

---

① 《新唐书》卷一〇九《崔义玄传》，第4098页。
② 田廷柱：《关于唐代门阀士族势力消长问题的考察》，《唐史学会论文集》，陕西人民出版社1986年版，第82页。
③ 李浩：《唐代三大地域文学士族研究》，中华书局2002年版，第124页。
④ 《新唐书》卷九五《高俭传》，第3843—3844页。

权。很多学者想当然地认为，士族会由此走向衰落。但实际情况却是，山东士族在中唐重新崛起，掌握了国家的中枢权力，在政治上发挥了重要作用。下面仅以山东士族最高门第即被列为"禁婚家"的"五姓七家"为对象来考察唐代山东士族在中唐的复兴。

唐代宰相处于唐代官僚机构的最高端，唐代实行群相制，凡本官带"同中书门下平章事""同中书门下三品""同平章事"等衔者，皆为宰相。《新唐书·宰相世系表》虽存在不少错误①，但仍不失为研究唐代士族的最重要的资料。《世系表》载唐代宰相369人，凡98姓。柳芳《氏族论》中共提到26姓高门士族。根据《世系表》统计：山东郡姓崔、卢、郑、李、王五姓（包括"五姓七家"）共出宰相77人，占唐代宰相总数的21%②；关中郡姓士族，6姓出宰相61人，占唐代宰相总数的16%强。从以上数据可知，唐代山东士族政治地位崇高，所出宰相在唐代仍处于第一位，与其社会地位基本相符。

本书以《新唐书·宰相世系表》为基本材料，并参照《新唐书》《旧唐书》及《登科记考》等书籍。从中找出山东五姓七家在唐代各时代拜相的情况③，详列于下：

赵郡李氏

南祖房：李敬玄（相高宗）、李元素（相武后）、李游道（相武后）、李日知（相睿宗、玄宗）、李藩（相宪宗）、李固言（相文宗）、李绅（相武宗）

东祖房：李峤（相武后）、李绛（相宪宗）、李珏（相文宗）

---

① 参见岑仲勉《唐史余渖》，中华书局2004年版。
② 毛汉光先生根据《世系表》并参考新旧《唐书》有关列传及《登科记考》《唐摭言》等书籍统计，"山东五姓"在唐代共出宰相83人。
③ 参见毛汉光《中国中古社会史论》，上海书店出版社2002年版，第337—347页。

西祖房：李怀远（相武后）、李吉甫（相宪宗）、李德裕（相文宗、武宗）

辽东房：李泌（相德宗）

江夏房：李鄘（相宪宗）、李磎（相昭宗）

汉中房：李安期（相高宗）

陇西李氏

武阳房：李迥秀（相武后）

姑臧大房：李义琰（相高宗）、李揆（相肃宗）、李逢吉（相宪宗）、李训（相文宗）、李让夷（相武宗）、李蔚（相僖宗）

丹阳房：李靖（相太宗）、李昭德（相武后）

李陵房：李道广（相武后）、李元纮（相玄宗）

京兆房：李晟（相德宗）

清河崔氏

南祖房：崔神基（相武后）、崔詧（相武后）、崔慎由（相宣宗）、崔昭纬（相昭宗）、崔胤（相昭宗）

清河大房：崔龟从（相宣宗）

清河小房：崔群（相宪宗）、崔郸（相宣宗）、崔彦昭（相僖宗）

清河青州房：崔圆（相肃宗）

清河鄢陵房：崔知温（相高宗）

清河郑州房：崔元综（相武后）

博陵崔氏

安平房：崔仁师（相太宗、高宗）、崔湜（相中宗）

博陵大房：崔玄暐（相武后）、崔涣（相玄宗、肃宗）、崔损（相德宗）、崔铉（相武宗、宣宗）、崔元式（相宣宗）、崔沆（相僖宗）

博陵第二房：崔安上（相高宗）、崔祐甫（相德宗）、崔造（相德宗）、崔植（相穆宗）、崔珙（相武宗）、崔远（相昭宗）

博陵第三房：崔日用（相玄宗）

荥阳郑氏

北祖房：郑余庆（相德宗）、郑珣瑜（相德宗）、郑覃（相文宗）、郑朗（相宣宗）、郑从谠（相僖宗）、郑延昌（相昭宗）

南祖房：郑䌹（相德宗）

荥阳房：郑畋（相僖宗）

沧州房：郑愔（相中宗）①

另外郑肃（相武宗）、郑繁（相昭宗）为列传所添，其房支不祥②。

范阳卢氏

大房：卢承庆（相高宗）、卢商（相宣宗）

第二房：卢翰（相德宗）、卢迈（相德宗）

---

① 郑愔，《新唐书·宰相世系表》中说他出自沧州郑氏，属于荥阳郑氏东迁的一支，但新、旧《唐书》都没有为他单独立传，另据《朝野佥载》载："唐郑愔曾骂选人为痴汉，选人曰：'仆是吴痴，汉即是公。'愔令咏痴，吴人曰：'榆儿复榆妇，造屋兼造车。十七八九夜，还书复借书。'愔本姓鄡，改姓郑，时人号为'鄡郑'。"（《朝野佥载》，第50页）按：据此则郑愔似非出自荥阳郑氏，且郑愔所为与山东旧族门风相去甚远，明显不可目之为荥阳郑氏。由于荥阳郑氏乃山东一等高门，寒族冒籍者常有之。《旧唐书》卷一六九《郑注传》载："郑注，绛州翼城人……本姓鱼，冒姓郑氏，故时号'鱼郑'，注任事时，人目之为水族。"

② 《旧唐书》卷二〇载，郑繁为"朝议大夫守右散骑常侍上柱国荥阳县男"。《旧唐书》卷一七六载，郑肃为"荥阳人。祖烈，父阅，世儒家"。可见他们出自荥阳郑氏。

第三房：卢怀慎（相玄宗）、卢杞（相德宗）

范阳房：卢携（相僖宗）、卢光启（相昭宗）

太原王氏

大房：王溥（相昭宗）

河东房：王缙（相代宗）

乌丸房：王珪（相太宗）、王涯（相宪宗、文宗）

中山房：王晙（相玄宗）、王播（相文宗）、王铎（相懿宗、僖宗）

太原王氏宰相尚有王锷（相僖宗），为《新唐书·宰相世系表》所无，据两《唐书》补入，唯世系不明。

本书根据唐代宰相的家族分布来考察山东五姓在唐代前后期拜相情况的变化。唐德宗以后，山东士族走上了复兴之路（其原因见下文）。我们以唐德宗建中元年（780）为分界点，从唐高祖武德元年至唐德宗建中元年（618—780）为前期，共162年；从建中元年至唐亡（780—907）为唐后期，共127年。

山东五姓在唐代前后期拜相情况如下表：

	赵郡李氏	陇西李氏	清河崔氏	博陵崔氏	荥阳郑氏	范阳卢氏	太原王氏	山东五姓宰相人数
唐前期宰相(人数)	7	7	5	6	0	2	3	30
唐后期宰相(人数)	10	5	7	9	10	6	5	52
总　计	17	12	12	15	10	8	8	82

唐代关中六姓拜相的情况如下①：

京兆韦氏

平齐公房：韦弘敏（相武后）、韦保衡（相懿宗）

东眷房：韦方质（相武后）

逍遥公房：韦待价（相武后）、韦处厚（相玄宗）、韦贯之（相宪宗）

郧公房：韦巨源（相武后、中宗）、韦安石（相中宗、睿宗）

南皮公房：韦见素（相玄宗）

驸马房：韦温（相中宗）

龙门公房：韦执谊（相顺宗、宪宗）

小逍遥公房：韦思谦（相武后）、韦承庆（相武后）、韦嗣立（相武后、中宗）

京兆房：韦贻范（相僖宗、昭宗）、韦昭度（相昭宗）

京兆杜氏

本支：杜如晦（相太宗）、杜淹（相太宗）②、杜元颖（相穆宗）、杜审权（相宣宗、懿宗）、杜让能（相懿宗、昭宗）

京兆房：杜黄裳（相宪宗）

襄阳房：杜佑（相德宗、顺宗、宪宗）、杜悰（相武宗、懿宗）

濮阳房：杜暹（相玄宗）、杜鸿渐（相代宗）

洹水房：杜正伦（相高宗）

---

① 参见毛汉光《中国中古社会史论》，上海书店出版社2002年版，第337—347页。
② 毛汉光先生认为《新唐书·宰相世系表》虽有杜淹，但《旧唐书》卷六六、《新唐书》卷九六杜淹本传皆未有杜淹相太宗之事，故《世系表》可能有误。

另外，京兆杜氏尚有宰相杜景佺①。

弘农杨氏

观王房：杨恭仁（相高祖）、杨师道（相太宗）、杨执柔（相武后）、杨炎（相德宗）

太尉房：杨琳（相武后、中宗）、杨国忠（相玄宗）、杨绾（相代宗）

越公房：杨弘武（相高宗）、杨嗣复（相文宗、武宗）、杨收（相懿宗）、杨涉（相昭宗）

河东裴氏

西眷房：裴寂（相高祖）、裴矩（相高祖、太宗）

洗马房：裴谈（相中宗）、裴炎（相中宗、武后）

南来吴房：裴行本（相武后）、裴耀卿（相玄宗）、裴坦（相僖宗）

中眷：裴光庭（相玄宗）、裴遵庆（相代宗）、裴枢（相昭宗）、裴贽（相昭宗）

东眷：裴居道（相武后）、裴冕（相代宗）、裴度（相宪宗）、裴垍（相宪宗）、裴休（相宣宗）、裴澈（相僖宗）

河东薛氏

南祖房：薛讷（相玄宗）

---

① 《旧唐书》卷九〇《杜景佺传》作杜景佺，《新唐书》卷一一六《杜景佺传》作"杜景俭"。王鸣盛《十七史商榷》卷七一"杜景佺"条曾考辨之，今以杜景佺是。杜景佺世系，《新唐书·宰相世系表》失载，据《旧唐书》卷六《则天皇帝本纪》："（证圣二年）冬十月，前幽州都督狄仁杰为鸾台侍郎，司刑卿杜景佺为凤阁侍郎，并同凤阁鸾台平章事。"据《故南充郡司马高府君夫人杜氏（景佺女）墓志铭并序》，景佺也出自京兆杜氏。（参见王力平《中古杜氏家族的变迁》，商务印书馆2006年版，第213页）

西祖：薛元超（相高宗）、薛稷（相中宗、睿宗）

河东柳氏

柳奭（相高宗）、柳浑（相德宗）、柳璨（相昭宗）

关中六姓在唐代前后期拜相情况如下表：

	京兆韦氏	京兆杜氏	弘农杨氏	河东裴氏	河东薛氏	河东柳氏	关中六姓宰相人数
唐前期宰相(人数)	11	5	7	10	3	1	37
唐后期宰相(人数)	5	6	4	7	0	2	24
总　计	16	11	11	17	3	3	61

从以上两表可知，山东"五姓七家"前期162年宰相共30人，后期127年宰相却增加到52人；"关中六姓"所出宰相，前期共37人，后减少到24人。"关中六姓"前期拜相人数37人，超过"山东五姓"的30人；后期拜相人数24人，已不到"山东五姓"52人的一半。

关中郡姓较早加入了西魏、北周宇文泰集团。隋唐实行的是宇文泰以来的关中本位政策，李唐集团起兵太原后，从河东地区进入关中，然后出兵山东平定王世充、窦建德。关中士族又在山东士人之前加入李唐统治集团，并与李唐皇室通婚，如作为"关中六姓"的河东薛氏在唐初就与皇室通婚。薛收为秦王府十八学士之一，很早就加入李唐政权，其子薛元超尚和静县主，薛元超子薛曜尚城阳公主，孙薛绍尚太平公主，侄孙薛伯阳尚仙源公主。薛氏尚主者还有薛万彻尚太宗女丹阳公主、薛伯阳子薛谈尚玄宗女恒山公主，薛康衡尚萧国公主，薛钊尚临真公主等。武后因薛氏多为皇室姻亲，将面首冯小宝改名薛怀义,诏与太平公主婿薛绍通昭穆,薛绍父事之。

由于较早加入李唐集团,又与皇室通婚,故关中郡姓在唐初政治地位较高,其衰退原因亦在此。初盛唐宫廷政变不断,"关中六姓"过多介入宫廷斗争之中。由于斗争的失败,往往有灭族之祸。初盛唐与皇室通婚者主要是武、韦、杨婚姻集团①,代表人物是武则天、中宗皇后韦氏、玄宗朝杨贵妃。三家借与皇室通婚掌握国家权力,荣耀无比,大有"卫子夫霸天下"之势。由于系列宫廷政变及安史之乱,三家迅速败落。首先是张柬之、桓彦范等发动兵谏,逼武则天让位于中宗,武氏在其后遭到报复,至玄宗时已一蹶不振;后来,中宗皇后韦氏掌权,与其女安乐公主毒死中宗,玄宗兵变后韦氏败落;最后,马嵬坡兵变使杨国忠、杨玉环兄妹丧命,杨氏败落。

通过与皇室通婚可以使士族地位迅速提高,但也有可能使他们破家灭族。如唐人所谓"城南韦杜,去天尺五"的京兆韦氏,其祖先韦贤为汉昭帝太傅,诗礼传家。韦贤子孙的"八公房"包括:"阆公房""彭城公房""逍遥公房""郧公房""南皮公房""驸马公房""龙门公房""京兆韦氏",分布在唐代的京兆郡内,集中于万年、杜陵、韦曲。韦皇后被诛后,韦曲韦氏由此衰败。②万年、杜陵的韦氏家族,由于分离较早,才未受挫折。

"关中六姓"某些房支前期默默无闻,中后期反而以其家传文化,通过科举进入仕途获取高位,如京兆杜氏与河东柳氏。

"山东五姓"在初盛唐备受打击,又被李唐皇室列为"禁婚家",王孙公主"未尝尚山东士族"。这使山东士族在初盛唐处于十分尴尬

---

① 参见陈寅恪《记唐代之李武韦杨婚姻集团》,《金明馆丛稿初编》,生活·读书·新知三联书店 2001 年版,第 266—295 页。
② 韦曲因唐诸韦居此而得名。杜甫《奉陪郑驸马韦曲》诗:"韦曲花无赖,家家恼杀人。"诗说韦皇后被诛后,诛诸韦略尽的惨景。

的处境,也使他们避免了部分关中士族的破家灭族之祸。

有唐一代荥阳郑氏共出了十位宰相,全部在唐德宗以后。唐前期,荥阳郑氏仕途并不得意,《太平广记》载:

> 唐长寿中,有荥阳郑蜀宾,颇善五言,竟不闻达,老年方授江左一尉。亲朋饯别于上东门,蜀宾赋诗留别,曰:"畏途方万里,生涯近百年。不知将白首,何处入黄泉?"酒酣自咏,声调哀感,满座为之流涕,竟卒于官。①

初盛唐荥阳郑氏在政治上无所建树,没有一人入相。在中唐以后的十位宰相中,有六人出自北祖第二房郑小白一支,一位出自南祖。荥阳郑氏的复兴在唐德宗朝,标志是郑余庆出任宰相。郑絪亦为德宗所器重,德宗曾说:"我拟用郑絪作宰相。"后果然。

荥阳郑氏在中唐被称作"郑半朝,满床笏",荣耀一时。郑氏拜相者均在中唐以后,"司徒郑贞公……公与其宗叔太子太傅纲居昭国坊。太傅第在南,出自南祖;司徒第在北,出自北祖:时人谓之'南郑相''北郑相'。司徒堂兄文献公,前后相德宗,亦谓之'大郑相''小郑相'焉"②。

清河崔氏在唐玄宗天宝以后走上政治舞台,《新唐书·崔琳传》载:

> (崔)神庆子琳,明政事,开元中,与高仲舒同为中书舍人。侍中宋璟亲礼之,每所访逮,尝曰:"古事问仲舒,今事问琳,尚何疑?"累迁太子少保。天宝二年卒,秘书监潘肃闻之,泫然曰:"古遗爱也!"琳长子俨,谏议大夫。其群从数十人,自兴宁里谒

---

① 《太平广记》卷一四三"郑蜀宾"条引《大唐新语》,第1026页。
② 《唐语林校证》卷六,第522页。

大明宫，冠盖骈哄相望。每岁时宴于家，以一榻置笏，犹重积其上。琳与弟太子詹事珪、光禄卿瑶俱列棨戟，世号"三戟崔家"。①

后代戏剧《满床笏》即以此为蓝本，只是将清河崔琳家改成汾阳王郭子仪家。

博陵崔氏中唐以后可谓满门朱紫："崔珙，其先博陵人。父颋，官同州刺史，生八子，皆有才，世以拟汉荀氏'八龙'……诸崔自咸通后有名，历台阁藩镇者数十人，天下推士族之冠。"②《旧唐书》对此也有记载："崔氏咸通乾符间，昆仲子弟纡组拖绅，历台阁、践藩岳者二十余人。大中以来盛族，时推甲等。"③

范阳卢氏在德宗以后中进士者达到116人，唐德宗用卢翰、卢迈、卢杞为相。

赵郡李氏的复兴也是在德宗朝，唐赵璘《因话录》卷二载：

> 赵郡李氏，三祖之后，元和初，同时各一人为相。藩南祖，吉甫西祖，绛东祖，而皆第三。至大和、开成间，又各一人前后在相位：德裕，吉甫之子；固言，藩再从弟。皆第九。珏亦绛之近从，诸族罕有。④

我们再从山东士族出身的宰相在唐代各时期的政治地位和所起作用来看，德宗以后的宰相地位明显高于初盛唐，且高于与他们同时为相的其他人。武则天时期共有宰相70余人，鲜有为武后所倚重者，唐玄宗开元、天宝时期的权相有张说、张九龄、李林甫、杨国忠，无

---

① 《新唐书》卷一〇九《崔琳传》，第4097—4098页。
② 《新唐书》卷一八二《崔珙传》，第5362—5364页。
③ 《旧唐书》卷一七七《崔珙传》，第4591页。
④ （唐）赵璘：《因话录》卷二，《唐五代笔记小说大观》本，上海古籍出版社2000年版，第842页。

一出自山东高门。

中唐以后出自山东五姓的宰相,不仅人数多,而且位高权重,这与初盛唐时期山东士族出身的宰相不可同日而语。唐德宗时的宰相崔祐甫、卢杞、李晟,唐宪宗时的宰相李吉甫、李绛皆为皇帝心腹、朝廷股肱之臣。唐文宗即位后,除了重用荥阳郑覃、赵郡李德裕为相外,还启用了一批元和重臣,其中包括出自山东士族的崔群、李绛、王涯等。唐武宗会昌年间则独任李吉甫之子李德裕为相。

初盛唐宰相多靠国姻或门荫入仕,如京兆韦氏、弘农杨氏、河东裴氏、河东薛氏等。初盛唐山东士族被列入"禁婚家",多在五姓之间通婚,故入相者较少,且不能掌握大权。中唐以后越来越多的山东旧族拜相则是依靠科举制度。

正如唐高祖李渊自认陇西旧族[①],唐太宗倡导经学的目的只是为了标榜正统,求得山东士族的承认,稳固统治地位。当民间重山东旧族婚姻时,太宗又开始打击山东士族。中唐以后情况发生了变化,越来越多的山东士人掌握了国家中枢权力。安史之乱后河北三镇长期割据,连年兵戈,他们被迫离开家园,多数丧失了世代相传的田园资产,开始重视文学,并以科举入仕。

隋唐时期士族制度已经被取消,士族已无仕宦的特权。朝廷所重乃当朝冠冕,而非冢中枯骨。士族子弟在仕宦上远不如当朝冠冕,无法凭借门第入仕,与寒庶一样必须要通过科举入仕。山东士族在士族制度早已不复存在的情况下,凭借深厚的文化功底,其力量反而在中唐以后得到加强。唐代士族制度已经不复存在,但山东士族反而在中唐以后全面复兴。

---

① 《旧唐书》卷五七《裴寂传》,第 2288 页。

第三节 山东士族复兴的原因

山东士族在唐德宗以后全面复兴，无论是拜相人数还是受器重的程度都远远超过初盛唐时期。至于山东士族复兴的主要原因，本书认为是中唐以后科举制度的兴盛，山东士族正是凭借科举考试特别是进士科的选拔而脱颖而出。中唐以后社会重视山东婚姻，这也是山东士族于中唐复兴的原因之一。

一 中唐以后帝王多好礼法

初盛唐时期的山东士族显贵者多文章之士而非讲礼法的儒士，这也是迎合了武后以来统治者的需要。山东士族家传儒学，凡事以礼法为先，他们在德宗以后开始发挥重要作用，原因是德宗以后的皇帝多重视礼法。

唐代宗时，元载专政。元载之后，刘晏、杨炎相继为相。常衮以后，出自博陵崔氏的崔祐甫入相。"崔祐甫字贻孙。祖蛭，怀州长史。父沔，黄门侍郎，谥曰孝公。家以清俭礼法，为士流之则。祐甫举进士，历寿安尉。安禄山陷洛阳，士庶奔迸，祐甫独崎危于矢石之间，潜入私庙，负木主以窜。"[①] 崔祐甫以其在"安史之乱"和"泾师之变"中的表现得到唐德宗的信任。"德宗以祐甫謇謇有大臣节，故特宠异之。朱泚之乱，祐甫妻王氏陷于贼中，泚以尝与祐甫同列，雅重其为人，乃遗王氏缯帛菽粟，王氏受而缄封之，及德宗还京，具陈其

---

① 《旧唐书》卷一一九《崔祐甫传》，第3437页。

状以献。士君子益重祐甫家法，宜其享令名也。"① 唐德宗时，崔祐甫的入相开创了一个时代，标志着唐代山东士族正式走向历史舞台。据《唐语林》载：

> （唐）代宗惑释氏业报轻重之说，政事多托于宰相，而元载专权乱国，事以货成。及常衮为相，虽贿赂不行，而介僻自专，升降多失其人。或同列进拟稍繁，则谓之"鼯伯"。于是京师语曰："常分别，元好钱。贤者愚，愚者贤。"崔祐甫素公直，因于众中言曰："朝廷上下相蒙，善恶同致。清曹峻府，为鼠辈养资，岂所以裨政耶！"由是为持权者所忌。建中初，祐甫执政，中外大悦。②

崔祐甫是在与常衮的斗争胜利后拜相的，《唐语林》载：

> 崔祐甫为中书舍人。时宰相常衮当国，祐甫每见执政问事，未曾屈。舍人岑参掌诰，屡称疾不入宿直，人情虽悍而不敢发。崔独入见，以舍人移疾既多，有同离局，衮曰："此子羸病日久，诸贤岂不能容之？"崔曰："相公若知岑舍人抱疾，本不当迁授。今既居此，安可以疾辞王事乎？"衮默然无以夺也，由是心衔之。及德宗在谅闇中，衮矫制除崔为河南少尹。上觉其事，遽追还之，拜中书侍郎平章事，而衮谪于岭外。③

元载因除掉宦官鱼朝恩而深受皇帝器重，其为相时贪污受贿、专横跋扈。常衮为相时，"升降多失其人"，引起士人不满。崔祐甫入相后，大量提拔与其有亲故的士族子弟，《旧唐书》载：

---

① 同上书，第3441页。
② 《唐语林校证》卷三，第191页。
③ 同上书，第193页。

第三章　唐代山东士族的兴衰

  常衮当国，杜绝其门，四方奏请，莫有过者，虽权势与匹夫等。非以辞赋登科者，莫得进用。虽贿赂稍绝，然无所甄异，故贤愚同滞。及祐甫代衮，荐延推举，无复凝滞，日除十数人，作相未逾年，凡除吏几八百员，多称允当。上尝谓曰："有人谤卿所除拟官，多涉亲故，何也？"祐甫奏曰："臣频奉圣旨，令臣进拟庶官，进拟必须谙其才行。臣若与其相识，方可粗谙，若素不知闻，何由知其言行？获谤之由，实在于此。"上以为然。①

《氏族大全》也记载了此事："崔祐甫，肃宗朝拜相，在位未逾年，除官八百人，皆亲故。"② 崔祐甫重用亲故之事至唐宪宗元和年间又被提及，当时朝中权臣多出自山东高门，他们对崔祐甫所为持赞许态度。《新唐书·李绛传》载：

  （唐宪宗）又言："公等得无有姻故冗食者，当为惜官。"（李）吉甫、权德舆皆称无有。（李）绛曰："崔祐甫为宰相，不半岁除吏八百人。德宗曰：'多公姻故，何耶？'祐甫曰：'所问当与不当耳，非臣亲旧，孰知其才？其不知者，安敢与官？'时以为名言……"③

  崔祐甫本人出自博陵崔氏，属于山东五姓七家。其用人效春秋祁奚，内举不避亲。由于山东五姓被列入"禁婚家"，婚姻多在五姓圈内，故崔祐甫所荐亲故多为山东五姓子弟。很多山东五姓子弟由此登上政治舞台。如出自荥阳郑氏的郑珣瑜就是在崔祐甫为相后"擢左补阙，出为泾原帅府判官"④ 的，郑珣瑜父子日后皆成为中唐名相。

---

① 《旧唐书》卷一一九《崔祐甫传》，第 3440 页。
② 《氏族大全》卷四，文渊阁《四库全书》影印本。
③ 《新唐书》卷一五二《李绛传》，第 4841—4842 页。
④ 《新唐书》卷一六五《郑珣瑜传》，第 5064 页。

范阳卢氏正是从德宗朝开始掌握政治大权的。德宗最欣赏的宰相莫过于卢杞,至死不悟卢杞之奸。卢杞天生奸佞,貌奇丑,李怀光甚至因为卢杞而发动朔方军的叛乱。唐代很多政治家及后来的历史研究者不理解唐德宗为何特别宠信卢杞。卢杞出自范阳卢氏,其祖父卢怀慎为玄宗朝名相,廉洁奉公;父卢奕,安史之乱时骂贼而死;子卢元辅亦忠义之士,他们的事迹皆入《新唐书·忠义传》。卢杞是唐代著名奸相,是山东高门中少有的奸臣,但其家族出身使德宗对之深信不疑。

唐德宗庙号"德宗",与其重礼法有关,《唐语林》载:

> 德宗初即位,深尚礼法,谅闇中召韩王食马齿羹,不设盐、酪。皇姨有寡居者,时节入宫,妆饰稍过,上见之,极不悦。异日如礼,乃加敬焉。①

唐德宗以后的皇帝多重礼法。宪宗李纯是顺宗长子,最为其祖父德宗所钟爱,"(宪宗)六七岁时,德宗抱置膝上。问曰:'汝谁子?在吾怀?'对曰:'是第三天子。'德宗异而怜之。"② 宪宗酷似乃祖,好礼法,重士族。宪宗是在"永贞革新"后依靠山东士族的力量登上帝位的,宪宗将朝中大权交给山东高门,造就了中唐的"元和中兴"。

唐文宗为宪宗孙,由宦官扶植登基。文宗崇文,好儒学。史载:

> (文宗)尚贤乐善罕比。每宰臣学士论政,必称才术文学之士,故当时多以文进。上每视事后,即阅群书,至乱世之君,则必扼腕嗟叹;读尧、舜、禹、汤事,即灌手敛衽。谓左右曰:

---

① 《唐语林校证》卷一,第7页。
② 《旧唐书》卷一四《宪宗纪》,第411页。

"若不甲夜视事,乙夜观书,即何以为君?"试进士,上多自出题目。及所司试,览之终日忘倦。尝召学士于内庭论经,较量文章,宫人已下侍茶汤饮馔。李训讲《周易》,颇叶上意。时方盛夏,遂取犀如意赐训。上曰:"与卿为谭柄。"读高郢《无声乐赋》、白居易《求玄珠赋》,谓之"玄祖"。①

文宗喜好儒家经典,每于听政之暇,博览群书。《卢氏杂说》载:

> 一日,延英顾问宰臣:"《毛诗》云:'呦呦鹿鸣,食野之苹。'苹是何草?"时宰相(赵郡)李珏、杨嗣复、陈夷行相顾未对。(李)珏曰:"臣按《尔雅》,苹是藾萧。"上曰:"朕看《毛诗疏》,苹叶圆而花白,丛生野中,似非藾萧。"又一日问宰臣:"古诗云:'轻衫衬跳脱',跳脱是何物?"宰臣未对。上曰:"即今之腕钏也。《真诰》言:'安妃有斫粟金跳脱,是臂饰。'"②

正是唐文宗时刊刻了儒学石经(今藏西安碑林):"敬宗慎置侍讲学士,(高)重以简厚惇正,与崔郾偕选,再擢国子祭酒。文宗好《左氏春秋》,命分列国各为书,成四十篇。与郑覃刊定《九经》于石。"③ 而当时主持刻经的是高重和出自荥阳郑氏的郑覃。

唐宣宗亦好礼法,将爱女万寿公主嫁入山东礼法之门荥阳郑氏。宣宗好儒,好读书,"尝构一殿,每退朝,必独坐内观书,或至夜中烛灺委,禁中谓上为'老儒生'"④。"宣宗好儒,多与学士小殿从容议论。"⑤

---

① 《唐语林校证》卷二,第148—149页。
② 《太平广记》卷一九七"唐文宗"条引《卢氏杂说》,第1480页。
③ (唐)欧阳修、宋祁:《新唐书》卷九五《高重传》,中华书局1975年版,第3843页。
④ 《唐语林校证》卷二,第156页。
⑤ 《唐语林校证》卷四,第370页。

唐懿宗继承了宣宗好儒的特点，史载："懿宗器度深厚，形貌瑰伟，仁孝出于天性。郑太后崩，而蔬菜同士人之礼。"①

唐德宗以后君主多好礼法，而山东高门凡事以礼法为先，故能得到中唐以后朝廷的重视。

二 安史之乱导致胡汉关系的变化

安史之乱后，唐王朝又经历了一系列内忧外患，这一切多与胡汉矛盾有关。这时中华本位文化受到人们重视，山东士族作为华夏文化的仅存硕果，再次为社会所认识，饱受吐蕃、强藩困扰的唐王朝也开始认识到山东士族礼法的重要性。

唐肃宗上元元年（760），刘岵上疏曰：

> 国家以礼部为考秀之门，考文章于甲乙，故天下响应，驱驰于才艺，不务于德行。夫德行者可以化人成俗，才艺者可以约法立名，故有朝登甲科而夕陷刑辟，制法守度使之然也。陛下焉得不改而张之！至如日诵万言，何关理体；文成七步，未足化人。昔子张学干禄，仲尼曰："言寡尤，行寡悔，禄在其中矣。"又曰："行有余力，则以学文。"今舍其本而循其末。况古之作文，必谐风雅，今之末学，不近典谟，劳心于卉木之间，极笔于烟云之际，以此成俗，斯大谬也。昔之采诗，以观风俗，咏《卷耳》则忠臣喜，诵《蓼莪》而孝子悲，温良敦厚，诗教也。岂主于淫文哉！夫人之爱名，如水之务下，上有所好，下必甚焉。陛下若以德行为先，才艺为末……②

---

① 《唐语林校证》卷一，第 22 页。
② （唐）杜佑：《通典》卷一七，中华书局 1988 年版，第 406—407 页。

这篇奏疏的矛头直接指向了进士科。傅璇琮先生认为："刘峣没有新的标格可以树立起来，实际上并没有号召的力量。如果从积极方面来估计，刘峣的这一奏疏，也只不过表现了在安史之乱以后，一些士大夫想借用古代儒家学说来维系世道人心，以整顿破碎的山河和涣散的民心。"①

天宝十四载（755），安史之乱爆发了。这是一场由安禄山、史思明等胡人发动的军事叛乱，给唐朝带来几乎致命的打击，给人民带来了巨大的痛苦，唐王朝从此走向衰落。

尽管中兴名将郭子仪、李光弼、仆固怀恩等朔方军将士在回纥军队的帮助下击败叛军，但安史部将依然割据河朔，这些旧的胡人集团在河北三镇形成尾大不掉之势。另外，唐朝实际上是依靠胡人力量平定安史之乱的，因而形成了新的胡人集团。他们自以为帮助唐室平乱，居功自傲，"回纥入东京，肆行杀略，死者万计，火累旬不灭"②，唐人深受其害。这场由胡人发动的战争给唐人带来的创伤是重大的，而胡化了的河北等地区还在继续作乱。唐人对胡人的态度开始发生转变，胡汉关系在安史之乱以后变化了。李白诗："俯视洛阳川，茫茫走胡兵。流血涂野草，豺狼尽冠缨。"③（《古风十九》）表现了对安史叛军的憎恨。李白生于胡地（碎叶），安史之乱前对胡人十分欣赏，安史之乱后对胡人态度明显发生了变化，这正反映了安史之乱后唐人对胡人态度的改变。

山东士族的家学即为儒学，其家风则为儒家礼法。山东旧族在安史之乱后能得到唐代皇室的倚重，其主要原因就在于他们代表了汉族礼法，这一点与胡人和胡化汉人大相径庭。

---

① 傅璇琮：《唐代科举与文学》，陕西人民出版社2003年版，第389页。
② 《资治通鉴》卷二二二，第7135页。
③ 《李太白全集》，第113页。

山东士族于中唐复兴之后，关中郡姓和代北虏姓地位相对下降。关陇集团本胡汉杂糅，陈寅恪先生说："李唐皇室本出于宇文泰之胡汉六镇关陇集团，实具关中、代北两系统之性质。"① 关陇集团到盛唐以后开始分化成胡汉两支，前者逐渐败落，后者由于文化素质较高借助于科举考试尚能保持其政治地位。唐宪宗元和二年（807），山南东道节度使于頔为其子求尚公主，出自山东士族时任翰林学士的李绛谏止，原因是"（于）頔，虏族"。于頔是西魏八柱国之一于谨的七世孙，尽管属于代北虏族②，却是关陇贵族中的高门，属于老牌士族。高宗朝宰相于志宁即为于谨曾孙，曾经为文学馆学士，监修国史。于志宁自称："臣家自周魏来，世居关中，赀业不坠。"③ 对自己的出身十分自负。若论门第、冠冕，于頔亦为世家大族，赵郡李绛竟然以虏族视之。这表明中唐以后，山东士族地位提高，关陇士族尤其是代北虏姓地位下降。

于頔甚至不为出自山东旧族的下属所重，《云溪友议》卷上载："郑太穆郎中为金州刺史，致书于襄阳于司空頔。郑书傲倪自若，似无郡吏之礼。"写书信粗鲁地向于頔讨"钱一千贯、绢一千匹、器物一千事、米一千石、奴婢各十人"。书中且曰"分千树一叶之影，即是浓阴；减四海数滴之泉，便为膏泽"。于頔览书后，说："郑使君所须，各依来数一半；以戎旅之际，不全副其本望也。"④ 贞元中，郑太

---

① 陈寅恪：《金明馆丛稿初编》，上海古籍出版社1980年版，第238页。
② 代北虏族实为汉化之胡姓贵族，北魏孝文帝迁都洛阳后，原北魏鲜卑集团的胡姓开始改为汉姓，俱称洛阳人。
③ 参见《新唐书》卷一〇四《于志宁传》及《新唐书·宰相世系表》。
④ （唐）范摅：《云溪友议》卷上，《唐五代笔记小说大观》本，上海古籍出版社2000年版，第1264页。按：郑太穆即郑贾，《千唐志》有《唐金州刺史郑公故夫人范阳卢氏墓志铭并序》，其妻出身于范阳卢氏，且其家"孤幼二百余口"，故郑太穆出自世家大族无疑，当出自荥阳郑氏。

136

穆为金州刺史①，于頔为山南东道节度使②，金州隶属于山南东道，故于頔为郑太穆之上司。郑太穆自恃出自荥阳郑氏，对出身虏族之节度使"无郡吏之礼"。于頔虽位居方面，由于本人出自虏族，十分礼敬山东高门。

同书载于頔礼敬出自山东士族的崔郊之事：

> 崔郊秀才者，寓居于汉上，蕴积文艺，而物产罄悬。无何，与姑婢通，每有阮咸之从（晋阮咸亦通姑婢）。其婢端丽，饶彼音律之能，汉南之最也。姑贫，鬻婢于连帅（于頔）。连帅爱之，以类无双（无双即薛太保爱妾，参见《无双传》）。给钱四十万，宠盼弥深。郊思慕无已，即强亲府署，愿一见焉。其婢因寒食来从事家，值郊立于柳阴，马上连泣，誓若山河。崔生赠之以诗曰："公子王孙逐后尘，绿珠垂泪滴罗巾。侯门一入深如海，从此萧郎是路人。"或有嫉郊者，写诗于于座。公睹诗，令召崔生，左右莫之测也。郊则忧悔而已，无处潜遁也。及见郊，握手曰："'侯门一入深如海，从此萧郎是路人。'便是公制作也。四百千，小哉！何靳一书，不早相示！"遂命婢同归，至于帏幌奁匣，悉为增饰之，小阜崔生矣。③

崔慎由出自清河崔氏，宣宗朝拜相，《北梦琐言》卷五载：

> 唐自大中至咸通，白中令（白居易堂弟白敏中）入拜相，次

---

① 参见郁贤皓《唐刺史考全编》卷二〇三，安徽大学出版社2000年版，第2757页。
② 参见吴廷燮《唐方镇年表》卷四，中华书局1980年版，第629—630页。
③ （唐）范摅：《云溪友议》卷上，《唐五代笔记小说大观》本，上海古籍出版社2000年版，第1264页。

毕相諴、曹相确、罗相劭，权使相也，继升岩廊。崔相慎猷①曰："可以归矣，近日中书尽是蕃人。"盖以毕、白、曹、罗为蕃姓也。②

初盛唐时期，尽管中书、门下省很多人出自蕃姓，如宰相窦威、窦抗、宇文士及、长孙无忌、于志宁等，但无人敢鄙视他们。随着山东士族在中唐的崛起，于志宁之后人于頔却被赵郡李绛视为虏族。于頔虽为荥阳郑太穆的上司，却不为郑太穆所重。白敏中、毕諴、曹确、罗劭在中书省被清河崔慎由视为蕃人。这一切说明，相对于山东旧族，中唐以后代北虏族地位下降。山东士族复兴后，以汉族文化传承者自居，士族之争变成了胡汉之争。

三 "永贞革新"与山东士族的崛起

"永贞革新"的领袖即所谓"二王八司马"。二王指的是王叔文和王伾。作为围棋待诏的王叔文来自南方庶族，《旧唐书·王叔文传》说他是"越州山阴人，以棋待诏"。他本以末伎进身，得到尚在东宫的顺宗的宠幸。王伾是杭州人，"始为翰林侍书待诏"（《旧唐书·王伾传》），父祖无所考，也可定为庶族。顺宗继位后，王叔文开始推动改革，史称"永贞革新"。改革遭到北方士族尤其是山东士族的反对，在他们的拥护下，顺宗内禅，时为太子的宪宗登基，"永贞革新"失败。当时山东高门反对王叔文集团的史料甚多，略举如下：

（荥阳）郑相珣瑜方上堂食，王叔文至，韦执谊遽起，延入

---

① 按：崔慎猷当作崔慎由。崔慎由为宣宗朝宰相，出自清河崔氏，两《唐书》《资治通鉴》《唐会要》及其他唐代笔记皆作崔慎由，今从之。
② 《北梦琐言》卷五"中书蕃人事"条，第97页。

阁内。珣瑜叹曰："可以归矣！"遂命驾，不终食而出，自是罢相。①

顺宗立，李师古以兵侵曹州，（李）建作诏谕还之，词不假借。王叔文欲更之，建不可。左除太子詹事。②（李建出自赵郡申公房）

（贞元）二十一年正月，德宗升遐。时东宫疾恙方甚，仓卒召学士郑絪等至金銮殿。中人或云："内中商量，所立未定。"众人未对，次公遽言曰："皇太子虽有疾，地居冢嫡，内外系心。必不得已，法立广陵王（宪宗）。若有异图，祸难未已。"（荥阳郑）絪等随而唱之，众议方定。及顺宗在谅闇，外有王叔文辈操权树党，无复经制，次公与郑同处内廷，多所匡正。③

顺宗病，不得语，王叔文与牛美人用事，权震中外，惮广陵王雄睿，欲危之。帝召絪草立太子诏，（郑）絪不请辄书曰："立嫡以长。"跪白之，帝颔乃定。宪宗即位，拜中书侍郎、同中书门下平章事，迁门下侍郎。④

与韦执谊和柳宗元这样的关中士族不同，山东士族没有和王叔文合作。宪宗登基后，投桃报李，重用山东高门。元和前后入相的郑絪（荥阳）、郑余庆（荥阳）、李吉甫（赵郡）、李绛（赵郡）、李藩（赵郡）、王涯（太原）、崔群（清河）、李郾（赵郡）多出自山东高门，皆一时之佳选。杜佑举兵部侍郎兼度支使李巽自代，李巽（出自赵郡李氏）为唐代著名的理财专家，成为掌管帝国财政的

---

① （唐）李肇：《唐国史补》卷中，《唐五代笔记小说大观》本，上海古籍出版社2000年版，第179页。
② 《新唐书》卷一六二《李建传》，第5005页。
③ 《旧唐书》卷一五九《卫次公传》，第4179页。
④ 《新唐书》卷一六五《郑絪传》，第5075页。

主要策划者，理财能力更在刘晏之上。唐宪宗反对姑息藩镇，当时最具权势的宰相为李绛和李吉甫，由于他们坚决主战，宪宗朝才取得对藩镇的胜利。

第四节　唐代山东士族的衰落

山东士族在中唐复兴，对中晚唐政治产生了重大影响。但到了唐末，山东士族力量急剧衰退。五代以后，"取士不问家世，婚姻不问阀阅"①。六朝时期表明士族身份的两大特点仕宦与婚姻，至五代已荡然无存。"（后唐）庄宗在魏，议建唐国，而故唐公卿之族遭乱丧亡且尽。"② 至宋代，士族力量荡然无存。宋人王明清《挥麈录》载："唐朝崔、卢、李、郑及城南韦、杜二家蝉联珪组，世为显著，至本朝绝无闻人。"③ 我们从宋代显宦中已很难找到出自"山东五姓"的人士了。

导致山东士族衰退的原因很多，最主要的就是唐末战乱和谱牒的失传。

一　唐末战乱

很多历史研究者都存在这样的问题：一方面，将唐代士族的衰落归于战乱；另一方面又不能解释六朝时期北朝士族的社会影响不仅没有因为战乱有所衰退，而是在战乱中得到增强。

---

① （宋）郑樵：《通志二十略》，王树民点校，中华书局 1995 年版，第 1 页。
② （宋）欧阳修：《新五代史》卷二八《豆卢革传》，中华书局 1974 年版，第 301 页。
③ （宋）王明清：《挥麈录》前录卷二，文渊阁《四库全书》影印本。

黄巢起义涤荡了士族势力，几乎所有旧门阀和近代新族都在黄巢起义后败落。博陵崔铉、崔沆父子皆为宰相，其家族在黄巢起义中覆灭，"（崔）铉子沆，乾符中亦为丞相，黄巢赤其族……京城不守，崔氏诸子并血其族"①。

黄巢起义后的军阀们更是对士族大开杀戒，《资治通鉴》卷二六五载：

> 李振亦言于朱全忠曰："朝廷所以不理，良由衣冠浮薄之徒紊乱纲纪；且王欲图大事，此曹皆朝廷之难制者也，不若尽去之。"全忠以为然。……自余或门胄高华，或科第自进，居三省台阁，以名检自处，声迹稍著者，皆指为浮薄，贬逐无虚日，搢绅为之一空。……时全忠聚（裴）枢等及朝士贬官者三十余人于白马驿，一夕尽杀之，投尸于河。初，李振屡举进士，竟不中第，故深疾搢绅之士，言于全忠曰："此辈常自谓清流，宜投之黄河，使为浊流！"全忠笑而从之。②

裴枢等朝士被朱全忠所杀，对此，清人顾炎武评论道："裴枢辈六七人，犹为全忠所忌，必待杀之白马驿而后篡唐，氏族之有关于人国也如此。至于五代之季，天位几如弈棋，而大族高门降为皂隶。"③

李振为潞州节度使李抱真之曾孙，属于军阀家庭。与黄巢一样，由于屡试不中，对朝中缙绅产生报复心理。④ 朱全忠本随黄巢起义，后降唐，再叛唐以至称帝，属于流氓无产者。他们仇视士族，使士族遭受灭顶之灾。

---

① 《玉泉子》，文渊阁《四库全书》影印本。
② 《资治通鉴》卷二六五，第 8642—8643 页。
③ （清）顾炎武：《顾亭林诗文集》卷五《裴村记》，中华书局 1983 年版，第 101 页。
④ 参见（宋）薛居正《旧五代史》卷一八《李振传》，中华书局 1976 年版。

魏晋以来，由于五胡乱华，中国战乱不断，国家处于分裂状态。尤其是北朝，五胡十六国政权更替频繁，每一次更替都以血为代价。但在胡汉纷争的时代，北朝士族不仅没有因此衰落，而且在战乱中不断壮大。历经战乱的山东士族，其力量没有因为五胡乱华而衰落，反而在五胡乱华后得到增强，成为隋唐时期的最高门第。安史之乱亦没有能削弱山东士族，山东士族反而在安史之乱后的中唐全面复兴，其政治地位远胜于初盛唐。

同样都经历了战乱，为什么五胡乱华与安史之乱没有使山东士族走向衰落，黄巢起义却使山东士族一蹶不振？原因是两种战乱的性质不同：前者属于胡汉矛盾，后者则属于阶级斗争。南北朝时，北朝士族为了抵御五胡的侵扰，整个宗族自备乡兵，藏于坞堡之中，以血缘为纽带的宗族的凝聚力反而在战乱中增强。安史之乱的性质与五胡乱华相同，都是胡汉矛盾的产物，安史之乱同样增强了士族的凝聚力，如《太平广记》卷三七六"郑会"条载："荥阳郑会，家在渭南，少以力闻。唐天宝末，禄山作逆，所在贼盗蜂起，人多群聚州县。（郑）会恃其力，尚在庄居，亲族依之者甚众。"[①]

每当胡汉矛盾激化之时，中原汉民族往往强调夷夏大防。这时，坚守儒家礼法的士族高门作为华夏文化的代表，他们往往会被社会看重，其社会地位反而得到提高。

另外，五胡政权统治中原汉人地区时，胡人人数远不及汉人。为了统治汉人，他们必须笼络汉人士族，借助他们的力量统治汉人地区。正如北齐显祖高洋问杜弼治国当用何人时，杜弼回答道："鲜卑车马客，会须用中国人。"[②] 五胡政权通过与汉人士族通婚、吸收汉人

---

① 《太平广记》卷三七六"郑会"条引《广异记》，第2989页。
② （唐）李百药：《北齐书》卷二四《杜弼传》，中华书局1972年版，第353页。

士族进入其管理阶层等方法加强在中原地区的统治，其自身也开始汉化。五胡统治者通过婚姻迅速融入华夏文化圈，正如陈寅恪先生所说："不问个人如何，只问门第高低，正是从鲜卑贵族尚无文化的实际情况出发的，目的在使鲜卑贵族的政治社会地位，能与北方汉人崔卢李郑等大姓，迅速一致起来。"① 另外，五胡统治者多为胡人贵族，他们本身就与中原士族属于同一阶级，本身就乐于接受士族制度。六朝时期，北方被五胡统治，而南方则为东晋南朝统治，南朝统治者以衣冠礼乐招徕士族人才，五胡统治者为了与南朝竞争，亦加强了对士族人才的争夺。

安史之乱亦源自胡汉之间矛盾的激化，前文已论及，河北在唐玄宗开元时期已沦陷为一胡化地区。安史叛将多为胡人，据《旧唐书·安禄山传》载："安禄山，营州柳城杂种胡人也。"② 另据《旧唐书·史思明传》载："史思明……营州宁夷州突厥杂种胡人也。"③ 安史部将亦多为蕃将，他们在安史之乱平定后依旧长期割据河朔。安史之乱以后唐代统治者亦将致乱之源归结为胡汉矛盾，据《旧唐书·肃宗纪》载："是日（天宝十五载七月甲子）御灵武南门，下制曰：'乃者羯胡乱常，京阙失守。'"④ 故陈寅恪先生认为："安史叛乱之关键，实在将领之种族。"⑤ "质言之，唐代安史乱后之世局，凡河朔及其他藩镇与中央政府之问题，其核心实属种族文化之关系也。"⑥ 中晚唐时期，山东士族全面复兴正是河北胡化、藩镇割据最为严重的时期。

唐末起义的性质是农民的暴动，属于阶级斗争的范畴。唐末起义

---

① 万绳楠整理：《陈寅恪魏晋南北朝史讲演录》，黄山书社1987年版，第266页。
② 《旧唐书》卷二〇〇《安禄山传》，第5367页。
③ 《旧唐书》卷二〇〇《史思明传》，第5376页。
④ 《旧唐书》卷一〇《肃宗纪》，第242页。
⑤ 陈寅恪：《唐代政治史述论稿》，上海古籍出版社1997年版，第33页。
⑥ 同上书，第27页。

源于唐宣宗末年浙东裘甫叛乱，裘甫"是一个出身微贱的盗匪头目，他所领导的叛乱在唐代后期首次短暂地将大量的农村盗匪团伙融合为一支统一的军事政治力量"①。裘甫起义被镇压不久，庞勋带领桂林戍卒再次发动叛乱，其影响更为深远，直接带动了王仙芝与黄巢的起义。庞勋本人于正史无传，出身于下层。庞勋起义以及以后更大规模的农民起义将领皆出自下层，他们"大多数出身农民，但是他们自己并非农民。他们有时被称为'流氓'或'地痞'，这些人没有正当的职业，不是正常社会结构的组成部分。这种农村流氓将同伙组成一种专事劫掠的军队……他们在唐代后期的盗匪军队中扮演主要的角色"②。《剑桥中国隋唐史》将唐末五代的农民起义领袖视作盗匪首领和亡命之徒，书中认为：

> 与王仙芝同乡又是他的主要支持者之一的毕士铎所率领的党徒以"鹞子"著称。后来建立吴越国的钱镠，"少拳勇，喜任侠"，"以解仇报怨为事"。王建原是一个懒汉，他"以屠牛、盗驴、贩私盐为事"。他最后在四川建立了前蜀国……人民并未忘记他的旧绰号"贼王八。"徐温为南唐国奠定了基础，"少无赖，入群盗中，以贩盐为事"。③

唐末所谓的农民起义军往往兼具盗匪的身份，他们出自社会最底层，一旦条件成熟，他们往往急于接受朝廷的招安，我们称之为流氓无产者。而镇压唐末农民起义最重要的将领则是出自"山东五姓"太原王氏的王式与王铎兄弟，他们二人皆为宰相王播之子，王播虽出身

---

① ［英］崔瑞德：《剑桥中国隋唐史》，中国社会科学出版社1990年版，第634—635页。
② ［英］崔瑞德：《剑桥中国隋唐史》，中国社会科学出版社1990年版，第669页。
③ 同上。

高门亦以孤寒应进士试而显贵。唐末另一个镇压农民起义的名将高骈出身山东高门渤海高氏,是名将高崇文之孙。这批起义的流氓无产者出身卑微,他们起义的目的就是推翻凌驾于他们之上的贵族。这时候,士族成为他们革命的对象。出于报复心理,不得志的李振才会建言将缙绅士大夫投入黄河浊流之中。五代军阀混战,名族苟求性命于乱世,鲜为军阀所容。《新五代史·崔居俭传》载:"崔氏自后魏、隋、唐与卢、郑皆为甲族,吉凶之事,各著家礼。至其后世子孙,专以门望自高,为世所嫉。"① 当战乱变成阶级斗争时,士族遭到灭顶之灾。

由于两种战乱的性质不同,其结果也不一样。五胡乱华和安史之乱没有削弱士族力量,黄巢起义和五代战乱却使士族彻底衰败。

二 谱牒的失传

六朝设置谱局,造有官谱,大士族的身份得以确认。仕宦与婚姻严格依照官修谱牒,避免了"婚宦失类"。唐代山东士族衰落的一个重要原因是谱牒的散失。宋人赵明诚《金石录》载:

> 唐以前士人以族姓为重,故虽更千百年,历数十世,皆可考究。自唐末五代之乱,在朝者皆武夫悍卒,于是谱牒散失,士大夫茫然不知其族系之所自出,岂不可惜也哉。②

清人钱大昕也认识到这个问题,他说:

> 唐世犹尚氏族,奉敕第其甲乙,勒为成书。五季之乱,谱牒散失,至宋而私谱盛行,朝廷不复过而问焉。士既显贵,多寄居

---

① (宋)欧阳修:《新五代史》卷五五《崔居俭传》,中华书局1974年版,第635页。
② (宋)赵明诚:《金石录校证》,金文明校证,上海书画出版社1985年版,第458页。

他乡，不知有郡望者盖五六百年矣，唯民间嫁娶名帖偶一用之，言王必琅琊，言李必陇西，言张必清河，言刘必彭城，言周必汝南，言顾必武陵，言朱必沛国，其所祖何人，迁徙何自，概置弗问，此习俗之甚可笑者矣。①

谱牒失传以后，士族的身份已经无法确定，再加上士族寄居他乡，使得"言王必琅琊，言李必陇西"。这样，士族和庶族的界限模糊直至消失。士族逐渐衰落直至从历史上消失。

五代时，山东士族还有一定的势力，但由于谱牒的失传，其身份已变得十分可疑。后唐统治者出于沙陀贵族，以唐继承者自居，重视唐代名士族。"豆卢革为王处直判官，卢汝弼为河东节度副使，二人皆故唐时名族，与（卢）程门地相等，因共荐之以为河东节度推官。"②后唐庄宗即位后，议择宰相，"而卢汝弼、苏循已死。次节度判官卢质当拜，而质不乐任事，乃言豆卢革与（卢）程皆故唐时名族，可以为相。庄宗以程为中书侍郎、同平章事"③。卢程拜相的原因是因为他是"故唐时名族"，可能出自范阳卢氏。卢程本人才质平庸，以山东高门自居，后唐庄宗以为卢程不能草文书，乃用冯道为掌书记，"（卢）程大恨曰：'用人不以门阀，而先田舍儿邪！'"④

庄宗重视唐代名族，故用豆卢革与卢程为相。由于谱牒的失传，出自名门的卢程已很难证明自己的出身，正如《新五代史·卢程传》所云："卢程，不知其世家何人也。"⑤

---

① （清）钱大昕：《十驾斋养新录》卷十二"郡望"，上海书店出版社1983年版，第268页。
② （宋）欧阳修：《新五代史》卷二八《卢程传》，中华书局1974年版，第635页。
③ 同上书，第304页。
④ 同上。
⑤ 同上书，第305页。

山东五姓自北魏以来,历经北齐、北周及隋唐,号曰盛门。数百年来为天下人所敬仰,至五代,终呈衰势。到了宋代,山东士族几乎完全等同于凡庶。中国中古社会的士族走向灭亡,成为历史。

第五节　唐代官方谱牒的修撰

士族身份的确定依赖于谱牒的记载,因此,在门阀社会,谱牒的修撰十分重要。郑樵《通志·氏族略》载:

> 自隋唐而上,官有簿状,家有谱系。官之选举,必由于簿状;家之婚姻,必由于谱系。历代并有图谱局,置郎、令、史以掌之,仍用博通古今之儒,知撰谱事。凡百官族姓之有家状者,则上之官,为考定详实,藏于秘阁,副在左户;若私书有滥,则纠之以官籍,官籍不及,则稽之以私书。此近古之制,以绳天下,使贵有常尊,贱有等威者也。所以人尚谱系之学,家藏谱系之书。自五季以来,取士不问家世,婚姻不问阀阅。故其书散佚,而其学不传。[①]

六朝社会属于门阀社会,士族在选举与婚姻上迥异于庶族。历代图谱局与家谱记载了士族的婚姻家庭状况,并以此作为蓝本决定士族的选举与婚姻。谱牒之学在六朝有极为重要的意义,官修谱牒决定了当时的选举,出身成为入仕最重要的依据。隋唐时期,士族制度已经取消,但士族势力依旧强大。

---

① (宋)郑樵:《通志二十略》,王树民点校,中华书局1995年版,第1页。

尽管唐代已不属于门阀社会,但唐人讲究门第,故唐代谱学十分发达。郑樵说:"姓氏之学,最盛于唐。"① 欧阳修在《新唐书》中叙述了他作"宰相世系表"的原因:"唐为国久,传世多,而诸臣亦各修其家法,务以门族相高。其材子贤孙不殒其世德,或父子相继居相位,或累数世而屡显,或终唐之世不绝。呜呼,其亦盛矣!"②

唐代谱学十分发达,据《新唐书·艺文志》乙部《谱牒类》著录统计,谱系书共1950卷。其中,唐代的约占一半。唐代谱学主要包括官方修谱和私家修谱,其中私家修谱非常普遍。唐代对谱学十分重视,查屏球先生认为,"其时为官方承认的学者多以精通礼学与谱学而闻名"③。精研谱学之人,据《新唐书·柳冲传》载:"唐兴,言谱者以路敬淳为宗,柳冲、韦述次之。李守素亦明姓氏,时谓'肉谱'者。后有李公淹、萧颖士、殷寅、孔至,为世所称。"④

唐初精研谱学的有出自赵郡李氏的李守素:

> 李守素者,赵州人,代为山东名族。……守素尤工谱学,自晋宋已降,四海士流及诸勋贵,华戎阀阅,莫不详究,当时号为"行谱"。尝与虞世南共谈人物,言江左、山东,世南犹相酬对;及言北地诸侯,次第如流,显其世业,皆有援证,世南但抚掌而笑,不复能答,叹曰:"行谱定可畏。"许敬宗因谓世南曰:"李仓曹以善谈人物,乃得此名,虽为美事,然非雅目。公既言成准的,宜当有以改之。"世南曰:"昔任彦升善谈经籍,梁代称为

---

① (宋)郑樵:《通志二十略》,王树民点校,中华书局1995年版,第2页。
② 《新唐书》卷七一上《宰相世系表》,第2179页。
③ 查屏球:《天宝河洛儒士与复古之风》,《中华文史论丛》第1辑,上海古籍出版社2001年版,第74页。
④ 《新唐书》卷一九九《柳冲传》,第5680页。

· 148 ·

'五经笥'；今目仓曹为'人物志'可矣。"①

李守素对晋宋已降的"四海士流及诸勋贵，华戎阀阅"莫不详究，在谱学方面尤为著名，对唐初整理六朝以来谱学贡献良多，故为虞世南所重，此事亦载于《新唐书》：

> 李守素者，赵州人。王世充平，召署天策府仓曹参军，通氏姓学，世号"肉谱"。虞世南与论人物，始言江左、山东，尚相酬对；至北地，则笑而不答，叹曰："肉谱定可畏。"许敬宗曰："仓曹此名，岂雅目邪？宜有以更之。"世南曰："昔任彦升通经，时称'五经笥'，今以仓曹为'人物志'，可乎？"时渭州刺史李淹亦明谱学，守素所论，惟淹能抗之。②

在谱牒散失的隋末唐初，李守素被称为"行谱""人物志"或"肉谱"。武后朝的路敬淳更在其上："（路）敬淳尤明谱学，尽能究其根源枝派，近代已来，无及之者。撰《著姓略记》十卷，行于时。"③《新唐书·艺文志》存路敬淳《衣冠谱》六十卷又《著姓略记》二十卷。河东柳氏的谱学也很发达，柳芳、柳冲父子亦精于谱学，柳冲谱学仅次于路敬淳。

虽然唐代官修谱牒已经不能作为仕宦的依据，但唐代政府还是组织了几次谱牒的修撰。唐代前期官修谱牒主要有三次：贞观《氏族志》、显庆《姓（氏）录》及开元《姓族系录》。

历代官修谱牒无不贯穿了统治阶级的意图，唐代官修谱牒亦不例外。李唐出自夷狄，以武力夺得天下。他们掌握国家政权之后，实行

---

① 《旧唐书》卷七二《褚亮传附李守素传》，第 2584 页。
② 《新唐书》卷一〇二《李守素传》，第 3978 页。
③ 《旧唐书》卷一八九《路敬淳传》，第 4962 页。

关陇本位主义。唐代民间重门第，关陇贵族胡汉杂糅，门第并不高贵，不为中原士庶所重。唐初政治权力属于关陇贵族，社会地位则以山东旧族为高。前者表现在"仕宦"上，后者表现在"婚姻"上。山东士族是以五姓七家高门为代表的婚姻集团，"他们在唐代虽已失去昔日显赫的政治权势，'身未免于贫贱'，却仍以婚娅相尚，不与皇室联姻，'光荣孤立'于李唐政权之外，高宗的禁婚诏反而抬高了山东旧族的身份"①，"其后天下衰宗落谱，昭穆所不齿者，皆称'禁婚家'，益自贵"②。

唐太宗"定天下氏族"的本意，是让山东士族、关陇贵族及代北房姓间互通婚媾，以达到联合各种社会势力，树立新门阀的目的。在这一举措失败之后，才导致了唐王朝多次官修谱牒，"不须论数世以前，止取今日官爵高下作等级"。贞观年间，唐太宗欲崇本朝冠冕，打击山东高门。《氏族志》就是在这样的环境下修撰的。据《新唐书·高俭传》载：

> 太宗尝以山东士人尚阀阅，后虽衰，子孙犹负世望，嫁娶必多取资，故人谓之卖昏，由是诏士廉（高俭字）与韦挺、岑文本、令狐德棻责天下谱牒，参考史传，检正真伪，进忠贤，退悖恶，先宗室，后外戚，退新门，进旧望，右膏粱，左寒畯，合二百九十三姓，千六百五十一家，为九等，号曰《氏族志》，而崔干仍居第一。帝曰："我于崔、卢、李、郑无嫌，顾其世衰，不复冠冕，犹恃旧地以取资，不肖子偃然自高贩鬻松槚，不解人间何为贵之？齐据河北，梁、陈在江南，虽有人物，偏方下国，无可贵者，故以崔、卢、王、谢为重。今谋士劳臣以忠孝学艺从我

---

① 陈爽：《世家大族与北朝政治》，中国社会科学出版社1998年版，第79页。
② 《新唐书》卷九五《高俭传》，第3842页。

定天下者，何容纳货旧门，向声背实，买昏为荣耶？太上有立德，其次有立功，其次有立言，其次有爵为公、卿、大夫，世世不绝，此谓之门户。今皆反是，岂不惑邪？朕以今日冠冕为等级高下。"遂以崔干为第三姓，班其书天下。①

唐太宗所崇乃当朝冠冕，故先宗室，后外戚，然后是其他关陇贵族。李唐虽自称陇西李氏，实出自夷狄，陈寅恪先生认为李唐出自赵郡李氏的破落户。由于李唐门第较低，故高俭等贞观史臣仍将崔干列为第一。由于没有领会太宗意图，引来太宗的训斥。太宗的训斥带有浓厚的关陇本位主义的性质，将原北齐所据之河北（山东士族所聚居之地）以及原梁、陈所居之江南（江东士族和侨姓士族所聚居之地）视为下国，认为这两地无可贵者，故太宗不以崔、卢、王、谢为重。

显庆《姓（氏）录》是唐代第二次官修的谱牒，于武后掌权的显庆年间修撰。此次官修谱牒的直接原因是赵郡李氏结怨于出自寒门的李义府，《旧唐书·李义府传》载：

> （李）义府既贵之后，又自言本出赵郡，始与诸李叙昭穆，而无赖之徒苟合，藉其权势，拜伏为兄叔者甚众。给事中李崇德初亦与同谱叙昭穆，及义府出为普州刺史，遂即除削。义府闻而衔之，及重为宰相，乃令人诬构其罪，竟下狱自杀。初，贞观中，太宗命吏部尚书高士廉、御史大夫韦挺、中书侍郎岑文本、礼部侍郎令狐德棻等及四方士大夫谙练门阀者修《氏族志》，勒成百卷，升降去取，时称允当，颁下诸州，藏为永式。义府耻其家代无名，乃奏改此书，专委礼部郎中孔志约、著作郎杨仁卿、

---

① 《新唐书》卷九五《高俭传》，第3841页。

> 太子洗马史玄道、太常丞吕才重修。志约等遂立格云:"皇朝得五品官者,皆升士流。"于是兵卒以军功致五品者,尽入书限,更名为《姓氏录》。由是缙绅士大夫多耻被甄叙,皆号此书为"勋格"。义府仍奏收天下《氏族志》本焚之。关东魏、齐旧姓,虽皆沦替,犹相矜尚,自为婚姻。义府为子求婚不得,乃奏陇西李等七家,不得相与为婚。①

显庆《姓(氏)录》已然失传,其主要内容见《唐会要》卷三六"氏族"条(《新唐书》卷九五《高俭传》同):

> 显庆四年(659)九月五日,诏改《氏族志》为《姓(氏)录》,上亲制序,仍自裁其类例,凡二百四十五姓,二百八十七家。以皇后四家、酅公、介公、赠台司、太子三师、开府仪同三司、仆射,为第一等;文武二品及知政事者三品,为第二等;各以品位为等第,凡为九等,并取其身及后裔,若亲兄弟,量计相从,自余枝属,一不得同谱。②

显庆《姓(氏)录》贯彻了武后崇武氏及李义府报复山东旧族的要求,仍旧以政治权力大小作为士族排序的依据。与贞观《氏族志》性质相同的是,显庆《姓(氏)录》所崇者仍是当朝冠冕。"皇朝得五品官者,皆升士流"。以政治地位取代了社会地位,混淆了士庶的界限。武后执政后,为了巩固其统治,重用酷吏,残酷打击反对派,主要是打击以唐代宗室为代表的关陇集团。他们在打击当朝冠冕的同时也波及传统士族,"癸丑,同平章事李游道(赵郡李氏南祖房)、王璿(琅琊王氏)、袁智弘(侨姓首望)、崔神基

---

① 《旧唐书》卷八二《李义府传》,第2768—2769页。
② 《唐会要》卷三六"氏族"条,第775页。

（清河崔氏南祖房）、李元素（赵郡李氏南祖房）、春官侍郎孔思元、益州长史任令辉，皆为王弘义所陷，流岭南"①。武则天和李义府皆出自寒门，显庆《姓（氏）录》的修撰贯彻了武氏及李义府等当权者的意图，在打击关陇贵族报复山东旧族的同时，提高了当权寒族的社会地位。

第三次官修的谱牒开元《姓族系录》修撰于中宗时代，成书于唐玄宗开元初年。该书的修撰以第一次《氏族志》为蓝本。《新唐书·柳冲传》载：

> 初，太宗命诸儒撰《氏族志》，甄差群姓，其后门胄兴替不常，冲请改修其书，帝诏魏元忠、张锡、萧至忠、岑羲、崔湜、徐坚、刘宪、吴兢及冲共取德、功、时望、国籍之家，等而次之。夷蕃酋长袭冠带者，析著别品。会元忠等继物故，至先天时，复诏冲及坚、兢与魏知古、陆象先、刘子玄等讨缀，书乃成，号《姓系录》。历太子宾客、宋王师、昭文馆学士，以老致仕。开元初，诏冲与薛南金复加刊窜，乃定。②

所谓"门胄兴替不常"，指的是武氏、李义府等新兴寒族的崛起挑战了关陇贵族的统治地位。中宗复辟后，开始对外戚武氏的权力进行遏制。同时，寒族的势力也遭到遏制。中宗返政时曾诏"一事以上，并依贞观故事"，《姓族系录》的修撰是因对《姓氏录》不满而依据贞观《氏族志》。这一次修撰的详情见《册府元龟》卷五六〇：

> 柳冲为左散骑常侍，中宗神龙三年五月，冲上表曰："臣闻乾元资始，而庶物形焉，人伦既肇，而族类详焉。姓氏之初，

---

① 《资治通鉴》卷二〇五，第 6487 页。
② 《新唐书》卷一九九《柳冲传》，第 5676 页。

代本著其义，昭穆之序，周谱列其风。汉晋之年，应挚明宗系之说，齐梁之际，王、贾述衣冠之源，使夫士庶区分，惩劝攸寄，昭之后代，实为盛典。自魏太和已降，作者弥繁，或以八族品人伦，或以九等量地胄，爰泊今日，年祀以淹，冠冕之家，兴衰不一，胥、原、栾、郄，有降夷品；许、史、袁、杨，一时各盛，岂可以曩时之褒贬，为当今之轨模。原始要终，有所未允。……臣愿得叙大唐之隆，修氏族之谱，使九围仰止，百代承风，岂不大哉？岂不盛哉！"帝从之。遂命尚书左仆射魏元忠及修史官工部尚书张锡、礼部侍郎萧志忠、岑羲、兵部侍郎崔湜、刑部侍郎徐坚、工部侍郎刘宪、左补阙吴兢等与柳冲依据《氏族志》重加修撰。仍令取其高名盛德、素业门风、国籍相传、士林标准，次复勋庸克茂、荣绝当朝、中外相辉、誉兼时望者各为等列，其诸蕃酋长晓袭冠带者亦别为一品，目为《唐姓族系录》二百卷。①

后来，由于魏元忠等人相继去世，柳冲改任外职，修撰工作便停止了。唐玄宗先天元年（711），柳冲与侍中魏知古、中书侍郎陆象先及徐坚、刘知几、吴兢等人修成《唐姓族系录》二百卷奏上。开元二年（714），玄宗命柳冲等刊定《姓族系录》，最后定稿奏上。②

中宗复辟是在张柬之、桓彦范等人的帮助下成功的，中宗尤其是睿宗、玄宗父子相继称帝后，一反武后之政，重建李唐王朝。唐玄宗十分猜忌山东士族，害怕他们家族庞大，对中央集权统治造成威胁。

---

① （宋）王钦若等：《册府元龟》卷五六〇"国史部谱牒"，文渊阁《四库全书》影印本。
② 《旧唐书》卷一八九《柳冲传》，第4972页。

很多新兴士族如张说、张九龄等俱以文辞进身，加入玄宗朝权力中枢。他们掌权后，必然要提高自身的社会地位，谱牒的修撰必然要反映他们的要求。

> （孔）若思子至，字惟微。历著作郎，明氏族学，与韦述、萧颖士、柳冲齐名。撰《百家类例》，以张说等为近世新族，掇去之。说子垍方有宠，怒曰："天下族姓，何豫若事，而妄纷纷邪？"垍弟素善至，以实告。初，书成，示韦述，述谓可传，及闻垍语，惧，欲更增损，述曰："止！丈夫奋笔成一家书，奈何因人动摇？有死不可改。"遂罢。时述及颖士、冲皆撰《类例》，而至书称工。①

张说为新兴士族，其家族深得玄宗青睐。张说掌权后，加入了五姓婚姻圈，嫁女于范阳卢氏和荥阳郑氏。张说子张垍尚公主，为驸马都尉。孔至撰《百家类例》，"以张说等为近世新族"，引起张垍的愤怒。官修谱牒必然要反映这些掌权的新兴士族的地位。由于初盛唐时期山东士族在政治上并无太大建树，三次官修谱牒俱体现了统治阶级对山东旧族的打击。

唐德宗以后，山东旧族重新登上政治舞台，为了巩固自身的门第，再修谱牒的时机成熟了。在唐德宗贞元年间，出自关中士族的谱学家柳芳论及士族即以山东士族为首，《唐会要》卷三六"氏族"条载："至贞元中，左司郎中柳芳论氏族，序四姓，则分甲、乙、丙、丁，颁之四海，世族则先山东，载在《唐历》。"②

《元和姓纂》的修撰始于唐宪宗元和七年（812），是唐代最后一

---

① 《新唐书》卷一九九《孔至传》，第5685页。
② 《唐会要》卷三六"氏族"条，第776页。

次由官方修订的氏族谱,该书以官修谱牒的形式确定了山东士族的地位。《元和姓纂》是目前存世的唯一一部以姓、望、房三级结构条贯姓史、家族及人物的唐代官修谱牒。明人顾炎武引姚宽《西溪丛语》说道:"姓氏之学,莫盛于《元和姓纂》。"①

《元和姓纂》的修撰原因见于《元和姓纂原序》:

> 元和壬辰岁,诏加边将之封,酬屯戍之绩,朔方之别帅天水阎者,有司建苴茅之邑于太原列郡焉。主者既行其制,阎子上言曰:"特蒙涣汗,恩沾爵土,乃九族之荣也;而封乖本郡,恐非旧典。"翌日,上谓相国赵公(李吉甫):"有司之误,不可再也。宜召通儒硕士辩卿大夫之族姓者,综修《姓纂》,署之省阁,始使条其源系,考其郡望,子孙职位,并宜总缉,每加爵邑,则令阅视,庶无遗谬者矣。"②

唐宪宗元和年间编修《元和姓纂》的直接原因正如上述材料,是在元和年间朝廷加封边将爵位时,负责办理的官员误将出自天水望的朔方帅阎某"建苴茅之邑于太原列郡",阎某对此大为不满,上书陈述原委。宪宗不欲得罪朝廷的王牌军队,乃命人编修《姓纂》。

隋唐以来,谱牒大量失传,再加上唐代前三次官修谱牒严重失实,氏族谱系逐渐变得模糊不清。《新唐书·高士廉传》载:

> 古者受姓受氏以旌有功,是时人皆土著,故名宗望姓,举郡国自表,而谱系兴焉,所以推叙昭穆,使百代不得相乱也。遭晋

---

① (清)顾炎武:《日知录集释》卷二三"姓氏书"条,(清)黄汝成集释,上海古籍出版社2006年版,第1293页。
② (宋)林宝:《元和姓纂(附四校记)》,岑仲勉校记,中华书局1994年版,第1页。

播迁，胡丑乱华，百宗荡析，士去坟墓，子孙犹挟系录，以示所承，而代阀显者，至卖昏求财，汩丧廉耻。唐初流弊仍甚，天子屡抑不为衰。至中叶，风教又薄，谱录都废，公靡常产之拘，士亡旧德之传，言李悉出陇西，言刘悉出彭城，悠悠世胙，讫无考按，冠冕皂隶，混为一区，可太息哉！①

由于唐代中叶"风教又薄，谱录都废"，汉魏以来大姓之下的士族郡望房支正在渐渐模糊直到消失。山东士族在中唐已经掌握了国家权力，他们对此当然不能坐视不理。在这种背景下，《元和姓纂》记载了汉魏以来诸大姓下的各郡望和主要房支，这才使得今天还可以看到中国中古社会士族郡望房支全貌。唐宪宗本来就重视礼法，因而重用山东士族。元和前后入相的郑絪（荥阳）、郑余庆（荥阳）、李吉甫（赵郡）、李绛（赵郡）、李藩（赵郡）、王涯（太原）、崔群（清河）、李廓（赵郡）都出自山东高门。作为魏晋旧族，当他们掌握了国家权力后，自然要恢复自身的社会地位，分别姓族。于是，官修谱牒的时机成熟了。

《元和姓纂》的修撰过程见该书王涯序言："赵公（李吉甫）② 尝创立纲纪，区分异同，得之于心，假之于手，以授博闻强识之士济南林宝。"③ 赵公指的是出自赵郡李氏的李吉甫。《元和姓纂》虽然假之林宝之手，却是经李吉甫之手"创立纲纪，区分异同"的。唐宪宗命宰相李吉甫"宜召通儒硕士辩卿大夫之族姓者，综修《姓纂》"，李吉甫实为该书的总设计师。王涯也是宪宗元和年间宰相，出自太原王

---

① 《新唐书》卷九五《高士廉传》，第3843—3844页。
② （宋）陈振孙《直斋书录解题》以为宰相李吉甫命林宝，二十旬成书（上海古籍出版社1987年版，第228页）。按：李吉甫出自赵郡李氏，宪宗元和二年杜黄裳罢相，乃擢李吉甫知平章事，故称赵公。
③ （唐）林宝：《元和姓纂（附四校记）》，岑仲勉校记，中华书局1994年版，第2页。

氏，是古文家皇甫湜的舅舅，他为该书作序，对此书的修撰亦十分关心。"元和七年七月，尚书兵部员外郎、知制诰王涯撰《姓纂》十卷，上之。"① 王涯精通谱学，很多学者认为王涯所撰《姓纂》即《元和姓纂》。《姓纂》是否《元和姓纂》的问题我们不作考据，但《姓纂》与《元和姓纂》有密切关系应该毋庸置疑。

除了为修《元和姓纂》"创立纲纪，区分异同"，李吉甫还修撰了《元和郡县图志》这部地理巨著。地理之学亦为山东士族家学中的秘学，士族形成以后，为了辨明族姓，产生了"地望"的概念。"故善言谱者，系之地望而不惑，质之姓氏而无疑，缀之婚姻而有别。"② 因此，谱学与地理学密不可分。李吉甫于元和年间修撰两书，既是山东士族重视实用秘学的表现，也体现了山东士族元和间重新掌权后欲分明姓族的意图。

事实上每次官修谱牒都是为当朝统治者服务，都可以视为"欲崇本朝冠冕"。唐太宗重用关陇贵族，借修《氏族志》的机会打击已经失势的山东士族，降崔干为第三等；武则天"欲崇武氏"，重用山东和南方寒族以篡唐，借修《姓氏录》之机打击关陇贵族，山东高门亦为门第较低的武后及李义府等权贵所不容；中宗复辟后效贞观故事，玄宗朝更是清算武后残余势力，官修谱牒随之修改。

山东士族直到唐德宗以后才开始掌握朝中大权。为了巩固并发展其势力，改变山东士族在初盛唐的不利局面，重修谱牒的问题被提了出来。《元和姓纂》正是山东旧族在中唐掌握政权以后欲重新分明姓族之书。

---

① 《唐会要》卷三六"氏族"条，第777页。
② 《新唐书》卷一九九《儒学中》，第5679页。

第四章

山东士族的复兴与科举取士

过去唐史研究者常常将山东旧族与新兴进士阶层视为两个阶级，并且认为两个阶级水火不容，山东旧族讲礼法，进士阶层存在浮华之风。① 事实上，安史之乱前后，山东旧族故土逐渐成为胡化区域，他们不得不离开故土，迁移于两京一带。失去经济基础的山东旧族正是依靠科举在中唐复兴。

第一节 山东士族加入科举考试

山东士族在初盛唐受到关陇集团的排挤，其世居之地又受到胡族的侵扰，陈寅恪先生认为："河北之地，至开元晚世，约二十年间，诸胡族入居者日益众多，喧宾夺主，数百载山东士族聚居之旧乡，遂

---

① 参见陈寅恪《唐代政治史述论稿》中篇"政治革命及党派分野"。此观点是陈先生的基本史学观点之一。

一变而为戎区。"① 为了生存，山东士族只能迁居异地，安史之乱更是加速了这一进程。史念海先生《两唐书列传人物籍贯的地理分布》一文中有《唐代世族居地的聚散》一节，认为清河、博陵崔氏、荥阳郑氏还多留居本地，两《唐书》有传者78人，其中迁居外地者34人，留居本地者44人。其余大姓则外迁的居多，范阳卢氏有传者33人，留居本地的只有6人；太原王氏有传者29人，留居者仅11人。②

山东士族属于文化士族，经济基础大不如前，即使像李揆这样的人物罢相后家庭亦十分贫困。丧失了田产等经济基础的山东士族子弟迁居异地后无所凭借，只得依靠其深厚的文化优势参与朝廷正在兴起的科举考试，这种情况从唐高祖武德年间就已经开始了，"武德五年，李义琛与弟义琰、从弟上德，三人同举进士。义琛等陇西人，世居邺城。国初，草创未定，家素贫乏"③。

唐玄宗开元、天宝年间，山东士族受到胡族压力，漂流异地者大幅增加。如开元年间名臣卢从愿出自范阳卢氏，卢氏自范阳徙临漳，卢从愿只能参加科举考试以求仕进。《新唐书·卢从愿传》载：

> 卢从愿，字子龚。六世祖昶，仕后魏为度支尚书，自范阳徙临漳，故从愿为临漳人。擢明经，为夏尉。又举制科高第，拜右拾遗。④

---

① 参见陈寅恪《论李栖筠自赵徙卫事》，《金明馆丛稿二编》，生活·读书·新知三联书店2001年版，第5页。

② 史念海先生根据《两唐书》中列传人物籍贯的地理分布来推测士族的迁移，得出的结论与史实稍有出入，李肇《唐国史补》卷上载："（山东）四姓惟郑氏不离荥阳，有冈头卢，泽底李，士门崔，家为鼎甲。太原王氏，四姓得之为美，故呼为钑镂王家，喻银质而金饰也。"（《唐五代笔记小说大观》本，上海古籍出版社2000年版，第166页）只有荥阳郑氏留居本地，其余多外迁。

③ （后晋）王定保：《唐摭言》卷七，《唐五代笔记小说大观》本，上海古籍出版社2000年版，第1635页。

④ 《新唐书》卷一二九《卢从愿》，第4478页。

出自赵郡李氏的李栖筠亦有类似经历,李德裕自称其祖父李栖筠在玄宗天宝末,以仕进无他路,参加进士试以步入仕途。① 权德舆《唐御史大夫赠司徒赞皇文献公李栖筠文集序》载:

> (李栖筠)隐于汲郡共城山下,营道抗志,不苟合于时。族子华,名知于人,尝谓公曰:"叔父上邻伊、周,旁合管、乐,声动律外,气横人间。"感激西上,举秀才第一。②

此事亦载于《新唐书·李栖筠传》:

> 李栖筠,字贞一,世为赵人。幼孤。有远度,庄重寡言,体貌轩特。喜书,多所通晓,为文章劲迅有体要。不妄交游。族子(李)华每称有王佐才,士多慕向。始,居汲共城山下,华固请举进士,俄擢高第。③

安史之乱使得更多的士族丧失了经济基础,出自荥阳郑氏的宰相郑珣瑜就是在这样的情况下以科第入仕的。《新唐书·郑珣瑜传》载:

> 郑珣瑜,字元伯,郑州荥阳人。少孤,值天宝乱,退耕陆浑山以养母,不干州里。转运使刘晏奏补宁陵、宋城尉,山南节度使张献诚表南郑丞,皆谢不应。大历中,以讽谏主文科高第,授大理评事,调阳翟丞,以拔萃为万年尉。崔祐甫为相,擢左补

---

① 李栖筠孙李德裕任武宗朝宰相时对武宗说:"臣无名第,不当非进士。然臣祖(李栖筠)天宝末以仕进无他歧,勉强随计,一举登第,自后不于家置《文选》,盖恶其祖尚浮华,不根艺实。"(《新唐书》卷四四《选举志上》,中华书局1975年版,第1169页)
② 《全唐文》卷四九三,第5034页。
③ 《新唐书》卷一四六《李栖筠传》,第4735页。

阙，出为泾原帅府判官。①

王质是文中子王通的五世孙，出自太原王氏，他的情况与李栖筠很相似：

> 王质，字华卿，太原祁人。五代祖通字仲淹，隋末大儒，号文中子。……以家世官卑，思立名于世，以大其门。寓居寿春，躬耕以养母，专以讲学为事，门人受业者大集其门。年甫强仕，不求闻达，亲友规之曰："以华卿之才，取名位如俯拾地芥耳，安自苦于阛闠者乎？扬名显亲，非耕稼可致也。"质乃白于母，请赴乡举。元和六年，登进士甲科。释褐岭南管记。②

他们俱被迫离开祖居地，其中，李义琛郡望陇西，却世居邺城；卢从愿自范阳徙临漳；李栖筠自赵徙卫；王质寓居寿春。他们虽出自山东高门，然政治、经济地位已同于凡庶，只能以科举进身。

毛汉光先生将唐代分成三个时期考察了十八家大士族子孙为相的情况，他说："这三期表现出一个明显的趋势，即带进士第者急速增加，纯门第者急速减少；变动的速率甚大，三百年之中，前期与后期几乎是对调之势。"③毛汉光先生通过清河崔氏东武城南祖乌水房官历研究后发现：

> 高门主支若无其他条件（进士第），正常情况下可官至中品（四、五、六品），甚至可达三品官。高门主支若具有进士资格，除早卒外，皆可官至三品，甚至可达二品、一品官。④

---

① 《新唐书》卷一六五《郑珣瑜传》，第5064页。
② 《旧唐书》卷一六三《王质传》，第4267页。
③ 毛汉光：《中国中古社会史论》，上海书店出版社2002年版，第347页。
④ 同上书，第351页。

毛先生的统计反映了科举考试尤其是进士及第对于士人入相的重要性,如荥阳郑氏在唐代共出了十位宰相,除了反对科第的郑覃无科名,郑覃父郑珣瑜以讽谏主文科高第外,其他人都是进士出身。论者往往只注意到郑覃没有科名并反对科第,从而得出山东高门与科举制度处于对立面,而没有注意到郑覃只是荥阳郑氏的一个特例。

自秦汉以来,国家的选举制度一直在革新之中:"按秦法,惟农与战始得入官。汉有孝悌、力田、贤良、方正之科,乃时令征辟;而常岁郡国率二十万口贡止一人,约计当时推荐,天下才过百数,则考精择审,必获器能。自兹厥后,转益烦广。我开元、天宝之中,一岁贡举,凡有数千;而门资、武功、艺术、胥吏,众名杂目,百户千途,入为仕者,又不可胜记,比于汉代,且增数十百倍。"① 魏晋南北朝以来世家大族所重视和凭依的门资至唐玄宗开元、天宝时已经和武功、胥吏、艺术等途相提并论,其所受重视程度大大降低。

与东汉以来的仕进方式不同,隋唐开始实行科举制度,无论是大小士族还是寒庶都加入了科举考试,"(唐代)三百年来,科第之设,草泽望之起家,簪绂望之继世。孤寒失之,其族馁矣;世禄失之,其族绝矣"②。

王仲荦先生也认为:"进士科已成仕进的共同趋向,当时显贵,几乎很少不是从文章科举出身的。"③

科举制度的设立,本意是为了打破门阀对政权的垄断地位。而实际上,在初盛唐受到关陇集团打击的山东旧族却凭借深厚的文化功

---

① (唐)杜佑:《通典》卷十八,中华书局1988年版,第455页。
② (后晋)王定保:《唐摭言》,《唐五代笔记小说大观》本,上海古籍出版社2000年版,第1654页。
③ 王仲荦:《隋唐五代史》,上海人民出版社1979年版,第574页。

底，借助科举考试重新登上政治舞台。

事实上，武则天执政以来，河北崔日用、崔沔、崔泥，河南郑絪、郑遂初，关中韦虚心、韦述等旧族子弟业已纷纷参加科举考试，只是在天宝以后，旧族子弟举进士者为数增多。德宗贞元以来，宰相多以翰林学士充任，而翰林学士往往是进士出身。人们注意到范阳卢氏在德宗以后中进士者116人，山东旧族崔氏也存在类似现象，这说明旧士族子弟适应了唐代的科举考试。

第二节　山东士族借助科举复兴

一般认为，山东旧士族与新兴进士为两大阶层，他们之间的矛盾导致了唐代影响最大的党争"牛李党争"。如张采田《玉溪生年谱会笺》三"大中二年下"引沈曾植之言："唐时牛李两党以科第而分，牛党重科第，李党重门第。"陈寅恪先生更是认为"牛李党争"是两大阶级之争，他说：

> 牛李两党之对立，其根本在两晋、北朝以来山东士族与唐高宗、武则天之后由进士词科进用之新兴阶级两者互不相容。[1]

这就将山东士族和新兴科举进士阶层分成两个阶级。

陈寅恪先生作此论断的依据有出自山东高门的郑覃、李德裕二人靠门荫而非进士出身，他们二人为相后欲废科举考试。李德裕反对科举浮华之风气，甚至"家不藏《文选》"。

---

[1] 陈寅恪：《唐代政治史述论稿》，上海古籍出版社1997年版，第85页。

李浩先生也认为："唐代以科举取士，崇尚进士科，故经明行修的山东士人在当时的仕进中并没有占主动权。"①

实际上，山东士族与新兴进士阶层并非处于对立位置，山东士族正是依靠科举才登上权力巅峰。

东汉以来选举制度主要依靠荐举，陈寅恪先生说："东汉以来评论人物，标准有两条，一为姓族，讲整个家族；二为人伦，讲个人才智。"② 一般只有大家族子弟才有机会入仕。隋唐时期的情况发生了变化，那种"平流进取，坐致公卿"的情况不再出现。

科举制度虽设于隋代，而兴盛于李唐。太宗时期科举生员主要来自关陇。山东、江左一带除少数官僚子弟之外，参加科举考试的人很少。武则天科举考试变革的一个主要方面是扩大了进士科招生的地域范围，开始从关陇扩至山东、江左，也就是今华北、中原和南方地区。如高宗显庆元年（656）《令州县举人诏》："宜令河南、河北、江淮以南州县，或讳俗之英，声驰管、乐；或济时之士，价秩萧、张，学可帝师，材堪栋辅者，必当任之不次。"上元三年（676）又有《令山东江左采访人物诏》："山东、江左，人物甚众。虽每充宾荐，而未尽英髦。"

由于武后本人出身山东寒族，她掌权之后，与贞观旧臣存在很大矛盾。为了打击朝中这部分关陇集团，武后在重用酷吏打击他们的同时，开始重用文士，而这些文士来源于科举。正如陈寅恪先生所说："（武后）重进士词科之选举，拔取人材。"③ 武后打击关陇集团，重用进士及第者，却无意间为山东士族找到出路。

进士在唐初并没有受到重视，唐太宗实行关陇本位政策，科举考

---

① 李浩：《唐代三大地域文学士族研究》，中华书局2002年版，第124页。
② 万绳楠整理：《陈寅恪魏晋南北朝史讲演录》，黄山书社1987年版，第242页。
③ 陈寅恪：《记唐代李武韦杨婚姻集团》，《金明馆丛稿初编》，生活·读书·新知三联书店2001年版，第279页。

试主要录取关陇地区生员。武后来自山东,屡次征召山东人士,进士试中录取的山东人才大幅度增加。"文章四友"中的李峤、崔融都出自山东五姓,他们正是在这样的情况下,以优异成绩进士及第的。陈寅恪先生认为:

> 李唐皇室者唐三百年统治之中心也,自高祖、太宗创业至高宗统御之前期,其宰相文武大臣大抵承西魏、北朝及隋以来之世业,即宇文泰"关中本位政策"下所结集团体之后裔也。自武曌主持中央政权之后,逐渐破坏传统之"关中本位政策",以遂其创业垂统之野心,故"关中本位政策"主要之府兵制,即于此时开始崩溃,而社会阶级亦在此际起一升降之变动。……当时山东、江左人民之中,有虽工于文,但以不预关中团体之故,故遭屏抑者,亦因此政治变革之际会,得以上升朝列。①

唐代山东士族在科举考试中取得了优异成绩,我们可以从唐代状元数量、进士数量及山东士族宰相中进士所占比例三方面得出这样的结论。

首先,唐代状元中出自山东高门者比例很高。

进士代表了唐代科举的最高水平,而作为进士第一的状元又代表了进士的最高水平,因而,对状元的阶级成分做出统计和分析十分必要。本书对唐代的状元出身加以考察后发现,大量状元出自山东士族,所占比例极高。现根据清徐松撰、孟二冬补正《登科记考补正》②将出身于山东五姓的状元及其及第时间③统计如下:

郑益高宗上元二年(675)、李昂玄宗开元二年(714)、王维玄

---

① 陈寅恪:《唐代政治史述论稿》,上海古籍出版社1997年版,第18页。
② (清)徐松:《登科记考补正》,孟二冬补正,北京燕山出版社2003年版。(书中引用该古籍均是此版本,后文中只标明书名和页码,特此说明)
③ 这其中夹杂一小部分宗室李氏和琅琊王氏等非山东高门子弟。

宗开元九年（721）、李巙开元十五年（727）、王正卿开元十七年（729）、李琚开元二十二年（734）、崔曙开元二十六年（738）、王阅天宝元年（742）、李巨卿天宝十年（751）、卢庚天宝十五年（756）、李搏代宗大历五年（770）、王淑大历六年（771）、王储大历十四年（779）、崔元翰德宗建中二年（781）、郑全济德宗贞元元年（785）、卢顼贞元五年（789）、李程贞元十二年（796）、郑巨源贞元十三年（797）、李随贞元十四年（798）、王源中宪宗元和二年（807）、李顾行元和五年（810）、李固言元和七年（812）、郑澣元和十一年（816）、卢储元和十五年（820）、郑冠穆宗长庆三年（823）、李群长庆四年（824）、李郃文宗大和元年（827）、李远大和三年（829）、李珪大和六年（832）、李余大和七年（833）、郑确大和九年（835）、李肱文宗开成二年（837）、崔□（原字缺）开成四年（839）、李从实开成五年（840）、崔岘武宗会昌元年（841）、郑颢会昌二年（842）、卢肇会昌三年（843）、郑言会昌四年（844）、卢深宣宗大中二年（848）、李郜大中五年（851）、崔铏大中十年（856）、李亿大中十二年（858）、郑洪业懿宗咸通八年（867）、李筠咸通十二年（871）、郑昌图咸通十三年（872）、郑合敬僖宗乾符二年（875）、郑蔼僖宗广明元年（880）、崔昭纬僖宗中和三年（883）、郑贻矩僖宗光启四年（888）、李翰昭宗龙纪元年（889）、崔昭矩昭宗大顺二年（891）、崔胶昭宗景福二年（893）、崔谔昭宗乾宁三年（896）、卢文焕昭宗光化二年（899）、崔詹哀帝天祐四年（907）。

另外崔液出自博陵崔氏，亦为状元及第，据《唐诗纪事》卷十三载："（崔）液字润甫，仁师之孙，湜之弟也。工五言，举进士第一人。"[1] 然及第时间待考。

---

[1] 《唐诗纪事》卷十三，第183页。

总计之，唐代五姓状元人数共 56 人，占总数 143 人的 39% 强。现将五姓状元人数以及所占比例列表如下：

	郑氏	卢氏	崔氏	王氏	李氏	五姓
状元人数	13	6	11	6	20	56
所占比例	9.1%	4.2%	7.7%	4.2%	14%	39.2%

由于史料的缺乏，这其中有部分状元的世系不明，但五代以后这五姓很少有状元。如唐代状元中出自郑氏者 13 人，占唐代状元总数的近 10%；卢氏 6 人，占总人数的 4.2%；崔氏 11 人，占总数的 7.7%。三姓状元占唐代状元总数的 20% 以上。[1] 宋代状元共 118 人，其中，郑氏状元共 3 人，没有崔姓及卢姓状元。崔、卢、郑三姓比例只占宋代状元总数的不到 3%。[2] 崔元翰更是中国历史上有名的"四元"[3] 状元，《南部新书》丙载："崔元翰晚年取应，咸为首捷：京兆解头，礼部状头，宏词敕头，制科三等敕头。"[4]

"关中六姓"状元人数以及所占比例如下：

---

[1] 这里以崔、卢、郑三姓为统计对象，忽略李姓和王姓。因为在世系不明的情况下，此三姓出自山东高门的可能性最大。李姓和王姓来源较多，李氏有李唐宗室、唐代功臣封李姓者（如李勣、李克用等）、胡人中李姓者（如李光弼为契丹人。按：胡人入华，声称上代原为汉人者，为数不少。兹举一例，中唐名相房琯（697—763）所属的河南房氏原出高车屋引氏，自称先祖房干本贯清河，晋初出使北房，被拘未返。汉李陵出自陇西李氏，由于李陵降匈奴后娶胡女生子，李姓匈奴人自称李陵之后），他们不属于山东高门。王姓有琅琊王氏属于侨姓士族，不属于山东高门。李、王二姓在中国人口中比例极高，来自"山东五姓"的比例较低。

[2] 根据萧源锦《状元史话》第 64—71 页所列宋代状元姓名统计，重庆出版社 2004 年修订增补版。

[3] 唐代科举考试，三试都中第一的人，即府试为解头、进士试即礼部试为状头、博学宏词及制科试为敕头，合称"三头"，相当于后代的"三元"。

[4] （宋）钱易：《南部新书》卷一，黄寿成点校，中华书局 2002 年版，第 35 页。（书中引用该古籍均是此版本，后文中只标明书名和页码，特此说明）

第四章　山东士族的复兴与科举取士

	杨氏	韦氏	杜氏	裴氏	薛氏	柳氏	六姓
状元人数	9	3	2	5	1	2	22
所占比例	6.3%	2.1%	1.4%	3.5%	0.7%	1.4%	15.4%

"关中六姓"的状元数仅次于山东五姓，列于第二位。可以说，山东士族与关中士族占到唐代状元总数的大部分。

江东侨姓士族至唐代已完全失去旧时荣耀，侨姓士族的大姓"袁氏、谢氏、萧氏"中，只有萧遘于代宗永泰元年（765）状元及第。宋人极重视状元，但士族大姓至宋代已完全衰落，正如宋人王明清《挥麈录》所载："唐朝崔、卢、李、郑及城南韦、杜二家蝉联珪组，世为显著，至本朝绝无闻人。"唐代山东高门在科举考试中的辉煌至宋代已荡然无存。

其次，山东高门科举及第者人数众多，远在其他士族和寒庶之上。

由于唐代享国数百年，一般每年都会举行科举考试，因此，科举及第人数众多，很难对其确切人数及其出身做出正确统计。由于大部分科举及第者人名已亡佚，清人徐松《登科记考》也只能列出其中部分姓名，我们从尚存名单中发现，五姓比例极高。

据清人徐松《登科记考》逐年标注的登科人数统计，唐五代进士总人数在 7182 人以上，诸科人数在 3125 人以上。明经科人数数倍于进士。加上秀才科、赐及第等，唐五代登科者当在 3 万人以上。徐松《登科记考》著录登科者名单中：进士 2087 人，其中编年者 1404 人，入附考者 683 人；诸科 48 人，其中编年者 24 人，入附考者 24 人；明经科 303 人，其中编年者 45 人，入附考者 258 人；制科及宏词、拔萃科 562 人，其中编年者 486 人，入附考者 76 人。以上数字相加约三千人，大约是唐代科举登科人数的十分之一。孟二冬先生《登科记考补正》在此基础上,新增补进士 661 人,明经 434 人,诸科 65 人,制科和宏词、拔萃科 302 人。这样,该书统计出唐代科举及第者共 4462 人。

笔者从孟二冬先生《登科记考补正》的登科名单中统计出各姓氏举子登科的情况,山东五姓成绩最为优异,其中崔氏登科 219 人、卢氏登科 122 人、郑氏登科 138 人、王氏登科 234 人、李氏登科 396 人,现列表如下:

	崔氏	卢氏	郑氏	王氏	李氏	五姓总人数	科举及第总人数
及第人数	219	122	138	234	396	1109	4462
所占比例	4.91%	2.73%	3.09%	5.24%	8.87%	24.9%	

另外,山东士族中的刘氏登科 141 人、高氏登科 42 人。五姓人数再加上刘、高二姓,七姓及第总人数占科举及第人数的 29%。

关中六姓的录取情况仅次于山东五姓,其中薛氏登科 50 人、裴氏登科 93 人、柳氏登科 30 人、杜氏登科 46 人、韦氏登科 116 人、杨氏登科 136 人,现列表如下:

	薛氏	裴氏	柳氏	杜氏	韦氏	杨氏	六姓总人数	科举及第总人数
及第人数	50	93	30	46	116	136	471	4462
所占比例	1.12%	2.08%	0.67%	1.03%	2.60%	3.05%	10.6%	

《新唐书·儒学传》载:"过江则为侨姓,王、谢、袁、萧为大。"[1] 王氏有太原王氏(山东士族)和琅琊王氏(江东侨姓士族)

---

[1] 《新唐书》卷一九九《儒学传》,第 5677—5678 页。

之分，情况较为复杂，这里以侨姓士族中的大姓"谢、袁、萧"三姓考察江左侨姓士族的登科情况。江左侨姓士族在唐代科举考试中情况较差，其中袁氏登科15人、萧氏登科34人、谢氏登科14人，列表如下：

	袁氏	萧氏	谢氏	三姓总人数	科举及第总人数
及第人数	15	34	14	63	4462
所占比例	0.34%	0.76%	0.31%	1.4%	

陈郡谢氏与兰陵萧氏在南朝人才辈出，其所出文学家无论是数量还是质量都冠绝六朝，这一点连琅琊王氏都难以与之抗衡。[①] 进入唐朝以后，这三姓很快衰落，文学家数量、进士数量与宰相数量同步减少。

我们虽无法完全辨认登科者世系，但可以判断，他们多出自士族，出自寒门者占少数。如《册府元龟》载："时举子尤盛，进士过千人，然中第者皆衣冠士子……皆以门阀取之，惟陈河一人孤平负艺，第于榜末。"[②]

登科者多为士族子弟，上述登科者中，薛氏、裴氏、柳氏多出自河东（关中士族）；韦氏、杜氏多出自京兆（关中士族）；杨氏多出自弘农（关中士族）；崔氏多出自博陵（山东士族）和清河（山东士族）；卢氏多出自范阳（山东士族）；郑氏多出自荥阳（山东士族）；王氏多出自琅琊（侨姓士族）和太原（山东士族）；李氏多出自陇西

[①] 陈郡谢氏一家，自谢安以来，文学知名者如：谢万、谢道韫、谢朗、谢韶、谢混、谢密、谢世基、谢玄、谢灵运、谢瞻、谢惠连、谢庄、谢超宗、谢朓、谢显、谢几卿、谢征、谢举等人，连绵20余代，自东晋至南朝，历时200多年。南朝兰陵萧氏亦是人才辈出，如萧衍、萧统、萧纲、萧绎父子皆以文学知名。

[②] （宋）王钦若等编：《册府元龟》卷六五一，文渊阁《四库全书》影印本。

（山东士族）、赵郡（山东士族）及宗室；刘氏多出自彭城（山东士族）；高氏多出自渤海（山东士族）；袁氏、谢氏、萧氏多出自江东侨姓士族。

从以上统计数字中大致可以得出这样的结论：山东士族的登科人数远远超过关中士族，关中士族登科人数远远压过南方士族。可见，山东士族在科举考试中取得压倒性胜利。南方侨姓士族中"四世三公"的陈郡袁氏、出于齐梁帝族的兰陵萧氏、六朝时期文化高门陈郡谢氏在科举考试中已远远落后于北朝高门。

从隋唐史料中也可以发现山东高门在科举考试中的辉煌。《旧唐书·孝友传》载：

> 崔沔，京兆长安人，周陇州刺史士约玄孙也。自博陵徙关中，世为著姓。父皑，库部员外郎、汝州长史。沔淳谨，口无二言，事亲至孝，博学有文词。初应制举，对策高第。俄被落第者所揍，则天令所司重试，沔所对策，又工于前，为天下第一，由是大知名。①

崔沔与其兄崔浑皆中甲科，此事又见载于颜真卿《赠尚书左仆射博陵崔孝公宅陋室铭记》：

> 全德天至，成人玉立。盖圣代之宝臣，华宗之孝子，文章之哲匠，礼乐之祖师。既不可以一名，又何能以悉数？年二十四，举乡贡进士。考功郎李迥秀器异之，曰："王佐才也。"遂擢高第。其年举贤良方正，对策万数，公独居第一。而兄浑亦在甲科。典试官梁载言、陈子昂叹曰："虽公孙、晁郤不及也。"召见

---

① 《旧唐书》卷一八八《孝友传》，第4927—4928页。

前殿，拜麟台校书郎。由是名盖天下。①

博陵崔氏在唐代凭借科举全面复兴，如崔雍兄弟八人皆有才，中进士第，当世比作汉荀氏"八龙"，史载："（崔）雍兄明、序、福兄弟八人，皆进士，列甲乙科。当时号为点头崔家。（崔）澹容貌清瘦明白，擢第升朝，崔铉辟入幕。先是朝中以流品为朋甲，以名德清重者为首。"②崔氏兄弟在科举考试中的良好表现使其家族十分兴旺发达，《旧唐书》卷一七七载："崔氏咸通乾符间，昆仲子弟纡组拖绅，历台阁、践藩岳者二十余人。大中以来盛族，时推甲等。"③

博陵崔氏在科举考试中的情况与表格中的统计数字十分符合，范阳卢氏亦通过科举全面复兴。据《唐语林》记载，范阳卢氏自唐德宗兴元元年至僖宗乾符二年（784—875）的92年间（其中有两年停考，实际为年），单进士及第者就有116人，其他科目及第者还没有计算在内。④宋代钱易对范阳卢氏在科举考试中取得的辉煌亦惊叹不已："范阳卢氏，自兴元元年甲子至乾符二年乙未，凡九十二年，登进士者一百十六人，而字皆连于子。"⑤郑氏科举成绩更在卢氏之上，无论是状元数量还是进士数量，郑氏皆超过卢氏。

最后，出自山东高门的宰相中进士比例极高。

山东士族在中唐全面崛起，最有说服力的依据是他们家族所出宰相数量大增。这些出自山东高门的宰相多数凭借科举入仕，少数由门荫（如郑覃和李吉甫父子）和家学家风（如李藩）入仕。下文列举了出自山东旧族的宰相的科第情况：

---

① 《全唐文》卷三三八，第3426页。
② 《唐语林校证》卷四"企羡"条，第375页。
③ 《旧唐书》卷一七七《崔珙传》，第4591页。
④ 《唐语林校证》，第382页。
⑤ 《南部新书》，第83页。

赵郡李氏：李敬玄（相高宗）、李安期（相高宗）、李元素（相武后）、李峤（相武后，进士）、李游道（相武后）、李怀远（相武后，四科）、李日知（相睿宗、玄宗，进士）、李泌（相德宗）、李藩（相宪宗）、李绛（相宪宗，进士）、李固言（相文宗，进士）、李珏（相文宗，进士）、李绅（相武宗，进士）、李吉甫（相宪宗）、李廊（相宪宗，进士）、李德裕（相文宗、武宗）、李磎（相昭宗，进士）。

陇西李氏：李靖（相太宗）、李义琰（相高宗，进士）、李迥秀（相武后）、李昭德（相武后，明经）、李道广（相武后）、李元纮（相玄宗）、李揆（相肃宗，进士）、李晟（相德宗）、李逢吉（相宪宗，进士）、李训（相文宗，进士）、李让夷（相武宗，进士）、李蔚（相僖宗，进士）。

清河崔氏：崔知温（相高宗）、崔神基（相武后）、崔詧（相武后）、崔元综（相武后）、崔圆（相肃宗，射策甲科）、崔群（相宪宗，进士）、崔慎由（相宣宗，进士）、崔龟从（相宣宗，进士）、崔郸（相宣宗，进士）、崔彦昭（相僖宗，进士）、崔昭纬（相昭宗，进士）、崔胤（相昭宗，进士）。

博陵崔氏：崔仁师（相太宗、高宗）、崔安上（相高宗）、崔玄暐（相武后，明经）、崔湜（相中宗，进士）、崔日用（相玄宗，进士）、崔涣（相玄宗、肃宗）、崔损（相德宗，进士）、崔祐甫（相德宗，进士）、崔造（相德宗）、崔植（相穆宗）、崔珙（相武宗，拔萃科）、崔铉（相武宗、宣宗，进士）、崔元式（相宣宗）、崔沆（相僖宗，进士）、崔远（相昭宗，进士）。

荥阳郑氏：郑余庆（相德宗，进士）、郑珣瑜（相德宗，讽谏主文科高第）、郑细（相德宗，进士）、郑覃（相文宗）、郑肃（相武宗，进士）、郑朗（相宣宗，进士）、郑从谠（相僖宗，进士）、郑畋（相僖宗，进士）、郑延昌（相昭宗，进士）、郑綮（相昭宗，进士）。

范阳卢氏大房：卢承庆（相高宗）、卢怀慎（相玄宗，进士）、卢翰（相德宗）、卢迈（相德宗，两经第）、卢杞（相德宗）、卢商（相宣宗，进士）、卢携（相僖宗，进士）、卢光启（相昭宗）。

太原王氏大房：王珪（相太宗）、王晙（相玄宗，明经）、王缙（相代宗，文辞科）、王涯（相宪宗、文宗，进士）、王播（相文宗，进士）、王铎（相懿宗、僖宗，进士）、王锷（相僖宗）、王溥（相昭宗，进士）。①

我们根据该统计列表如下：

	赵郡李氏	陇西李氏	清河崔氏	博陵崔氏	荥阳郑氏	太原王氏	范阳卢氏	总计
宰相（带进士第、科第）	9	7	8	9	9	6	4	52
宰相人数	17	12	12	15	10	8	8	82
所占比例	53%	58%	67%	60%	90%	75%	50%	63.4%

上表中出自山东五姓的宰相共82人（郑愔显属冒籍，不计入总人数），其中以进士及第者43人，其他诸科9人，共52人，82人中近三分之二为科举出身。这充分说明，中唐以后，如欲取得高位，科举及第尤其是进士出身十分重要，山东旧族正是凭借科举全面复兴的。

以上表格所统计的数据充分说明了山东士族在唐代科举中独占鳌头，将"牛李党争"说成山东旧族和新兴进士阶层之间的斗争是十分错误的。李党党魁李德裕和郑覃反对进士试并不能否定这样一个事实：山东旧族本身就是凭借科举考试才登上政治舞台的。郑覃本人以

---

① 以上统计参见毛汉光《唐代大士族的进士第》，《中国中古社会史论》，上海书店出版社2002年版，第337—347页。

门荫而非科举入仕,但荥阳郑氏在唐代共有十位宰相,除了郑覃外,其余皆由科举及第才登上宰相之位,郑覃之父郑珣瑜即以科举进身。李德裕与其父李吉甫非由科第入仕,但其祖父李栖筠即由进士入仕。若非李栖筠与郑珣瑜以科举仕进,郑覃与李吉甫父子就无门荫可依,他们日后将很难做到宰相。

我们从以上几个方面可以发现,科举考试的本意是打击旧门阀,但是作为魏晋旧族的山东高门子弟却利用其雄厚的文化优势在科举考试中脱颖而出,并以此在中唐全面复兴,山东旧族成为科举制度最大的受益者。那种将山东旧族和新兴进士词科阶层划分成两个阶级的观念是十分错误的。

第三节 唐代山东士族知贡举的情况

科举成为唐代文人入仕的重要渠道,由于录取人数很少,特别受到统治者的重视,举子们往往被视为"白衣卿相"。《唐语林》卷六载:"许孟容知举,与好友宋济道:'某今年为国家取卿相。'时有姚嗣及第,数日卒。(宋济)乃起慰许曰:'邦国不幸,姚令公薨谢。'"[①]

与后代不同的是,唐代科举考试不糊名,因此,主考官的喜好很大程度上决定了考生的考运,也决定了考生未来的官运。洪迈《容斋四笔》卷五"韩文公荐士"条载:

---

① 《唐语林校证》卷六,第552页。

> 唐世科举之柄，专付之主司，仍不糊名。又有交朋之厚者为之助，谓之通榜。故其取人也，畏于讥议，多公而审。亦有胁于权势，或挠于亲故，或累于子弟，皆常情所不能免者。若贤者临之则不然，未引试之前，其去取高下，固已定于胸中矣。①

考生如欲登科，必须依靠知贡举者的提携，这就形成了唐代独特的"座主"与"门生"的关系。一方面，门生依靠座主的提携登科；另一方面，一旦门生发达之时，亦必须报答座主提携之恩。如《太平广记》载：

> 崔群元和自中书舍人知贡举，夫人李氏因暇尝劝树庄田，以为子孙之业，笑曰："予有三十所美庄良田，遍在天下，夫人何忧？"夫人曰："不闻君有此业。"群曰："吾前岁放春榜三十人，岂非良田邪？"夫人曰："若然者，君非陆相（陆贽）门生乎？"曰："然。"夫人曰："往年君掌文柄，使人约其子简礼，不令就试。如君以为良田，即陆氏一庄荒矣。"群惭而退，累日不食。②

崔群曾于元和年间知贡举，放榜30人，自以为是30所美庄良田。崔群本人于贞元八年（792）及第，这一年由陆贽主考，由于所取进士皆为日后栋梁之材，故被称为"龙虎榜"。作为陆贽的门生，崔群理应报答他的选拔之恩，否则被视为忘恩负义，为世人所不耻。这就是唐代科举中的潜规则。崔群出自清河崔氏，为山东士族。唐代中后期科场知贡举者往往与山东士族有千丝万缕的联系。

唐代科举考试，本来由考功员外郎主持，唐玄宗开元二十四年

---

① 程千帆先生同意顾炎武的观点："糊名已用之选人，而未尝用之贡举。"程先生认为礼部试终唐之世未尝糊名，只有吏部试选人曾短暂糊名。（《唐代进士行卷与文学》，上海古籍出版社1980年版，第3页）

② 《太平广记》卷一八一"崔群"条引《独异志》，第1346页。

（736），改为礼部侍郎主持。此后，除非特殊情况由其他官员主持，唐人称之为"权知贡举"，一般情况则由礼部侍郎主持。山东士族在"永贞革新"后全面走上政治舞台，山东高门宰相不仅人数上大幅增加，且变得位高权重，为初盛唐所不能比拟。唐宪宗以后历年知贡举者很多出自山东士族，尤其是其代表"五姓七家"。笔者从《登科记考》中统计出唐宪宗以后历年知贡举者的姓名，再以《新唐书·宰相世系表》等为基本资料，得到他们的出身：

宪宗元和元年（806）崔邠（清河崔氏）、元和二年（807）崔邠（清河崔氏）、元和三年（808）卫次公、元和四年（809）张弘靖、元和五年（810）崔枢（清河崔氏）、元和六年（811）于尹躬、元和七年（812）许孟容、元和八年（813）韦贯之、元和九年（814）韦贯之、元和十年（815）崔群（清河崔氏）、元和十一年（816）李逢吉（陇西李氏）、元和十二年（817）李程（陇西李氏）、元和十三年（818）庾承宣、元和十四年（819）庾承宣、元和十五年（820）李建（赵郡李氏）；穆宗长庆元年（821）钱徽、长庆二年（822）王起、长庆三年（823）王起（太原王氏）、长庆四年（824）李宗闵（宗室）；敬宗宝历元年（825）杨嗣复、宝历二年（826）杨嗣复；文宗大和元年（827）崔郾、大和二年（828）崔郾（清河崔氏）、大和三年（829）郑澣、大和四年（830）郑澣（荥阳郑氏）、大和五年（831）贾餗、大和六年（832）贾餗、大和七年（833）贾餗、大和八年（834）李汉（宗室）、大和九年（835）崔郸（清河崔氏）、文宗开成元年（836）高锴、开成二年（837）高锴、开成三年（838）高锴、开成四年（839）崔蠡（清河崔氏）、开成五年（840）李景让；武宗会昌元年（841）柳璟、会昌二年（842）柳璟、会昌三年（843）王起、会昌四年（844）王起（太原王氏）、会昌五年（845）陈商、会昌六年（846）陈商；宣宗大中元年（847）魏扶、大中二年（848）魏敖、大中三年（849）李褒、大中四年（850）裴休、大中五年（851）韦悫、大中六年（852）崔瑑（博陵崔氏）、大中七年（853）崔瑶（清河崔氏）、大中八年（854）郑薰（荥阳郑氏）、大中九年（855）沈询、大中十年（856）郑颢（荥阳郑氏）、大中十一年（857）杜审权、大中十二年（858）李潘（李藩赵郡）、大中十三年（859）郑颢（荥阳郑氏）；懿宗咸通元年（860）裴坦、咸通二年（861）薛耽、咸通三年（862）郑从谠（荥阳郑氏）、咸通四年（863）萧倣、咸通五年（864）王铎（太原王氏）、咸通六年（865）李蔚（陇西李氏）、咸通七年（866）赵骘、咸通八年（867）郑愚（荥阳郑氏）、咸通九年（868）刘允章、咸通十年（869）王凝（太原王氏)①、咸通十二年（871）高湜、咸通十三年（872）崔殷梦（清河崔氏崔龟从子）、咸通十四年（873）崔瑾（清河崔氏）、咸通十五年（874）裴瓒；僖宗乾符二年（875）崔沆（博陵崔氏）、乾符三年（876）崔沆、乾符四年（877）高湘、乾符五年（878）崔澹（博陵崔氏崔瑑子）、乾符六年（879）张读、僖宗广明元年（880）崔厚、广明二年（881）韦昭度、僖宗中和二年（882）归仁绍、中和三年（883）夏侯潭、僖宗光启元年（885）归仁泽、光启二年（886）郑损（荥阳郑氏）、光启三年（887）柳玭、光启四年（888）郑延昌（荥阳郑氏）；昭宗龙纪元年（889）赵崇、昭宗大顺元年（890）裴贽、大顺二年（891）裴贽、昭宗景福元年（892）蒋泳、景福二年（893）杨涉、昭宗乾宁元年（894）李择、乾宁二年（895）崔凝（据《文苑英华》卷三八四载刘崇望《授中书舍人崔凝右补阙沈文伟并守本官充翰林学士制》，崔凝应出自高门）、乾宁三年

---

① 王凝世系不明，在其世系不明确的情况下我们可以从婚姻和文化方面考订。王凝为清河崔彦昭外昆兄，根据"山东五姓"之间互通婚姻的情况，将他视为山东士族太原王氏。

(896)独孤损、乾宁四年（897）薛昭纬、乾宁五年（898）裴贽、昭宗光化二年（899）赵光逢、光化三年（900）李渥（宰相李蔚子，陇西李氏）、光化四年（901）杜德祥、昭宗天复四年（904）杨涉；哀帝天祐二年（905）张文蔚、天祐三年（906）薛廷珪、天祐四年（907）于兢。

《世系表》中能查到的固然是出自高门，查不到的，亦有可能出自大士族。对此，毛汉光先生说："《宰相世系表》仅有大士族著房著支之世系，不甚称著的房支则不见记载。又所谓《宰相世系表》者，乃是有宰相的家族才有世系，未任宰相的家族则不载世系。"①

将上文统计出的唐宪宗元和元年（806）后出自山东"五姓七家"的知贡举者，列表如下：

	清河崔氏	博陵崔氏	陇西李氏	赵郡李氏	荥阳郑氏	范阳卢氏	太原王氏	总计最少	总计最多
知贡举次数	11次以上	4次以上	4次以上	2次以上	9次	0次	6次	36次	40次

从上表可知，清河崔氏掌贡举至少11次，博陵崔氏掌贡举至少有4次（崔氏共17人，有2人世系不明）；赵郡李氏至少有2次，陇西李氏至少有4次（李氏共10次，李宗闵与李汉出自宗室，不计入赵郡、陇西二家，其余2人世系不明）；荥阳郑氏共有9次；太原王氏6次；渤海高氏5次；彭城刘氏1次。

从唐宪宗元和元年至唐哀帝天祐四年（806—907）共举行了98次进士科考试，知贡举者98人次，出自"五姓"的主考官在36—40人次之间，占同期知贡举人次的37%—41%。如果加上渤海高氏和彭

---

① 毛汉光：《中国中古社会史论》，上海书店出版社2002年版，第247页。

城刘氏，则山东高门七姓在元和元年后掌贡举次数最多达到 46 次，占同期主考官人次总数的 47%。

唐宪宗元和元年（806）后"关中六姓"知贡举情况如下：

	河东柳氏	河东裴氏	河东薛氏	弘农杨氏	京兆韦氏	京兆杜氏	总　计
知贡举次数	至多3次	至多6次	至多3次	至多4次	至多4次	至多2次	至多22次

唐宪宗元和元年（806）后江东侨姓士族中的"汝南袁氏、陈郡谢氏、兰陵萧氏"三姓知贡举者人数如下表所示：

	汝南袁氏	陈郡谢氏	兰陵萧氏	总　计
知贡举人数	0	0	1	1

江东侨姓士族中的著姓如汝南袁氏、陈郡谢氏、兰陵萧氏在这段时间知贡举次数很少，除了咸通四年（863）萧倣知贡举之外，无一人知举。

从以上表格可知，清河崔氏掌贡举最久，唐宪宗以后，清河崔氏执掌贡举至少有 11 次，真可谓"唐兴无有也"[1]。著名的有"崔氏六榜"："《唐登科记》云：'自元和初至大中年间，郾、郸、瑶先后为礼侍，六次放榜，为崔氏六榜。'"[2]《旧唐书》亦记载了清河崔郾家族知贡举的情况："（崔）鄯昆弟六人，仕官皆至三品。郾、郸、

---

[1] 《新唐书》卷一六三《崔郾传》，第 5019 页。
[2] 《氏族大全》卷四，文渊阁《四库全书》影印本。《登科记考》卷二三引《广卓异记》记载了当时的情况："元和二年，崔郾连放二榜。大和二年，郾之弟瑶连放二榜。大和九年，郾之弟郸放一榜。大中七年，郾之子瑶又放一榜。崔氏六榜，皆刻石于长乐街泰宁寺，时人谓之曰榜院。瑶后为陕州长史，其词曰：'惟尔诸父，自元和代（原注：缺字）一于尔躬，五十年间，四主文柄，上下六载，辉耀一时。充于廷臣，皆汝门生，天下以为盛。'咸通十三年（当为十四年之误），郾之子瑾又放一榜，乃命门生韦庠刻石，将饰七榜。"故当为"崔氏七榜"。

郸三人，知贡举，掌铨衡。冠族闻望，为时名德。"① 朝中大臣很多为清河崔氏的门生。

从以上表格可知，唐宪宗以后山东高门掌贡举次数近一半，再加上很多知贡举的士族与山东高门有姻亲关系。可以说他们基本控制了唐中后期的科举考试，至少对这段时间的科举考试有重大影响。

知贡举者是如何影响进士录取的呢？除了个别现象，他们自然不会没有私心。可以说，山东旧族掌贡举自然对山东旧族子弟十分有利。

首先，知贡举者往往照顾宗族子弟。

中古士族讲究门第，门第以家族为基础。在"家天下"的时代，家族的利益往往被置于国家利益之上。《云溪友议》卷下载：

> 潞州沈尚书询，宣宗九载主春闱。将欲放榜，其母郡君夫人曰："吾见近日崔、李侍郎，皆与宗盟及第，似无一家之谤。汝叨此事，家门之庆也。于诸叶中，拟放谁也？"（吴兴沈氏，相见问叶，不问房）询曰："莫先沈光也。"太夫人曰："沈光早有声价，沈擢次之。二子科名，不必在汝，自有他人与之。吾以沈儋孤单，鲜有知者，汝其不愍，孰能见哀？"询不敢违慈母之命，遂放儋第也。②

这里沈询不仅放本族（吴兴沈氏）子弟及第，而且还是最无名的沈儋。可见，大部分知贡举者都要为宗族兴旺多录取本家子弟。沈询母亲所见"崔、李侍郎，皆与宗盟及第，似无一家之谤"的现象反映了当时出自山东旧族的知贡举者往往照顾宗族子弟，否则将为宗族所

---

① 《旧唐书》卷一五五《崔郾传》，第 4117 页。
② （唐）范摅：《云溪友议》卷下，《唐五代笔记小说大观》本，上海古籍出版社 2000 年版，第 1303 页。

非议。中晚唐时期，知贡举者利用职权，使宗族子弟科举及第的现象极其普遍。崔、李二家当指山东五姓的清河、博陵崔氏及陇西、赵郡李氏。山东士族执掌科举权力后"皆与宗盟及第"，壮大了其家族力量。

受到中唐以后复古思潮的影响，旧门阀思想开始抬头。诸姓多注重家族的发展，一旦掌握权力，就开始壮大其宗族力量。如："崔殷梦，宗人（崔）瑶门生也。夷门节度使龟从之子。"① 出自清河崔氏的崔瑶知贡举在大中七年（853），其宗人崔殷梦于此年进士及第。

僖宗乾符二年（875）崔沆知贡举放宗人崔濬及第，引起士林不满，《南部新书》载："乾符二年，崔沆放崔濬，谈者称座主门生沆濬一气。"②

令狐绹是元和宰相令狐楚之子，是唐初十八学士之一的令狐德棻的后代。唐宣宗执政后，思念元和旧臣，故用令狐楚之子令狐绹为相。令狐绹因其姓氏少有，为了与山东士族崔、卢相抗衡，不惜其力援引族人，壮大声势。孙光宪《北梦琐言》载："先是，令狐相（绹）自以单族，每欲繁其宗党，与崔、卢抗衡，凡是富家，率皆引进。皇籍有不得官者，欲进状请改姓令狐，时以此少之。"③《唐语林》卷七亦载此事："令狐绹以姓氏少，宗族有归投者，多慰荐之。由是远近趋走，至有胡氏添令者。进士温庭筠戏为词曰：'自从元老登庸后，天下诸胡悉带令。'"④ 令狐绹照顾宗族，致使"天下诸胡悉带令"。一旦知贡举者开始存私心，录取的公平性就会受到威胁。在士族力量十分强大的唐朝，知贡举者利用手中权力光大门第是十

---

① 《太平广记》卷一八二"崔殷梦"条引《玉泉子》，第1358页。
② 《南部新书》，第71页。
③ 《北梦琐言》卷六，第136页。
④ 《唐语林校证》卷七，第648页。

分自然的现象。

其次，知贡举者往往照顾门阀士族。

六朝选举常常讲流品，这一风气影响到中唐以后的科举。"先是朝中以流品为朋甲，以名德清重者为首"①。讲究流品是门阀社会的产物，这样的选举方法忽略了实际的考试成绩，往往对高门士族十分有利。

由于山东五姓婚姻多在五姓内部，高门之间往往有裙带关系，他们掌贡举后常常相互援引。如李迥秀出自陇西姑臧大房，门第甚高，选拔进士时十分看重门第。他于武后证圣元年（695）和万岁通天元年（696）两年知贡举，这两年所取进士多出自士族②，这反映了当时门第已成为选拔人才的重要标准。下面的例子说明了中晚唐科举是如何重视门第的：

> 崔瑶知贡举，以贵要自恃，不畏外议。榜出，率皆权豪子弟。③

> 郑侍郎薰主文，举人中有颜标者，薰误谓是鲁公（颜真卿）之后。时徐方未宁，志在激劝忠烈，即以标为状元。及谢恩日，从容问及庙院，标曰："标寒进也，未尝有庙院。"薰始大悟，塞默而已。寻为无名子所嘲曰："主司头脑太冬烘，错认颜标作鲁公。"④

> （大中）十四年，中书舍人裴坦知贡举，奏放进士三十人。考试官库部员外郎崔凫言放宏词登科一人。时举子尤盛，进士过千人，然中第者皆衣冠士子……皆以门阀取之，惟陈河一人孤平

---

① 《唐语林校证》卷四，第375页。
② 《登科记考补正》，第696页。
③ 《唐语林校证》卷三，第214页。
④ 《太平广记》卷一八二"颜标"条引《摭言》，第1358—1359页。

负艺，第于榜末。①

除了少数寒庶侥幸及第，每年所录取进士多为门阀士族子弟。本来朝廷设立科举考试的目的是为了打击门阀，增加中小地主和寒庶子弟入仕的机会，结果旧门阀却利用科举重新登上政治舞台。

第四节 私学的兴起

唐代虽然废除了士族制度，但士族力量依然十分强大。与魏晋南北朝不同的是，唐代科举制度兴盛，成为选拔人才的重要渠道。唐代科举中的常科一般每年举行一次，因此也称为岁贡。举子来源有两种：生徒和乡贡。"由学馆者曰生徒，由州县者曰乡贡，皆升于有司而进退之。"② 前者由中央和地方的各类学校经过规定的学业考试选拔送尚书省，后者不由学馆，而是"怀牒自列于州、县"。唐代教育分成官学和私学两种，官学属于学校教育，私学属于家庭教育。中唐以后社会重乡贡进士，而乡贡进士主要由私学即家族教育所培养。

唐代官学包括中央国学和地方官学两种。唐初统治者重视文教，官学远盛于前朝。《旧唐书·儒学传上》载：

> 贞观二年，停以周公为先圣，始立孔子庙堂于国学，以宣父为先圣，颜子为先师。大征天下儒士，以为学官。数幸国学，令祭酒、博士讲论，毕，赐以束帛。学生能通一大经已上，咸得署

---

① （宋）王钦若等编：《册府元龟》卷六五一《贡举部·谬滥》，文渊阁《四库全书》影印本。
② 《新唐书》卷四四《选举志》，第1159页。

吏。又于国学增筑学舍一千二百间，国学、四门博士亦增置生员，其书算各置博士、学生，以备艺文，凡三千二百六十员。其玄武门屯营飞骑，亦给博士，授以经业，有能通经者，听之贡举。是时四方儒士，多抱负典籍，云会京师。俄而高丽及百济、新罗、高昌、吐蕃等诸国酋长，亦遣子弟请入于国学之内。鼓箧而升讲筵者，八千余人，济济洋洋焉，儒学之盛，古昔未之有也。①

初盛唐时期，朝廷重当朝冠冕，京师国学学生多为当朝官员子弟，国学的经历为他们日后出仕奠定了基础。《新唐书·选举志》载：

> 凡学六，皆隶于国子监：国子学，生三百人，以文武三品以上子孙，若从二品以上曾孙，及勋官二品、县公、京官四品带三品勋封之子为之；太学，生五百人，以五品以上子孙，职事官五品期亲，若三品曾孙，及勋官三品以上有封之子为之；四门学，生千三百人，其五百人以勋官三品以上无封、四品有封及文武七品以上子为之，八百人以庶人之俊异者为之；律学生五十人，书学生三十人，算学生三十人，以八品以下子及庶人之通其学者为之。京都学生八十人，大都督、中都督府、上州各六十人，下都督府、中州各五十人，下州四十人，京县五十人，上县四十人，中县、中下县各三十五人，下县二十人。国子监生，尚书省补，祭酒统焉。州县学生，州县长官补，长史主焉。②

除了以上国子六学以外，还有属于门下省的弘文馆和属于东宫的崇文馆，生徒皆为朝廷显贵子弟："凡馆二：门下省有弘文馆，生三

---

① 《旧唐书》卷一八九《儒学传上》第4941页。
② 《新唐书》卷四四《选举志》，第1159—1160页。

十人；东宫有崇文馆，生二十人。以皇缌麻以上亲，皇太后、皇后大功以上亲，宰相及散官一品、功臣身食实封者、京官职事从三品、中书黄门侍郎之子为之。"① 只有勋臣贵戚等公卿子弟，才有入学的资格。在关陇贵族掌权的时代，山东士族受到打击和排挤，其子弟很难以两监生徒登第。

初盛唐时期，朝廷重当朝冠冕，科举考试亦以生徒为贵。即使以乡贡进士及第，亦不为时人所看重。《唐摭言》卷一载："开元已前，进士不由两监（东京洛阳国子监和西京长安国子监）者，深以为耻。"② 同书载："永徽之后，以文儒亨达，不由两监者稀矣。于是场籍，先两监而后乡贡。"③ 知贡举者在录取时也有意偏袒生徒。唐代前期的进士，如郭元振、陈子昂、萧颖士、李华等人，多为太学生登第，以乡贡进士知名者并不多见。

自武后永淳已来，官学逐渐衰微。"时学校颓废，刑法滥酷"，韦嗣立上疏谏曰："国家自永淳已来，二十余载，国学废散，胄子衰缺。"④

这种情况到了唐玄宗时更为严重，唐玄宗想禁止这种变化，也改变不了大势所趋。"（天宝）十二载，乃敕天下罢乡贡，举人不由国子及郡、县学者，勿举送。是岁，道举停《老子》，加《周易》。十四载，复乡贡。"⑤ 唐玄宗想改变这种状况，制止地方举乡贡进士，但其努力并不能阻挡这股潮流。

---

① 《新唐书》卷四四《选举志》，第1160页。
② （后晋）王定保：《唐摭言》卷一"两监"条，《唐五代笔记小说大观》本，上海古籍出版社2000年版，第1579页。
③ （后晋）王定保：《唐摭言》卷一"进士归礼部"条，《唐五代笔记小说大观》本，上海古籍出版社2000年版，第1584页。
④ 《旧唐书》卷八八《韦嗣立传》，第2866页。
⑤ 《新唐书》卷四四《选举志》，第1164页。

官学衰微源于国家对教育的投入减少,优秀的人才因而不愿去官学教书和学习。"大唐府郡置经学博士各一人,掌以《五经》教授学生,多寒门鄙儒为之。"①官学教师地位本来就很低,一旦到了乱世,他们的生活更是有了问题,所谓"兵革一动,生徒流离,儒生师氏,禄廪无由"②。唐玄宗曾以郑虔为广文馆博士,"(郑)虔乃就职。久之,雨坏庑舍,有司不复修完,寓治国子馆,自是遂废。……虔善图山水,好书,常苦无纸,于是慈恩寺贮柿叶数屋,遂往日取叶肄书,岁久殆遍。"③郑虔在广文馆没有完好的宿舍,甚至连写字、绘画的纸张都严重缺乏,难怪杜甫《醉时歌》(原注《赠广文馆博士郑虔》)曰:"诸公衮衮登台省,广文先生官独冷。甲第纷纷厌粱肉,广文先生饭不足。"④天宝年间,唐代处于极盛时期,由玄宗任命的学官待遇却如此恶劣。安史之乱以后,在国家财力大不如前的情况下,官学之境况可想而知。李肇《唐国史补》卷下载:

开元二十四年,考功郎中李昂为士子所轻诋,天子以郎署权轻,移职礼部,始置贡院。天宝中,则有刘长卿、袁成用分为朋头,是时常重东府西监。至贞元八年,李观、欧阳詹犹以广文生登第,自后乃群奔于京兆矣。⑤

由于官学衰落,官学教育已越来越不能满足日益发展的科举取士,乡贡成为科举取士的重要途径。

自东汉以来,学术逐渐向家族转移,家族成为学术传承的载体。

---

① (唐)杜佑:《通典》卷三三"职官",中华书局1988年版,第914—915页。
② 《旧唐书》卷一九〇《贾至传》,第5031页。
③ 《新唐书》卷二〇二《郑虔传》,第5766页。
④ 《杜诗详注》,第174页。
⑤ (唐)李肇:《唐国史补》卷下,《唐五代笔记小说大观》本,上海古籍出版社2000年版,第194页。

对此，陈寅恪先生认为：

> 盖自汉代学校制度废弛，博士传授之风气止息以后，学术中心移于家族……即公立学校之沦废，学术之中心移于家族，太学博士之传授变为家人父子之世业，所谓南北朝之家学者是也。又学术之传授既移于家族，则京邑与学术之关系不似前此之重要。①

实际上，不仅是南北朝，中唐以后，家族教育再度兴起，官学的地位逐渐下降。对此，吕思勉先生认为："隋唐之世，科举浸盛，而学校日微，此即教育之权由公家移于私家之证。然学子之负笈寻师者，亦或依附其名而求著籍，未必真有所得，欲深造博涉者，实仍在自为也。"②

官学的式微使得乡贡进士逐渐为世人所重，王定保《唐摭言》记录了唐代乡贡的崛起：

> 乡贡里选，盛于中古乎！今之所称，盖本同而末异也。今之解送，则古之上计也。汉武帝置五经博士，太常选民年十八已上好学者，补弟子；郡国有好文学，敬顺于乡党者，令与计偕，授业太常，如弟子。一岁辄课通经艺，补文学掌故。上第为郎。其秀异等，太常以名闻；其下才不事学者，罢之。若等虽举于乡，亦由于学。两汉之制盖本乎周礼者也。有唐贞元以前，两监之外，亦颇重郡府学生，然其时亦由乡里所升，直补监生而已。尔后膏粱之族，率以学校为鄙事。若乡贡，盖假名就贡而已。景云之前，乡贡岁二三千人，盖用古之乡贡也。咸亨五年，七世伯祖鸾台凤阁龙石白水公，时任考功员外郎下覆试十一人，内张守真

---

① 陈寅恪：《隋唐制度渊源略论稿》，上海古籍出版社1982年版，第10页。
② 吕思勉：《隋唐五代史》，上海古籍出版社1984年版，第1270—1271页。

一人乡贡。开耀二年刘思立下五十一人，内雍思泰一人。永淳二年，刘廷奇下五十五人，内元求仁一人。光宅元年闰七月二十四日，刘廷奇重试下十六人，内康廷芝一人。长安四年，崔湜下四十一人，李温玉称苏州乡贡。景龙元年，李钦让称定州乡贡附学。尔来乡贡渐广，率多寄应者，故不甄别于榜中。信本同而末异也明矣。大历中，杨绾疏请复旧章，贵全乎实。寻亦寝于公族，垂空言而已。①

傅璇琮先生认为，"从天宝开始，由乡贡入试者的比重已大大超过国子监生徒，登第者也已非高宗、武后时那样乡贡只占一两个名额。"② 同时，傅璇琮先生认为，"乡贡比起学馆来，对于门第的要求相对来说较为宽一些。天宝以后由乡贡应举者超过学馆，说明一般非身份地主（大多为中小地主）在科举中所占比例的提高。这一历史性的变化是值得重视的。"③

傅璇琮先生的观点代表了学术界目前的主流思想，即认为乡贡不重门第，照顾了中小地主的利益。但是，这无法解释中唐以后山东士族为何在科举考试中脱颖而出。这种观点混淆了这样一个概念：乡贡与学馆的区别并非在于对门第的要求不同，而是在于对家族冠冕的要求不同。《新唐书·选举志》所载入学馆学生是"当朝冠冕"的子孙，并不是旧门阀子弟，对于学馆的生徒只有官品要求，没有门第要求。初盛唐山东士族不得志于仕途，故其子弟难以进入官学。官学衰微后，学术移至家族。当乡贡重于官学时，具有深厚文化传统的旧士族自然在科举角逐中占据有利的地位。实际上，大量中小地主在官品

---

① （后晋）王定保：《唐摭言》卷一"乡贡"条，《唐五代笔记小说大观》本，上海古籍出版社2000年版，第1581页。
② 傅璇琮：《唐代科举与文学》，陕西人民出版社2003年版，第46页。
③ 同上。

上比不上"当朝冠冕",但他们很多人出自魏晋以来的文化士族,其门第远在大部分高官之上。科举考试和私学的兴起使得山东士族子弟在科举中脱颖而出。

唐中叶以后,官学废堕,渐重"乡贡",《唐语林》载:"宣宗爱羡进士,每对朝臣,问登第否?……尝于禁中题乡贡进士李道龙。"① 唐宣宗自称乡贡进士,表明了中唐时期官学衰微以后朝廷对乡贡的重视。这样,教育开始由官学转化为私学,从朝廷转向家族。山东士族家学渊源,在官学衰微之后,以乡贡进士的身份应进士第。官学太学生多为当朝冠冕子弟,出于政治官僚家族,私学兴起后,他们在科举中开始处于劣势,而作为文化士族的山东士族却凭借深厚的文化积淀借助科举重新兴起。

中唐以后,山东士族在科举中脱颖而出与官学的衰微及私学的发展有密切关系。社会对乡贡进士的重视亦造就了私学的发展。

山东士族作为文化高门,从来都没有间断过私家讲学的风气。隋末文中子王通曾经于河汾一带讲学,《唐语林》载:"文中子,隋末隐于白牛溪,著《王氏六经》。北面受学者皆时伟人,国初多居佐命之列。自贞观后,三百年间号至治,而《王氏六经》卒不传。"② 王通出自太原王氏,他所收门徒多兴唐佐命功臣,王通讲学河汾被称为"开贞观之治"。私家讲学的风气也提高了王氏总体文化水平,王通兄弟王凝、王度、王绩皆以文学知名当时,王通的孙子堪称文学家者六人,他们分别是:王勮、王勔、王勃、王助、王劼、王劝。

出自博陵崔氏的崔良佐也曾隐居讲学,《新唐书·崔元翰传》载:

---

① 《唐语林校证》卷四,第 936 页。
② 《唐语林校证》卷一,第 1 页。

（崔）良佐，与齐国公日用从昆弟也。擢明经甲科，补湖城主簿，以母丧，遂不仕。治《诗》《易》《书》《春秋》，撰《演范》《忘象》《浑天》等论数十篇。隐共北白鹿山之阳。卒，门人共谥曰贞文孝父。①

崔良佐的从兄弟崔日用、崔日知②皆以进士及第且以文学知名，崔良佐之子崔元翰是古文运动的健将，于德宗建中二年（781）状元及第，为中国历史上有名的"四元"状元。

东汉以来，学术由朝廷移至家族。山东高门作为中古士族首望，其家学更是非同凡庶。唐代山东高门以私家讲学著名者还有王通五世孙王质和出自范阳卢氏的卢鸿，据《旧唐书·王质传》载："（王质）以家世官卑，思立名于世，以大其门。寓居寿春，躬耕以养母，专以讲学为事，门人受业者大集其门。"③

另据《新唐书》卷一九六载："卢鸿，字颢然，其先幽州范阳人，徙洛阳。博学，善书籀。庐嵩山……（卢）鸿到山中，广学庐，聚徒至五百人。"④ 私家讲学的风气使山东士族家学不堕，并提高了他们家族的社会声望，这对他们家族子弟以乡贡举进士十分重要。

另外，文化高门私家藏书较多也是其私学发达的重要原因。唐代印刷术没有普遍使用，书刊几乎都是手抄，影响了唐代文化的普及。宋叶梦得说："唐以前，凡书籍皆写本，未有模印之法，人以藏书为贵，人不多有。"⑤ 另据宋邵博撰《邵氏闻见后录》卷五载："唐以前

---

① 《新唐书》卷二〇三《崔元翰传》，第5783页。
② 《新唐书》卷五九《艺文志》载崔良佐"深州安平人，日用从子"，不知孰是。
③ 《旧唐书》卷一六三《王质传》，第4267页。
④ 《新唐书》卷一九六《卢鸿传》，第5603—5604页。
⑤ （宋）叶梦得：《石林燕语》卷八，中华书局1984年版，第116页。

文字未刻印，多是写本。"① 只有文化士族和特权阶层才能得到所需要的书籍，农民子弟几乎不可能参加科举考试。士族和权贵家有藏书，其子弟才能够获得良好的教育，带来日后科举考试中的优异成绩。如杜牧《冬至日寄小侄阿宜诗》："旧第开朱门，长安城中央。第中无一物，万卷书满堂。家集二百编，上下驰皇王。"京兆杜氏文学家辈出与其私家藏书有密切关系，普通家庭的子弟文化水平根本无法与文化士族相比。

一般多认为科举对寒素具有重要意义，毛汉光对唐代科举对寒素上升变动的助力所做的研究，量化值仅得6%，远较一般想象值为低：以科举出身者而言，其中69%为士族，13%为小姓，18%为寒素。②科举制度实际上是山东高门在中唐以后复兴的最重要的保障。

---

① （宋）邵博：《邵氏闻见后录》卷五，中华书局1983年版，第36页。
② 参见毛汉光《中国中古社会史论》，上海书店出版社2002年版，第335页。按：但毛汉光先生将"没落的士族"和"父祖有一代五品以上者"定为"小姓"，仍然按照六朝模式。此方法欠妥。唐代山东高门为文化士族，属于精神士族，唐代士族门第不能以政治地位而应当以文化和婚姻来确定。

第五章

唐代山东士族的婚姻

"婚宦"即"婚姻"与"仕宦",是士族社会最重要的社会内容。唐代婚姻十分讲究门第,山东士族特别是山东五姓的婚姻尤为社会所重视。山东五姓婚姻不仅与唐代政治、经济和社会生活有密切关系,也与唐代文学有密切关系,成为唐代文学作品所描写的重要内容。对于封建社会的婚姻问题,恩格斯曾有精辟的论述。他说:

> 对于骑士或男爵,以及对于王公本身,结婚是一种政治的行为,是一种借新的联姻来扩大自己的势力的机会;起决定作用的是家世的利益,而绝不是个人的意愿。①

婚姻对于封建家族非常重要,尤其是中古时期。很多世族高门由于"婚宦失类",迅速走向衰落。山东士族在中古时期社会地位崇高,被视为一等高门,五姓婚姻自北朝以来最为时人看重。范阳望族卢义僖是北魏末期人,当势倾朝野的李神轨来求通婚时,义僖予以拒绝,

---

① [德]恩格斯:《家庭、私有制和国家的起源》,《马克思恩格斯全集》第21卷,人民出版社1965年版,第91—92页。

将其女嫁于他氏。婚礼前，宠爱李神轨的灵太后派人命令中止婚礼，卢义僖却泰然自若，神色不变。① 即使是鲜卑皇室与山东士族通婚时，也有强烈的自卑心理：

>（清河崔）㥄一门婚嫁，皆衣冠美族，吉凶仪范，为当时所称。娄太后为博陵王纳㥄妹为妃，敕其使曰："好作法用，勿使崔家笑人。"②

以娄太后之尊贵，仍然害怕被清河崔氏笑话，这反映了北朝皇室在婚姻方面的不自信。山东士族在婚姻方面一直处于优势地位，作为北魏统治阶级的鲜卑贵族十分重视与山东士族的婚姻，北魏孝文帝以后，多以山东士族子女配鲜卑贵族。隋唐时期，尽管士族制度已经不复存在，但民间婚姻仍以山东五姓为首选。

第一节 唐代山东士族的通婚对象

一 初盛唐时期山东士族的婚姻状况

"山东之人质，故尚婚娅。"③ 隋唐以来，山东五姓婚姻一直为整个社会所羡慕。山东士族在隋代的社会地位就已远远超过关中郡姓，如前引杨素与崔儦。"杨氏自杨震号为关西孔子，葬于潼亭。至今七

---

① 参见《魏书》卷四七《卢玄传》，第1054页。
② （唐）李延寿《北史》卷二四《崔㥄传》，中华书局1974年版，第873—874页。
③ 《新唐书》卷一九九《儒学中》，第5679页。

百年，子孙犹在阌乡故宅，天下一家而已。"① 弘农杨氏经学传家，属于关中郡姓，杨素本人虽势倾朝野，在婚姻上却不得不向清河崔儦低头。

唐太宗重本朝冠冕，不遗余力打击山东士族。贞观六年，太宗谓尚书左仆射房玄龄曰："比有山东崔、卢、李、郑四姓，虽累叶陵迟，犹恃其旧地，好自矜大，称为士大夫。每嫁女他族，必广索聘财，以多为贵，论数定约，同于市贾，甚损风俗，有紊礼经。既轻重失宜，理须改革。"②

陈寅恪先生说："盖太宗之婚姻观念不仅同于关中人之尚冠冕，兼具代北人之尚贵戚矣。……世之读史者颇怪陈、隋覆灭以后，其子孙犹能贵显于新朝，不以亡国之余而见废弃者，则未解隋、唐皇室同为关陇胡汉之集团，其婚姻观念自应同具代北之特性也……而李唐皇室初期婚姻之观念及其婚姻缔构之实况必带有深重之地域色彩，即关中地方性。"③ 初盛唐时，李唐皇室的确很少与山东高门通婚：

> 王妃、主婿皆取当世勋贵名臣家，未尝尚山东旧族。后房玄龄、魏徵、李勣复与昏，故望不减，然每姓第其房望，虽一姓中，高下县隔。④

由于山东高门本来就"耻与诸姓为婚"⑤，再加上鄙弃皇室的文化传统、家法门风，所以不愿与皇室联姻，既不愿意嫁女于皇室，也不愿娶公主为妻。初盛唐皇室"未尝尚山东士族"，但山东民间仍以

---

① （唐）李肇《唐国史补》卷上，《唐五代笔记小说大观》本，上海古籍出版社 2000 年版，第 166 页。
② 《贞观政要集校》，谢保成集校，第 396 页。
③ 陈寅恪：《金明馆丛稿初编》，生活·读书·新知三联书店 2001 年版，第 269 页。
④ 《新唐书》卷九五《高俭传》，第 3842 页。
⑤ 《太平广记》卷一八四"七姓"条引《国史异纂》，第 1377 页。

五姓婚姻为第一。山东人掌权后，仍想方设法向山东高门攀亲。初唐房玄龄、魏徵、李勣不顾朝廷禁令，偷偷与山东士族通婚姻。"房玄龄、魏徵、徐世勣三人其社会阶级虽不相同，然皆是山东人，故违反太宗之政策，而与山东士族为婚，此则地域分别与婚姻观念其关系密切如此，可以推见。"① 这一点与以唐皇室为代表的关陇贵族迥异。房玄龄、魏徵、李勣是太宗、高宗朝名宰相，他们以地缘之故，好山东婚姻。高宗时，禁止五姓七家自行通婚。这样的形势使山东士族"男女皆潜相聘娶"，北魏时期多与皇室通婚的传统被割断。武后、玄宗朝名宰相魏元忠与张说亦为山东人，他们皆与山东五姓联姻，魏元忠之子魏昇娶荥阳郑远女②，另据《唐国史补》卷上载："张燕公（张说）好求山东婚姻。"③ 张说嫁女于范阳卢氏和荥阳郑氏。魏元忠与张说皆山东人，因而羡慕山东士族门第，与之通婚。

在山东高门婚姻受重视的同时，江左侨姓士族婚姻与关陇士族婚姻受到轻视。如《资治通鉴》卷二〇二载：

> （薛）绍兄顗以（太平）公主宠盛，深忧之，以问族祖户部郎中克构，克构曰："帝甥尚主，国家故事，苟以恭慎行之，亦何伤！然谚曰：'娶妇得公主，无事取官府。'不得不为之惧也。"天后以顗妻萧氏及顗弟绪妻成氏非贵族，欲出之，曰："我女岂可使与田舍女为姒娣邪！"或曰："萧氏，瑀之侄孙，国家旧姻。"乃止。④

---

① 陈寅恪：《金明馆丛稿初编》，生活·读书·新知三联书店 2001 年版，第 269 页。
② （唐）刘肃：《大唐新语》卷三，许德楠、李鼎霞点校，中华书局 1984 年版，第 43 页。（本书中该古籍使用此版本较多，后文中将省略朝代与作者，特此说明）
③ （唐）李肇：《唐国史补》卷上，《唐五代笔记小说大观》本，上海古籍出版社 2000 年版，第 166 页。
④ 《资治通鉴》卷二〇二，第 6402 页。

兰陵萧氏属于江左侨姓士族，萧瑀子萧锐尚太宗女襄城公主却被身为山东人的武后视为田舍女。

薛元超出自河东薛氏，由于较早加入西魏宇文氏集团，薛氏被柳芳列入关中郡姓。河东薛氏为北朝以来显赫大族，薛元超本人位极人臣，尚和静县主，却企羡五姓婚姻。《隋唐嘉话》卷中载：

> 薛中书元超谓所亲曰："吾不才，富贵过分，然平生有三恨：始不以进士擢第，不得娶五姓女，不得修国史。"①

此事又载于《唐语林》：

> 薛元超谓所亲曰："吾不才，富贵过人。平生有三恨：始不以进士擢第，不娶五姓女，不得修国史。"②

河东薛氏与李唐皇室通婚较多，如：薛元超子薛曜尚城阳公主，孙薛绍尚太平公主，侄孙薛伯阳尚仙源公主，薛氏尚主者还有薛伯阳子薛谈尚玄宗恒山公主，薛康衡尚萧国公主，薛钊尚临真公主，薛万彻尚太宗女丹阳公主等。河东薛氏虽多与皇室通婚，内心却羡慕山东五姓婚姻。

二　唐代山东士族的通婚对象

山东士族与皇室通婚属于个别现象，他们通婚的主要对象在"五

---

① 《隋唐嘉话》，程毅中点校，第28页。
② 《唐语林校证》卷四"企羡"条，第384页。按：《旧唐书》卷七三《薛元超传》载："元超早孤，九岁袭爵汾阴男。及长，好学善属文。太宗甚重之，令尚巢刺王女和静县主，累授太子舍人，预撰《晋书》。高宗即位，擢拜给事中，时年二十六。数上书陈君臣政体及时事得失，高宗皆嘉纳之。俄转中书舍人，加弘文馆学士，兼修国史。"明载其"兼修国史"。国史多由弘文馆或文学馆学士修撰，薛元超为中书舍人，加弘文馆学士，《旧唐书》本传载他"兼修国史"当不误。且薛元超与令狐德棻、李延寿、姚思廉同传，后者皆是修贞观八史的重要史学家。故《隋唐嘉话》与《唐语林》载其恨"不得修国史"当为小说家言，有误。

· 198 ·

姓"婚姻圈内，用他们的话来说叫作"欲令姊妹为妯娌"①。夏炎曾以隋唐清河崔氏与他氏婚姻关系为考察对象，能够统计出的隋唐时期与清河崔氏发生婚姻关系者共 183 人，总共 60 郡姓。其中范阳卢氏 37 人、陇西李氏 34 人（包括姑臧李氏 8 人）、荥阳郑氏 25 人、太原王氏 13 人、赵郡李氏 7 人、宗室 4 人，其余郡姓与清河崔氏通婚者基本为 1 人，最多不超过 3 人。②可见隋唐时期，清河崔氏婚姻圈主要在五姓之间，五姓之间通婚率近三分之二。

一些新兴士族和次等士族由于讲礼法也受到山东高门的青睐，初盛唐时期与山东高门通婚的房玄龄、魏徵、李敬玄、张说等人皆讲礼法。如出于清河房氏的房彦谦（房玄龄之父）：

> 房彦谦，字孝冲，本清河人也。七世祖谌，仕燕太尉掾，随慕容氏迁于齐，子孙因家焉。世为著姓。③……彦谦居家，每子侄定省，常为讲说督勉之，亹亹不倦。家有旧业，资产素殷，又前后居官，所得俸禄，皆以周恤亲友，家无余财，车服器用，务存素俭。自少及长，一言一行，未尝涉私，虽致屡空，怡然自得。尝从容独笑，顾谓其子玄龄曰："人皆因禄富，我独以官贫。所遗子孙，在于清白耳。"所有文笔，恢廓闲雅，有古人之深致。又善草隶，人有得其尺牍者，皆宝玩之。太原王邵，北海高构，蓨县李纲，河东柳彧、薛孺，皆一时知名雅澹之士，彦谦并与为友。虽冠盖成列，而门无杂宾。体资文雅，深达政务，有识者咸以远大许之。④

---

① 《唐语林校证》卷七，第 665 页。
② 夏炎：《中古世家大族清河崔氏研究》，天津古籍出版社 2004 年版，第 299 页。
③ 《隋书》卷六六《房彦谦传》，第 1561 页。
④ 同上书，第 1566 页。

张说亦处处以儒者自居①,并重用礼法之士,"康子元,越人,念《易》数千遍,行坐不释卷。开元中,张说荐为丽正学士"②。

李敬玄家族三娶皆山东士族,又与赵郡李氏合谱,史载李敬玄"该览群籍,尤善于礼"③。如果说初盛唐山东士族与新兴士族通婚还看重他们的政治地位,中唐以后,山东士族掌握政治权力后,他们所看重的主要是婚姻对象的礼法精神。

路随(《新唐书》作路隋)出自寒门,"(路随)父泌字安期,少好学,通五经,尤嗜《诗》《易》《左氏春秋》,能讽其章句,皆究深旨。博涉史传,工五言诗。性端亮寡言,以孝悌闻于宗族"④。路随父路泌早逝,《南部新书》载:

> 路随孝行清俭,常闭门不见宾客。状貌酷似其先人,以此未尝视镜。又感其父没蕃,终身不背西坐,其寝以西首。⑤

此事又记载于《唐语林》:

> 路相随幼孤。其母问:汝识汝父否?曰:"不识。"母曰:"正如汝面。"随号绝久之,终身不照镜。李卫公慕其淳素笃行,结为亲家,以女适路氏。⑥

李卫公即赵郡李德裕,他所看重的正是路随严守儒家礼法的作风。

古文运动双子星座韩愈和柳宗元都与山东五姓互通婚姻。韩愈出

---

① 《唐语林校证》卷四,第346—347页。
② 《南部新书》,第52页。
③ 《新唐书》卷一〇六《李敬玄传》,第4052页。
④ 《旧唐书》卷一五九《路随传》,第4190页。
⑤ 《南部新书》卷一,第11页。
⑥ 《唐语林校证》卷一,第16页。

自昌黎韩氏，属于较低层次的山东士族。韩愈兄韩会娶妻荥阳郑氏，则属于山东五姓之一。山东五姓与韩、柳通婚的原因是因为他们皆属于礼法之门。

河东柳氏郡望河东，处于崤山之东，本属于山东士族。由于较早加入西魏宇文泰集团，一直被视为关中士族，其门风与山东士族相似，故与山东五姓长期互通婚姻。《唐语林》载："荥阳郑还古，俊才嗜学，性孝友。……妻柳氏，仆射元公之女，有妇道。"①

文中"仆射元公"指的是柳公绰，柳公绰母崔氏，其女嫁荥阳郑氏。柳公绰家族是唐代著名的礼法世家，《新唐书》载：

> 柳公绰，字宽，京兆华原人。……幼孝友，性质严重，起居皆有礼法。属文典正，不读非圣书。举贤良方正直言极谏，补校书郎。间一年，再登其科，授渭南尉。岁歉馑，其家虽给，而每饭不过一器，岁丰乃复。或问之，答曰："四方病饥，独能饱乎？"②

公绰子仲郢亦以守礼法著称，《新唐书·柳公绰传》载：

> （柳仲郢）字谕蒙。母韩，即皋女也，善训子，故仲郢幼嗜学，尝和熊胆丸，使夜咀咽以助勤。长工文，著"尚书二十四司箴"，为韩愈咨赏。元和末，及进士第，为校书郎。牛僧孺辟武昌幕府，有父风矩，僧孺叹曰："非积习名教，安及此邪？"③

柳公绰家庭受到山东士族的青睐，源于他们诗礼传家，史籍中记载了柳公绰家族的礼法传统：

---

① 同上。
② 《新唐书》卷一六三《柳公绰传》，第5019页。
③ 同上书，第5023页。

（仲郢）每私居内斋，束带正色，服用简素。父子更九镇，五为京兆，再为河南，皆不奏瑞，不度浮屠。急于摘贪吏，济单弱。每旱潦，必贷匮饘负，里无遗家。衣冠孤女不能自归者，斥禀为婚嫁。在朝，非庆吊不至宰相第。其迹略相同。家有书万卷，所藏必三本：上者贮库，其副常所阅，下者幼学焉。仲郢尝手钞六经，司马迁、班固、范晔史皆一钞，魏晋及南北朝史再，又类所钞它书凡三十篇，号"柳氏自备"。①

柳公绰善张正甫，柳之子仲郢尝遇张于途，去盖下马而拜，张却之，不从。他日，张言于公绰曰："寿郎相逢，其礼太过。"柳作色不应。久之，张去，柳谓客曰："张尚书与公绰往还，欲使儿子于街市骑马冲公绰耶？"张闻，深谢之。寿郎，仲郢小字也。②

柳氏子弟勤学苦读柳子温家法：常命粉苦参、黄连、熊胆和为丸，赐子弟永夜习学舍之，以资勤苦。③

柳公绰与山东士族关系密切，他在襄阳所辟幕僚有郑朗、卢简辞、崔嵎、夏侯孜、韦长、李续、李拭等"皆至公卿"，多为山东士族，《旧唐书》卷一六五载：

（柳）公绰天资仁孝，初丁母崔夫人之丧，三年不沐浴。事继亲薛氏三十年，姻戚不知公绰非薛氏所生。外兄薛宫早卒，一女孤，配张毅夫，资遗甚于己子。性端介寡合，与钱徽、蒋义、杜元颖、薛存诚文雅相知。交情款密、凡六开府幕。得人尤盛、钱徽掌贡之年，郑朗覆落，公绰将赴襄阳，首辟之，朗竟为名相。卢简辞、崔玘、夏侯孜、韦长、李续、李拭皆至公卿。为吏

---

① 同上书，第5025页。
② 《唐语林校证》卷三"方正"条，第203页。
③ 《南部新书》，第50页。

部侍郎，与舅左丞崔从同省，人士荣之。①

由于与山东士族关系密切，李德裕被贬后，柳仲郢受到牵连，"宣宗初，德裕罢政事，坐所厚善，出为郑州刺史"②。

对此，陈寅恪先生认为："考柳氏虽是旧门，然非山东冠族七姓之一，公绰、仲郢父子所出，亦非柳氏显著之房望，独家风修整，行谊敦笃，虽以进士科仕进，受牛僧孺之知奖，自可谓之牛党，然终用家门及本身之儒素德业，得见谅于尊尚门风家学之山东旧族李德裕。"③

柳宗元亦出自河东柳氏，其母范阳卢氏，为山东五姓。据《伯祖妣赵郡李夫人墓志铭》载："夫人生于良族，嶷然殊异。及笄，德充于容，行践于言。高朗而不伤其柔，严恪而不害其和。特善女工剪制之事，又能为雅琴秦声操缦之具。妇道既备，宜为君子之配偶焉。"④

柳宗元伯祖娶赵郡李夫人，可见，河东柳氏与赵郡李氏亦互通婚姻。

三　婚姻也是初盛唐山东士族入仕的重要原因

山东士族在初盛唐政治上并不得志，当李唐皇室婚姻"未尝尚山东士族"的时候，部分山东士族只能凭借与新兴士族通婚维持其政治地位。如《新唐书·李敬玄传》载："进吏部尚书。居选部久，人多附向。凡三娶皆山东旧族，又与赵李氏合谱，故台省要职多族属姻

---

① 《旧唐书》卷一六五《柳公绰传》，第4304—4305页。
② 《新唐书》卷一六三《柳仲郢传》，第4052页。
③ 陈寅恪：《唐代政治史述论稿》，上海古籍出版社1997年版，第92页。按：柳公绰父子无明显党派特征。宣宗朝，柳氏因李德裕受牵连，而与牛僧孺无明显关联。陈先生将他们划入牛党的原因是他们的科举出身及他们不属于"山东五姓"，颇为武断。
④ （唐）柳宗元：《柳河东集》卷一三，上海古籍出版社2008年版，第205页。

家。高宗知之，不能善也。"①

李敬玄出自普通士族，但本人重门第、好儒学，通过与赵郡李氏合谱加入山东士族。士族出身最重要的不是血缘而是文化传承，故李敬玄可视为山东士族。李敬玄掌吏部时，山东高门通过与李敬玄家族的通婚居台省要职。

张说为玄宗朝名相，本人好山东婚姻，山东高门通过与张说家族的婚姻关系提高了政治地位。《唐国史补》卷上载："张燕公（张说）好求山东婚姻，当时皆恶之，及后与张氏为亲者乃为甲门。"② 张说与范阳卢氏及荥阳郑氏通婚，利用职权为他们谋官，据《南部新书》载："张说女嫁卢氏，为其舅求官，说不语，但指揩床龟而示之。女归告其夫曰：'舅得詹事矣。'"③ 另据《酉阳杂俎》卷一二载：

> 明皇封禅泰山，张说为封禅使。说女婿郑镒，本九品官，旧例封禅后，自三公以下皆迁转一级，惟郑镒因说骤迁五品，兼赐绯服。因大酺次，玄宗见镒官位腾跃，怪而问之，镒无词以对。黄旛绰曰："此泰山之力也。"④

初盛唐时期，山东高门屡遭打击，为了维护自身的政治地位和经济地位，他们在婚姻上开始接受一些新兴士族。一些出自山东普通门第的士族利用自己的政治权力加入了山东五姓婚姻圈，同时，山东五姓以门第婚姻换取了他们所需要的政治、经济地位。

---

① 《新唐书》卷一〇六《李敬玄传》，第4052页。
② （唐）李肇：《唐国史补》卷上，《唐五代笔记小说大观》本，上海古籍出版社2000年版，第166页。
③ 《南部新书》，第54页。
④ （唐）段成式：《酉阳杂俎》，方南生点校，中华书局1981年版，第118页。按：唐玄宗开元十三年（725），玄宗东封泰山，张说趁封禅之机多给亲信加官晋爵，后遭非议，次年被弹劾罢相，当指此事。

第二节　唐代山东士族"不乐国姻"

唐代山东高门在婚姻上处于最高门第，李唐皇室政治地位最为崇高。但唐代山东高门很少与皇室通婚，即所谓"不乐国姻"，如《资治通鉴》卷二四九载：

> 上（唐宣宗）令白敏中①为万寿公主选佳婿，敏中荐郑颢②。时颢已昏卢氏，行至郑州，堂帖追还，颢甚衔之，由是数毁敏中于上。敏中将赴镇，言于上曰："郑颢不乐尚主，怨臣入骨髓。臣在政府，无如臣何；今臣出外，颢必中伤，臣死无日矣！"上曰："朕知之久矣，卿何言之晚邪！"命左右于禁中取小柽函以授敏中曰："此皆郑郎谮卿之书也。朕若信之，岂任卿以至今日！"

万寿公主为宣宗爱女，欲攀龙附凤者不可胜数。可郑颢却"不乐国姻"，宁可娶范阳卢氏女，对大媒白敏中恨之入骨。这反映了唐代社会的一个奇特现象，即山东士族不愿与皇室通婚。同样，郑覃官居相国，亦不愿与权贵通婚，《新唐书·郑覃传》载："覃清正退约，与人未尝串狎。位相国，所居第不加饰，内无妾媵。女孙适崔皋，官裁九品卫佐，帝重其不昏权家。"③ 郑覃出自荥阳郑氏，属于山东高门，又位居宰相，并没有将孙女嫁入权贵之家，而嫁之于出自山东士族的九品卫佐（唐代官分九品）崔皋。可见，山东士族在婚姻上重视的是

---

① 白敏中为白居易堂弟，宣宗朝宰相。
② 郑颢出自荥阳郑氏，唐武宗会昌二年（842）状元及第。
③ 《新唐书》卷一六五《郑覃传》，第 5068 页。

门第，而门第的高低决定于其是否具备优良的门风。

　　山东高门婚姻重门第和门风，优良的门风来源于儒家礼法。与皇室通婚很容易致身通显，"汉制，天子以列侯尚公主……魏晋之后，尚公主皆拜驸马都尉"①。尽管尚公主可以给家族带来荣耀，但很多讲究礼法的士族并不领情。东汉荀淑之子荀爽②于东汉桓帝延熹九年（166）对策，讥讽尚主之制有违乾坤正道。荀淑孙荀悦在《申鉴时事》中论尚主非古制，认为以妇凌夫，有违大义。③

　　魏晋时期玄学兴起，带来南朝礼法制度的崩溃。悍妇多出现于这一段时期，史载晋惠帝皇后贾南风、王敦妻、桓温妻等都是有名的悍妇。④

　　北朝沦陷于五胡，受胡风的影响，统治者几乎无礼法可言。胡太后与杨白华之事充分说明了这一点，《南史·王神念传》载："华，本名白花，武都仇池人。父大眼为魏名将。华少有勇力，容貌瑰伟，魏胡太后逼幸之。华惧祸，及大眼死，拥部曲，载父尸，改名华，来降。胡太后追思不已，为作杨白花歌辞，使宫人昼夜连臂踏足歌之，声甚凄断。"⑤宋郭茂倩《乐府诗集》卷七三载《杨白花》诗："阳春二三月，杨柳齐作花。春风一夜入闺闼，杨花飘荡落南家。含情出户脚无力，拾得杨花泪沾臆。秋去春还双燕子，愿衔杨花入窠里。"据《魏书》及《北史》载，北魏武灵后胡氏垂帘听政，虽富有政治才干，但肆意淫乱。

---

① 崔浩认为尚公主的实质就是"公主别立帝舍，太子之女，则令列侯就第奉事之……皆不得谒见舅姑，通问而已"。（《初学记》卷十，第247页）
② 颍川荀氏家学渊源，荀淑八子俱为名士，世称"八龙"。
③ 参见范晔《后汉书》卷六二《荀淑传》。
④ 南朝妇女地位较高，思想较为开放，这在刘义庆《世说新语》中记载颇多，兹不一一举例。
⑤ （唐）李延寿：《南史》卷六三《王神念传》，中华书局1974年版，第1535—1536页。

隋唐以降，侨姓士族深深带有江左遗风，北朝则深受胡风影响，严守礼法的只剩下北方士族，尤其是山东士族。李唐皇室自认为是陇西李氏，实出于夷狄。隋唐政权继承的是北朝体系，胡汉杂糅，武后所为，更在胡太后之上，据明杨慎《升菴诗话》卷六载：

"看朱成碧思纷纷，憔悴支离为忆君。不信比来长下泪，开箱验取石榴裙。"张君房《脞说》云："千金公主进洛阳男子，淫毒异常，武后爱幸之，改明年为如意元年。是年，淫毒男子亦以情殚疾死，后思之作此曲，被于管弦。呜呼，武后之淫虐极矣！杀唐子孙殆尽。其后武三思之乱，武氏无少长，皆诛斩绝焉。虽武攸绪之贤，而不能免也。使其不入宫闱，恣其情欲于北里教坊，岂不为才色名伎，与刘采春、薛洪度相辉映乎？"鲁三江《咏史》诗云："唐代宗风本杂夷，周家又见结龙䰰。不如放配《河间传》①，免使摧残仙李枝。"②

此事或为小说家言，然武后宠张易之、张昌宗兄弟之事，史有明文，《资治通鉴》卷二〇六载：

张易之，行成之族孙也，年少，美姿容，善音律。太平公主荐易之弟昌宗入侍禁中，昌宗复荐易之，兄弟皆得幸于太后，常傅朱粉，衣锦绣。昌宗累迁散骑常侍，易之为司卫少卿；拜其母臧氏、韦氏为太夫人，赏赐不可胜纪，仍敕凤阁侍郎李迥秀为臧氏私夫，迥秀，大亮之族孙也。武承嗣、三思、懿宗、宗楚客、晋卿皆候易之门庭，争执鞭辔，谓易之为五郎，昌宗为六郎。③

---

① 传奇文《河间传》传为柳宗元所作，讲河间女子被引诱失节后沦为淫妇之事。
② 见丁福保《历代诗话续编》，中华书局1983年版，第750页。
③ 《资治通鉴》卷二〇六，第6514页。

胡氏与武曌本以太后母仪天下，其淫乱的风气为后人瞠目结舌，但她们并没有刻意隐瞒其淫乱之事，丝毫不以为耻。这说明，当时社会风气受胡风影响，东汉以来的礼法观念早就衰落了。

李唐政权本出自夷狄，胡汉杂糅，闺门不禁，不少公主不修妇礼，在社会上造成不良甚至是恶劣的影响。唐朝公主豪侈、骄纵者有之，专横、淫荡者有之，妒悍、残暴者也有之。公主不修妇礼的情况不仅存在，而且并不少见，这在历朝历代中是一个比较奇特的现象。它与六朝以来儒学衰微有关，也与北朝以降的"胡风"有密切的联系。翻开《新唐书·诸帝公主传》，我们可以看到：高祖女长广公主"豪侈自肆"[1]；太宗爱女合浦公主（高阳公主）"负所爱而骄……会主与遗爱猎，见（浮屠辩机）而悦之，具帐其庐，与之乱。更以二女子从遗爱"[2]；"（中宗女）宜城公主始封义安郡主，下嫁裴巽。巽有嬖妹，主恚，刖耳劓鼻，且断巽发。帝怒斥为县主，巽左迁"[3]。这些公主以高宗与武后女太平公主、中宗女安乐公主二人最为跋扈，她们生活奢华，贪淫放纵，干预朝政，甚至有称帝的野心。

不守妇礼使她们视改嫁为理所当然。《新唐书·诸帝公主传》与《唐会要》卷六"公主"条提供的数字表明，除去和番公主外，唐代公主共212人，大多数无婚姻记录。在有婚姻记载的公主中，二嫁者27人，三嫁者3人。即使被诸公主"视为师式（榜样）"的襄城公主（太宗女）亦为"二嫁公主"。《新唐书》卷八三载：

> 襄城公主，下嫁萧锐。性孝睦，动循矩法，帝敕诸公主视为师式。有司告营别第，辞曰："妇事舅姑如父母，异宫则定省

---

[1] 《新唐书》卷八三《诸帝公主传》，第3643页。
[2] 同上书，第3648页。
[3] 同上书，第3653页。

阙。"止葺故第，门列双戟而已。锐卒，更嫁姜简。永徽二年薨，高宗举哀于命妇朝堂，遣工部侍郎丘行淹驰驿吊祭，陪葬昭陵。丧次故城，帝登楼望哭以送柩。①

襄城公主讲礼法，是唐前期少有的"事舅姑（公公和公婆）如父母"的公主。她在前夫萧锐死后还是再嫁姜简。宫廷放荡的风气使得山东士族衣冠子弟对骄蛮的公主敬而远之。五代尉迟偓《中朝故事》载：

> 搢绅子弟皆怯于尚公主。盖以帝戚强盛，公主自置群僚，以至庄宅库肇尽多主吏，宅中各有院落，聚会不同。公主多亲戚聚宴，或出盘游，驸马不得与之相见，凡出入间婢仆不敢顾盼。公主则恣行所为，往往数朝不一相见。②

很多传统世族尚公主反而给家族带来灾难，即所谓"太平、安乐之祸"，因此唐人谚曰："娶妇得公主，无事取官府。"③

山东士族不仅不愿尚公主，且不愿嫁女于皇室。《太平广记》卷一八四"庄恪太子妃"条：

> 文宗为庄恪选妃，朝臣家子女者，悉被进名，士庶为之不安。帝知之，召宰臣郑覃曰："朕欲为太子婚娶，本求汝郑门衣冠子女为新妇。闻在外朝臣，皆不愿共朕作亲情，何也？朕是数百年衣冠，无何神尧打家罗诃去。"因遂罢其选。④

---

① 《新唐书》卷八三《诸帝公主传》，第 3645 页。
② （五代）尉迟偓：《中朝故事》卷上，《唐五代笔记小说大观》本，上海古籍出版社 2000 年版，第 1785 页。
③ 《资治通鉴》卷二〇二，第 6402 页。
④ 《太平广记》卷一八四"庄恪太子妃"条引《卢氏杂说》，第 1379 页。

文宗为庄恪太子所选之妃，实有可能作为未来皇后而母仪天下。尽管如此，山东士族仍不愿与之"作亲情"，引起文宗的不满。仔细查阅《新唐书·后妃传》，唐代 20 位皇帝，后妃很少有出于山东士族的。除李氏同姓，卢、郑姓皆无与皇室联姻的后妃家。后妃中有王姓八名，真正属于山东旧士族的只有高宗王皇后，在高宗时因武昭仪（武曌）而被废。代宗时的崔贵妃，无事迹可考。有感于皇室姻亲鲜有富贵绵长者，山东士族"不乐国姻"。

第三节　唐代山东士族女性观与婚姻观的社会影响

一　唐代山东士族女性观的社会影响

历史上，建都于关中的西汉更重势利，建都山东洛阳的东汉更重名节。由于商鞅变法及胡风的影响，关中人崇尚武力，文化则落后于山东。这样的文化氛围之下，妇女受礼法约束较少。汉末，荥阳郑泰劝董卓说："关西顷遭羌寇，妇女皆能挟弓而斗，天下所畏者无若并、凉之人。"① 南北朝时期，北方陷于五胡，深受胡风影响。北方女子往往像男子一样，能够走出闺房，甚至冲锋陷阵，如北朝民歌《李波小妹歌》："李波小妹字雍容，褰裙逐马如卷蓬，左射右射必叠双。妇女尚如此，男子安可逢！"

唐代出现女性天子与胡风有关。南宋朱熹说过："唐源流出于夷狄，故闺门失礼之事不以为异。"② 初盛唐时期，宫廷时装流行胡服，

---

① 《资治通鉴》卷五九，第 1909 页。
② （宋）黎靖德编：《朱子语类》卷一一六，中华书局 1986 年版，第 3245 页。

"开元初,从驾宫人骑马者,皆著胡帽,靓妆露面,无复障蔽。士庶之家,又相仿效,帷帽之制,绝不行用"①。这些上层贵族好穿胡服,带来了士庶的效仿。胡风直接冲击了汉人传统的儒家礼法观念,也带来了妇女地位的提高。

北魏文明冯太后辅佐孝文帝时尚在幕后,武则天则毫无遮掩地走到前台。武氏在佛教《大云经》中找到女人做皇帝的根据,以女儿之身称帝,并改国号为"周",这在儒家礼法社会是不可思议的。中国传统文化强调"阳贵阴贱""夫为妻纲","牝鸡司晨"则是中国传统之大忌。

作为中国传统文化的继承者,山东士族是反对女子当政的。当部分山东高门子弟在武后朝以文学进身的同时,一些传统的山东士族则不欲事女主。《唐语林》卷四载:

> 狄仁杰为相,有卢氏堂姨,居午桥南别墅,未尝入城。仁杰伏猎,每修礼甚谨。尝雪后休假,候卢氏安否,适见表弟挟弧矢携雉兔来归,馐味进于堂上。顾揖仁杰,意甚轻傲。仁杰因启曰:"某今为相,表弟有何欲,愿悉力从其意。"姨曰:"吾止有一子,不欲令事女主。"仁杰惭而去。②

狄仁杰出自山东礼法之门,是武后朝名宰相,正是他说服武则天还政于唐中宗,维持了李唐政权。他的堂姨出自范阳卢氏③,卢氏虽自身亦为女性,却不欲令其子事女主。

在武周革命的影响下,武后女太平公主、中宗皇后韦氏、中宗女

---

① 《旧唐书》卷四五《舆服志》,第1957页。
② 《唐语林校证》,第404页。按:此事又见《太平广记》卷二七一。
③ 这里的卢氏未载世系,但从她的家族与狄仁杰家族通婚及其言行来看,很有可能出自范阳卢氏。

安乐公主都有了称帝的野心,这也是唐代特有的现象。《新唐书》卷一二二载:

> 安乐公主私请废太子,求为皇太女,帝以问元忠,元忠曰:"公主而为皇太女,驸马都尉当何名?"主恚曰:"山东木强安知礼?阿母子尚为天子,我何嫌?"宫中谓武后为阿母子,故主称之。元忠固称不可,自是语塞。①

阻止安乐公主成为皇位继承人的正是出自山东士族巨鹿魏氏的魏元忠,此事又记载于《新唐书·诸帝公主传》:

> (安乐公主)又请为皇太女,左仆射魏元忠谏不可,主曰:"元忠,山东木强,乌足论国事?阿武子尚为天子,天子女有不可乎?"②

魏元忠与山东高门有密切关系,其子魏昇娶荥阳郑远女,加入了山东五姓婚姻圈。安乐公主欲效其祖母以女身为帝,被魏元忠阻拦。劝武后归政的狄仁杰和反对安乐公主封皇太女的魏元忠都出自山东士族礼法之门,其家族皆加入了山东高门婚姻圈,正是他们维护了李唐王朝的统治。陈寅恪先生所谓"唐代宫禁中武曌以降女后之政柄,遂告终结"③,这与山东士族和儒学的复兴有关。

门风的维持与女子教育有关,而士族子弟的教育则又与其母亲的言传身教有密切关系。山东士族十分重视女子教育,赵郡李华在给其外孙家的书信《与外孙崔氏二孩书》中说道:

---

① 《新唐书》卷一二二《魏元忠》,第4345页。
② 《新唐书》卷八三《诸帝公主传》,第3654页。
③ 陈寅恪:《唐代政治史述论稿》,上海古籍出版社1997年版,第67页。

妇人亦要读书解文字，知今古情状，事父母舅姑，然可无咎。《诗序》云："哀窈窕，思贤才，而无伤善之心焉。是'关雎'之义也。"《易》曰："主中馈，无攸遂。"妇人但当主酒食待宾客而已，其余无自专之礼。《诗》云："将翱将翔，佩玉琼琚。"此奉舅姑助祭祀之仪也。又曰："将翱将翔，弋凫与雁。"此主酒食待宾客之仪也。《礼经》所载，汝其记之。又妇人将嫁三月，教于公宫，祖庙既毁，教于宗室。嫁则庙见，不见庙者不得为妇。今此礼凌夷，人从苟且。妇人尊于丈夫，群阴制于太阳。世教沦替，一至于此，可为堕泪。汝等当学读《诗》《礼》《论语》《孝经》，此最为要也。吾小时南市帽行，见貂帽多帷帽少。当时旧人，已叹风俗。中年至西京市，帽行乃无帷帽，貂帽亦无。男子衫袖蒙鼻，妇人领巾覆头，向有帷帽羃离，必为瓦石所及。此乃妇人为丈夫之象，丈夫为妇人之饰，颠之倒之，莫甚于此。触类而长，不可胜言。[①]

李华认为儒家的伦理是维系社会风尚的基本原则，女尊男卑则是导致世风日下的根本原因。从李华家族婚姻可知，李华家族与荥阳郑氏、河东裴氏及博陵崔氏互通婚姻，多为讲礼法的士族。

武周政权结束之后，唐朝宫廷又出现了一系列的政变，即所谓"太平、安乐"之祸。残酷的现实使得士人认识到维护传统儒家礼法的重要性，山东士族的女性观越来越受到社会的重视。

二 唐代山东士族婚姻观的社会影响

民间重山东五姓婚姻的原因是五姓家族重礼法，王梵志诗中说：

---

① 《全唐文》卷三一五，第 3195—3196 页。

"有儿欲娶妇,须择大家儿。纵使无姿首,终成有礼仪。"钱穆先生说:"女子教育不同,则家风门规颇难维持。此正当时门第所重,则慎重婚配,亦理所宜。"① 与李唐皇室截然不同,山东士族家传儒学,尚礼法。儒家思想有"修身、齐家、治国、平天下"之说,故婚姻为重视儒学的山东士族所重视,他们往往将婚姻与"治国、平天下"联系在一起。山东士族婚姻长期为社会所重视,自然是因为他们诗礼传家,这样的婚姻观念对唐代婚姻有深刻的影响。

> 唐贞观中,桂阳令阮嵩妻阎氏极妒。……刺史崔邈为嵩作考词云:"妇强夫弱,内刚外柔。一妻不能禁止,百姓如何整肃?妻既礼教不修,夫又精神何在?考下。省符解见任。"②

崔邈出自山东五姓,他认为桂阳令阮嵩既然不能管住妒妻阎氏,又如何整肃百姓。所谓"刑于寡妻,至于兄弟,以御于家邦"。

李晟出自陇西李氏,属于山东五姓七家之一,史载:"晟幼孤,奉母孝。"③"(李晟子)宪与愬于诸子号最仁孝。长喜儒,以礼法自矜制。"④ 唐德宗时,李晟平定"泾师之变",以再造唐室的功劳封西平王,一门四节度使。李氏虽以军功拜相,仍以礼法自处,唐赵璘《因话录》卷三载:

> 崔吏部枢夫人,太尉西平王女也。西平生日,中堂大宴,方食,有小婢附崔氏妇耳语久之,崔氏妇颔之而去。有顷,复至,王问曰:"何事?"女对曰:"大家昨夜小不安适,使人往候。"

---

① 钱穆:《略论魏晋南北朝学术文化与当时门第之关系》,《新亚学报》第 5 卷第 2 期,1963 年版。
② 《朝野佥载》,第 91 页。
③ 《新唐书》卷一五四《李晟传》,第 4863 页。
④ 同上书,第 4874 页。

第五章　唐代山东士族的婚姻

王掷箸怒曰："我不幸有此女，大奇事！汝为人妇，岂有阿家体候不安，不检校汤药，而与父作生日。吾有此女，何用作生日为？"遽遣走檐子归，身亦续至崔氏家问疾，且拜谢教训子女不至。姻族闻之，无不愧叹。故李夫人妇德克备，治家整肃，贵贱皆不许时世妆梳。勋臣之家，特数西平礼法。①

西平王李晟虽有盖世功勋，并不以势压人。嫁女于清河崔枢，严加管教，才有了李夫人的"妇德克备"。

正是由于山东士族在婚姻上恪守礼法传统才带来了山东五姓婚姻的高贵。初盛唐皇室"未尝尚山东士族"，但山东民间仍以五姓婚姻为第一。中唐以后，山东高门婚姻更是为朝野上下所共同重视。张鷟《朝野佥载》卷三载：

唐冀州长史吉懋欲为男顼娶南宫县丞崔敬女，敬不许。因有故胁以求亲，敬惧而许之。择日下函，并花车卒至门首。敬妻郑氏初不知，抱女大哭，曰："我家门户低，不曾有吉郎。"女坚卧不起。其小女白其母曰："父有急难，杀身救解。设令为婢，尚不合辞；姓望之门，何足为耻。姊若不可，儿自当之。"遂登车而去。②

崔敬娶妻郑氏，显然属于山东五姓婚姻圈。尽管崔敬有急难，其妻女亦不同意与吉郎的婚事。山东高门婚姻高贵，令庶族十分自卑，五代孙光宪《北梦琐言》卷三"李光颜太师选佳婿"条载：

李太师光颜，以大勋康国，品位穹崇。爱女未聘，幕僚谓其

---

① （唐）赵璘：《因话录》卷三，《唐五代笔记小说大观》本，上海古籍出版社2000年版，第850页。
② 《朝野佥载》卷三，第57页。

必选佳婿，因从容语次，盛誉一郑秀才词学门阀，人韵风流异常，冀太师以子妻之。他日又言之，太师谢幕僚曰："李光颜，一健儿也。遭遇多难，偶立微功。岂可妄求名族，以掇流言乎？某已选得一佳婿，诸贤未见。"乃召一客司小将，指之曰："此即某女之匹也。"超三五阶军职，厚与金帛而已。从事许当曰："李太师建定难之勋，怀弓藏之虑。武宁保境，止务图存。而欲结援名家，非其志也。与其比娶高、国，求婚王、谢，何其远哉？"①

李光颜是唐代名将，曾随裴度平淮西吴元济、助高崇文平剑南刘辟，立下不朽战功，封太师衔。与萧梁侯景求婚王谢家不同，作为名将的李光颜不敢妄求名族，只嫁女于客司小将。名族出身的郑秀才必然出自荥阳郑氏，在婚姻上优于将门之女，故李光颜并不敢高攀。将门之女勉强嫁于山东高门往往也得不到士族的尊重，据《云溪友议》卷中载：

> 崔生之妻雍氏者，乃扬州总效之女也，仪质闲雅，夫妇甚睦。雍族以崔郎甚有诗名，资赡每厚。崔生常于饮食之处，略无禅敬之颜，但呼妻父"雍老"而已。雍久之而不能容，勃然仗剑，呼女而出谓崔秀才曰："某河朔之人，惟习弓马。养女合嫁军门，徒慕士流之德……"②

即便同样是北方高门的关中士族，在婚姻上也无法与山东五姓相抗衡。京兆杜氏属于关中六姓之一，唐人有"城南韦杜，去天尺五"之说。京兆杜氏名相辈出，唐代共有杜姓宰相11人，名相有杜如晦、

---

① 《北梦琐言》，第45页。
② （唐）范摅：《云溪友议》卷中，《唐五代笔记小说大观》本，上海古籍出版社2000年版，第1285页。

杜黄裳、杜佑、杜悰等,可在婚姻上亦无法媲美于山东五姓。《唐语林》卷四载:"小杜相(审权)闻(崔)程诸女有容德,致书为其子让能娶焉。程初辞之,谓人曰:'崔氏之门,若有一杜郎,其何堪矣。'"①

王力平统计了襄阳杜氏(杜甫家族)家族成员 15 人的婚姻生活,时间大约在隋唐之际至安史之乱前。结果显示襄阳杜氏与山东士族通婚 7 例,占总数的 46%;与关中士族通婚 4 例,占总数的 26%;与一般中小官僚家庭通婚 3 例,占总数的 20%。其联姻对象包括崔氏、卢氏、王氏、郑氏等山东士族共 7 例。② 襄阳杜氏不能算高门,即便在杜氏中也比不上被称为"城南韦杜"的京兆杜氏。出自襄阳杜氏的杜易简为考功员外郎时,就曾经遭到吏部尚书李敬玄(赵郡李氏)的嘲讽:"襄阳儿轻薄乃尔!"③ 以"小杜相"杜审权这样的人物在婚姻上竟然被崔程鄙视。然而,襄阳杜氏在安史之乱前主要的婚姻对象就是山东士族,这反映了随着山东士族政治地位的提高,其婚姻地位在中唐以后得到了提高。

中唐以后,京兆杜氏婚姻上不被山东高门所重视的原因是他们不能严守礼法,《旧唐书·杜佑传》载:"始终言行,无所玷缺,惟在淮南时,妻梁氏亡后,升嬖妾李氏为正室,封密国夫人,亲族子弟言之不从,时论非之。"④ 清人王鸣盛认为新旧《唐书》对杜佑的批评不够,他说:"杜佑妻死而以妾扶正,究属小失,佑之大节有亏在母丧不去官耳,新旧书(指《新唐书》和《旧唐书》)皆于此无讥,而但疵其宠妾,何见之陋。"⑤ 陈寅恪先生认为:"夫杜氏既号称旧门,而

---

① 《唐语林校证》卷四,第 376 页。
② 王力平:《中古杜氏家族的变迁》,商务印书馆 2006 年版,第 176—177 页。
③ 《新唐书》卷二〇一《杜易简传》,第 5736 页。
④ 《旧唐书》卷一四七《杜佑传》,第 3983 页。
⑤ (清)王鸣盛:《十七史商榷》,上海书店出版社 2005 年版,第 818 页。

君卿（杜佑字）所为乃与胡族武人同科……若取较山东士族仍保持其闺门礼法者，固区以别矣。"① 唐宪宗因羡慕宰相权德舆选独孤郁（独孤及之子）为女婿，令宰相李吉甫于士族中选文雅之士尚公主②，"时岐阳公主，帝爱女。旧制，选多戚里将家，帝始诏宰相李吉甫择大臣子，皆辞疾。惟（杜）悰以选召见麟德殿"③。

与郑颢不乐国姻不同，杜悰在其他公卿之子皆推辞的情况下成为驸马，并以此成为宰相。这表明杜氏家族在自身婚姻门第不是很高的情况下反而具备灵活性。

尽管唐太宗朝号称"王妃、主婿皆取当世勋贵名臣家，未尝尚山东旧族"④，仍然有公主嫁入山东士族的记录：

> 礼部尚书王珪子敬直，尚太宗女南平公主。珪曰："《礼》有妇见舅姑之仪，自近代风俗弊薄，公主出降，此礼皆废。主上钦明，动循法制，吾受公主谒见，岂为身荣，所以成国家之美耳。"遂与其妻就位而坐，令公主亲执笲，行盥馈之道，礼成而退。太宗闻而称善。是后公主下降有舅姑者，皆遣备行此礼。⑤

王珪出自太原王氏，属于山东五姓之一，太宗女南平公主一嫁入王家就受到山东高门礼法的管制，这在跋扈的初盛唐公主中并不多见。

与王珪同为李建成旧部的魏徵亦以礼法著称。正如太宗所说："魏徵每言，必约我以礼也。"以魏徵修订《五礼》⑥。另据《旧唐

---

① 陈寅恪：《唐代政治史述论稿》，上海古籍出版社1997年版，第91页。
② （唐）杜牧：《唐故岐阳公主墓志铭》，《樊川文集》卷八，上海古籍出版社1978年版，第124页。
③ 《新唐书》卷一六六《杜悰传》，第5090—5091页。
④ 《新唐书》卷九五《高士廉传》，第3842页。
⑤ 《贞观政要集校》，谢保成集校，第399页。
⑥ 《旧唐书》卷七一《魏徵传》，第2558页。

书·文德皇后传》载：

> 后（长孙皇后）所生长乐公主，太宗特所钟爱，及将出降，敕所司资送倍于长公主。魏徵谏曰："昔汉明帝时，将封皇子，帝曰：'朕子安得同于先帝子乎！'然谓长主者，良以尊于公主也，情虽有差，义无等别。若令公主之礼有过长主，理恐不可，愿陛下思之。"①

魏徵出自巨鹿魏氏，属于山东士族，重婚姻礼法。尽管朝廷明令禁止，魏徵与房玄龄仍然偷偷与山东高门通婚。

荥阳郑氏较早与皇室通婚的有郑潜曜之父郑万钧，尚唐睿宗之女代国公主。郑潜曜本人又成为唐玄宗的女婿，据《南部新书》卷一载：

> 驸马都尉郑潜曜，睿皇之外孙，尚明皇第十二女临晋长公主，母即代国长公主也。开元中，母寝疾，曜刺血濡奏章，请以身代。及焚章，独"神通许"三字不化。翌日主疾间。至哉，孝子也。②

郑万钧、郑潜曜父子出自荥阳郑氏，讲礼法，重孝道，他们与皇室通婚对于世风转变起到积极作用。

山东士族多讲究礼法，他们虽与皇室通婚情况不多，却深刻地影响了皇室婚姻。唐代宗大历以后山东士族崛起，妒悍之妇开始减少。段成式《酉阳杂俎》前集卷八载："大历以前，士大夫妻多妒悍者。"③ 唐德宗以后山东士族开始复兴，这正是发生在大历以后。山东

---

① 《旧唐书》卷五一《文德皇后传》，第 2165 页。
② 《南部新书》，第 9 页。
③ （唐）段成式：《酉阳杂俎》前集卷八，《唐五代笔记小说大观》本，上海古籍出版社 2000 年版，第 616 页。

· 219 ·

士族最重视婚姻，随着他们政治地位的提高，其讲究礼法的婚姻形态为士大夫所接受。中唐以后，德宗、宪宗、文宗、宣宗以及懿宗等皆为好礼法的皇帝，对宫廷礼法自会有较高的约束。唐德宗女魏国宪穆公主，"始封义阳。下嫁王士平。主恣横不法，帝幽之禁中；锢士平于第，久之，拜安州刺史，坐交中人贬贺州司户参军。门下客蔡南史、独孤申叔为主作《团雪散雪辞》状离旷意。帝闻，怒，捕南史等逐之，几废进士科"[1]。除了要求公主以外，德宗对皇室其他女性要求也很严格，"德宗初嗣位，深尚礼法。谅闇中，召韩王食马齿羹，不设盐、酪。皇姨有寡居者，时节入宫，妆饰稍过，上见之，极不悦。异日如礼，乃加敬焉"[2]。

在唐德宗的影响下，公主不仅严守礼法，还深得山东士族节俭的家风，《新唐书》卷八三载：

> 汉阳公主名畅，庄宪皇后所生。始封德阳郡主。下嫁郭鏦。辞归第，涕泣不自胜，德宗曰："儿有不足邪？"对曰："思相离，无它恨也。"帝亦泣，顾太子曰："真而子也。"永贞元年，与诸公主皆进封。时岁近争为奢诡事，主独以俭，常用铁簪画壁，记田租所入。文宗尤恶世流侈，因主入，问曰："姑所服，何年法也？今之弊，何代而然？"对曰："妾自贞元时辞宫，所服皆当时赐，未尝敢变。元和后，数用兵，悉出禁藏纤丽物赏战士，由是散于人间，内外相称，狃以成风。若陛下示所好于下，谁敢不变？"帝悦，诏宫人视主衣制广狭，遍谕诸主，且敕京兆尹禁切浮靡。主尝诲诸女曰："先姑有言，吾与若皆帝子，骄盈贵侈，

---

[1] 《新唐书》卷八三《诸帝公主传》，第3664页。
[2] 《唐语林校证》卷一，第7页。

可戒不可恃。"①

与唐太宗、高宗时期将山东士族列为"禁婚家"不同，中唐以后，皇室开始主动与山东士族结为亲家。安史之乱以后，儒学开始复兴，山东士族重新登上政治舞台，唐皇室开始重视山东婚姻，宪宗时李吉甫拜相后，提倡公主配五姓子弟，意欲融洽山东士族与皇室的关系，《资治通鉴》卷二三八载：

> 十六宅诸王既不出合，其女嫁不以时，选尚者皆由宦官，率以厚赂自达。李吉甫上言："自古尚主必择其人，独近世不然。"十二月，壬申，诏封恩王等六女为县主，委中书、门下、宗正、吏部选门地人才称可者嫁之。②

此事又记载于《新唐书》卷一七二《杜兼传》：

> 开成初，文宗欲以真源、临真二公主降士族，谓宰相曰："民间修婚姻，不计官品，而上阀阅。我家二百年天子，顾不及崔、卢耶？"诏宗正卿取世家子以闻！

唐宣宗好儒学讲礼法，有"老儒生"之称。在宰相白敏中的撮合下，宣宗女万寿公主嫁于荥阳郑颢。《资治通鉴》卷二四八载：

> 万寿公主适起居郎郑颢。颢，纲之孙（郑纲为相于元和之初），登进士第，为校书郎、右拾遗内供奉，以文雅著称。公主，上之爱女，故选颢尚之。有司循旧制请用银装车，上曰："吾欲以俭约化天下，当自亲者始。"令依外命妇以铜装车。诏公主执

---

① 《新唐书》卷八三《诸帝公主传》，第 3665—3666 页。
② 《资治通鉴》卷二三八，第 7686—7687 页。

妇礼,皆如臣庶之法,戒以毋得轻夫族,毋得预时事。又申以手诏曰:"苟违吾戒,必有太平、安乐之祸。"颢弟顗,尝得危疾,上遣使视之,还,问"公主何在?"曰:"在慈恩寺观戏场。"上怒,叹曰:"我怪士大夫家不欲与我家为婚,良有以也!"亟命召公主入宫,立之阶下,不之视。公主惧,涕泣谢罪。上责之曰:"岂有小郎病,不往省视,乃观戏乎!"遣归郑氏。由是终上之世,贵戚皆兢兢守礼法,如山东衣冠之族。

另据《新唐书》卷八三载:

万寿公主,下嫁郑颢。主,帝所爱,前此下诏:"先王制礼,贵贱共之。万寿公主奉舅姑,宜从士人法。"旧制:车舆以镣金扣饰。帝曰:"我以俭率天下,宜自近始,易以铜。"主每进见,帝必谆勉笃诲,曰:"无鄙夫家,无干时事。"又曰:"太平、安乐之祸,不可不戒!"故诸主只畏,争为可喜事。帝遂诏:"夫妇,教化之端。其公主、县主有子而寡,不得复嫁。"①

"公主、县主有子而寡,不得复嫁"的诏令发布于唐宣宗大中五年(851)四月,见载于《唐会要》:

夫妇之际,教化之端,人伦所先,王猷为大。况枝连帝戚,事系国风,苟失常仪,即紊彝典。其有节义乖常,须资立制,如或情有可愍,即务从权,俾协通规,必惟中道。起自今以后,先降嫁公主、县主,如有儿女者,并不得再请从人。如无儿者,即任陈奏,宜委宗正等准此处分。如有儿女妄称无有,辄请再从人

---

① 《新唐书》卷八三《诸帝公主传》,第3672页。

者，仍委所司察获奏闻，别议处分，并宣付命妇院，永为常式。①

初盛唐之际，诸帝公主婚姻极其自由，至宣宗时，其婚姻有了法定约束。婚姻观念的变化与宣宗好"山东五姓"婚姻有关，万寿公主与荥阳郑颢的婚姻实际上是以公主及皇室的让步为代价的。《新唐书》卷八三载宣宗女广德公主之事：

> 广德公主，下嫁于琮。初，琮尚永福公主，主与帝（宣宗）食，怒折匕箸，帝曰："此可为士人妻乎？"更许琮尚主。琮为黄巢所害，主泣曰："今日谊不独存，贼宜杀我！"巢不许，乃缢室中。主治家有礼法……②

在唐宣宗教诲之下，唐室公主守礼法一如山东礼法之族，为唐代婚姻观念的转变起到重要作用。《新唐书·诸帝公主传》等史料中可以发现，自唐宪宗以后，已无再嫁公主。这反映了山东衣冠婚姻已成为社会典范，为皇室所仿效。这时候，门第以及人才成为皇室通婚的两个标准。从初盛唐民间好"山东五姓"婚姻到中唐以后皇室主动与"五姓"通婚，"五姓"婚姻在唐代的地位不断提高。

---

① 《唐会要》卷六"杂录"，第85页。
② 《新唐书》卷八三《诸帝公主传》，第3672—3673页。

第六章

唐代山东士族的思想

东汉士族以经学立门户，儒学成为其家学中最重要的因素。进入六朝，玄学兴起，佛教思想盛行。受其影响，山东士族开始分化：一方面，他们融合三教，开创了我国思想史上特有的"三教合一"的局面；另一方面，山东高门部分极端人士以捍卫汉文化传统为由，发动了灭佛运动。唐代社会以诗赋取士，为适应新时代的要求，山东士族家学开始发生变化，传统经学逐渐为文学取代。

第一节 山东士族的家学

由于东汉以来，山东地区的文化积淀一直超过关中和江左，其儒学传统亦非其他地区所能比拟，《北史》卷八一载：

> 自正朔不一，将三百年，师训纷纶，无所取正。隋文膺期纂历，平一寰宇，顿天网以掩之，贲旌帛以礼之，设好爵以縻之，于是四

海九州，强学待问之士，靡不毕集焉。天子乃整万乘，率百僚，遵问道之仪，观释奠之礼。博士罄悬河之辩，侍中竭重席之奥，考正亡逸，研核异同，积滞群疑，涣然冰释。于是超擢奇俊，厚赏诸儒，京邑达乎四方，皆启黉校。齐鲁赵魏，学者尤多，负笈追师，不远千里，讲诵之声，道路不绝。中州之盛，自汉魏以来，一时而已。①

所谓"齐鲁赵魏，学者尤多……中州之盛"皆言山东经学之盛。清人皮锡瑞认为："案北朝诸君，惟孝文、周武帝能一变旧风，崇尊儒术。考其实效，亦未必优于萧梁。而北学反胜于南者，由于北人俗尚朴纯，未染清言之风、浮华之习，故能专宗郑、服，不为伪孔、王、杜所惑。此北学所以纯正胜南也。"②《魏书·儒林传》反映了北魏儒学之盛，《宋书》《南齐书》甚至不能为儒林立传也反映了南方儒学的衰退。除了北魏孝文帝、周武帝外，北魏以来的北朝统治者，汉化程度并不高。北学胜南的原因，皮锡瑞理解为北人的纯朴。事实上，北学胜于南学，绝非鲜卑统治集团和庶民之功，北方士族尤其是山东士族才是支撑北学繁荣的根本。

永嘉之乱时，由于山东士族多居于河北，未及南渡，故仕于五胡。陈寅恪先生说："夫士族之特点既在其门风之优美，不同于凡庶，而优美之门风实基于学业之因袭。故士族家世相传之学业乃与当时之政治社会有极重要之影响。"③ 中古时期，经学多为家传，产生于士族之家。北学胜南，说明了北方士族家学胜过南方。山东士族优美的门风及其家学正是北学繁荣的基础。

东汉以来，山东士族家传儒学。六朝时期，玄学兴起，老庄思想

---

① （唐）李延寿：《北史》卷八一《儒林传序》，中华书局1974年版，第2707页。
② （清）皮锡瑞：《经学历史》，中华书局2004年版，第127页。
③ 陈寅恪：《唐代政治史述论稿》，上海古籍出版社1997年版，第71页。

盛行。玄学主要影响了江东吴姓士族及永嘉南渡的侨姓士族，而停留北朝的山东士族犹能恪守儒家传统礼法。东汉以后的六朝，儒学本身也如礼学中所见的那样是作为生活实践之学而发展起来的，儒学越来越注重实践。《魏书·崔浩传》载：

> 浩能为杂说，不长属文，而留心于制度、科律及经术之言。作家祭法，次序五宗，蒸尝之礼，丰俭之节，义理可观。性不好老庄之书，每读不过数十行，辄弃之，曰："此矫诬之说，不近人情，必非老子所作。老聃习礼，仲尼所师，岂设败法文书，以乱先王之教？韦生所谓家人筐箧中物，不可扬于王庭也。"①

清河崔浩的家学是北朝山东士族家学的典型，与南朝侨姓士族不同的是，他们"不好老庄之书"。与东汉经学相比，他们更"留心于制度、科律及经术之言"，注重实用，这也是北人"尚实"的传统。

钱穆先生说："魏晋南北朝的士族对门第中人，一则希望其有孝友的内行，一则希望其有经籍文史之学业。前者表现为家风，后者表现为家学。"② 士族的特点在于"当时极重家教门风，孝悌妇德，皆从两汉儒学传来"③。

唐代山东士族一方面继承了北朝以来的传统；另一方面，根据新时代的特点，其家学又有所变化。

为了研究整个唐代山东士族的家学，本节以《新唐书·艺文志》

---

① 《魏书》卷三五《崔浩传》，第812页。
② 钱穆：《略论魏晋南北朝学术文化与当时门第之关系》，《新亚学报》第5卷第2期，1963年版。
③ 钱穆：《国史大纲》，商务印书馆1996年版，第309页。

为研究基础,找出他们留下的著作目录。① 中国传统书目分"经""史""子""集"四部,本节以"山东五姓"中的郑、卢、崔氏三姓著作作为研究对象②,以唐以前和唐代两个时段划分,考察他们前后两个时段的著作在四部中的分布。列表如下:

郑　氏

	唐以前著作	唐代著作
经部	郑玄注《周易》十卷,马、郑、二王《集解》十卷,《古文尚书》九卷,《小戴圣礼记》二十卷,《礼议》二十卷,《孝经》一卷,《论语》十卷,《论语释义》一卷,《论语篇目弟子》一卷,《书纬》三卷,《诗纬》三卷,笺《毛诗诂训》二十卷,《谱》三卷,发《墨守》一卷,释《穀梁废疾》三卷,著《六艺论》一卷,《郑志》九卷,《郑记》六卷;郑玄等《诸家音》十五卷;郑小同《礼记义记》四卷;郑译《乐府歌辞》八卷、《乐府声调》六卷;郑众《牒例章句》九卷;何休《左氏膏肓》十卷(郑玄箴);糜信注,郑玄驳《春秋汉议》十卷;许慎《五经异义》十卷(郑玄驳)	《尚书正义》二十卷,国子祭酒孔颖达、太学博士王德韶、四门助教李子云等奉诏撰,太学助教郑祖玄等刊定
史部		郑昈《史俊》十卷、《益州理乱记》三卷;郑处诲《明皇杂录》二卷;郑綮《开天传信记》一卷;郑涣《宪宗实录》四十卷;郑亚《敬宗实录》十卷;郑澥《凉国公平蔡录》一卷;郑言《平剡录》一卷;郑樵《彭门纪乱》三卷;郑世翼《交游传》二卷;郑正则《祠享仪》一卷;郑余庆《书仪》二卷

---

① 《旧唐书·经籍志》著录截止于唐玄宗开元时期,开元以后则为空白。这种著录方式不符合史志目录的著录要求,不能完整地反映一代藏书的情况,故本书以《新唐书·艺文志》作为研究基础。

② 列入表格的崔、卢、郑三家绝大多数属于山东高门。王氏与李氏来源较多,出身山东高门的比例较小,故不列入。

续　表

	唐以前著作	唐代著作
子部		郑浣《经史要录》二十卷；郑云千《清虚真人裴君内传》一卷；郑绰录《中元论》；郑遂《洽闻记》一卷、《栖贤法隽》（僧惠明与西川节度判官郑愚、汉州刺史赵璘论佛书）一卷；郑虔《天宝军防录》（已佚，卷数不明）、《胡本草》七卷；郑景岫《南中四时摄生论》一卷、郑注《药方》一卷；郑言等撰，崔铉监修《续会要》四十卷
集部	《郑玄集》二卷、《郑亥集》二卷、《郑丰集》二卷、《郑鲜之集》二十卷	《郑世翼集》八卷；《郑秀集》十二卷；《郑余庆集》五十卷；《郑细集》三十卷；《郑浣集》三十卷；郑畋《玉堂集》五卷、《凤池稿草》三十卷、《续凤池稿草》三十卷；《郑诚集》；《郑宾集》十卷；《郑氏贻孙集》四卷；《郑常诗》一卷；郑嵎《津阳门诗》一卷；郑谷《云台编》三卷、《宜阳集》三卷；郑良士《白岩集》十卷、《郑云叟诗集》三卷；郑准《渚宫集》一卷；郑宽《百道判》一卷

卢　氏

	唐以前著作	唐代著作
经部	卢氏《注》十卷、卢植注《小戴礼记》二十卷	卢行超《易义》五卷、卢藏用《春秋后语》十卷
史部		卢彦卿《后魏纪》三十三卷；卢继《晋八王故事》十二卷、《晋四王起事》四卷；卢若虚《南宫故事》三十卷、参编《六典》三十卷；卢诜《四公记》一卷；卢律师等参编《永徽留本司格后》十一卷；卢纾《刑法要录》十卷；卢俌《嵩山记》一卷；卢求《成都记》五卷；卢耽、卢告等《文宗实录》四十卷

续　表

	唐以前著作	唐代著作
子部		卢藏用注《老子》二卷、注《庄子内外篇》十二卷，著《子书要略》一卷；慧能《金刚般若经口诀正义》一卷（慧能俗姓卢）；卢景亮《三足记》二卷；卢僎《卢公家范》一卷，卢光启《初举子》一卷；卢重元《梦书》四卷；卢子史《录逸史》
集部	《卢植集》二卷、《卢播集》二卷、《卢谌集》十卷、《卢元明集》六卷、《卢思道集》二十卷	《卢照邻集》二十卷；《卢受采集》二十卷；《卢光容集》二十卷；《卢藏用集》三十卷；《卢象集》十二卷；《卢纶集》十卷；卢全《玉川子诗》一卷；卢献卿《愍征赋》一卷；卢肇《海潮赋》一卷、《通屈赋》一卷，注林绚《大统赋》二卷；卢铤《武成王庙十哲赞》一卷；卢瓊《杼情集》二卷

崔　氏

	唐以前著作	唐代著作
经部	崔浩《注》十卷；崔觐《注》十三卷；崔灵恩《集注》二十四卷、《义注》五卷、《周官集注》二十卷、《三礼义宗》三十卷、《立义》十卷、《申先儒传例》十卷；崔游《丧服图》一卷；崔豹《大义解》十卷、崔瑗《飞龙篇篆草势合》三卷	崔良佐《易忘象》《尚书演范》；崔令钦《教坊记》一卷
史部	崔浩《汉书音义》二卷、《汉纪音义》三卷；崔鸿《十六国春秋》一百二十卷；崔蔚祖《海岱志》十卷；崔鸿《崔氏世传》七卷；崔豹《古今注》一卷、《诸王国杂仪注》十卷、《杂仪注》一百卷；崔皓《婚仪祭仪》二卷	崔善为等撰《令》三十一卷；崔行功参编《晋书》一百三十卷；崔瑄等撰，崔龟从监修《续唐历》二十二卷；崔良佐《三国春秋》；崔光庭《德宗幸奉天录》一卷；崔融等撰《则天皇后实录》二十卷；崔玄暐《友义传》十卷、《义士传》十五卷；崔氏《唐显庆登科记》五卷；崔晁《格式律令事类》四十卷；崔知悌《法例》二卷、《垂拱式》二十卷、《格》十卷、《新格》二卷、《散颁格》三卷；崔日用《姓苑略》一卷

续　表

	唐以前著作	唐代著作
子部	崔灵童《至言》六卷；崔郾《诸经纂要》十卷；崔谍《注》十卷；崔实《崔氏政论》六卷、《四民月令》一卷；崔豹《古今注》三卷；崔宏《帝王集要》三十卷；崔浩《律历术》一卷、《历日义统》一卷、《历日吉凶注》一卷、《食经》九卷；崔篆《崔氏周易林》十六卷	崔行功《目》十二卷；崔湜等《目》十三卷、《道藏音义目录》一百一十三卷，崔郾《诸经纂要》十卷；崔悫《儒玄论》三卷；崔少元《老子心镜》一卷；崔元真《灵沙受气用药诀》一卷、《云母论》二卷；崔璩等撰，崔铉监修《续会要》四十卷；崔玄昹《行己要范》十卷；崔知悌《产图》一卷、《骨蒸病灸方》一卷；崔行功《崔氏纂要方》十卷；崔玄亮《海上集验方》十卷
集部	《崔篆集》一卷、《崔駰集》十卷、《崔瑗集》五卷、《崔琦集》二卷	《崔君实集》十卷、《崔知悌集》五卷、《崔融集》六十卷、《崔行功集》六十卷、《崔液集》十卷、《崔国辅集》（卷亡）、《崔良佐集》十卷、《崔祐甫集》三十卷、《崔元翰集》三十卷、《崔咸集》二十卷、《崔颢诗》一卷、《崔峒诗》一卷、崔橹《无讥集》四卷（一作《无机集》）、《崔珏诗》一卷、《崔涂诗》一卷、崔道融《申唐诗》三卷、崔葆《数赋》十卷、崔碬《制诰集》十卷、《崔锐判》一卷、崔光《百国诗集》二十九卷、崔令钦《注》一卷、崔玄昹训注《文馆词林策》二十卷

　　从以上三个表格中可以发现，山东高门的著作量至唐代大幅上升，这与文献保存有关，也反映了唐代文化发展远过前代。在著作大量增加的同时，经部著作并没有任何增加，反而大幅减少。以郑氏为例，郑氏在唐代没有出现郑玄这样的大儒。除了太学助教郑祖玄参与了《尚书正义》20 卷的刊定工作外，没有留下任何经学著作。唐以前，除了大儒郑玄留下了大量经学著作外，还有郑译、郑众、郑小同等名儒留下大量经学著作。唐以前卢氏在经学上有 2 人留下共 30 卷著作，而卢氏在唐

代只有 2 人留下 15 卷著录。唐以前崔氏在经学上有 8 人留下共 136 卷著作，在唐代只有崔良佐 1 人留下两部经学著录。①

与经部不同的是，唐代山东旧族集部著作空前繁荣，有文集传世者大幅攀升，表现在文学家数量和文集数量的同步增长。以郑氏为例，唐以前，郑氏文学著作只留下 4 人共 26 卷文集，唐代郑氏文学创作空前繁荣，共有 16 人留下文集 232 卷以上。唐以前卢氏仅有 5 人留下共 40 卷文集，而唐代卢氏有 11 人共留下 121 卷文集。唐以前崔氏仅有 4 人留下共 18 卷文集，而唐代崔氏有 22 人共留下 317 卷文集以上。

山东士族在史学方面的成就也很突出。自汉司马迁以来，史学已脱离经学而独立，开拓了以正史为首的各种史著类型。出自彭城刘氏的刘知几父子在史学上的成就尤为突出。刘知几平生著述甚丰，自撰者有《史通》《刘氏家史》等 6 种 83 卷，预修者有《高宗后修实录》《则天大圣皇后实录》等 8 种。其中以《史通》最擅盛名。《史通》对唐以前诸史逐一加以评论，全面而深入地探讨了各种史学问题，是我国第一部有系统的史学论著。

由于修史需多种技能，故史才尤为难得。唐代礼部尚书郑惟忠尝问刘知几："自古文士多，史才少，何耶？"刘知几说："史有三长：才、学、识。世罕兼之，故史者少。夫有学无才，犹愚贾操金不能殖货；有才无学，犹巧匠无楩柟斧斤，弗能成室。善恶必书，使骄君贼臣知惧，此为无可加者。"② 实际上是将史学置于文学之上。

查屏球先生通过统计《汉书·艺文志》《隋书·经籍志》《旧唐书·经籍志》等书目分析汉以前、六朝和初盛唐文献的分布后发现，

---

① 崔令钦《教坊记》与儒学毫无关系，四库馆臣谓其"所记多开元中猥杂之事，故陈振孙讥其鄙俗"，故崔氏在唐代只有崔良佐一人留下了经学著录。

② 《新唐书》卷一三二《刘子玄传》，第 4522 页。

· 231 ·

初盛唐时期集部在四部中的比例（23%）虽远高于东汉以前（11%），但较六朝的（27%）略有下降；经部著述的比例则从汉以前的21%跌至六朝的15%再跌至初盛唐的12%；史部的著述比例从汉以前的3%增至六朝的33%再增至初盛唐的35%；子部所占比例从汉以前的65%跌至六朝的25%，初盛唐增至30%，中唐子部呈现复兴之势。① 可见，唐代山东士族著述与当时学术风气的转型关系十分密切。

从山东士族所保留下来的书目可以发现，唐代山东五姓的经学成就很小。山东士族在唐代的文集大量增加，而经学却呈现式微之势。山东旧族所以能够绵延数百年而保持其门望就在于他们保持了家学、家风。钱穆先生说："门第即来自士族，血缘本于儒家，苟儒家精神一旦消失，则门第亦将不复存在。"② 东汉以来，士族重视儒学，其家学就是传统儒学，其家风就是传统礼教，故陈寅恪先生认为："山东旧族以经术礼法为其家学门风。"③

山东旧族的家学在唐代急剧衰落，部分由于战乱，如《新唐书》卷五七载：

> 安禄山之乱，尺简不藏。元载为相，奏以千钱购书一卷，又命拾遗苗发等使江淮括访。至文宗时，郑覃侍讲，进言经籍未备，因诏秘阁搜采，于是四库之书复完，分藏于十二库。④

山东旧族家学衰落的另一重要原因是唐代社会重视文学。唐代文学之盛远过前代，这也影响到山东士族的家学。

---

① 查屏球：《唐学与唐诗学》，商务印书馆2000年版，第181页。
② 引自毛汉光《中国中古社会史论》，上海书店出版社2002年版，第87页。
③ 陈寅恪：《唐代政治史述论稿》，上海古籍出版社1997年版，第74页。
④ 《新唐书》卷五七《艺文志》，第1423页。

山东旧族的特点除了家学之外尚有家风，其家风表现在他们十分重视品德教育，故刘义庆《世说新语》将"德行""言语""政事""文学"列于前四门，这正是儒家思想在该书中的反映。山东高门重视"德行"，即品德教育，《世说新语》将此列于"言语""政事""文学"等才能之前。范阳卢植之子卢毓为吏部尚书时，"卢毓论人及选举，皆先性行而后言才，黄门郎冯翊李丰尝以问毓，毓曰：'才所以为善也，故大才成大善，小才成小善。今称之有才而不能为善，是才不中器也！'丰服其言。"①

曹操出自阉寺，门第低微，其用人重才能而轻德行。② 卢毓出自范阳大族，秉承家族门风，重德行而轻才能，故施政一反魏武帝之政。曹魏继承者司马氏出自高门，更重视德行。六朝以来士族高门正是维持了礼法家风才保持了家族的兴旺。

山东旧族家学衰落，为何仍能在唐代保持其崇高的社会地位呢？是因为他们家风未堕。唐代山东旧族虽然经学著作数量大幅下降，但他们将其儒学内化为德行，严守礼法，重视品德修养。山东士族复兴在文化上有两个原因：其一是家学之中更强调文学，这适应了唐代的科举取士；其二是强调礼法，使其家风不堕，维系其门望。毛汉光先生统计唐代后期宰相时发现他们往往既是高门主支子弟，又是进士及第。高门主支子弟往往代表着他们具备了德行，进士及第代表着他们的文学水平。

---

① 《资治通鉴》卷七三，第2331页。
② （西晋）陈寿《三国志》卷一《魏书》一载曹操"求贤令"："夫有行之士未必能进取，进取之士未必有行也。陈平岂笃行，苏秦岂守信邪？而陈平定汉业，苏秦济弱燕。由此言之，士有偏短，庸可废乎！有司明思此义，则士无遗滞，官无废业矣。"（中华书局1982年版，第32页）按：像苏秦、陈平一样大节有亏的奇才都是曹操招募的对象。

第二节　山东士族与"三教合一"的思想

山东高门家传儒学，以忠孝为根本，讲究传统礼法。唐代山东士族家学虽然衰落，但儒学精神已内化为家风，其礼法精神和孝义观念正是儒学的体现，《旧唐书·卢迈传》载：

> 卢迈，字子玄，范阳人。少以孝友谨厚称，深为叔舅崔祐甫所亲重。两经及第……而友爱恭俭。迈从父弟起，为剑南西川判官，卒于成都，归葬于洛阳，路由京师，迈奏请至城东哭于其柩，许之。近代宰臣多自以为崇重，三服之亲，或不过从而吊临；而迈独振薄俗，请临弟丧，士君子是之。①

范阳卢氏的家传儒学来自其祖先汉末大儒卢植，至唐代时仍然部分保持了家学家风。荥阳郑氏家学传自其祖先郑玄，郑玄晚年投靠冀州袁绍，他在河北一带讲学，影响甚大。郑玄子孙至唐代仍能够维持其家学家风。唐武宗朝宰相郑肃即为郑玄之后，《旧唐书·郑肃传》载："郑肃，荥阳人。祖烈，父阅，世儒家。"② 这样的经学世家在唐代为时人敬仰，故郑肃孙郑仁表以门第自负。

赵郡李氏在中唐之后名相辈出，赵郡李氏的复兴来源于其家学家风，《旧唐书·李知本传》载：

> 李知本，赵州元氏人，后魏洛州刺史灵六世孙也。父孝端，

---

① 《旧唐书》卷一三六《卢迈传》，第3753—3754页。
② 《旧唐书》卷一七六《郑肃传》，第4573页。

隋获嘉丞。初，孝端与族弟太冲，俱有世阀，而太冲官宦最高，孝端方之为劣，乡族为之语曰："太冲无兄，孝端无弟。"知本颇涉经史，事亲至孝，与弟知隐甚称雍睦。子孙百余口，财物僮仆，纤毫无间。隋末，盗贼过其间而不入，因相让曰："无犯义门。"同时避难者五百余家，皆赖而获免。①

博陵崔氏至唐代仍能够坚持其家学家风，崔沔家族迁徙关中后经济上无所凭借，正是以其家学家风方能保持其社会地位。《旧唐书·崔沔传》载："崔沔，京兆长安人，周陇州刺史士约玄孙也。自博陵徙关中，世为著姓。父皑，库部员外郎、汝州长史。沔淳谨，口无二言，事亲至孝，博学有文词。初应制举，对策高第。"② 另据《旧唐书·崔祐甫传》载："父沔，黄门侍郎，谥曰孝公。家以清俭礼法，为士流之则。"③ 崔祐甫为德宗朝名相，对山东士族在中唐复兴起到重要作用，他被德宗宠信源于其家学家风，"开元、天宝之间，传家法者：崔沔之家学，崔均之家法"④。

唐代山东高门儒学修养得自家传，文学只是其进身手段。陈寅恪先生说："经术乃两晋、北朝以来山东士族传统之旧家学，词彩则高宗、武后之后崛兴阶级之新工具。"⑤

中国原不是一个宗教的国度，自孔子提出"不语怪、力、乱、神"和"敬鬼神而远之"的信条以后，以汉族为主体的华夏民族发展成一个无宗教的民族。但自"殷人好鬼"到秦皇、汉武信方士求长生不死之药，再到佛道的出现，先民的世俗信仰陷入了"泛神论"，这

---

① 《旧唐书》卷一八八《李知本传》，第4918页。
② 《旧唐书》卷一八八《崔沔传》，第4927页。
③ 《旧唐书》卷一一九《崔祐甫传》，第3437页。
④ 《唐语林校证》，第3页。
⑤ 陈寅恪：《唐代政治史述论稿》，上海古籍出版社1998年版，第78页。

· 235 ·

种"泛神论"实际主宰了中古中国的社会生活，尤其是中下层的社会生活。中古中国社会佛道盛行，号称极盛，山东士族不可避免地受到佛道影响。

北朝高门主要生活于农村，往往聚族而居。与南朝士族相比，他们特别注重宗法关系。东汉以来，山东士族家传儒学，六朝时期他们又受到玄学和天师道的影响，再加上佛教，其家族同时吸收三教学说，对隋唐时期"三教合一"起到很大推动作用。《隋书·李士谦传》载：

> 李士谦，字子约，赵郡平棘人也。① ……客又问三教优劣，士谦曰："佛，日也；道，月也；儒，五星也。"……其妻范阳卢氏，亦有妇德。②

李士谦出自赵郡李氏，娶妻范阳卢氏，显然属于山东高门，与"会昌灭佛"的主导者李德裕郡望相同。一方面，李士谦笃信释氏，其家族深受佛教思想的影响；另一方面，他的所作所为完全符合儒家礼法。李士谦将儒、释、道分别比作日、月、星辰反映了他已初步具备了"三教合一"的思想。

王通出自太原王氏，是隋代大儒。王通曾在河汾一带讲学，被弟子谥为"文中子"。王通是隋代的思想先驱者，他的思想在当时十分超前，他在时机还不成熟的隋代就提出了儒学改造的课题。王通改造儒学的方式就是以开放的心态看待佛、道二教，并在其祖父王杰的《洪范说议》的启示下提出了"三教可一"的主张：

> 子读《洪范说议》曰："三教于是乎可一矣。"程元、魏徵

---

① 《隋书》卷七七《李士谦传》，第1752页。
② 同上书，第1754页。

进曰:"何谓也?"子曰:"使民不倦。"(《中说·问易》)

王通似乎感觉到,对佛教和道教不能简单加以否定,它们同样可以为巩固封建秩序服务。他所说的"使民不倦"正是着眼于三教的社会功能和政治功效。王通看到三教皆具备社会功能和政治功能,但亦不可夸大这种作用。他说:"《诗》《书》盛而秦世灭,非仲尼之罪也;虚玄长而晋室乱,非老庄之罪也;斋戒修而梁国亡,非释迦之罪也。《易》不云乎:苟非其人,其道不行。"(《文中子·周公》)文中子在这里十分平等地对待三教,这是历代大儒不曾有过的。后世儒生不以王通为纯儒,但正是王通推动了儒学的发展,预示了唐宋以后中国思想发展的未来走向。

王通的弟弟王绩(字无功),是隋末著名的隐士,笃信道家思想,以《庄子·逍遥游》中的"神人无功"中的"无功"为字。王绩的思想亦杂取儒释道,他在《答程道士书》中列举孔子、老子、释尊之语,认为"此皆圣人通方之玄致,宏济之秘藏","万殊虽异,道通为一",不仅称述儒道,亦兼取释氏之意,反映了他的思想与乃兄同一机杼。

"三教合一"的思想到了唐代更加明显,与李士谦同样出自赵郡李氏的李华是信佛的,但他同时也尊孔教,他说:"五帝三王之道,皆如来六度之余也。"[1](《台州乾元国清寺碑》)李华是唐代古文运动的健将,主张复古,推崇孔孟之道,为文主张宗经,要体现儒家政治思想和伦理道德观念,发挥教化作用。另外,《新唐书·李华传》说他"晚事浮屠法,不甚著书"[2]。李华的思想充满矛盾,最终他将三教思想熔于一炉。

---

[1] 《全唐文》卷三一八,第3224页。
[2] 《新唐书》卷二〇三《李华传》,第5776页。

山东士族家传儒学，对天竺传入中国的佛教本水火不容，因而山东士族的极端分子在"三武灭佛"中起到主要作用。同样出自儒家学说传统深厚的山东士族，李华本儒崇佛，他的侄子李德裕却走向另一极端，主导了"会昌灭佛"。但中古佛教盛行，作为文化士族的山东士族难免受其影响。① 唐代山东士族信奉佛教者不乏其人：如出自太原王氏的王维信奉佛教，有"诗佛"之称；出自清河崔氏的宰相崔胤（翰林学士崔慎由之子）小名为"缁郎"，亦是受家传佛教之影响。

如何解决佛教与传统儒教的矛盾是摆在思想家面前的一个重要问题，这种矛盾至隋唐时期得到解决，解决的方法就是"三教合一"。佛教中的南宗禅对后世思想影响尤为深刻，南宗禅的创始人是唐代僧人慧能，与北宗神秀号称"南能北秀"。后南宗独盛，几成禅宗代名词，而禅宗几成中国佛教代名词，今西人所流传的习禅之风即取自中国南宗禅，由日本铃木大拙传入西方。前引李士谦和王通站在儒家的立场上吸收佛教融入其思想体系，以佛教思想改革儒教，而禅宗六祖慧能则是站在佛教的立场上吸收儒家思想来补充佛教的不足。慧能出自范阳卢氏，属于山东高门五姓之一，宋赞宁《宋高僧传》载：

> 释慧能，姓卢氏，南海新兴人也，其本世居范阳。厥考讳行瑫，武德中流于新州百姓，终于贬所。略述家系，避卢亭岛夷之不敏也。贞观十二年戊戌岁生能也，纯淑迂怀，惠性间出。虽蛮风獠俗，渍染不深，而诡行幺形，驳杂难测。父既少失，母且寡居，家亦屡空，业无胼产。能负薪矣，日售荷担。②

---

① 宗教信仰有家族性，如琅琊王氏王羲之家族世代奉天师道，顾恺之家族亦信奉天师道。但同一家族信仰也有很大差异，如北魏崔浩灭佛，但其弟却是佛教徒；元代耶律楚材佞佛，其子却是全真教信徒。

② （宋）释赞宁：《宋高僧传》，中华书局1987年版，第173页。

李映辉博士统计了唐代前期高僧籍贯的地理分布（按贞观十道作为统计单位），发现"最南的岭南道，所出高僧最少（仅 10 人）。安史之乱前，岭南尚未尽开发，户口稀少，能深入佛教堂奥的人就只能是凤毛麟角了"①。慧能是中国佛教最著名的改革家，其《六祖坛经》是出自中国佛教的唯一以"经"的形式流传下来的书。唐代前期，在岭南这样的地方出现了中国的"马丁·路德"② 的原因只能解释为家族因素的影响。

禅宗六祖慧能的宗教改革使得佛教与儒教结合，加速了佛教中国化的进程，他以儒家思想和道家思想改造了佛教。洪修平先生说：

> 它（南宗）虽然在许多方面与佛陀精神相通，却并不是简单地向原始佛教复归。在它的禅学理论与禅学实践中，融入了大量传统思想文化的精神，特别是老庄的自然无为之道与儒家的至善、至诚之性等，成为慧能南宗禅学思想的重要理论来源。这就决定了慧能南宗在理论和实践上都表现出了许多与传统禅学相异的中国化的特色。③

前面提到，王通站在儒家立场上以佛教思想来补充和改造儒教，慧能则是站在佛教的立场上的，洪修平先生说：

> 禅宗站在佛教的立场上，将儒家的心性论、道家的自然论与佛教的基本思想融通为一，从而形成了它所特有的中国化的禅学理论和修行方式等。隋唐佛教宗派站在佛教立场上实现的三教融

---

① 李映辉：《唐代佛教地理研究》，湖南大学出版社 2004 年版，第 39 页。
② 马丁·路德为德国神学家，是天主教中的改革派，而慧能是中国佛教的改革者，故现代研究者常有此比喻。
③ 洪修平：《中国禅学思想史纲》，南京大学出版社 1994 年版，第 139 页。

合，对宋明理学站在儒家立场上的三教融合，产生了重大的影响。①

佛学至唐代而极盛，汉传佛教的八大宗派至唐代皆已形成。中唐以后，禅宗一枝独秀，正如任继愈先生所说："唐代后期，禅宗几乎代替了其他宗派，垄断了佛教，甚至禅学和佛教成了同义词。"② 中国化的佛教禅宗影响了唐以后的思想领域，而唐以后所谓禅宗，实为慧能所创立的南禅宗。

李德裕是唐武宗"会昌灭佛"的主导者，属于山东旧族的激进分子，但也不能以纯儒视之，他的思想深受三教的影响：

> 上元瓦官寺僧守亮，通《周易》，性若狂易。李卫公（李德裕）镇浙西，以南朝旧寺多名僧，求知《易》者，因帖下诸寺，令择送至府。瓦官寺众白守亮曰："大夫取解《易》僧，汝常时好说《易》，可往否？"守亮请行。众戒曰："大夫英俊严重，非造次可至，汝当慎之。"守亮既至，卫公初见，未之敬。及与言论，分条析理，出没幽赜，公凡欲质疑，亮已演其意。公大惊，不觉前席。命于甘露寺设官舍，自于府中设讲席，命从事已下，皆横经听之，逾年方毕。既而请再讲。讲将半，亟谓归甘露。既至命浴。浴毕，整巾履，遣白公云："大期今至，不及回辞。"言讫而终。公闻惊异，明日率宾客至寺致祭。适有南海使送西国异香，公于龛前焚之，其烟如弦，穿屋而上，观者悲敬。公自草祭文，谓举世之官爵俸禄，皆加于亮，亮尽受之，可以无愧。③

---

① 洪修平：《隋唐儒佛道三教关系及其学术影响》，《南京大学学报》2003 年第 6 期。
② 任继愈：《中国哲学史简编》，人民出版社 1978 年版，第 242 页。
③ 《唐语林校证》，第 152 页。

《周易》属于儒家基本经典"六经"之一，上元瓦官寺僧守亮本佛教徒，却精于易学，这也说明了儒家思想在当时佛教界的盛行。唐代文人几乎都受到三教影响，李德裕从僧人中求知《易》者，也属于融合佛教和儒教的范畴。另外，李德裕《梁武论》说佛教"所宝与老氏之无欲、知足，司城之不贪为宝，其义一也"。李德裕此言表明他亦具备了"三教合一"的初步思想。

从王通到慧能，我们可以发现，山东高门深受三教的影响。在无法调节三教矛盾之时，山东高门开始融合三教，凭借其深厚的文化功底和文化影响力，最终为我国思想史上的"三教合一"作出了巨大贡献。

第三节 山东士族与"会昌灭佛"

山东士族世奉儒学，当儒学与外来佛教有矛盾冲突时，山东高门部分士人采取调和态度，如上一节所说李士谦、王通、慧能、李华等，他们对三教兼收并蓄，带来中国思想史上的"三教合一"。另一部分山东士人对佛教采取了抵制态度，最终酿成"三武灭佛"的悲剧。

"三武灭佛"指北魏太武帝灭佛、北周武帝灭佛、唐武宗灭佛，因为灭佛的三位皇帝谥号或庙号皆为"武"，故谓"三武灭佛"。"三武灭佛"与山东士族有关，北魏太武帝由于宠信清河崔浩而灭佛，唐武宗灭佛的重要原因则是因为权臣赵郡李德裕的作用。唐武宗年号"会昌"，其灭佛运动被称作"会昌灭佛"，这是唐代唯一一次大型灭佛运动。"会昌灭佛"对历史的影响极大，且与山东士族有重要关联，因此有必要对此问题作一探讨。

一　夷夏之辨

正如上文论述，山东士族家传儒学，成为中古时期中国传统文化的代表。灭佛运动直接的导火线是佛道之争。儒家与道教都起源于中国，而佛教来源于印度。当三教发生冲突时，儒家与道教往往联合起来抵抗佛教，而论争的主要内容往往是夷夏之辨。

一般认为，佛教两汉之际自西域传入中国。佛教传入中国后，与中国传统思想展开了激烈的较量，在较量中互相渗透、融合，形成了中国独有的儒、佛、道三教关系。

东晋时，江左佛教与道教同步发展，敬奉道教的士族，并不排佛，反之亦然。东汉道士已有老子入夷狄为浮屠之论，西晋道士王浮所作《老子化胡经》即叙述此事。南朝宋末顾欢将夷夏观念引入宗教，带来了佛道之争：

> （顾欢八岁时）诵《孝经》《诗》《论》。及长，笃志好学。……并受经句。欢年二十余，更从豫章雷次宗谘玄儒诸义。母亡，水浆不入口六七日，庐于墓次，遂隐遁不仕。于剡天台山开馆聚徒，受业者常近百人。欢早孤，每读《诗》至"哀哀父母"，辄执书恸泣。[①]

顾欢本人重孝道，问学于大儒雷次宗，颇重视中华本土文化的继承。但他又将道教置于儒教之上，视道士为国师，他说：

> 五帝、三皇、莫不有师。国师道士，无过老、庄，儒林之

[①] 《南齐书》卷五四《顾欢传》，第928—929页。

宗，孰出周、孔。若孔、老非佛，谁则当之？然二经所说，如合符契。道则佛也，佛则道也。其圣则符，其迹则反。①

顾欢虽言"道则佛也，佛则道也"，似有三教混一之意，但他认为佛乃老子西行化胡的产物，将道教置于佛教之上。他认为：

佛道齐乎达化，而有夷夏之别，若谓其致既均，其法可换者，而车可涉川，舟可行陆乎？今以中夏之性，效西戎之法，既不全同，又不全异。下弃妻孥，上废宗祀。嗜欲之物，皆以礼伸；孝敬之典，独以法屈。悖礼犯顺，曾莫之觉。弱丧忘归，孰识其旧？且理之可贵者，道也；事之可贱者，俗也。舍华效夷，义将安取？②

他从夷夏大防的角度，将佛教视为夷教。

北方社会佛道之争在北魏太武帝时就出现了，对于佛祖释迦牟尼，清河崔浩称之为"胡神"。《魏书·崔浩传》载：

（崔）浩既不信佛、道，（崔浩弟）模深所归向，每虽粪土之中，礼拜形像。浩大笑之，云："持此头颅不净处跪是胡神也。"③

释迦牟尼是天竺圣人，对于中国人来讲他属于胡人。反佛者大多认为佛教来自西域胡国，中华不应崇奉。后赵石虎曾说过胡人该奉胡神，所以作为胡人应该信佛教。那么崔浩鼓动太武帝灭佛的意图就可想而知了。

---

① 同上书，第931页。
② （南朝齐）顾欢：《夷夏论》，《南齐书》卷五四《顾欢传》，第931—932页。
③ 《魏书》卷三五《崔浩传》，第827页。

灭佛运动常常与夷夏大防有关，其直接根源则是三教之争，灭佛者往往笃信儒道。周武帝灭北齐后，马上去看望北齐大儒熊安生。"帝大钦重之。及入邺，安生遽令扫门，家人怪而问之，安生曰：'周帝重道尊儒，必将见我矣。'俄而帝幸其第，诏不听拜，亲执其手，引与同坐。"①

由于"唐源流出于夷狄"②，唐高祖之母独孤氏、太宗之母窦氏③、高宗之母长孙氏都属于胡人，李氏家族属于典型的胡人婚姻圈。李氏久居于六镇之武川，胡化很深，以此为基础建立的所谓"关陇集团"也是胡汉杂糅，唐太宗李世民就被称为"天可汗"，这样的政权对佛教这种"胡神"自然没有排斥心理。

初盛唐统治者虽以华夏统治者自居，但常常表现出胡人特性，其他人也常以胡人视之。如海陵王李元吉为唐高祖李渊之子，李世民之弟，山东人单雄信却视之为胡儿④；李世民之太子李承乾也是穿胡服、学胡语，一派胡人作风。

初唐排佛者首推傅奕，据《大唐新语》载：

> 太史令傅奕，博综群言，尤精庄老，以齐死生混荣辱为事，深排释氏，嫉之如仇。尝至河东，遇弥勒塔，士女辐辏礼拜，奕长揖之曰："汝往代之圣人，我当今之达士。"奕上疏请去释教，其词曰："佛在西域，言妖路远。汉译胡书，恣其假托。故不忠不孝，削发而揖君亲；游手游食，易服以逃租税。凡百黎庶，不察根源，乃追既往之罪，虚觊将来之福。布施一钱，希万倍之

---

① （唐）李延寿：《北史》卷八二《熊安生传》，中华书局 1974 年版，第 2744 页。
② （宋）黎靖德编：《朱子语类》卷一一六，中华书局 1986 年版，第 3245 页。
③ 即纥豆陵氏，非汉族高门扶风平陵窦氏。
④ 参见《隋唐嘉话》卷上，第 9 页。

报；持斋一日，期百日之粮。"①

傅奕是历史上有名的反佛斗士，他排斥佛教强调的是夷夏之别。

李唐皇室的胡化作风为山东士族所不满。武后、中宗多次观看泼寒胡戏，引起张说等反对。先天二年，张说上《谏泼寒戏疏》：

> 臣闻韩宣适鲁，见周礼而叹；孔子会齐，数倡优之罪。列国如此，况天朝乎。今外蕃请和，选使朝谒，所望接以礼乐，示以兵威。虽曰戎夷，不可轻易，焉知无驹支之辩，由余之言哉？且泼寒胡未闻典故，裸体跳足，盛德何观；挥水投泥，失容斯盛。法殊鲁孔，亵比齐优，恐非干羽柔远之义，樽俎折冲之礼。②

张说自称范阳人，有可能冒范阳族望。但他祖籍山西，又随父亲迁居洛阳，属于山东士族，当无问题。张氏出自近代新门，虽非一等高门，但与荥阳郑氏与范阳卢氏结姻，加入了山东五姓婚姻圈内。张说以儒者自处：

> 景龙中，丁母忧去职，起复授黄门侍郎，累表固辞，言甚切至，优诏方许之。是时风教颇紊，多以起复为荣，而说固节恳辞，竟终其丧制，大为识者所称。③

他不仅讲孝道，且穿儒服，"开元中，燕公张说当朝文伯，冠服以儒者自处。明皇嫌其异己，赐内样巾子，长脚罗幞头，燕公服之入谢，明皇大喜。"④ 张说处处以儒者自居，又加入了山东五姓婚姻圈内，从文化上讲，自然可视作传统山东士族。《唐国史补》卷上载：

---

① 《大唐新语》，第149页。按：此事又见于《旧唐书》和《资治通鉴》。
② 《旧唐书》卷九七《张说传》，第3052页。
③ 《旧唐书》卷九七《张说传》，第3051页。
④ 《唐语林校证》，第346—347页。

> 梨园弟子有胡雏者,善吹笛,尤承恩宠。尝犯洛阳令崔隐甫,已而走入禁中。玄宗非时托以他事,召隐甫对,胡雏在侧。指曰:"就卿乞此得否?"隐甫对曰:"陛下此言,是轻臣而重乐人也。臣请休官。"再拜将出。上遽曰:"朕与卿戏耳!"遂令曳出。才至门外,立杖杀之。俄顷有敕释放,已死矣。①

崔隐甫为崔僎之曾孙,贝州武城人,出自清河崔氏,属于山东高门。表面上看,崔隐甫反对的是乐人,实际上带有排外思想,正如岑仲勉先生所说:

> 山东士门不愿与异族为婚,混乱血统,其主张门第婚姻,实蕴含着抗外思潮,不应单凭表面形象,只看作阶级意味。②

唐宪宗元和时期短暂的中兴使社会生产力有所发展,时代在给文士以希望与振奋的同时也给予他们沉重的责任心和使命感。中唐以后,中国本位文化逐渐受到推崇,这一时期发生的两大文学运动,即以韩、柳为首的古文运动和以元、白为首的新乐府运动都把矛头指向了胡风。陈寅恪先生认为:

> 古文运动一事,实由安史之乱及藩镇割据之局所引起。安史为西胡杂种,藩镇又是胡族或胡化之汉人,故当时特出之文士自觉或不自觉,其意识中无不具有远则周之四夷交侵,近则晋之五胡乱华之印象,"尊王攘夷"所以为古文运动中心之思想也。③

---

① (唐)李肇:《唐国史补》卷上"胡雏犯崔令"条,《唐五代笔记小说大观》本,上海古籍出版社2000年版,第164页。
② 岑仲勉:《隋唐史》,河北教育出版社2000年版,第116页。
③ 陈寅恪:《金明馆丛稿初编》,生活·读书·新知三联书店2001年版,第329页。

安史之乱带来汉族本位文化的复兴，中国传统文化的代表山东士族开始为世人所重。传统文化的复兴带来了一系列变化：政治上，山东士族逐渐掌握国家政权，全面复兴；文学上，古文运动蓬勃发展，并带来了古体诗的繁荣；思想上，佛教作为外来宗教受到攻击，导致了日后的"会昌灭佛"。

唐代是中国佛教的鼎盛时期，汉传佛教的八大宗派至唐代已全部形成，唐士人鲜有不受佛教思想影响者。在佛教兴盛的同时，道教和儒教亦十分发达。由于唐代统治者自诩为老子之后，尊道教为国教。"武周革命"时，武后从佛教《大云经》中找到女子称帝的根据，推崇佛教，打击道教。中宗复辟后行事依贞观故事，道教再度复兴。在道教与佛教发展的同时，儒教在整个唐代都能得到统治者的推崇。洪修平先生认为："隋唐思想文化中一个令人瞩目的重要特点就是以佛教兴盛为标志的儒佛道三教鼎立。"①

中唐以后，山东士族全面复兴，中华本土文化逐渐为士人所重。这一时期，复古思想开始抬头，士人们将矛头指向佛教。韩愈是中唐古文运动的领导者，也是坚定的反佛斗士。唐宪宗元和年间，法门寺（今属陕西省宝鸡市扶风县）有护国真身塔，塔内有释迦牟尼佛指骨一节（此舍利至今仍保存完好）。元和十四年（819）正月，宪宗令中使持香花迎佛骨。佛骨自光顺门入大内，留禁中三日后，送诸寺庙供奉。王公士庶，奔走施舍，唯恐在后。百姓有废业破产而求供养者。韩愈素不喜佛，写出著名的《论佛骨表》：

> 佛本夷狄之人，与中国言语不通，衣服殊制。口不道先王之法言，身不服先王之法服，不知君臣之义、父子之情。假如其身尚

---

① 洪修平：《隋唐儒佛道三教关系及其学术影响》，《南京大学学报》2003年第6期。

在，奉其国命，来朝京师，陛下容而接之，不过宣政一见，礼宾一设，赐衣一袭，卫而出之于境，不令惑于众也。况其身死已久，枯朽之骨，凶秽之余，岂宜以入宫禁！孔子曰："敬鬼神而远之。"①

韩愈冒着生命危险向唐宪宗上书谏迎佛骨，强调的就是夷夏大防。韩愈的继承者李翱亦据儒学反佛，中唐复古运动为日后"会昌灭佛"埋下了伏笔。

唐武宗会昌三年（843）六月十三日，太子詹事韦宗卿撰《涅槃经疏》二十卷进呈武宗，武宗大怒，敕曰："韦宗卿素儒士林，衣冠望族（京兆韦氏），不能敷扬孔墨，翻乃溺信浮屠，妄撰胡书，辄有轻进。"② 唐武宗称佛经为胡书，还是站在夷夏大防的立场上。

唐武宗时，出身于山东高门的李德裕大权独揽，"会昌灭佛"与李德裕有密切关系。汤用彤先生说："武宗信道毁佛，卫公亦不喜释氏，宜其毁法至酷烈也。"③ 李德裕出身于典型的道教家庭，其妻刘氏传上清法箓，为女道士。④ 其妾徐氏是女道士，儿媳也是女道士。宋人陈善认为："会昌之政，德裕内之，其深信道家之说，恐非但武宗之意。"⑤

儒家和道教皆出于中土，其相同相似点甚多，故世代家传儒学的山东高门常常信奉道教，北魏清河崔浩与寇谦之的宗教改革将礼法融入天师道中即儒道融合的尝试。陈寅恪先生《天师道与滨海地域之关

---

① 《旧唐书》卷一六〇《韩愈传》，第 4200 页。
② （唐）圆仁：《入唐求法巡礼行记》卷四，参见牛致功《唐代碑石与文化研究》，三秦出版社 2002 年版，第 299 页。
③ 汤用彤：《隋唐佛教史稿》，中华书局 1982 年版，第 47 页。
④ 见李德裕撰《唐茅山燕洞宫大洞炼士彭城刘氏墓志铭并序》，陈寅恪认为刘氏为李德裕妾，岑仲勉先生认为刘氏乃德裕妻。（参见岑仲勉《唐史余渖》，中华书局 2004 年版，第 191 页）今从岑说。
⑤ （宋）陈善：《扪虱新话》卷一〇《唐武宗、李德裕深信道家之说》，上海书店出版社 1990 年版，据涵芬楼旧版影印。

系》中《孙恩之乱》一节分析了孙恩、卢循的身世，他论及卢循先人卢谌，疑卢氏亦为道教世家。卢谌好老庄，擅长书法，"反映卢氏家族业已完成从儒学向玄学的转变"①。

中古山东高门是华夏文化的代表，当传统文化与外来文化发生撞击时，他们以汉文化继承者自居。岑仲勉先生说：

> （山东士族）其所以得到一般仰慕，要点在于能保持"礼教"，"礼"即汉族相传之习俗，所以能够保持，就在于少混血。简言之，"山东门第"者比较未大接受五胡族的熏染之姓氏而已。②

佛教来自天竺，属于外来文化，中古时期盛行于中土。当其对中国传统思想造成剧烈冲撞时，山东高门往往与道教联合起来，捍卫传统，并以非常手段排斥佛教，最终造成中古时期的灭佛运动。

二 佛教与山东士族的观念冲突

山东士族反对佛教的另一重要原因是佛教的铺张浪费。山东士族家传儒学，而节俭也是儒学的基本要义，儒学中有很多关于节俭的论述。如：子贡谓夫子："温、良、恭、俭、让。"（《论语·学而》）孔子回答子路道："奢则不孙，俭则固。与其不孙也，宁固。"（《论语·述而》）

佛教传入中国后，兴盛于南北朝。由于国家的分裂，南北佛教发展的模式也不一样。南方佛教徒多精研佛教义理，北朝五胡统治者则主要靠建造佛寺、庙塔以建功德。虽然唐人杜牧诗云"南朝四百八十寺，多少楼台烟雨中"，但南朝佛寺无论是规模还是数量皆远不及北

---

① 田余庆：《东晋门阀政治》，北京大学出版社2005年版，第259页。
② 岑仲勉：《隋唐史》，河北教育出版社2000年版，第118页。

朝。北魏后期，北方寺庙多达三万多所，僧侣人数多达二百万，其中包括不少逃役之人。北周、北齐时，佛教势力更盛，北齐有寺庙四万余所，僧侣达二百万；北周有寺庙万余所，僧侣一百万人左右，约占编户人数的十分之一。① 现存三大石窟中的云冈石窟、龙门石窟、敦煌莫高窟皆地处北方，多为北魏隋唐所建。佛寺占有大量土地和劳动力，引起了崇尚节俭的统治者及掌权的山东士族的警惕。周武帝灭佛的根本原因是与寺庙争夺土地与劳动力，禁绝佛教以僧众充军，将庙产收归国有。

周武帝好儒学，道士卫元嵩为周武帝灭佛首谋，有儒学著作《元包》十卷②，可见周武帝灭佛与儒道思想有关。周武帝打败北齐后，立即拜访尚儒学的山东士族。《周书·武帝纪下》载：

> （周武帝）凡布怀立行，皆欲逾越古人。身衣布袍，寝布被，无金宝之饰，诸宫殿华绮者，皆彻毁之，改为土阶数尺，不施栌栱。其雕文刻镂，锦绣纂组，一皆禁断。后宫嫔御，不过十余人。劳谦接下，自强不息。③

周武帝之节俭正如其遗诏所云：

> 朕平生居处，每存菲薄，非直以训子孙，亦乃本心所好。丧事资用，须使俭而合礼，墓而不坟，自古通典。随吉即葬，葬讫公除。四方士庶，各三日哭。妃嫔以下无子者，悉放还家。④

---

① 王永平：《拥抱文明——十六国北朝改革的启示》，南京大学出版社2000年版，第213页。
② 载于《新唐书·艺文志》，题苏源明传，李江注。
③ （唐）令狐德棻：《周书》卷六《武帝纪下》，中华书局1975年版，第107页。
④ 同上。

唐代山东士族虽然深受佛教的影响，也多从儒家节俭的角度反对寺庙的铺张浪费。牛致功先生认为，唐武宗会昌灭佛的根本原因是经济问题。① 儒学强调经世致用，唐代山东士族多次从节俭的角度反对统治者崇释氏、建寺庙。

因佛教《大云经》中有女子称国王的记载，故武后掌权后，十分推崇佛教，现存洛阳龙门石窟之奉先寺即为武则天以其脂粉钱建造。长安末年，女帝武则天将建大像于白司马坂，出自赵郡李氏的李峤上疏谏之，其略曰：

> 臣以法王慈敏，菩萨护持，惟拟饶益众生，非要营修土木。伏闻造像，税非户口，钱出僧尼，不得州县只承，必是不能济办，终须科率，岂免劳扰！天下编户，贫弱者众，亦有庸力客作以济糇粮，亦有卖舍贴田以代王役。造像钱见有一十七万余贯，若将散施，广济贫穷，人与一千，济得一十七万余户，拯饥寒之弊，省劳役之勤，顺诸佛慈悲之心，沾圣君亭育之意，人神胥悦，功德无穷。②

同样，出自赵郡李氏的李吉甫（李德裕之父）亦从经济角度出发，反对鬼神及佛教，《唐语林》载：

> 李相国忠公（李吉甫），贞元十九年为饶州刺史。先是郡城已连失四牧，故府废者七稔，公莅任后，命启钥而居之。郡吏以有怪坚请，公曰："神好正直，守直则神避；妖不胜德，失德则妖兴。居之在人。"③

---

① 牛致功：《试论唐武宗灭佛的原因》，《唐代碑石与文化研究》，三秦出版社2002年版，第292页。
② 《旧唐书》卷九四《李峤传》，第2994—2995页。
③ 《唐语林校证》卷三，第200页。

当佛寺利益与国家利益发生冲突时,李吉甫从维护封建统治的角度坚持朝廷法度。《旧唐书·李吉甫传》载:"京城诸僧有以庄硙免税者,吉甫奏曰:'钱米所征,素有定额,宽缁徒有余之力,配贫下无告之民,必不可许。宪宗乃止。'"① 李吉甫的这一主张实际上是限制寺院过多的经济特权,这与后来会昌灭佛的精神是一致的。

李吉甫之子李德裕有乃父之风,当时南方巫风很盛,多建淫祠,连项羽、靳尚之徒都在祭祀之列,(长庆三年)"十二月,浙西观察使李德裕奏去管内淫祠一千一十五所"②。对此,徐凝《浙西李尚书奏毁淫昏庙》诗赞道:"传闻废淫祀,万里静山陂。欲慰灵均恨,先烧靳尚祠。"另据《旧唐书·敬宗纪》载:

> 乙未,徐泗王智兴请置僧尼戒坛,浙西观察使李德裕奏状论其奸幸。时自宪宗朝有敕禁私度戒坛,智兴冒禁陈请,盖缘久不兴置,由是天下沙门奔走如不及。智兴邀其厚利,由是致富,时议丑之。③

李德裕表面上是反对王智兴私设坛剃度僧尼,实际上是反对寺庙与国家抢占劳动力,使朝廷减少了赋税收入。李德裕《梁武论》中反对梁武帝佞佛伤民,也多是从经济角度考虑的。

会昌灭佛后,李德裕对唐武宗的行动大加赞赏,上《贺废毁诸寺德音表》,表中说:

> 拆寺兰若共四万六千六百余所,还俗僧尼并奴婢为两税户共约四十一万余人,得良田约数千顷。……臣闻仲尼祖述尧舜,宪

---

① 《旧唐书》卷一四八《李吉甫传》,第3994页。
② 《旧唐书》卷一六《穆宗本纪》,第503页。
③ 《旧唐书》卷一七上《穆宗本纪》,第513页。

章文武，大弘圣道，以黜异端。末季以来，斯道久废，不遇大圣，孰能极之。……独发英断，破逃亡之薮，皆列齐人；收高壤之田，尽归王税。正群生之大惑，返六合之浇风。出前圣之谟，为后王之法。巍巍功德，焕炳图书。

李德裕对会昌灭佛的效果表示满意，也多是从灭佛的经济意义考虑的。

在佛教思想蔓延的中古时期，山东高门难免受其影响，一部分开始融合三教（如王通、慧能），另一部分走上了灭佛之路（如崔浩、李德裕）。山东士族灭佛的原因主要有两点：一是传统儒家思想中的夷夏大防观念；二是山东士族家风中的节俭观念。佛教源自印度，发展至六朝开始大兴佛寺，占用了大量财力和劳动力，遭到山东士族极端人士的抵制，最终酿成灭佛的惨剧。

除了上述原因外，佛教众生平等的观念冲击了贵族门阀制度，引来山东士族的不满。山东士族在中唐的兴起带来了传统儒学的复苏，也成为武宗会昌灭佛的原因之一。"三武灭佛"的原因多与山东士族有关：北魏太武帝灭佛与清河崔浩有关，武宗灭佛与宰相赵郡李德裕有关。

由于唐人小说十分发达，创作者喜欢"有意为之"。再加上唐代小说家的身份十分复杂，很多反佛者常常在小说中遭到污蔑。如有人在阎罗王处见到周武帝，身戴三重枷锁[1]；贞观年间太史令傅奕成为发配越州的"泥犁人"[2]；灭佛的唐武宗因"坐毁圣教"，被减去一纪寿命[3]。污蔑灭佛者的小说往往是僧徒所为，多不可信。

---

[1] 《太平广记》卷一〇二"赵文昌"条引《法苑珠林》，第685页。
[2] 《太平广记》卷一一六"傅奕"条引《地狱苦记》，第810页。
[3] 《太平广记》卷一一六"唐武宗"条引《传神录》，第812页。

第七章

唐代山东士族的文学创作

秦汉以来,文学与家族就有密切关系,如枚乘与枚皋、张子乔与张丰两家父子,均有赋作(据《汉志》);杜延年与杜钦、王吉与王骏、杨敞与杨恽、司马谈与司马迁等父子均能文。西汉刘辟疆家族相继涌现了刘德、刘向、刘歆等作家。魏晋以来,文学更是集中到家族内部,著名者如"三曹"(曹操、曹丕、曹植)、"二阮"(阮籍、阮咸)、"三张"(张载、张协、张亢)、"二陆"(陆机、陆云)、"两潘"(潘岳、潘尼)等。南北朝时期,文学与文化更加集中于少数世家大族,与政治、经济特权一起世代相传。

山东士族家学中本来最重视儒学,文学列于"德行""言语""政事"之后。进入唐代以后,由于关陇贵族的执政和儒学的衰退,山东士族遇到前所未有的危机。欲在新时代取得成功,必须要与时俱进,具有深厚文化功底的山东士族开始将兴趣向文学转移。

尽管传统山东士族家学以儒学为主,不好属文。但唐代统治者好文学,且以文学取士,山东士族与时俱进,文学转变成其家学中的重要内容。事实上,儒学和文学既有相通的一面,又有矛盾的地方。具有深厚儒学功底的山东士族转而以文学进身，在新时代取得政治地位和经济地位，带来了山东士族文学创作的繁荣。山东士族在唐代文坛前后期地位变化很大，初盛唐，政治上不得意的山东士族，文学创作成就却很高，产生了一批中国文学史上最出色的文学家。中唐以后，山东士族成为政治明星，文学家人数增多，创作水平却反而有所下降。

第一节　唐代统治阶级对文学的重视

唐历代君王多好文学，今据《全唐诗》《全唐诗外编》所载，唐帝王有诗存世者包括：唐高祖、太宗、高宗、武后、中宗、睿宗、玄宗、肃宗、德宗、文宗、宣宗、懿宗、昭宗。李唐王朝享国共289年（618—907），这13位诗人帝王统治时间长达243年。一些没有作品存世的皇帝也十分重视文学。

唐太宗以马上得天下，出自山东士族的魏徵明白马上得天下却不能马上治天下的道理，提倡文教。

> 太宗之平刘武周，河东士庶歌舞于道，军人相与为《秦王破阵乐》之曲，后编乐府云《破阵乐》，被甲持戟，以象战事；《庆善乐》，广袖曳屣，以象文德。郑公见奏《破阵乐》，则俯而不视；《庆善乐》，则玩之而不厌。①

在魏徵等人的建议下，太宗修文偃武，以文德治天下。唐太宗喜

---

① 《隋唐嘉话》卷中，第18页。

好文学,在他为秦王时就于府第开文学馆,即位后,于贞观初年设置弘文馆学士,吸纳了很多文人。《旧唐书·文苑传》载:

> 文皇帝解戎衣而开学校,饰贲帛而礼儒生,门罗吐凤之才,人擅握蛇之价。靡不发言为论,下笔成文,足以纬俗经邦,岂止雕章缛句。韵谐金奏,词炳丹青,故贞观之风,同乎三代。高宗、天后,尤重详延,天子赋横汾之诗,臣下继柏梁之奏,巍巍济济,辉烁古今。①

高宗、武后亦十分重视文学,武后掌权后,引入禁中的文士之多,远胜太宗朝。《旧唐书·文苑传》载:

> 时天后讽高宗广召文词之士入禁中修撰,(元)万顷与左史范履冰、苗神客,右史周思茂、胡楚宾咸预其选,前后撰《列女传》《臣轨》《百僚新诫》《乐书》等凡千余卷。朝廷疑议及百司表疏,皆密令万顷等参决,以分宰相之权,时人谓之"北门学士"。②

在这样的氛围之下,"文章四友"等一批文人得以文学进身。中宗复辟后,虽改武后之政,然崇文之方针依旧。景龙二年(708),开始在修文馆设置大学士四名,象征一年四季;学士八名,象征八个节令;直学士十二名,象征十二月。这其中很多人出自山东士族,如学士八名:李适、刘宪、崔湜、郑愔、卢藏用、李乂、岑羲、刘知几。除岑羲外,其余七人皆出自山东高门。凡中宗宴游,总有大批文士跟随左右,刘肃《大唐新语》卷八载:"神龙之际,京城望日,盛饰灯

---

① 《旧唐书》卷一九〇《文苑传》,第4982页。
② 同上书,第5011页。

影之会……文士皆赋诗一章，以纪其事，作者数百人。"① 宋计有功《唐诗纪事》卷一载：

> （景龙三年）十月帝（中宗）诞辰，内殿宴群臣……帝谓侍臣曰："今天下无事，朝野多欢，欲与卿等词人，时赋诗宴乐，可识朕意，不须惜醉。"②

当时大学士李峤、宗楚客等人参加了这次宴会。另据《唐诗纪事》卷三载："中宗正月晦日，幸昆明池赋诗，群臣应制百余篇。帐殿前结彩楼，命昭容（上官仪女孙婉儿）选一首为新翻御制曲。从臣悉集其下，须臾纸落如飞，各认其名而怀之。"③ 一时文士数量之多，文会场面之壮观，为历史所罕见。

唐玄宗本人有良好的文学修养，清人孙洙所选《唐诗三百首》第一首诗歌即为玄宗所作。唐玄宗不仅重视文学，而且以文学之士掌朝中大权。文士们摆脱了天子文学侍从的地位，成为国家政策的制定者和政治生活的参与者。其地位之高为高祖以来所未有，"玄宗开元中，宰相至十数人，皆文学士也……古今词人之达，莫盛此时"④。

唐玄宗以文士治国的政策极大鼓舞了士族参与文学创作的热情，唐玄宗时期名宰相张说、张九龄等人皆以文学进身。但玄宗本人执行的仍是太宗的政策，对山东士族存有戒备心理，恐怕他们宗族过大而不敢重用。

唐德宗政治才能较为平庸，但在文化建设方面成果斐然，其文学造诣在历代皇帝中也很出色，《旧唐书》说他"加以天才秀茂，文思

---

① 《大唐新语》卷八，第127—128页。
② 《唐诗纪事》卷一，第9页。
③ 《唐诗纪事》卷三，第28页。
④ （明）胡震亨：《唐音癸签》卷二八，文渊阁《四库全书》影印本。

雕华。洒翰金銮，无愧淮南之作；属辞铅椠，何惭陇坻之书。文雅中兴，复高前代，二南三祖，岂盛于兹"①。

《全唐诗》也说德宗"善属文，尤长于篇什，每与学士言诗于浴堂殿，夜分不寐"②。《唐诗纪事》卷二载：

> 贞元四年九月，赐宴曲江亭，帝为诗。……因诏曰："卿等重阳会宴，朕想欢洽，欣慰良多，情发于中，因制诗序，令赐卿等一本，可中书门下简定文词士三五十人应制，同用'清'字，明日内于延英门进来。"宰臣李泌等虽奉诏简择，难于取舍，由是百寮皆和。上自考其诗，以刘太真及李纾等四人为上等，鲍防、于邵等四人为次等，张蒙、殷亮等二十三人为下等，而李晟、马燧、李泌三宰相之诗，不加考第。③

另据《唐国史补》载：

> 德宗晚年绝嗜欲，尤工诗句，臣下莫可及。每御制奉和，退而笑曰："排公在。"俗有投石之两头置标，号曰排公，以中不中为胜负也。杜太保在淮南，进崔叔清诗百篇。德宗谓使者曰："此恶诗，焉用进？"时呼为准敕恶诗。④

明人胡震亨称："德宗诗尚雅正。'松院静苔色，竹房深磬声'最有称。"⑤ 唐德宗的好尚对中唐诗文的复古运动影响极大。

---

① 《旧唐书》卷一三《德宗纪》，第401页。
② （清）彭定求等编：《全唐诗》卷四"德宗皇帝"条，中华书局1960年版，第44页。下文凡引《全唐诗》中诗篇皆出自中华书局1960年版本，不再标注。
③ 《唐诗纪事》卷二，第17—18页。
④ （唐）李肇：《唐国史补》卷中，《唐五代笔记小说大观》本，上海古籍出版社2000年版，第178页。
⑤ （明）胡震亨：《唐音癸签》卷五，文渊阁《四库全书》影印本。

唐德宗不仅好文学，而且十分重视文士的作用，很多重要的政策常常绕开中书门下省，而直接咨询于翰林学士。《新唐书·陆贽传》载：

> 始，（陆）贽入翰林，年尚少，以材幸，天子常以辈行呼而不名。在奉天，朝夕进见，然小心精洁，未尝有过，由是帝亲倚，至解衣衣之，同类莫敢望。虽外有宰相主大议，贽常居中参裁可否，时号"内相"。①

唐宪宗朝号称"元和中兴"，宪宗是唐代中兴英主，极富政治才能。宪宗虽无文学作品传世，但也十分热衷于文学。《云溪友议》卷下载：

> 宪宗皇帝朝，以北狄频侵边境，大臣奏议，古者和亲之有五利，而日无千金之费。上曰："比闻有一卿能为诗，而姓氏稍僻，是谁？"宰相对曰："恐是包子虚、冷朝阳。"皆不是也。上遂吟曰："山上青松陌上尘，云泥岂合得相亲？世路尽嫌良马瘦，惟君不弃卧龙贫。千金未必能移姓，一诺从来许杀身。莫道书生无感激，寸心还是报恩人。"侍臣对曰："此是戎昱诗也。京兆尹李銮拟以女嫁昱，令改其姓，昱固辞焉。"上悦曰："朕又记得《咏史》一篇，此人若在，便与朗州刺史。武陵桃源，足称诗人之兴。"咏圣旨如此稠叠，士林之荣也。其《咏史》诗云："汉家青史内，计拙是和亲。社稷依明主，安危托妇人。岂能将玉貌，便欲静胡尘。地下千年骨，谁为辅佐臣？"上笑曰："魏绛之功，

---

① 《新唐书》卷一五七《陆贽传》，第4931页。

何其懦也？"大臣公卿，遂息和戎之论矣。①

唐宪宗随口背诵时人诗歌，并将文学创作作为制定政策的依据，足见他对文学的留意。戎昱仅凭一首诗打动宪宗，宪宗就要封他为刺史，足见皇帝对文学家的重视。

唐文宗亦好文学，史载："文宗好五言诗，品格与肃、代、宪宗同，而古调尤清峻。尝欲置诗学士七十二员。"② 文宗"欲置诗学士七十二员"，表明了他对诗歌的喜好。"文宗好五言诗，品格与肃、代、宪宗同"，这段文字同时说明了唐肃宗、唐代宗、唐宪宗亦喜好五言诗。代宗与宪宗虽无文学作品存世，他们对文学的热爱是可想而知的。唐文宗在"甘露之变"失败后，对外庭宰相失去信任，更重视内廷学士。《资治通鉴》卷二四六载：

> 乙亥，上（文宗）疾少间，坐思政殿，召当直学士周墀，赐之酒，因问曰："朕可方前代何主？"对曰："陛下尧、舜之主也。"上曰："朕岂敢比尧、舜！所以问卿者，何如周赧、汉献耳。"墀惊曰："彼亡国之主，岂可比圣德！"上曰："赧、献受制于强诸侯，今朕受制于家奴，以此言之，朕殆不如！"因泣下沾襟，墀伏地流涕，自是不复视朝。③

这时候，以文学进身的翰林学士已成为文宗最贴心的人。

唐宣宗英明果断，有"小太宗"之称，他统治的大中年间演绎了唐代最后的辉煌。与唐前代帝王一样，"宣宗尚文学"④。宣宗本人不

---

① （唐）范摅：《云溪友议》卷下"和戎讽"条，《唐五代笔记小说大观》本，上海古籍出版社2000年版，第1301页。
② 《唐语林校证》卷二，第149—150页。
③ 《资治通鉴》卷二四六，第7941—7942页。
④ 《唐语林校证》卷四，第731页。

仅喜好文学，而且常常亲自创作，将文学融入政治生活，《唐语林》卷四载："宣宗好儒，多与学士小殿从容议论……或宰臣出镇，赋诗以赠之。"①

宣宗以后的懿宗、昭宗都堪称文学家。唐德宗以后的君王多好经术，文坛上掀起复古运动。但德宗后历代帝王在重视儒家经世致用的同时，并没有放弃对文学的重视。整个唐代帝王是如此喜好文学，这在中国历代帝王中是极其罕见的。出自荥阳郑氏的郑亚《唐丞相太尉卫国公李德裕会昌一品制集序》云：

> 我高祖革隋，文物大备。在贞观中，则颜公师古、岑公文本兴焉；在天后时，则李公峤、崔公融出焉；燕、许角立于元宗之朝；常、杨继美于代宗之代。洎宪宗皇帝英武启运，雄图赫张，中兴之业，高映前古。其时则先太师忠公翱翔内署，有密勿赞佐之绩，平吴定蜀，时惟其功。及登枢衡，作霖雨，尊王室，卑诸侯，图蔡料齐，外定内理，显王言于典诰，彰帝范于图籍，纪在徽册，播于无穷。②

唐朝历代君王重视文学，文士历来受到重视。郑亚所云贞观朝执掌大权的有颜师古、岑文本，武后朝有李峤、崔融，玄宗朝有燕国公张说、许国公苏颋，代宗朝有常衮、杨炎，宪宗朝有李吉甫。他们都以文学进身，拜相封侯。

唐代帝王对文学的爱好，直接影响到后宫，以至于后宫皇后、嫔妃和宫女皆能诗，如太宗长孙皇后、徐贤妃、上官昭容、杨贵妃等均有诗作存世。

---

① 《唐语林校证》卷四，第730页。
② 《全唐文》卷七三〇，第7531页。

除了皇室成员外，处于权力中枢的宰相等朝廷重臣大多喜好文学，特别是武后以后的宰相本身即以文学致显。孙琴安先生考察了唐代宰相，发现有诗歌传世者161人，身为朝廷重臣的诗人176人。①

唐代掌权的宦官亦常常以文学附庸风雅，玄宗时的宦官高力士就有诗歌传世。另外，肃宗、代宗时期的宦官鱼朝恩掌管天下官军，甚至令郭子仪、李光弼等中兴名将生畏。鱼朝恩虽势倾朝野，仍以文士自处，竟然会赴国子监讲学。《新唐书·鱼朝恩传》载：

> （鱼）朝恩好引轻浮后生处门下，讲《五经》大义，作文章，谓才兼文武，徼伺误宠。永泰中，诏判国子监，兼鸿胪、礼宾、内飞龙、闲厩使，封郑国公。始诣学，诏宰相、常参官、六军将军悉集，京兆设食，内教坊出音乐俳倡侑宴，大臣子弟二百人，朱紫杂然为附学生，列庑次。②

宦官赴国子监讲学，这在历史上可谓空前绝后，也只有在唐代社会会出现这样的奇观。

"上有所好，下必甚焉"，在统治者的倡导下，文学的地位被提到相当的高度，故以文学显贵者甚多。

唐代文人尤其是诗人的社会地位很高，超过其他艺术门类。《旧唐书》记载了著名画家阎立本的遭遇：

> 太宗尝与侍臣学士泛舟于春苑，池中有异鸟随波容与，太宗击赏数四，诏坐者为咏，召立本令写焉。时阁外传呼云："画师阎立本。"时已为主爵郎中，奔走流汗，俯伏池侧，手挥丹粉，瞻望座宾，不胜愧赧。退诫其子曰："吾少好读书，幸免面墙，

---

① 参见孙琴安《唐诗与政治》，上海人民出版社2003年版，第5—12页。
② 《新唐书》卷二〇七《鱼朝恩传》，第5864页。

缘情染翰,颇及侪流。惟以丹青见知,躬厮役之务,辱莫大焉!汝宜深诫,勿习此末伎。"①

阎立本是贞观画坛最负盛名的画家,作品包括《秦府十八学士图》《凌烟阁功臣图》及《历代帝王图》等名画。当诗人们与太宗泛舟池中时,已为主爵郎中的阎立本却被像奴仆一样呼来唤去。跟诗歌相比,绘画只能算是末伎。唐肃宗时期,作为围棋待诏的王叔文深得肃宗宠信。王叔文以乾坤为一盘棋,领导了著名的"永贞革新"。"永贞革新"最终以失败告终,失败的重要原因之一就是其领导者王叔文本人以末伎(围棋)而非以文学进身。

六朝时期,山东高门往往以门第而不是以文学自负,唐代整个社会尤其是统治阶级都十分重视文学,并为文人创造了很好的环境,文学地位得到了提高,这必然影响到山东士族的学风。《唐语林》卷四"企羡"条载:"李尚书益,有宗人庶子同名,俱出于姑臧公;而人谓尚书为文章李益,庶子为门户李益,而尚书尚兼门地焉。"② 较之"门户李益","文章李益"更为时人所重。出自荥阳郑氏的郑仁表是武宗宰相郑肃之孙,以门第文章自负,自称:"文章世上争开路,阀阅山东拄破天。"③《旧唐书》卷一七六载:"(郑仁表)自谓门地、人物、文章具美,尝曰:'天瑞有五色云,人瑞有郑仁表。'"④ 即使是讲门第的山东高门在唐代亦以文学自负。

经学的地位在初盛唐无法与文学的地位相抗衡,李白自称"我本楚狂人,凤歌笑孔丘",儒学的神圣地位已被盛唐诗人彻底打破。唐

---

① 《旧唐书》卷七七《阎立本传》,第 2680 页。
② 《唐语林校证》,第 363 页。
③ (后晋)王定保:《唐摭言》卷一二,《唐五代笔记小说大观》本,上海古籍出版社 2000 年版,第 1685 页。
④ 《旧唐书》卷一七六《郑肃传》,第 4574 页。

代文学地位的提高导致山东士族传统家学地位下降，山东士族不得不放弃祖传之家学，文学在其家族中的地位得到提高。

第二节 山东士族重视文学与唐代科举取士

山东士族本不长于属文，其家学中的儒家实用主义思想使他们对政治充满热情。唐代科举考试很好地将文学与入仕紧密联系起来，即所谓"以诗赋取士"。隋唐时期，山东士族已然失去了凭借其高贵血统和社会地位入仕的法律基础，其经济基础亦已大不如前。如要实现其政治理想，即儒家"治国平天下"的思想，只能加入科举考试。

唐代科举取士名目繁多，总的来讲，分为制科和常科。制科本来用于待非常之才，名目极为繁多，并非每年都开设。一般举子所热衷的仍然集中于常科。常科之中，最重要的莫过于明经科和进士科两种，其中，进士科尤为时人所重：

> 进士科始于隋大业中，盛于贞观、永徽之际；缙绅虽位极人臣，不由进士出者，终不为美，以至岁贡常不减八九人。其推重谓之"白衣公卿"，又曰"一品白衫"；其艰难谓之"三十老明经，五十少进士"；其负倜傥之才，变通之术，苏、张之辩说，荆、聂之胆气，仲由之武勇，子房之筹画，弘羊之书计，方朔之诙谐，咸以是而晦之，修身慎行，虽处子之不若；其有老死于文场者，亦所无恨。故有诗云："太宗皇帝真长策，赚得英雄尽白头。"①

---

① （后晋）王定保：《唐摭言》卷一二，《唐五代笔记小说大观》本，上海古籍出版社 2000 年版，第 1578—1579 页。

武后朝为了打击关陇贵族，开始从科举考试中提拔文学之士，科举制度在武后执政以后越来越受到重视。

> 初，国家自显庆已来，高宗圣躬多不康，而武太后任事，参决大政，与天子并。太后颇涉文史，好雕虫之艺，永隆中始以文章选士。及永淳之后，太后君临天下二十余年，当时公卿百辟无不以文章达，因循遐久，浸以成风。①

武后之后的中宗、睿宗及玄宗发展了科举制度。"开元以后，四海晏清，无贤不肖，耻不以文章达。其应诏而举者，多则二千人，少犹不减千人，所收百才有一。"②

进士成为唐代官员重要的来源，沈既济《词科论并序》载：

> 故太平君子惟门调户选，征文射策，以取禄位，此行己立身之美者也。父教其子，兄教其弟，无所易业，大者登台阁，小者任郡县，资身奉家，各得其足，五尺童子，耻不言文墨焉。是以进士为士林华选，四方观听，希其风采，每岁得第之人，不浃辰而周闻天下。故忠贤隽彦韫才毓行者，咸出于是，而桀奸无良者或有焉。③

唐文宗爱好文学，并且亲自过问科举考试的情况。《唐语林》卷二载：

> （唐文宗）谓左右曰："若不甲夜视事，乙夜观书，即何以为

---

① （唐）沈既济：《词科论并序》，《通典》卷一五《选举三》，中华书局1988年版，第357—358页。
② 同上。
③ 同上。

君?"试进士,上多自出题目。及所司试,览之终日忘倦。①

唐朝对进士科的重视以宣宗朝为极致。史载:

> 宣宗尚文学,尤重科名。大中十年(856),郑颢知举,宣宗索《登科记》,(郑)颢表曰:"自武德以后,便有进士诸科。所传前代姓名,皆是私家记录。臣寻委当行祠部员外郎赵璘,采访诸科目记,撰成十三卷,自武德元年至于圣朝。"敕翰林,自今放榜后,仰写及第人姓名及所试诗赋题目进入。仰所司逐年编次。②

郑颢出自荥阳郑氏,乃宰相郑纲之孙,尚宣宗女万寿公主,曾经两次知礼部贡举。这里,宣宗将历届及第举子列入名录,给予其极高的政治荣誉。唐初图形功臣于凌烟阁,所画皆开国功臣。至宣宗时,科举及第者已经成为朝廷宠儿。

明经科考试形式为贴经,主要考儒家经典,进士科主要考诗赋。隋唐之际创建的科举制,进士科最受重视。明经科讲究死记硬背,过于简单,强调的是儒家经典。进士科被称为文学之科,诗赋与策文是其最重要的组成部分,儒家经典在进士考试中并不重要。"进士科在八世纪初开始采用考试诗赋的方式,到天宝时以诗赋取士成为固定的格局。"③ 其后,进士考试分三场:诗赋、策论及经义。因为,进士考试每场定去留,则首场为考试关键。唐代进士考试将诗赋列于首位,反映了文学在进士考试中的重要地位。由于进士科更受重视,故较之传统经学,文学更受唐人重视。"朝廷所大者,莫过文柄;士林所重

---

① 《唐语林校证》卷二,第148—149页。
② 《唐语林校证》卷四,第371页。
③ 傅璇琮:《唐代科举与文学》,陕西人民出版社2003年版,第170—171页。

者，无先辞科。"①

由于进士科之艰难远胜明经科，其录取人数亦远低于明经科。因此，进士之前程远胜于明经科。山东士族和庶民地主的子弟同时趋向进士科应试，史家们通常称之为士庶合流。山东士族家传儒学，这正是明经科考试的重点，但碌碌无为之明经科显然与山东高门的身份地位不符。进士科所试时务策与诗赋，并不是旧门阀士族子弟所熟谙的通经明礼。山东士人既不能平流进取以致公卿，只好利用家传旧文化，随时应变以猎取名位，转而角逐于进士科的考试之中。由于进士科重文学，山东士族只得放弃其经学传统，其家学中的文学开始受到重视。

唐代进士科每年录取人数一般只有数十人，故白居易中进士后得意题诗："慈恩塔下题名处，十七人中最少年。"当年全国进士只录取了17人，其艰辛可想而知。② 另据《唐语林》载：

> 李贺为韩文公所知，名闻搢绅。时元相稹以明经擢第，亦善诗，愿与贺交。诣贺，贺还刺，曰："明经及第，何事看李贺？"元恨之。③

元稹于贞元九年（793）以明经擢第以后，又于贞元十八年（802）及元和元年（806）参加制科考试，明经第一名的成绩也比不上制科，更不用说进士第了。另据《封氏闻见记》载："进士张繟，汉阳王柬之曾孙也。时初落第，两手捧《登科记》顶戴之，曰：'此

---

① （后晋）王定保：《唐摭言》卷一四，《唐五代笔记小说大观》本，上海古籍出版社2000年版，第1700页。
② 白居易于唐德宗贞元十六年（800）中进士，清徐松《登科记考》卷十四认为这一年录取进士19人，误。
③ 《唐语林校证》卷六，第589页。

《千佛名经》也。'其企羡如此。"①

由于进士科较明经科更为时人所重，山东士族不得不舍弃其所擅长的明经科而竞逐于进士科考试。李珏正是在这种情况下进士及第的。

> 李珏，字待价，其先出赵郡，客居淮阴。幼孤，事母以孝闻。甫冠，举明经，李绛为华州刺史，见之，曰："日角珠廷，非庸人相，明经碌碌，非子所宜。"乃更举进士高第。②

李绛亦出自赵郡李氏，为元和名相。他对宗族子弟李珏的期望很高，故劝他由明经而改进士第。李珏于元和八年（813）进士及第，最终成为文宗朝宰相。不仅公众对进士非常艳羡，唐朝皇帝亦很重视进士，甚至自己想获得进士身份。

> 宣宗爱羡进士，每对朝臣，问登第否？有以科名对者，必有喜，便问所赋诗赋题，并主司姓名。或有人物优而不中第者，必叹息久之。尝于禁中题乡贡进士李道龙。③

由于统治者十分重视科举考试特别是进士第，而进士第又十分重视文学，山东士族开始以文学进身。如博陵（崔）"液字润甫，仁师之子，湜之弟也。工五言，举进士第一人。湜尝曰：'海子，我家龟龙也。'"④崔液因为工五言诗而中状元，这种现象在唐代山东高门中十分普遍。

---

① （唐）封演：《封氏闻见记校注》卷三"贡举"条，赵贞信校注，中华书局2005年版，第17页。
② 《新唐书》卷一八二《李珏传》，第5359页。
③ 《唐语林校证》卷四，第371页。
④ 《唐诗纪事》卷一三，第183页。按：据《新唐书·宰相世系表》及《旧唐书·崔仁师传》，崔湜、崔液兄弟为崔仁师孙，崔擢之子。

第三节　唐代山东士族文学创作的繁荣

文学的繁荣与地域有关，也与家族有关。考察山东士族文学创作时，既要考虑他们所处的地域，也要考虑他们的家族性，还要考虑他们的迁移。

首先，唐代著名诗人以长安人及河南人最多。唐代山东地区人才辈出，袁行霈先生认为："唐代著名诗人几乎有一半出自河南，尤以洛阳、南阳两地最为集中。"[1] 这一地区正属于山东士族文化环境之中。除了河南洛阳和南阳，长安也是人文荟萃之地。山东士族郡望多处于河北、河南，由于唐代以长安、洛阳为两京，唐代大士族的主要人物从各方面走向京兆、河南这条线上。白居易《唐故虢州刺史赠礼部尚书崔公墓志铭并序》通过崔玄亮之口说："自天宝以还，山东士人皆改葬两京，利于便近。"[2] 毛汉光先生调查后发现，河北大士族著支向两京一带迁移的迹象非常明显，"清河崔氏悉数迁移河南府附近；范阳卢氏、赵郡李氏、博陵崔氏绝大多数迁向河南府，少数迁向京兆府；渤海高氏迁移京兆与河南各半。"[3] 只有荥阳郑氏地处河南，迁离原郡者较少。毛汉光先生说："地方人物设籍或归葬于两京地区，表明其重心已迁移至中央而疏离了原籍。"[4] 山东士族所处地域正是唐代

---

[1]　袁行霈：《中国文学概论》，生活·读书·新知三联书店（香港）有限公司1990年版，第45页。
[2]　《白居易集笺校》，第3749页。
[3]　毛汉光：《从士族籍贯迁移看唐代士族之中央化》，《中国中古社会史论》，上海书店出版社2002年版，第331—332页。
[4]　同上书，第330页。

文学最为繁荣的地方，他们的迁移带来了两京地区特别是河南洛阳地区文学的繁荣，同时，京兆、河南线文学的繁荣也反过来促进了山东士族文学创作的繁荣。

在私学发达的唐代，文化教育多在家族内部，唐代文学家的产生往往具有家族背景，文化士族在唐代文坛占尽优势。明胡应麟考察了唐人父子兄弟文学并称者，发现大量文学家具有家族背景，据《诗薮》载：

> 父子则薛收、薛元超，李百药、李安期，许叔牙、许子儒，宋令文、宋之问，赵武孟、赵彦昭，敬播、敬之弘，陈子昂、陈光，贾曾、贾至，苏瑰、苏颋，李适、李季卿，崔日用、崔宗之，萧嵩、萧华，李善、李邕，张说、张均，崔良佐、崔元翰，杜甫、杜宗武，房融、房琯，郑絪、郑审，萧颖士、萧存，独孤及、独孤郁，张毅夫、张祎，邳纯、邳士美，樊泽、樊宗师，裴倩、裴均，归崇敬、归登，刘禹锡、刘承雍，路泌、路随（《新唐书》作路隋），李怀远、李景伯，于休烈、于肃，张荐、张又新，李端、李虞仲，韦表微、韦蟾，韦贯之、韦澳，段文昌、段成式，皇甫湜、皇甫松，苗晋卿、苗发，李程、李廓，李泌、李繁，韦绶、韦温，崔群、崔亮，杨凌、杨敬之，崔璪、崔涣，温庭筠、温宪，章孝标、章碣，刘迺、刘伯刍，刘三复、刘邺，李磎、李沇，郑亚、郑畋。

> 兄弟则孔绍安、孔绍新，盖文懿、盖文达，马敬淳、马敬潜，秦景通、秦炜，路纪、路鼓，席豫、席晋，周思茂、周思钧，杜易简、杜审言，韦承庆、韦嗣立，来济、来恒，崔日知、崔日用，薛曜、薛稷，王维、王缙，皇甫曾、皇甫冉，崔敏童、崔惠童，元结、元融，蔡希周、蔡希寂，李渤、李涉，畅当、畅诸，柳公绰、柳公权，许康佐、许尧佐，杨虞卿、杨汝士，柳中

庸、柳中行、李翰、李观，冯宿、冯定、李逊、李建，吴通微、吴通玄，郑仁规、郑仁表，柳浑、柳识，唐临、唐皎，周繇、周繁。

三人者：沈佺期、沈全交、沈全宇，乔知之、乔侃、乔备，李乂、李尚一、李尚正，杨凭、杨凌、杨凝，韦绶、韦缜、韦纯，苏冕、苏弁、苏衮，白居易、白敏中、白行简，韦述、韦迅、韦迪，张文琮、张文瓘、张文收。

四人者：罗隐、罗邺、罗衮、罗虬，杨发、杨收、杨严、杨假。五人者：张知謇、张知玄、张知晦、张知泰、张知默。六人者：王剧、王勔、王勃、王助、王劼、王劝。①

胡应麟也发现了山东士族在唐代文学史上的重要作用，他认为：

唐著姓若崔、卢、韦、郑之类，赫奕天下，而崔尤著。盖自六朝、元魏时，已为甲族，其盛遂与唐始终。……而能诗之士弥众，他姓远弗如也。初唐则崔信明、崔融、崔善为、崔日用、崔日知、崔湜、崔液、崔禹锡、崔沔、崔尚、崔翘、崔珪，盛唐则崔颢、崔巨、崔曙、崔兴宗、崔泰之、崔宗之、崔国辅、崔敏童、崔惠童，中唐则崔峒、崔琮、崔护、崔膺、崔咸、崔元翰、崔立之、崔铉、崔群、崔备、崔充、崔子向、崔季卿、崔涯、崔枢、崔蝦、崔邠、崔轩、崔郊、崔涤、崔道融、崔子尚，晚唐则崔鲁、崔涂、崔安潜、崔珏、崔总、崔恭、崔庸、崔璐、崔元范、崔公信、崔璞，女子则崔莺、崔公远、崔仲容。初唐之融，盛唐之颢，中唐之峒，晚唐之鲁，皆矫矫足当旗鼓。以唐诗人总之，占籍几十之一，可谓盛矣。②

---

① （明）胡应麟：《诗薮》外编卷三，上海古籍出版社1979年版，第167—168页。
② 同上书，第174页。

戴伟华也发现了家族对唐代文学的重要影响，他说："从诗人的占籍看，有亲缘关系家族中同辈、子孙等同为诗人的很多，达200余例（唐宗室不计在内）。"①

山东旧族在唐代社会地位最为显赫，其文学地位亦不容忽视。明人高棅按照时代先后顺序将唐代划分成初唐、盛唐、中唐、晚唐四个时代。我们发现，山东士族在四个时代都取得很大的文学成就，对唐代文学的发展有重要影响。

初唐时期，当关陇诗人和南方诗人群大量创作宫廷诗歌的时候，政治上处于"在野"地位的山东士族文学成就已经十分令人瞩目。元辛文房《唐才子传》中所列才子崔信明就出自山东高门的清河崔氏，"信明颇骞傲自伐，常赋诗吟啸，自谓过于李百药，时人多不许之。又矜其门族，轻侮四海士望，由是为世所讥"②。这个时期荥阳郑氏中出现的作家有郑世翼。崔信明恃才傲物，郑世翼自负程度更在崔信明之上，"时崔信明自谓文章独步，多所凌轹。世翼遇诸江中，谓之曰：'尝闻：枫落吴江冷。'信明欣然示百余篇。世翼览之未终，曰：'所见不如所闻。'投之于江"③。

太原王氏在初唐人才辈出，除了在朝中的王珪外，王通家族在文学史上有重要地位和影响。王通兄长王度创作了唐代第一篇传奇小说《古镜记》，王凝也以文学知名当时，王通弟王绩则是唐初著名的隐逸诗人。王通的孙子堪称文学家者六人，他们分别是：王剧、王勔、王勃、王助、王劼、王劝，而以王勃最为著名。王勃与杨炯、卢照邻、骆宾王被称为"初唐四杰"，他是一个才华横溢却不幸早逝的天才，博学多才，潜心著述，以诗文名世。

---

① 戴伟华：《地域文化与唐代诗歌》，中华书局2006年版，第30页。
② 《旧唐书》卷一九〇《崔信明传》，第4992页。
③ 《旧唐书》卷一九〇《郑世翼传》，第4988页。

与王勃齐名的卢照邻出自山东高门范阳卢氏。卢照邻与王勃志同道合，从理论上批判当时流行的雕琢之风。卢照邻大半生处于疾病和穷困之中，使得他的文学作品多不平之气，这在宫体诗盛行的唐初尤其显得珍贵。

由于武后重词科，山东士族的士人得以文学进身。"文章四友"中的李峤、崔融由此登上政治舞台，他们的文学创作对唐代文学发展有深远影响。李峤出自山东旧族著姓赵郡李氏东祖房，幼为神童，史载李峤"早孤，事母孝。为儿时，梦人遗双笔，自是有文辞，十五通《五经》，薛元超称之。二十擢进士第，始调安定尉"[1]。李峤仕途颇顺，深为朝廷器重，"朝廷每有大手笔，皆特令峤为之"[2]。

李峤在"文章四友"中政治地位最高，他对盛唐诗风的形成产生了很大的影响。"李峤前与王勃、杨炯接，中与崔融、苏味道齐名，晚诸人没，为文章宿老，学者取法焉。"[3] 李峤在初盛唐文学起承前后的作用，上承"初唐四杰"，下接"文章四友"，晚年成为文坛领袖，为后辈所效仿，其文学才能得到了后来的唐玄宗的钦佩。

中宗驾崩时，由于李峤曾密请相王（中宗在位，其弟李旦时为相王）诸子（包括玄宗）不宜留京师，认为相王诸子不利于韦后，故李峤不为玄宗所喜。尽管玄宗不喜李峤之为人，却也不得不佩服其才学：

> 天宝末，玄宗尝乘月登勤政楼，命梨园弟子歌数阕。有唱李峤诗者云："富贵荣华能几时，山川满目泪沾衣。不见只今汾水上，惟有年年秋雁飞。"时上春秋已高，问是谁诗，或对曰李峤，因凄然泣下，不终曲而起，曰："李峤真才子也。"又明年，幸

---

[1] 《新唐书》卷一二三《李峤传》，第4367页。
[2] 《旧唐书》卷九四《李峤传》，第2993页。
[3] 傅璇琮主编：《唐才子传校笺》第一册，中华书局1987年版，第127页。

蜀，登白卫岭，览眺久之，又歌是词，复言"李峤真才子"，不胜感叹。时高力士在侧，亦挥涕久之。①

"文章四友"中的崔融出自清河崔氏，当时被称为"大手笔"，朝廷重要文告，多由他起草。其文笔华婉典丽，浮艳气息较少。

崔融文名很盛，颇得时人推崇，"文章四友"中的杜审言恃才傲物，却对崔融礼敬有加：

> （杜审言）恃才高，以傲世见疾。苏味道为天官侍郎，审言集判，出谓人曰："味道必死。"人惊问故，答曰："彼见吾判，且羞死。"又尝语人曰："吾文章当得屈、宋作衙官，吾笔当得王羲之北面。"其矜诞类此……（杜）审言病甚，宋之问、武平一等省候何如，答曰"甚为造化小儿相苦，尚何言？然吾在，久压公等，今且死，固大慰；但恨不见替人"云。少与李峤、崔融、苏味道为"文章四友"，世号"崔、李、苏、杜"。（崔）融之亡，审言为服缌云。②

杜审言如此狂傲，却为崔融"服缌"，可见崔融在当时文坛的地位。

武后重视词科，其本身又出自山东，故山东士族通过文辞进身，从四方向朝廷靠拢，李峤、崔湜、崔日用、李乂成为武后朝御用文人。山东士族子弟很多官居要职，如出自博陵崔氏的崔湜、崔液、崔涤及其从兄崔泣皆以文翰居清要，常自比东晋王导、谢安家。崔湜少以文辞知名，弱冠举进士，凭借其文学才能预修《三教珠英》。崔湜

---

① （唐）孟棨：《本事诗》"事感"第二，丁福保辑《历代诗话续编》，中华书局 2006 年版，第 11 页。
② 《新唐书》卷二〇一《杜审言传》，第 5735—5736 页。

弟崔液亦有才名，"（崔）液尤工五言之作，湜常叹伏之曰：'海子，我家之龟龙也。'海子即液小名……（崔液）作《幽征赋》以见意，辞甚典丽。……友人裴耀卿纂其遗文为集十卷"①。

崔日用亦出自博陵崔氏，佞附武三思等权贵，以文学才能为修文馆学士。崔日用子宗之，亦好学，宽博有风检，与李白、杜甫以文相知。博陵崔氏在武后、中宗朝多以文学才能献媚，人品和政治才能皆不可称道。

这段时间，赵郡李氏亦以文学才能为统治者所赏识，李乂、李尚一、李尚贞兄弟，皆以文学知名，《新唐书》卷一一九载：

> 李乂字尚真，赵州房子人。少孤。年十二，属文，中书令薛元超曰："是子且有海内名。"第进士、茂才异等，累调万年尉。……乂事兄尚一、尚贞孝谨甚，又俱以文章自名，弟兄同为一集，号《李氏花萼集》。②

李乂著述甚多，《新唐书·艺文志》著录李乂兄弟《李氏花萼集》20卷。玄宗将他与苏颋③并论：

> 时李乂为紫微侍郎，与颋对掌文诰。他日，上（玄宗）谓颋曰："前朝有李峤、苏味道。谓之苏、李，今有卿及李乂，亦不让之。"④

李颀亦为赵郡人⑤，他众体兼备，七言诗成就尤为突出。唐殷璠

---

① 《旧唐书》卷七四《崔液传》，第2624页。
② 《新唐书》卷一一九《李乂传》，第4296—4297页。
③ 苏颋又与张说并称，时人谓"燕许大手笔"。
④ 《旧唐书》卷八八《苏颋传》，第2880页。
⑤ （唐）李华《杨骑曹集序》称"赵郡李崿、李颀"，李华出自赵郡李氏，与之同宗，当不误。

《河岳英灵集》称他的诗"发调既清,修辞亦秀,杂歌咸善,玄理最长"①。

著名诗人崔国辅出自清河崔氏,是崔信明之孙,开元十四年进士及第。顾况《储光羲诗集原序》载:"与崔国辅员外、綦毋潜著作同时。其明年,擢常建少府、王龙标昌龄。此数人者,皆当时之秀。"崔国辅擅长乐府,故殷璠《河岳英灵集》称:"国辅诗婉娈清楚,深宜讽味,乐府数章,古人不能过也。"②

张说、徐坚对这一时期的文学创作有一番评价:

> 张说、徐坚同为集贤学士十余年、好尚颇同、情契相得。时诸学士雕落者众,惟说、坚二人存焉。说手疏诸人名,与坚同观之。坚谓说曰:"诸公昔年皆擅一时之美,敢问孰为先后?"说曰:"李峤、崔融、薛稷、宋之问,皆如良金美玉,无施不可。富嘉谟之文,如孤峰绝岸,壁立万仞,丛云郁兴,震雷俱发,诚可畏乎!若施于廊庙,则为骇矣。阎朝隐之文,则如丽色靓妆,衣之绮绣,燕歌赵舞,观者忘忧。然类之'风雅',则为俳矣。"坚曰:"今之后进,文词孰贤?"说曰:"韩休之文,有如太羹玄酒,虽雅有典则,而薄于滋味。许景先之文,有如丰肌腻体,虽秾华可爱,而乏风骨。张九龄之文,有如轻缣素练,虽济时适用,而窘于边幅。王翰之文,有如琼林玉斝,虽烂然可珍,而多有玷缺,若能箴其所阙,济其所长,亦一时之秀也。"③

张说对李峤(赵郡李氏)、崔融(清河崔氏)的文章钦佩之极,

---

① 傅璇琮编撰:《唐人选唐诗新编》,陕西人民出版社1996年版,第147页。
② 同上书,第175页。
③ 《大唐新语》,第130页。

对王翰（太原王氏）等后进提出了殷切的希望，他的评说颇能够反映唐人对这一时期文学创作的看法。

盛唐时期，唐玄宗为防止山东士族宗族过大难以控制，政治上仍然坚持打击山东士族。山东士族在盛唐时期的政治地位并不高，甚至无法与武后朝相比。盛唐是唐帝国的黄金时代，也是诗歌创作的黄金时代，山东士族的文学创作在这个时代达到巅峰。在中古山东士族的历史上，这个时代所出作家的质量最高，其文学创作可谓空前绝后。

继王绩、王勃之后的盛唐时期，太原王氏又出现了王维、王缙兄弟。王缙工文，王维工诗，时称"朝廷左相笔，天下右丞诗"[1]。

王维祖籍太原祁（今山西祁县），母亲博陵崔氏，属于五姓婚姻圈内的家庭。王维在盛唐是与李白、杜甫齐名的文学家，他诗文兼擅，为一代文学宗师。在音乐、绘画方面亦取得惊人成就。

出自荥阳郑氏的郑虔也是文艺上的多面手，工书法、善丹青。郑虔家风不堕却十分清贫，他的朋友杜甫十分钦佩他，杜甫文集中对郑虔的寄赠、怀念之诗达到18首之多，称其"才过屈宋"。

山东士族在盛唐时期文学创作全面繁荣，唐薛用弱《集异记》卷二载："开元中，诗人王昌龄、高适、王之涣齐名。"这三人皆出自山东高门，其中王昌龄和王之涣出自太原王氏，高适出自渤海高氏，他们都以边塞诗而著名。

王昌龄一生位沉下僚，以七绝、边塞知名，有"诗家夫子王江宁"之称。高适一生仕途较为得意，官至节度使、左散骑常侍，故《旧唐书·文苑传》载："开元、天宝间，文士知名者，汴州崔颢，京

---

[1] 《太平广记》卷二一一"王维"条引《唐画断》，第1619页。

兆王昌龄、高适，襄阳孟浩然。皆名位不振。惟高适官达。"高适是盛唐著名诗人，《旧唐书》本传说："高适者，渤海蓚人也。……天宝中，海内事干进者注意文词。适年过五十，始留意诗什，数年之间，体格渐变，以气质自高，每吟一篇，已为好事者称诵。"① 高适又与岑参齐名，世称"高岑"。高适诗歌反映生活面较宽，乐府、古风尤为擅长，颇为杜甫所推许。

王翰出自太原王氏，兼擅诗文，尤擅边塞诗，以《凉州词》二首为最著名。王之涣亦为太原人，白居易《故滁州刺史赠刑部尚书荥阳郑公墓志铭》说开元时王之涣与王昌龄、崔国辅"联唱迭和，名动一时"②。

唐代宗时期，朝廷平定了安史之乱，歌舞升平的情景再次出现，"大历十才子"应运而生。十才子是哪十人，说法不一，不少山东高门子弟被列入十才子之列。如：李端出自赵郡李氏、卢纶出自范阳卢氏、崔峒出自博陵崔氏、李嘉祐出自赵郡李氏、李益出自陇西李氏，皆为山东著姓。

十才子中的李嘉祐于肃宗、代宗时期颇著诗名，与钱起、郎士元、刘长卿并称"钱郎刘李"。

李益出自陇西姑臧，后随家迁于洛阳。李益诗歌创作题材比较广泛，触及社会生活的各个方面，他写得最多成就也最高的是他的边塞诗。李益擅长各种诗体，尤以七言绝句成就最高。明人胡应麟说："七言绝，开元之下，便当以李益为第一。如《夜上西城》《从军》《北征》《受降》《春夜闻笛》诸篇，皆可与太白、龙标（王昌龄）竞爽，非中唐所得有也。"③

---

① 《旧唐书》卷一一一《高适传》，第3328页。
② 《白居易集笺校》，第2712页。
③ （明）胡应麟：《诗薮》内编卷六，上海古籍出版社1979年新1版，第120页。

古文运动健将李观出自陇西李氏，韩愈《送孟东野序》称："唐之有天下，陈子昂、苏源明、元结、李白、杜甫、李观皆以其所能鸣。"① 在《李元宾墓铭》中，称李观"才高乎当世，而行出乎古人"②。

李翱《与陆傪书》亦盛赞李观古文之妙："使李观若永年，则不远于扬子云……（李）观也虽不永年，亦不甚远于扬子云矣。"

中唐出自山东高门的文学家还有刘禹锡和李绅。刘禹锡自称彭城刘氏，称自己"我本山东人"，从文化传承上讲，属于山东士族的彭城刘氏。

李绅出自赵郡李氏，为中唐重要的文学家，其曾祖李敬玄，为高宗时宰相。李绅在唐穆宗时任翰林院承旨学士，与赵郡李德裕及元稹号为"三俊"。

唐代山东士族文学家给后世留下了大量文集，主要见于《新唐书·艺文志》，现将其中有文集传世的著名文学家统计如下：

唐代范阳卢氏有文集传世的著名文学家有：卢藏用、卢照邻、卢象、卢肇、卢纶、卢仝、卢献卿、卢言、卢求、卢光启、卢隐、卢鸿、卢景亮、卢弼、卢文纪等。

唐代太原王氏有文集传世的著名文学家有：王凝、王度、王绩、王勃、王翰、王泠然、王昌龄、王维、王缙、王之涣、王涯、王驾等。

唐代彭城刘氏有文集传世的著名文学家有：刘方平、刘言史、刘禹锡、刘商、刘叉、刘得仁、刘驾、刘沧等。

唐代渤海高氏有文集传世的著名文学家有：高适、高仲武、高士

---

① 《韩昌黎文集校注》，第235页。
② 同上书，第348页。

廉、高彦休、高郢等。

唐代荥阳郑氏有文集传世的著名文学家有：郑世翼、郑虔、郑余庆、郑絪、郑浣、郑畋、郑诚、郑賨、郑崵、郑谷、郑良士、郑云叟、郑准、郑宽、郑巢等。

唐代陇西李氏与赵郡李氏有文集传世的著名文学家有：李靖、李义府、李玄道、李安期、李怀远、李峤、李适、李乂、李敬玄、李邕、李华、李翰、李善、李顾、李嘉祐、李端、李吉甫、李绛、李翱、李德裕、李绅等。

唐代清河崔氏与博陵崔氏有文集传世的著名文学家有：崔君实、崔知悌、崔融、崔液、崔行功、崔国辅、崔良佐、崔祐甫、崔元翰、崔咸、崔颢、崔峒、崔橹、崔珏、崔涂、崔道融、崔葆、崔椵、崔光、崔令钦、崔玄昞等。

元辛文房《唐才子传》记载了唐代最重要的文学家，这些作家代表了唐代文学创作的最高成就，其中很多出自山东高门，现从中找出出自山东高门的作家，按先后顺序排列如下：

王翰、卢鸿、王泠然、崔颢、崔国辅（清河崔信明孙）、王昌龄、王维、郑虔、高适、王之涣、李嘉祐、刘方平、卢纶、崔峒、李端、李益、刘言史、刘商、卢仝、刘叉、李涉、王涯、李绅、刘得仁、李远、郑崵、刘驾、刘沧、郑巢、李昌符、李山甫、崔道融、崔珏、卢弼、崔鲁、崔涂、王驾、王涣、郑良士、王周、卢延让、王希羽、李中、郑准、刘禹锡

从这些资料中可以发现，唐代山东士族文学创作十分繁荣。

第四节　山东士族在唐代文坛地位的升降

唐代山东士族在文学上人才辈出。初唐时期出现了王绩、王勃、卢照邻、崔融、李峤等著名作家①；盛唐时期出现了王维、王昌龄、高适等最负盛名的诗人。进入中唐，山东高门虽然也出现了李益、李绅、刘禹锡、李德裕等作家，但其文名已不及初盛唐。晚唐时期，由于南方文化崛起，南方文学家无论是数量还是质量，都已经远远超过北方，山东士族文学地位下降。

（1）初唐时期，宫廷诗人几乎独霸诗坛。山东士族在政治上没有很大建树，部分人退隐山林，部分人顺应时代潮流，凭借文学以求功名。

本来南朝文学繁荣远远超过北朝。庾信归周，群公碑志皆出其手。张鹜《朝野佥载》卷六云：

>梁庾信从南朝初至北方，文士多轻之。信将《枯树赋》以示之，于后无敢言者。时温子升作《韩陵山寺碑》，信读而写其本，南人问信曰："北方文士何如？"信曰："惟有韩陵山一片石堪共语。薛道衡、卢思道少解把笔，自余驴鸣犬吠，聒耳而已。"②

庾信入周后，成为关陇文士们崇拜的对象，以关陇贵族为主体的

---

① 唐代文学有初、盛、中、晚之分，大抵唐高祖武德元年以后百年间谓之初唐，玄宗开元元年后50年谓之盛唐，代宗大历元年后80年谓之中唐，宣宗大中元年至唐末谓之晚唐。

② 《朝野佥载》卷六，第140页。

隋唐统治阶级开始学习南方文风。隋炀帝本人即"好为吴语"①，其为晋王时，周围就笼络了大量南方文人，《隋书·柳辩传》载："转晋王咨议参军。王好文雅，招引才学之士诸葛颖、虞世南、王胄、朱瑒等百余人以充学士。而辩为之冠。王以师友处之，每有文什，必令其润色，然后示人。"②杨广置王府学士是在他任扬州总管时，杨广时为晋王。杨广晋王府学士规模达到"百余人"，包括柳辩、诸葛颖、虞世基、虞世南、虞绰、王胄、朱瑒等，主要是南朝的文人。如柳辩和他的祖父、父亲都在梁朝作官，梁亡后，柳辩又仕于隋；诸葛颖，丹阳建康人，本仕于梁，"侯景之乱"后入齐；虞世基、虞世南兄弟，越州余姚人，本仕于陈，陈亡后入隋，"帝重其才，亲礼逾厚，专典机密"③；虞绰，"会稽余姚人也……及陈亡，晋王广引为学士"④；王胄本仕陈，"及陈亡，晋王广引为学士"⑤。

　　隋唐统治者以华夏文化正统自居。唐前期文学主要是沿袭南朝，出现了大量宫廷诗，诗风模拟南朝宫体诗，成就不高。宫廷诗人主要是关陇集团的统治者以及由南入北的文人团体，诗坛笼罩着浮靡华艳的诗风。在野的山东士族如王绩、王勃、卢照邻等人远离主流诗坛，视野更为开阔，有更多不平之气，反而开拓了诗歌内容，比主流诗人取得了更高的成就。一部分山东高门子弟放弃家传儒学，以文学进身，其成就亦不容小视，如"文章四友"中的李峤和崔融等。初唐山东高门的文学创作，在唐代文学史上有崇高地位，其成就超过了朝中的关陇诗人群和南方诗人群。

　　（2）盛唐时期，主要指的是唐玄宗开元、天宝年间。中宗复辟至

---

① 《资治通鉴》卷一八五，第5775页。
② 《隋书》卷五八《柳辩传》，第1423页。
③ 《隋书》卷六七《虞世基传》，第1572页。
④ 《隋书》卷七六《虞绰传》，第1738—1739页。
⑤ 《隋书》卷七六《王胄传》，第1741页。

玄宗朝，关陇本位主义开始抬头，但武后重用文人的政策得到了继续贯彻和执行。唐玄宗为防山东高门"族大"，不愿重用其人。比起武后重用李峤、崔融、崔湜、崔日用等人，山东高门在玄宗朝的政治地位反而下降。唐玄宗所用权臣如张说、张九龄、李林甫、杨国忠无一来自山东高门。山东高门的政治期望与其所处政治地位形成了落差，一部分人投笔从戎，"宁为百夫长，胜作一书生"（杨炯《从军行》），远赴边疆建功立业，将他们的不平之气用之于边塞诗的创作，如王昌龄、王翰、高适、王之涣等人创作了大量脍炙人口的边塞名篇。还有一部分人效初唐王绩，归隐田园，创作了大量山水田园诗，形成了山水田园诗派，如出自太原王氏的王维和范阳卢氏的卢象等人。

盛唐时期是我国文艺百花齐放的时代。在盛唐这样一个开放、包容的时代，激发了山东高门建功立业的雄心壮志。山东高门本来就具有深厚的文化功底，政治的不如意使得他们将胸中的不平之气发泄到文学上，其文学创作水平远超前朝。另外，武则天以后，渐渐重文学之士，而科举考试对文学的要求很高。部分在野的山东士族凭借科举入仕，其家学开始由经学向文学转变。山东士族文学创作在盛唐达到巅峰状态。

（3）安史之乱以后的中唐，藩镇割据，特别是安史旧部割据河朔，呈尾大不掉之势。贞元、元和年间，山东士族全面复兴，走上政治舞台。山东士族掌握了政治权力后，开始通过其政治地位影响文学发展的走向。中唐出自山东高门的文学家数量越来越多，但有影响的文学大家却越来越少。

一个值得重视的现象是，这个时期儒学开始复兴，山东士族家学又由文学向经学转变。元和中兴使得山东高门看到了维护王朝大一统的希望，激发了山东士族的政治热情和文学创作热情。但也就在此时，他们开始推崇自身古老的门风，反对科举词科的浮华之风。《旧唐书·郑覃传》载：

> 文宗好经义，心颇思之（郑覃）。六年二月，复召为侍讲学士。七年春，德裕作相。五月，以覃为御史大夫。文宗尝于延英谓宰相曰："殷侑通经学，为人颇似郑覃。"……时太学勒石经，覃奏起居郎周墀、水部员外郎崔球、监察御史张次宗、礼部员外郎温业等校定"九经"文字，旋令上石。加门下侍郎、弘文馆大学士、监修国史。上尝于延英论古今诗句工拙，覃曰："孔子所删，三百篇是也。降此五言七言，辞非雅正，不足帝王赏咏。夫'诗'之'雅、颂'，皆下刺上所为，非上化下而作。王者采诗，以考风俗得失。仲尼删定，以为世规。近代陈后主、隋炀帝皆能章句，不知王者大端，终有季年之失。章句小道，愿陛下不取也。"覃以宰相兼判国子祭酒，奏太学置五经博士各一人，缘无职田，请依王府官例，赐禄粟，从之。又进"石壁九经"一百六十卷。①

李德裕"幼有壮志，苦心力学，尤精《西汉书》《左氏春秋》。耻与诸生从乡赋，不喜科试"②。李德裕所好《西汉书》《左氏春秋》为经史名著。郑覃和李德裕皆出自山东高门，他们表现出的对经史的推崇和对文学词科的厌恶，说明了部分山东高门家学家风正在向传统回归，如李吉甫、李德裕家族自李栖筠及第后开始"家不置《文选》"③。

初盛唐时期，政治的失意使得山东士族不得不放弃其儒学传统，改以文学进身，文学在其家学中的地位提高。中唐以后，山东高门凭

---

① 《旧唐书》卷一七三《郑覃传》，第4490—4492页。
② 《旧唐书》卷一七四《李德裕传》，第4509页。
③ 《新唐书》卷四四《选举志》，第1169页。

借科举考试全面复苏,掌握了国家的中枢权力。这时候,他们又开始恢复其古老门风,其家学再次向儒学回归,家学中的文学地位下降。

德宗以后山东士族掌握政权,开始推崇自身传统的家学、家风,经世致用的学风受到重视。文人一旦身居高位,他们的文学创作常常与政治直接发生关系。正因为这样,他们真正能够反映社会生活和作者本人性情的作品数量就会很少,政治地位的提高使他们的不平之气减少。尽管中唐出自山东高门的作家数量大大增加,但官场的得意却使得文学创作少了不平之气,使杰出作家减少。正如杜甫所谓"文章憎命达"(《天末怀李白》),韩愈《送孟东野序》指出的"物不得其平则鸣"。中国古代社会的文学相当于现代的学术,古人所谓的文章相当于现代的文学。老杜诗歌说明了这样一个道理:即失意的文人往往能创造出伟大的作品。历代山东士族以儒学传家,促进了山东士族文化水平的整体提高,表现为文学家数量众多。对于文化本来发达的家族,儒学对文学往往产生制约和窒息的作用,制约了天才的产生。正是在山东士族全面复兴的中唐,其文学创作开始走下坡路。

(4)晚唐时期,南方经济、文化开始全面超越北方。江南经济的发展,为唐朝长安政府保证了钱粮的供给,这一点在安史之乱后尤其显得重要。安史之乱以后,河北三镇长期割据,江淮财税的供应是朝廷得以生存的重要原因。"每岁赋税倚办止于浙江东、西、宣歙、淮南、江西、鄂岳、福建、湖南八道四十九州,一百四十四万户。"① 王夫之认为唐朝屡经丧乱,"而唐终不倾者,东南为之根本也。唐立国于西北,而植根本于东南"②。

南方经济在安史之乱后得到了迅猛发展。这一方面是由于地理环

---

① 《资治通鉴》卷二三七,第 7647 页。
② (清)王夫之:《读通鉴论》,中华书局 1975 年版,第 818 页。

境的优越；另一方面江淮战乱较少，不像河朔陇西等地战乱频繁。正如杜佑所说："每王纲解纽，宇内分崩，江淮溪海，地非形势，得之与失，未必轻重，故不暇先争。"①

南方经济的繁荣带来了文化的繁荣，也使得南方文化的影响越来越大。安史之乱使大批的北方文人来到南方。"天宝末，安禄山反，天子去蜀，多士奔吴为人海"②，带来了南方区域文化的繁荣。另外，由于东南是唐朝立国之根本，朝廷为了牢牢控制南方，所用藩帅多为文人。高崇文平定西川刘辟的叛乱后，自以为武将而不敢久居南方，"高崇文在蜀期年，一旦谓监军曰：'崇文，河朔一卒，幸有功，致位至此。西川乃宰相回翔之地，崇文叨居日久，岂敢自安'"③。后朝廷以武元衡代之。高崇文以后的剑南西川节度使如武元衡、李夷简、王播、段文昌、杜元颖、李德裕、杨嗣复、李固言、李回、杜悰、白敏中等多是文人兼宰相的身份。④ 扬州（属淮南）的情况十分类似⑤，杜牧在《淮南监军使院厅壁记》中认为淮南"护天下饷道，为诸道府军事最重……自艰难已来，未尝受兵。故命节度使皆以道德儒学，来罢宰相，去登宰相"，也把淮南看作宰相回翔之地。为了防止他们培植势力，朝廷往往频繁地调动南方藩帅，其平均任期一般不超过三年。⑥

藩帅调任往往都辟新的幕僚，频繁的调动也使到南方的文人增多。文人喜欢到南方任幕僚主要基于下列原因：一方面，入幕府任幕职比在中央容易升迁，如元和时西川幕府中的裴度、柳公绰、杨嗣复

---

① （唐）杜佑：《通典》，中华书局1988年版，第4850页。
② 《全唐文》，第5370页。
③ 《资治通鉴》卷二三七，第7641页。
④ 参见吴廷燮《唐方镇年表》，中华书局1980年版，第973—982页。
⑤ 同上书，第716—741页。
⑥ 参见张国刚《唐代藩镇研究》，湖南教育出版社1987年版，第100页。

等都相继成为朝廷的宰相,唐朝后期宰相中有三分之二做过幕僚;另一方面,由于北方战乱频繁,而南方除了浙西李锜昙花一现的反叛外,史称"天下方镇,东南最宁"①。这样,大批文人都喜欢到经济发达的南方任幕职,例如河北成德王武俊辟窦牟为掌书记,窦牟不就,却宁愿入淮南杜佑幕府为参谋(位次于掌书记)。即所谓"危邦不入,乱邦不居"也。这些文职节度使大量招致文人僚佐,使得南方尤其是淮南、剑南、浙西等地方涌现了大批文人。如杜牧、李商隐、温庭筠等北方人都长期生活于南方。

周振鹤先生《中国文化地图集》显示了安史之乱后文化南移的趋势。另据陈尚君先生《唐诗人占籍考》,对唐朝诗人做整体观察,则尽管北方籍作家超过南方籍作家,中晚唐南方籍诗人占籍增长率却超过北方。仅据辛文房《唐才子传》粗略统计,除去籍贯不详和不确定的以外,中晚唐南方诗人约占三分之二强,表明安史之乱以后,唐代文学北重南轻的局面开始变化。吴庚舜、董乃斌先生所编《唐代文学史》(人民文学出版社1995年版)所列多是有影响的文人,经过统计后发现,晚唐自咸通以后,所列十九名文学家中,南方文人十二名,北方四名,籍贯不详三名,此时南方文学家已处于绝对优势。

余恕诚先生考察了唐代存诗1卷以上的诗人的地域分布,他说:

> 唐代存诗1卷以上的诗人共134人,其中籍贯待考者7人,出身于北方(以襄邓淮河为界,蜀地划入南方)的诗人94家,在籍贯可考的诗人中占74%。晚唐共99人,籍贯待考者16人,出身于北方的25人,在籍贯可考的诗人中仅占30%。②

---

① 《全唐文》,第4265页。
② 余恕诚:《唐诗风貌》,安徽大学出版社2000年版,第33页。

中唐以后，山东高门登上政治舞台后又开始推崇其古老门风，其家学中的儒学再次受到重视，文学在其家学中的地位下降。当北方山东士族开始复古之时，南方文学兴起，南方经济文化的强势地位影响到整个帝国。晚唐占籍南方的文人不仅数量众多，且创作成就远远超过山东士族，山东士族文学地位下降。晚唐山东士族文学创作成就远远比不上初盛唐，亦远不能比肩于中唐，其文学创作全面衰落。

第八章

唐代山东士族与唐诗流变（上）

第一节 唐代山东士族与初盛唐山水田园诗

山水田园诗歌古已有之，非始自唐人，《诗经》中已有对山水的诸多描述。一般认为，曹操《观沧海》为最早的山水诗。至东晋南朝谢灵运、谢朓致力于山水诗的创作，山水诗一时蔚为大观。东晋陶渊明归耕于庐山脚下，遂移情于田园，使田园诗成为中国文学的一个重要流派。六朝以降，陶渊明与"二谢"逐渐成为一个文化符号，当士人仕途蹇困之际，往往有其影子横亘于心，不免受其熏沐。

论及唐代诗歌流派，人们总能够在百花齐放、流派纷呈的唐诗中为初盛唐山水田园诗派所吸引。初盛唐时期，山东士族远离权力中心，政治上并不受礼遇。正是在这一时期，他们引领了初盛唐时期的山水田园诗创作。

在初盛唐时期的"山东五姓"中,太原王氏在文坛无疑最受瞩目。这一时期,太原王氏有文集传世的著名文学家有:王凝、王度、王绩、王勃、王翰、王泠然、王昌龄、王维、王缙、王之涣等。西晋时同为王氏高门的有太原晋阳王氏和琅琊临沂王氏,太原王氏以王浑为代表,是当时首屈一指的高门,琅琊王氏以王祥为代表,权威和名声不盛。永嘉后,王导为侨姓领袖,琅琊王氏因之上升为一流高门,太原王氏势力稍减,至南朝时不能复振。自太原王慧龙于北魏太武帝时入北被崔浩重用后,北朝太原王氏英才辈出,俊彦踵武。

隋代大儒王通出自"山东五姓"的太原王氏[①],在河汾一带传道讲学,其弟子很多成为唐贞观名臣。正如其弟王绩《答冯子华处士书》所云:"又知房、李诸贤肆力廊庙,吾家魏学士亦申其才。公卿勤勤,有志于礼乐;元首明哲,股肱为良。"[②] 王绩在书信中说明了其三兄王通门人如房玄龄、李靖、魏徵诸贤肆力于廊庙,成为唐太宗贞观年间朝廷的谋谟之臣的情况。

文中子王通在整个隋代是不得志的,他遭到隋朝两代帝王的冷遇。仁寿三年(603),王通见隋文帝,奏太平十二策,尊王道,推霸略,结果未能见用。[③] 王通二入长安在大业初年,这次连炀帝面都没有见到,只得作《东征歌》而归。王通复兴儒学的志向在隋代统治者面前化为泡影,致使王通不得志而东归。

王通家族在初唐的命运并没有得到改善,朝中显贵仍然多为关陇

---

① 王绩《自撰墓志铭》自述:"有唐逸人,太原王绩。"另在《游北山赋》云:"吾周人也,本家于祁。永嘉之际,扈从江右。"自述其家族于晋永嘉之乱时自太原祁县南迁。王绩好友吕才《东皋子集序》载:"君姓王氏,讳绩,字无功,太原祁人也。高祖晋穆公自南归北,始家河汾焉。历宋、魏迄于周、隋,六世冠冕,国史家牒详焉。"吕才序言描述了王绩家族于东晋穆公时自江东北迁至河汾一带,国史谱牒详赡。
② 《全唐文》卷一三一,第581页。
③ 《资治通鉴》卷一七九,第5599页。

贵族和南朝文人。出自山东的秦叔宝和程咬金等人也多是凭军功入仕的"山东豪杰",并非出自具有深厚文化修养的山东高门。王通政治的失意造成了其弟王绩的隐逸逃避和其孙王勃的艰难进取。

王绩与王勃是初唐文坛巨匠,他们用理论和实践对宫廷诗进行了改革,在创作上走出了一条新路。至王绩时,其家族虽家传儒业且有经济之道,却已七世未逢,这也是王绩隐遁田园的直接原因。

王绩隋时即已入仕,在扬州六合县丞任上却屡被弹劾,入唐后仕途更为蹭蹬,自知不能跻身台辅,恭宣大道。这时候,太原王氏家族思想中道家无为避世的思想也就主导了他的选择。

唐太宗贞观四年(630),因王绩兄王凝得罪朝廷重臣侯君集,王氏兄弟皆抑而不用,王绩托疾罢归。离开了浑浊的官场重返自然,王绩开始了自己的隐居生活,家乡龙门的山水景物与田园生活激发了他的创作灵感。王绩继承了竹林之风与陶渊明隐逸的传统,作品多写饮酒和田园隐逸生活,以宣泄怀才不遇的苦闷。如《田家三首》[①]之一:

> 阮籍生涯懒,嵇康意气疏。相逢一醉饱,独坐数行书。
> 小池聊养鹤,闲田且牧猪。草生元亮径,花暗子云居。
> 倚床看妇织,登垄课儿锄。回头寻仙事,并是一空虚。

阮籍、嵇康是"竹林七贤"的代表人物,皆任性使气,不愿入仕,以诗酒傲王侯。王绩效仿竹林遗风,归隐田间,全家参与劳作,成为与陶渊明、扬雄一样有古人遗风的狷介之士。王绩不仅效仿陶渊明的归隐田间及饮酒雅好,还学习陶渊明古朴的语言,如《田家三

[①] 《全唐诗》卷三七,第478页。

首》①之二：

> 家住箕山下，门枕颍川滨。不知今有汉，惟言昔避秦。
> 琴伴前庭月，酒劝后园春。自得中林士，何忝上皇人。

隐居箕山下、颍川滨的许由、巢父、樊仲父是上古时代尧时期的三名隐士，是代表了古人树立的隐逸理念的几个典型，王绩以他们自比来张扬他的隐逸理念。诗中颔联引用陶渊明《桃花源记》中的故事，讲述避秦时战乱，隐居桃花源中的人"不知有汉，无论魏晋"。后四句描述隐居之乐趣和隐居后的优雅生活。

王绩山水诗的艺术水准达到极高水平，如其代表作《野望》："东皋薄暮望，徙倚欲何依。树树皆秋色，山山惟落晖。牧人驱犊返，猎马带禽归。相顾无相识，长歌怀采薇。"②诗中霞光与秋色相衬映，近景与远景相协调，静景与动景相搭配，宛如一幅优美雅致的山居农家秋晚图，意境浑然天成，反映出诗人隐逸生活的悠闲自在与旷达闲逸的情怀。

因为兄长王通的遭遇，再加上王绩本人也没有太好的机会，仕宦之门较早地向他关闭。当王通门人出将入相之时，做一个小吏对王绩来说只能是羞辱。王绩仕途偃蹇，其描写山水风光、田园生活和歌颂隐居的诗篇上承东晋陶渊明的田园诗与南朝谢灵运、谢朓的山水诗，同时又开启了盛唐王维、孟浩然山水田园诗之先河，对盛唐山水田园诗派的形成有很多启迪意义，使得山水田园逐渐成为文士们的精神乐园。

王绩的山水田园诗在后来的诗人中不乏嗣响，其兄文中子王通之

---

① 《全唐诗》卷三七，第478—479页。
② 同上书，第482页。

孙王勃于兹多所继武。王勃早慧，幼时即以神童著称，在颠沛流离中度过了他短暂的一生。王勃文雄一代，志向远大，却一生沉沦下僚，命途多舛。绝意仕进使他产生了隐逸思想，王勃开始将审美目光转移至山水田园。颠沛流离使他开阔了眼界，领略了南北不同的山水风光。王勃酷爱山水，他说："吾之而生，二十载矣，雅厌城阙，酷嗜江海。"（《游山庙序》）作为一个少年文学天才，面前的山水刺激了他的灵感，因此，王勃说："此仆所以怀泉途而惴恐，临山河而叹息者也。"①（《游山庙序》）山水诗的创作使王勃暂时忘记了内心的痛苦，也磨炼了他的创作技巧。如《春园》诗曰："山泉两处晚，花柳一园春。还持千日醉，共作百年人。"②再如《林泉独饮》："丘壑经涂赏，花柳遇时春。相逢今不醉，物色自轻人。"③诗歌描写了诗人对着林塘落花独醉伤情的情景。

再如《山居晚眺赠王道士》云："金坛疏俗宇，玉洞侣仙群。花枝栖晚露，峰叶度晴云。斜照移山影，回沙拥篆文。琴尊方待兴，竹树已迎曛。"④王勃有乃祖王通儒家积极进取的另一面，也有王绩隐逸的一面，当他绝意仕进后，隐逸思想对他影响尤为深远。该诗首先描写神仙居住地以配合王道士的身份，后三联描述山居之景物与雅致生活，间接反映了诗人对俗世的厌恶。再如《易阳早发》⑤：

饬装侵晓月，奔策候残星。危阁寻丹障，回梁属翠屏。
云间迷树影，雾里失峰形。复此凉飙至，空山飞夜萤。

---

① 《全唐文》卷一八一，第813页。
② 《全唐诗》卷五六，第681页。
③ 《全唐诗》卷五六，第681页。
④ 同上书，第677页。
⑤ 同上书，第679页。

唐高宗总章二年（669），王勃被高宗逐出沛王府后离开长安，前往巴蜀地区，沿途领略了蜀道雄奇瑰丽的山水。经过这次挫折，王勃心灰意冷，隐逸思想逐渐占据主导地位。该诗描写了自己大清早启程出发，犹然披星戴月，此时景色更别于白昼与夜晚。但诗人离开了长安令人生厌的生活，游历于巴山蜀水之间，愉悦之情不言而喻。

王绩多生活于家乡山西龙门，因而描写山水风光较为单一。王勃则颠沛流离，因而更多接触到大江南北不同的风光，其山水诗歌多涉及江海。另外，王勃诗歌表达的情感也有不同于王绩之处，即多了羁旅哀思与客子之情，如《早春野望》："江旷春潮白，山长晓岫青。他乡临睨极，花柳映边亭。"①

王绩也有《野望》诗，同样是野望，王绩描写的季节是秋季，王勃描写的则是早春。王绩描写的是家乡绛州龙门（今山西河津）的黄昏时的景色，反映的是本人隐居耕读于家乡的生活，王勃描写的则是江边拂晓时的景色，反映的是他的颠沛流离的羁旅生活。王绩描写的是北方的景色，因而以山景为主，王勃描写的是南方的景色，故以水为主。王绩表现的是自己恬淡自足的田家生活，王勃表现的则是羁旅哀思与客子之情。两诗虽同题而机杼迥异，这也是他们山水田园诗的不同所在。

王勃被逐出沛王府后虽然不再汲汲于功名富贵，但对功名也不能做到完全释怀，他的所谓山水田园诗实际上是山水诗。与王绩相比，王勃的山水诗多了对南方大江大海的描写，记录了自己漂泊的生涯。如《登城春望》："物外山川近，晴初景霭新。芳郊花柳遍，何处不宜

---

① 《全唐诗》卷五六，第682页。

春。"① 再如《他乡叙兴》："缀叶归烟晚，乘花落照春。边城琴酒处，俱是越乡人。"② 诗中对于明月清风、青山绿水与草木飞花并无具体的刻画，表现的是他的羁旅生涯与对春意的眷念。王勃酷爱大江大海，这在他的诗歌中也有记述，如《上巳浮江宴韵得址字》："披观玉京路，驻赏金台址。逸兴怀九仙，良辰倾四美。松吟白云际，桂馥青溪里。别有江海心，日暮情何已。"③ 诗中王勃自称"别有江海心"，就是表明自己"身在江海之上，心存魏阙之下"，反映了年轻诗人在仕与隐之间进退失据的矛盾心情。

王绩中年以后绝意仕途，从开始就具备了恬淡的心境，王勃一生却只过了短暂的 27 年。在这个年龄阶段对功名完全释怀是不太可能的，且王勃信奉儒家思想，是乃祖王通之遗类，因而充满了积极进取之心。初唐时期，虽历南北朝大乱，经学仍不废，异端虽炽，而圣教不绝。王通河汾学派虽兼弘释道，倡导"三教合一"，但仍以儒学为根本。可能是幼年丧母的原因，王勃自称"养于慈父之手"④（《黄帝八十一难经序》），因而特别孝敬父亲。在巴蜀地区漫游期间，曾拒绝了裴行俭出仕之邀，可为了尽人子之道，听说虢州生产药材可以奉亲，乃"薄求卑位"，求补虢州参军。著名的《滕王阁序》也是写于去交趾奉养父亲的途中。王勃的山水田园诗主要通过对山水的描写和移情来忘记现实生活给他带来的痛苦。

"初唐四杰"中的卢照邻出自"山东五姓"的范阳卢氏，他不以山水田园诗名家，却在山水诗与田园诗的创作上取得了很高成就。卢照邻位卑而才高，且饱受疾病困扰，因而对山水景色的描写没有那么

---

① 《全唐诗》卷五六，第 681 页。
② 同上书，第 681 页。
③ 《全唐诗》卷五六，第 670 页。
④ 《全唐文》卷一八〇，第 807 页。

多浪漫的想象。

卢照邻长期生活于蜀中,蜀中景色妙绝天下,这在卢照邻笔下自然有所反映。另外,卢照邻年近四十时,身染风疾,为了治病拜药王孙思邈为师,后学道并隐居于太白山、洛阳龙门山与阳翟具茨山,长期孤独地隐逸于空山使卢照邻对周围的山水有所关注,这对他的山水田园诗创作来说都不啻"江山之助"。卢照邻的很多山水诗写于蜀中及往来于蜀中的途中,如《相如琴台》①:

闻有雍容地,千年无四邻。园院风烟古,池台松槚春。
云疑作赋客,月似听琴人。寂寂啼莺处,空伤游子神。

该诗是卢照邻游历相如琴台时所作。司马相如为西汉时期辞赋第一人,他与卓文君的恋爱经历是后人津津乐道的风流佳话。当年司马相如在此以《凤求凰》的琴声俘获了新寡文君的芳心,这里,卢照邻以乐景写哀,反衬自己羁旅孤独的心情。再如《入秦川界》②:

陇阪长无极,苍山望不穷。石径紫疑断,回流映似空。
花开绿野雾,莺啭紫岩风。春芳勿遽尽,留赏故人同。

唐人定都于长安,因而,秦川界成为诗人往来较为频繁的道路,此地山水也经常成为诗人的审美对象。该诗描写春季秦川沿途美景,想象与故人一起畅游并共赏美景的场景。卢照邻的山水诗往往兼怀故人,如《巫山高》:"沾裳即此地,况复远思君。"③《江中望月》:

---

① 《全唐诗》卷四二,第524页。
② 同上书,第523—524页。
③ 《全唐诗》卷四二,第522页。

"延照相思夕，千里共沾裳。"① 再如《送郑司仓入蜀》②：

> 离人丹水北，游客锦城东。别意还无已，离忧自不穷。
> 陇云朝结阵，江月夜临空。关塞疲征马，霜氛落早鸿。
> 潘年三十外，蜀道五千中。送君秋水曲，酌酒对清风。

该诗是一首五言排律，除了尾联外，通篇对仗，这也反映了作者驾驭近体诗的能力。诗歌送友人入蜀，以秦川两地风物作对比，通过对两地景色的描写来反映离别之情。"潘年三十外，蜀道五千中"，以生白发的潘岳对照距离五千里外的蜀中，以时空的对比衬托友人的孤独。卢照邻诗集中的山水作品俯拾皆是，大多为送人之作，如《西使兼送孟学士南游》《七夕泛舟二首》《还赴蜀中贻示京邑游好》《绵州官池赠别同赋湾字》等。

卢照邻的田园诗也颇有特色，继承了陶渊明的田园诗风格，如《山林休日田家》③：

> 归休乘暇日，馌稼返秋场。径草疏王彗，岩枝落帝桑。
> 耕田虞讼寝，凿井汉机忘。戎葵朝委露，齐枣夜含霜。
> 南涧泉初洌，东篱菊正芳。还思北窗下，高卧偃羲皇。

唐代官员有自己的休息日，一般每十天（一旬）休息一天，称为休沐日，如王勃在《滕王阁序》中所云："十旬休暇，胜友如云。"该诗描写诗人休沐日回归乡间的家中，暂时忘却公务，领略山水田园之美。诗中的"南涧泉初洌，东篱菊正芳"，上句描写山水的怡人，下句引用陶渊明《饮酒》中的"采菊东篱下，悠然见南山"的掌故，

---

① 《全唐诗》卷四二，第525页。
② 同上书，第527页。
③ 《全唐诗》卷四二，第527—528页。

来表达自己清新脱俗,回归山水田园的乐趣。卢照邻另外还有一首写于休沐日的田园诗《山庄休沐》(一作和夏日山庄)①:

兰署乘闲日,蓬扉狎遁栖。龙柯疏玉井,凤叶下金堤。

川光摇水箭,山气上云梯。亭幽闻唳鹤,窗晓听鸣鸡。

玉轸临风奏,琼浆映月携。田家自有乐,谁肯谢青溪。

诗中描写了休沐日回到农村家中的乐趣。与王绩的田园生活迥异,卢照邻的田园生活是为官之暇的一种调节与放松,为官进取仍然是他生活的主旋律。

如果说王绩的山水田园诗中充满了恬淡怡然之乐趣,那么,以积极进取为主的王勃与卢照邻的山水田园诗总有一种淡淡的愁情。王勃移情山水是为了忘却自己被贬逐的痛苦,而卢照邻的痛苦源于疾病的摧残,因而山水之乐在他的笔下并不多见,他笔下的景物比较写实,不具备王绩诗歌的山水之乐,也没有王勃那样多的艺术折光。如《羁卧山中》②:

卧壑迷时代,行歌任死生。红颜意气尽,白璧故交轻。

涧户无人迹,山窗听鸟声。春色缘岩上,寒光入溜平。

雪尽松帷暗,云开石路明。夜伴饥鼯宿,朝随驯雉行。

度溪犹忆处,寻洞不知名。紫书常日阅,丹药几年成?

即使据卢照邻的写实描写,山中景色也十分怡人,但诗人眼中的美景却无法让他暂忘身体的病痛,故诗中往往有"卧壑迷时代,行歌任死生。红颜意气尽,白璧故交轻"之类的断肠语。尽管山中有太多的野趣,但诗人关心的却是"丹药几年成"。卢照邻年轻时仕途蹇困,

---

① 《全唐诗》卷四二,第 527 页。
② 同上书,第 529 页。

中年后又疾病缠身，他的人生有太多悲剧，故其诗文充满悲情。

与卢照邻同样出自范阳卢氏的卢僎①山水诗创作也颇具特色，如《初出京邑有怀旧林》②：

> 赋生期独得，素业守微班。外忝文学知，鸿渐鹓鹭间。
> 内倾水木趣，筑室依近山。晨趋天日宴，夕卧江海闲。
> 松风生坐隅，仙禽舞亭湾。曙云林下客，霁月池上颜。
> 虽曰坐郊园，静默非人寰。时步苍龙阙，宁异白云关。
> 语济岂时顾，默善忘世攀。世网余何触？天涯谪南蛮。
> 回首思洛阳，喟然悲贞艰。旧林日夜远，孤云何时还？

该诗是诗人被贬南方离开京邑时所作。本来作者边仕边隐，在公务之暇自得山水之乐，并无作奸犯科之事，却被远贬天涯，心中多悲怆与哀怨之气。诗歌用较多笔墨描写旧林山水之美，实际上是以乐景写哀，反衬自身处境的孤独与悲凉。卢僎年辈长于山水田园诗人孟浩然，却与孟浩然为忘年交，这也是因为二人文学创作具有共同趣向。卢僎在当时颇有诗名，在唐人芮挺章所编选唐诗选集《国秀集》中，卢僎被选录作品最多。

出自山东高门范阳卢氏的卢鸿（又作卢鸿一）③是初盛唐时期著名的隐士，其山水诗从内容至形式都标异于当时。《全唐诗》收录其《嵩山十志》共10首，包括《草堂》《倒景台》《樾馆》《枕烟庭》

---

① 按：卢僎是吏部尚书卢从愿之从父，据《旧唐书》卷一〇〇《卢从愿传》载："卢从愿，相州临漳人，后魏度支尚书昶六代孙也。自范阳徙家焉，世为山东著姓。"由此可知，卢僎与卢从愿郡望范阳卢氏。
② 《全唐诗》卷九九，第1069页。
③ 卢鸿于新旧《唐书》有传，据《旧唐书》卷一九二《隐逸传》载："本范阳人，徙家洛阳。"（中华书局1975年版，第5119页）《旧唐书》卷一九二《隐逸传》作卢鸿一。（中华书局1975年版，第5116、5119页）

《云锦淙》《期仙磴》《涤烦矶》《幂翠庭》《洞元室》《金碧潭》，每首诗在标题下有小序，以散文体阐释了诗歌主题，而诗歌本身则以骚体写成。这一组诗歌通过描写周围山水美景表现了自己徜徉于山水泉石的乐趣，阐述了道家自然隐逸与道教求仙的思想，表达了自己淡泊功名的志趣，很具特色。如：

倒景台[①]

倒景台者，盖太室南麓，天门右崖。杰峰如台，气凌倒景。登路有三处可憩，或曰三休台。可以邀驭风之客，会绝尘之子。超逸真，荡遐襟，此其所绝也。及世人登焉，则魂散神越，目极心伤矣。词曰：

天门豁兮仙台耸，杰屹崒兮零顶涌。穷三休兮旷一观，忽若登昆仑兮中期汗漫仙。耸天关兮倒景台，鲨颢气兮轶嚣埃。皎皎之子兮自独立，云可朋兮霞可吸。曾何荣辱之所及。

王维家族出自山东高门太原王氏[②]，其父始徙家于蒲州，母亲出自"山东五姓"的博陵崔氏。王维一生处于半官半隐、亦官亦隐的状态，前半生以仕宦为主，后半生则以隐居为务。天生软弱的性格使他没有辞官隐居的勇气，但他却常常用山水田园诗来表达对险恶的官场及浊世的憎恶。

东晋陶渊明是中国古代第一个大量创作田园诗的诗人，至谢灵运和谢朓开始大量描写山姿水态。从此，山水诗与田园诗并行不悖向前发展。唐初王绩学陶亦学谢，但以学陶为主，诗中描写山水的成分并

[①] 《全唐诗》卷一二三，第1224页。
[②] 本书在第三章第二节《山东士族在中唐的复兴》中已根据《新唐书·宰相世系表》得出王缙出自太原王氏河东房。王缙为王维胞弟，故得知王维出自"山东五姓"的太原王氏。

不多。自王维出，始将自然山水与田园生活紧密结合起来，构成了水乳交融的艺术境界，并创立了山水田园诗派。

王维的山水田园诗主要写于他创作生涯的后半期，总共有百首左右，这些高质量的诗歌使他成为盛唐诗坛的一代宗师。王维的山水田园诗主要描写了农村的优美山水风光和隐居田园的乐趣，如：

山居秋暝[1]

空山新雨后，天气晚来秋。明月松间照，清泉石上流。

竹喧归浣女，莲动下渔舟。随意春芳歇，王孙自可留。

诗中描写山村的秋夜，雨后空气特别清新，月光皎洁，洒落在松间，山泉淙淙。静谧的空山中突然发出声音，原来是浣纱女归来发出的笑声，这样一个纯美、理想的世界谁能忍心离开。

从内容来看，王维的田园诗主要描写田园优美的风光及他脱离喧嚣后隐居生活的乐趣，如：

丁寓田家有赠[2]

君心尚栖隐，久欲傍归路。在朝每为言，解印果成趣。

晨鸡鸣邻里，群动从所务。农夫行饷田，闺妇起缝素。

开轩御衣服，散帙理章句。时吟《招隐诗》，或制《闲居赋》。

新晴望郊郭，日映桑榆暮。阴尽小苑城，微明渭川树。

揆予宅闾井，幽赏何由屡。道存终不忘，迹异难相遇。

此时惜离别，再来芳菲度。

该诗是一首送别诗，首四句表明卸官解印后的栖隐之趣，接着描

---

[1] （唐）王维：《王右丞集笺注》，（清）赵殿成笺注，上海古籍出版社1998年版，第122—123页。（书中引用该古籍均是此版本，后文中只标明书名和页码，特此说明）

[2] 《王右丞集笺注》，第36—37页。

写了田园生活的画面。但文人生活毕竟迥异于农夫,他们沉醉于田园生活主要是为了逃避令人厌恶的官场。西晋诗人左思曾作《招隐诗》,同时代的潘岳曾写过《闲居赋》,但这二人皆心在魏阙。特别是潘岳为了飞黄腾达竟然身为贾谧"二十四友"之一,望贾谧远去的坐车下拜,对此,元好问写诗讥讽道:"高情千古《闲居赋》,争识安仁拜路尘。"(《论诗三十首》)王维隐居田园,寄情山水,鲜有走终南捷径之意,目的要单纯许多。

一般诗人在政治失意之时方寄情山水或隐居田园,往往描绘山水之美或歌颂田园生活,但在王维眼中,田园的景色与政治无关,本身就充满美感,如:

积雨辋川庄作①

积雨空林烟火迟,蒸藜炊黍饷东菑。
漠漠水田飞白鹭,阴阴夏木啭黄鹂。
山中习静观朝槿,松下清斋折露葵。
野老与人争席罢,海鸥何事更相疑?

王维山水田园诗除了描写风景外还描绘了淳朴的人情,仿佛一幅幅风土人情画面,如:

渭川田家②

斜光照墟落,穷巷牛羊归。野老念牧童,倚杖候荆扉。
雉雊麦苗秀,蚕眠桑叶稀。田夫荷锄立,相见语依依。
即此羡闲逸,怅然歌式微。

---

① 《王右丞集笺注》,第187页。
② 同上书,第37页。

该诗描写了农村自然山水田园的画面，更让我们看到了"野老念牧童"和田夫"相见语依依"的场景。这样和谐的人际关系远胜于官场的勾心斗角和互相倾轧，使作者羡慕不已。

盛唐山水田园诗派即王孟诗派包括王维、孟浩然、裴迪、崔兴宗、卢象、储光羲等人。除了领军人物王维出自"山东五姓"外，崔兴宗、卢象亦出自"山东五姓"。其中崔兴宗出自博陵崔氏①，卢象出自范阳卢氏。

崔兴宗与王维一起隐居终南山，现存5首诗，其中有4首是与王维唱和的，在其唱和诗中亦不乏山水佳句，如《留别王维》："驻马欲分襟，清寒御沟上。前山景气佳，独往还惆怅。"② 再如《同王右丞送瑗公南归》："行苦神亦秀，泠然溪上松。铜瓶与竹杖，来自祝融峰。常愿入灵岳，藏经访遗踪。南归见长老，且为说心胸。"③ 崔兴宗作品虽多散佚，但作为王维的诗友，王维有很多诗歌写给崔兴宗，如《送崔九兴宗游蜀》："送君从此去，转觉故人稀。徒御犹回首，田园方掩扉。出门当旅食，中路授寒衣。江汉风流地，游人何岁归。"④ 又如《送崔兴宗》："已恨亲皆远，谁怜友复稀。"⑤ 诗中将崔兴宗定位为"亲"与"友"，实际上，崔兴宗除了是王维的内弟外，还是王维终南山隐居的邻居与诗友。

---

① 崔兴宗于两《唐书》无传，史籍中不载其郡望。但从王维诗《秋夜独坐怀内弟崔兴宗》中可知，兴宗为王维内弟，王维母亲为博陵崔氏，故知崔兴宗出自博陵崔氏。
② 《全唐诗》卷一二九，第1316页。
③ 同上。
④ 《王右丞集笺注》，第140页。
⑤ 同上。

卢象是盛唐时期著名隐士卢鸿之侄，出自范阳卢氏。[①] 卢象深受其叔父卢鸿隐逸思想的影响，年轻时曾举家隐逸于江东田园之间，"始以章句振起于开元中，与王维、崔颢比肩骧首，鼓行于时，妍词一发，乐府传贵"[②]（刘禹锡《唐故尚书主客员外郎卢公集纪》）。李华《登头陁寺东楼诗序》则称他"舅氏员外（卢）象，名高天下"[③]。卢象是盛唐山水诗名家，元代辛文房《唐才子传》称："（卢象）有诗名，誉满秘阁，雅而不素，有大体，得国士之风。"[④] 与王维、储光羲、祖咏、崔兴宗等过从甚密，其现存诗歌以描写山水田园为主。由于卢象家住汶上，年轻时又居于江东，因此其笔下山水田园兼具南北风情。如《竹里馆》："江南冰不闭，山泽气潜通。腊月闻山鸟，寒崖见蛰熊。柳林春半合，荻笋乱无丛。回首金陵岸，依依向北风。"[⑤] 该诗描写江南冬春之际，春寒料峭，万物逐渐苏醒，六朝古都金陵山清水秀，生机勃勃。其田园诗也颇具特色，如：

乡试后自巩还田家因谢邻友见过之作[⑥]

鸡鸣出东邑，马倦登南峦。落日见桑柘，翳然丘中寒。

邻家多旧识，投暝来相看。且问春税苦，兼陈行路难。

---

① 傅璇琮主编《唐才子传校笺》卷二，中华书局 1987 年版，第 236 页。按：卢象，新旧《唐书》无传，据卢象《八月十五日（卢）象自江东止田园移庄庆会未几归汶上小弟幼妹尤嗟其别兼赋是诗三首》（《全唐诗》卷 122），则此当为辛文房《唐才子传》所载卢象为"汶水人"所本。"归汶上"即卢象所居之家，汶水当为卢象籍贯。卢象去世多年后，集其诗文凡 12 卷，请刘禹锡为之作序《唐故尚书主客员外郎卢公集纪》（《刘禹锡集》卷 19），序云："公之叔父嵩山逸人谏议大夫颢然，真隐者也。"颢然为卢鸿字。卢鸿于新旧《唐书》有传，据《旧唐书》卷一九二《隐逸传》载："本范阳人，徙家洛阳。"（中华书局 1975 年版，第 5119 页）范阳为卢鸿郡望，则卢鸿之侄卢象亦出自范阳卢氏，汶水则为卢象之居住地。

② 《全唐文》卷六〇五，第 6112 页。
③ 《全唐文》卷三一五，第 3199 页。
④ 傅璇琮主编：《唐才子传校笺》第一册，中华书局 1987 年版，第 242 页。
⑤ 《全唐诗》卷一二二，第 1219 页。
⑥ 同上书，第 1218 页。

园场近阴壑，草木易凋残。峰晴雪犹积，涧深冰已团。

浮名知何用？岁晏不成欢。置酒共君饮，当歌聊自宽。

该诗是诗人乡试后于乡间家中所作。诗人从鸡鸣时早起还家，经过一天舟车劳顿，终于于傍晚时抵达。邻家农夫知道诗人回家，纷纷过来看望，大家谈到农家春税之苦。自陶渊明大量创作田园诗开始，这一类诗歌主要是描写田间景色与隐士恬淡自由的惬意生活，鲜少语及阶级矛盾。而卢象此诗已经注意到这个问题，描述了田园生活之苦，这对后来的田园诗很有启迪意义。

以上对山东士族与初盛唐山水田园诗的关系进行了考察，从中可以发现，唐代山水田园诗与山东高门有密切的关系。在山水田园诗人中，出自"山东五姓"的有王绩、王勃、卢照邻、卢僎、卢鸿、王维、崔兴宗、卢象等人。其中王绩、王勃、王维出自太原王氏，卢照邻、卢僎、卢鸿、卢象出自范阳卢氏，崔兴宗出自博陵崔氏。山东高门积极参与了初盛唐山水田园诗的创作，是这一时期山水田园诗的领导者。山东高门为什么在初盛唐能够在山水田园诗这一领域取得如此重大的成就？

首先，家族中的道家思想。

众所周知，初盛唐时期隐逸之风盛行，而山水田园诗多数是在隐逸条件下创作出来的。与儒家思想的积极进取迥异，道家思想主张消极避世，自然无为。因此，隐逸于山水田园成为实现道家思想的一种方式。

中古山东士族是文化高门，其文化素养自非其他士族与寒素所能比肩。东汉儒学盛行，彼时，山东高门世代株守一经，父祖子孙递相延传。永嘉南渡后，竹林之风主要影响了江东侨姓士族与吴姓士族，而世居河北的山东士族未及南渡，遂陷于五胡。其家族虽以儒学为家学，但子弟往往数经兼览，学识广博。这一时期山东高门的家学已经表现出相当程度的开放性，非如汉儒那样门户森严，壁垒高耸。历经南北朝大乱，山东高门的信仰由谨遵儒术，鲜有旁骛变为兼综儒释道。隋末文中子王通提出的"三教合一"思想对当时士大夫阶层影响很深，这一时期，山东高门家学中的释道思想开始成为儒家思想的有益补充。李唐王朝自诩为老子李耳之后，推崇道教与道家，唐代山东高门受时代风气影响，对道家与道教表现出浓厚的兴趣，对其学说多有涉猎。

道家学说逐渐成为隋唐时期山东高门的家学之一。王绩笃信老庄思想，自字"无功"，取庄子《逍遥游》中"神人无功"之意。王绩对老子《道德经》有浓厚兴趣，曾自注《老子》。另外，武后时，出自博陵崔氏的崔沔撰《老子道德经疏》，行于天下，其子崔佑甫为德宗朝宰相。出自范阳卢氏的卢藏用也有《老子注》《庄子内外篇注》等道家书籍注疏。中唐时期，出自太原王氏的王涯笃信道家，曾著《太玄经》等相关著作。

王绩家族本山东高门，笃信儒学，自王通首倡"三教合一"之说，其家学开始转变，而王绩对儒释道三教的认识比乃兄更为开放，他在《答程道士书》①中说：

> 昔孔子曰"无可无不可"，而欲居九夷；老子曰"同谓之元"，而乘关西出；释迦曰"色即是空"，而建立诸法。此皆圣人通方之元致，弘济之秘藏。实冀冲鉴，君子相期于事外，岂可以言行诘之哉！故仲尼曰"善人之道不践迹"；老子曰"夫无为者无不为也"；释迦曰"三灾弥纶，行业湛然"。

---

① 《全唐文》卷一三一，第 1323—1324 页。

王绩本出自诗礼簪缨之族，年轻时也有济世之心，他说："吾家三兄，命世特起，先宅一德，续明六经。吾尝好其遗文，以为匡扶之要略尽矣。"①（王绩《答程道士书》）但王通作为一代大儒亦不免于退耕乡里，王绩虽有济世之才，亦不遇于时，因而开始对儒家思想产生怀疑，他说："吾自揆审矣，必不能自致台辅，恭宣大道。夫不涉江汉，何用方？不思云霄，何事羽翩？故顷以来，都复散弃。虽周孔制述，未尝复窥，何况百家悠悠哉！"②（王绩《答程道士书》）

王绩在其山水田园诗中主要体现的是老庄思想，往往"非汤武而薄周孔"，如《赠程处士》云："百年长扰扰，万事悉悠悠。日光随意落，河水任情流。礼乐囚姬旦，诗书缚孔丘。不如高枕卧，时取醉消愁。"③诗中的"日光随意落，河水任情流"表现了自然界的野趣，暗喻人类无须受礼教的束缚。"礼乐囚姬旦，诗书缚孔丘"则表现了作者离经叛道的立场。所谓周孔名教最推崇者莫过周公、孔子，亦即诗中的"姬旦""孔丘"。作者在诗中直呼其名讳，出语大不敬，与其三兄文中子王通的崇儒思想迥不相牟。

初盛唐山水田园诗人往往思想较为庞杂，对释道多有涉猎。道教是李唐国教，源于道家和方士等先秦诸家思想，山水田园诗人往往有道教信仰。除了王绩与程道士过往甚密外，卢照邻也与道士多有交往，其《赠李荣道士》云："锦节衔天使，琼仙驾羽君。投金翠山曲，奠璧清江濆。圆洞开丹鼎，方坛聚绛云。宝贶幽难识，空歌迥易分。风摇十洲影，日乱九江文。敷诚归上帝，应诏佐明君。独有南冠客，耿耿泣离群。遥看八会所，真气晓氛氲。"对李荣道士的仙术钦羡不已。王维虽以诗佛而称名于世，但他佛道兼修，与道教徒过从甚密，

---

① 《全唐文》卷一三一，第1323—1324页。
② 同上。
③ 《全唐诗》卷三七，第478页。

如《赠东岳焦炼师》①：

先生千岁余，五岳遍曾居。遥识齐侯鼎，新过王母庐。
不能师孔墨，何事问长沮。玉管时来凤，铜盘即钓鱼。
竦身空里语，明目夜中书。自有还丹术，时论太素初。
频蒙露版诏，时降软轮车。山静泉逾响，松高枝转疏。
支颐问樵客，世上复何如？

焦炼师是盛唐著名女道士，被王维描绘成一个神通广大的仙人。作者表明了对焦炼师的崇敬之情和见贤思齐之意。王维关于释道兼弘的诗歌在其集中俯拾皆是，如《李处士山居》："方随炼金客，林上家绝巇。"②《终南别业》："中岁颇好道，晚家南山陲。"③《过李揖宅》："散发时未簪，道书行尚把。"④《饭覆釜山僧》："焚香看道书，燃灯昼欲尽。"⑤《春日上方即事》："好读高僧传，时看辟谷方。"《山中示弟》："缘合妄相有，性空无所亲。安知广成子，不是老夫身。"⑥道家思想是山东高门创作山水田园诗的重要思想基础。

其次，隐逸之风与终南捷径。

从先秦至唐代，隐逸一直是中国士大夫推崇的一种处世的方式，隐逸精神成为士大夫的追求，一时蔚然成风。历代政府对隐士亦十分重视，将隐逸之士招至麾下做到野无遗贤也是朝廷贤明与否的重要标志。另外，招隐士还是为了"重贞退之节，息贪竞之风"⑦。自西汉

---

① 《王右丞集笺注》，第 208 页。
② 同上书，第 35 页。
③ 同上。
④ 同上书，第 38 页。
⑤ 同上书，第 39 页。
⑥ 同上书，第 211 页。
⑦ 《旧唐书》卷一九二《隐逸传》，第 5115 页。

孝惠帝刘盈将"商山四皓"招至太子府而稳固了自己的太子地位后，能否将隐士招入朝廷为官还成为君王是否有能力的重要标志。东晋时期，竹林隐逸之风盛行于江左，受此玄风熏沐，陶渊明成为第一个纯粹的归隐田园并大量创作田园诗的诗人。

唐朝廷对隐士也十分重视，据《旧唐书·隐逸传》[①] 载：

> 高宗、天后，访道山林，飞书岩穴，屡造幽人之宅，坚回隐士之车。而游岩、德义之徒，所高者独行；卢鸿一、承祯之比，所重者逃名。至于出处语默之大方，未足与议也。

由于朝廷十分重视隐逸之士，一些志在求取功名的文士利用朝廷的这一心理而走入山林。为了便于朝廷征召，他们往往选择隐居于离京城不远处的山林之中，因而，终南山成为最佳隐逸处，正如王维所云："太乙近天都。"（《终南山》）即描写终南山作为隐居地的优势。据《新唐书·卢藏用传》载："始隐山中时，有意当世，人目为'随驾隐士'。晚乃徇权利，务为骄纵，素节尽矣。司马承祯尝召至阙下，将还山，藏用指终南曰：'此中大有嘉处。'承祯徐曰：'以仆视之，仕宦之捷径耳。'"[②] "终南捷径"即源于此。

卢藏用本属意于功名，"藏用能属文，举进士，不得调。与兄征明偕隐终南、少室二山，学练气，为辟谷，登衡、庐，彷洋岷、峨"[③]。卢征明、卢藏用兄弟隐居终南、少室二山，为卢藏用带来了声望，被当时人视为"随驾隐士"，名望与南朝梁武帝时的"山中宰相"陶弘景相垺。当时与卢藏用齐名的隐士尚有司马承祯与吴筠。当司马承祯还山时，与卢藏用的一番对话揭示了他们隐居的真

---

① |《旧唐书》卷一九二《隐逸传》，第5116页。
② 《新唐书》卷一二三《卢藏用传》，第4375页。
③ 同上书，第4374页。

实目的。

　　家学中的道家思想带来了山东高门子弟的隐逸风尚，而隐逸又成为他们仕宦的捷径。山水田园诗人卢象的叔父卢鸿是开元初年著名隐士，玄宗曾多次备礼征召而不至，后至洛阳面君而不拜。卢鸿辞官还嵩山后，"岁给米百斛、绢五十，府县为致其家，朝廷得失，其以状闻。将行，赐隐居服，官营草堂，恩礼殊渥。鸿到山中，广学庐，聚徒至五百人。及卒，帝赐万钱，鸿所居室，自号'宁极'云"①。此事亦见载于辛文房《唐才子传》："鸿字颢然，隐居嵩山。博学，善八分书，工诗，兼画山水树石。开元初，玄宗备礼征再三，不至……帝召升内殿，置酒。拜谏议大夫，固辞。复下诏许还山。"② 卢鸿作为盛唐时期的著名隐士，位列两《唐书》的《隐逸传》中。

　　出自赵郡李氏的李栖筠在玄宗天宝末也隐居避世，权德舆《唐御史大夫赠司徒赞皇文献公李栖筠文集序》载："隐于汲郡共城山下，营道抗志，不苟合于时。"③ 李栖筠的隐居亦给他后来入仕奠定了基础。

　　出自博陵崔氏的崔良佐系古文家崔元翰之父，是唐代大儒，也曾隐居于共北白鹿山之阳，据《新唐书·崔元翰传》载："良佐，与齐国公日用从昆弟也。擢明经甲科，补湖城主簿，以母丧，遂不仕……隐共北白鹿山之阳。卒，门人共谥曰贞文孝父。"④ 出自陇西李氏的李涉、李渤兄弟⑤，是后人耳熟能详的人物，他们曾隐居庐山，

---

① 《新唐书》卷一九六《卢鸿传》，第 5604 页。
② 傅璇琮主编：《唐才子传校笺》第一册，中华书局 1987 年版，第 174—178 页。按：辛文房所谓"善八分书，工诗，兼画山水树石"，本之于《新唐书》本传与张彦远《历代名画记》卷九。
③ 《全唐文》卷四九三，第 5034 页。
④ 《新唐书》卷二〇三《崔元翰传》，第 5783 页。
⑤ 因李渤自称成纪县子李渤，唐人封爵多以郡望称之，陇西成纪为李氏著望。据傅璇琮主编《唐才子传校笺》第一册，第 296 页。

今庐山白鹿洞书院最早的主人就是李渤。

唐代隐士最负盛名的当数一代名臣李泌,据《新唐书·宰相世系表》载,李泌出自山东高门赵郡李氏辽东房。李泌在玄宗朝以神童著称,为权臣张说所喜爱,据《新唐书·李泌传》载:"及长,博学,善治《易》,常游嵩、华、终南间,慕神仙不死术。"① 李泌长大后开始了他的隐居生活。安史之乱爆发后,"肃宗即位灵武,物色求访,会泌亦自至。已谒见,陈天下所以成败事。帝悦,欲授以官,固辞,愿以客从。入议国事,出陪舆辇,众指曰:'著黄者圣人,著白者山人。'帝闻,因赐金紫,拜元帅广平王行军司马"。② 李泌一生处于仕隐之间,经历了玄宗、肃宗、代宗与德宗四朝,多次力挽狂澜,帮助唐王朝度过了那段动荡的岁月,且以退为进,始终能够明哲保身,以致《新唐书》的著者宋祁感叹道:"泌出入中禁,事四君,数为权幸所疾,常以智免。好纵横大言,时时谲议,能寤移人主,然常持黄老鬼神说,故为人所讥切。"③

盛唐时期,隐逸之风盛行,出自山东高门的大多数山水田园诗人其实只是想走终南捷径,王维开始也应该有此想法。开元二十二年(734),唐玄宗与张九龄皆居于东都洛阳。王维于斯年写《上张令公》给张九龄,谋求张九龄提携,然后隐遁于东都旁边的嵩山。

开元二十五年(737)张九龄被贬,口蜜腹剑的李林甫执掌朝政,并与后来的杨国忠共同主宰了安史之乱之前的朝政,清明的政治环境顿失。在这样的情况下,作为张九龄旧人的王维如临深渊,如履薄冰。此时政治斗争与倾轧使王维动辄得咎,离开是非之地而再次隐遁成为他最好的选择,王维后期的边仕边隐也避免了类似其弟王缙后来

---

① 《新唐书》卷一三九《李泌传》,第4632页。
② 同上。
③ 同上书,第4638页。

的政治惨剧。王维描写他隐居以求走终南捷径的作品如《过太乙观贾生房》[①]：

> 昔余栖遁日，之子烟霞邻。共携松叶酒，俱簪竹皮巾。
> 攀林遍云洞，采药无冬春。谬以道门子，征为骖御臣。
> 常恐丹液就，先我紫阳宾。天促万涂尽，哀伤百虑新。
> 迹峻不容俗，才多反累真。泣对双泉水，还山无主人。

太乙即终南山，王维有"太乙近天都，连山到海隅"（《终南山》）。该诗描述他当年与贾生一同学道求仙，炼丹采药之事，悔恨自己后来走终南捷径耽误了修道。

王维少年得志，又适逢开元盛世，最终也归于田园，这是太原王氏家学中道家思想长期熏沐的结果。由于太原王氏属于天下甲族，自视很高，出将入相的思想尤为强烈。当仕途顺遂时，儒家的积极进取思想往往占据主流，一旦仕途不遂，道家的消极避世思想会主导他们走上另一个极端而隐遁山水田园之间。

最后，山东高门深厚的文化修养提高了他们山水田园诗的水准。

前文已经论及唐代山东士族是文化士族，其子弟有深厚的文化修养，除了经史、文学以外，山东高门家族文化还包括了其他杂学。《颜氏家训·杂艺篇》中提到书法、绘画、射箭、卜筮、医疗、弹琴、围棋、算术、博弈、投壶之类，名目十分繁多，其中尤以书法、绘画二事最受重视。

山水田园诗与山水田园画皆为对山水田园景物的描绘，虽艺术形式迥异，却殊途同归。很多山水田园诗人与山水田园画家交游密切，或者一人兼诗人与画师两种身份。如出自范阳卢氏的卢鸿不仅擅长山

[①] 《王右丞集笺注》，第268页。

水诗，也是初盛唐时期著名山水画家，据《宣和画谱》卷十《山水》载："颇喜写山水平远之趣，非泉石膏肓、烟霞痼疾，得之心、应之手，未足以造此。画《草堂图》，世传以比王维辋川草堂。"① 宋徽宗宣和年间，宋内府尚藏有卢鸿《窠石图》《松林会真图》及与王维《辋川草堂》齐名的《草堂图》。

王维精通绘画，尤精山水，泼墨山水笔迹劲爽。他在《题辋川图》中称："宿世谬词客，前身应画师。不能舍余习，偶被世人知。"② 只因当时人鄙视画家，故阎立本以画师名家，却深以为耻。③《宣和画谱》卷十《山水》中尚存有王维画作126幅，这也只是王维画作的冰山一角，后之学者能得其仿佛者已经是绝俗之作了。

王维能够将绘画技巧融入其诗歌之中，苏轼认为："味摩诘之诗，诗中有画；观摩诘之画，画中有诗。"(《书摩诘蓝田烟雨图》) 明人董其昌推王维为"文人画"的始祖。如前引《积雨辋川庄作》就深得绘画技法，该诗作于他在蓝田精心经营的辋川别业，颔联"漠漠水田飞白鹭，阴阴夏木啭黄鹂"中，白鹭与黄鹂色彩对比强烈，漠漠水田与阴阴夏木既有色彩对比又有明暗对比，形成了一幅色彩和谐的文人画。

王维还精通音乐，《新唐书·王维传》载："维工草隶，善画，名盛于开元、天宝间，豪英贵人虚左以迎，宁、薛诸王待若师友。画思入神，至山水平远，云势石色，绘工以为天机所到，学者不及也。客有以按乐图示者，无题识，维徐曰：'此《霓裳》第三叠最初拍也。'

---

① （宋）《宣和画谱》卷十《山水》，文渊阁《四库全书》影印本。
② 《全唐诗》卷一二五，第1254页。
③ 《旧唐书》卷七七《阎立本传》载阎立本曾教子曰："吾少好读书，幸免面墙，缘情染翰，颇及侪流。惟以丹青见知，躬厮役之务，辱莫大焉！汝宜深诫，勿习此末伎。"（中华书局1975年版，第2680页）

客未然，引工按曲，乃信。"① 精通音律的王维对声音十分敏感，并将声学技巧用之于诗歌创作。如前引《山居秋暝》，该诗描写秋天时节傍晚时分，一阵秋雨过后，空山十分凉爽，美景怡人，浣纱女孩的笑声在空山中愈显突兀。诗歌以"竹喧归浣女"的动来反衬空山的静谧，极具美学效果。

另外，王维精研佛教，以"诗佛"著称。他能够将艺术因素和宗教因素融入其诗歌之中，使其诗歌具有诗情、画意和音乐美，且富于禅趣。如其名句"行到水穷处，坐看云起时"②（《终南别业》），"随意春芳歇，王孙自可留"（《山居秋暝》）都极富禅理，达到了心与自然合一，人与天相圆融的境界，这正是禅宗美学的最高境界。当六祖慧能的弟子神会到达北方后请王维为其师撰写碑文时，王维欣然写下《能禅师碑》，这是禅宗史上的一件大事，也表明王维对禅宗的信奉开始向南宗转移。

王维是唐代掌握各种艺术门类最为全面的诗人，而这一切都在他的山水田园诗中有所反映。实际上，王维诗歌将禅理、音乐和绘画与诗情融为一体，开创了盛唐山水田园诗派。

第二节 "由宫廷走到市井"
——唐代山东士族与初唐诗风的转变

初唐诗歌以宫廷诗最为繁荣，宫廷诗坛因为汇集了大量的人才而处于创作的中心地位。对此，余恕诚先生说：

---

① 《新唐书》卷二〇二《王维传》，第5765页。
② 《王右丞集笺注》，第35页。

《全唐诗》中存有作品的初唐220多位作家，绝大部分是宫廷文臣、帝王、后妃。处在这个圈子之外的中下层文人，只有四杰及王绩、陈子昂、刘希夷等少数作家，仅占初唐诗人的十分之一左右。[1]

南朝齐梁时期，以"徐庾体"为代表的宫体诗流行于南朝诗坛，庾信入北后，此风又传入北朝。北朝诗人在心摹手追之际，不免受其沾溉。

唐太宗出自北朝体系，十分爱好庾信诗歌，庾信入北后，诗风大变，其晚年虽位望通显，常有乡关之思，其《哀江南赋》云："壮士不还，寒风萧瑟。"这种境界不是唐初那些待遇优渥的宫廷诗人能够感同身受的，故杜甫称"庾信平生最萧瑟，暮年诗赋动江关"[2]（《咏怀古迹五首》之一）。唐初宫廷诗人学习的恰恰是庾信在南朝与徐陵、萧纲等人创作的绮靡婉丽的宫体诗。

唐初宫廷诗风承齐梁余风，贞观年间诗坛主要是南方诗人群体和关陇诗人群体的对峙，而山东士族则未邀时宠。当时出自江东士族的诗人如陈叔达、袁朗、孔绍安、虞世南、许敬宗等人，俱为陈隋旧人。他们的作品风格浮艳淫靡，夸辞藻以饰章句，缺乏丰富多彩的个人思想情感，可视作梁陈宫体诗的延续。关陇诗人群体包括李世民、长孙无忌、杨师道、上官仪等人。李世民这样马上得天下的开国君主，诗风同样轻艳，但由于他们居于高位，从风而靡者甚夥，正如虞世南《蝉》所云："垂緌饮清露，流响出疏桐。居高声自远，非是藉秋风。"[3] 朝中君臣位高权重，他们"居高声自远"，对文坛影响自然

---

[1] 余恕诚：《唐诗风貌》，安徽大学出版社2000年版，第52页。
[2] 《杜诗详注》，第1499页。
[3] 《全唐诗》卷三六，第475页。

十分深远。唐太宗君臣虽自马上得天下，其诗歌则鲜有丈夫气。高宗、武后时期文坛沿承贞观朝风绪，宫廷诗人中影响最大的当属上官仪，其诗风绮错婉媚，人多效之，谓"上官体"。宫体诗以应制诗、奉和诗等为主，最大的缺点就是缺乏个人思想情致的表现，缺乏对宫廷之外广阔的社会生活的描述。初唐首都长安城的诗坛笼罩于浮艳诗风之中。

正当关陇诗人群与江东士族诗人群统治的贞观文坛大量创作宫廷诗之时，被主流文坛边缘化的山东士族诗人们显然不屑于这种单调而形式化又缺乏主观情感的诗歌，他们的作品表现出迥异于时的不同情调。

身处朝堂之上却不入俗流的有贞观名臣魏徵。魏徵出自巨鹿魏氏，巨鹿地处河北，巨鹿魏氏属于山东士族次等高门。魏徵文史兼通，曾主持修撰《群书治要》和梁、陈、齐、周、隋五朝史，并且亲自撰写了《梁书》《陈书》《齐书》的总论以及《隋书》的序论。魏徵在《隋书·文学传序》中提出了"文质斌斌"的文学观，看似调和南北文风，但在南方文风盛行的贞观年间，魏徵将南北文学对等起来，实际上还是为了提高北朝文学的地位。魏徵批判南方"徐庾"体文风，而"徐庾"体文风正是贞观诗人心摹手追的对象。魏徵不以诗歌知名，但"其《暮秋言怀》《述怀》两篇，确有清正之音，格调高远"[1]。如《述怀诗》（一作《出关》）[2]：

> 中原初逐鹿，投笔事戎轩。纵横计不就，慷慨志犹存。
> 杖策谒天子，驱马出关门。请缨系南粤，凭轼下东藩。
> 郁纡陟高岫，出没望平原。古木鸣寒鸟，空山啼夜猿。

---

[1] 刘大杰：《中国文学发展史》，上海古籍出版社1997年版，第454页。
[2] 《全唐诗》卷三一，第441页。

既伤千里目，还惊九折魂。岂不惮艰险，深怀国士恩。

季布无二诺，侯嬴重一言。人生感意气，功名谁复论。

属于关陇贵族的李唐政权以山东人安抚山东，出自荥阳郑氏的郑善果就是在李唐初步平定山东后持节为招抚大使安抚山东的。① 魏徵出自山东士族，这首诗是魏徵赴山东招抚李密旧部，出潼关时所作。该诗语言朴实，笔力雄浑苍劲。清人沈德潜称赞该诗："气骨高古，变从前纤靡之习，盛唐风格发源于此。"② 也说明了该诗在唐代诗歌史中的重要意义。

值得一提的贞观宫廷诗人还有王珪，王珪出自山东高门太原王氏，今存诗两首，皆咏史诗。其《咏汉高祖》实际上歌颂了唐太宗的功业；《咏淮阴侯》借韩信以大功被诛，讽劝太宗爱护功臣。这两首诗歌在贞观宫廷诗歌中与众不同，显露出清新刚健之风及雄伟豪迈之气，全无齐梁绮艳之习。如：

咏汉高祖③

汉祖起丰沛，乘运以跃鳞。手奋三尺剑，西灭无道秦。

十月五星聚，七年四海宾。高抗威宇宙，贵有天下人。

忆昔与项王，契阔时未伸。鸿门既薄蚀，荥阳亦蒙尘。

虮虱生介胄，将卒多苦辛。爪牙驱信越，腹心谋张陈。

赫赫西楚国，化为丘与榛。

《咏淮阴侯》首先描述了韩信替高祖南征北战，据有天下，然后一转笔锋写道："千金答漂母，百钱酬下乡。吉凶成纠缠，倚伏难预

---

① 《旧唐书》卷六二《郑善果传》，第2379页。
② （清）沈德潜：《唐诗别裁集》，岳麓书社1998年版，第1页。
③ 《全唐诗》卷三〇，第429页。

详。弓藏狡兔尽,慷慨念心伤。"① 奉劝太宗善待功臣。事实上,像魏徵和王珪这样在朝的山东文士并不多见。

太原王氏在初唐人才辈出,除了在朝中的王珪外,在野的王通家族文学史上的地位和影响更为深远。王通政治上失意后于隋炀帝大业末回乡讲学于龙门,其兄弟子弟皆受学于他,使其家族成为唐初最负盛名的文学家族。由于王通家族属于山东高门,而当时建都于长安的隋唐王朝实行的都是关陇本位政策,因此在初唐以前其家族都远离朝廷,从而没有沾染当时宫廷诗歌的绮靡风气。

正当唐初宫廷诗歌蔚然成风之际,一位避世高蹈、屏迹幽居的隐士表现出卓尔不群的精神风貌,他就是出自山东高门太原王氏的王绩。上节中曾论及王绩和他的山水诗,其山水篇章已经迥异于贞观诗坛,显示出标异于流俗的审美趋向。王绩因长时间生活在山野乡村,因此未受到宫廷诗的影响,避免了宫廷诗的不良习气。正如戴伟华先生所说:"(王绩)处于政治边缘、诗坛边缘。处于政治边缘一生难以通达,而处于文化边缘或诗坛边缘的诗人未必不能成为大家。因为边缘诗人不受主流诗坛的影响,不会犯流行病,他们的诗歌或许能在保持旧传统上有别于时流而独树一帜于诗坛"。②

王绩最早让人们看到唐初宫廷之外的诗歌生态,他将诗歌带出宫廷,带向广袤的天地,使贞观诗坛没有完全陷入宫廷诗的泥淖。

王绩生于乱世,武德、贞观年间,国家初创,其家族又未受到新王朝的器重,只能远离权力中心。当时诗坛正被缺乏个人思想情感的宫体诗所笼罩,在野的王绩却未受到唐初宫廷诗歌的影响和污染,其诗歌仍然坚持着抒情言志的传统,张扬着自我与个性。

---

① 《全唐诗》卷三〇,第429页。
② 戴伟华:《地域文化与唐代诗歌》,中华书局2006年版,第99页。

王绩的诗歌中充满了对酒的迷恋，这是他借助酒精逃离现实的写照，而对于家乡静谧山水的描述也将他带离了俗世的喧嚣。与同时代的宫廷诗人继承齐梁绮丽诗风不同，王绩继承的是魏晋浑成质朴的诗风。

王绩除了山水田园诗以外还创作了许多诗歌，将诗歌带到了抒情言志的传统上来，如《古意六首》① 之一：

幽人在何所，紫岩有仙躅。月下横宝琴，此外将安欲？
材抽峄山干，徽点昆丘玉。漆抱蛟龙唇，丝缠凤凰足。
前弹广陵罢，后以明光续。百金买一声，千金传一曲。
世无钟子期，谁知心所属？

该诗描写了一位怀才不遇的隐士的高雅生活，实际上是他自身的写照。隐士在山中月下弹琴，悠然自乐，难道真想老于山泉田间吗？富于才干的诗人以"漆抱蛟龙唇，丝缠凤凰足"表达自己无法施展才能的困惑与痛苦。虽视功名利禄为粪土，但孤独的隐居生活与知音难觅究竟是让人十分痛苦的。连用三个问句，作者表达了对现实的不满和怀才不遇的纠结与愤慨。王绩没有一首奉和应制的作品，这也与他无法面圣有关，也与他消极隐退，主张道家自然的思想有关。王绩山水诗在贞观年间宫廷诗盛行之际，独树一帜。明代何良俊云："唐时隐逸诗人，当推王无功、陆鲁望为第一。盖当武德之初，犹有陈、隋遗习，而无功能尽洗铅华，独存体质。且嗜酒诞放，脱落世事，故于性情最近。今观其诗，近而不浅，质而不俗，殊有魏晋之风。"② 所言深中肯綮。

---

① 《全唐诗》卷三七，第 477 页。
② （明）何良俊：《四友斋丛说》，中华书局 1959 年版，第 225 页。

王绩诗歌描写宫墙之外的生活，扩大了诗歌主题表达的范围，感叹自身怀才不遇的窘境，抒发自身的思想情感，使诗歌回到抒情言志的传统。其诗歌不事雕琢，没有为帝王歌功颂德之篇，这与武德、贞观年间宫廷诗人的浮靡诗风迥异其趣。

崔信明与郑世翼皆为唐初出自山东高门的诗人，前者出自清河崔氏，后者出自荥阳郑氏。二人自负门第与才华，颇为蹇傲自负。山东高门由于远离政治权力中心，他们的诗歌题材不会像宫廷诗那样囿于宫苑生活，表现内容与形式更趋多样化。如崔信明《送金竟陵入蜀》①：

金门去蜀道，玉垒望长安。岂言千里远，方寻九折难。
西上君飞盖，东归我挂冠。猿声出峡断，月彩落江寒。
从今与君别，花月几新残。

该诗是一首送别诗，送友人远赴蜀中，描写送别场景，想象路途遥远与蜀道美景，抒发离别之情。唐初宫廷诗人囿于宫苑之内，创作多为应制酬唱之类的命题作文，视野狭窄。而远离政治权力中心的山东高门子弟反而不受此限制，他们视野开阔，描写内容也从宫廷走向社会生活，如郑世翼《看新婚》《见佳人负钱出路》等诗篇就描写了社会生活的方方面面。《新唐书·艺文志》载《郑世翼集》8卷，但大多散佚，所存诗歌往往是人生感慨之作，所描绘的也是宫廷诗人所鲜及的内容，如《巫山高》②：

巫山凌太清，岩峤类削成。霏霏暮雨合，霭霭朝云生。
危峰入鸟道，深谷写猿声。别有幽栖客，淹留攀桂情。

---

① 《全唐诗》卷三八，第489—490页。
② 同上书，第489页。

《巫山高》属乐府旧题中的"汉铙歌"。该诗生动地描绘了巫山的奇险美景,但这一切却不能给诗人带来一丝欣慰,诗人怀才不遇,一心想有所作为,因而缺少那种恬淡的心情。再如《过严君平古井》[1]:

> 严平本高尚,远蹈古人风。卖卜成都市,流名大汉中。
> 旧井改人世,寒泉久不通。年多既罢汲,无禽乃遂空。
> 如何属秋气,惟见落双桐。

该诗是郑世翼过严君平古井时所作。诗歌赞赏了严君平的高尚与好古,感叹严君平身后的落寞,暗讽时人世风日下,人心不古。严君平即严遵,西汉高士,扬雄之师,为蜀郡成都人,是西汉道家学者与思想家。严君平曾隐居于成都市井之间,以卜筮为业,并因势利导,宣扬道家思想。唐初身处权力中心之外的山东高门子弟多有怀才不遇之感,西汉高士严君平成为他们推崇的偶像。正如《唐诗纪事》卷四载:"贞观中,京兆杜之松、清河崔善为继为州刺史,皆召之。君(王绩)曰:'奈何坐召君平耶?'"[2] 可见王绩也是以严君平自比的。

征召王绩的州刺史崔善为是王绩的诗友,崔善为是贝州武城人,属于清河崔氏。他仕于隋末,为文林郎,唐贞观中曾任大理、司农二卿。崔善为与王绩意气相投,欲征召王绩,写诗给王绩曰:"颁条忝贵郡,悬榻久相望。处士同杨郑,邦君谢李疆。讵知方拥彗,逢子敬惟桑。明朝蓬户侧,会自谒任棠。"[3](《答王无功冬夜载酒乡馆》)表达了自己求贤若渴的迫切心情。崔善为写给王绩的诗尚有《答王无功九日》:"秋来菊花气,深山客重寻。露叶疑涵玉,风花似散金。摘来

---

[1] 《全唐诗》卷三八,第488页。
[2] 《唐诗纪事》卷四,第54页。
[3] 《全唐诗》卷三八,第493页。

还泛酒,独坐即徐斟。王弘贪自醉,无复觅杨林。"① 九月九日重阳节是唐代诗人最喜欢的主题之一,与宫廷诗人迥异的是,崔善为以此来抒情言志。

而同样在九月九日重阳节作诗的宫廷诗人许敬宗只有《奉和九月九日应制》之类的应制诗。贺敱、崔日用、宋之问、刘宪、岑羲、马怀素、赵彦昭、萧至忠、辛替否、王景、樊忱等宫廷诗人也以九月九日重阳节为主题创作过诗歌,但他们创作的此类诗歌多写宫廷景物与帝王祥瑞,主要用来歌功颂德、粉饰太平。虽然同类宫廷诗很多,但表现内容狭小,叙述方式单调。笔者经过查阅后发现,《全唐诗》中所有关于九月九日重阳节的应制诗都是五言诗,这也说明了当时应制诗的要求和习惯。而此时沉沦下僚,远离朝廷的山东士族子弟丝毫不受应制诗的影响,他们将诗歌创作带回到人间,带回到外面的世界和社会生活之中。如王勃《蜀中九日登玄武山旅眺》:"九月九月望乡台,他席他乡送客杯。人情已厌南中苦,鸿雁那从北地来。"② 王勃另有《九日怀封元寂》:"九日郊原望,平野遍霜威。兰气添新酌,花香染别衣。九秋良会少,千里故人稀。今日龙山外,当忆雁书归。"③ 卢照邻有《九月九日登玄武山》云:"九月九日眺山川,归心归望积风烟。他乡共酌金花酒,万里同悲鸿雁天。"④ 卢照邻、王勃所作同类诗歌始为七言诗,充满了真性情,反映了人世间的悲欢离合。

唐初山东士族沉沦于社会下层,"初唐四杰"中的王勃、卢照邻都出自山东高门,其中,王勃为文中子王通之孙,卢照邻则出自范阳卢氏。他们位卑名高,猛烈抨击日益绮靡的宫廷诗风。他们的诗歌创

① 《全唐诗》卷三八,第494页。
② 《全唐诗》卷五六,第684页。
③ 同上。
④ 《全唐诗》卷四二,第532页。

作开阔了生活视野,扩大了诗歌题材,使诗歌从宫廷走向社会,给诗歌注入青春的朝气与活力。

王勃诗歌众体兼备,现存 90 余首,明人胡应麟认为王勃诗作"兴象宛然,气骨苍然,实首启盛、中妙境,五言绝亦抒写悲凉,洗尽流调,究其才力,自是唐人开山祖"[1]。与宫廷诗人诗歌不同的是,王勃诗歌开始着力表现自我,借伤春悲秋的传统主题表达内心的落寞与愁情,如《郊兴》[2]:

空园歌独酌,春日赋《闲居》。泽兰侵小径,河柳覆长渠。
雨去花光湿,风归叶影疏。 山人不惜醉,惟畏绿尊虚。

该诗虽存在失粘之病,但考虑到初唐格律诗文律不严,因此可算作是一首五言律诗。诗中描述春天花红柳绿,年轻的诗人于空园之中,孤独地饮酒,效仿西晋文人潘岳作《闲居赋》,置身浑浊的官场之外。但潘岳是"为人"与"为文"相悖的典型,他作《闲居赋》表达了退隐的思想,而实际上为了宦途却积极结交贾谧,成为臭名昭著的贾谧"二十四友"之一,甚至有"拜路尘"的可笑举动。第二联与第三联对仗工整,描绘了道旁兰花、渠边柳树等春意盎然的景物,只可惜几经风雨之后,春意阑珊,其中"泽兰侵小径"与白居易的名篇《赋得古原草送别》中的"远芳侵古道"同一机杼,对白居易诗深具启迪意义。尾联写诗人在暮春之际,惜时伤春,借酒浇愁,实质是感叹自身的寥落与失意。

王勃学识渊博,感情充沛,张扬着自己的个性,表现内容远非宫廷诗人所能企及。王勃擅长五言小诗,主要以山水为描写对象,表达

---

[1] (明)胡应麟:《诗薮》内编卷四,上海古籍出版社 1979 年版,第 67 页。
[2] 《全唐诗》卷五六,第 676 页。

羁旅隐逸与怀才不遇之情。除了山水诗之外，王勃其他五言小诗也颇具特色，如《寒夜思友三首》①：

> 久别侵怀抱，他乡变容色。月下调鸣琴，相思此何极。
> 云间征思断，月下归愁切。鸿雁西南飞，如何故人别。
> 朝朝翠山下，夜夜苍江曲。复此遥相思，清尊湛芳绿。

这类小诗往往随感兴一时而发，信手拈来，鲜少有雕琢痕迹，却蕴含隽永，表达了诗人的悲欢离合之情。再如《送卢主簿》②：

> 穷途非所恨，虚室自相依。城阙居年满，琴尊俗事稀。
> 开襟方未已，分袂忽多违。东岩富松竹，岁暮幸同归。

与身处高位的宫廷诗人不同，王勃短暂的一生沉沦下僚，郁郁不得志，故胸中多不平之气。该诗借他人酒杯浇自己心中块垒，借送友人抒发内心的痛苦之情。"穷途非所恨"句，貌似释然，只不过是故作洒脱，其内心之痛苦不言自明。

王勃论文主张经世教化，充满儒家的功利思想，这一点与乃祖文中子王通的思想是一脉相承的，在初唐诗坛可谓标新立异。王勃抨击了当时文坛的雕琢浮艳之风，在当时起到了振聋发聩之效。杨炯《王勃集序》重点叙述了龙朔以后宫廷中的文学风气及与之相对应的王勃、卢照邻、薛元超等改革派的见解：

> 尝以龙朔初载，文场变体，争构纤微，竞为雕刻。糅之金玉龙凤，乱之朱紫青黄，影带以徇其功，假对以称其美，骨气都尽，刚健不闻。思革其弊，用光志业。薛令公（元超）朝右文

---

① 《全唐诗》卷五六，第683页。
② 同上书，第675页。

宗，托末契而推一变，卢照邻人间才杰，览清规而辍九攻。知音与之矣，知己从之矣。……长风一振，众萌自偃，遂使繁综浅术，无藩篱之固；纷绘小才，失金汤之险。积年绮碎，一朝清廓。翰苑豁如，词林增峻，反诸宏博，君之力焉。①

王勃与卢照邻反对的齐梁文风正是初唐时期宫廷文人所沿承的文风，因而极具现实意义。

由于唐初山东高门被执政的关陇贵族打压，故其子弟远离政治权力中心，他们的文学创作具有更多的不平之意。卢照邻一生命途多舛，远离朝廷，因而较之同时代的宫廷诗人更能够自由地抒情言志，也摆脱了宫廷诗人应制诗板滞单调的富贵气息。

卢照邻诗歌以五言律诗与五言排律最为常见，表现内容十分多样，除了山水田园诗与边塞诗之外，卢照邻在其他题材上也取得了很大成就，如《含风蝉》："高情临爽月，急响送秋风。独有危冠意，还将衰鬓同。"② 唐诗咏物诗中的咏蝉诗俯拾皆是，初、盛、中、晚唐皆不乏优秀作品，唐人虞世南、骆宾王、韦应物、元稹、白居易、卢殷、贾岛、杜牧、李商隐都有同题材的优秀作品。卢照邻该诗以蝉自喻，描写品性高洁的蝉（作者自喻）在皎洁的月光下发出鸣叫之声，声音急促，随秋风传向远方。虽然仍然心怀远大的理想，但随着时光的流逝，自己已垂垂老矣。该诗咏物言志，抒发了诗人理想破灭的痛苦与光阴荏苒却一事无成的纠结心情。再如《望宅中树有所思》："我家有庭树，秋叶正离离。上舞双栖鸟，中秀合欢枝。劳思复劳望，相见不相知。何当共攀折，歌笑此堂垂。"③ 该诗从家中庭树起兴，描写

---

① 《全唐文》卷一九一，第1931页。
② 《全唐诗》卷四二，第531页。
③ 《全唐诗》卷四一，第515页。

树上的双栖鸟与树中的合欢枝,反衬诗人的孤独之情使卢照邻名垂千古的是他的歌行体诗歌,所存 5 篇歌行都是足以讽咏的名篇,最负盛名者当数《长安古意》①,诗歌描写了京城长安城内的富豪与清贫文士的生活:

……　　　　……

专权意气本豪雄,青虬紫燕坐春风。

自言歌舞长千载,自谓骄奢凌五公。

节物风光不相待,桑田碧海须臾改。

昔时金阶白玉堂,即今惟见青松在。

寂寂寥寥扬子居,年年岁岁一床书。

独有南山桂花发,飞来飞去袭人裾。

该诗体制宏大,大篇幅地对长安城内的权贵进行了多侧面的描写,刻画了他们骄奢淫逸的贵族生活。对权贵之间的骄横与矛盾斗争及其盛衰寄托了感慨与讽刺,并将权贵与贫士之间的生活进行了对比,表达了自己安贫乐道的思想。该诗使形象美与声律美达到完美结合,增强了诗歌的音乐性,标志着六朝后期酝酿发展的歌行体走向成熟。

卢照邻文学主张与王勃相似,秉承儒家思想的文艺观,反对六朝以来浮华之风。他在《驸马都尉乔君集序》中说:"衣冠礼乐,重闻三代之风。玉帛讴歌,无坠六经之业。郁其兴咏,大雅于是为群。自此迄今,年逾千祀圣门。"② 夸奖乔都尉的文章有上古三代之风,无坠于"六经"。痛惜"屈平宋玉,弄词人之柔翰。礼乐之道,已颠坠于

---

① 《全唐诗》卷四一,第 519 页。
② 《全唐文》卷一六六,第 1691 页。

斯人"。屈原、宋玉被古代很多文士视为颠坠礼乐的始作俑者,卢照邻站在儒家思想的立场上,指责屈原、宋玉,观点十分偏激,但在初唐浮华之风盛行之时,矫枉过正也是必要的。卢照邻的文学主张在《南阳公集序》中得到更多阐释:

> 屈宋之后,直至贾谊、相如、两班,叙事得邱明之风骨。二陆裁诗,含公干之奇伟。邺中新体。共许音韵天成。江左诸人,咸好瑰姿艳发。……曹子建皓首为期,离合俱伤。陆平叔终身流恨。超然若此,适可操刀。自兹已降,徒劳举斧。八病爰超,沈隐侯永作拘囚。四声未分,梁武帝长为聋俗。后生莫晓,更恨文律烦苛。知音者希,常恐词林交丧。雅颂不作,则后死者焉得而闻乎?①

卢照邻赞赏两汉文风与建安风骨,对南朝文风十分不屑。尽管他本人的诗歌极具声律之美,但对南朝"四声八病"的弊端痛加贬斥,反对文律烦苛与一切形式主义。

卢照邻被杨炯称为"人间才杰",他出身名门又博学多才。一方面,他十分羡慕贞观朝中的文士,如他在《南阳公集序》中说道:

> 贞观中,太宗外厌兵革,垂衣裳于万国,舞干戚于两阶,留思政途,内兴文事。虞(世南)、李(百药)、岑(文本)、许(敬宗)之俦以文章进;王(珪)、魏(徵)、来(济)、褚(亮)之辈以才术显;咸能起自布衣,蔚为卿相。雍容侍从,朝夕献纳,我之得人,于斯为盛。②

---

① 《全唐文》卷一六六,第1692页。
② 同上书,第1692页。

另一方面，他又感叹自己家族的悲惨遭遇。卢照邻一生命运坎坷，他的《五悲文》包括"悲才难""悲穷道""悲昔游""悲今日""悲人生"五个部分。在第一篇"悲才难"中，卢照邻在叙述了古往今来圣贤的普遍遭遇之后，感叹自己兄弟卢杲之、卢昂之的怀才不遇："以方圆异用，遭遇殊时，故才高而位下，咸默默以迟迟。"这实际上反映了山东士族在唐初的普遍境况。卢照邻与王勃志同道合，从理论上批判当时流行的雕琢之风。卢照邻大半生处于疾病和穷困之中，使得他的文学作品更多不平之气，这在宫体诗盛行的唐初尤其显得弥足珍贵。

以文章进身的虞世南、李百药、岑文本、杨师道、许敬宗之俦多来自江东士族或关陇士族，卢照邻倾慕的是贞观诸学士以文学进身的文化环境，但出自山东高门范阳卢氏的卢照邻、卢杲之、卢昂之兄弟却不遇于时。也正因他们命途多舛，又远离台阁，反而成就了他们的文学事业。

宫廷诗人大多歌功颂德，点缀升平，艺术表现上往往雕琢辞藻，将自己内心的真实想法密实地包裹起来，影响了真情的流露。与宫廷诗人不同，"初唐四杰"志大官卑，阅历更广，心中更多不平之气。"四杰"诗歌内容与题材较之同时代的宫廷诗人上官仪、"文章四友""沈宋"诸家要广泛得多。王勃诗集中有很多纪游与送人之作。卢照邻的山水田园诗前文已作论述，他早年出使西北边疆，还创作了不少慷慨激昂的边塞诗。

闻一多先生在评价"初唐四杰"的文学贡献时，认为在唐初宫体诗泛滥的情况下，他们使宫体诗"由宫廷走到市井"，其五律"从台阁移至江山与塞漠。"① 杜甫在评价"初唐四杰"时，认为他们"尔

---

① 闻一多：《唐诗杂论·四杰》，山西古籍出版社 2001 年版，第 21 页。

曹身与名俱灭，不废江河万古流"（《戏为六绝句》）。在宫体诗盛行的情况下，"初唐四杰"反对当时浮艳绮靡的文风，将诗歌带出宫廷诗的泥淖，走向宫廷以外的大千世界，走向社会生活的方方面面，从而扩大了诗歌的表达范围。"初唐四杰"中的王勃与卢照邻皆出自山东高门。实际上，初唐时期，山东高门子弟如王珪、王绩、郑世翼、崔善为、王勃、卢照邻等皆以迥异于宫廷诗人的创作实践而另辟蹊径，走出了一条新路。下文将分析初唐时期山东高门子弟诗歌创作能够领引诗风"由宫廷走到市井"的原因。

其一，初唐时期山东高门远离政治中心。

北魏孝文帝迁都洛阳后，汉化浸深。由于地缘之故，传统汉文化的代表山东士族受到北魏皇室的青睐，成为北魏时代的显赫大姓。孝文帝"分明姓族"之举给予了山东士族崇高的政治地位和社会地位。在北朝后期胡汉融合的过程中，大批鲜卑贵族亦通过法律的认可进入到士族的行列中，他们与关中士族的融合形成了隋唐时期的关陇贵族。

唐高祖、太宗夺得天下主要依靠关陇势力，故定鼎伊始，对关陇地区尤为重视。唐初，朝廷实行关陇本位政策。李渊以关陇势力镇压了山东刘黑闼后，欲"尽杀其党，使空山东"（《通鉴考异》卷九引《太宗实录》），以此报复山东人。太宗开始对山东人也有偏见，他笼络的只是所谓"山东豪杰"。

处于贞观朝廷之上却未附和宫廷诗创作的魏徵与王珪都出自山东士族。在唐高祖武德九年（626）"玄武门之变"发生以前，魏徵与王珪皆太子李建成门下旧客，不像房玄龄、杜如晦、虞世南等本就是秦王府的学士，是太宗的嫡系班底。

武后出自山东寒族，"武周革命"沉重地打击了关陇本位主义，她执政后，将重心转移至山东。在武后打击关陇贵族的同时，山东士族由于地缘之故崭露头角。另外，为了对付关陇集团，武后开始重用文士。作为文化大族，山东士族具备深厚的文化功底。武后重用文士，使他们得以凭文学进身，出自博陵崔氏的崔仁师之孙崔湜、崔涤，及从兄崔莅正是在高宗、武后朝开始利用武后崇文的机会取得政治地位的。武后掌权后，出自山东士族的李敬玄、李峤、崔神基等逐渐走进权力中枢。大批山东高门子弟在武后朝被启用，这在关陇贵族执政的初唐是不可想象的。然而，武后高度集权，为了防止大权旁落，那些以文学进身的宰相仍不免成为文学侍从的角色。武后朝宰相更替频繁，出自山东高门的宰相鲜有善终者。

唐初宫廷诗盛行，宫廷诗流行于初唐宫廷之中，以陈叔达、袁朗、杨师道、虞世南与珠英学士为代表，创作了大量的应制诗。唐初统治集团与山东士族之间存在深深的鸿沟，初盛唐时期山东高门基本远离于政治权力中心。远离宫廷的山东高门子弟避免了宫廷诗歌的污染，他们唯恐风雅之道沦丧，反对宫廷诗的浮艳绮靡的风气，旗帜鲜明地提出了自己的文学主张。山东士族子弟引领诗歌创作从宫廷走向民间，走向社会生活，从而扩大了诗歌表达范围，增添了诗歌的生活气息。

由于山东士族在初盛唐屡遭打击，其政治地位并不高。如果将当时的文人分成"在朝"和"在野"两个系统的话，那么"在朝"的主要是关陇集团和南方文人，政治上失意的山东士族处于"在野"的地位。但政治的失意往往造就伟大的文学，他们将不平之气发泄在文学上，家传经学逐渐被文学取代。这一时期，山东士族出现了很多伟大的作家。

其二，山东高门家传儒学，具备北朝以来的复古传统。

初唐时期山东士族反对宫廷文士的绮靡诗风与其家学门风有关。山东旧族所以能够绵延数百年而保持其门望的原因在于他们保持了家学、家风。钱穆先生说："门第即来自士族，血缘本于儒家，苟儒家精神一旦消失，则门第亦将不复存在。"① 东汉以来，士族重视儒学，其家学就是传统儒学，其家风就是传统礼教，故陈寅恪先生认为："山东旧族以经术礼法为其家学门风。"② 王勃、卢照邻论文主张经世教化，充满儒家的功利思想，在陈子昂之前的初唐诗坛可谓标新立异。王勃抨击了宫廷诗的雕琢浮艳之风，这与其家族思想是一脉相承的。在反对宫廷浮艳文风的同时，他们将诗歌引向宫廷以外的广阔天地。关于山东士族复古宗经的传统，我们将在第十章《山东士族与中唐古文运动》中详细论述。

第三节　唐代山东士族与律诗的形成

律诗也称近体诗，包括五言、七言律诗及合律的五言、七言绝句（古绝不在此列）和排律。律诗以完美的形式、和谐的声韵、严密的格律，为当时及后代诗人沿袭并踵事增华。律诗形成之后，其影响很快超过了五、七言古诗，千年来盛行不衰，它的形成是我国诗歌史上的一件大事。

近体诗滥觞于六朝，盛行于唐代。至于它的完成，历来多归功于初唐的沈佺期和宋之问，该观点起源于北宋的宋祁。宋祁在《新唐书·文艺中·宋之问传》中说："魏建安后迄江左，诗律屡变。至沈约、庾信，以音韵相婉附，属对精密。及之问、沈佺期，又加靡丽。

---

① 引自毛汉光《中国中古社会史论》，上海书店出版社2002年版，第87页。
② 陈寅恪：《唐代政治史述论稿》，上海古籍出版社1997年版，第74页。

回忌声病，约句准篇，如锦绣成文，学者宗之，号为沈宋。"① "沈宋"作为律诗的定型者几乎成为学界的不二之论。

实际上，自齐梁时期，周颙、沈约等已注意到诗歌中的声韵问题，并开创了强调"四声八病"的"永明体"诗歌，后来谢朓以其创作成就成为"永明体"最优秀的诗人。但"永明体"对声病要求过严，给诗人创作带来了太多的顾虑，其影响逐渐式微，后学者依然继续探索一种既具声韵美且又不至于以文害义的新诗体。

隋唐之际的王绩出自山东高门太原王氏，他在唐初最早探索了律诗的写作。王绩写诗十分注意剪裁锻炼，讲究对偶和音律，如《野望》："东皋薄暮望，徙倚欲何依。树树皆秋色，山山惟落晖。牧人驱犊返，猎马带禽归。相顾无相识，长歌怀采薇。"② 该诗不仅以真率疏淡脱颖于唐初诗坛，而且是一首完全合律的五言律诗，故清人沈德潜将该诗视为唐人五言律诗之祖，他说："《野望》五言律，前此失严者多，应以此章为首。"③

绝句形成于律诗之前，古诗中早有绝句，特别是五言绝句（我们称之为古绝）。绝句体裁短小精悍，字少而意多，言近而旨远，唐代诗人尤工此体，绝句之作，号称"万首"。律诗中的绝句是在唐初出现的。王绩有五绝17首，其中，只有两首不合格律。今举其《过酒家》④为例：

竹叶连糟翠，蒲萄带曲红。相逢不令尽，别后为谁空。
有客须教饮，无钱可别沽。来时长道赊，惭愧酒家胡。

---

① 《新唐书》卷二百二《文艺中·宋之问传》，第5751页。
② 《全唐诗》卷三七，第482页。
③ （清）沈德潜：《唐诗别裁集》，岳麓书社1998年版，第200页。
④ 《全唐诗》卷三七，第484页。

该诗押平声韵，平仄符合格律诗歌的要求，是完全的五言绝句近体诗。不过当时诗坛继响者极少，直到他的侄孙王勃的出现。王勃是王绩三兄王通之孙，存诗90余首，以五、七言小诗居多，已近似近体诗中的绝句了。如：

山　中①

长江悲已滞，万里念将归。况属高风晚，山山黄叶飞。

山扉夜坐②

抱琴开野室，携酒对情人。林塘花月下，别是一家春。

其中第一首《山中》诗押平声韵，平仄合律，完全符合近体诗格律的要求。第二首《山扉夜坐》同样押平声韵，平仄合律。其中第二联的出句"林塘花月下"与第一联的对句"携酒对情人"的平仄类型在近体诗中本应该是同一大类，但这里却是完全对立的。因此，与严格的近体诗相比，该诗尚有"失粘"的缺陷。这也反映了初唐时期，格律未严，"粘"的规则尚未确定下来。

王勃对律诗的定型同样有草创之功，其律诗脍炙人口，扩大了该类型的诗歌的影响力。如：

杜少府之任蜀州③

城阙辅三秦，风烟望五津。与君别离意，同是宦游人。
海内存知己，天涯若比邻。无为在歧路，儿女共沾巾。

该诗颈联"海内存知己，天涯若比邻"经常被后人用来比喻友情

---

① 《全唐诗》卷五六，第682—683页。
② 同上书，第680页。
③ 同上书，第676页。

不受距离之远而稍减,甚至被用来形容国与国之间的关系(当年毛泽东以此形容中国与阿尔巴尼亚的友谊)。但该诗仍未完全遵守律诗格式,如首联对仗而颔联不对,且第三句与第七句存在平仄不叶的毛病。实际上,即使至盛唐时,像李白、王维、崔颢这样的大诗人仍存在此类问题,这也反映了近体诗的定型不是一蹴而就的。再如:

仲春郊外①

东园垂柳径,西堰落花津。物色连三月,风光绝四邻。

鸟飞村觉曙,鱼戏水知春。初晴山院里,何处染嚣尘?

该诗是一首描写仲春之际郊外景色的山水田园诗,押平声韵,第二联与第三联对仗工整,全诗与格律森严的近体诗相差无几,唯一毛病是第四联出句"初晴山院里"与第三联对句"鱼戏水知春"平仄类型对立,犯了"失粘"的毛病。当然,即使在所谓律诗的定型者"沈宋"的集子里也常见此病。王勃对王绩的近体诗多所继武,对近体诗的形成有一定的贡献,扩大了近体诗的影响,尽管其格律还是不很严格的。

初唐时期,名望与王勃相埒的卢照邻同样出自"山东五姓"的范阳卢氏,他对律诗定型的贡献更在王勃之上。卢照邻引领了当时社会开始重声律的时代风气,他在《南阳公集序》②中说:

妙谐钟律,体会风骚。笔有余妍,思无停趣。作龟作镜,听歌曲而知亡。为龙为光,观礼容而识大。齐鲁一变之道,唐虞百代之文,悬日月于胸怀,挫风云于毫翰。含今古之制,扣宫征之声。细则出入无间,粗则弥纶区宇。逶迤绰约,如玉女之千娇;

---

① 《全唐诗》卷五六,第676页。
② 《全唐文》卷一六六,第1692页。

突兀峥嵘，似灵龟之孤朴。

卢照邻现存诗近百首，近体诗有三分之二左右。卢照邻现存诗歌有的已完全符合近体诗的格律要求，如：

曲池荷①

浮香绕曲岸，圆影覆华池。常恐秋风早，飘零君不知。

该诗押平声韵，平仄合律，无"失粘"之病，是一首完全意义上的近体诗五言绝句。卢照邻的近体诗创作主要集中于五言律诗的创作上，如：

益州城西张超亭观妓②

落日明歌席，行云逐舞人。江前飞暮雨，梁上下轻尘。

冶服看疑画，妆楼望似春。高车勿遽返，长袖欲相亲。

该诗押平声韵，平仄和谐，从第一联至第四联通篇对仗，无"失粘"之病，是一首完全符合格律的五言律诗。再如：

辛法司宅观妓③

南国佳人至，北堂罗荐开。长裙随凤管，促柱送鸾杯。

云光身后落，雪态掌中回。到愁金谷晚，不怪玉山颓。

该诗同样押平声韵，平仄和谐，第一联至第四联通篇对仗，但犯有"失粘"之病。卢照邻还喜欢用五言律创作乐府诗，对古体向近体的过渡作了有趣的尝试，如：

---

① 《全唐诗》卷四二，第531页。
② 同上书，第525页。
③ 同上书，第524页。

昭君怨[1]

合殿恩中绝，交河使渐稀。肝肠辞玉辇，形影向金微。

汉地草应绿，胡庭沙正飞。愿逐三秋雁，年年一度归。

《昭君怨》托名西汉王昭君，属乐府古题，本四言诗，王叔英妻刘氏虽有同名五言作品，但尚押仄声韵。陈后主同名作品虽押平声韵，但完全不讲平仄。卢照邻创作的《昭君怨》，不仅押平声韵，且平仄相调，第二、第三联对仗，除了犯"失粘"的毛病外，已等同于五言律诗。卢照邻还刻意以近体诗的创作方式创作了一些旧题乐府，再如：

陇头水[2]

陇阪高无极，征人一望乡。关河别去水，沙塞断归肠。

马系千年树，旌悬九月霜。从来共鸣咽，皆是为勤王。

巫山高[3]

巫山望不极，望望下朝氛。莫辨啼猿树，徒看神女云。

惊涛乱水脉，骤雨暗峰文。沾裳即此地，况复远思君。

折杨柳[4]

倡楼启曙扉，杨柳正依依。莺啼知岁隔，条变识春归。

露叶凝愁黛，风花乱舞衣。攀折聊将寄，军中音信稀。

这几首诗皆为乐府旧题，作者刻意押平声韵，注意音韵和谐以及对偶，已经十分近似于近体五言律诗。卢照邻注重声律，其五言排律

---

[1] 《全唐诗》卷四二，第523页。
[2] 同上书，第522页。
[3] 同上。
[4] 同上书，第523页。

创作数量较多，成就也很高，如：

羁卧山中①

卧壑迷时代，行歌任死生。红颜意气尽，白璧故交轻。
洞户无人迹，山窗听鸟声。春色缘岩上，寒光入溜平。
雪尽松帷暗，云开石路明。夜伴饥鼯宿，朝随驯雉行。
度溪犹忆处，寻洞不知名。紫书常日阅，丹药几年成？
扣钟鸣天鼓，烧香厌地精。倘遇浮丘鹤，飘飘凌太清。

卢照邻一生长期与疾病作斗争，即使拜药王孙思邈为师亦无济于事。《羁卧山中》是他独居山中时所作诗篇，描述了愁病、孤独的生活和他以道家方式修炼养生的体会。其中对山中景物的描写全用对偶写成，表达了作者对山林生活的喜爱和对道家自然学说的倾心。该诗押平声韵，声韵和谐，对仗工整。

高宗、武后皆好文辞，据《旧唐书·文苑传》载："高宗、天后，尤重详延，天子赋横汾之诗，臣下继柏梁之奏，巍巍济济，辉烁古今。"②武后掌权后，援引进入禁中的文人学士之多，远胜贞观朝。武后援引文士入禁中的原因一是她本人好文学，二是她利用资历尚浅的文士来分宰相之权，时人谓之"北门学士"，以与南衙的中书门下省相抗衡。③

由于武后爱好文学，山东高门中的一些文人凭借文学进身，这一时期，"文章四友"中的李峤和崔融开始成为朝中文坛的领袖，他们对唐代律诗的最终形成起到了决定性的作用。

由《新唐书·宰相世系表》可知，李峤出自山东高门赵郡李氏东

---

① 《全唐诗》卷四二，第529页。
② 《旧唐书》卷一九〇《文苑传》，第4982页。
③ 同上书，第5011页。

祖房，其家族世传儒学。李峤少负才华，累官成均祭酒、吏部尚书，三知政事，封郑国公。长寿三年（694），武后曾于定鼎门内铸八棱铜柱，"朝士献诗者不可胜纪，惟（李）峤诗冠绝当时"①。李峤在近体诗的理论和创作上都给后学者树立了近体创作的范式，他对近体诗的创作实践主要表现在其五言律诗的创作上。《全唐诗》收李峤诗5卷，所存诗多为应制、奉和之作，或为送别、赠人之作，尤以咏物诗为多。

李峤咏物诗分别以"凤、露、雪、道、江、石、楼、琴、笛、舟、帷、菱、桂、柳、桃、凤、鹤、马、牛、兔"为所咏对象，共120首，除了偶尔几首外，其余都符合格律，这样成熟的五言律诗的大量出现，肯定是作者有意为之，如：

《雪》②

瑞雪惊千里，从风下九霄。地疑明月夜，山似白云朝。
逐舞花光动，临歌扇影飘。大周天阙路，今日海神朝。

石③

宗子维城固，将军饮羽威。岩花鉴里发，云叶锦中飞。
入宋星初陨，过湘燕早归。倘因持补极，宁复想支机。

李峤五言咏物律诗涉及天文、地貌、社会、动物各个方面，格律森严，明显是遵循了律诗的法度。李峤另有25首应制等方面的五言律诗，绝大多数都符合格律。他的五言律诗已然完全成熟，其偶尔存在的"失粘"之病，也是为了不以文害义。

---

① 《大唐新语》卷八"文章"，第126页。
② 《全唐诗》卷五九，第701—702页。
③ 同上书，第702页。

七言律诗的形成晚于五言律诗，李峤较早对七言格律诗进行了有益的探索，如：

《奉和初春幸太平公主南庄应制》①（景龙二年二月十一日）

  主家山第接云开，天子春游动地来。
  羽骑参差花外转，霓旌摇曳日边回。
  还将石溜调琴曲，更取峰霞入酒杯。
  鸾辂已辞乌鹊渚，箫声犹绕凤皇台。

该诗是李峤于太平公主庄园中所作的应制诗，全篇平仄和谐，颔联与颈联对仗工整，押平声韵，无"失粘"之病，完全符合七言律诗的要求。李峤的近体诗诸体兼备，其七言绝句今存3首，也开时代之先河。

当时与李峤齐名的尚有出自清河崔氏的崔融，《旧唐书·崔融传》载：

  崔融，齐州全节人。初，但八科举擢第，累补宫门丞，兼直崇文馆学士。中宗在春宫，制融为侍读，兼侍属文，东朝表疏，多成其手。圣历中，则天幸嵩岳，见融所撰《启母庙碑》，深加叹美，及封禅毕，乃命融撰朝觐碑文。②……兼修国史。神龙二年，以预修《则天实录》成，封清河县子，赐物五百段，玺书褒美。融为文典丽，当时罕有其比，朝廷所须《洛出宝图颂》《则天哀册文》及诸大手笔，并手敕付融。撰哀册文，用思精苦，遂发病卒。③

---

① 《全唐诗》卷六一，第723页。
② 《旧唐书》卷九四《崔融传》，第2996页。
③ 同上书，第3000页。

崔融有文集 60 卷，诗 1 卷①，他学富识广，才智超群，负有盛名，在当时朝中被称作"大手笔"。崔融现存近体诗以五言律诗为主，如：

和宋之问寒食题黄梅临江驿②

春分自淮北，寒食渡江南。忽见浔阳水，疑是宋家潭。
明主阍难叫，孤臣逐未堪。遥思故园陌，桃李正酣酣。

唐中宗神龙元年（705），宋之问因亲附武后的面首张易之、张昌宗兄弟被贬，途经黄梅县临江驿时，适逢寒食节，以诗寄赠好友崔融，崔融乃作此诗酬答。诗中以一系列时间地点，点出宋之问途中的行程路线，表现了对故人远去的关切，颈联明写宋之问被贬势难挽回，对他的不幸遭遇深表同情。这首写给宋之问的诗歌较之严格的五言律诗尚存在平仄不谐之病，这样的问题，宋之问也同样存在，再如：

咏宝剑③

宝剑出昆吾，龟龙夹采珠。五精初献术，千户竞沦都。
匣气冲牛斗，山形转辘轳。欲知天下贵，持此问风胡。

吴中好风景④

洛渚问吴潮，吴门想洛桥。夕烟杨柳岸，春水木兰桡。
城邑高楼近，星辰北斗遥。无因生羽翼，轻举托还飙。

---

① 《旧唐书》本传、《新唐书·艺文志》《全唐诗》卷六八皆载六十卷。惟《旧唐书·经籍志》称《崔融集》四十卷。
② 《全唐诗》卷六八，第 765—766 页。
③ 《全唐诗》卷六八，第 766 页。
④ 同上。

韦长史挽词①

日落桑榆下，寒生松柏中。冥冥多苦雾，切切有悲风。

京兆新阡辟，扶阳甲第空。郭门从此去，荆棘渐蒙笼。

以上3首五言律诗皆押平声韵，平仄合律，颔联、颈联对仗工整，无"失粘"之病，属于严格意义上的五律。崔融的七言律诗也严守格律，如：

嵩山石淙侍宴应制②

洞口仙岩类削成，泉香石冷昼含清。

龙旗画月中天下，凤管披云此地迎。

树作帷屏阳景翳，芝如宫阙夏凉生。

今朝出豫临悬圃，明日陪游向赤城。

与李峤景龙二年（708）二月十一日的七言律诗《奉和初春幸太平公主南庄应制》类似，该诗也是一首应制七言律诗，完全符合格律。可见，当时写应制诗的诗人已经开始自觉遵守格律要求。崔融虽存诗较少，但近体诗诸体多有涉猎，他的七言排律亦谨守法度。《从军行》为乐府旧题，多描述军旅辛苦之辞，崔融的《从军行》③颇具特色：

穹庐杂种乱金方，武将神兵下玉堂。

天子旌旗过细柳，匈奴运数尽枯杨。

关头落月横西岭，塞下凝云断北荒。

漠漠边尘飞众鸟，昏昏朔气聚群羊。

---

① 《全唐诗》卷六八，第767页。
② 同上书，第768页。
③ 《全唐诗》卷六八，第766页。

依稀蜀杖迷新竹，仿佛胡床识故桑。

临海旧来闻骠骑，寻河本自有中郎。

坐看战壁为平土，近待军营作破羌。

《从军行》本乐府旧题，曹魏王粲、西晋陆机、南朝宋颜延年以及唐初虞世南都有同题作品，但俱为五言诗。崔融的《从军行》虽用乐府旧题，却以七言排律为诗，押平声韵，句句对仗，且无"失粘"之病，完全符合七言排律的要求。

当今研究者大多能注意到珠英学士在律诗形成中的贡献，而当时珠英学士唱和诗集的主编者就是崔融，《新唐书·艺文志》著录崔融所编《珠英学士集》共5卷，今存敦煌写本2残卷。

贞观年间宰相崔仁师出自山东高门博陵崔氏，其孙崔湜、崔液皆进士出身，其中崔液以进士第一中第。崔湜进士及第后参与了《三教珠英》的编撰工作，属于珠英学士的一员。崔湜现存诗38首，其应制诗多为标准的近体诗，如：

奉和登骊山高顶寓目应制①

名山何壮哉！玄览一徘徊。御路穿林转，旌门倚石开。

烟霞肘后发，河塞掌中来。不学蓬壶远，经年犹未回。

该诗是一首应制诗，却无一般应制诗苍白、板滞、语言堆砌、言之无物之病，诗歌描写作者在骊山之巅的所见、所闻和所感。全诗严守格律，是一首完全符合近体诗范式的五言律诗。崔湜所作多为应制诗，如：

---

① 《全唐诗》卷五四，第662页。

侍宴长宁公主东庄应制①

沁园东郭外，鸾驾一游盘。水榭宜时陟，山楼向晚看。

席临天女贵，杯接近臣欢。圣藻悬宸象，微臣窃仰观。

该诗描写作者在长宁公主宴席上的见闻，交代了时间、地点与周围环境，对长宁公主极尽阿谀奉承之媚态。再如：

奉和送金城公主适西蕃应制②

怀戎前策备，降女旧因修。箫鼓辞家怨，旌旃出塞愁。

尚孩中念切，方远御慈留。顾乏谋臣用，仍劳圣主忧。

唐中宗时期，中宗以宗室女为养女下嫁吐蕃赞普，这是中国民族关系史上的一件大事，作为文臣的崔湜应制写下了这首诗。该诗描写了金城公主出塞的愁怨及亲人的依依不舍与思念，并把这一切归因于朝中无人。

应制诗是作为文学近臣的崔湜的必备功课，以上几首诗都是崔湜在不同情况下的应制诗，押平声韵，第二联与第三联对仗，平仄合律且没有"失粘"的毛病。

崔液有文集10卷，现存诗12首，其中6首组诗《上元夜六首》③艺术水平较高。该诗描写上元夜灯景的美轮美奂，如：

神灯佛火百轮张，刻像图形七宝装。

影里如闻金口说，空中似散玉毫光。（其二）

今年春色胜常年，此夜风光正可怜。

鸤鹊楼前新月满，凤凰台上宝灯燃。（其三）

---

① 《全唐诗》卷五四，第662页。
② 同上。
③ 同上书，第668页。

上元夜即唐人传统佳节元宵节，这一天是唐人一年中最热闹的一天，两京都市华灯初放，市民夜晚至大街观灯冶游。崔液的这一组诗皆为符合近体诗格律的七言绝句，其本事见载于唐刘肃《大唐新语》①卷八：

> 神龙之际，京城正月望日，盛饰灯影之会。金吾弛禁，特许夜行。贵游戚属，及下隶工贾，无不夜游。车马骈阗，人不得顾。王主之家，马上作乐以相夸竞。文士皆赋诗一章，以纪其事。作者数百人，惟中书侍郎苏味道、吏部员外郎郭利贞、殿中侍御史崔液三人为绝唱。味道诗曰："火树银花合，星桥铁锁开。暗尘随马去，明月逐人来。游骑皆秾李，行歌尽落梅。金吾不禁夜，玉漏莫相催。"利贞曰："九陌连灯影，千门度月华。倾城出宝骑，匝路转香车。烂漫惟愁晓，周旋不问家。更逢清管发，处处落梅花。"液曰："今年春色胜常年，此夜风光正可怜。鸤鹊楼前新月满，凤凰台上宝灯燃。"文多不尽载。

这段文字记载了唐代京师上元夜的繁华与御前文人应制作诗的盛况。崔湜兄弟俱有文才，其弟崔涤虽仅存诗1首，也是1首标准的七言绝句：

望韩公堆②

韩公堆上望秦川，渺渺关山西接连。

孤客一身千里外，未知归日是何年？

与博陵崔湜兄弟名望相埒，出自赵郡李氏的李乂兄弟也是近体诗定型的重要实践者。李乂原名李尚真，少与兄尚一、尚贞俱以文章见

---

① 《大唐新语》，许德楠、李鼎霞点校，第127—128页。
② 《全唐诗》卷五四，第668页。

称，兄弟同为一集，号曰《李氏花萼集》，总20卷。① 当时，苏颋封许国公，与燕国公张说齐名，时称"燕许大手笔"。唐玄宗曾谓苏颋曰："前朝有李峤、苏味道，谓之'苏李'，今有卿及李乂，亦不让之……"②前朝诗人"文章四友"中的李峤与苏味道齐名，时称"苏李"，这里，唐玄宗将李乂与苏颋并称，亦称为"苏李"。《全唐诗》现存李乂诗1卷，共43首，有41首近体格律诗，包括五绝、七绝、五律、七律、五排等五体，只差七排一体。这41首近体格律诗竟然完全符合格律，其五律如：

高安公主挽歌二首③

汤沐三千赋，楼台十二重。银炉称贵幸，玉辇盛过逢。
嫔则留中馈，娥辉没下春。平阳百岁后，歌舞为谁容。

宾卫俨相依，横门启曙扉。灵阴蟾兔缺，仙影凤凰飞。
一水秋难渡，三泉夜不归。况临青女节，瑶草更前哀。

高安公主系唐高宗女，为萧淑妃所生。萧淑妃被武后诛杀后，高安公主被幽掖庭。中宗复辟后，进封长公主，去世后陪葬乾陵，许国公苏颋作墓志，与苏颋齐名的李乂作此挽歌。初唐文学近臣为公主作挽歌本司空见惯，李乂挽歌全用五律，反映了近体诗已经逐步定型。另外，李乂近体诗中七言律诗亦十分引人注目，如：

奉和初春幸太平公主南庄应制④

平阳馆外有仙家，沁水园中好物华。

---

① 《旧唐书》卷一〇一《李乂传》，第3136页。
② 《旧唐书》卷八八《苏颋传》，第3880页。
③ 《全唐诗》卷九二，第997页。
④ 同上。

地出东郊回日御，城临南斗度云车。

风泉韵绕幽林竹，雨霰光摇杂树花。

已庆时来千亿寿，还言日暮九重赊。

侍宴安乐公主山庄应制①

金舆玉辇背三条，水阁山楼望九霄。

野外初迷七圣道，河边忽睹二灵桥。

悬冰滴滴依虬箭，清吹泠泠杂凤箫。

回晚平阳歌舞合，前溪更转木兰桡。

李乂进士及第后，攀附于权贵之门，以上两首七言律诗都是在太平公主与安乐公主宴席上所作，完全符合七律的要求。

受当时近体诗对偶风尚的影响，李乂的七言律诗有通篇对仗者，如：

奉和春日幸望春宫应制②

东城结宇敞千寻，北阙回舆具四临。

丽日祥烟承罕毕，轻黄弱草藉衣簪。

秦商重沓云岩近，河渭萦纡雾壑深。

谬接鹓鸿陪赏乐，还欣鱼鸟遂飞沉。

李乂的五言绝句亦颇具特色，如：

元日恩赐柏叶应制 "景龙四年"③

劲节凌冬劲，芳心待岁芳。能令人益寿，非止麝含香。

---

① 《全唐诗》卷九二，第998页。
② 同上。
③ 同上书，第1000页。

七言绝句是后代诗人用力最勤、创作最多、影响最为深远的诗体之一，李乂的七绝对该诗体的定型也作出了贡献。如：

奉和三日祓禊渭滨①

上林花鸟暮春时，上巳陪游乐在兹。
此日欣逢临渭赏，昔年空道济汾词。

侍宴安乐公主新宅应制②

牵牛南渡象昭回，学凤楼成帝女来。
平旦鹓鸾歌舞席，方宵鹦鹉献酬杯。

排律是近体诗的一种，其形式似古体，一般篇幅较长。排律押平声韵，讲究平仄和谐，除首联、尾联外的其他各联须对仗，且出句与对句不可"失粘"。这对作者的声律素养要求很高，诗人鲜有能工此体者，李乂对此较早做出了尝试，如：

奉和晦日幸昆明池应制③

玉辂寻春赏，金堤重晦游。
川通黑水浸，地派紫泉流。
晃朗扶桑出，绵联杞树周。
乌疑填海处，人似隔河秋。
劫尽灰犹识，年移石故留。
汀洲归棹晚，箫鼓杂汾讴。

从以上诗歌我们发现，李乂绝大部分诗歌为应制诗，体现了他作

---

① 《全唐诗》卷九二，第1000页。
② 同上书，第1001页。
③ 同上书，第999页。

为文学近臣的特点。与贞观时期的宫廷诗不同，高宗、武后时期应制诗已为近体诗风所笼罩。李乂与沈佺期、宋之问活动时间高度重合，所作诗歌几乎都是完全合律的近体诗，且涵盖五律、七律、五绝、七绝及五排诸体。李乂在政治上与时俯仰，长期居于要津，其影响应大于"沈宋"。从李乂的创作实践及其个人际遇来看，我们认为他对近体诗的定型影响不在"沈宋"之下是符合当时实际情况的。他与其兄李尚一、李尚贞的合集《李氏花萼集》也展现了山东高门赵郡李氏家族的文学实力。

正是在高宗、武后及中宗时期的禁中，富有才华的诗人们聚集于一起，在爱好文学的君主面前展示自身的创作天赋。为了公平竞争，他们必须有一个公正的且易于掌握的规则。这样，强调声韵、平仄、对偶，且字数固定的近体诗最终形成并且定型。珠英学士在应制或唱和中往往用统一格式争奇斗艳，争价一字之奇。珠英学士在总结历代诗歌创作的基础上，通过历次宴游、应制的创作实践，最终使近体诗的创作形式固定下来，成为后来诗坛影响最大的诗体。

山东高门对近体诗的定型至关重要。王绩与王勃、卢照邻都出自山东高门，他们对近体诗歌的形成进行了有益的尝试。近体诗最终定型于高宗、武后、中宗朝的珠英学士手中。珠英学士很多出自山东高门，如李峤、崔融、崔湜兄弟、李乂兄弟等人皆是近体诗形成的重要骨干。

山东高门除了在上述创作实践上对近体诗形成作出了巨大贡献外，下文将从两个方面论证山东高门对近体诗形成的贡献。

首先，山东高门对近体诗的形成居功甚伟，不仅在于他们的创作实践，而且在于他们关于律诗理论方面的诸多建树。

宋人陈振孙《直斋书录解题》卷二二"文史类"载王昌龄撰

· 348 ·

《诗格》1卷、李峤撰《评诗格》1卷。① 李峤理论专著《评诗格》是专门总结创作经验的，是给高层次人士看的，而其《杂咏诗》则是给初学者入门的。袁行霈先生在《中国诗学通论》中说："李峤的《评诗格》将诗分为形似、质气、情理、直置、雕藻、影带、婉转、飞动、情切、精华等十体。"② 认为他对诗歌艺术做了细致的理论分析，对诗歌形式的探讨和律诗的定格都有很大的贡献。

李峤《杂咏诗》也是关于诗歌创作的理论指导，对于创作范式的提倡与初盛唐诗的普及起到了一定的作用，其诗后来传到日本，成为日本平安时代传入的中国三大初学启蒙书之一。

李峤年辈长于"沈宋"，其官位亦高于"沈宋"，其关于诗律的理论专著对高层次与初学者等各层人士都产生了深远影响，可以说，李峤从理论至创作实践都对格律诗的形成与定型影响深远。应该说，他对律诗形成的贡献在"沈宋"之上。

崔融不仅有诗文传世，而且对诗歌形式的探讨和律诗的定格都有很大的贡献，有相关理论著作传世。崔融著有《唐朝新定诗体》1卷，又名《崔氏唐朝新定诗格》，《文镜秘府论》时有征引。该书内容大抵论及调声、声病、属对和修辞，其所论及"新定诗体"和"诗格"应该为当时诗人所遵循，这对于律诗格式的奠定应当起到了重要作用。《崔氏唐朝新定诗格》是崔融代表朝廷写的诗歌声律规则和炼字修辞之书，对士林热衷的进士科诗赋考试起到了指导和规范作用，其影响之大自是不言自明的。故周祖譔先生认为崔融对律诗形成的贡献当在"沈宋"之上，他说：

---

① （宋）陈振孙：《直斋书录解题》卷二二"文史类"，徐小蛮、顾美华点校，上海古籍出版社1987年版，第642页。
② 袁行霈、孟二冬、丁放：《中国诗学通论》，安徽教育出版社1996年版，第304页。

律体之完成，珠英学士辈实起关键作用。而宋子京独归功于沈、宋，揆之史实，恐非允当。观夫残存之上官仪之《笔札华梁》、元兢之《诗髓脑》、崔融之《新定诗体》，所讨论者，在声律、偶对二事，固知律诗之定型也，实经多人长时间之摸索研讨，未可归功为一二人也。必欲探求至某人方定型，窃以为归之沈宋，不若归之崔融之为近似也。沈、宋排律，时有失粘，崔氏则罕此弊。其为七律也，尤为明显。①

唐代山东高门在高宗、武后朝以地缘之故得到武后的垂青，他们逐渐以文学为当权者所赏识。这一时期，部分山东士族已由经术世家转变为文学世家。他们开始揣摩诗歌创作的方式方法，如李峤撰《评诗格》《杂咏诗》，崔融著有《唐朝新定诗体》，又名《崔氏唐朝新定诗格》，出自太原王氏的王昌龄著有《诗格》等。这些理论著作对律诗的形成与定型起到了重要的作用。

其次，山东高门对近体诗的形成居功甚伟，源于他们在文坛与政坛的地位。

王勃虽英年早逝，却在当时文坛产生了很大的影响，很多文人已经将他奉为一代文学泰斗。如同时代的杨炯在给王勃文集所作序言中誉其诗文曰：

> 八纮驰骤于思绪，万代出没于毫端。契将往而必融，防未来而先制。动摇文律，宫商有奔命之劳；沃荡辞源，河海无息肩之地。以兹伟鉴，取其雄伯。徒纵横以取势，非鼓怒以为资。长风一振，众萌自偃。②

---

① 周祖譔：《武后时期之洛阳文学》，《厦门大学学报》1991年第1期。
② 《全唐文》卷一九一，第851页。

明人胡应麟高度评价王勃对近体诗的贡献，特别是在五言律诗与五言绝句方面所取得的成就，他说："唐初五言律，惟王勃'送送多情路''城阙辅三秦'等作，终篇不著景物，而兴象宛然，气骨苍然，实首启盛、中妙境，五言绝亦抒写悲凉，洗尽流调，究其才力，自是唐人开山祖。"[1]

李峤对当时诗坛影响深远，其对律诗定型居功甚伟。首先，李峤历仕高宗、武后、中宗三朝，朝廷每有重要文件和诏令，都特别令李峤起草。张说有《五君咏》诗，其三《李赵公峤》专咏李峤："李公实神敏，才华乃天授。睦亲何用心，处贵不忘旧。故事遵台阁，新诗贯宇宙。"[2] 他的诗在开元、天宝年间经常被乐人传唱，唐玄宗在安史之乱时听到李峤诗《汾阴行》，称之为"真才子"[3]。

苏轼也认识到李峤《汾阴行》的影响力，他在《书李峤诗》中说："'昔时青楼对歌舞，今日黄埃聚荆棘。山川满目泪沾衣，富贵荣华能几时。不见只今汾水上，惟有年年秋雁飞。'李峤诗也。盖当时未有太白、子美，故峤辈得称雄耳。其遭离世故，不得不尔。雨中闻铃且犹涕下，峤诗可不如撼铃耶？以此论工拙，殆未可也。"[4] 苏轼认为，李峤《汾阴行》写到的人生富贵无常容易打动遭离世故的人们，在李白、杜甫之前，李峤之流得以称雄文坛。李峤的影响遍及海内外，日本嵯峨天皇推崇李峤，曾手写李峤诗歌，其真迹至今仍存。

崔融文笔典丽华婉，当时就被称为"大手笔"。李峤代拟的《授崔融著作郎制》称崔融："具官崔融，长才广度，赡学多闻，词丽扬、

---

[1] （明）胡应麟：《诗薮》内编卷四，上海古籍出版社1979年版，第67页。
[2] 《全唐诗》卷八六，第934页。
[3] （唐）孟棨：《本事诗》"事感"第二，丁福保辑《历代诗话续编》，中华书局2006年版，第11页。
[4] （宋）苏轼：《苏轼文集》卷六十七，中华书局1996年版，第2216页。

班,行高曾、史。"① 据《国史纂异》载:"唐国子司业崔融作武后册文,因发疾而卒。时人以为二百年来无此文。"② 《旧唐书》本传亦云:"为文典丽,当时罕有其比。"③ 另外,崔融之子崔翘于玄宗开元二十七至二十九年,任礼部侍郎,三知贡举。在唐代科举尚未糊名的情况下,主考官家族的文学创作趣向自然会成为举子们心摹手追的范式。

前文论及初盛唐时期山东高门的处境时发现,为了对付武德、贞观时期的关陇集团,武后开始重用文士,而出自山东的文士由于地缘之故,开始得到武后青睐。武后掌权后,出自山东士族的文士逐渐走进权力中枢,这一时期的宰相如李敬玄、李峤、崔神基等都出自"山东五姓"。

作为文化大族的山东士族具备深厚的文化功底。武后的崇文政策使他们得以文学进身,崔湜为宰相崔仁师之孙,与崔液、崔涤及从兄崔莅,并有文翰,列居清要,常常自比王谢之家。④

崔湜以进士及第,崔液以状元及第。崔湜执政时年仅38岁,累转左补阙,预修《三教珠英》,由考功员外郎骤迁中书舍人、兵部侍郎,俄拜中书侍郎、检校吏部侍郎,同中书门下平章事。韦后称制后,复同中书门下三品。睿宗立,出为华州刺史,除太子詹事。景云中太平公主引为中书令。"湜执政时,年三十八,尝暮出端门,缓辔讽诗。张说见之,叹曰:'文与位固可致,其年不可及也。'"⑤

---

① 《全唐文》卷二四二,第1081页。
② 《太平广记》卷一九八"崔融"条引《国史纂异》,第1484页。
③ 《旧唐书》卷九四《崔融传》,第3000页。
④ (后晋)王定保:《唐摭言》卷一二,《唐五代笔记小说大观》本,上海古籍出版社2000年版,第1684—1685页。
⑤ 《新唐书》卷九九《崔湜传》,第3923页。

出自赵郡李氏的李乂兄弟仕途亦颇为顺遂，长期居于要津，李乂于唐睿宗景云元年（710），升为吏部侍郎，与宋璟、卢从愿同时典选，负责官员的铨选，甚为当时所称。唐玄宗开元初年，李乂为紫微侍郎，俄拜刑部尚书，"乂方雅有学识，朝廷称其有宰相之望"①。

居于天下文枢的诗人群一定会被天下诗人所仿效。大批山东高门子弟在武后朝得到重用，这在关陇贵族执政的唐初是不可想象的。他们以文学进身而位居高位，对天下士子自然有示范作用，他们从理论与实践方面倡导的近体诗既符合了宫廷唱和的要求，对诗坛也产生了十分深远的影响。

自从宋祁在《新唐书》中将近体诗的形成归功于沈佺期、宋之问之后，宋代以后的学者皆以为是不二之论。实际上，沈佺期与宋之问的很多诗并不符合格律。如沈佺期的五绝才2首，就有1首"失粘"，宋之问的10首五绝中竟有6首不符合格律。这样的近体诗创作成就较之李峤、崔融抑或是李乂，都是无法相提并论的。

相比而言，沈佺期、宋之问在政治上并无很大作为，远不能与李峤、崔湜、李乂等山东高门子弟比肩，且长期流放于外。沈、宋政治活动乏善可陈且声名狼藉，其中，沈佺期投附武后的面首张易之，宋之问则先后投靠张易之、太平公主、安乐公主，"天下丑其行"②。另外，与李峤、崔融不同，"沈宋"在近体诗的理论上无丝毫建树，创作实践上也无法与他们相颉颃，门第与官位更不能够望其项背。因此，我们认为，出自山东高门的王绩、王勃、卢照邻、李峤、崔融、崔湜兄弟、李乂兄弟等人对近体诗形成与定型居功甚伟，功绩在"沈宋"之上。

---

① 《旧唐书》卷一〇一《李乂传》，第3136页。
② 《新唐书》卷二〇二《宋之问传》，第5750页。

第四节　山东士族与唐代边塞诗

论及唐诗流派，不能不提及唐代的边塞诗。唐代边塞诗滥觞于初唐，至盛唐臻于极盛，中唐仍名家辈出，不乏嗣响，晚唐时期逐渐式微。唐代以边塞诗名家者不可胜数，仅举其荦荦大者，如：王昌龄、高适、岑参、王之涣、李颀、王翰、卢纶、李益等。

山东高门主要包括赵郡李氏与陇西李氏、博陵崔氏与清河崔氏、荥阳郑氏、范阳卢氏和太原王氏等"山东五姓"及渤海高氏与彭城刘氏。将以上著名边塞诗人的家族世系细加考察后发现，王昌龄出自太原王氏，高适出自渤海高氏，岑参出自南阳岑氏，王之涣出自太原王氏，李颀出自赵郡李氏，王翰出自太原王氏，卢纶出自范阳卢氏，李益出自陇西李氏。除了岑参外，其余诸家皆出自山东高门。

边塞诗古已有之，至迟在《诗经·秦风·无衣》中就已出现。殆及有唐，国力空前强大，特别是盛唐时期士人充满了昂扬激越、雄浑豪迈的盛唐精神。他们雄心勃勃，渴望驰骋疆场，建功立业。正是在这样的社会与文化背景下，唐代边塞诗创作达到空前的繁荣。

隋代年祚短促，山东战乱频仍。在这一时期的文坛上，出自山东高门范阳卢氏的卢思道创作了较早的边塞诗名篇《从军行》[①]：

[①] 逯钦立：《先秦汉魏晋南北朝诗》，中华书局 1983 年版，第 2631 页。

朔方烽火照甘泉，长安飞将出祁连。
犀渠玉剑良家子，白马金羁侠少年。
平明偃月屯右地，薄暮鱼丽逐左贤。
谷中石虎经衔箭，山上金人曾祭天。
天涯一去无穷已，蓟门迢递三千里。
朝见马岭黄沙合，夕望龙城阵云起。
庭中奇树已堪攀，塞外征人殊未还。
白雪初下天山外，浮云直上五原间。
关山万里不可越，谁能坐对芳菲月。
流水本自断人肠，坚冰旧来伤马骨。
边庭节物与华异，冬霜秋霜春不歇。
长风萧萧渡水来，归雁连连映天没。
　　从军行，军行万里出龙庭。
单于渭桥今已拜，将军何处觅功名？

唐初边塞诗未邀时宠，除了虞世南等稍有涉猎外，大多数诗人沉湎于宫廷诗的创作，虽也创作过一些边塞诗，但数量很少，反映边塞题材的广度和深度都还不够。初唐较早创作边塞诗的有"初唐四杰"之一的卢照邻，卢照邻出自山东高门范阳卢氏，其"不废江河万古流"的诗歌成就早为杜甫所称许。卢照邻擅长以古体特别是乐府旧题创作边塞诗，如：

雨雪曲[①]

虏骑三秋入，关云万里平。雪似胡沙暗，冰如汉月明。
高阙银为阙，长城玉作城。节旄零落尽，天子不知名。

[①]《全唐诗》卷四二，第523页。

《雨雪曲》源自《诗经·采薇》中的"昔我往矣，杨柳依依。今我来思，雨雪霏霏"，多描写塞外艰苦环境和乡关之思。该诗描述外敌入侵后战士纵然战死也得不到朝廷恩泽的情景，对边关将士充满同情。再如：

战城南①

将军出紫塞，冒顿在乌贪。笳喧雁门北，阵翼龙城南。

琱弓夜宛转，铁骑晓参驔。应须驻白日，为待战方酣。

《战城南》本乐府旧题，属于汉乐府中的《汉铙歌》，但作者却以近体诗的形式来创作，描述了塞外战争的宏大场面，再如：

结客少年场行②

长安重游侠，洛阳富才雄。玉剑浮云骑，金鞭明月弓。

斗鸡过渭北，走马向关东。孙宾遥见待，郭解暗相通。

不受千金爵，谁论万里功。将军下天上，虏骑入云中。

烽火夜似月，兵气晓成虹。横行徇知己，负羽远从戎。

龙旌昏朔雾，鸟阵卷胡风。追奔瀚海咽，战罢阴山空。

归来谢天子，何如马上翁。

《结客少年场行》为乐府旧题，本为轻生重义、慷慨立功名之意。卢照邻该诗以一个少年游侠为描写对象，描写他从斗鸡走马的纨绔子弟升华为一个报效国家、建功立业的战斗英雄的故事。该诗题材之深广，格调之高昂激越，都对后来盛唐边塞诗产生了直接影响。除了尾联外，全诗通篇对仗，对后人的五言排律也具有启迪意义。

---

① 《全唐诗》卷四一，第512—513页。
② 同上书，第513页。

位列"文章四友"之一的崔融当时在朝廷号称"大手笔",崔融出自山东高门清河崔氏。崔融大部分作品散佚,存诗很少,但其存诗中的边塞诗成就突出,占其总量的近三分之一。崔融曾经几度前往东北和西北边塞地区,实地体验了战争生活,因而他创作的边塞诗是具有真实情感的。如:

西征军行遇风①

北风卷尘沙,左右不相识。飒飒吹万里,昏昏同一色。

马烦莫敢进,人急未遑食。草木春更悲,天景昼相匿。

夙龄慕忠义,雅尚存孤直。览史怀浸骄,读诗叹孔棘。

及兹戎旅地,忝从书记职。兵气腾北荒,军声振西极。

坐觉威灵远,行看氛祲息。愚臣何以报?倚马申微力。

诗歌描写自己西征时的所见所闻,通过对西北边塞景物的描写渲染边区的荒凉和条件的艰苦,"愚臣何以报,倚马申微力"则表达了作者报效祖国的雄心壮志。全诗笔力遒劲,气象阔大,洋溢着作者早年奋发进取的精神。再如:

关山月②

月生西海上,气逐边风壮。万里度关山,苍茫非一状。

汉兵开郡国,胡马窥亭障。夜夜闻悲笳,征人起南望。

《关山月》属于乐府旧题中的"横吹曲辞",主要用于描写戍卒离别之情。该诗首句"月生西海上"虽与张若虚《春江花月夜》的"海上明月共潮生"形似,但所描写的却是塞外风景,这在第二句中

---

① 《全唐诗》卷六八,第764—765页。
② 《全唐诗》卷六八,第764页。

的"边风壮"中得到了体现。月亮代表相思,因此首句为末句"征人起南望"所描写的游子思妇之意埋下了铺垫。该诗从塞外风光入手,描述了征人为国远征,却又割舍不了相思离别之情,进退失据。崔融另一首《塞上寄内》:"旅魂惊塞北,归望断河西。春风若可寄,暂为绕兰闺。"[①] 更是强调了相思离别之情而弱化了报效祖国和建功立业的思想,强调了游子思妇的刻骨相思。

王维出自山东高门太原王氏,其母博陵崔氏,他的家庭属于典型的"五姓"婚姻圈。王维本不以边塞诗人著称,却是盛唐边塞诗人的先驱人物。其边塞诗多写于他年轻时出塞期间,往往气势恢宏,笔力遒劲,境界阔大,反映了盛唐时期的时代精神。唐玄宗开元九年(721),21岁的王维创作了其边塞诗名篇《燕支行》[②]:

> 汉家天将才且雄,来时谒帝明光宫。
> 万乘亲推双阙下,千官出饯五陵东。
> 誓辞甲第金门里,身作长城玉塞中。
> 卫霍才堪一骑将,朝廷不数贰师功。
> 赵魏燕韩多劲卒,关西侠少何咆勃。
> 报仇只是闻尝胆,饮酒不曾妨刮骨。
> 画戟雕戈白日寒,连旗大旆黄尘没。
> 迭鼓遥翻瀚海波,鸣笳乱动天山月。
> 麒麟锦带佩吴钩,飒踏青骊跃紫骝。
> 拔剑已断天骄臂,归鞍共饮月支头。
> 汉兵大呼一当百,贼骑相看哭且愁。
> 教战须令赴汤火,终知上将先伐谋。

---

① 全唐诗》卷六八,,第768页。
② 《王右丞集笺注》,第95—96页。

王维精通音律，故其诗歌常被之管弦，唱于众人之口。《燕支行》系新题乐府，本为古体诗，但诗中使用了大量律句和对偶，形式自由。该诗描述了唐朝将士英勇杀敌，慷慨报国，展示了战场胜敌的宏大场面，最后以"终知上将先伐谋"戛然结束，起到了汉赋劝百讽一，曲终而奏雅的艺术效果。

王维《燕支行》在盛唐边塞诗中写作很早，比高适的边塞诗名作《燕歌行》早了整整17年。

王维一生前后期变化很大，年轻时积极进取，晚年则笃信释氏，万事皆不关心。因此，他的边塞诗创作主要集中于年轻时。王维边塞诗作古体、近体俱工，既有"一身转战三千里，一剑曾当百万师"（《老将行》）的豪情壮志，又有"卫青不败由天幸，李广无功缘数奇"（《老将行》）的感叹，代表作有：《出塞作》《观猎》《从军行》《陇西行》《使至塞上》《凉州郊外游望》《老将行》《陇头吟》等。

盛唐时期的王昌龄、高适、王之涣、王翰、李颀等边塞诗人皆出自山东高门，盛唐诗歌的繁荣与他们的出现密不可分。其中，王昌龄出自太原王氏，殷璠《河岳英灵集》称王昌龄："元嘉以还，四百年内，曹、刘、陆、谢，风骨顿尽。顷有太原王昌龄、鲁国储光羲，颇从厥迹。且两贤气同体别，而王稍声峻。"[1] 王昌龄以七言绝句知名，共存七绝诗70余首。他致力于七绝创作，这样的七绝圣手，在他之前还没有出现过，在他之后也不多见。胡震亨《唐音癸签》引王世贞语："七言绝句，王江宁与太白争胜毫厘，俱是神品。"[2] 现存唐人选唐诗十种之中，王昌龄入选的有5种（《唐写本唐人选唐诗》《河岳英灵集》《国秀集》《又玄集》《才调集》），超过了李白的4种和杜甫

---

[1] 傅璇琮编撰：《唐人选唐诗新编》，陕西人民出版社1996年版，第182页。
[2] （明）胡震亨：《唐音癸签》卷十，文渊阁《四库全书》影印本。

的 1 种（《又玄集》）。王昌龄的诗歌气象高华，慷慨豪迈，更符合唐人的选诗标准，代表了盛唐诗歌的时代风格。殷璠将王昌龄作为盛唐诗人的代表人物，赞誉其诗为"中兴高作"，其《河岳英灵集》选录王昌龄诗歌的数量也位列全集之冠。

王昌龄边塞诗大抵描述边塞荒凉与戍卒辛劳，豪迈报国与相思离别之情。如：

从军行①

烽火城西百尺楼，黄昏独上海风秋。
更吹羌笛关山月，无那金闺万里愁。
琵琶起舞换新声，总是关山旧别情。
撩乱边愁听不尽，高高秋月照长城。
青海长云暗雪山，孤城遥望玉门关。
黄沙百战穿金甲，不破楼兰终不还。
大漠风尘日色昏，红旗半卷出辕门。
前军夜战洮河北，已报生擒吐谷浑。

《从军行》属于乐府旧题，王昌龄这几首脍炙人口的作品却以七言绝句的形式出现，前两句一般写景、叙事，后两句用来抒情，所抒发的无非是报效祖国的理想与现实中的游子思妇之情。

高适出自渤海高氏②，系高宗朝名将高侃之孙，与岑参齐名，俗称"高岑"，以边塞诗驰誉文学史。宋人严羽称"高岑之诗悲壮，读

---

① 《全唐诗》卷一四三，第 1444 页。
② 《旧唐书》卷一一一《高适传》载："高适者，渤海蓨人也。"（中华书局 1975 年版，第 3328 页）渤海郡蓨县（今属河北景县）是汉代行政区划，唐人郡望常沿袭汉代旧称。另外，《新唐书》本传说高适"封渤海县侯"。可见，高适出自山东高门渤海高氏。

之使人感慨"①，这就是针对"高岑"的边塞诗而言的。高适曾三次出塞，开创了盛唐诗歌的边塞诗派。其边塞诗呈现出刚健明朗的特色，语言质朴有力，与齐梁以来绮丽柔靡的诗歌大相异趣，对盛唐诗风的形成起到了强力的推动作用。如：

营州歌②

营州少年厌原野，狐裘蒙茸猎城下。

虏酒千钟不醉人，胡儿十岁能骑马。

营州地处边疆，是汉族与少数民族接壤之地，由于民族矛盾不断，该地人多尚武，此诗通过营州少年打猎、饮酒和骑马的描述，展示了边疆地区人物尚武的精神。

高适始困顿而终亨达，是盛唐著名诗人中少有的宦途顺遂者。他胸怀大志，关注戎事，长期生活于边疆军幕之中，其边塞诗反映了战争的宏大场面和边疆戍卒的真实生活，如其边塞诗名篇《燕歌行》③：

汉家烟尘在东北，汉将辞家破残贼。

男儿本自重横行，天子非常赐颜色。

摐金伐鼓下榆关，旌旗逶迤碣石间。

校尉羽书飞瀚海，单于猎火照狼山。

山川萧条极边土，胡骑凭陵杂风雨。

战士军前半死生，美人帐下犹歌舞。

大漠穷秋塞草衰，孤城落日斗兵稀。

---

① （宋）严羽：《沧浪诗话·诗评》，郭绍虞校释，人民文学出版社1998年版，第181页。

② 《全唐诗》卷二一四，第2242页。

③ 《全唐诗》卷二一三，第2217—2218页。

身当恩遇常轻敌，力尽关山未解围。
铁衣远戍辛勤久，玉箸应啼别离后。
少妇城南欲断肠，征人蓟北空回首。
边风飘飘那可度，绝域苍茫更何有？
杀气三日作阵云，寒声一夜传刁斗。
相看白刃血纷纷，死节从来岂顾勋。
君不见沙场征战苦，至今犹忆李将军。

该诗属于乐府旧题，表现主题十分深广，是盛唐现实主义边塞诗中的代表作。诗歌描写了东北的边塞生活与宏大的战争场面，歌颂了边疆战士不惧艰难，奋勇杀敌，誓死报效祖国的精神风貌。另外，该诗对边疆战士的生活状态给予了同情，同时鞭挞了将帅生活骄奢和不恤士卒。全诗内容充实，涉及边疆生活的方方面面，语言质朴，刚健明朗，体现了高适边塞诗悲壮浑成的基本特点。

开元时期，王之涣与诗人王昌龄、高适齐名，并留下了"旗亭画壁"[①]的文坛趣闻。他们三人皆出自山东高门，且都以边塞诗而著名。王之涣与兄之咸、之贲皆有文名，与王昌龄、崔国辅、郑昈联唱迭和，名动一时。他的生平所知甚少，从清末出土的唐人靳能所作墓志《唐故文安郡文安县太原王府君墓志铭并序》中我们得知，王之涣出自山东高门太原王氏。[②]

作为与王昌龄、高适齐名的诗人，王之涣今仅存诗6首，他的绝大多数作品早已亡佚，留下来的诗歌几乎都是人们耳熟能详之作。王之涣曾游边地，擅长边塞诗，"歌从军，吟出塞……传乎乐章，布在

[①] 傅璇琮主编：《唐才子传校笺》第一册，中华书局1987年版，第446—449页。
[②] 周绍良、赵超编：《唐代墓志汇编》，上海古籍出版社1992年版，第1549页。

人口"①。他与王昌龄、高适在旗亭听到的乐人所唱乐曲即为其名篇《凉州词》②:

度玉门关上吹笛（后改为《凉州词》）③

黄河远上白云间，一片孤城万仞山。

羌笛何须怨杨柳，春风不度玉门关。

该诗描写玉门关戍卒远离家乡，戍边于塞外苦寒之地，却得不到朝廷的一丝恩泽。忽然，羌笛吹起了"杨柳怨"的笛声，简直令戍卒悲从中来。王之涣、王昌龄、高适三人的诗歌在当时被乐师被之管弦，四处传唱，诗名满天下。

盛唐时期以边塞诗著名者尚有王翰与李颀。王翰出身"山东五姓"的太原王氏④，他的边塞诗以《凉州词》⑤二首最为著名，至今仍脍炙人口，兹录其诗如下：

葡萄美酒夜光杯，欲饮琵琶马上催。

醉卧沙场君莫笑，古来征战几人回？

秦中花鸟已应阑，塞外风沙犹自寒。

夜听胡笳折杨柳，教人意气忆长安。

这两首七言绝句所描写葡萄美酒、夜光杯皆边塞风物，琵琶本马上乐，与胡笳皆胡地乐器。作者于首诗三、四句故作戏谑语，看似放

---

① 参见周绍良、赵超编《唐代墓志汇编》，上海古籍出版社1992年版，第1549页。
② 参见傅璇琮主编《唐才子传校笺》第一册，中华书局1987年版，第446—449页
③ 《全唐诗》卷二五三，第2849页。
④ 据《新唐书》卷二〇二《王翰传》载："王翰字子羽，并州晋阳人。"（第5759页）晋阳即为太原。故知王翰出自太原王氏。
⑤ 《全唐诗》卷一五六，第1605页。

旷，意实悲凉。再如：

饮马长城窟行①

长安少年无远图，一生惟羡执金吾。

麒麟前殿拜天子，走马西击长城胡。

胡沙猎猎吹人面，汉虏相逢不相见。

遥闻鼙鼓动地来，传道单于夜犹战。

此时顾恩宁顾身，为君一行摧万人。

壮士挥戈回白日，单于溅血染朱轮。

归来饮马长城窟，长城道傍多白骨。

问之耆老何代人，云是秦王筑城卒。

黄昏塞北无人烟，鬼哭啾啾声沸天。

无罪见诛功不赏，孤魂流落此城边。

王翰边塞诗中古体、近体俱工。《饮马长城窟行》本乐府旧题，属于《相和歌辞》中的"瑟调曲"，本言征戍之客至于长城而饮其马，妇人思念其勤苦。该诗讲述了长安一少年一心想马上取功名，因而西击强胡的故事。结果发现，一心报国舍生忘死换来的却是"无罪见诛功不赏"的下场。

李颀出自"山东五姓"的赵郡李氏②，也以边塞诗著称。如：

古从军行③

白日登山望烽火，昏黄饮马傍交河。

行人刁斗风沙暗，公主琵琶幽怨多。

---

① 《全唐诗》卷一五六，第1603页。
② 见李华《杨骑曹集序》（《全唐文》卷三一五）。该序言讲述孙逖知贡举时所擢进士及第者，称"赵郡李崿、李颀"，李华出自赵郡李氏，与李颀同宗，当不误。
③ 《全唐诗》卷一三三，第1348页。

野营万里无城郭，雨雪纷纷连大漠。

胡雁哀鸣夜夜飞，胡儿眼泪双双落。

闻道玉门犹被遮，应将性命逐轻车。

年年战骨埋荒外，空见蒲桃入汉家。

诗歌通过对塞外景色的描述，描写了将士们艰苦的生存环境。"胡儿眼泪双双落"则站在少数民族的立场上说明了战争给他们带来的痛苦。最后四句则描述了将士欲归无路，命如草芥。诗歌描写战争给胡汉民族带来的灾难，揭露了战争的不义性质，全诗充满了哀怨的气氛。

盛唐时期的边塞诗人既有歌颂建功立业之将士的作品，也有谴责战争给各民族带来灾难的作品，开始认识到和平给各族人民带来的福祉。出自"山东五姓"的崔颢也以边塞诗称名于时，其边塞诗如：

雁门胡人歌[①]

高山代郡东接燕，雁门胡人家近边。

解放胡鹰逐塞鸟，能将代马猎秋田。

山头野火寒多烧，雨里孤峰湿作烟。

闻道辽西无斗战，时时醉向酒家眠。

雁门关地处河东，属于胡汉杂居之地，民风尚武。由于民族矛盾的影响，该地难得安定，人民屡遭兵燹。该诗描写雁门胡人在和平年代打猎饮酒的行乐场面，表明作者对各民族和谐相处的期许。

崔颢于开元后期为代州都督杜希望（杜牧曾祖）引入门下，得以

[①] 《全唐诗》卷一三〇，第1326页。

接触边塞生活，正如殷璠《河岳英灵集》评曰："颢少年为诗，属意浮艳，多陷轻薄，晚节忽变常体，风骨凛然，一窥塞垣，说尽戎旅。"① 承认了他边塞诗的成就。

安史之乱后，唐朝国力衰敝，朝廷内惑于宦官，外困于强藩，已无暇顾及边疆。吐蕃更是乘唐朝庭困厄之际屡屡犯境，兵锋所指，直逼长安。正当外族野蛮入侵，胡夷凌轹华夏之际，部分诗人发出了同仇敌忾、杀敌报国的怒吼。中唐时期的著名边塞诗人有出自"山东五姓"陇西李氏的李益与范阳卢氏的卢纶。唐德宗曾问韦渠牟："卢纶、李益何在？"② 也可见二人名望相埒。

李益与卢纶系中表兄弟，其家族属于典型的"山东五姓"之间的通婚。李益有《赠内兄卢纶》："世故中年别，余生此会同。却将悲与病，来对朗陵翁。"③ 卢纶的诗集中也有多首写给李益的诗，如《同李益伤秋》："岁去人头白，秋来树叶黄。搔头向黄叶，与尔共悲伤。"④

卢纶出自山东高门范阳卢氏，是"大历十才子"中的佼佼者，浑瑊镇河中时被辟为元帅判官，亦以边塞诗著名。浑瑊为有唐一代名将，先后追随李光弼、郭子仪、仆固怀恩等人南征北战，曾参与平定安史之乱、泾师之变，长期与吐蕃交战，虽属于铁勒九姓，却世代忠于唐王朝。建中初年，浑瑊镇河中，辟卢纶为元帅判官，累迁检校户部郎中，开始了长达十余年的军幕生涯。卢纶被浑瑊辟用无疑增加了他的人生历练，为其边塞诗的创作增加了素材。卢纶的边塞诗名篇如：

---

① 傅璇琮编撰：《唐人选唐诗新编》，陕西人民出版社1996年版，第161页。
② 《新唐书》卷二〇三《卢纶传》，第5785页。
③ 《全唐诗》卷二八三，第3222页。
④ 《全唐诗》卷二七七，第3146页。

和张仆射塞下曲六首①

林暗草惊风，将军夜引弓。平明寻白羽，没在石棱中。（之二）

月黑雁飞高，单于夜遁逃。欲将轻骑逐，大雪满弓刀。（之三）

卢纶《塞下曲》组诗共有6首，分别写发号施令、射猎破敌、奏凯庆功等军营生活。"林暗草惊风"诗描写将军猎虎的故事，本事出自《史记·李将军列传》。该诗以西汉名将李广的故事比喻现实中的将军，语多赞美之意。"月黑雁飞高"诗描写将军准备雪夜追敌的壮举，诗歌虽然没有直接描写激烈的战斗场面，却烘托了战争的艰苦性与将士们积极乐观的豪迈之气。

由于曾身处边塞，通晓战争给将士带来的痛苦，卢纶边塞诗缺少王维那种"孰知不向边庭苦，纵死犹闻侠骨香"（《少年行》）的慷慨豪迈之气，多了对战争残酷性的认识和对将士的同情，如：

逢病军人②

行多有病住无粮，万里还乡未到乡。

蓬鬓哀吟古城下，不堪秋气入金疮。

代员将军罢战后归旧里赠朔北故人③

结发事疆场，全生俱到乡。连云防铁岭，同日破渔阳。

牧马胡天晚，移军碛路长。枕戈眠古戍，吹角立繁霜。

归老勋仍在，酬恩虏未亡。独行过邑里，多病对农桑。

雄剑依尘匣，阴符寄药囊。空余麾下将，犹逐羽林郎。

卢纶这二首诗描写战争给前线将士带来了痛苦，伤病将士却得不

---

① 《全唐诗》卷二七八，第3153页。
② 《全唐诗》卷二七七，第3147页。
③ 《全唐诗》卷二七八，第3155页。

到朝廷的赈恤。《逢病军人》中的伤病将士孤苦伶仃，每逢秋寒时节，伤口疼痛难忍，却无人同情。《代员将军罢战后归旧里赠朔北故人》中的员将军一生戎马倥偬，骁勇善战，执干戈以卫社稷。但归老旧里后，只有老病之身空对农桑，大敌未灭，空留报国之志。生于中唐时期的卢纶创作的边塞诗逐渐失去了盛唐时期积极昂扬的精神与理想，抒发的常常是戍卒的愁苦之情。

与卢纶同列"大历十才子"的李端也有同题材的边塞诗，如《题故将军庄》："曾将数骑过桑干，遥对单于饬马鞍。塞北征儿谙用剑，关西宿将许登坛。田园芜没归耕晚，弓箭开离出猎难。惟有老身如刻画，犹期圣主解衣看。"① 诗中描写的将军也曾经宣威于战场，驰誉于朝野。解甲归田后田园荒芜，老归故里后却无人问津，唯有期盼圣主解衣探看自己的伤口。

战争不仅给将士本人带来痛苦，也给其家人带来深重的灾难，如李端诗歌《宿石涧店闻妇人哭》②：

山店门前一妇人，哀哀夜哭向秋云。
自说夫因征战死，朝来逢着旧将军。

由于连年征战，朝廷无力赈恤，诗中描写的寡妇因丈夫战死，只能夜夜哀哭。李端也被后人认作"大历十才子"之一，是李嘉祐之侄，出自"山东五姓"的赵郡李氏③。中唐时期，盛唐气象已成往事，边塞诗逐渐失去了向外进取的张力而转向描述战争的危害性。另外，李端尚有边塞诗作品如《塞上》《送彭将军云中觐兄》《送王副

---

① 《全唐诗》卷二八六，第3273页。
② 《全唐诗》卷二二六，第3281页。
③ 《旧唐书》卷一六三《李虞仲传》载："李虞仲，字见之，赵郡人……父端。"（第4266页）李端之子李虞仲出自赵郡李氏，则李端无疑出自赵郡李氏。

使还并州》等。

李益是中唐最负盛名的边塞诗人,据《旧唐书·李益传》载:"李益,肃宗朝宰相(李)揆之族子。登进士第,长为歌诗……每作一篇,为教坊乐人以赂求取,唱为供奉歌词。其《征人歌》《早行篇》,好事者画为屏障,'回乐峰前沙似雪,受降城外月如霜'之句,天下以为歌词。"① 李益是肃宗朝宰相李揆之族子,系出陇西李氏姑臧大房,故李揆被封姑臧县伯。李益曾因不得意而北游河朔,幽州刘济辟为从事。河朔地区自唐玄宗开元之后,已逐渐沦为胡化区域,安史之乱正是源于所谓"渔阳鼙鼓"②。因此,李益具备了边塞的生活经历。据《唐才子传》载:"益久不升,郁郁去游燕、赵间。幽州节度刘济辟为从事,未几又佐邠宁幕府。风流有辞藻,与宗人贺相埒。每一篇就,乐工赂求之,被于雅乐,供奉天子。如《征人》《早行》篇,天下皆施绘画。二十三受策秩,从军十年,运筹决胜,尤其所长。往往鞍马间为文,横槊赋诗砥砺。故多抑扬激厉悲离之作。高适、岑参之流也。"③ 明胡应麟也高度评价李益,认为李益七言绝句为盛唐以下第一人,他说:"可与太白、龙标(王昌龄)竞爽。"④

李益现存诗174首,其中边塞诗近50首,在唐代边塞诗绝对数量上仅次于岑参居第二位,在唐代边塞诗史上具有重要地位。李益边塞诗古体、近体俱工,擅长以近体诗的方式创作乐府旧题诗,如:

---

① 《旧唐书》卷一三七《李益传》,第3771页。
② 白居易《长恨歌》有"渔阳鼙鼓动地来,惊破霓裳羽衣舞",所谓渔阳即河朔地区。安史之乱虽被郭子仪、李光弼等平定,但由于仆固怀恩养寇自重,安史旧部在平叛后依旧割据河朔,形成尾大不掉之势。刘济所据幽州属于战事多发的边塞地区。
③ 傅璇琮主编:《唐才子传校笺》第二册,中华书局1987年版,第93—99页。
④ (明)胡应麟:《诗薮》内篇卷六,上海古籍出版社1979年新1版,第120页。

塞下曲①

伏波惟愿裹尸还，定远何须生入关。

莫遣只轮归海窟，仍留一箭射天山。

诗歌以伏波将军马援的马革裹尸与班超不须生入玉门关的砥砺奋进事迹自励，表达了慷慨赴死，以身许国的边疆将士的战斗豪情，具有盛唐诗歌的豪迈之气。然而，将士们亦非草木，孰能无情？远戍边疆的将士也难掩思乡之情，正如李益名篇《夜上受降城闻笛》："回乐峰前沙似雪，受降城下月如霜。不知何处吹芦管，一夜征人尽望乡。"② 在塞外大漠的回乐峰前，受降城下，月光皎洁，忽然响起了悠扬的吹笛声，笛声缠绵悱恻，声声哀怨，即使铁石心肠的人也不能抑制思乡的冲动。

与王昌龄相似，李益擅长以七绝创作边塞诗，如：

《度破讷沙》③ 二首：

眼见风来沙旋移，经年不省草生时。

莫言塞北无春到，总有春来何处知。

破讷沙头雁正飞，鸊鹈泉上战初归。

平明日出东南地，满碛寒光生铁衣。

与盛唐边塞诗积极向上、昂扬进取的主流迥异，中唐边塞诗的主流是感叹边塞风景的荒凉和将士们的愁苦，已经很难再看到岑参那样描述边塞瑰丽风景和王昌龄那种誓死报国的豪迈情怀的诗歌，即使像李益这样慷慨豪迈的边塞诗人，诗集中的边塞诗也主要反映将士们的

---

① 《全唐诗》卷二八三，第 3231 页。
② 同上书，第 3229 页。
③ 《全唐诗》卷二八三，第 3224 页。

苦难和对塞外生活的畏惧。如：

回军行①

关城榆叶早疏黄，日暮沙云古战场。

表请回军掩尘骨，莫教士卒哭龙荒。

关城属于边防重地，古战场上战争正酣，白骨累累，于是上表请求回军掩埋累积起来的战友尸骨，这已经属于奢望了。再如：

军次阳城烽舍北流泉②

何地可潸然？阳城烽树边。今朝望乡客，不饮北流泉。

阳城烽树边有一孔向北流的泉水，但士卒久戍塞外，心系南方故乡，因此不愿意饮用北流的泉水，表达了对塞北生活的厌恶。盛唐很多边塞诗人对塞外景色和边疆生活充满了美的体验和欣赏的态度，这在中唐已不多见。

李益边塞诗多声乐的描写，通过哀怨的声乐来描写戍卒的孤独凄苦之境与思乡之情。如："不知何处吹芦管，一夜征人尽望乡。"③（《夜上受降城闻笛》）"燕歌未断塞鸿飞，牧马群嘶边草绿。"④（《塞下曲》）"蔡琰没去造胡笳，苏武归来持汉节。"⑤（《塞下曲》）"行人夜上西城宿，听唱梁州双管逐。此时秋月满关山，何处关山无此曲。"⑥（《夜上西城听梁州曲》）"鸿雁新从北地来，闻声一半却飞回。

---

① 《全唐诗》卷二八三，第3227页。
② 同上书，第3223页。
③ 《全唐诗》卷二八三，第3229页。
④ 同上书，第3224—3225页。
⑤ 同上书，第3224页。
⑥ 同上书，第3225页。

金河成客肠应断,更在秋风百尺台。"①(《夜上西城听梁州曲》)"天山雪后海风寒,横笛偏吹行路难。碛里征人三十万,一时回向月明看。"②(《从军北征》)

李益的边塞诗往往描写塞北荒凉的大漠之上,音乐乍起,反衬了塞外的荒无人烟与边地艰苦、孤独的生活,戍卒的思乡之情由之而起。当年,韩信以十面埋伏之计困项羽于垓下,楚兵忽闻四面楚歌声,致使军心动摇,意气骤尽。可见,音乐声对征夫戍卒军心的暗示起到重要的作用。

中晚唐时期,出自山东高门太原王氏的王涯的边塞诗创作颇具特色。③ 与大历诗人多仕途偃蹇迥异,王涯仕途顺遂,进士及第后久充翰林学士,并于宪宗、文宗时两度拜相。与一般潦倒的文人不同,作为政治家的王涯其边塞诗仍然充满了盛唐诗人那种慷慨报国、昂扬进取的积极精神,如:

从军行④

旌甲从军久,风云识阵难。今朝韩信计,日下斩成安。

燕颔多奇相,狼头敢犯边。寄言班定远,正是立功年。

《从军行》是边塞诗最常用的题目,诗中"今朝韩信计,日下斩成安","寄言班定远,正是立功年"尚有盛唐王昌龄同题作品"黄沙百战穿金甲,不破楼兰终不还","前军夜战洮河北,已报生擒吐谷浑"的豪迈之风。

王涯另一首《从军行》:"旌头夜落捷书飞,来奏金门着赐衣。白

---

① 《全唐诗》卷二八三,第3225页。
② 同上书,第3226页。
③ 《旧唐书》卷一六九《王涯传》载:"王涯字广津,太原人。"《新唐书·宰相世系表》亦载王涯出自太原王氏。
④ 《全唐诗》卷三四六,第3875页。

马将军频破敌,黄龙戍卒几时归?"① 主调依旧是奋发昂扬,积极向上的,虽在白马将军频频破敌的情况下感叹戍卒何时踏上归程,但主调是"哀而不伤"的。再如:

塞上曲二首②

天骄远塞行,出鞘宝刀鸣。定是酬恩日,今朝觉命轻。

塞虏常为敌,边风已报秋。平生多志气,箭底觅封侯。

《塞上曲》与《塞下曲》都是边塞诗常用诗题,这两首诗都以戍边将士为描写对象,写他们意气风发、舍生忘死,为的是"酬恩"与"觅封侯",沿袭的也是盛唐边塞诗的精神。王涯边塞诗风昂扬奋发与他的仕宦经历有关,他的边塞诗必须站在朝廷的立场上,肯定战争的正义性,表彰将士们浴血奋战与建功立业。正如其《平戎辞》:"太白秋高助发兵,长风夜卷虏尘清。男儿解却腰间剑,喜见从王道化平。"③ 该诗认为男儿建功立业,平戎后方能带来雁行有序的国家秩序,带有鲜明的"尊王攘夷"的儒家思想。

洎乎晚唐,国力衰敝,朝廷早已无力经营贞观、开元时期的疆域,边塞战争多处于被动防御的境地,边塞诗创作热情骤尽。这一时期致力于边塞诗创作的诗人一时绝迹,只是在姚合、薛逢、项斯、马戴、李频、曹邺、高骈、于濆、雍陶、曹松等人的诗中,时有边塞诗歌佳篇闪现。这其中以高骈创作的边塞诗最具特色。高骈出自山东高门渤海高氏,为中唐名将高崇文④之孙,僖宗践祚后拜相,后封为渤海郡王。高崇文元和元年(806)以讨刘辟功授剑南西川节度使,本不以

---

① 《全唐诗》卷三四六,第3876页。
② 同上书,第3874页。
③ 同上书,第3876页。
④ 《旧唐书》卷一五一《高崇文传》载:"高崇文,其先渤海人。"《旧唐书》卷一八二《高骈传》说高骈"祖崇文",又高骈于僖宗朝封为渤海郡王,可知高骈出自渤海高氏。

文见长，其孙高骈出身行伍之间，曾以一箭射落二雕，人称"落雕御史"，一生戎马倥偬。高骈边塞诗具备生活积淀，极是当行本色，如：

言　怀①

恨乏平戎策，惭登拜将坛。手持金钺冷，身挂铁衣寒。

主圣扶持易，恩深报效难。三边犹未静，何敢便休官。

诗歌表明了作者不惧边庭苦寒，愿意鞠躬尽瘁，以报答朝廷殊恩的忠君思想。在另外一些边塞诗中，高骈也寄托了对边庭戍卒的深深同情。如：

叹征人②

心坚胆壮箭头亲，十载沙场受苦辛。

力尽路傍行不得，广张红旆是何人？

边城听角③

席箕风起雁声秋，陇水边沙满目愁。

三会五更欲吹尽，不知凡白几人头。

塞上曲二首④

二年边戍绝烟尘，一曲河湾万恨新。

从此凤林关外事，不知谁是苦心人。

陇上征夫陇下魂，死生同恨汉将军。

不知万里沙场苦，空举平安火入云。

---

① 《全唐诗》卷五九八，第6917页。
② 同上书，第6919页。
③ 同上书，第6920页。
④ 同上书，第6922页。

塞上寄家兄①

栎萼分张信使稀,几多乡泪湿征衣。

笳声未断肠先断,万里胡天鸟不飞。

与一般边塞诗人不同,高骈本人即为节度使,具有军人与高官两种身份,因而其边塞诗亦具备了双重性。一方面欲表明心迹,自言"主圣扶持易,恩深报效难。三边犹未静,何敢便休官"(《言怀》),"万里驱兵过海门,此生今日报君恩"②(《南征叙怀》),显示了他的忠君思想;另一方面,他也在诗歌中描写了边庭征夫的苦辛与乡愁,如"十载沙场受苦辛"(《叹征人》),"不知万里沙场苦"(《塞上曲》),"几多乡泪湿征衣"(《塞上寄家兄》)等。

唐代边塞诗多描写北方塞外风光,鲜少提及南方边疆。高骈曾任剑南西川节度使、山南节度使及淮南节度副大使,长期经略南方边疆,其边塞诗很多描写南方尤其是蜀中优美的风光,如:

宴犒蕃军有感③

蜀地恩留马嵬哭,烟雨蒙蒙春草绿。

满眼由来是旧人,那堪更奏梁州曲。

南征叙怀④

万里驱兵过海门,此生今日报君恩。

回期直待烽烟静,不遣征衣有泪痕。

---

① 《全唐诗》卷五九八,第6923页。
② 同上。
③ 同上书,第6920页。
④ 同上书,第6923页。

安南送曹别敕归朝①

云水苍茫日欲收,野烟深处鹧鸪愁。

知君万里朝天去,为说征南已五秋。

赴安南却寄台司②

曾驱万马上天山,风去云回顷刻间。

今日海门南面事,莫教还似凤林关。

安史之乱后,边塞诗人逐渐失去了盛唐边塞诗人那种慷慨豪迈之气,像"愿得此身长报国,何须生入玉门关"③(戴叔伦《塞上曲》),"独立新扬令,千营共一呼"④(卢纶《和张仆射塞下曲六首》其一)这样刚健慷慨的边塞诗气度是不减盛唐的,但在中唐已属于个别现象。主要是由于中唐国力大不如前,中唐诗人缺少盛唐诗人那种自信与豪迈之气,整个社会已经步入中老年时代。

晚唐之时,强藩成尾大不掉之势,朝廷内顾且不暇,遑论边陲之地。这样,边塞诗也就失去了赖以生存的现实土壤,这一时期的边塞诗显得零散而不成规模。晚唐诗人已无初盛唐时期诗人建功立业的理想,更无他们的亲身游历边塞的经历和军旅生涯,因而边塞诗日趋式微。

从整个唐代边塞诗的发展史来看,山东高门对边塞诗投入了极大热情。下文将分析山东高门积极投身于边塞诗创作的原因。

首先,军功是山东高门子弟复兴的渠道之一。

前文论及,山东士族于中唐德宗之后凭借科举全面复兴。科举考

---

① 《全唐诗》卷五九八,第6922页。
② 同上书,第6919页。
③ 《全唐诗》卷二七四,第3104页。
④ 《全唐诗》卷二七八,第3153页。

试虽发端于隋，唐代沿袭不改，但初盛唐时期的科举考试尚未得到全社会的重视，彼时，仕进之途主要来自军功与门荫。初唐时期，朝廷实行关陇本位主义，掌权者多出自胡化的关陇贵族。武后时期山东高门子弟虽以文学进身，但多为文学近臣。初盛唐时期是民族矛盾十分尖锐的时期，唐朝边疆战争不断，激发了文士们出将入相的雄心。

隋唐之际，朝廷实行关陇本位主义，唐代开国伊始，秦王李世民依靠的所谓"山东豪杰"多出自山东庶族，如秦叔宝、程咬金、尉迟敬德等人，山东高门颇不受宠遇。这一时期，只有出自山东高门陇西李氏的李靖凭借军功成为凌烟阁的开国功臣。盛唐时期，李林甫为了杜绝出将入相之途，巩固自己的权力，以目不识丁的将军牛仙客为宰相，且专任高仙芝、哥舒翰、安禄山等大将，使得凭借军功建功立业的理想在文士中蔓延开来。在门荫不及关陇士族，科举又尚未普及的初盛唐时期，山东高门子弟与时俯仰，在初盛唐精神的感召之下，很多人投笔从戎，远赴塞外边疆，并写出了空前的边塞诗。盛唐时期出自山东高门的边塞诗人高适、王昌龄、王之涣、王翰等都有边塞从军或游历的经历。

初唐时期陇西李靖成为兴唐功臣，为山东高门以军功入仕开了一个头。盛唐时期的著名边塞诗人高适亦出自将门，其祖父高侃即为高宗朝名将，高适本人亦以边功于广德元年（763）任唐代西南重镇剑南节度使，并于翌年召还为刑部侍郎、左散骑常侍。[①] 中唐以后藩镇割据，呈尾大不掉之势，部分主张对藩镇用兵的山东士族开始投笔从戎。出自陇西李氏的李晟父子为李唐王朝立下不朽战功。中唐"泾师之变"逼使德宗逃往奉天。李晟解奉天之围，并收复京师。"六月，癸卯，李晟遣掌书记吴人于公异作露布上行在，曰：'臣已肃清宫禁，

[①] 参见《新唐书》卷一四三《高适传》，第4679—4681页。

只谒寝园，钟虡不移，庙貌如故。'上泣下曰：'天生李晟，以为社稷，非为朕也。'"① 对于西平王李晟的功绩，宋人陆游诗《长歌行》云："人生不作安期生，醉入东海骑长鲸。犹当出作李西平，手杖旄钺清旧京。"

唐宪宗元和年间，吴元济据淮西叛，李晟子李愬雪夜入蔡州，生擒吴元济，对此，韩愈有《平淮西碑》，盛赞宰相裴度功绩。此碑引起李愬手下将领的不满，将碑推倒。后宪宗用段文昌重写，新碑着重评价了李愬在平淮西战役中的重大贡献。李晟父子立下的赫赫战功给他们家族带来了无比的荣耀，史载：

> （李晟子）李愿司空兄弟九人，四有土地。愿为夏州、徐泗、凤翔、宣武、河中五节度，宪为江西观察、岭南节度，愬为唐邓、襄阳、徐泗、凤翔、泽潞、魏博六节度使，听为夏州、灵武、河东、郑滑、魏博、邠宁、凤翔七节度。一门登坛授钺无比焉。②

李晟父子虽以军功入仕，仍然保持了山东士族传统的家风，"（李）晟幼孤，奉母孝"③，"（李晟子）宪与愬于诸子号最仁孝。长喜儒，以礼法自矜制"④。中唐时期山东高门以边塞诗著名者如李益、卢纶都有长期的军幕生涯。

晚唐时期山东高门屡建边功者如出自渤海高氏的高骈与出自太原王氏的王式与王重荣。其中，高骈为中唐名将高崇文之孙，高崇文曾于唐宪宗践祚初平定了剑南节度使刘辟的叛乱，保证了唐朝西南的稳

---

① 《资治通鉴》卷二三一，第7436—7437页。
② 《大唐传载》，《唐五代笔记小说大观》本，上海古籍出版社2000年版，第892页。又见《唐语林校证》卷四，第364页。
③ 《新唐书》卷一五四《李晟传》，第4863页。
④ 同上书，第4874页。

定。高骈则久戍南方边疆，曾大破南诏蛮与安南军队。他既是晚唐名将，也是晚唐著名的边塞诗人。王式出自太原王氏，本出自学者之家。因生于乱世，遂投笔从戎，曾平定安南的叛乱，后又平定了著名的浙东裘甫的起义。咸通三年（862），王式设计镇压了徐州银刀军的叛乱，军功显赫。王重荣出自太原王氏，系名将之子，《新唐书·王重荣传》载："王重荣，太原祁人。父纵，大和末为河中骑将，从石雄破回鹘，终盐州刺史。重荣以父任为列校，与兄重盈皆以毅武冠军擢河中牙将。"① 太原王氏本礼法高门，但王重荣与其父兄皆为边将，其家族已转变为将门。

其次，"尊王攘夷"与"大一统"的儒家思想。

自东汉以降，山东高门以其儒素德业世代相传，并因此绵延数百年而冠冕不绝。山东士族家传儒学，而"尊王攘夷"与"大一统"的思想是儒家的基本思想，对于维护中国两千多年的封建统治与国家的统一起到了关键作用。虽然山东高门早就从武力强宗转化为文化士族，但北朝以来兵燹不断，胡夷凌轹华夏，山东高门自然不能置身事外。建功立业的儒家思想使他们于战场上斩将擎旗，执干戈以卫社稷。

山东高门自东汉至唐代，之所以能够绵延数百年，与他们能够做到与时俱进，适应新的形势有关。处于乱世的山东士族为了自保与建功立业，修习兵书，以维护儒家思想向往的大一统的局面。正如隋末唐初出自山东高门陇西李氏的李靖所说："大丈夫若遇主逢时，必当立功立事以取富贵。"② 李靖少有文武才略，为其舅父隋朝名将韩擒虎所知，认为其军事才能不让于孙武、吴起。韩擒虎"每与论兵，未尝

---

① 《新唐书》卷一八七《王重荣传》，第5435页。
② 《旧唐书》卷六七《李靖传》，第2475页。

不称善"①。李靖善于用兵，战功显赫，是贞观时期凌烟阁的开国功臣。他通晓兵法，《新唐书·艺文志》有李靖《阴符机》1卷、《六军镜》3卷、《玉帐经》1卷，今皆不存。《通典》中今存有《卫公李靖兵法》佚文，另外，世传《李卫公问对》3卷，记载了李靖与唐太宗论兵之语。

山东士族主张"大一统"与"尊王攘夷"的观念，维护朝廷的权威，对乱臣贼子十分痛恨，他们留下了相关的军防、平乱书籍。如出自荥阳郑氏的郑虔，"学长于地里、山川险易、方隅物产、兵戍众寡无不详。尝为《天宝军防录》，言典事该。诸儒服其善著书"②。郑澥《凉国公平蔡录》记载了出自陇西李氏的凉国公李愬平定蔡州吴元济的事迹。出自赵郡李氏的李德裕除了《次柳氏旧闻》1卷外，又有《文武两朝献替记》3卷、《会昌伐叛记》1卷与《上党纪叛》1卷，记载了平定藩镇刘从谏之类的事迹。出自荥阳郑氏的郑言为唐懿宗咸通时翰林学士与户部侍郎，曾任浙西观察使王式的从事，有《平剡录》1卷，记载出自太原王氏的浙西观察使王式平定裘甫的事迹。同样出自荥阳郑氏的郑樵有《彭门纪乱》3卷，记载平定唐末桂林戍卒庞勋叛乱的事迹。③

初盛唐时期，山东士族祖居地河北陷入胡人手中，其祖坟所在地成为一胡化地域，脱离了唐朝政府的控制。以赵郡李德裕家族为例，他们可能就是迫于胡族的压力而迁居洛阳的。

安史之乱使得山东士族再次遭到打击，"五姓"郡望所在地遭兵燹。另外，彭城（刘氏）、渤海（高氏）等山东地区也处于战乱地带。由于祖居地的沦丧，山东高门子弟主张收复失地，维护大一统的

---

① 《旧唐书》卷六七《李靖传》，第2475页。
② 《新唐书》卷二〇二《郑虔传》，第5767页。
③ 以上文献源于《新唐书》卷五八《艺文志》，中华书局1975年版。

决心较之其他士族更为强烈。因而在中晚唐"牛李党争"中，代表了山东高门利益的李党对藩镇割据多持"用兵"之议。

山东士族是华夏文化所存硕果，他们强调夷夏大防，其"尊王攘夷"之心源自其家学中儒家思想的世代积淀。"尊王攘夷"的思想将山东士族子弟引向边疆，引向抗胡战争，他们创作的边塞诗往往从夷夏大防的传统观念出发，将边塞战争描述为抗胡的斗争。

盛唐出现的山水田园诗派和边塞诗派都与山东士族有密切的关系，前者表现了他们隐逸时对山水田园自然美的感悟，后者表现了他们希望建功立业、为国效劳的抱负。初盛唐时期出自山东高门的边塞诗人包括王勃、卢照邻、王昌龄、高适、王之涣、王翰、李颀等人，中晚唐时期出自山东高门的边塞诗人则包括卢纶、李益、李端、王涯、高骈等人。山东高门在初盛唐政治上并不得意，武后时，部分出自山东高门的士人以文学进身，这批士人如李峤、崔湜、崔日用、李乂等多为谄媚佞幸之人。唐玄宗开元天宝年间，山东士族同样没有得到重用，为了实现自身的政治抱负，很多人"宁为百夫长，胜作一书生"。出入边疆的经历再加上深厚的文学功底，边塞诗在他们手中产生了。中晚唐时期，由于山东高门祖居地沦陷于胡人，其"尊王攘夷"、用兵戡乱之心较之其他士族更为强烈。边塞诗的产生对唐代文学产生了重要影响，对彻底洗涤初唐以来沿袭的六朝绮靡文风起到了重要作用。边塞诗将边疆奇异风光展现在唐人面前，给唐代文学输入了刚健之气。

第九章

唐代山东士族与唐诗流变（下）

第一节 "时危且喜是闲人"
——唐代山东士族与大历诗风

初盛唐时期是我国经济文化勃兴的时期，也是中国文学的鼎盛时期。然而，天宝十四载（755）的一场叛乱又再次将唐人卷入水深火热之中。这一时期的肃宗、代宗、德宗皆平庸之主，他们内惑于家奴，外困于强藩，政治上乏善可陈，文化也随之进入了低谷。

唐代宗大历时期是一个文恬武嬉的时代，处于"开元盛世"与"元和中兴"之间。彼时，山东士族祖居地河北已沦为胡化区域，他们只能逐步离开祖茔，外出谋生。这一时期，国家战乱频仍，炙手可热者多骄兵悍将，山东高门子弟只能奔走于权贵之门，以谋求进身的机会。

第九章 唐代山东士族与唐诗流变（下）

晚清时期，文人常常津津乐道于"诗有三元"之说，一般认为所谓"三元"是指唐代的"开元"与"元和"以及宋代的"元祐"。"开元"与"元和"是中国诗歌两个难以逾越的巅峰，大历时期正处于这两座高峰的谷底。安史之乱终结了盛唐的辉煌，曾经发出盛唐时期最强音的巨星如王昌龄、王维以及绝世天才李白、杜甫等相继陨落，而中唐文学巨擘如韩愈、柳宗元、白居易等人尚处髫龀之年。如此，中国文学进入了大历时期。

大历是唐代宗的年号，但本节讨论的大历时期泛指代宗大历至德宗贞元初年这一段时期，包括大历、建中、贞元初年，这也符合文学史的习惯。这一时期的诗人如恒河沙一样不可胜数，仅举其荦荦大者，如刘长卿、韦应物、"大历十才子"等人。代宗时期，刚刚平定安史之乱不久，朝廷姑息藩镇，从中央至地方，任由武臣掌权，文人不受青睐，被倡优蓄之。郭暧的父亲是有"再造唐室"之称的汾阳王郭子仪，郭暧之妻升平公主为唐代宗的爱女。郭暧夫妇喜好文学，很多文士投靠了他们。当时，蓄养文士者尚有元载、王缙、黎干、杜鸿渐、浑瑊等权臣，"大历十才子"很多是围绕他们周围的文士。

"大历十才子"是盛唐诗歌向中唐诗歌过渡的桥梁，其称号以及姓名，最早见于中唐姚合的《极玄集》。该书卷上李端名下注曰："（李端）字正己，赵郡人。大历五年进士。与卢纶、吉中孚、韩翃、钱起、司空曙、苗发、崔峒、耿湋、夏侯审唱和，号大历十才子。"[1]

"大历十才子"究竟是哪十个人，究竟哪个是才子，哪个不是才子，姑且不论。他们活动于唐代宗大历至唐德宗贞元初年，当时安史之乱刚刚结束，"十才子"的出现带来了文坛粉饰太平之风。这批诗人在作品风格上大致相同，没有强烈的个性表现。有超过 10 人被称

---

[1] 傅璇琮编撰：《唐人选唐诗新编》，陕西人民出版社 1996 年版，第 539 页。

作"大历十才子",其中曾被列入"十才子"的李嘉祐出自赵郡李氏、李端出自赵郡李氏、卢纶出自范阳卢氏、崔峒出自博陵崔氏、李益出自陇西李氏,皆出自"山东五姓"。

安史之乱使得山东士族再次遭到打击,安史叛军从范阳起兵,于洛阳称帝,其主要战场集中在山东地区,"五姓"郡望所在地遭兵燹。这一时期,山东高门子弟逐渐疏离原籍,离开其祖茔之地,开始了他们的迁移。他们迁徙的目的地有两个大致范围:一是被唐人称作两京的长安与洛阳;另一个则是南方地区。两京是唐代的名利场,而南方山清水秀,远离兵燹,最是安宁。作为引领大历诗风的山东高门子弟,其诗歌创作也反映了他们的生活状况。

山东高门子弟的迁徙带来了大历诗风的新气象,他们的诗歌创作体现了其迁徙的特点,一是诗歌创作体现了他们在两京地区作为文学侍从的身份,二是诗歌多了他们新贯——南方的山水描写。

一 权贵的文学侍从

唐德宗建中年间,朝廷再婴朱泚之祸。战乱给社会生产力造成了极大的破坏,朱泚之乱后的建中末年,甚至有朝廷官员被饿死的情况,据《南部新书》载:"建中末,姚况有功于国,为太子中舍人。旱蝗之岁,以俸薄不自给而以馁终。"① 彼时,由于战乱频仍,国家财政极度紧张,贞元初,关中大饥,德宗忧心忡忡,据《资治通鉴》载:

(贞元二年)关中仓廪竭,禁军或自脱巾呼于道曰:"拘吾于军而不给粮,吾罪人也?"上忧之甚。会韩滉运米三万斛至陕,

---

① 《南部新书》甲集,第6页。

李泌即奏之。上喜，遽至东宫，谓太子曰："米已至陕，吾父子得生矣！"①

此事发生于唐德宗贞元二年（786），天子尚且如此，遑论臣僚与百姓，据《因话录》载："新野庾倬，贞元初为河南府兵曹，有寡姊在家。时洛中物价翔贵，难致口腹，庾常于公堂辍己馔以饷其姊。始言所爱小男，以饷之。同官初甚鄙笑，后知之，咸嘉叹。"②

自安史之乱至贞元初年，战乱频仍，乱象四起，社会生产力遭到极大破坏。而就在不久前，唐人还过着"忆昔开元全盛日，小邑犹藏万家室。稻米流脂粟米白，公私仓廪俱丰实"③（杜甫《忆昔二首》之二）的生活，反差十分强烈。开元盛世来源于初盛唐百余年的太平，源于"男耕女桑不相失"④（杜甫《忆昔二首》之二）。战乱造成生产力巨大破坏，造成了贫穷，也使当时文士看不到前途和希望。

虽然很多时代的诗人都喜欢写贫穷、困厄，很多诗人说愁苦实际上是"为赋新词强说愁"（辛弃疾《丑奴儿》）。但大历诗人中写贫困者尤多，因为这一时期，他们的贫困是实实在在的客观存在。杜甫爱讲述贫穷，曾说："酒债寻常行处有。"但犹自"每日江头尽醉归"⑤（《曲江二首》之二）。虽时值安史之乱，但还是要喝酒。大历诗人钱起虽为官，却已根本喝不起酒，他说："俸薄不沽酒，家贫忘授衣。"⑥（《县城秋夕》）孟浩然体弱多病，抱怨因此遭到朋友冷落，他

---

① 《资治通鉴》卷二三二，第7469页。
② （唐）赵璘：《因话录》卷三，《唐五代笔记小说大观》本，上海古籍出版社2000年版，第848页。
③ 《杜诗详注》，第1163页。
④ 同上。
⑤ 同上书，第447页。
⑥ 《全唐诗》卷二三七，第2624页。

说:"不才明主弃,多病故人疏。"①(《岁暮归南山》)耿湋则将之归于家贫,他说:"浅谋堪自笑,穷巷忆谁过。"(《春日即事二首》之一)"家贫僮仆慢,官罢友朋疏。"②(《春日即事二首》之二)因为身在穷巷而无人光顾。即使出自李唐宗室的李约也不免于贫困,他说:"身贱悲添岁,家贫喜过冬。"③(《岁日感怀》)

　　大历时期是一个无法令人振作的时代。贫困是诗人寄人篱下,奔走权贵之门的重要原因。正如郎士元所说:"暂屈文为吏,聊将禄代耕。"④(《送王司马赴润州》)耿湋也凭借一人之力养活全家,他说:"终岁行他县,全家望此身。"⑤(《过三郊驿却寄杨评事时此子郭令公欲有表荐》)郭令公指的是汾阳王郭子仪,耿湋此诗的创作目的是想通过郭子仪而得到提携。

　　前文论及,中古士族在经济上也逐渐具备了大地主的特征,从东汉至北朝,山东高门一直拥有一定的政治地位与经济基础,但到唐代亦已荡然无存。初盛唐百余年太平造就的盛世使唐人大多衣食无忧,山东高门尚能免于贫困,但安史之乱前后,疏离原籍的山东士族子弟难免饥馁,这在建中、贞元初年达到了顶峰。山东高门出身的大历诗人由于战乱与疏离原籍等原因,大多有贫困交加的生活体验,如崔峒《书怀寄杨郭李王判官》⑥:

　　　　惯作云林客,因成懒漫人。吏欺从政拙,妻笑理家贫。
　　　　李郭应时望,王杨入幕频。从容丞相阁,知忆故园春。

---

① 《全唐诗》卷一六〇,第 1652 页。
② 《全唐诗》卷二六八,第 2982 页。
③ 《全唐诗》卷三〇九,第 3495 页。
④ 《全唐诗》卷二四八,第 2784 页。
⑤ 《全唐诗》卷二六八,第 2981 页。
⑥ 《全唐诗》卷二九四,第 3341—3342 页。

该诗将自身贫穷说成是自己懒于政事,有栖隐之风。而与他类同的李、郭、王、杨四位判官"入幕频"不也是同样因家贫而迫于生计吗?同样出身山东高门的卢纶、李益也有类似的困厄经历,如卢纶的《卧病书怀》:"貌衰缘药尽,起晚为山寒。"① 李益的《赠内兄卢纶》:"世故中年别,余生此会同。却将悲与病,来对朗陵翁。"②

出身赵郡李氏的李端名落孙山后自述"家贫求禄早"③(《下第上薛侍郎》)。他虽然对吉中孚道士还俗语带讥讽:"柳市名犹在,桃源梦已稀。还乡见鸥鸟,应愧背船飞。"④(《闻吉道士还俗因而有赠》)诗中效仿阮籍《与山巨源绝交书》的语调嘲弄吉中孚的还俗行为,但在另一首诗中对此又表示理解:"因病求归易,沾恩更隐难。"⑤(《送吉中孚拜官归业》)该诗将吉中孚拜官的行为归结于迫不得已。

大历时期,疏离原籍的山东高门子弟被迫奔走于权贵之门。大历诗人作诗的场景往往囿于游宴与送别之间,据《旧唐书·李虞仲传》载:

> 李虞仲,字见之,赵郡人……父端,登进士第,工诗。大历中,与韩翃、钱起、卢纶等文咏唱和,驰名都下,号"大历十才子"。时郭尚父少子暧尚代宗女升平公主,贤明有才思,尤喜诗人,而端等十人,多在暧之门下。每宴集赋诗,公主坐视帘中,诗之美者,赏百缣。暧因拜官,会十子曰:"诗先成者赏。"时端先献,警句云:"熏香荀令偏怜小,傅粉何郎不解愁。"主即以百缣赏之。钱起曰:"李校书诚有才,此篇宿构也。愿赋一韵正之,

---

① 《全唐诗》卷二八〇,第3185页。
② 《全唐诗》卷二八三,第3222页。
③ 《全唐诗》卷二八六,第3274页。
④ 《全唐诗》卷二八五,第3249页。
⑤ 《全唐诗》卷二八五,第3253页。

请以起姓为韵。"端即襞笺而献曰:"方塘似镜草芊芊,初月如钩未上弦。新开金埒教调马,旧赐铜山许铸钱。"暧曰:"此愈工也。"起等始服。①

郭暧系汾阳王郭子仪第六子,由于郭子仪为中兴第一名臣,代宗将最宠爱的第四女升平公主许配给郭暧。②"(代宗)大历中,(升平公主)恩宠冠于戚里。岁时锡赉珍玩,不可胜纪。"③建中之乱时,德宗逃往奉天,郭暧夫妇为安史叛军所逼,欲授伪官,郭暧以居丧辞官,继而与兄郭晞、弟郭曙及升平公主皆奔奉天,德宗大喜,待之如初。由于升平公主"贤明有才思,尤招纳士,故(李)端等多从(郭)暧游"。④关于大历诗人于游宴、送别之时作诗的盛况又见于《唐国史补》⑤:

郭暧,升平公主驸马也。盛集文士,即席赋诗,公主帷而观之。李端《中宴诗》成,有"荀令""何郎"之句,众称妙绝,或谓宿构。端曰:"愿赋一韵。"钱起曰:"请以起姓为韵。"复有"金埒""铜山"之句。暧大出名马、金帛遗之。是会也,端擅场。《送王相公之镇幽朔》,韩翃擅场。《送刘相之巡江淮》,钱起擅场。

从上述史料我们得知,大历时期的权贵往往私蓄文士,附庸风雅。文士们在进身无门的情况下只能投靠权贵者以谋求仕宦之途。大

---

① 《旧唐书》卷一六三《李虞仲传》,第4266页。
② 由于郭暧初尚公主时,夫妻不免闹出一些风波,后世戏剧即以此为蓝本,编出了有名的剧目《打金枝》。
③ 《旧唐书》卷一二〇《郭暧传》,第3470页。
④ 《新唐书》卷二〇三《文艺传》,第5786页。
⑤ (唐)李肇:《唐国史补》卷上,《唐五代笔记小说大观》本,上海古籍出版社2000年版,第167页。

历诗歌作品大多为送别、游宴之作。酒席之上，文士们一般都是首先分得字韵，即席赋诗。这既需要作者敏捷的诗才，又必须是切题应景之作，符合当时的时间、地点、人物与事件，关键是要迎合主人之意。这样的诗歌常缺乏自我，往往争价一句之奇，全诗则缺乏浑成、新警的气象。

在郭暧府邸中赋诗"冠其坐客"的李端出身山东高门赵郡李氏，他曾经作为文学侍从游于郭暧、元载、王缙与黎干之门，并以此得授校书郎。后移居江南，官杭州司马，做了一个地方小官。上述史料中，所谓"荀令""何郎"之句即出自李端《赠郭驸马》[①]：

> 青春都尉最风流，二十功成便拜侯。
> 金距斗鸡过上苑，玉鞭骑马出长楸。
> 熏香荀令偏怜少，傅粉何郎不解愁。
> 日暮吹箫杨柳陌，路人遥指凤凰楼。

该诗是一首七言律诗，是在酒席上写给驸马郭暧的。首联夸奖郭暧少年有成，二十岁便功成拜侯且年少风流，颔联描写郭暧斗鸡走马的贵公子生活。颈联中的熏香荀令与傅粉何郎，分别指三国时期的美男子荀彧与何晏，以此比喻郭暧的少年风流，光彩照人。尾联写郭暧通晓音律好文学之士而非一介武夫，因此为时人所艳羡。李端除了参与郭暧的游宴之外，还积极参与了元载、王缙、杜鸿渐、黎干等权臣的游宴唱和，如《奉和王元二相避暑怀杜太尉》："艰难尝共理，海晏更相悲。况复登堂处，分明避暑时。绿槐千穗绽，丹药一番迟。蓬荜今何幸，先朝大雅诗。"[②] 诗中的元、王二相指元载与王缙，该诗是在

---

① 《全唐诗》卷二八六，第3269页。
② 《全唐诗》卷二八五，第3267页。

元载与王缙席上的奉和之作。另有《闲园即事赠考功王员外》与《旅舍对雪赠考功王员外》都是赠给宰相王缙之子的。送给黎干子弟的作品则有《送黎兵曹往陕府结婚》，黎兵曹为京兆尹黎干子黎燧，卢纶等有同题作品。

出自赵郡李氏的李嘉祐离开原籍之后，迁徙至江南一带，后入京求取功名，奔走于权贵之门，并因此创作了多首应景之作，如《奉和杜相公长兴新宅即事呈元相公》[1]：

意有空门乐，居无甲第奢。经过容法侣，雕饰让侯家。
隐树重檐肃，开园一径斜。据梧听好鸟，行药寄名花。
梦蝶留清簟，垂貂坐绛纱。当山不掩户，映日自倾茶。
雅望归安石，深知在叔牙。还成吉甫颂，赠答比瑶华。

杜鸿渐系故相杜暹之族子，于代宗朝拜相，鸿渐晚年乐于退静，私第在长兴里。这是杜鸿渐长兴里新宅落成时李嘉祐的奉和诗，李嘉祐另将此诗赠与元载。因杜鸿渐好浮屠，因此诗中首句即以"空门乐"形容长兴新宅。诗中将杜鸿渐比喻成东晋名臣谢安，喻其相知元载为春秋鲍叔牙，而管仲、鲍叔牙之交一直为后世文人津津乐道。诗歌极力渲染长兴新宅的山水之乐，以迎合杜鸿渐乐于退静的思想。该诗在迎合杜鸿渐的同时，也同样讨好了元载。

李嘉祐与元载及其子弟交游颇多，如《送元侍御还荆南幕府》等诗歌就是写给元氏的应酬之作。李嘉祐另有《访韩司空不遇》："图画风流似长康，文词体格效陈王。蓬莱对去归常晚，丛竹闲飞满夕阳。"[2] 诗中"韩司空"指德宗朝政治家韩滉。韩滉多才多艺，尤工

---

[1] 《全唐诗》卷二〇七，第 2162 页。
[2] 同上书，第 2168 页。

书法，兼善丹青、文章。故诗中将韩滉比喻成东晋画家顾恺之及才高八斗的曹植。李嘉祐汲汲于富贵，一直走上层路线，想通过权贵的引荐而飞黄腾达，但时运不济，后半生常常漂泊于贬谪之途。

崔峒出自山东高门博陵崔氏，亦为大历诗人的代表人物，长期混迹于权贵之门，并与其子弟交游，如《赠元秘书》就是与元载子弟的交游诗歌："旧书稍稍出风尘，孤客逢秋感此身。秦地谬为门下客，淮阴徒笑市中人。也闻阮籍寻常醉，见说陈平不久贫。幸有故人茅屋在，更将心事问情亲。"① 尽管崔峒汲汲于功名富贵，但还是拒绝了刘展的召唤。当时宋州刺史刘展握兵河南，有异志，召崔峒入幕，崔峒写诗答曰："国有非常宠，家承异姓勋。背恩惭皎日，不义若浮云。但使忠贞在，甘从玉石焚。窜身如有地，梦寐见明君。"②（《刘展下判官相招以诗答之》）山东高门子弟往往有"尊王攘夷"的政治主张。崔峒在看出刘展有异志的情况下，毅然拒绝了他的邀请，并谴责刘展"背恩惭皎日，不义若浮云。但使忠贞在，甘从玉石焚"。表达了忠贞爱国，视死如归的思想。

卢纶今存诗339首，是大历诗人中存诗较多的诗人，也是大历诸才子中结交权贵最多的人物。当时大历诗人所结交的权贵如郭暧兄弟、元载及其子弟、王缙及其子弟、黎干及其子弟都与他过从甚密。而他人生的最后十余年则是在河中浑瑊的军幕中度过，并与浑瑊及其子弟往来频繁。卢纶结交朱门以期获得进身之路，其《冬日登城楼有怀因赠程腾》云："谁知白首窗下人，不接朱门座中客。"③ 表达了自己想接近权贵却机会难得的心理。一旦有机会接触他们，卢纶自然会使出浑身解数。

---

① 《全唐诗》卷二九四，第3348页。
② 同上书，第3342页。
③ 《全唐诗》卷二七九，第3173页。

卢纶出自"山东五姓"的范阳卢氏，数举进士不第。《新唐书·卢纶传》载："元载取纶文以进，补阌乡尉。"[1] 另据《旧唐书·卢纶传》载："宰相王缙奏为集贤学士、秘书省校书郎。"[2] 卢纶经由元载、王缙的推荐而进入仕途，成为元载、王缙的文学侍从，并与其子弟们交游，与元载、元伯和父子、王缙父子过从甚密。

卢纶亦与郭晞、郭暧兄弟交往，希冀以文学进身，其宴席所作如《冬日宴郭监林亭》："玉勒聚如云，森森鸾鹤群。据梧花厩接，沃盥石泉分。华味惭初识，新声喜尽闻。此山招老贱，敢不谢夫君。"[3] 该诗是卢纶在郭子仪之子郭晞宴席中所作，诗歌首联与颔联描写宴席周围的景色，颈联表明宴席之中的欢乐场景和与郭晞的相见恨晚，尾联则表示对郭晞的感激之情。除了与郭氏兄弟交游外，卢纶与对他有知遇之恩的元载、王缙及其子弟也过从甚密，如《和考功王员外秒秋忆终南旧居》[4]：

> 静忆溪边宅，知君许谢公。晓霜凝耒耜，初日照梧桐。
> 涧鼠喧藤蔓，山禽窜石蘂。白云当岭雨，黄叶绕阶风。
> 野果垂桥上，高泉落水中。欢荣来自间，嬴贱赏曾同。
> 月满珠藏海，天晴鹤在笼。余阴如可寄，愿得隐墙东。

该诗是一首五言排律，除了首联与尾联外，其余诸联皆对仗，显示出作者高超的创作技巧。诗中的王员外为宰相王缙之子，出自山东高门太原王氏，吉中孚、司空曙、耿㳽均与之游。王维、王缙兄弟有诗名于世，"（王维、王缙）兄弟以科名文学冠绝当代，故时称'朝

---

[1] 《新唐书》卷二〇三《卢纶传》，第5785页。
[2] 《旧唐书》卷一六三《卢简辞传》，第4268页。
[3] 《全唐诗》卷二七九，第3175页。
[4] 《全唐诗》卷二七六，第3138页。

廷左相笔，天下右丞诗'者也"①。王缙官位既重，凡所延辟皆辞人名士，以卢纶能诗，礼待逾厚。王维家族有浓厚的隐逸思想，王维本人长期隐居终南山，并于彼处营辋川别业，开创了盛唐山水田园诗派。王缙之子的终南旧居既是隐居的好去处，也是走"终南捷径"的好地方。卢纶诗中首联将王员外喻作六朝山水名家谢灵运，这是对王员外的极高评价，以下六联详尽描绘了王员外终南旧居的绝佳景色和远离官场的山水田园之乐，最后一联表达了自己愿与王员外比邻而居，共同隐逸的期望。这段时间，卢纶奔走权贵之门，还创作了很多应酬之作，如《和王员外冬夜寓直》《送黎兵曹往陕府结婚》②《送黎燧尉阳翟》等。

德宗诛元载后，卢纶坐与王缙善，久不调。建中初年，浑瑊镇河中，辟为元帅判官，累迁检校户部郎中。浑瑊为郭子仪爱将，对朝廷赤胆忠心，在郭子仪去世后拥重兵久戍边庭。贞元元年（785）春，浑瑊由河中入觐，上巳日卢纶陪同游渭河，作《奉陪浑侍中上巳日泛渭河》，不久被浑瑊聘为元帅判官，同年秋，平李怀光的叛乱后随军赴河中，开始了他长达12年的军幕生涯。在这期间，卢纶创作了不少边塞诗，另外他与浑瑊子弟交游，创作了不少应酬诗歌，如《孤松吟酬浑赞善》③：

  深山荒松枝，雪压半离披。朱门青松树，万叶承清露。
  露重色逾鲜，吟风似远泉。天寒香自发，日丽影常圆。
  阴郊一夜雪，榆柳皆枯折。回首望君家，翠盖满琼花。
  捧君青松曲，自顾同衰木。曲罢不相亲，深山头白人。

---

① 《太平广记》卷二一一"王维"条，第1619页。
② 黎兵曹为京兆尹黎干子黎燧，李端有同题作品。
③ 《全唐诗》卷二七八，第3154页。

该诗是写给浑瑊子弟的。诗中以深山荒松枝自喻，而将对方喻作"朱门青松树"，在各种季节与气候条件下生机勃勃。严冬的一场大雪后，对方家的青松更加勃发，而自己则形同衰木。卢纶诗歌创作中有早衰的心态，该诗以松喻人，实则以自身衰朽来反衬浑赞善的出身高贵、年轻有为。在河中幕府的时期是卢纶诗情勃发的时期，由于河中地处中唐时期的战略前沿，鲜少有交往的文人，卢纶在这段时间交往最为密切的就是浑瑊及其子弟，他写给浑瑊子弟的诗歌很多，如《秋晚河西县楼送浑中允赴朝阙》《送浑炼归觐却赴阙庭》《送浑别驾赴舒州》《浑赞善东斋戏赠陈归》等。浑瑊待他甚厚，他入幕后带朝职由检校御史迁检校金部郎中，这在判官已是最高衔了。卢纶深感浑瑊的知遇之恩，频繁参与浑瑊组织的游宴活动，他与浑瑊游宴之作如《九日奉陪令公登白楼同咏菊》[①]：

琼尊犹有菊，可以献留侯。愿北三花秀，非同百卉秋。
金英分蕊细，玉露结房稠。黄雀知恩在，衔飞亦上楼。

诗歌首联表明自己欲将樽中酒与眼前菊花献给浑瑊。留侯为汉代名臣张良，由于张良能够运筹帷幄之中，决胜千里之外，且功成身退，因此成为唐人诗歌中经常出现的古代贤人。这里将浑瑊比喻成留侯，显然是对浑瑊功业的赞誉。该诗第二联与第三联以对仗的句式描绘了菊花的形与神。尾联则表明自己对浑瑊的知遇之恩心怀感激。

卢纶在河中幕现存九月九日重阳节宴请和诗共有 4 首，其中有 3 首是登白楼所作。除了《九日奉陪令公登白楼同咏菊》外，另外 3 首分别是《九日奉陪浑侍中登白楼》《九日奉陪侍中宴白楼》《九日奉陪侍中宴后亭》。重阳日正是菊花盛开之时，重阳节咏菊花成为文人

---

① 《全唐诗》卷二七九，第 3168—3169 页。

传统，如孟浩然《过故人庄》："待到重阳日，还来就菊花。"黄巢写诗《不第后赋菊》："待到秋来九月八，我花开后百花杀。冲天香阵透长安，满城尽带黄金甲。"黄巢诗本为九月九日作，诗中所谓"九月八"实为凑韵。卢纶奉陪浑瑊的诗作很多，如《奉陪侍中春日过武安君庙》《奉陪侍中登白楼》《奉陪侍中游石笋溪十二韵》等一系列和诗。卢纶对浑瑊的厚恩是心存感激的，贞元中，卢纶舅韦渠牟表其才，德宗召之。离开河中时，卢纶写诗给浑瑊道："力微恩重谅难报，不是行人不解愁。"①（《将赴京留献令公》）表达了多年来对浑瑊的感激之情。

唐宪宗好卢纶诗歌，曾诏令访其遗文，令狐楚选《御览诗》时，卢纶作品占全卷十分之一。唐文宗好文学，尤重卢纶诗歌，令卢纶子进卢纶文集，得500篇。卢纶后来父以子（卢简求兄弟）贵，追赠兵部尚书。

李益出自"山东五姓"的陇西李氏，曾因不得意而北游河朔，幽州节度使刘济辟为从事。当时河北三镇长期割据，很多失意文人游幕于彼土，如韩愈《送董邵南序》曰："燕赵古称多感慨悲歌之士，董生举进士，连不得志于有司。怀抱利器，郁郁适兹土。"② 李益与董邵南的河北之行十分类似，其河北军幕生活给文学史留下了大量高质量的边塞诗。由于李益文名远播，刘济对他十分器重，李益"常与（刘）济诗"③，著名者如《献刘济》④：

草绿古燕州，莺声引独游。雁归天北畔，春尽海西头。
向日花偏落，驰年水自流。感恩知有地，不上望京楼。

---

① 《全唐诗》卷二七六，第3136页。
② 《韩昌黎文集校注》，第247页。
③ 《旧唐书》卷一三七《李益传》，第3771页。
④ 《全唐诗》卷二八三，第3217页。

李益后来因为这首诗而遭到谏官的弹劾，给他日后带来了很多麻烦。中唐以后，河北三镇长期桀骜不驯，游离于中央政权以外，处于半独立的割据状态。该诗首先描述燕赵大地景色宜人，是一个合适的宦游之地，暗喻刘济的统治有方。颔联以"雁归天北畔"暗喻人才归集于此，而颈联"向日花偏落，驰年水自流"，以"日"比喻唐天子，而向日花落暗喻自己不能够为天子所用，只能"花自飘零水自流"。尾联表达了对刘济心存感激，愿意长居河北，已断绝了回京效忠朝廷的念想。李益极力想得到刘济援引，但在当时河北割据的情形下，显然这一类文字不合时宜，为中央朝廷所忌讳。当时朝廷与河北之间同样存在人才争夺战，正如韩愈《送董邵南序》所说："明天子在上，可以出而仕矣。"① 也是为朝廷招揽人才而发出的倡议。

大历十才子现存诗 1600 多首，其中五律 900 多首，七律 200 多首，近体诗占总数的百分之八十以上。十才子促使了律诗完全规范化、整齐化。由于近体诗歌字数为定数，又受声律的拘囿，难以随性表意，只能表现内容适量的一些题材，特别是适用于一些命题作文的规定创作。因此，近体诗在应酬、赠别这些题材上被大量使用。所谓大历诗风正是以这些应酬、赠别诗为特点，因而，近体诗成为这一时代最为风行的诗体，也为近体诗在后代成为诗人的首选奠定了基础。自珠英学士使得近体诗定型以来，近体诗得到空前的发展，但尚未成为盛唐诗人的首选。据蒋寅先生统计，盛唐大家集中，李白古体诗占91%，王维古体诗占 35%，孟浩然古体诗占 24%，高适古体诗占61%，岑参古体诗占 40%，杜甫古体诗占 29%。大历诗人诗歌以五律创作最多，古体诗只占百分之十几左右，在出自"山东五姓"的诗人中，仅五律而言，李端五律占 56%，卢纶占 42%，李嘉祐占 60%。

---

① 《韩昌黎文集校注》，第 248 页。

崔峒今存诗47首,全部是近体诗,其中五律占33首。只有李益古体诗较多,其五言律诗只占18%。①

大历诗人实际上与初盛唐珠英学士们的经历颇为相似,其诗风亦相类。只不过珠英学士生于太平盛世,有他们可以整理的文化工程。二者都为文学侍从,且山东高门子弟成为他们的中坚力量。但珠英学士毕竟侍奉的是当时的皇帝或掌权的太后(武则天),但大历诗人侍奉的只是当时的一些权臣(元载、王缙、郭暖与升平公主夫妇、郭晞、黎干等)与镇帅,档次明显下降。这些权臣人品良莠不齐:有的如郭子仪父子有"再造唐室"之功,在郭子仪的严格管教之下,其家族尚能无坠家声;但如元载、王缙父子以及黎干之流多交结宦官,党同伐异,人品故不足论。不管这些权臣人格是否卑劣,大历十才子都与之交游,也降低了自身的气节。而各自的诗集中应酬奉承之作俯拾皆是,无疑降低了自己的艺术品位。

前文已经说过,唐德宗之后,科举考试盛行,进士科尤为士人所热衷,山东士族凭借科举考试于德宗之后全面复兴。而大历时期至贞元初,国家多事,兵燹连连,朝廷所重视者自然是武夫悍将,而非这批潦倒的文人,正如卢纶《冬日登城楼有怀因赠程腾》诗中所说:"如今万乘方用武,国命天威借貔虎。穷达皆为身外名,公侯可废刀头取。君不见汉家边将在边庭,白羽三千出井陉。当风看猎拥珠翠,岂在终年穷一经。"②山东高门子弟由于疏离原籍和战乱等原因使得家庭陷入贫困之中,而当时科举尚未形成风尚,文人很难有出头之日。山东士族子弟仕进无门,命途多舛,只能以诗文奔走于豪门之间。

---

① 蒋寅:《大历诗风》,凤凰出版社2009年版,第207—209页。
② 《全唐诗》卷二七九,第3173页。

二　描写南方风物，寄托乡愁哀思

山东高门郡望大多在河北，但大历时期出自山东士族的诗人诗歌创作多描写南方风物，寄托乡愁与哀思。这与山东高门疏离原籍，寄居江南有关。

唐代江南经济的发展，为长安政府保证了钱粮的供给，这一点在安史之乱后尤其显得重要。安史之乱以后，河北三镇长期割据，江淮财税的供应是朝廷得以生存的重要原因。"每岁赋税倚办，止于浙江东西、宣歙、淮南、江西、鄂岳、福建、湖南八道四十九州，一百四十四万户。"① 王夫之认为唐朝屡经丧乱，"而唐终不倾者，东南为之根本也。唐立国于西北，而植根本于东南"②。

南方经济在安史之乱后得到了迅猛发展。这一方面是由于地理环境的优越，另一方面江淮战乱较少，不像河朔陇西等地战乱频繁。正如《通典》的作者杜佑所说："每王纲解纽，宇内分崩，江淮溪海，地非形势，得之与失，未必轻重，故不暇先争。"③

安史之乱使大批的北方文人来到南方。"天宝末，安禄山反，天子去蜀，多士奔吴为人海"④，带来了南方区域文化的繁荣。

盛唐时期，山东高门逐渐疏离原籍，陈寅恪先生认为，山东高门祖居之河北，至唐玄宗开元后期的约20年间，诸胡族入居者日益众多，造成喧宾夺主之势，山东士族数百年聚居之地，遂变为戎区。⑤ 为了生存，山东士族只能离开原籍，安史之乱更是加速了这一进程。

---

① 《资治通鉴》卷二三七，第7647页。
② （清）王夫之：《读通鉴论》，中华书局1975年版，第818页。
③ （唐）杜佑：《通典》，中华书局1988年版，第4850页。
④ 《全唐文》，第5370页。
⑤ 参见陈寅恪《论李栖筠自赵徙卫事》，《金明馆丛稿二编》，生活·读书·新知三联书店2001年版，第5页。

史念海先生认为清河、博陵崔氏与荥阳郑氏还多留居本地，两《唐书》中二姓有传者78人，迁居外地者34人，留居本地者44人。其余大姓则外迁的居多，范阳卢氏有传者33人，留居本地的只有6人；太原王氏有传者29人，留居者仅11人。①

山东高门子弟疏离原籍后，其迁居的目的地主要在两京和南方地区，其中迁往南方者甚夥。如《太平广记》载："唐天宝末，禄山作乱，赵郡李叔霁与其妻自武关南奔襄阳，妻与二子死于路，叔霁游荆楚。"②再如《旧唐书》载："王质字华卿，太原祁人。五代祖通字仲淹，隋末大儒，号文中子。……寓居寿春，躬耕以养母，专以讲学为事，门人受业者大集其门。"③李叔霁出自赵郡李氏，王质出自太原王氏，是文中子王通之五代孙，二人皆举家移居南方。出自山东高门的大历诗人大多有长期在南方生活的经历，即便生长于北方的李益也曾于江淮间漫游过数年。

由于长期生活于南方，出自山东高门的大历诗人虽然在文化上还能坚持其家族传统，但在地域上，他们被南方秀丽的山水深深感染，逐渐开始认同自己的新贯。山东士族子弟移情于南方山水，其诗歌中常常描绘南方风物，并将南方视为自己的第二故乡。蒋寅先生认为："大历诗人笔下的山水总体呈现为南国情调，与盛唐人笔下的北地风光和北方气质形成鲜明的对照。"④某些时候，当山东高门子弟奔走于

---

① 史念海先生《两唐书列传人物籍贯的地理分布》一文中有《唐代世族居地的聚散》一节，他根据两《唐书》中列传人物籍贯的地理分布来推测士族的迁移，得出的结论与史实稍有出入，李肇《唐国史补》卷上载："（山东）四姓唯郑氏不离荥阳，有冈头卢，泽底李，士门崔，家为鼎甲。太原王氏，四姓得之为美，故呼为钑镂王家，喻银质而金饰也。"（《唐五代笔记小说大观》本，上海古籍出版社2000年版，第166页）只有荥阳郑氏留居本地，其余多外迁。
② 《太平广记》卷三三五"李叔霁"条引《广异记》，第2661页。
③ 《旧唐书》卷一六三《王质传》，第4267页。
④ 蒋寅：《大历诗人研究》，北京大学出版社2007年版，第65页。

京师权贵之门时，南方成为他们常常魂牵梦绕的故乡。

　　李嘉祐出自赵郡，安史之乱爆发后，诗人举家避乱于东南扬州、润州一带，后又长期生活于南方，笔下所描述的山水呈现出南国情调。如《送朱中舍游江东》①：

> 孤城郭外送王孙，越水吴洲共尔论。
> 野寺山边斜有径，渔家竹里半开门。
> 青枫独映摇前浦，白鹭闲飞过远村。
> 若到西陵征战处，不堪秋草自伤魂。

　　该诗送友人游历江东，首先向对方开宗明义讲论"越水吴洲"。颔联与颈联描写南方风物，但给人的印象并不是风景怡人，而是静谧之中有一种寥落伤感之情。原来，年年战乱对南方社会造成了极大的破坏。尾联直接警告对方若游历战乱处会导致"自伤魂"的后果。李嘉祐论及南方山水时，总是充满悲情，这与他经历安史之乱有着密切的关系，如《早秋京口旅泊章侍御寄书相问因以赠之时七夕》②：

> 移家避寇逐行舟，厌见南徐江水流。
> 吴越征徭非旧日，秣陵凋弊不宜秋。
> 千家闭户无砧杵，七夕何人望斗牛。
> 只有同时骢马客，偏宜尺牍问穷愁。

　　该诗反映了当时作者的生活情境，为避乱而举家奔走吴越之间。诗歌标题表明当时正行船至京口（今江苏镇江），首句点明全家因避战乱而至此，第二句中的"南徐"亦指京口，东晋于此地侨置南徐

---

① 《全唐诗》卷二百〇七，第2162页。
② 《全唐诗》卷二〇七，第2164—2165页。

州，安顿从徐州来的移民，绝其乡土之思。作者厌见南徐州的江水，表达了对疏离原籍后颠沛流离生活的厌倦。再如《江上曲》①：

　　江心澹澹芙蓉花，江口蛾眉独浣纱。
　　可怜应是阳台女，对坐鹭鸶娇不语。
　　掩面羞看北地人，回身忽作空山雨。
　　苍梧秋色不堪论，千载依依帝子魂。
　　君看峰上斑斑竹，尽是湘妃泣泪痕。

　　该诗是一首乐府诗，被宋人郭茂倩列入"杂曲歌辞"。在江水澹澹，芙蓉花开中引出一位孤独的浣纱女子。浣纱女一个人形影相吊，茕茕孑立，江上的鹭鸶成群结队地飞来飞去。浣纱女看着北方来客欲语还休，娇羞满面，也不管外面是否下起了大雨。虞舜南巡，崩于苍梧之野，舜之二妃娥皇、女英泪洒竹叶，形成斑斑痕迹，这就是后人津津乐道的湘妃竹的来源。诗歌最后四句以湘妃竹的典故向我们阐明了浣纱女孤独的原因，在战乱频仍的时期，其夫君可能被应征入伍，至今未回，生死未卜，浣纱女也许已经成为未亡人，这给她带来了无穷的孤独与伤悲。李嘉祐描写南方风物的诗歌很多，但往往充满凄美之情，如《伤吴中》中的"舞袖朝欺陌上春，歌声夜怨江边月"②，再如《晚登江楼有怀》中的"只忆帝京不可到，秋琴一弄欲沾巾"③等。

　　李端郡望赵郡李氏，家族祖居于赵郡。赵郡地处河北，后沦为胡化区域。蒋寅先生认为，李端年轻时应在洛阳度过，安史之乱后迁

---

① 《全唐诗》卷二〇六，第2144页。
② 同上。
③ 《全唐诗》卷二〇七，第2163页。

移至南方①，这也符合山东高门的迁移范围，即两京与南方。李端长期客居于南方，其诗歌也有很多南方风物的描写，如《送友人游江东》②：

> 江上花开尽，南行见杪春。鸟声悲古木，云影入通津。
> 返景斜连草，回潮暗动苹。谢公今在郡，应喜得诗人。

江南晚春时节，正是花木即将凋谢之际。作者写诗送友人游历江东，以哀景写哀，以暮春时节的江南风景反衬离别之情。江东尚有像南朝诗人谢灵运这样的人物，友人此去或许能够得遇知己，尾联稍有振作乐观之意。李端设想的江南风景在其送别诗中俯拾皆是，如《送客赴洪州》中"水传云梦晓，山接洞庭春。帆影连三峡，猿声在四邻"③，《送友人》中"猿啼巫峡夜，月照洞庭波。穷海人还去，孤城雁与过"等。另外，其《送张芬归江东兼寄柳中庸》《送客往湘江》《送友人游蜀》《送丘丹归江东》《送惟良上人归润州》《送友人宰湘阴》《送何兆下第还蜀》《送袁稠游江南》等诗歌中充满了对南方景物的回忆。李端创作这类诗歌时虽人处北方，但对南方景色的描写细致入微，源于他对南方景色的亲身体验。

崔峒出自"山东五姓"的博陵崔氏，由于疏离原籍失去了原有土地和财产，转为贫寒，居江南的苏州吴县躬耕力田。四十岁左右始进士及第，入京为官。他对南方风景的回忆主要体现于他的送别诗中，如《送丘二十二之苏州》④：

> 积水与寒烟，嘉禾路几千。孤猿啼海岛，群雁起湖田。

---

① 蒋寅：《大历诗人研究》，北京大学出版社2007年版，第181页。
② 《全唐诗》卷二八五，第3245页。
③ 同上书，第3243页。
④ 《全唐诗》卷二九四，第3345页。

曾见长洲苑，尝闻大雅篇。却将封事去，知尔爱闲眠。

该诗是一首五言律诗，首联先说明丘二十二所去目的地路途的遥远，颔联想象丘二十二所去目的地苏州的自然景观，以"孤猿"对"群雁"，以"海岛"对"湖田"，点明了苏州临海近太湖的区位特点，把江南景物描写得十分富有生机，向读者展现出一幅逼真的江南风景画。崔峒以近体诗见长，存诗全部是近体诗，大多为五言律诗。其送别诗一般于首联点出送客之事，然后设想对方此去将要看到的风景，最后抒发自己的共游之意与羡慕之情。如《送侯山人赴会稽》①：

仙客辞萝月，东来就一官。且归沧海住，犹向白云看。
猿叫江天暮，虫声野浦寒。时游镜湖里，为我把鱼竿。

该诗首联点明侯山人欲赴会稽为官之事。会稽地处浙东沿海，因此颔联想象侯山人即将生活于大海之边，白云之下。后两联描写会稽的景色，并提醒对方游玩会稽镜湖时，为"我"手拿鱼竿。再如《润州送师弟自江夏往台州》："远客乘流去，孤帆向夜开。春风江上使，前日汉阳来。别路犹千里，离心重一杯。剡溪木未落，羡尔过天台。"② 诗歌首联同样点明师弟即将乘舟而去，当船行江中时，春风拂面，沿途景色宜人。此去路途遥远，离别之情只能借酒寄托。尾联设想对方到达浙江天台时，应该还不到剡溪的叶落时节。崔峒擅长写送别诗，其诗集中有很多送人至南方的诗歌，如《寄上礼部李侍郎》《秋晚送丹徒许明府赴上国因寄江南故人》等。崔峒生长于江南苏州吴县，那里是崔峒疏离原籍博陵后的"新贯"，又是他的成长地，因而怀有深厚的感情。其送别诗中往往会描写南方的景色，设想别离后

---

① 《全唐诗》卷二九四，第3343页。
② 同上书，第3346页。

对方身处的自然环境，有的表示相思之情，有的表示钦羡之意。诗中常常回忆昔日友情，憧憬未来再次相逢于南方。

范阳是安史叛军的老巢，也是范阳卢氏的祖居地。卢纶就是在安史之乱时举家迁至南方的，据《旧唐书》载："天宝末举进士，遇乱不第，奉亲避地于鄱阳。"[①] 他在《送从叔士准赴任润州司士》中写道："云起山城暮，沉沉江上天。风吹建业雨，浪入广陵船。久是吴门客，尝闻谢守贤。终悲去国远，泪尽竹林前。"[②] 卢纶举家疏离原籍后，开始了颠沛流离的漂泊生活。迁徙过程中，卢纶全家经历风吹浪打，流离于建业（今江苏南京）与广陵（今江苏扬州）一带，成为"吴门客"。所谓乱离人不及太平犬，离范阳原籍渐行渐远，卢纶全家的漂泊不定给他们带来了无限羁旅之愁。旅居南方的生活使卢纶也充分领略了江南的风光，这在他的诗歌中得到充分体现，如《赋得馆娃宫送王山人游江东》[③]：

苍苍枫树林，草合废宫深。越水风浪起，吴王歌管沈。
燕归巢已尽，鹤语冢难寻。旅泊彼何夜？希君抽玉琴。

该诗是一首送别宴中的唱和诗，因王山人欲游历江东，作者以吴王与西施游乐的馆娃宫为题，首先描述东吴的景色与馆娃宫的荒废，使读者产生了黍离之悲。然后想象吴越风光与当年吴王的歌舞管弦之盛，可惜，这一切都消失在历史的苍穹之中。卢纶创作此诗不免带来了当年自己漂泊南方的记忆，想起自己范阳有家却难回，犹如"燕归巢已尽，鹤语冢难寻"。该诗有身世之感，读来令人伤悲。卢纶的诗集中有大量送别之作，此类作品中描写南方风物的作品比例极高，如

[①] 《旧唐书》卷一六三《卢简辞传》，第4268页。
[②] 《全唐诗》卷二七六，第3133页。
[③] 同上书，第3133页。

《送惟良上人归江南》《送盐铁裴判官入蜀》《送从舅成都县丞广归蜀》《送李纵别驾加员外郎却赴常州幕》《送从叔程归西川幕》《送顾秘书献书后归岳州》《送从叔士准赴任润州司士》《送张郎中还蜀歌》《送朝长史赴荆南旧幕》《逢南中使因寄岭外故人》《送潘述应宏词下第归江南》《送魏广下第归扬州》等。卢纶描写南方景色多源于记忆，很少是居住南方时描写周围景色之作。

羁鸟恋旧林，池鱼思故渊，胡马依北风，狐死必首丘。中国自古就有安土重迁的农耕文明传统，《汉书·元帝纪》云："安土重迁，黎民之性；骨肉相附，人情所愿也。"① 对故乡风光景物、风土人情、传统文化的热爱、赞美和依恋，以及由此形成的自豪感、自信心和归宿感，是中国人与生俱来并且终生难移的情感需求。对故乡风物与亲人的依恋以及反映羁旅情怀的作品在古代中国诗歌中极为常见，最能反映中华民族的性情伦理。在我国最早的诗歌总集《诗经》中，家国之思就是最为重要的题材内容之一。思乡恋亲类的家国之思在《诗经》中俯拾皆是，佳作纷呈。比如《小雅》中的《蓼莪》《四牡》《北山》《出车》《黄鸟》《采薇》《小明》，《国风》中的《王风·扬之水》《邶风·泉水》《卫风·河广》《桧风·匪风》《豳风·东山》《唐风·鸨羽》《魏风·陟岵》等。

初盛唐诗人反映羁旅情怀的作品极为习见，如"文章四友"中的崔融与杜审言等人，崔融《和宋之问寒食题黄梅临江驿》云："遥思故园陌，桃李正酣酣。"② 杜审言《春日怀归》云："更怀欢赏地，车马洛桥边。"③ 崔湜《早春边城怀归》云："明年征骑返，歌舞及芳

---

① 《汉书》卷九《元帝纪》，第 292 页。
② 《全唐诗》卷六八，第 765—766 页。
③ 《全唐诗》卷六二，第 734—735 页。

菲。"① 宋之问《渡汉江》云："近乡情更怯，不敢问来人。"② 张说《江中遇黄领子刘隆》云："相逢皆得意，何处是乡关？"③ 张九龄《西江夜行》云："悠悠天宇旷，切切故乡情。"④ 高适《登陇》云："岂不思故乡？从来感知己。"⑤ 李白《静夜思》云："举头望明月，低头思故乡。"⑥《寄王屋山人孟大融》云："中年谒汉主，不惬还归家。"⑦ 王维《九月九日忆山东兄弟》："独在异乡为异客，每逢佳节倍思亲。"⑧ 岑参《送陶铣弃举荆南觐省》云："异国有归兴，去乡无客愁。"⑨

　　大历诗人也创作了很多反映家国之思与羁旅情怀的诗歌。如有"五言长城"之称的刘长卿《送梁侍御巡永州》云："忧国天涯去，思乡岁暮同。"⑩ 钱起《送陈供奉恩敕放归觐省》云："臣心尧日下，乡思楚云间。"⑪

　　山东高门子弟对南方风物的描写源自他们的迁徙生活。代宗大历至德宗贞元初年，客居南方的山东士族子弟多北上赴两京求取功名，在两京交结达官贵人时得以认识诗朋好友，当这些朋友去往南方时，诗人们以诗相送，因而回忆故乡，描写南方风物，聊动客子之情。如卢纶《送潘述应宏词下第归江南》："愁与醉相和，昏昏竟若何？感年怀阙久，失意梦乡多。雨里行青草，山前望白波。江楼覆棋好，谁引

---

① 《全唐诗》卷五四，第666页。
② 《全唐诗》卷五三，第655页。
③ 《全唐诗》卷八九，第979页。
④ 《全唐诗》卷四九，第605页。
⑤ 《全唐诗》卷二一二，第2215页。
⑥ 《李太白全集》，第346页。
⑦ 同上书，第662页。
⑧ 《王右丞集笺注》，第260页。
⑨ 《全唐诗》卷二〇一，第2099—2010页。
⑩ 《全唐诗》卷一四八，第1506页。
⑪ 《全唐诗》卷二三七，第2635页。

仲宣过？"① 这首诗是卢纶在长安送给友人潘述的，诗歌于潘述科举名落孙山后回江南故乡时所作。卢纶在安史之乱时举家避乱鄱阳，江南是他的第二故乡。因此当潘述落第回乡时，卢纶有"感年怀阙久，失意梦乡多"之句，在外求取功名的卢纶只能将对故乡的思念藏于梦里。而当节日来临时，思乡之情更切，其《寒食》诗云："孤客飘飘岁载华，况逢寒食倍思家。"② 卢纶一方面感叹自己"久是吴门客……终悲去国远"③（《送从叔士准赴任润州司士》），将南方作为客居之地；另一方面，又把江南作为自己的故乡加以回忆。这是山东高门疏离原籍后不断迁徙带来的对故乡认同的矛盾。

同样，李端家族也是从赵郡迁至洛阳，安史之乱时又避乱至江南的。李端在送给归江东的张芬的诗中说："久是天涯客，偏伤落木时。如何故国见，更欲异乡期。鸟暮东西急，波寒上下迟。空将满眼泪，千里怨相思。"④（《送张芬归江东兼寄柳中庸》）诗中首句即以"久是天涯客"叙述了自己长期漂泊、居无定所的生活，然后描写故乡江东的景色，阐述两人想在故乡江南见面的期望，最后以"空将满眼泪，千里怨相思"表达了对故乡江南的思念。他在另一首诗中也向来自江东的张芬表达了对南方的思念，他说："近日春云满，相思路亦迷。……怅望成幽梦，依依识故蹊。"⑤（《酬前大理寺评事张芬》）对李端来说，迁徙导致他的故乡不止一处，包括赵郡、洛阳与江南三地，于是，李端对故乡的认识不会僵化，他说："在世谁非客，还家即是乡。"⑥（《送郑宥入蜀迎觐》）家在哪儿，故乡就在哪儿。

---

① 《全唐诗》卷二七六，第3126页。
② 《全唐诗》卷二八〇，第3188页。
③ 《全唐诗》卷二七六，第3133页。
④ 《全唐诗》卷二八五，第3252页。
⑤ 同上书，第3246页。
⑥ 同上书，第3256页。

李嘉祐郡望赵郡李氏，也于安史之乱时避乱江南，其诗对江南的描写充满凄美之情。李嘉祐家庭漂泊不定，因此他称自己为"江海十年人"[①]（《九日》）。由于长期迁徙与贬谪，其诗歌也充满对故乡的怀念之情，如《九日送人》："情景应重阳，高台怆远乡。"[②] 再如《暮秋迁客增思寄京华》："宋玉怨三秋，张衡复四愁。思乡雁北至，欲别水东流。倚树看黄叶，逢人诉白头。佳期不可失，落日自登楼。"[③] 李嘉祐的远乡在哪儿呢？是赵郡、两京还是江南？可能都涵盖在内吧。

前文论及，山东士族在武德、贞观年间屡遭执政的关陇贵族的打击，政治地位与北朝时期不可同日而语。这一时期，出自山东的宰相房玄龄、魏徵、李勣等由于地缘之故，推崇山东婚姻并私下与之通婚，才维持了山东士族的社会声望。武后出自山东，开始打击关陇贵族，并启用山东士族，但玄宗虑及山东高门家族庞大而不敢大用。总之，初盛唐时期的山东高门，颇不受器重，至多如珠英学士成为文学侍从。

至代宗大历至德宗贞元初年，山东士族仍不受认可，政治表现乏善可陈。唐德宗执政前期兵燹不断，朝廷所倚重者只能是武夫悍将，正如卢纶《冬日登城楼有怀因赠程腾》所说："如今万乘方用武，国命天威借貔虎。"[④] 但山东士族子弟的文学创作仍然引领了这个时代。大历诗人中，山东高门子弟占据了重要的地位，无论数量抑或质量都堪称这一时代的翘楚，产生了崔峒、李嘉祐、李端、卢纶、李益等重要诗人。这五人都被人称作"大历十才子"，他们之中除了李益逐步

[①] 《全唐诗》卷二〇六，第 2157 页。
[②] 同上。
[③] 同上书，第 2150 页。
[④] 《全唐诗》卷二〇九，第 3173 页。

摆脱了大历圆俗平庸的诗风①，其他人诗歌风格大致相同，即便如李益，他在大历至贞元初年的诗风也体现了同时代的特色。

出自山东高门的大历诗人的诗歌多为应景之作，十分功利，缺少自我。他们颠沛流离，谋生不易，生怕开罪权贵，因而格局很小；他们失去了盛唐时期那种宏大的气势和敢说敢为，勇于担当的精神；他们动辄得咎，所谋者甚小；他们往往不关心国家民族，不以苍生为念，计较的多是个人名利与荣辱。大历诗歌形式上往往用近体，其谋篇布局只在几十个字里，总体诗风较为平庸。不过，也正在这样一个不那么令人振作的时代，正在酝酿着一场伟大的文学变革。

泾师之变时，德宗亲历河北强藩的反复无常以及朱泚、李希烈等武人的犯上作乱并最终称帝，即使一直忠于朝廷的朔方军李怀光也最终反叛。而这一时期，陆贽的机智忠诚、颜真卿的慷慨赴死、段秀石的举笏击贼都极大感动了德宗，使他认识到文人的忠诚。泾师之变中，出身"山东五姓"陇西李氏的西平王李晟的临危受命与忠心不二的报国之志感动了德宗，而秉承儒家礼法的山东高门遂为德宗重用。

从唐德宗贞元初年开始，山东高门全面崛起，其子弟满朝朱紫，很多人成为朝廷的股肱，不少人堪称谋谟之臣。山东高门逐渐掌握中枢权力，他们不再是大历时期寄人篱下、仰人鼻息的文学侍从。贞元中，卢纶舅韦渠牟表卢纶之才，德宗召之，卢纶离开浑瑊幕府赴京面圣后深得圣心，德宗很快征他入朝，结果未及拜官而卒。像卢纶一样，其他这个时代出自山东高门的子弟也未赶上一个好的时代，他们多沉沦下僚。

山东高门在德宗后期开始崛起，卢纶虽未及重用，但其四子中，

---

① "诗到元和体变新"（《微之整集旧诗及文笔，为百轴，以七言长句寄乐天。乐天次韵酬之，余思未尽，加为六韵重寄》）。按：李益成名较早，是大历时代的重要诗人，但他年寿很长，他的中后期作品已逐渐摆脱了大历诗风，成为元和诗人（如王建）的偶像。

除了简能官止于郎中外，其余三子简辞、宏正、简求均官至节度使，简能子知猷则位列三公。中唐以后的山东高门开始得到重用，他们开始有自己的主张，推行家族复古宗经的传统，参与并引领了古文运动、韩孟古体诗运动、新乐府运动，并对元和时期始兴的小说创作产生了重要影响。

山东高门子弟参与并引领了大历时代的诗歌创作，这与他们政治上的不得志与经济上的窘迫有密切关系。这一时期的山东高门子弟尚未登上政治舞台，他们政治上甚至不能比肩于初盛唐时期的珠英学士。但也正是在山东高门复兴前的政治生态下，他们引领了大历诗风。虽然这一时期诗歌创作总体较为平庸，但他们取得的成就与教训对中唐及以后的诗坛产生了重要影响。

第二节 唐代山东士族与韩孟古体诗派

中唐文坛除了古文运动和新乐府运动之外，带有鲜明复古主义色彩的韩孟诗派异军突起，古体诗再度流行。所谓韩孟诗派，是以韩愈、孟郊为代表的一群诗歌创作主张和艺术风格都十分类似的诗人，以韩愈、孟郊为领导者。

唐德宗贞元至宪宗元和年间，韩愈一方面与柳宗元发起了古文运动；另一方面，与孟郊、贾岛、卢仝等人反对平庸圆俗的诗风，追求硬语盘空的复古诗风，开创了韩孟古体诗派。韩愈的追随者卢仝、马异、刘叉等人则开始追求险怪诗风。与他们的复古思想相对应，他们的代表作几乎都是古体诗。山东士族复古宗经的精神同样深刻影响了韩孟诗派古体诗歌的创作。韩孟诗派成员，除韩愈、孟郊之外，还包括崔立之、李观、欧阳詹、皇甫湜、樊宗师、李贺、卢仝、贾岛、刘叉、马异等人。他们中很多人出自山东士族，如韩愈出自昌黎韩氏、孟郊出自平昌孟氏、崔立之出自博陵崔氏、李观出自陇西李氏、卢仝出自范阳卢氏、刘叉出自彭城刘氏。① 另外，韩孟古体诗从产生至成熟与山东士族的提携与参与密不可分。

韩愈是韩孟诗派的中心人物，他虽以古文名家，以"余事作诗人"②（《和席八十二韵》），但其诗歌创作也取得了惊人的成就，特别是他将古文的创作手法应用于诗歌创作，开辟了中唐时期与新乐府运动相颉颃的韩孟诗派。宋人诗歌宗杜甫、韩愈，因此，韩愈的古体诗创作对唐宋诗坛产生了重要的影响。

宋代欧阳修是韩愈的忠实追随者，其领导的北宋诗文革新运动既学习韩愈的古文，亦将韩愈诗歌奉为圭臬，他说：

> 退之笔力，无施不可，而尝以诗为文章末事，故其诗曰："多情怀酒伴，余事作诗人也。"然其资谈笑，助谐谑，叙人情，状物态，一寓于诗，而曲尽其妙。此在雄文大手，固不足论。而予独爱其工于用韵也。盖得其韵宽，则波澜横溢，泛入傍韵，乍还乍离，出入回合，殆不可拘以常格，如《此日足可惜》之类是也。得韵窄，则不复傍出，而因难见巧，愈险愈奇，如《病中赠张十八》之类是也。余尝与圣俞论此，以谓譬如善驭良马者，通衢广陌，纵横驰逐，惟意所之。至于水曲蚁封，疾徐中节，而不少蹉跌，乃天下之至工也。③

---

① 李贺出自李唐宗室，虽李唐号称出自陇西李氏，但早已胡化。又，李唐皇室与山东高门文化上门户森严，壁垒高耸，处处划清界限。因此，本书未将宗室记入山东士族。
② 《全唐诗》卷三四四，第3853页。
③ （宋）欧阳修：《六一诗话》，（清）何文焕《历代诗话》，中华书局1981年版，第272页。

前文分析过山东高门的家学门风，山东高门有宗经复古的传统，这在韩孟古体诗派的创作中显现出来。韩愈存诗约400首，古体、近体俱工，其中古体诗约占五分之三，对诗坛产生重要影响的也是古体诗。与韩愈开创的古文运动相呼应，其古体诗创作亦以宗经复古为旨归，反对诗坛流行的浮华风气，力纠大历以来的平庸圆俗的诗风。韩愈"不特约六经以为文，亦直约风骚以成诗"[1]，他在《荐士》[2]诗中对中唐以前的诗歌简史作了简要的回顾，他说：

> 周诗三百篇，雅丽理训诰。曾经圣人手，议论安敢到。
> 五言出汉时，苏李首更号。东都渐弥漫，派别百川导。
> 建安能者七，卓荦变风操。逶迤抵晋宋，气象日凋耗。
> 中间数鲍谢，比近最清奥。齐梁及陈隋，众作等蝉噪。
> 搜春摘花卉，沿袭伤剽盗。国朝盛文章，子昂始高蹈。

该诗高举《诗经》大旗，推崇汉代诗歌和建安风骨，认为"齐梁及陈隋，众作等蝉噪。搜春摘花卉，沿袭伤剽盗"，肯定了唐朝文坛的复古之士陈子昂的文学贡献。

韩愈的古体诗与古文运动目的一致，体现了他以恢复古道为己任，实现儒家思想当代化的理想，古体诗与古文成为他恢复古道的工具与载体。韩愈的古体诗正体现了他十分明显的复古倾向，这在他年轻时就表露无遗，如《出门》[3]：

> 长安百万家，出门无所之。岂敢尚幽独，与世实参差。
> 古人虽已死，书上有遗辞。开卷读且想，千载若相期。

---

[1] （清）陈沆：《诗比兴笺》卷四，中华书局1959年版，第190页。
[2] （唐）韩愈：《韩昌黎诗系年集释》，钱仲联集释，上海古籍出版社1994年版，第527—528页。（本书中该古籍使用此版本较多，后文中将省略朝代与作者，特此说明）
[3] 《韩昌黎诗系年集释》，第4—5页。

第九章 唐代山东士族与唐诗流变（下）

出门各有道，我道方未夷。且于此中息，天命不吾欺。

该诗创作于韩愈年轻时在京师未得志之时。尽管韩愈年轻时科举很不得意，"四举于礼部乃一得，三选于吏部卒无成"①（《上宰相书》），三次名落孙山后，第四次才考中进士。在及第之前，韩愈奔走无门，孤独无助时，只能在古书中寻找精神寄托。在与古代伟大思想的交流中，韩愈找到了与古人精神相通之处。

韩愈的诗友们皆不合俗流，在与其诗友的交流中，韩愈一遍又一遍地重申他的复古观念，在写给孟郊的诗中他感叹道："古心虽自鞭，世路终难拗。"②（《答孟郊》）自己虽以古道自勉，却感觉世风日下，人心不古。在给张籍的诗中，他说道："东野动惊俗，天葩吐奇芬。张籍学古淡，轩鹤避鸡群。"③（《醉赠张秘书》）该诗赞孟郊之脱俗，张籍学古人之淡泊名利，皆如同鹤立鸡群一般。对不好古的流俗则颇有微词，如《送惠师》云："越俗不好古，流传失其真。幽踪邈难得，圣路嗟长堙。"④ 感叹南方流俗不重古道，圣贤之迹湮没无闻。而在对待古代文学的态度上，韩愈也对流俗提出了批评，韩愈是第一个同时推崇李白、杜甫的文学大家，其《调张籍》云："李杜文章在，光焰万丈长。不知群儿愚，那用故谤伤。蚍蜉撼大树，可笑不自量。伊我生其后，举颈遥相望。"⑤

韩愈"口不绝吟于六艺之文，手不停披于百家之编"⑥（《进学解》），其古诗以恢复古道为己任，好用古字，不重声律，读起来佶屈

---

① 《韩昌黎文集校注》，第 155 页。
② 《韩昌黎诗系年集释》，第 56 页。
③ 同上书，第 391 页。
④ 同上书，第 194 页。
⑤ 同上书，第 989 页。
⑥ 《全唐文》卷五五八，第 5646 页。

聱牙。当他看到古代文字时，自然欣喜若狂，唐宪宗元和年间，韩愈在凤翔孔庙中见到石鼓文后，十分震惊，作《石鼓歌》①：

> 张生手持石鼓文，劝我试作《石鼓歌》。少陵无人谪仙死，才薄将奈石鼓何！周纲陵迟四海沸，宣王愤起挥天戈。大开明堂受朝贺，诸侯剑佩鸣相磨。搜于岐阳骋雄俊，万里禽兽皆遮罗。镌功勒成告万世，凿石作鼓隳嵯峨。……嗟予好古生苦晚，对此涕泪双滂沱。忆昔初蒙博士征，其年始改称元和。故人从军在右辅，为我度量掘臼科。濯冠沐浴告祭酒，如此至宝存岂多？

石鼓文是秦刻文字，因其刻石外形似鼓而得名，石鼓文共十枚，分别刻有大篆四言诗一首。石鼓文发现于唐初，至中唐时石鼓文散弃于野外，时任凤翔节度使的郑余庆嗜好古学，见石鼓文后大喜过望，置石鼓于凤翔孔子庙中。在韩愈之前，已经杜甫、韦应物题诗。韩愈该诗从石鼓文说开去，纵观古今，论及石鼓文的形成，然后笔锋一转，从石鼓文之古转至自身好古以及自己与石鼓文同样命途多舛，最后转至当今太平盛世儒学之复兴。

当然，儒家一直主张经世致用，实际上，韩愈复古的目的也是为了经世致用，正如其《幽怀》云："我歌君子行，视古犹视今。"② 以恢复古道来匡正时弊。

韩愈的古体诗派与古文运动的精神相契合，皆以复兴古道为目的，正如他在《师说》中说："古之学者必有师……古之圣人，其出人也远矣。"③《子产不毁乡校颂》是一篇名文，文章首句以"我思古人"始，最后又以"我思古人"④ 结尾，显示出他不合俗流的价值取

---

① 《韩昌黎诗系年集释》，第 794—795 页。
② 同上书，第 123 页。
③ 《全唐文》，第 5645 页。
④ 《全唐文》卷五四七，第 5545 页。

向。在形式上，韩愈古体诗也吸收了他本人古文创作的手法，不拘泥于格律，以散文为诗，以议论为诗，表达了复古的倾向。韩愈古体诗在创作手法上融入了散文化的创作方式，即所谓"以文为诗"。如《寄卢仝》诗："玉川先生洛城里，破屋数间而已矣。"[1]"而已矣"是古文中最常见的语气词，被用于诗歌实属罕见。再如其名诗《山石》："嗟哉吾党二三子，安得至老不更归。"[2]"嗟哉""二三子"也是古文中常用词，用于诗歌中也是韩愈"以文为诗"的创新。再如《荐士》[3]中的"有穷者孟郊"亦是散文化的手法。又如"昔年因读李白杜甫诗，长恨二人不相从"[4]（《醉留东野》）中的首句亦为散文句法，不似诗歌中的句子。

当然，韩愈诗歌虽然有散文化的倾向，但创作上仍然与散文创作方式迥异。韩愈散文创作目的是宣扬古道，创作态度十分严谨，颇以道学家自居。其散文论事说理逻辑性很强，思维十分缜密，以理性思维见长。而在创作诗歌时，韩愈变得十分诙谐有趣，以感性思维挥洒其想象力，如《醉赠张秘书》云："所以欲得酒，为文俟其醺。酒味既冷冽，酒气又氤氲。性情渐浩浩，谐笑方云云。"[5]该诗中的"为文"实质指作诗，饮酒后，诗人往往失去理性思维，变得十分感性，谐笑无度。韩愈嬉笑怒骂皆成文章，其古体诗保留了一种诗人的狡狯，他的诙谐风趣在其诗中俯拾皆是，如《醉留东野》《郑群赠簟》《病中赠张十八》等。

韩愈出自山东士族，虽非"五姓"高门，但其家族与"山东五姓"通婚，文化上受其沾溉颇多。韩愈与山东高门的关系前文已有所

---

[1] 《韩昌黎诗系年集释》，第782页。
[2] 同上书，第145页。
[3] 同上书，第528页。
[4] 同上书，第58页。
[5] 同上书，第391页。

分析，韩愈嫂子（韩会妻）郑夫人出自荥阳郑氏，韩愈父母去世后，其嫂荥阳郑氏担当起母亲的责任，韩愈事嫂如母，郑氏去世后，韩愈"为服期以报"①。荥阳郑氏家学源于远祖郑玄，中唐荥阳郑氏以儒业拜相者甚夥。对韩孟诗派影响最大的当属出自荥阳郑氏的郑余庆，郑余庆砥名砺行，不失儒者之道，四朝居将相之任，出入垂50年。郑余庆嗜好古学，他对韩愈的影响尤为深刻，正是他在任凤翔节度使期间将石鼓文收置于凤翔孔庙的。韩愈年轻时曾于长安求取功名，投文章于权贵之间，郑余庆见到韩愈文章后发现他文章气质类己，乃向当时公卿极力推荐韩愈，使韩愈声誉鹊起，并开始了他们多年的交往。郑余庆凭借深厚的儒学功底为朝廷所信赖，在朝"每奏对，多传经义"②。郑余庆儒业功底深厚，唐宪宗患典制不伦，遂诏郑余庆主持制定典制，郑余庆乃引韩愈为副，元和十三年（818）制定了完善的典章制度《格后敕》30卷。因此，韩愈在《上郑尚书相公启》中说道："愈幸甚，三得为属吏，朝夕不离门下，出入五年。"③

唐代荥阳郑氏能远绍远祖郑玄之风，谨遵儒术。荥阳郑氏在中唐德宗以后以科举全面复兴，故相郑珣瑜之子郑覃长于经学，稽古守正，曾规劝文宗道："经籍讹谬，博士相沿，难为改正。请召宿儒奥学，校定六籍，准后汉故事，勒石于太学，永代作则，以正其阙。"④

郑絪亦出自荥阳郑氏，是德宗、宪宗两朝名臣。郑絪为郑余庆从父，"世谓'南郑相''北郑相'云"⑤。唐宪宗元和二年（807），韩愈任国子监博士，郑絪爱其诗文，韩愈抄若干篇以进。唐德宗贞元九年（793），韩愈应吏部试，受到出身于博陵崔氏的主考官崔元翰的青

---

① 《新唐书》卷一七六《韩愈传》，第5265页。
② 《新唐书》卷一六五《郑余庆传》，第5059页。
③ 《韩昌黎文集校注》，第149页。
④ 《旧唐书》卷一七三《郑覃传》，第4490页。
⑤ 《新唐书》卷一六五《郑余庆传》，第5061页。

睐，韩愈曾写信表示感谢。① 宪宗元和七年（812），韩愈在任四门博士期间失意时作《进学解》，这篇文章马上得到当时宰相出自赵郡李氏的李吉甫和李绛等人的赏识②，遂擢韩愈为史馆修撰。

如果说韩愈年轻时仕途蹭蹬，那孟郊至中年时尚沉沦下僚。至于命途多舛的原因，用他自己的话说，那就是"贫士在重坎，食梅有酸肠。万俗皆走圆，一身犹学方"③（《上达奚舍人》）。孟郊的不合时宜就是他一直坚持自己立身为文之古道，这与世俗迥不相牟，他的出现使得韩愈等复古之士相见恨晚。

孟郊是韩孟诗派中年辈最高的一位，韩愈对孟郊推崇备至，将孟郊与自己比作盛唐时期的李白与杜甫，其《醉留东野》云："昔年因读李白杜甫诗，长恨二人不相从，吾与东野生并世，如何复蹑二子踪。……吾愿身为云，东野变为龙，四方上下逐东野，虽有别离无由逢。"④ 韩愈特别推崇孟郊，韩愈好古，但在古体之外也写近体，讲声律的近体诗韩愈并不排斥。孟郊好古较之韩愈更甚，而且十分极端，几乎毕其一生之力。韩愈往往尊称孟郊为"孟夫子"，其《孟生诗》曰："孟生江海士，古貌又古心。尝读古人书，谓言古犹今。作诗三百首，窅默咸池音。……我论徐方牧，好古天下钦。"⑤ 将孟郊诗比喻成太古时的《咸池》乐章。

韩愈推崇孟郊的原因正如他《送孟东野序》所说："孟郊东野始以其诗鸣。其高出魏晋，不懈而及于古，其他浸淫乎汉氏矣。"⑥ 孟郊诗歌与唐代主流的绮丽诗风截然不同，直追汉魏，气象古朴，这一点

---

① 韩愈给崔元翰书信《上考功崔虞部书》，《韩昌黎文集校注》，第660页。
② 《新唐书》卷一七六《韩愈传》，第5257页。
③ 《全唐诗》卷三七七，第4233页。
④ 《韩昌黎诗系年集释》，第58—59页。
⑤ 同上书，第12页。
⑥ 《全唐文》卷五五五，第5613页。

宋人费衮论之甚详,他说:

> 自六朝诗人以来,古淡之风衰,流为绮靡。至唐为尤甚。退之一世豪杰而亦不能自脱于习俗。东野独一洗众陋。其诗高妙简古,力追汉魏作者。政如倡优,杂沓前陈,众所趋奔,而有大人君子,垂绅正笏,屹然中立,此退之所以深嘉屡叹而谓其不可及也。然亦恨其太过,盖矫世不得不尔。当时独李习之见与退之合。①

孟郊诗歌特点正如韩愈《荐士》诗歌所说:"有穷者孟郊,受材实雄骜。冥观洞古今,象外逐幽好。横空盘硬语,妥帖力排奡。敷柔肆纡余,奋猛卷海潦。荣华肖天秀,捷疾逾响报。"② 而李观论孟郊诗曰:"高处在古无上,平处下顾二谢。"③ 盛赞其古风。孟郊古体诗往往"横空盘硬语",一反诗坛圆俗诗风,所以很多学者将韩孟诗歌称为硬体诗歌。韩愈与孟郊志同道合,他们将复古的主张淋漓尽致地表现在古体诗歌的创作中。

孟郊诗歌中近体极少,他存诗约五百首,其中古体诗约占十分之九。孟郊的古体诗从诗题到诗歌内容皆充满古意,其诗题如《古意》《古别离》《古离别》《古怨》《古薄命妾》《古乐府杂怨三首》《古怨别》《古别曲》《古兴》《古意赠梁肃补阙》等多用"古"字,充满古意。孟郊以古体诗为主,多用古语,诗歌内容充满古意,如《劝善吟》曰:"古剑涩亦雄,知君方少年。少年怀古风,藏书挂屋脊。"④ 再如《伤时》:"古人结交而重义,今人结交而重利。"⑤ 该诗以散文

---

① (宋)费衮:《梁溪漫志》卷七,《四库全书》影印本。
② 《韩昌黎诗系年集释》,第528页。
③ 《新唐书》卷一七六《孟郊传》,第5265页。
④ 《全唐诗》卷三七三,第4189页。
⑤ 同上书,第4192页。

化句式，与韩愈表现了相同的厚古薄今的观点。再如在《投所知》夸奖对方"君存古人心，道出古人辙"①，凡是符合古人规范的人都是孟郊钦羡的对象。

孟郊出自平昌孟氏②，属于山东士族，虽非"五姓"高门，但也与"五姓"通婚，娶妻荥阳郑氏（见韩愈《贞曜先生墓志铭》③）。少时即居于嵩山，成长于山东文化圈内。孟郊与人寡合，长期不为士林重视，他也因此免于随波逐流，保留了古朴的秉性。孟郊的狷介性格使得复古宗经的山东士族十分欣喜，孟郊由此得到了山东士族的奖拔。

首先发现孟郊的是韩愈。孟郊大器晚成，虽年龄较韩愈长17岁，但在唐德宗贞元八年（792）韩愈进士及第时，孟郊却名落孙山，当韩愈名满天下时，孟郊仍然默默无闻。韩愈虽年龄小于孟郊，但资历却远深于孟郊。因此，韩愈对孟郊是有知遇之恩的。

孟郊命途多舛，在与韩愈的交往中得以结交韩门弟子李观，李观出自山东高门陇西李氏，他与孟郊定交后随即将孟郊推荐于复古主义者梁肃（见李翱《荐所知于徐州张仆射书》）。另一位韩门弟子李翱是古文运动的中坚人物，李翱虽不以诗歌见长，但其复古理念与孟郊相契合，对孟郊的五言诗推崇备至，他说："（孟）郊为五言诗，自前汉李都尉、苏属国及建安诸子、南朝二谢，（孟）郊能兼其体而有之。"（《荐所知于徐州张仆射书》）他首先将孟郊推荐给徐州镇帅张建封，当他分司洛中时，又将孟郊推荐给河南尹郑余庆。李翱为韩愈侄女婿，亦出自山东高门陇西李氏，并喜好山东高

---

① 《全唐诗》卷三七四，第4198页。
② 韩愈《答杨子书》："友朋中所敬信者平昌孟东野。"李翱《荐所知于徐州张仆射书》："兹有平昌孟东野，贞士也。"平昌在今山东省安邱县。林宝《元和姓纂》卷九孟氏条载有孟氏谱系，据此可知，孟郊郡望系平昌孟氏。
③ 《韩昌黎文集校注》，第445页。

门古老门风，所缔结多"山东五姓"婚姻。① 他好古宗经，曾与韩愈合著《论语笔解》2卷。

孟郊于唐德宗贞元十二年（796）进士及第后四年方授溧阳尉，仕宦颇不得意，乃辞官居家，李翱见他生活窘迫，遂向郑余庆推荐孟郊。同时向郑余庆推荐孟郊的尚有韩愈，韩愈《荐士》②诗曰：

有穷者孟郊，受材实雄骜。冥观洞古今，象外逐幽好。
横空盘硬语，妥帖力排奡。敷柔肆纡馀，奋猛卷海潦。
荣华肖天秀，捷疾逾响报。行身践规矩，甘辱耻媚灶。
孟轲分邪正，眸子看瞭眊。杳然粹而精，可以镇浮躁。
酸寒溧阳尉，五十几何耄。孜孜营甘旨，辛苦久所冒。
俗流知者谁？指注竞嘲傲。圣皇索遗逸，髦士日登造。
庙堂有贤相，爱遇均覆焘。

该诗作于孟郊为溧阳尉后辟水陆运从事前，此诗的创作意图是助李翱推荐孟郊。当时郑余庆为河南府尹，其本人为韩愈与李翱好友，是著名的复古主义者，出自山东高门荥阳郑氏。经过韩愈与李翱的极力举荐，郑余庆辟孟郊为水陆运从事。郑余庆镇兴元后，复奏孟郊为参谋。

郑余庆曾延复古主义者韩愈、孟郊、樊宗师入幕，对韩孟古体诗派有重要影响。郑余庆好古道，《新唐书·郑余庆传》载："奏议类用古言，如'仰给县官''马万蹄'，有司不晓何等语，人訾其不适时。"③ 郑余庆所用"古语"用在散文中就是古文，用于诗歌中，就是韩孟诗派力追汉魏的古体诗。郑余庆有战国孟尝君养士之风，

---

① 详见第二章第四节。
② 《韩昌黎诗系年集释》，第528页。
③ 《新唐书》卷一六五《郑余庆传》，第5061页。

往往利用其政治地位对文坛施加影响,"后生内谒,必引见,谆谆教以经义,务成就儒学"①。郑余庆任洛阳留守时,也曾征卢仝入幕。他礼贤下士,对孟郊礼遇尤多。在辟孟郊为水陆运从事后,"亲拜其(孟郊)母亲于门内"②,孟郊去世后,郑余庆不仅出资安葬了孟郊,而且赡养孟郊遗孀郑氏多年。据《旧唐书·孟郊传》载:

> 孟郊者,少隐于嵩山,称处士。李翱分司洛中,与之游。荐于留守郑余庆,辟为宾佐。……郑余庆镇兴元,又奏为从事,辟书下而卒。余庆给钱数万葬送,赡给其妻子者累年。③

孟郊作诗力追汉魏,因不守格律而不合于时,其复古思想受到山东高门子弟郑余庆的青睐。对于郑余庆的知遇之恩,孟郊一直心怀感恩,他在郑余庆任河南府尹时,曾为郑余庆写下了他的名篇:

寒地百姓吟④

无火炙地眠,半夜皆立号。冷箭何处来?棘针风骚劳。
霜吹破四壁,苦痛不可逃。高堂槌钟饮,到晓闻烹炮。
寒者愿为蛾,烧死彼华膏。华膏隔仙罗,虚绕千万遭。
到头落地死,踏地为游遨。游遨者是谁?君子为郁陶。

该诗题下注曰:"为郑相其年居河南,畿内百姓大蒙矜恤。"实际上,孟郊诗风复古,其古朴诗风常常用来描写自己的苦寒,因此,苏轼称之为"郊寒岛瘦"(《祭柳子玉文》)。该诗是孟郊感民间疾苦的名篇,是孟郊最擅长的"苦寒"体裁。但其写作目的主要是歌颂郑余

---

① 《新唐书》卷一六五《郑余庆传》,第5061页。
② 《韩昌黎文集校注》,第446页。
③ 《旧唐书》卷一六〇《孟郊传》,第4204—4205页。
④ 《全唐诗》卷三七四,第4200页。

庆赈恤百姓之功德。郑余庆尹河南期间,辟孟郊为水陆运从事,解决了孟郊一家人的生计。自此,孟郊始定居于东都洛阳之立德坊,一家人总算安顿下来而免于冻饿。孟郊长期困顿,对冻饿深有体验,因此他可以想象出寒地百姓宁愿化作飞蛾,扑向炽热的灯烛烧死也不愿意挨冻。而诗歌中的"君子"无疑是指时任河南府尹的郑余庆。该诗描写了郑余庆胸怀当地百姓的儒家美德,拟之为古之君子。"君子"是《诗经》中常用词,在《诗经》中俯拾皆是,如《关雎》中"窈窕淑女,君子好逑",后儒将其中"君子"解释为周文王,"淑女"解释为太姒。可见,"君子"是对古代男子的最高称谓。孟郊志在复古,其诗歌多效仿《诗经》中的风雅古道,其用词造句深受其沾溉。

孟郊奉《诗经》为圭臬,多次以"君子"拟郑余庆,如《寿安西渡奉别郑相公二首》中:"洛河向西道,石波横磷磷。清风送君子,车远无还尘。"① "东都清风减,君子西归朝。"② 元和九年(814),郑余庆为兴元尹、山南西道节度使,奏孟郊为兴元军参谋,试大理评事,孟郊感激之余,有赠诗曰:

《送郑仆射出节山南》(一作酬郑兴元仆射招)③
国老出为将,红旗入青山。再招门下生,结束余病孱。
自笑骑马丑,强从驱驰间。顾顾磨天路,袅袅镜下颜。
文魄既飞越,宦情唯等闲。羡他白面少,多是清朝班。
惜命非所报,慎行诚独艰。悠悠去住心,两说何能删。

在孟郊的交游圈中,韩愈、李翱、李观等属于最要好的朋友,且年辈小于自己。而郑余庆地位尊崇,年龄较孟郊长五岁,且是孟郊的

---

① 《全唐诗》卷三七九,第4256页。
② 同上书,第4257页。
③ 《全唐诗》卷三七九,第4255页。

衣食父母。对于孟郊来说，郑余庆处于师友与上司之间。该诗对郑余庆多溢美之词，称之为"国老"，自称"门下生"，对郑余庆的提携感激涕零。唐代文人入幕成风源于战国养士之风，孟郊所谓"惜命非所报"，表达了自己欲效古人，不惜付出生命，以报答郑余庆的知遇之恩。

孟郊的复古精神与山东高门门风相契合，与之交往者很多出自山东高门。因为他们具有共同的复古宗经之价值观。正如孟郊在出自陇西李氏的李观去世后写诗道："此义古所重，此风今已亡。自闻丧元宾，一日八九狂。"①（《哭李观》）孟郊与李观交厚源于二人共同的价值观，他们所重的"古道"离他们所处时代已渐行渐远。出自范阳卢氏的卢殷去世后，孟郊也写诗明确表明了他推重卢殷的原因，那就是卢殷诗歌"吟哦无滓韵，言语多古肠"②（《吊卢殷十首》）。卢殷亦好古，以贫病而卒，韩愈、孟郊皆与之交厚。

如果说盛唐诗人多属于才子型的诗人，诗风气象高华，风靡天下。孟郊则属于苦吟诗人，其诗托兴深微而结体古奥，显然不合时宜。但孟郊与山东士族气质相类，其复古宗经的传统与山东高门门风相契合，故得到了山东高门的垂顾。

卢仝是韩孟诗派一位十分独特的诗人，他与人寡合，却得到了韩孟诗派几乎所有人的尊敬。他的诗风追求险怪，自成一家，严羽称之为"卢仝体"，并云"天地间自欠此体不得"③。卢仝出自山东高门范阳卢氏④，号玉川子，他秉承了山东高门的家学门风，好古而宗经。其文学创作完全摆脱格律的桎梏，内容走向了险怪的道路。

---

① 《全唐诗》卷三八一，第4271页。
② 同上书，第4278页。
③ （宋）严羽：《沧浪诗话校释》，郭绍虞校释，中华书局1961年版，第180页。
④ 傅璇琮主编：《唐才子传校笺》第二册，中华书局1987年版，第267页。

卢仝诗歌以《月蚀诗》最为著名，该诗是一首高度散文化的杂言诗，隐射了宦官当政，皇帝受制于家奴的时政，表明了自身欲为维系皇权而"清君侧"的愿望。全诗长达一千六百余字，首先夸张地渲染了月全食的阴森恐怖的场景。诗中引用了大量典故与传说，彻底打破了诗歌格律，内容十分庞杂。该诗喜用古字，遣词造句亦不落俗套，体现了作者复古的倾向。卢仝虽不以古文名家，其古体诗却高度散文化，如《月蚀诗》中："呜呼，人养虎，被虎啮；天媚蟆，被蟆瞎。乃知恩非类，一一自作孽。"① "呜呼"是散文常用语气词，被卢仝用于诗歌中，表现出"以文为诗"的倾向。再如：

或问玉川子："孔子修《春秋》，二百四十年，月蚀尽不收，今子呲呲词，颇合孔意不？"玉川子笑答："或请听逗留……"②

这段文字与散文或者唐传奇小说无异，以绘声绘色的生动语言描写刻画了人物形象。《月蚀诗》全诗以五言为主，杂以其他句式，气势宏伟，与李白《蜀道难》十分神似，但与李诗不同处是卢仝诗十分晦涩而难以索解，走上了险怪的路线。该诗深得韩愈之心，一向以复古为创新的韩愈曾经删约其词创作了《月蚀诗效玉川子作》，但韩愈的效仿之作虽雅致些许，但气势远不能及。

卢仝安贫乐道，不为禄仕，但也有自己的政治理想，那就是恢复上古时代的理想社会，其《感古四首》③之一云：

天生圣明君，必资忠贤臣。舜禹竭股肱，共佐尧为君。
四载成地理，七政齐天文。阶下蓂荚生，琴上南风熏。

---

① 《全唐诗》卷三八七，第4365页。
② 同上书，第4367页。
③ 《全唐诗》卷三八八，第4384页。

轮转夏殷周，时复犹一人。秦汉事谲巧，魏晋忘机钧。
猜忌相翦灭，尔来迷恩亲。以愚保其身，不觉身沉沦。
以智理其国，遂为国之贼。苟图容一身，万事良可恻。
可怜万乘君，聪明受沉惑。忠良伏草莽，无因施羽翼。
日月异又蚀，天地晦如墨。既亢而后求，异哉龙之德。

该诗以史为鉴，讲述儒家的治国理念，重申圣明君主与忠贤大臣共同主政是尧舜时期建构理想社会的前提。洎乎三代秦汉，世风日下，魏晋之后，王纲解钮，君臣互疑。自安史之乱后，朝廷为了安抚强藩，屡赐丹书铁券。朝廷的纵容使河北藩镇桀骜不驯，其治权更迭往往父死子继，形成尾大不掉的毛病。而朝中宦官专权，文恬武嬉，朝廷与藩镇间君臣互疑，导致战乱频仍。诗人细陈历史，规劝朝廷以史为鉴，君臣共勉，再造太平盛世。

卢仝谨遵儒术，鲜有旁骛，严守儒家基本教义。儒家思想厚古薄今，往往持今不如昔的态度，有强烈的入世情节。卢仝隐而不仕，并非他不愿入世，而是现实让他太失望了。虽然"秦汉事谲巧"，但现实与汉代相比，尚远远不如，其《感古四首》之三曰："古来不患寡，所患患不均。单醪投长河，三军尽沉沦。今人异古人，结托唯亲宾……"[①]自古以来，财物分配不患寡而患不均。汉武帝赐霍去病一壶酒，霍去病为了使众将士都能够得到朝廷恩泽，乃置酒于泉水之中，将士们饮之，倍感皇恩浩荡，这也是今天甘肃省酒泉市地名的来历。诗歌以今人与汉人作比，今人凡事任人唯亲，缺少公道，从而得出今不如昔，世风日下的结论。

卢仝睥睨权贵，不以功名为念。他长期隐居少室山，朝廷屡诏不

---

① 《全唐诗》卷三八八，第 4385 页。

起，家境贫困而与人寡合，但与韩孟诗派的复古主义者却十分相投，并与山东高门子弟过从甚密。如韩愈《寄卢仝》："玉川先生洛城里，破屋数间而已矣""少室山人索价高，两以谏官征不起""先生抱才终大用，宰相未许终不仕。假如不在陈力列，立言垂范亦足恃。"① 对他不乐仕进十分钦佩，对其道德文章给予了极高的评价。鉴于卢仝家贫，韩愈为洛阳令时常分自己俸禄赈济他。

孟郊与卢仝同病相怜且惺惺相惜，称赞卢仝诗"君文真凤声，宣隘满铿锵"②（《答卢仝》）。贾岛在卢仝去世后，有《哭卢仝》诗："在日赠我文，泪流把读时。从兹加敬重，深藏恐失遗。"③ 讲述他们生前以诗文相交的情景和朋友去世后的伤心欲绝。卢仝虽蔑视权贵，但与宰相王涯却意气相投。王涯出自太原王氏，于宪宗、文宗两朝拜相，他博学好古，家中藏书数万卷。卢仝与王涯交厚，也为王涯所重。唐文宗大和九年（835），发生了甘露之变，随着文宗诛杀宦官计划的失败，宦官反奴为主，开始反噬朝臣，卢仝因此卒于王涯家中。④

刘叉也是韩孟诗派的重要成员，他出自山东高门彭城刘氏，自称彭城子。⑤ 彭城刘氏与渤海高氏皆山东高门，在唐代仅次于"山东五姓"。刘叉"闻（韩）愈接天下士，步归之"⑥，为樊宗师所服膺，属于韩愈交友圈内。

刘叉创作的诗歌以《冰柱》《雪车》最为知名。二诗继承了《诗

---

① 《韩昌黎诗系年集释》，第782页。
② 《全唐诗》卷三七八，第4242页。
③ 《全唐诗》卷五七一，第6618页。
④ 《唐才子传·卢仝传》谓卢仝卒于甘露之变时王涯家中，然姜光斗认为此说不可信（参见傅璇琮《唐才子传校笺》第二册，中华书局1987年版，第269—272页），但卢仝与王涯交厚当属事实。
⑤ 刘叉《自问》："自问彭城子，何人授汝颠。酒肠宽似海，诗胆大于天。断剑徒劳匣，枯琴无复弦。相逢不多合，赖是向林泉。"彭城刘氏在唐代文人辈出，著名史学家刘知几与著名文学家刘禹锡皆出自彭城刘氏。
⑥ 《新唐书》卷一七六《刘叉传》，第5269页。

经》以及汉乐府批判现实主义的传统,从天灾写到人祸,揭露了统治者的不恤民情。如:

雪　车[①]

腊令凝绨三十日,缤纷密雪一复一。埶云阔泽在枯荄,阛阓饿民冻欲死。死中犹被豺狼食,官车初还城垒未完备。人家千里无烟火,鸡犬何太怨。天不恤吾盹,如何连夜瑶花乱。皎洁既同君子,节沾濡多着小人面。寒锁侯门见客稀,色迷塞路行商断。小小细细如尘间,轻轻缓缓如朴樕。官家不知民馁寒,尽驱牛车盈道载屑玉。载载欲何之,秘藏深宫以御炎酷。徒能自卫九重间。……依违用事侫上方,犹驱饿民运造化防暑厄。吾闻躬耕南亩舜之圣,为民吞蝗唐之德。……庙堂食禄不自惭,我为斯民叹息还叹息。

该诗从寒冬大雪写起,渲染寒冬大雪带给饥民的灾难。很多饥民被冻死,死后"犹被豺狼食"。但官府对灾情不加赈恤,反而令他们将雪装车入宫,以备夏日防暑之用。对此,诗人一改儒家"温柔敦厚""劝百讽一"的文艺观,直接质问并怒骂道:"岂信车辙血,点点尽是农夫哭。刀兵残丧后,满野谁为载白骨?远戍久乏粮,太仓谁为运红粟?戍夫尚逆命,扁箱鹿角谁为敌?士夫困征讨,买花载酒谁为适?天子端然少旁求,股肱耳目皆奸慝。"这种怒骂让人想到杜甫的"朱门酒肉臭,路有冻死骨"[②](《自京赴奉先县咏怀五百字》)与白居易的《卖炭翁》等新乐府篇章,但更为直截了当。

刘叉亦好古宗经,如他写给韩愈的诗作《勿执古寄韩潮州》[③]:

---

① 《全唐诗》卷三九五,第4444页。
② 《杜诗详注》,第270页。
③ 《全唐诗》卷三九五,第4445页。

古人皆执古，不辞冻饿悲。今人亦执古，自取行坐危。
老菊凌霜葩，狞松抱雪姿。武王亦至明，宁哀首阳饥。
仲尼岂非圣，但为互乡嗤。寸心生万路，今古梦若丝。
逐逐行不尽，茫茫休者谁？来恨不可遏，去悔何足追。
玉石共笑唾，鸳鶒相奔驰。请君勿执古，执古徒自縻。

唐宪宗元和十四年（819），韩愈因谏迎佛骨舍利激怒宪宗被贬潮州刺史，该诗是刘叉寄给贬官潮州的韩愈的。诗歌劝韩愈"勿执古"，实际是正话反说，感叹不合俗流反取其祸的官场潜规则。好古的刘叉劝韩愈"勿执古"，将对韩愈的同情寓之于戏谑之中，这正是他们这一群体的作诗风格。

刘叉诗歌亦存在明显的散文化倾向，如其《雪车》诗"吾闻躬耕南亩舜之圣，为民吞蝗唐之德"，"我为斯民叹息还叹息"，再如《作诗》："作诗无知音，作不如不作。"[1] 都是典型的散文句式。刘叉瘦硬奇拗的风格深得韩愈、孟郊的赞赏，其《答孟东野》曰："酸寒孟夫子，苦爱老叉诗。生涩有百篇，谓是琼瑶辞。"[2] 刘叉得到孟郊的赏识与其好古宗经有关。另外，卢仝与刘叉亦处于师友之间，刘叉曾从卢仝受《春秋》之学，接受了山东高门的宗经传统。

崔立之与李观皆属于韩孟诗派的诗人，他们皆出自山东高门，其中，崔立之出自"山东五姓"的博陵崔氏[3]，李观出自山东高门的陇西李氏[4]。韩愈与崔立之以诗文相知，二人唱和最多，交往频繁，正

---

[1] 《全唐诗》卷三九五，第4445页。
[2] 同上。
[3] 韩愈《蓝田县丞厅壁记》有"博陵崔斯立"，崔立之字斯立。
[4] 唐代文学家有二李观，一为古文家李华族子，出自山东高门赵郡李氏的李观；另一为韩孟诗派的李观，字元宾，郡望陇西李氏。本书所指李观为后者。

如韩愈《寄崔二十六立之》中说崔立之"每旬遗我书，竟岁无差池"①，双方交往达到每旬遗书的频率。崔立之作品很多，其才华深为韩愈赞赏，韩愈《赠崔立之评事》称之："崔侯文章苦捷敏，高浪驾天输不尽……朝为百赋犹郁怒，暮作千诗转遒紧。摇毫掷简自不供，顷刻青红浮海蜃。"②韩愈与崔立之交厚的原因用韩愈自己的话说，那就是"知音自古称难遇，世俗乍见那妨哂"③（《赠崔立之评事》）。韩愈称之为"知音难遇"，说明他们有共同的价值观念，而他们共同的价值观即"怜我还好古，宦途同险巇"④（《寄崔二十六立之》），共同的复古倾向使他们成为诗友。

李观与韩愈、崔群皆于德宗贞元八年（792）进士及第，这一年的主考官是陆贽，那一榜被称为"龙虎榜"。李观以古文知名，其古体诗创作亦颇有成就，只不过其诗作多散佚，《全唐诗》中仅存其诗4首，皆五言古体诗。李观诗风与孟郊气味相类，称孟郊诗"高处在古无上，平处下顾二谢"⑤。

从中唐时期韩孟诗派的代表人物中我们发现，韩愈与孟郊分别出自昌黎韩氏与平昌孟氏，皆属于山东士族中的次等士族。韩孟诗派中的另一些重要人物多出自山东高门，如李翱出自"山东五姓"的陇西李氏，李观亦出自陇西李氏，卢仝出自范阳卢氏，崔立之出自博陵崔氏。另外，刘叉出自山东高门彭城刘氏，则是仅次于"山东五姓"的高门。

韩孟诗派的诗人构成以山东士族为主，其形成与山东高门的帮助与提携密不可分。山东士族不仅直接参与了韩孟诗派，而且深刻影响了古体诗派的发展，韩孟诗派的不少诗人与山东士族有密切关系并受

---

① 《韩昌黎诗系年集释》，第861页。
② 同上书，第569页。
③ 同上书，第569页。
④ 同上书，第861页。
⑤ 《新唐书》卷一七六《孟郊传》，第5265页。

到山东士族的奖掖。韩愈由其嫂荥阳郑氏抚养并教育成人，他志在复古，从礼部科举考试至吏部考试再到进入仕途的过程中，其诗文受到了郑余庆、郑䌷、崔元翰、李吉甫、李绛等人的赏识。韩愈这样一位古文与古体诗的大家一生的重要关节点都得到了山东高门的赏识与帮助，这绝不是偶然的。韩愈的气质与山东高门古老门风相类，因此才得到山东高门的赏识与提携。

孟郊出自山东士族，并与荥阳郑氏通婚，加入了"山东五姓"婚姻圈。孟郊的一生命途多舛，对他及其家庭直接帮助最多的是出自荥阳郑氏的郑余庆。其诗友很多出自山东高门，如：李观、卢仝、李翱、郑余庆、卢汀、卢殷、崔爽、崔纯亮、郑方回、卢贞国、李益、崔放等都出自山东高门的"五姓七家"。

韩孟诗派最主要的领军人物韩愈与孟郊的成就都与郑余庆的提携有关。郑余庆好古道，爱奖掖后进，《旧唐书·武儒衡》载："相国郑余庆不事华洁，后进趋其门者多垢衣败服，以望其知。"① 郑余庆对中唐政坛与文坛有深远影响，据《旧唐书·郑余庆传》载："郑余庆始以衣冠礼乐，行于山东，余力文章，遂成志学。出入清近，盈五十年……专欲振起儒教，后生谒见者率以经学讽之，而周其所急，理家理身，极其俭薄。及修官政，则喜开广。镇岐下一岁，戎事可观。又创立儒宫，以来学者。"②

卢仝出自山东高门，他与人寡合，除了韩愈曾对他帮助很大外，出自太原王氏的王涯亦与之交厚。王涯博学好古，擅长古文，古文家梁肃异其才，荐于陆贽，德宗贞元八年（792）与韩愈同登进士第。王涯好学，家中藏书数万卷，好奖掖复古主义者，与韩愈关系密切。

---

① 《旧唐书》卷一五八《武儒衡》，第 4162 页。
② 《旧唐书》卷一五八《郑余庆传》，第 4166 页。

卢仝与王涯交厚，亦为王涯所重，在甘露之变中卒于王涯家中。王涯是中唐著名的边塞诗人，又两朝拜相，却以宰相之尊交结贫士卢仝，这也说明了他们意气相类。

山东士族对韩孟诗派青眼有加，他们不仅积极参与了该诗派的古体诗创作，而且对该诗派的诗人多有提拔，个中原因不言自明，那就是韩孟诗派标榜的复古宗经精神契合了山东高门的家传门风。

韩孟诗派的复古与山东士族家传的经学传统有关。韩愈提倡复古宗经，他对经学情有独钟，曾注《论语》10卷。与韩愈一样，卢仝精于《春秋》经学，著有《春秋摘微》4卷。他解经不用《左氏》《公羊》《谷梁》旧说，独抒己见，故韩愈称其"春秋三传束高阁，独抱遗经究终始"①（《寄卢仝》）。卢仝思想不入俗流，其经学不循旧说，自成一家。刘叉亦好经学，为樊宗师所服膺，亦曾从卢仝受《春秋》之学。

山东士族本就有复古宗经的传统，东汉是士族大发展的时代，六朝至唐代枝繁叶茂的山东士族多勃兴于东汉。东汉时期出自清河崔氏的代表人物崔骃，尽通古今训诂，而出自荥阳郑氏的代表人物郑玄遍注群经，儒学著作凡百余万言，代表了汉儒的最高成就。

北朝以来，山东高门逐渐成为最高门阀，其宗经复古的传统亦沿承不坠。唐代山东高门以其儒素德业迥异于寒庶，并因此于有唐一代延祚不绝。在科举盛行的唐代，山东高门以文学作为其进身的工具，但其家学仍偏重于儒学，出自赵郡李氏的李栖筠自天宝年间进士及第后家中始不藏《昭明文选》，反对浮华文风。

唐代山东高门子弟亦保留了复古宗经的传统，如唐初李鹏出自赵郡李氏，通《尚书》《左氏春秋》，以志行名重一时。唐代大儒崔良佐出自博陵崔氏，其子元翰少传父业，权德舆《比部郎中崔君元翰集序》

---

① 《韩昌黎诗系年集释》，第782页。

云:"(崔良佐)探古先微言,著《尚书》《演范》《周易》《忘象》及《三国春秋》幽观之书,门人诸儒易其名曰贞文孝文。君(崔元翰)绍文宗雕龙之庆,究贞文法义之学,洁廉清方,敦直庄明,博见强志,不取合于俗。"① 崔良佐父子绍继东汉以来的家族传统,以经学世代相传。

与寒门子弟好文辞不同,作为数百年来的文化士族,山东士族特别重视传统经学的教育。陈寅恪先生认为:"山东旧族以经术礼法为其家学门风。"② 他们大多主张在文学创作意旨和文字风格上,应该以六经为归依。尽管山东士族在科举考试中脱颖而出,但其经学传统使其反对科举考试中的浮华之风。

从初唐至盛唐,是近体诗的大发展时代,彼时,讲声律之风盛行,举国上下皆从风而靡,近体诗与骈文占据文坛的绝对优势。大历诗人创作了大量的近体诗,"大历十才子"现存诗1600多首,其中五律900多首,七律300多首,近体诗占总数的80%以上。韩孟诗派标榜复古宗经,其诗歌创作亦以古体诗为主而卑薄当时诗坛流行的近体诗。孟郊存诗约500首,其中近体诗约占十分之一;韩愈存诗约400首,其中近体诗约占五分之二;李贺存诗240余首,其中近体诗约占四分之一;卢仝存诗103首,其中近体诗20余首;《全唐诗》录刘叉诗27首,其中近体诗仅4首。③ 韩愈近体诗成就斐然,并非不擅长此道,只因为他志在复古,爱好三代两汉诗文,崇尚建安风骨,故不屑于近体诗的创作。

中唐韩孟诗派以六经为旨归,这与崇儒学、尚质实的山东士族古老门风是一致的,因而得到了山东士族的鼎力相助。安史之乱以后,

---

① 《全唐文》卷四八九,第4998页。
② 陈寅恪:《唐代政治史述论稿》,上海古籍出版社1997年版,第74页。
③ 参见刘曾遂《试论韩孟诗派的复古与尚奇》,《浙江学刊》1987年第6期。

山东士族开始掀起复古思潮。他们将复古的理念表现到文学创作之中，形成了日后的古文运动与韩孟诗派的古体诗创作热潮。山东士族在中唐的复兴使得韩孟诗派的古体诗创作获得成功，他们参与并且影响了这场古体诗运动。

第三节　唐代山东士族与新乐府运动

唐德宗以后，山东士族全面复兴。这一时期的山东高门子弟可以不用继续攀附权门，他们复兴之后意欲恢复家族古老门风，因而开始高标复古宗经的传统。中唐时期，儒家思想中的"尊王攘夷"与维护大一统的观念得到发扬，文坛复古之风盛行。这一时期与古文运动、韩孟诗派并行不悖的文学复古思潮当数白居易领导的新乐府运动。

乐府本为秦汉时期采集民间歌谣的音乐机构，后代将此机构采集的民歌称为乐府诗，简称"乐府"。汉代乐府民歌反映了社会现实和矛盾，其"感于哀乐，缘事而发"的现实主义精神一直为后代文学所继承。魏晋南北朝时期，乐府诗歌创作如春兰秋菊，繁香不断，以乐府诗名家者如："建安三曹"、鲍照、谢朓、梁武帝萧衍父子、徐陵、庾信、陈后主等人。

由于南朝君臣多好乐府，因此，乐府诗逐渐变成了靡靡之音的代表。很多人将南朝的衰亡归结于这些所谓的亡国之音，如杜牧《泊秦淮》云："商女不知亡国恨，隔江犹唱《后庭花》。"《后庭花》即陈后主所作乐府诗《玉树后庭花》，被视作亡国之音的代表作。关于乐府诗问题的争辩在唐初即已出现，唐太宗贞观二年（628），杜淹将南朝的灭亡归于《玉树后庭花》与《伴侣曲》，让乐府诗担荷了太多的罪责，显然属于腐儒之见。① 因为，带来整个初盛唐盛世的明君唐太宗、武则天、唐玄宗都是这类乐府诗的忠实爱好者。实际上，宫体诗的代表人物梁简文帝萧纲就曾经说过："立身之道与文章异，立身先须谨重，文章且须放荡。"②（《诫当阳公大心书》）

唐代是中国文学史上乐府诗的鼎盛时代，唐人演唱的乐府诗有两种形式：一种是古乐府；另一种是配合新兴音乐的唐人乐府。唐代音乐发达，出现了许多极富天才的音乐家。音乐的持续繁荣使得歌词的需求激增，这也刺激了唐代诗人创作乐府诗的热情。

初唐时期，唐人乐府诗产生了一些优秀作品，如：《渭城曲》《伊州》《凉州词》《清平调》《婆罗门》《何满子》《水调》《六幺》等。古乐府也产生了一些天才作品，像张若虚的《春江花月夜》虽沿袭乐府旧题，却一洗陈后主同题作品的绮靡，达到了"孤篇压全唐"的艺术水准。盛唐时期，乐府诗作品激增，思想性与艺术性的成就臻于极盛。彼时，著名诗人如高适、王昌龄、岑参、李白、王维、王翰、李颀、崔颢、杜甫等均以乐府诗称名于时，尤其是李白与杜甫，将乐府诗发展至后人难以企及的高度。

唐人乐府诸体俱备，有些诗歌原本属于律诗、绝句或一些词体，只因其内容脍炙人口，被乐工入乐，后人也将这些诗歌归为乐府诗。如出自山东高门的王维有《送元二使安西》："渭城朝雨浥轻尘，客舍

---

① 杜淹认为："前代兴亡，实由于乐。陈将亡也，为《玉树后庭花》；齐将亡也，而为《伴侣曲》。行路闻之，莫不悲泣，所谓亡国之音也。以是观之，盖乐之由也。"太宗对此并不以为然，他说："不然。夫音声能感人，自然之道也。故欢者闻之则悦，忧者听之则悲。悲欢之情，在于人心，非由乐也。将亡之政，其民必苦，然苦心所感，故闻之则悲耳。何有乐声哀怨，能使悦者悲乎？今《玉树》《伴侣》之曲，其声具存，朕当为公奏之，知公必不悲矣。"魏徵亦与太宗持同样观念（参见《旧唐书》卷二八《音乐志》，中华书局1975年版，第1041页）。

② 《全梁文》卷十一，见（清）严可均《全上古三代秦汉三国六朝文》，中华书局1958年版，第3010页。

第九章 唐代山东士族与唐诗流变（下）

青青柳色新。劝君更尽一杯酒，西出阳关无故人。"该诗为送别之曲，至"阳关"句反复歌之，谓之"阳关三叠"，唐人将该诗归入乐府诗，改为《渭城曲》（又名《阳关曲》）。同类作品还有很多，出自山东士族的名篇尚有：魏徵《述怀》改为《出关》，王之涣《度玉门关上吹笛》改为《凉州词》，而内容实与凉州无关。另外，如崔国辅《怨词》改为《墙头花》，李益《夜上受降城闻笛》改为《婆罗门》等。靳能说王之涣的乐府诗"传乎乐章，布在人口"①，此类诗歌入乐后，天下传唱，无疑增加了诗人的知名度，据《唐才子传》卷三载：

> （王）之涣，蓟门人。少有侠气，所从游皆五陵少年，击剑悲歌，从禽纵酒。中折节工文，十年名誉自振。耻困场屋，遂交谒名公。为诗情致雅畅，得齐梁之气。每有作，乐工辄取以被声律。与王昌龄、高适、畅当忘形尔汝。尝共诣旗亭，有梨园名部继至，昌龄等曰："我辈擅诗名，未定甲乙，可观诸伶讴诗，以多者为优。"一伶唱昌龄二绝句，一唱适一绝句。之涣曰："乐人所唱皆下俚之词。"须臾，一佳妓唱曰："黄河远上白云间，一片孤城万仞山。羌笛何须怨杨柳，春风不度玉门关。"复唱二绝，皆之涣词。三子大笑曰："田舍奴，吾岂妄哉！"诸伶竟不谕其故，拜曰："肉眼不识神仙。"②

从文中我们发现，王昌龄、高适、王之涣三人诗歌在当时被乐师被之管弦，四处传唱，诗名满天下。文中歌姬所唱王之涣诗即为《度玉门关上吹笛》所改的《凉州词》。出自太原王氏的王之涣存诗极少

---

① 周绍良、赵超编：《唐代墓志汇编》，上海古籍出版社1992年版，第1549页。
② 傅璇琮主编：《唐才子传校笺》第一册，中华书局1987年版，第446—449页。

· 435 ·

却享有盛名，与《凉州词》等诗歌被乐师被之管弦而传唱有很大的关系。同样出自太原王氏的王翰亦以《凉州词》二首著名，如其一："葡萄美酒夜光杯，欲饮琵琶马上催。醉卧沙场君莫笑，古来征战几人回。"① 该诗奠定了王翰边塞诗名家的地位。

彼时，唐人乐府新诗往往被进献入京，对此，李颀《送康洽入京进乐府歌》曰："……新诗乐府唱堪愁，御妓应传鸡鹆楼。西上虽因长公主，终须一见曲陵侯。"② 该诗诗题明确说明康洽入京的目的就是进献乐府歌，再通过御妓御前演奏。李白名篇《清平调》三首乐府诗就是在唐明皇与杨贵妃面前演奏的。

在沿袭乐府旧题创作的盛唐时期，出自山东高门的诗人开始"即事名篇"，自创新题乐府。由于这类乐府皆未沿袭乐府旧题，又能够深刻反映社会现实生活，可以算是严格意义上的新乐府诗歌，它们为中唐新乐府运动奠定了坚实的基础。较早尝试此类创作的是出自山东高门太原王氏的王维。王维精通音律，他于开元九年（721）进士及第后释褐为太乐丞，主要负责音乐和舞蹈的教习工作。王维"即事名篇"的新题乐府有《燕支行》《桃源行》《洛阳女儿行》《塞上曲》《塞下曲》《老将行》等，如：

老将行③

少年十五二十时，步行夺得胡马骑。

射杀中山白额虎，肯数邺下黄须儿。

一身转战三千里，一剑曾当百万师。

汉兵奋迅如霹雳，虏骑崩腾畏蒺藜。

---

① 《全唐诗》卷一五六，第1605页。
② 《全唐诗》卷一三三，第1351页。
③ 《王右丞集笺注》，第93页。

卫青不败由天幸，李广无功缘数奇。
自从弃置便衰朽，世事蹉跎成白首。
昔时飞箭无全目，今日垂杨生左肘。
路傍时卖故侯瓜，门前学种先生柳。
苍茫古木连穷巷，寥落寒山对虚牖。
誓令疏勒出飞泉，不似颍川空使酒。
贺兰山下阵如云，羽檄交驰日夕闻。
节使三河募年少，诏书五道出将军。
试拂铁衣如雪色，聊持宝剑动星文。
愿得燕弓射天将，耻令越甲鸣吾军。
莫嫌旧日云中守，犹堪一战取功勋。

该诗是乐府名篇，以汉代名将飞将军李广的故事为背景，讲述一位老将少年从军，立功无数，后却被弃置不用。在强胡压境之际，老将军仍希望为国效劳。该诗以老将为描写对象，故名为"老将行"，这与新乐府运动"即事名篇"的精神是一致的。王维是一个天才诗人，其诗名虽不逮李白、杜甫，却是唐代精通艺术门类最多的诗人。王维虽不以边塞诗名家，其新题乐府《燕支行》的创作却远早于高适名篇《燕歌行》。他精通音律，因而诗歌易被之管弦，其新题乐府的创作对新乐府运动的筚路蓝缕之功自不待言。

这一时期出自山东士族的新乐府名篇尚有高适的《塞上》（"东出卢龙塞"）、王昌龄的《塞下曲》等，如王昌龄的《塞下曲》[①]：

蝉鸣桑树间，八月萧关道。出塞入塞云，处处黄芦草。

[①] 《全唐诗》卷一四〇，第1420页。

从来幽并客，皆向沙场老。莫学游侠儿，矜夸紫骝好。（其一）

边头何惨惨，已葬霍将军。部曲皆相吊，燕南代北闻。

功勋多被黜，兵马亦寻分。更遣黄龙戍，唯当哭塞云。（其四）

这两首诗"即事名篇"，采用"塞下曲"为题，描写边塞将士得不到朝廷恩泽，功高不行赏的悲惨下场。盛唐时期，由于连年兵燹，朝廷无力赈恤，因而给将士们带来了深重的苦难，该诗深刻地反映了当时的社会矛盾。

大历至贞元年间处于盛唐与中唐两个文学高峰之间，文学史上对此多持批判态度。这一时期的乐府诗远不能媲美盛唐，但也时有佳篇传世。这一时期出自山东高门的乐府诗人有：卢纶、李益等，如卢纶和张仆射的六首《塞下曲》，兹举其中两首如下：

野幕敞琼筵，羌戎贺劳旋。醉和金甲舞，雷鼓动山川。①

亭亭七叶贵，荡荡一隅清。他日题麟阁，谁知独有名。②

第一首诗描述了将士凯旋后设庆功宴，醉酒后伴随着阵阵鼓声起舞的场面，刻画了英勇豪迈的将士的形象。第二首诗首句引西汉金、张、许、史四大家族"七叶珥汉貂"（左思《咏史》）的典故，讲述了一位贵族子弟功成名就图形麒麟阁的故事，表达了出身山东高门范阳卢氏的作者渴望建功立业，报效祖国的壮志豪情。

李益乃宰相李揆之族子，出身陇西李氏姑臧房，是大历、贞元间最享盛誉的诗人之一，韦应物称之为"辟书五府至，名为四海闻"③（《送李侍御益赴幽州幕》）。据李肇《唐国史补》卷下载："李益诗名

---

① 《全唐诗》卷二七八，第 3153 页。
② 同上书，第 3154 页。
③ 李益在当时名满天下，也招来一些莫须有的诽谤。唐传奇中的名篇《霍小玉传》以李益为主人公，将他描绘成一个薄幸无行之人。

早著，有《征人歌》一篇。好事者画为图障。又有云'回乐峰前沙似雪，受降城外月如霜。不知何处吹芦管，一夜征人尽望乡。'天下亦唱为乐曲。"① 另据《旧唐书·李益传》载："长为歌诗。贞元末，与宗人李贺齐名。② 每作一篇，为教坊乐人以赂求取，唱为供奉歌词。其《征人歌》《早行篇》，好事者画为屏障，'回乐峰前沙似雪，受降城外月如霜'之句，天下以为歌词。"③ 李益传唱天下的"回乐峰前沙似雪，受降城外月如霜"出自其诗歌名篇《夜上受降城闻笛》，该诗入乐后被改为《婆罗门》，《婆罗门》是唐玄宗开元中，由西凉府节度使杨敬述进献的乐曲，该曲又于天宝十三载（754）改为《霓裳羽衣》。李益常以新题乐府创作边塞诗，如：

塞下曲④

蕃州部落能结束，朝暮驰猎黄河曲。

燕歌未断塞鸿飞，牧马群嘶边草绿。

秦筑长城城已摧，汉武北上单于台。

古来征战虏不尽，今日还复天兵来。

黄河东流流九折，沙场埋恨何时绝。

蔡琰没去造胡笳，苏武归来持汉节。

为报如今都护雄，匈奴且莫下云中。

请书塞北阴山石，愿比燕然车骑功。

---

① （唐）李肇：《唐国史补》卷下，《唐五代笔记小说大观》本，上海古籍出版社2000年版，第193页。

② 按：李贺，新旧《唐书》皆称他为"宗室郑王之后"，他自称"陇西长吉"（陇西）成纪人"，也是因唐皇室以陇西成纪为郡望。实际上，唐皇室胡汉杂糅，自称陇西李氏以标榜门户。因此，本书未将李白与李贺视作山东士族中的陇西李氏。陇西李氏隶属山东士族，这一点前文有详细论证。

③ 《旧唐书》卷一三七《李益传》，第3771页。

④ 《全唐诗》卷二八三，第3224—3225页。

与《塞上曲》类似,《塞下曲》亦源自汉代《出塞》《入塞》曲,系唐人新题乐府,唐人习惯用来创作边塞诗,高适、李白等使用较为频繁。《塞下曲》一般形制较短,不囿于声律,形式较为自由。如李益《塞下曲》:"汉家今上郡,秦塞古长城。有日云长惨,无风沙自惊。当今圣天子,不战四夷平。"①

在近体诗特别是五言律诗盛行的大历时代,李益却以古体诗见长,其五言律诗只占其诗歌总量的18%,这在当时十分另类。李益古体诗较多,继承了杜甫"即事名篇"的现实主义精神,创作了许多新题乐府诗。如《杂曲》("妾本蚕家女")描写少妇乐与夫君过贫贱而不离不弃、同生共死的生活,不追求分外的富贵;《塞下曲》("汉家今上郡")描述塞外的荒凉以及弭兵和平的重要;《从军有苦乐行》("劳者且莫歌")描写从军少年边塞生活的凄苦与生死无常。

李益在大历、贞元年间创作了许多极有影响的乐府诗,新乐府运动的中坚人物王建在写给李益的诗歌中将李益视作诗坛领袖,极尽倾慕推崇之意,诗云:

寄李益少监兼送张实游幽州②

大雅废已久,人伦失其常。天若不生君,谁复为文纲。
迷者得道路,溺者遇舟航。国风人已变,山泽增辉光。
星辰有其位,岂合离帝傍。贤人既退征,凤鸟安来翔。
少小慕高名,所念隔山冈。集卷新纸封,每读常焚香。
古来谁自达,取鉴有贤良。未为知音故,徒恨名不彰。
谅无金石坚,性命岂能长。常恐一世中,不上君子堂。
伟哉清河子,少年志坚强。箧中有素文,千里求发扬。

---

① 《全唐诗》卷二八二,第3203页。
② 《全唐诗》卷二九七,第3368页。

自顾音韵乖，无因合宫商。幸君达精诚，为我求回章。

王建名望与张籍相垺，皆以乐府诗而称名于时，时称"张王乐府"，二人可称作新乐府运动之健者。王建在寄给李益的诗中首先提出风雅之道被弃置已久，而新乐府运动正是要恢复《诗经》风雅比兴的传统和汉乐府现实主义的精神。正如白居易《与元九书》中认为，李白、杜甫之作，"才已奇矣，人不逮矣，索其风雅比兴，十无一焉"①。称赞张籍"为诗意如何？六义互铺陈。风雅比兴外。未尝著空文"②（《读张籍古乐府》）。

"天若不生君，谁复为文纲。迷者得道路，溺者遇舟航。"王建将李益视为精神导师，其推崇之情几乎近似于后人夸孔子之句："天不生仲尼，万古如长夜"。诗中接着说明自己对李益少小慕名，焚香读其诗，欲执弟子之礼。最后说明了自己"自顾音韵乖，无因合宫商"，表明自己想学的正是与音乐相关的乐府诗。

唐人张为《诗人主客图》，将李益列为"清奇雅正主"，而将新乐府运动中的张籍、朱庆余列为门下客。这也说明了李益对新乐府运动影响十分深远。

新乐府运动与中唐古文运动以及韩孟诗派几乎同时，山东士族参与并影响了新乐府运动。新乐府运动直接源自李绅，李绅出自赵郡南祖房，"本山东著姓"③，是中书令李敬玄曾孙，其母范阳卢氏，其家庭属于典型的"五姓"婚姻圈。④李绅35岁时进士及第，在唐穆宗时擢翰林学士，与李德裕、元稹号为"三俊"，唐武宗会昌二年（842）

---

① 《白居易集笺校》，第2791页。
② 同上书，第5页。
③ 《旧唐书》卷一七三《李绅传》，第4497页。
④ 《旧唐书》卷八一《李敬玄传》载："（李敬玄）前后三娶，皆山东士族。"（第2755页）按：可见李绅家族十分注重婚姻的纯洁性，强调"五姓"婚姻。

拜相。李绅在诗歌理论上，主张继承《诗经》、汉乐府、杜甫的传统，讽喻时事，与白居易、元稹共同倡导了新乐府运动。李绅的《新题乐府二十首》以歌行体写成，题材广泛，讽喻性强。元稹《乐府古题序》称："近代惟诗人杜甫《悲陈陶》《哀江头》《兵车》《丽人》等，凡所歌行率皆即事名篇，无有倚傍。予少时与友人白乐天、李公垂辈谓是为当，遂不复拟赋古题。"

新乐府运动源于李绅的《新题乐府二十首》，该组诗写成后马上赠予他同在翰林的好友元稹，元稹对这组诗十分重视，他随即选和了其中12首，并在序言中说明了他选和的目的，他说：

予友李公垂贶予《乐府新题》二十首，雅有所谓，不虚为文。予取其病时之尤急者列而和之，概十二而已。昔三代之盛也，士议而庶人谤。又曰："世理则词直，世忌则词隐。"予遭理世而君盛圣，故直其词以示后，使夫后之人谓今日为不忌之时焉。①

李绅原作共 20 首，已佚，但元稹在序言中夸赞李绅的《新题乐府二十首》"雅有所谓，不虚为文"，元稹选和的 12 首属于"病时之尤急者"。从元稹的和诗中我们了解了李绅原作的 12 首诗歌的题目，并从这些诗的小序中我们得知了这 12 首乐府诗的写作意图。李绅所保存的题目包括：《上阳白发人》《华原磬》《五弦弹》《西凉伎》《法曲》《驯犀》《立部伎》《骠国乐》《胡旋女》《蛮子朝》《缚戎人》《阴山道》等 12 首，其中有 8 篇小序，兹录其序于下：

《华原磬》：李传云：天宝中，始废泗滨磬用华原石。②

《驯犀》：李传云：贞元丙子岁，南海来贡，至十三年冬，苦寒死

---

① 《和李校书新题乐府十二首》序言，见《全唐诗》卷二一九，第 4615 页。
② 《全唐诗》卷二一九，第 4615 页。

于苑中。①

《立部伎》：李传云：太常选坐部伎，无性灵者退入立部伎；又选立部伎，无性灵者退入雅乐，可知矣。李君作歌以讽焉。②

《骠国乐》：李传云：贞元辛巳岁始来献。③

《胡旋女》：李传云：天宝中，西国来献。④

《蛮子朝》：李传云：贞元末，蜀川始通蛮酋。⑤

《缚戎人》：近制，西边每擒蕃囚，例皆传置南方，不加剿戮，故李君作歌以讽焉。⑥

《阴山道》：李传云：元和二年，有诏悉以金银酬回纥马价。⑦

白居易亦有与李绅同题 12 首新乐府诗，他选和李绅的新乐府诗当更多一些，因没有题注，12 首之外的乐府诗已不能辨明是否为与李绅的和诗。由此可见，白居易创作新乐府诗亦是受李绅的影响，李绅、元稹、白居易的新乐府运动不同于过去的新题乐府，他们领导的是一场有计划、有组织的文学运动。同样是针砭时政，杜甫只是凭借个人之力，虽然也是即事名篇，却缺少计划性，而且仅是个人的行为。李绅的《新题乐府二十首》却带来了连环效应，元稹、白居易争相附和，使整个新乐府运动如火如荼地发展起来，并成为中唐重要的文学思潮，对当时和后代产生了深远的影响。如李绅《新题乐府二十首》中有一首针对南海朝贡犀牛的事情，李绅原诗失佚，其传曰："贞元丙子岁，南海来贡，至十三年冬，苦寒死于苑中。"犀牛属于热

---

① 《全唐诗》卷二一九，第 4617 页。
② 同上书，第 4617 页。
③ 同上书，第 4618 页。
④ 同上。
⑤ 同上书，第 4619 页。
⑥ 同上。
⑦ 同上书，第 4620 页。

带动物，贡至长安后于冬季冻死，对此，元稹和诗曰：

驯　犀①

建中之初放驯象，远归林邑近交广。
兽返深山鸟构巢，鹰雕鹞鹘无羁鞴。
贞元之岁贡驯犀，上林置圈官司养。
玉盆金栈非不珍，虎啖狴牢鱼食网。
渡江之橘逾汶貉，反时易性安能长。
腊月北风霜雪深，蜷跼鳞身遂长往。
行地无疆费传驿，通天异物罹幽枉。
乃知养兽如养人，不必人人自敦奖。
不扰则得之于理，不夺有以多于赏。
脱衣推食衣食之，不若男耕女令纺。
尧民不自知有尧，但见安闲聊击壤。
前观驯象后观犀，理国其如指诸掌。

该诗先列举唐德宗建中初年将驯象放归自然，使之得以生存。贞元年间南海上贡驯犀，置于天子上林苑，精心厚养。但由于违背了热带动物畏寒的天然属性，犀牛终于冻死于冬季的长安。这时候，作者突然笔锋一转，"乃知养兽如养人，不必人人自敦奖"。为政者治国实际上与驯养犀牛无异，不要违反客观经济规律和社会规律，不要扰民，顺其自然，即可做到无为而治。再看白居易的同题和诗：

驯　犀②

感为政之难终也。贞元丙子岁，南海进驯犀，诏纳苑中。至

---

① 《全唐诗》卷二一九，第4620页。
② 《白居易集笺校》，第185页。

十三年冬，大寒，驯犀死矣。

> 驯犀驯犀通天犀，躯貌骇人角骇鸡。海蛮闻有明天子，驱犀乘传来万里。一朝得谒大明宫，欢呼拜舞自论功。五年驯养始堪献，六译语言方得通。上嘉人兽俱来远，蛮馆四方犀入苑。秣以瑶刍锁以金，故乡迢递君门深。海鸟不知钟鼓乐，池鱼空结江湖心。驯犀生处南方热，秋无白露冬无雪。一入上林三四年，又逢今岁苦寒月。饮冰卧霰苦蜷跼，角骨冻伤鳞甲缩。驯犀死，蛮儿啼，向阙再三颜色低。奏乞生归本国去，恐身冻死似驯犀。君不见，建中初，驯象生还放林邑。君不见，贞元末，驯犀冻死蛮儿泣。所嗟建中异贞元，象生犀死何足言。

白居易诗题下有小序，除了沿袭李绅小传外，以"感为政之难终也"表明了本诗的主题。该诗首先用通俗的语言叙述了犀牛从驯养到进贡至长安直至冻死的过程。对比建中年间唐德宗将驯象放归林邑之事，得出为政之难的结论。唐德宗践祚初尚励精图治，欲有一番作为，但随着时间的推移，德宗逐渐变得昏庸。从建中至贞元，德宗从放归驯象到养死驯犀，展现了德宗逐渐消沉的过程。同一件事，白居易与元稹和诗主题迥异，但所有对德宗的批判，目的都是希望当政的宪宗能够引以为鉴。

李绅的《新题乐府二十首》虽已失佚，但同样闪耀着现实主义光辉的《古风》[①] 二首（一作《悯农》）使他在诗坛崭露头角，或可让人们得以想象其新乐府的风采：

> 春种一粒粟，秋成万颗子。四海无闲田，农夫犹饿死。（其一）
> 锄禾日当午，汗滴禾下土。谁知盘中餐，粒粒皆辛苦。（其二）

[①] 《全唐诗》卷四八三，第 5494 页。

这两首诗押仄声韵，是古诗中的五言绝句，属于古绝范畴。该诗反映了现实生活中农民辛勤劳作却不能果腹，揭示了社会分配的不公。诗歌具有新乐府针砭时事的精神，表达了对广大农民的同情，至今仍然脍炙人口。

李绅对元稹、白居易的影响是多方面的，他不仅在新乐府创作方面影响了元、白，而且在长篇叙事诗方面对元、白也有深远的影响，有倡导之功。唐德宗贞元年间，李绅宿于元稹靖安里家中，语及元稹的蒲州之恋以及传奇《莺莺传》的创作，李绅卓然称异，遂为《莺莺歌》以传之。《莺莺歌》（一作"东飞伯劳西飞燕歌为莺莺作"）是长篇叙事组诗，其中有四段保存在董解元的《西厢记诸宫调》中，约占原作的三分之一，该组诗以歌行体的形式描述了《莺莺传》①中崔莺莺与张生的爱情故事。兹录一段如下：

伯劳飞迟燕飞疾，垂杨绽金花笑日。
绿窗娇女字莺莺，金雀鸦鬟年十七。
黄姑上天阿母在，寂寞霜姿素莲质。
门掩重关萧寺中，芳草花时不曾出。

《莺莺歌》将塑造莺莺的形象和情节的发展结合得非常紧密，《莺莺歌》写成的第二年，元稹才开始写《李娃行》，第三年，白居易才写《长恨歌》。

唐代山东士族参与了新乐府运动，新乐府运动中的关键人物深受山东士族的影响。李绅本人出自赵郡李氏，其母亲出自范阳卢氏，其家族属于典型的"山东五姓"婚姻圈。李绅六岁而孤，母卢氏教以经

---

① 《全唐诗》卷四八三，第5493页。

义。李绅"能为歌诗。乡赋之年,讽诵多在人口。元和初,登进士第"①。李绅母亲教子以传统经义,这对李绅复古主义思想形成的影响是不言自明的。

元稹虽出自洛阳元氏,实为鲜卑皇族拓跋氏的后代。北魏孝文帝迁都洛阳后,实行汉化政策,改从汉姓,改皇族拓跋姓为元姓,称洛阳人,并开始通婚于山东高门。元稹就是与山东高门通婚的产物,其成长也与山东高门密切相关。元稹八岁而孤,母亲出自山东高门荥阳郑氏,"其母郑夫人,贤明妇人也,家贫,为稹自授书,教之书学。稹九岁能属文。十五,两经擢第"②。元稹长期与山东高门交游,并得到山东高门的垂顾。元稹于唐穆宗时擢为翰林学士,与出自山东高门的李德裕、李绅号为"三俊",彼此志同道合,结为诗文之友。后因得罪仇士良、刘士元等宦官,被宪宗贬为江陵士曹参军,出自山东高门的李绛、崔群在皇帝面前论元稹无罪。至江陵后,出自山东高门的监军崔潭峻也好其诗文,"不以掾吏遇之"。③

白居易以其理论和实践成为新乐府运动当之无愧的领导者,白居易亦深受山东高门的影响,其《唐河南元府君夫人荥阳郑氏墓志铭》载:"天下有甲族五,荥阳郑氏居其一,郑之勋德官爵,有国史在;郑之源流婚媾,有家牒在。"④ 表达了对"山东五姓"婚姻和文化的推崇和企羡。白居易与出自赵郡李氏的李绅交情隆厚,李绅对白居易诗歌十分欣赏,他在《题白乐天文集》"乐天藏书东都圣善寺号白氏文集绅作诗以美之"云:"寄玉莲花藏,缄珠贝叶扃。院闲容客读,讲倦许僧听。部列雕金榜,题存刻石铭。永添鸿宝集,莫杂小乘

---

① 《旧唐书》卷一七三《李绅传》,第4497页。
② 《旧唐书》卷一六六《元稹传》,第4327页。
③ 同上书,第4333页。
④ 《白居易集笺校》,第2716页。

经。"① 白居易另一个重要的诗友崔玄亮出自山东高门博陵崔氏，崔玄亮于德宗贞元十一年（795）进士及第，十九年登书判拔萃科，与元稹、白居易为贞元十九年（803）拔萃科同年，情好甚笃。三人在地方做官时，诗文往来频繁，有《三州唱和集》。另外，白居易与出自山东高门彭城刘氏的刘禹锡过从甚密，元稹卒后，刘禹锡成为白居易最重要的诗友，二人号称"刘白"。

山东士族本就具有复古宗经与"尊王攘夷"的传统以及实用主义的精神，而中唐新乐府运动也标举儒家积极入世，关心时事的传统，强调文学创作的社会功能，强调夷夏之辩。这与山东士族的家学门风十分一致。

唐宪宗元和初年，白居易开始有计划、有目的地大量创作新乐府诗歌，他不仅创作了《新乐府》《秦中吟》等一系列讽谕诗，还在理论上阐扬了"讽谕说"。白居易《新乐府》50 首是一部关于唐代的史诗，前面几首着重歌颂唐太宗的功业，并且陈述太宗言行，欲以唐太宗为典范垂诫后世。后面的诗歌虽也有歌功颂德的成分，但主要则是针砭时政，更多的是对当时政治的批判。整个《新乐府》诗歌的劝善惩恶的目的不言而喻，正如白居易讽谕诗序言中所载："首句标其目，卒章显其志，诗三百之义也。其辞质而径，欲见之者易谕也；其言直而切，欲闻之者深诫也；其事核而实，使采之者传信也；其体顺而肆，可以播于乐章歌曲也。总而言之，为君、为臣、为民、为物、为事而作，不为文而作也。"② 白居易《新乐府》为了达到更好的劝惩效果，在每一首诗歌标题下面常常标注出其惩戒的目的。如《八骏

---

① 《全唐诗》卷四八三，第 5495 页。
② 《白居易集笺校》，第 136 页。

图》,"戒奇物,惩佚游也"①;《李夫人》,"鉴嬖惑也"②;《海漫漫》,"戒求仙也"③;《两朱阁》,"刺佛寺浸多也"④;《草茫茫》,"惩厚葬也"⑤;《古冢狐》,"戒艳色也"⑥。

白居易秉承儒家诗教传统,以六经为旨归,奉《诗经》"六义"为圭臬。他在写给元稹的书信中表明了他对文学的认识:

> 洎周衰秦兴,采诗官废,上不以诗补察时政,下不以歌泄导人情。乃至于谄成之风动,救失之道缺。于时六义始刓矣。国风变为骚辞,五言始于苏、李。苏、李骚人,皆不遇者,各系其志,发而为文。……于时六义始缺矣。晋、宋已还,得者盖寡。以康乐之奥博,多溺于山水。以渊明之高古,偏放于田园。江、鲍之流,又狭于此。如梁鸿五噫之例者,百无一二焉。于时六义浸微矣。陵夷至于梁、陈间,率不过嘲风雪、弄花草而已。噫!风雪花草之物,三百篇中岂舍之乎?……唐兴二百年,其间诗人不可胜数。所可举者,陈子昂有《感遇诗》二十首,鲍鲂有《感兴诗》十五首。又诗之豪者,世称李、杜,李之作才矣奇矣,人不逮矣。索其风雅比兴,十无一焉。杜诗最多,可传者千余篇,至于贯穿今古,觑缕格律,尽工尽善,又过于李。然撮其《新安吏》《石濠吏》《潼关吏》《塞芦子》《留花门》之章,"朱门酒肉臭,路有冻死骨"之句,亦不过三四十首。杜尚如此,况不逮杜者乎?仆尝痛诗道崩坏,忽忽愤发,或食

---

① 《白居易集笺校》,第214页。
② 同上书,第236页。
③ 同上书,第149页。
④ 同上书,第208页。
⑤ 同上书,第254页。
⑥ 同上书,第255页。

辍哺,夜辍寝,不量才力,欲扶起之。……每与人言,多询时务,每读书史,多求理道。始知文章合为时而著,歌诗合为事而作①。(《与元九书》)

东汉以来,山东士族以儒学世代相传。汉代经学强调经世致用,儒学经典《诗经》《春秋》《尚书》亦被赋予了太多的社会功能,常常被用来指导国家大事与家族内部事务,甚至宋初尚有"半部《论语》治天下"之说。六朝时期,玄学兴起,老庄思想盛行。玄学主要影响了江东吴姓士族以及永嘉南渡的侨姓士族,而停留北朝的山东士族犹能恪守传统礼法。与南朝儒学重视探隐索微,推求义理不同,山东士子该博坟典,他们将儒学应用到实践中,置于家族和国家的秩序建设,形成了北朝尚功用、重实际的士风。

六朝时期,儒学本身也是作为生活实践之学发展起来的。《魏书·崔浩传》载:"(崔)浩能为杂说,不长属文,而留心于制度、科律及经术之言。"②清河崔浩的家学是北朝山东士族家学的典型,与南朝侨姓士族不同的是,他们"不好老庄之书";与东汉经学相比,他们更"留心于制度、科律及经术之言"。山东士族家学代表了北朝经学的最高成就,其家学以儒学为主,兼涉百家,以积极入世为主,其所以能从东汉迄有唐绵延数百年而冠冕不绝与其经世致用的家风紧密相关。北朝时期,山东高门子弟为了维系宗族力量,不顾夷夏大防而仕于五胡;唐代山东士族为了自身发展,随时俯仰,积极参与科举考试,与寒门庶族子弟在科场上一较高下。这都是山东士族尚功用、重实际家风的体现。

在中国文学的发展历史中,儒学在思维模式、思想内容、艺术风

---

① 《白居易集笺校》,第 2790—2792 页。
② 《魏书》卷三五《崔浩传》,第 812 页。

格等方面不仅直接干预文学，而且通过对政治、教化等意识形态的影响，间接地影响了文学的创作。儒家思想的"风教"说，长期以来对封建社会的诗歌及诗论产生过重大的影响，这也反映了封建社会统治阶级对于文艺的功利主义要求。

《文心雕龙》的理论体系中堪称"文之枢纽"的包括"原道""征圣""宗经""正纬""辨骚"五篇，今人多称之为《文心雕龙》的总论或总纲。但堪称全书总论的只有"原道""征圣""宗经"三篇，此三论成为统摄全书的理论纲领。从三篇纲目不难发现，"原道"中的"道"当指儒道、"征圣"中的"圣"当指儒家圣人孔孟、"宗经"中的"经"当指儒家经典。"宗经"篇将众体之源归结于儒家经典，强调了文学的社会功能。孔子以天纵之才，自卫返鲁后，削笔而成《春秋》。孔子所编《春秋》往往微言大义，强调的是其社会功能，欲使乱臣贼子惧。

新乐府运动亦以恢复儒学的诗教传统为己任，他们在"元和中兴"的政治形势下，反对大历以来脱离现实的平庸诗风，意欲重新树立起盛唐诗人那种积极昂扬的信心和理想。他们以新乐府诗歌创作为诗歌改良的切入点，以复古为创新，恢复文学宗经的传统，掀起了诗坛复古之风。"元白"新乐府运动关注时政，提倡实用的诗风，这与山东士族的家学门风精神实质是相通的

新乐府运动以复古宗经为旨归，这与古文运动以及韩孟诗派并行不悖。元稹、白居易既是新乐府运动的领导者，又是重要的古文家。对韩愈诗歌最早给予高度评价的恰恰是元稹和白居易，元稹与白居易都将韩愈视为知己，表达了对韩愈古体诗的喜好。

以新乐府诗歌创作名家的诗人张籍同样得到韩愈的垂顾，《旧唐书·张籍传》载："能为古体诗，有警策之句，传于时。调补太常寺太祝，转国子助教、秘书郎。以诗名当代，公卿裴度、令狐楚，才名

如白居易、元稹，皆与之游，而韩愈尤重之。"① 韩愈、孟郊诗歌中有不少是与张籍的唱和诗。

新乐府运动与韩孟诗派都提倡复古宗经，他们的许多作品精神相类，如同样对音乐的描写，孟郊《遣兴》曰："弦贞五条音，松直百尺心。贞弦含古风，直松凌高岑。浮声与狂葩，胡为欲相侵？"② 另如孟郊《古薄命妾》："不惜十指弦，为君千万弹。常恐新声至，坐使故声残。弃置今日悲，即是昨日欢。将新变故易，恃故为新难。青山有蘼芜，泪叶长不干。空令后代人，采掇幽思攒。"③ 都体现了厚古薄今的思想。元稹《立部伎》云："宋沇尝传天宝季，法曲胡音忽相和。明年十月燕寇来，九庙千门虏尘涴。我闻此语叹复泣，古来邪正将谁奈。奸声入耳佞入心，侏儒饱饭夷齐饿。"④ 白居易《立部伎》有"刺雅乐之替也"⑤，《司天台》有"引古以儆今也"⑥，都体现了与孟郊类似的复古理念。再如白居易《五弦弹》"恶郑之夺雅也"云："人情重今多贱古，古琴有弦人不抚。更从赵璧艺成来，二十五弦不如五。"⑦《华原磬》："华原磬，华原磬，古人不听今人听。泗滨石，泗滨石，今人不击古人击。今人古人何不同，用之舍之由乐工。乐工虽在耳如壁，不分清浊即为聋。梨园弟子调律吕，知有新声不如古。古称浮磬出泗滨，立辩致死声感人。宫悬一听华原石，君心遂忘封疆臣。果然胡寇从燕起，武臣少肯封疆死。始知乐与时政通，岂听铿锵而已矣。"⑧ 也在音乐上表现出尊王攘夷、崇古贱今的观点。新乐府运

---

① 《旧唐书》卷一六〇《张籍传》，第 4204 页。
② 《全唐诗》卷三七三，第 4190 页。
③ 《全唐诗》卷三七二，第 4178 页。
④ 《全唐诗》卷四一九，第 4618 页。
⑤ 《白居易集笺校》，第 150 页。
⑥ 同上书，第 172 页。
⑦ 同上书，第 188 页。
⑧ 同上书，第 152 页。

动与韩孟诗派同样针砭时政,具备批判现实主义精神。像韩孟诗派的刘叉著名的《冰柱》《雪车》诗同样揭示了封建统治者的罪恶,即使将这类诗置于《元氏长庆集》与《白氏长庆集》的新乐府中,亦几可乱真。

新乐府运动推崇实用主义,主张复古宗经,这与山东高门门风相契合,因而得到了山东高门的支持,山东高门参与并影响了中唐的新乐府运动。另外,新乐府运动走的是通俗路线,即所谓"元轻白俗",而出自山东高门范阳卢氏的卢纶恰恰是"元轻白俗"[①] 的先声。总体来说,大历十才子的诗歌属于齐梁风格,"虽时髦而无俗气","用字的细腻雅致,杜甫比起他们都嫌太浑厚了"。[②] 但卢纶在十才子中另辟蹊径,开始走向通俗路线,并对不久之后的新乐府运动产生了影响。

卢纶的通俗诗歌常以口语入诗,如《夜中得循州赵司马侍郎书因寄回使》:"瘴海寄双鱼,中宵达我居。两行灯下泪,一纸岭南书……"[③]其中"两行灯下泪,一纸岭南书"一联纯粹用口语却又十分工整。再如《王评事驸马花烛诗》云:"一人女婿万人怜,一夜稠疏抵百年。""人主人臣是亲家,千秋万岁保荣华。"[④] 皆近乎口语且十分通俗,以致清人王士禛奚落"唐绝句有最可笑者"时首列此诗,并说"当日如何下笔,后世如何竟传,殆不可晓"[⑤]。卢纶是大历十才子中很有影响的诗人,其四子皆在台阁,《旧唐书》因此为卢纶列传。卢纶得到中唐帝王的推崇,唐宪宗好卢纶诗歌,曾诏令访其遗文,因此中唐诗人多受其熏沐。其通俗诗歌必然起到了抛砖引玉的作用,对新乐府运动产生了一定影响。

[①] 参见蒋寅《大历诗人研究》,北京大学出版社 2007 年版,第 250 页。
[②] 郑临川评述:《闻一多论古典文学》,重庆出版社 1984 年版,第 138—139 页。
[③] 《全唐诗》卷二七八,第 3158 页。
[④] 同上书,第 3148 页。
[⑤] (清)王士禛:《唐人万首绝句选》凡例,齐鲁书社 2009 年版。

第十章

山东士族与中唐古文运动

进入中唐，尤其是唐德宗以后，思想史上掀起一股复古思潮，文学上则掀起了古文运动。古文与骈文相对，古文指的是先秦以来的散文形式，骈文是六朝时期兴起的文种。骈文讲究音韵和对称美，是艺术本位思想在文学创作中的体现，但骈文过分浮艳，内容往往空虚贫乏。在骈文形成以前，文章自然是散文的天下，在骈文兴盛的六朝，散文仍未绝迹。唐代古文运动带来了散体文的复苏与创新，对后世文学创作产生了重要的影响。在创作思想上，古文家力倡文章当为政教服务的儒家功利主义，强烈地打击了流行于六朝时期的艺术本位心态。

中唐古文运动，实际上是指从安史之乱前后到宪宗朝的一个持续性的批判近代华丽文风、主张文章复古的潮流。古文运动最早的倡导者有萧颖士、李华、贾至等，而古文运动的领袖则以韩愈、柳宗元为最著名。

古文文体在韩愈、柳宗元等人手中完成，他们之前的先驱，虽没有一致而明确的文学理念，但可视为古文运动的源头。唐代古文家有一些相同或相似的特点：首先，他们是唐代文坛重要作家，在文章写作上成就尤高，并多少对文体的创新有所尝试；其次，他们对六朝以下讲究骈俪声律的文风都很不满；再次，他们大都主张在创作意旨和文字风格上，文学应该以六经为归依；最后，也是本书所着重论述的，古文家多处于山东士族文化圈内，很多出自山东士族，或与山东士族有密切关系。

早期古文家多是文坛的重要领袖，他们的思想可能有相当程度的传布，只是没有在现存文献中得到充分的反映。中唐古文大家韩愈和柳宗元受到年轻作家广泛的崇敬与追随，则是很明显的。中唐的古文运动对后代文学创作产生了重大影响，直接影响了宋代诗文革新，导致了宋学的产生以及唐以后历代的文学复古运动。

第一节　唐代古文运动与山东士族

由于魏晋以来的南朝强调艺术本位，骈文在这样的土壤上逐渐繁荣。南朝自齐梁以后，散文逐渐衰落。北方文风质朴，在南方盛行骈文之际，北朝散文却出现了杨衒之《洛阳伽蓝记》、郦道元《水经注》这样的作品。北人"尊儒"和"务实"，在文学方面"仿古"和"复古"的主张远比南朝人激烈，虽有南朝文学的引进，对传统的重视始终没有中断，散文的繁荣为南朝所不及。永嘉之乱后，地处河北的山东高门未及南渡，滞留于北朝。由于他们笃信汉儒家法，没有受到南朝骈俪文风的影响，为文尚能恪守古文传统。北魏名臣崔浩、高允等皆擅长散文。从北朝以来的复古运动中可以找到山东士族的身影。

古文运动的源头可以追溯到西魏时期的苏绰、卢辩。苏绰反对浮华文风为大家所熟知。另据《周书·卢辩传》载："卢辩，字景宣，范阳涿人，累世儒学……辩少好学，博通经籍，举秀才，为太学博士，以《大戴礼》未有解诂，辩乃注之，其兄景裕为当时硕儒……初，太祖欲行周官，命苏绰专掌其事，未几而绰卒，乃令辩成之……多依古礼，革汉魏之法。"① 宇文泰的复古事业在苏绰死后由卢辩完成，此复古事业包括了苏绰的文体革新。苏绰作大诰体在西魏文帝大统十一年（545），宇文泰令卢辩作诰谕公卿，其文体无异于苏绰所仿的大诰体。苏绰、卢辩所创造的大诰体，模仿《尚书》，虽志在复古，但缺乏时代气息，远不及徐陵、庾信的文章富有文学意味。这种矫枉过正的文体至周明帝武成元年（559）后便不被遵行，但二人复古的精神却对后代产生了重要影响。隋文帝时的李谔对骈文的形成及其缺点作了评论，上书提出"屏去轻浮，遏止华伪"，奏议立即得到隋文帝的采纳，并颁示天下。隋文帝整顿文风是很认真的，但其继承人隋炀帝以及后来的唐太宗皆好庾信文章，经过他们的倡导，骈文在初盛唐占绝对优势。

六朝时期的复古主义者主要是北方士族，苏绰出自武功苏氏，属于关陇士族；与苏绰共同提倡复古的卢辩出自范阳卢氏，隋代李谔出自赵郡李氏，他们都出身于"山东五姓"。

一 山东士族出身的古文家

魏徵在《隋书·文学传序》对南北文风作了总结与回顾，他说：

江左宫商发越，贵于清绮，河朔词义贞刚，重乎气质。气质

---

① （唐）令狐德棻：《周书》卷二四《卢辩传》，中华书局1975年版，第403—404页。

则理胜其词，清绮则文过其意，理深者便于时用，文华者宜于咏歌，此其南北词人得失之大较也，若能掇彼清音，简兹累句，各去所短，合其两长，则文质斌斌，尽善尽美矣。梁自大同之后，雅道沦缺，渐乖典则，争驰新巧。简文、湘东，启其淫放，徐陵、庾信，分路扬镳。其意浅而繁，其文匿而彩，词尚轻险，情多哀思。格以延陵之听，盖亦亡国之音乎！①

魏徵在这里提出了"文质斌斌"的文学观，看似调和南北文风。实际上，在南方文风盛行的贞观年间，魏徵将南北文学对等起来，实际上还是为了提高北朝文学的地位。批判"其意浅而繁，其文匿而彩，词尚轻险，情多哀思"的南方"徐庾"体文风。魏徵散文以《十思疏》《十渐不克终疏》等著名，虽用偶句，但无典故堆砌之病，已表现出由骈文向散文过渡的倾向。

初盛唐的这些作家只能算是零星的源头，真正的古文运动是在安史之乱以后的中唐时期勃兴的。这时期可称古文家者辈出，古文作品无论是数量还是质量都可媲美于先秦两汉时期。下文从这一时期众多作家中筛选出可以称作古文家的人，并简要分析其出身：

颜真卿（709—784）。京兆长安人，郡望琅琊临沂。颜氏于晋永嘉时期过江居丹阳，属于侨姓士族。盛唐时期颜真卿以书法驰名于世，是唐代的忠烈名臣。颜真卿今存文章以碑志为多，其不少作品打破了六朝以来骈体的僵化模式，也是独孤及所称"文章中兴"的一个组成部分，促进了日后古文的发展。

李华（715—774?）。系出赵郡李氏东祖房，属山东高门。李华的文学主张与萧颖士十分接近，其古文名篇有《扬州功曹萧颖士文集

---

① 《隋书》卷七六《文学传序》，第1730页。

序》《卜论》《李夫人传》等。

贾至（718—772）。河南洛阳人，郡望长乐。《元和姓纂》记载，贾至的六代祖贾琚在北魏任颍川太守，属于山东一般士族。贾至于代宗永泰二年（766）知贡举，反对浮艳文风，对古文运动影响很大。

独孤及（725—777）。源出匈奴，代北虏姓，其十世祖罗辰从魏孝文帝迁洛阳，子孙任官于北魏、北齐、隋、唐，其家久居华北，受汉文化影响极深。古文家梁肃《常州刺史独孤及集后序》说他"（梁）肃仰公犹师"。独孤及强调道德对于为文的重要性，贬抑屈原、宋玉，推崇两汉散文。

李翰（约去世于8世纪70年代）。李华族人，赵郡李氏，属于山东高门。

崔佑甫（721—780）。出自博陵崔氏第二房，山东高门。

梁肃（753—793）。关中旧族，先祖为关陇集团成员。

柳冕（生卒年不祥）。史学家柳芳之子，出自河东柳氏，与柳宗元同宗。柳氏世代家传史学，可谓古文世家。

崔元翰（729—795）。系出博陵崔氏第三房，山东高门。崔元翰于德宗建中二年（781）状元及第，为中国历史上有名的"四元"状元。年长于梁肃，辈分高于梁肃。论文主张载道与复古，《旧唐书·崔元翰传》称他"对策及奏记、碑志，师法班固、蔡伯喈，而致思精密"。其为文是地道的古文。

李观（766—794）。属于山东高门的陇西李氏。德宗贞元八年（792）与韩愈、欧阳詹、崔群、王涯同登进士第。

权德舆（759—818）。秦州略阳人，名士权皋之子，属于关陇士族。

韩愈（768—824）。韩愈同时人或称韩家郡望为昌黎，或称南阳。查核传世的中古韩姓系谱，两说均非。依《元和姓纂》，韩家的地望则为陈留。韩愈先祖虽然起于军旅，至中唐时，已久受文教之熏习，可算是较低层的山东士族。

李翱（774？—836）。出自陇西李氏姑臧房，山东高门。李翱于贞元十二年（796）结识韩愈，后来成为韩愈的侄女婿，是韩愈古文的主要继承人。李翱在中国思想史上建树很高，他据儒学反对佛教，又将佛说引进其儒学体系，其《复性书》等文章对宋理学家影响很大。

皇甫湜（777？—835？）。南方人。原籍睦州新安，寄家扬州，以安定为郡望。皇甫湜是著名文士、宪宗文宗两朝宰相王涯的外甥，彼此关系密切。王涯出自太原王氏，属于山东士族。

吕温（772—811）。出自河东（今山西永济）吕氏，亦以东平为郡望，家居洛阳，但族人仍有祖茔在河东。社会地位是新近才上升的，可算是新兴家族。

柳宗元（773—819）。出自河东柳氏西眷房，关中郡姓，政治上属于关陇集团。

刘禹锡（772—842）。出自彭城刘氏①，《旧唐书·刘禹锡传》载："刘禹锡，字梦得，彭城人。祖云，父溆，仕历州县令佐，世以儒学称。禹锡贞元九年擢进士第，又登宏辞科。禹锡精于古文。"② 刘禹锡称自己"我本山东人"，从文化传承上讲，完全可视为山东士族。

李德裕（787—850）。出身于赵郡李氏西祖房，属于山东高门，中唐名臣李栖筠之孙，名相李吉甫次子。过去研究者往往对李德裕在古文运动中的贡献估计不足。李德裕的古文，尤其是政论文，是唐宋

---

① 据卞孝萱先生考证，刘禹锡为匈奴后裔，随北魏孝文帝迁都洛阳，遂"占籍洛阳"，后迁居荥阳，祖先坟墓在荥阳檀山原。刘禹锡的童年在江南嘉兴度过（《南开学报》1999年第3期）。

② 《旧唐书》卷一六〇《刘禹锡传》，第4210页。

散文的过渡。李德裕文章实为北宋诸家学习的典范,其《文章论》表明他反声律的古文思想。"李德裕,字文饶,赵郡人。……德裕幼有壮志,苦心力学,尤精《西汉书》《左氏春秋》。耻与诸生从乡赋,不喜科试。"①《西汉书》《左氏春秋》皆是古文的范文。李德裕为文多用散体,无意追求华丽辞藻。他"不喜浮华文字",为文多用散体,语言能准确表达意思,不刻意追求华丽辞藻。明人王世贞说:"后得文饶《一品集》读之,无论其文辞剀凿瑰丽而已,即揣摩悬断,曲中利害,虽晁(错)、陆(贽)不胜也。"②

李德裕的古文创作成就主要体现在他的《穷愁志》之中,《穷愁志》为李德裕迁贬后所作史论,包括《夷齐论》《三良论》《张辟疆论》《盎以周勃为功臣论》《汉昭论》等,共49篇。他的史论成就斐然,成为当时文坛效仿的对象。

李德裕对古文运动影响十分深远,其地位不容小觑。李德裕对唐代古文运动的影响在很多方面不亚于柳宗元。首先,柳宗元官位不及李德裕,后者可以利用行政资源如科举考试影响古文创作;其次,柳宗元长期贬谪于蛮荒之地,李德裕则久掌机要;最后,李德裕反佛而柳宗元佞佛,只有李德裕可以举起道统的大旗。

上述作家基本包含了古文家的大部分和古文运动的中坚力量,从古文运动的健将中可以发现山东士族的功勋。古文运动的源头在北方,西魏时期与苏绰一起提倡复古的卢辩出身于范阳卢氏,隋文帝时期倡导文体改革的李谔出身于赵郡李氏,皆出自山东高门。

隋代大儒文中子王通在河汾一带广收门徒,传授儒家经典。其河汾学派对初唐思想影响极大,被称为"开唐代贞观之治"。王通出身

---

① 《旧唐书》卷一七四《李德裕传》,第4509页。
② (明)王世贞:《弇州四部稿读会昌一品集》卷一一二,文渊阁《四库全书》影印本。

于太原王氏,其弟王度是散体小说《古镜记》的作者。王通的弟子魏徵在贞观时代提出"文质斌斌"之说,反对南方文学浮艳之风,魏徵出自巨鹿魏氏,属于较低层次的山东士族。盛唐时期著名史学家刘知几父子出自彭城刘氏,属于山东高门。

中唐古文运动的重要人物出自山东高门者有:李华,与萧颖士齐名,人称"萧李",李华出身于赵郡李氏;李翰,为李华族人,亦出身于赵郡李氏;崔佑甫,代常衮为宰相,是中唐山东高门登上政治舞台的象征,崔佑甫提倡复古,其本人出身于博陵崔氏;崔元翰,出身于博陵崔氏,论文主张载道与复古;李观、李翱,二人皆出自陇西李氏;韩愈,出自昌黎韩氏,虽非高门,亦属于山东士族;刘禹锡,出自彭城刘氏,精于古文;李德裕,为名相李吉甫之子,出自赵郡李氏。以上统计的古文家中,除了皇甫湜属于南方士族,颜真卿属于侨姓士族外,其余皆属于北方士族。

二 山东士族对中唐古文运动的影响

山东士族不仅直接参与了古文创作,而且与古文家关系十分密切。唐代古文家的重要人物如:独孤及、梁肃、权德舆、韩愈和柳宗元,他们虽不是出自山东高门,但都与山东高门有密切关系,深受山东士族的影响。

独孤及与赵郡李华志同道合,曾为李华文集作序。他在《赵郡李公中集序》中称李华:"公之作,本乎王道,大抵以五经为泉源。"赞扬了李华复古宗经的古文。

博陵崔元翰曾向独孤及求教,论文主张载道与复古,他在《与常州独孤使君书》说:

> 阁下绍三代之文章,播六学之典训。微言高论,正词雅音,

温纯深润,溥溥宏丽,道德仁义,粲然昭昭,可得而本。学者风驰云委,日就月将,庶几于正。

崔元翰将独孤及文章比作三代之文,显然是指独孤及的古文。崔元翰对独孤及的古文有极高的评价,对独孤及的影响大为钦佩。博陵崔佑甫本人善古文,曾为独孤及写神道碑文。

梁肃是著名古文家,且对唐代科举与古文运动有深刻影响,他与山东高门关系十分密切。如:"崔群,字敦诗,贝州武城人。未冠,举进士,陆贽主贡举,梁肃荐其有公辅才,擢甲科"①;"(王)涯博学,工属文。往见梁肃,肃异其才,荐于陆贽。擢进士"②。博陵崔恭工古文,自言与梁肃同为天台大师元浩弟子,谓梁肃所作古文"粹美深远,无人能到"(《唐右补阙梁肃文集序》)。古文家崔元翰自称是梁肃的挚友,曾为梁肃撰写墓志(《右补阙翰林学士梁君墓志》),崔元翰与梁肃同荐韩愈、李观、欧阳詹等登第。出自赵郡李氏的李翰,天宝年间中进士,曾撰《张巡传》,善古文,梁肃师事之,肃称其"博涉经籍,其文尤工"。《张巡传》虽已失传,韩愈《张中丞传后叙》正是摹仿李翰《张巡传》体例所为。

很多出自山东高门的古文运动的健将日后取得成功与梁肃的举荐有关,李元宾、李绛、崔群、韩愈皆出自山东士族,前三者出自山东五姓,据《唐摭言》载:

贞元中,李元宾③、韩愈、李绛、崔群同年进士。先是,四君子定交久矣,共游梁补阙(梁肃)之门。居三岁,肃未之面,

---

① 《新唐书》卷一六五《崔群传》,第 5080 页。
② 《新唐书》卷一七九《王涯传》,第 5317 页。
③ 李元宾即李观,王定保《唐摭言》说他出自陇西李氏,称之为陇西李元宾。赵超《新唐书宰相世系表集校》说他出自赵郡李氏(参见赵超《新唐书宰相世系表集校》,中华书局 1998 年版,第 228 页)。其出自山东高门当不谬。

而四贤造肃多矣,靡不偕行。肃异之,一日延接,观等俱以文学为肃所称,复奖以交游之道。然肃素有人伦之鉴。观、愈等既去,复止绛、群,曰:"公等文行相契,他日皆振大名。然二君子位极人臣,勉旃!勉旃!"后二贤果如所卜。①

权德舆曾多次掌贡举,对中晚唐政治和文学有重要影响,对中唐古文运动的发展起了重要作用。权德舆与山东高门的关系十分密切,多次为他们的文集作序,并将自己的古文观念表现在所作序文中。如:为崔佑甫所作序文《崔佑甫文集序》:"作为文章,以修人纪,以达王事";为崔邠诗作序《崔工二侍郎诗集序》;为崔寅亮文集所作《崔寅亮集序》称文章要"有补于时";为崔文翰文集所作序中不满于文章"词或侈靡,理或底伏"(《崔文翰文集序》)的衰薄文风。崔佑甫、崔邠、崔寅亮、崔文翰皆出自山东五姓。

权德舆家族与赵郡李氏属于世交,李栖筠与权德舆父亲权皋均登天宝七载(748)进士第②,权德舆曾为李栖筠文集作序,说李栖筠"不苟合于时。族子华名知人,尝谓公曰:'叔父上邻伊、周,旁合管、乐,声动律外,气横人间。感激西上,举秀才第一。'"③认为称李栖筠的文章:

> 大凡出于《诗》之无邪、《易》之贞厉、《春秋》之褒贬。且以闳夸钜衍为曼辞,丽句可喜非法言。公之文简实而粹精,朗拔而章明。书志三篇,感慨自叙,英华特达。君子之道,有初有终。至若嘉园绮弛张出处于秦汉之间。著《四先生碑》,美萧文

---

① (后晋)王定保:《唐摭言》卷七,《唐五代笔记小说大观》本,上海古籍出版社2000年版,第1641页。
② 《登科记考补正》,第365页。
③ (唐)权德舆:《唐御史大夫赠司徒赞皇文献公李栖筠文集序》,《全唐文》卷四九三,中华书局1985年版,第5034页。

· 463 ·

终邴承相之伦或退或让；作《五君咏》，病有司诗赋取士非化成之道；着"贡举议"。其它下属城教条，则辞语温润，言公事上奏，则切劘端正，触类而长，皆文约旨明，昭昭然足以激衰薄而申矩度，如昆丘玄圃，积玉相照，景山邓林，凡木不植。①

李栖筠"病有司诗赋取士非化成之道"，实际上是反对当时科举考试中的浮华之风。李栖筠之孙李德裕日后所说李栖筠考中进士后，"家不藏《文选》"，这表明李栖筠反对文章浮华的言行是一致的。

唐代古文运动的双子星座韩愈和柳宗元皆非出自山东高门，其中韩愈出自山东较低士族，柳宗元出自河东柳氏，为关中六姓之一。但他们的成长及其成功与山东高门密切相关。

韩愈自幼父母双亡，由兄嫂抚养成人，对其古文思想影响极大，故钱穆先生认为韩愈的古文得自家传。② 韩愈嫂子（韩会妻）郑夫人出自荥阳郑氏，韩愈在《祭郑夫人文》中载："我生不辰，三岁而孤；蒙幼未知，鞠我者兄；在死而生，实为嫂恩……视余犹子，诲化谆谆。"③ 韩愈父母去世后，其嫂荥阳郑氏担当起母亲的责任，"愈生三岁而孤，随伯兄（韩）会贬官岭表。会卒，嫂郑鞠之。愈自知读书，日记数千百言，比长，尽能通'六经'、百家学"④。韩愈事嫂如母，《新唐书》载："嫂郑丧，为服期以报。"⑤ 成长于这样的家庭使得韩

---

① （唐）权德舆：《唐御史大夫赠司徒赞皇文献公李栖筠文集序》，《全唐文》卷四九三，中华书局1985年版，第5034页。
② 参见钱穆《中国学术思想史论丛》，台北东大图书有限公司1978年版。按：韩愈兄韩会与崔造、张正则、卢东美为友，好谈经济之略，时人号为"四夔"。《唐国史补》卷下载："韩会与名辈号为四夔，会为夔头，而善歌妙绝。"（《唐五代笔记小说大观》本，上海古籍出版社2000年版，第195页）韩会与梁肃共同提倡古文，韩愈生于这样的家庭，算得上古文世家。
③ 《韩昌黎文集校注》，第334—335页。
④ 《新唐书》卷一七六《韩愈传》，第5255页。
⑤ 同上书，第5265页。

愈对古文和儒学都有很深的造诣。

韩愈举进士前，"投文于公卿间，故相郑余庆颇为之延誉，由是知名于时。寻登进士第"①。郑余庆十分赏识韩愈古文，韩愈在《上郑尚书相公启》中说道："愈幸甚，三得为属吏，朝夕不离门下，出入五年。"②

郑余庆出自荥阳郑氏，好古文，《新唐书·郑余庆传》载："奏议类用古言，如'仰给县官''马万蹄'，有司不晓何等语，人訾其不适时。"③郑余庆所用"古语"就是不适时的古文。郑余庆曾延复古主义者韩愈、孟郊、樊宗师入幕，其中，韩愈与樊宗师为古文家，孟郊作诗力追汉魏，因不守格律而不合于时。

郑絪亦出自荥阳郑氏，是德宗朝宰相，宪宗登基的功臣。郑絪与郑余庆齐名，"与从父絪家昭国坊，絪第在南，余庆第在北，世谓'南郑相''北郑相'云"④。宪宗元和二年（807），韩愈任国子监博士，郑絪爱其诗文，韩愈抄若干篇以进，遭嫉妒者攻击，韩愈作《释言》辩解。荥阳郑氏在中唐以后全面复兴，郑氏拜相者全在唐德宗以后。荥阳郑氏的复兴借助于科举，但在及第后又主张恢复其古老门风，因而参与了古文运动，如：

> 郑肃，荥阳人，祖烈，父阅，世儒家。肃苦心力学，元和三年擢进士第，又以书判拔萃历佐使府。太和初，入朝为尚书郎。六年，转太常少卿。肃能为古文，长于经学，左丘明、《三礼》、仪注疑议，博士以下，必就肃决之。⑤

---

① 《旧唐书》卷一六〇《韩愈传》，第4195页。
② 《韩昌黎文集校注》，第149页。
③ 《新唐书》卷一六五《郑余庆传》，第5061页。
④ 同上书，第5061页。
⑤ 《旧唐书》卷一七六《郑肃传》，第4573—4574页。

贞元九年（793），韩愈应吏部试，主考官是出身于博陵崔氏的崔元翰。崔元翰为崔良佐之子，状元及第，好古文。崔元翰十分赏识韩愈，将韩愈的名字上报中书，尽管惨遭淘汰，韩愈还是写信表示感谢。①

元和七年（812），韩愈在任四门博士期间失意时作《进学解》，这篇文章马上得到当时宰相赵郡李吉甫和李绛等人的赏识②，"执政览其文而怜之，以其有史才，改比部郎中、史馆修撰"。元和八年（813），韩愈擢比部郎中（官衔）、史馆修撰（实职）。③

与韩愈齐名的柳宗元也与山东高门有密切关系。柳宗元出自河东柳氏，河东虽地处山东，河东柳氏却属于关中士族。柳氏与山东高门世代通婚，柳宗元母亲即出自山东高门的范阳卢氏，柳宗元《先太夫人河东县太君归祔志》载其母行状：

> 先夫人姓卢氏，讳某，世家涿郡……尝逮事伯舅，闻其称太夫人之行以教曰："汝宜知之，七岁通《毛诗》及刘氏《烈女传》，斟酌而行，不坠其旨。汝宗大家也，既事舅姑，周睦姻族，柳氏之孝仁益闻。岁恶少食，不自足而饱孤幼，是良难也。"又尝侍先君，有闻如舅氏之谓，且曰："吾所读旧史及诸子书，夫人闻而尽知之无遗者。"某始四岁，居京城西田庐中，先君在吴，家无书，太夫人教古赋十四首，皆讽传之。以诗礼图史及剪制缝结授诸女，及长，皆为名妇。④

---

① 韩愈给崔元翰书信《上考功崔虞部书》，《韩昌黎文集校注》，第660页。
② 《新唐书》卷一七六《韩愈传》，第5257页。
③ 《旧唐书》卷一六〇《韩愈传》，第4198页。按：李吉甫、李绛于元和六年（811）为中书侍郎同中书门下平章事，这里所谓"执政"指李吉甫和李绛，他们二人皆出自山东高门赵郡李氏。
④ （唐）柳宗元：《柳河东集》卷一三，上海古籍出版社2008年版，第203—204页。

柳宗元自幼丧父，由母亲范阳卢氏抚养教育成人。卢氏七岁即通《毛诗》及刘氏《烈女传》，"既事舅姑，周睦姻族"。柳宗元母亲的口传身教对他世界观的形成起到了很大的作用，柳宗元日后的成就与卢氏的教育是分不开的。

"永贞革新"失败后，柳宗元贬柳州，出自赵郡李氏的李吉甫对柳宗元的贬责予以关注，柳宗元回信深表谢意："宗元启：六月二十九日，衡州刺史吕温道过永州，辱示相公手札，省录狂瞽，收抚羁縲，沐以含弘之仁，忘其进越之罪。感深益惧，喜极增悲，五情交战，不知所措。"①（《谢李吉甫相公示手札启》）柳宗元对"永贞革新"的态度与山东高门迥异②，但山东高门出身的李吉甫还是表现了对他的同情。

唐代古文运动与山东士族关系十分密切，古文家之间往往也志同道合，如：陈子昂与卢藏用情投意合，卢藏用为陈子昂文集作序，并为其抚养遗孤；独孤郁是权德舆女婿；萧颖士和李华是密友，二人是太学同学，又是"同年"；李华为李德裕族叔；古文家萧颖士和萧存为父子；崔元翰、梁肃同为独孤及弟子；韩会与韩愈为兄弟；李汉为韩愈女婿；皇甫湜是宪宗、文宗两朝宰相太原王涯的外甥，彼此关系密切；李绛早年与李观、韩愈、崔群过从甚密，俱以文学为梁肃称奖，而李绛、崔群尤见器重。

综上所述，山东士族与唐代古文运动关系密切，古文运动正是在山东士族文化圈内形成的。

---

① （唐）柳宗元：《柳河东集》卷三六，上海古籍出版社2008年版，第571页。
② 前面讲过，山东高门反对王叔文的革新，这一点成为他们在宪宗元和年间掌握政权的重要条件。柳宗元由于支持王叔文革新，成为被贬的八司马之一。

第二节　山东士族的修史传统与古文运动

骈文往往过于强调声律形式美,在叙事和议论上难以与古文抗衡。古文叙事能力强,因此,适合记载历史和创作小说。在骈文独尊的初唐时期,由于史学的繁荣,古文在史传中得到延续而未出现断层。初盛唐到中唐时期是古文运动从萌芽至全盛的发展时期,很多古文家本身就是史官或精于史学,史学对古文运动的繁荣功不可没。晚唐时期是古文运动的衰落时期,这一时期的古文家亦多精于史学,古文与史学仍然保持相互促进、共同发展的态势。

唐代山东高门家传史学,本就具备修史传统。唐代史学与古文运动关系密切,古文家往往有志于修史,他们很多出自山东高门或者与山东高门有密切的关系。

一　山东士族与唐代史学之盛

唐代史学发展臻于极盛,其间史家代兴,俊彦踵武。唐初统治者对修史高度重视,唐太宗贞观年间官修正史达到八部之多,占"二十四史"的三分之一。贞观三年(629),唐太宗置史馆于禁中,以宰相监修梁、陈、北齐、北周、隋五代正史。至贞观二十二年(648),《梁书》《陈书》《北齐书》《周书》《隋书》《南史》《北史》《晋书》等八史相继完成。贞观十五年(641),太宗以梁、陈、北齐、北周、隋五代史无志,以宰相于志宁等同修《五代史志》。高宗显庆元年(656),由监修人长孙无忌领衔奏上。

贞观年间修史者皆太宗心腹,朝廷股肱之臣,一些人成为太宗、高宗朝名臣。唐太宗十分重视史书的编修工作,他不仅亲自参与了八史的修撰,还为《晋书》作四赞。除了修撰贞观八史外,贞观年间,秘书少监颜师古撰《汉书注》120卷,对《汉书》存真去伪贡献良多,可谓《汉书》功臣。唐太宗拟通过编纂史书来总结历代兴亡的教训,以求本朝长治久安的目的。另外,太宗以宰相大臣监修并亲自参与了贞观八史的修撰无形中引起了大家对史书编修的重视,从而提高了史学的地位。

唐太宗的继承者高宗对史书的修撰亦十分重视,高宗、武后以宰相李义府、许敬宗领衔修撰国史,高宗还亲自为《南史》《北史》作序。高宗章怀太子李贤亦重视史书的整理,尝召集宫僚张大安、刘讷言、许叔牙等大儒共注范晔《后汉书》,后人以其连城之价不减于颜师古注《汉书》。史学发展至盛唐而繁香不断,唐玄宗时期的宰相张九龄、李林甫皆参与了国史的修撰。

唐代史家如群星璀璨,烁烁生辉,这与唐代史官地位崇高、待遇优渥有关。曾经"三为史臣"的史学家刘知几对此深有体会,他说:"暨皇家之定鼎也,乃别置史馆,通籍禁门。西京则与鸳渚为邻,东都则与凤池相接,而馆宇华丽,酒馔丰厚,得厕其流者,实一时之美事。"[1] 尊贵的地位和优渥的待遇吸引了众多全国一流的史学家,仅举其荦荦大者,如:魏徵、吴兢、刘知几、徐坚、柳芳、韩愈等,皆一时之佳选。

唐代以科举取士,科举取士成为唐代官员的重要来源,科举制度影响到学术领域的方方面面。科举考试主要包括常科和制科两种,常科中有"一史"和"三史",明经科又有史科[2],足见史学在唐代科

---

[1] (唐)刘知几:《史通通释》卷一一《史官建置》,(清)浦起龙通释,吕思勉评,上海古籍出版社2008年版,第226页。

[2] 参见《新唐书》卷四四《选举志》。

举考试中的重要地位。由于科举取士为天下士林所企羡，史学的地位借此得到提高。

自西汉司马迁以后，史学已脱离经学而独立，开拓了以纪传体为首的各种史著体类。历史本身就是后人的一笔宝贵财富，随着社会变得越来越依据过去的经验行事，史学亦越来越受重视。由于修史需多种技能，故史才尤为难得。唐代礼部尚书郑惟忠尝问刘知几何以自古文士多而史才少，刘知几说："史有三长：才、学、识。世罕兼之，故史者少。夫有学无才，犹愚贾操金不能殖货；有才无学，犹巧匠无楩楠斧斤，弗能成室。善恶必书，使骄君贼臣知惧，此为无可加者。"① 这里，史学已被置于文学之上。

刘𫗧《隋唐嘉话》载："薛中书元超谓所亲曰：'吾不才，富贵过分，然平生有三恨：始不以进士擢第，不得娶五姓女，不得修国史。'"② 薛元超受太宗、高宗两朝天子恩遇，却以不得修国史为平生三大憾事之一，足见唐代史学地位之崇高。

另据宋钱易《南部新书》载："于志宁为仆射，预修史，恨不得学士。来济为学士，恨不得修史。"③ 来济父来护儿为隋左翊卫大将军，其本人于高宗朝拜相。贞观十八年（644），来济兼崇贤馆直学士，虽地位尊贵，仍以不得修史为憾。④

由于唐代统治者高度重视史学，唐代史学著作之盛凌轹往世。查屏球先生通过统计《汉书·艺文志》《隋书·经籍志》《旧唐书·经

---

① 《新唐书》卷一三二《刘子玄传》，第4522页。
② 《隋唐嘉话》，第28页。
③ 《南部新书》，第55页。
④ 《唐语林校证》，第384页。按：贞观十八年，来济兼崇贤馆直学士，不久迁中书舍人，预修《晋书》。另据《新唐书·来济传》载："永徽二年，拜中书侍郎兼弘文馆学士，监修国史，俄同中书门下三品。"由此推论，来济"恨不得修史"的时间应在贞观十八年迁中书舍人之前。

籍志》等书目分析汉以前、六朝和初盛唐文献的分布后发现，初盛唐时期集部在四部中的比例（23%）虽远高于东汉以前（11%），但较六朝的（27%）略有下降；经部著述的比例则从汉以前的21%跌至六朝的15%再跌至初盛唐的12%；史部的著述比例从汉以前的3%增至六朝的33%再增至初盛唐的35%。①

山东士族家学强调经世致用，史学是其家学的重要组成部分。山东高门有修史的传统，如北朝崔浩、高允都参与修国史。在崇尚修国史的唐代，很多山东高门子弟参与了国史的修撰，他们在史学方面的成就十分突出。

初盛唐时期朝中大手笔李峤和崔融二人皆出自山东高门，他们家传儒学，皆曾修国史。李峤出自赵郡李氏，其修国史详见《旧唐书》本传。②崔融出自清河崔氏，《新唐书·艺文志》"史部"载录崔融等撰《则天皇后实录》20卷，《旧唐书·崔融传》说崔融"兼修国史"③。崔融曾任史官，授官时，李峤撰《授刘如玉崔融等右史制》，称崔融："言芳兰芷，行温珪璧。或誉满铜楼，或名高石室。记言之重，选众犹难。宜收博辩之才，俾居良史之任。"④赞许崔融的良史之才。

出自山东高门彭城刘氏的刘知几父子在史学上的成就尤为突出。刘知几平生著述甚丰，自撰者有《史通》《刘氏家史》等6种83卷，预修者有《高宗后修实录》《则天大圣皇后实录》等8种。其中以《史通》最擅盛名。《史通》对唐以前诸史逐一加以评论，全面而深入地探讨了各种史学问题，是我国第一部有系统的史学论著。刘知几

---

① 查屏球：《唐学与唐诗学》，商务印书馆2000年版，第181页。
② 《旧唐书》卷九四《李峤传》，第2994页。
③ 同上书，第3000页。
④ 《全唐文》卷二四二，第1080页。

父子皆有史才，梁肃《给事中刘公墓志铭》载："初文公儒为天下表。有才子六人：曰贶、曰悚，继文公典司国史，时议比子长、孟坚；曰秩、曰迅，以述作之盛，德行之美，追踪孔门；曰汇与公，用刚直明毅，焯于当时。"①

除了参与贞观八史的修撰外，唐代山东士族还留下了许多史学作品，《新唐书·艺文志》中留下了许多山东高门子弟的史学作品，如出自清河崔氏与博陵崔氏的史学作品：崔行功参编《晋书》；崔瑄等撰、崔龟从监修《续唐历》；崔光庭《德宗幸奉天录》；崔融等撰《则天皇后实录》；崔晃《格式律令事类》等。出自荥阳郑氏的史学作品：郑昕《史俊》；郑涣《宪宗实录》；郑亚《敬宗实录》；郑余庆《书仪》。范阳卢氏的史学作品：卢彦卿《后魏纪》；卢若虚参编《六典》；卢耽、卢告等《文宗实录》。

唐代山东高门修国史者甚夥，除了上述李峤、崔融、刘知几等人外，尚有如出自山东高门的"黄门侍郎崔知温、给事中刘景先兼修国史"②、出自清河崔氏的"宰相崔慎由兼修国史"③。出自彭城刘氏的修国史者还有刘伯庄④、刘允济⑤等。另外，还有赵郡李吉甫监修了《顺宗实录》5卷、陇西李汉监修了《宪宗实录》40卷等。

除了修史外，山东高门子弟还创作了大量史料笔记，如李邕《狄仁杰传》、刘𫗧《隋唐嘉话》《国朝旧事》、郑綮《开天传信记》、李吉甫《六代略》、崔良佐《三国春秋》、刘肃《大唐新语》、李翰《张巡姚誾传》、李肇《国史补》、李德裕《次柳氏旧闻》《文武两朝献替记》《会昌伐叛记》《上党纪叛》《异域归忠传》《西蕃会盟记》《西

---

① 《全唐文》卷五二〇，第5290页。
② 《旧唐书》卷五《高宗纪》，第105页。
③ 《旧唐书》卷一八下《宣宗纪》，第640页。
④ 《旧唐书》卷一八九《刘伯庄传》，第4955页。
⑤ 《旧唐书》卷一九〇《刘允济传》，第5012—5013页。

戎记》、郑处诲《明皇杂录》、郑言《平剡录》、郑澣《凉国公平蔡录》、李浚《松窗录》、郑昈《益州理乱记》、郑樵《彭门纪乱》、高彦休《阙史》等。

二 初盛唐史学对古文的影响

先秦两汉时期，散文已发展到相当高的水平，以《左传》《史记》为代表的史学著作成为后代散文的经典之作。清代最负盛名的古代散文选本——由吴楚材、吴调侯编选的《古文观止》选文即从《左传》开端，选出34篇。该书的先秦两汉选文以《左传》《国语》《战国策》《史记》等史学著作为绝对重点，足见史学著作在古代散文中的重要地位。后来的散文家在心摹手追之际，往往有这些史学著作的影子横亘于心，不免受其熏沐。这样，史学和散文往往有密切的关系。六朝时期的骈文大行其道，被称作一代之文学，而这一时期的史书如范晔《后汉书》、沈约《宋书》、魏收《魏书》等仍大致以散文为之。

唐代史学的发展扩大了史传散文的影响，也使得史学著作的载体——散体单行的古文得到推崇。古文运动发轫于初盛唐，至中唐达到全盛。很多古文家精熟史学，史学的繁荣推动了古文运动的发展。

唐太宗贞观时期的魏徵出自山东士族巨鹿魏氏，属于山东次等士族，是一位很有造诣的史学家和文学家，曾主持修撰《群书治要》和梁、陈、齐、周、隋五朝史，并且亲自撰写了《梁书》《陈书》《齐书》的总论以及《隋书》的序论，时称"良史"。魏徵在修史中延续了古文的创作理念，他批判"其意浅而繁，其文匿而彩，词尚轻险，情多哀思"的南方"徐庾"体文风，其散文无典故堆砌之病，已表现出由骈文向散文过渡的倾向。

唐代古文与唐代史学密不可分，初盛唐很多古文家甚至不以文士自居。唐代史学最负盛名者当属刘知几,其散文不讲究辞藻、声律,便于记事。史家纪实之笔与文学不同,散文以其便于记事为史家所喜好。① 古文在叙事艺术上所取得的成就,是原先存在于子、史领域中的叙事能力回归文学的结果,故史家对古文之复兴贡献良多。

刘知几"幼喜诗赋,而壮都不为",并且"耻以文士得名,期以述者自命"②。刘知几对靡丽繁缛文风和竞奔趋附的文士非常厌恶,对艳丽的史体亦十分反感,不容许艳丽之文入史,力主实录直书。刘知几受汉代扬雄的影响,在《史通》里一再称诗赋为雕虫小技。《史通·载文篇》载:

> 夫观乎人文,以化成天下;观乎国风,以察兴亡。是知文之为用,远矣大矣。若乃宣、僖善政,其美载于周诗;怀、襄不道,其恶存乎楚赋。读者不以吉甫、奚斯为谄,屈平、宋玉为谤者,何也?盖不虚美、不隐恶故也。是则文之将史,其流一焉,固可以方驾南、董,俱称良直者矣。爰泊中叶,文体大变,树理者多以诡妄为本,饰辞者务以淫丽为宗。譬以女工之有绮縠,音乐之有郑、卫。盖语曰:"不作无益害有益"。至如史氏所书,固当以正为主。③

这种注重实用的文学观和史学观与古文运动的代表人物韩愈如出一辙。韩愈反对骈文重视散文的文学观念,与刘知几痛诋俪辞对语的言论十分相似;刘知几推崇《五经》《三史》,韩愈则非三代、两汉之书不敢读。刘知几的文史观对韩愈有很大启发,因此,刘知几不愧

---

① 西方历史常用史诗的形式记载历史,而中国历史多用散文记史,中国自古缺少史诗(西藏《丹珠尔》《甘珠尔》之类的史诗非汉文,不在本书范围内)。
② (唐)刘知几:《史通通释》,(清)浦起龙释,上海古籍出版社1978年版,第292页。
③ 同上书,第123—124页。

为古文运动的先驱者之一。刘知几之子多有史才，对古文的复兴贡献很大。如：

刘𫗧，刘知几次子，进士及第，史料笔记《隋唐嘉话》的作者。该书是唐代史学类名著，全书完全用散体文写成。

刘秩，刘知几第四子。刘秩富才学，古文家李华称他"文倾（司马）迁、（班）固"①（《祭刘左丞文》），梁肃称他及其弟刘迅"以述作之盛，德行之美，追踪孔门"②（《给事中刘公墓志铭》），故列为古文家。

刘迅，刘知几第五子。以学术著称，与元德秀、萧颖士齐名，李华称之为"三贤"，作《三贤论》以颂之，梁肃亦称之。

中国古代一向有通融文史的传统，复古运动在很大程度上是史学以"质实"对抗文学的"浮华"。陈子昂在罢职居乡之时，在政治上不得志，乃有志于修史，卢藏用《陈氏别传》说他"尝恨国史芜杂，乃自汉孝武之后，以迄于唐，为《后史记》。纲纪粗立，笔削未终，钟文林府君忧，其书中废"。陈子昂不仅有修史之志，而且始终不以文士自居，他在《上薛令文章启》中说："然则文章薄伎，固弃于高贤；刀笔小能，不容于先达，岂非大人君子以为道德之薄哉？……某实细人，过蒙知遇，顾循微薄，何敢只承！谨当毕力竭诚，策驽磨钝，期效忠以报德，奉知己以周旋。文章小能，何足观者！"陈子昂在唐代文学复古运动中有重要地位。曾为陈子昂编集、撰序、作传的卢藏用最先对陈子昂的文学成就与贡献作出高度评价，他说：

> 宋齐之末，盖憔悴矣。逶迤陵颓，流靡忘返，至于徐（陵）、庾（信），天之将丧斯文也。后进之士，若上官仪者，接踵而生，

---

① 《全唐文》卷三二一，第3258页。
② 《全唐文》卷五二〇，第5290页。

于是风雅之道扫地尽矣……道丧五百岁，而得陈君。①

陈子昂有志于史学，其古文创作与其不以文士自居有密切关系。陈子昂与其好友，出自范阳卢氏的卢藏用同为古文运动的先驱，谢无量指出，武周革命后，"一时文士，如苏、李、沈、宋之闳丽，陈子昂、卢藏用之古文"②，也肯定了出身于山东旧族的卢藏用对于古文的作用。

陈子昂在唐代文学复古运动中有重要地位，其《与东方左史虬修竹篇序》云："文章道弊五百年矣！汉魏风骨，晋宋莫传，然而文献有可征者。仆尝暇时观齐梁间诗，彩丽竞繁，而兴寄都绝，每以永叹，窃思古人，常恐逶迤颓靡，风雅不作，以耿耿也！"陈子昂打出"复古"旗号，意欲恢复《诗经》的"风雅"，提倡"汉魏风骨"，其文章在改变六朝骈文绮靡的文风方面做出了巨大贡献，对韩愈、柳宗元的古文运动理论起到了重要的先导作用。唐代古文运动的先驱们对此评价极高，古文运动领袖韩愈称之曰："国朝盛文章，子昂始高蹈。"③（《荐士》）元人辛文房也认识到陈子昂在复古运动中的作用，他说："唐兴，文章承徐、庾余风，天下祖尚，子昂始变雅正。"④明胡应麟也认为："唐初承袭梁、隋，陈子昂独开古雅之源。"⑤清人纪昀说："唐初文章，不脱陈隋旧习，子昂始奋发自为，追古作者……今观其集……若论事疏之类，实疏朴近古。"⑥

唐代古文运动与初盛唐史学的繁荣密不可分。骈文不宜叙事，骈

---

① （唐）卢藏用：《右拾遗陈子昂文集序》，《全唐文》卷二三八，中华书局1983年版，第2402页。
② 谢无量：《中国大文学史》，中州古籍出版社1992年版，第24页。
③ 《韩昌黎诗系年集释》，第528页。
④ 傅璇琮主编：《唐才子传校笺》第一册，中华书局1987年版，第110页。
⑤ （明）胡应麟：《诗薮》，上海古籍出版社1979年新1版，第35页。
⑥ （清）永瑢等：《四库全书总目提要》，中华书局1965年版，第1278页。

文兴起后撰史书除了论赞外仍用散文。姚察、姚思廉父子修《梁书》《陈书》时不仅叙事全用简约质朴的散文，其史论部分亦大致避免用骈语。故清人赵翼认为"古文自姚察始"，他说："世但知六朝之后古文自唐韩昌黎始，而岂知姚察父子已振于陈末唐初也哉。"[1] 充分认识到初唐史学对古文运动的影响。

唐代史学凌轹往世，史书的载体——古文的影响亦随之增强。初盛唐时期史学的繁盛推广了古文的影响，使得在南朝文风流行的唐初文坛，古文得以有一席之地，史学的繁荣使得古文在初盛唐时期骈文独尊时未出现断层。

三 唐代史学与古文运动

说到古文运动的先驱，必然会联想到有"萧李"之称的萧颖士和李华。萧颖士是一个文体复古的积极倡导者。他在《赠韦司业书》中说道："仆平生属文，格不近俗，凡所拟议，必希古人。魏晋以来，未尝留意。"[2] 他强调为文取法魏晋之前，实际上是否定了魏晋以来流行的骈文。

作为古文运动先驱者的萧颖士也精通史学，"通百家谱系、书籀学……尝谓：'仲尼作《春秋》，为百王不易法，而司马迁作本纪、书、表、世家、列传，叙事依违，失褒贬体，不足以训。'乃起汉元年讫隋义宁编年，依《春秋》义类为传百篇"[3]。史官韦述荐之于朝，诏诣史馆待诏。《新唐书·艺文志》史部及其本传皆言有《梁萧史谱》20卷，王尧臣《崇文总目》卷二著录《宰相甲族》一卷，题史官韦述、萧颖士合撰。

---

[1] （清）赵翼：《廿二史札记校证》，王树民校证，中华书局1984年版，第196页。
[2] 《全唐文》卷三二三，第3276页。
[3] 《新唐书·萧颖士传》，第5768页。

元结志在复古,其古文创作一扫六朝绮靡之风,奇崛古朴,虽简约而绰有风姿,是古文运动的先行者。元结亦醉心于史学,自谓"得以文史自娱"①。

李翰出自山东高门赵郡李氏,是古文运动的先驱者之一。李翰善古文,古文家梁肃师事之,称其"博涉经籍,其文尤工"②(《补阙李君前集序》)。李翰亦有史才,宰相房琯尝荐充史馆谏司。李翰曾为安史之乱中守睢阳的英雄张巡作史传《张巡传》,《张巡传》虽已失传,韩愈《张中丞传后叙》正是续其《张巡传》所为。

梁肃为中唐著名古文家,于萧颖士、李华之后倡导古文,韩愈、李观、李翱等皆师事之。梁肃亦精于史学,曾于唐德宗建中年间担任史官,德宗贞元七年(791)梁肃再次以本官充翰林学士和史馆修撰。

韩愈出自山东士族昌黎韩氏,是中唐古文运动的领袖,为当时文章盟主,被苏轼称为"文起八代之衰"(《韩文公庙碑》)。韩愈的散文以其与当时流行的骈文完全不同的崭新面貌成为后人学习的典范。除了文学成就外,韩愈的史学才能亦足以彪炳史册。韩愈志在修史,欲"求国家之遗事,考贤人哲士之所终始,作唐之一经,垂之于无穷,诛奸谀于既死,发潜德之幽光"(《答崔立之书》)。韩愈当时就被认为有史才,他为四门博士时,曾作《进学解》以自嘲,"执政览其文而怜之,以其有史才,改比部郎中史馆修撰"③。宪宗元和八年(813),韩愈擢比部郎中(官衔)、史馆修撰(实职)。白居易《韩愈比部郎中史馆修撰制》中称韩愈"学术精博,文力雄健,立词措意,有班、马之风"④,将他比作汉代著名史学家司马迁和班固。韩愈勤于

---

① 《全唐文》卷三八一,第 3872 页。
② 《全唐文》卷五一八,第 5261 页。
③ 《旧唐书》卷一六〇《韩愈传》,第 4198 页。
④ 《白居易集笺校》,第 3190 页。

史学，今仅存唐代实录《顺宗实录》即为韩愈任史官时所撰。柳宗元在给韩愈的书信中说："太史迁死，退之复以史道在职。"①（《与史官韩愈致段秀实太尉逸事书》）将韩愈列于司马迁之后，高度评价了韩愈修史的志向。

李翱出自山东高门陇西李氏姑臧房，早年见知于古文家梁肃，又从韩愈学古文，为韩愈侄女婿，其古文思想亦大致根于韩愈。李翱有志于史学，曾于元和元年（806）任史官修撰，其《答皇甫湜书》云：

> 仆近写得《唐书》，史官才薄，言词鄙浅，不足以发扬高祖、太宗列圣明德。……故欲笔削国史，成不刊之书。用仲尼褒贬之心，取天下公是公非以为本。群党之所谓为是者，仆未必以为是；群党之所谓为非者，仆未必以为非……韩退之所谓诛奸谀于既死，发潜德之幽光，是翱心也。②

唐代史学多为家传，出现了很多史学世家。独孤及、独孤郁父子亦长于史学，是古文运动的健将。独孤及推崇《史记》《汉书》等史传散文，梁肃《毗陵集后序》引独孤及论文之言曰："后世虽有作者，六籍其不可及已。荀、孟朴而少文，屈、宋华而无根，有以取正，其贾生、史迁、班孟坚云尔。"③ 独孤及认为贾谊、司马迁、班固之史论文直接绍继"六经"，是古文家效仿的典范。独孤郁是古文家权德舆的女婿，元和年间曾兼任史馆修撰，他与古文家交往密切，其古文创作为权德舆和韩愈所称。

唐代河东柳氏古文家辈出，也是唐代著名的史官世家，出现了柳

---

① （唐）柳宗元：《柳河东集》，上海古籍出版社2008年版，第501页。
② 《全唐文》卷六三五，第6410页。
③ 《全唐文》卷五一八，第5261页。

芳、柳登、柳冕、柳珵、柳玭、柳璟、柳璨等著名史家。柳芳擅古文,与赵晔、殷寅、颜真卿、陆据、萧颖士、李华、邵轸同志友善,故天宝年间八人齐名于世①,其中,颜真卿、李华、萧颖士为同年进士,以古文知名。柳芳家传史学,历任史职,为唐代著名史家,所撰史著甚多,尤精于谱学。贞观年间唐朝纂修了大型官书《氏族志》,柳芳对此书论之甚详,并于天宝间与韦述受诏添修吴兢《国史》,又撰写《唐历》《大唐宰相表》《永泰新谱》等史学著作。

柳芳子柳冕是古文运动的先驱,同时也是著名史学家。柳冕主张复古、敌视近世文风,抱持极端的儒家教化思想,对屈宋以下的诗赋一概否定。其作品如《谢杜相公论房杜二相书》中要求"尊经术,卑文士",睥睨当时文士。柳冕承家学,世为史官,父子并居集贤院,历任右补阙、史馆修撰等职。

柳宗元与韩愈是古文运动的双子星座,二人领导了轰轰烈烈的古文运动。柳宗元、柳宗直兄弟亦精通史学,柳宗元本有意于整理史籍,他在为柳宗直写的《西汉文类序》说:"左右史混久矣,言事驳乱,《尚书》《春秋》之旨不立……文之近古而尤壮丽,莫若汉之西京,班固书传之,吾尝病其畔散不属,无以考其变……幸吾弟宗直爱古书,乐而成之。"② 柳宗元和韩愈亦曾关于修史的问题进行过直接的争论。

李德裕出自山东高门赵郡李氏,是古文运动后期的古文大家,早在穆宗长庆初年就以"大手笔"著称于朝野。赵郡李氏主张经世致用之学,德裕父李吉甫有史地学名著《元和郡县图志》传世。李德裕不喜浮华文字,家不藏《文选》,为文多用散体,对古文运动的影响极

---

① 参见《旧唐书》,第4907页。
② (唐)柳宗元:《柳河东集》,上海古籍出版社2008年版,第369—370页。

大。与其他许多古文家一样，李德裕亦精通史学，尤精《左传》《汉书》，这也是古文家们所推崇的经典范文。李德裕有《次柳氏旧闻》传世，属于历史类笔记。

杜牧也是中晚唐著名古文家，其古文创作也与其家传史学密切相关。杜牧推崇韩愈、柳宗元的散文，是古文运动后期少有的坚持创作古文的大家，尤以史论知名于时。其传世的二十卷《樊川文集》中，散文就占据十五卷二百余篇。杜牧祖父杜佑为德宗朝宰相，是中唐著名政治家，著有《通典》二百卷。《通典》记述历代典章制度，是一种新型史学，反映了杜氏家学的广博和精审。杜牧自述云："第中无一物，万卷书满堂。家集二百编，上下驰皇王。"（《冬至日寄小侄阿宜诗》）指的就是杜佑的《通典》。受家传史学的影响，杜牧亦有史才，并于文宗开成三年（838）和宣宗大中二年（848）两次任史馆修撰。

唐代古文运动高举复古大旗，反对六朝骈文，推崇先秦两汉古文，正如韩愈《答李翊书》中说："非三代两汉之书不敢观。"当时以《左传》《史记》《汉书》为代表的史传散文以其古朴精练、随意长短的风格受到追捧。左丘明、司马迁、班固等史家亦成为古文家模仿和学习的对象。崔元翰出自博陵崔氏，也是中唐时期的古文大家，《旧唐书·崔元翰传》载："对策及奏记、碑志，师法班固、蔡伯喈，而致思精密。"班固、蔡伯喈皆为史学家。蔡伯喈即蔡邕，他在东观时，曾与卢植、韩说等补撰《后汉纪》，得罪后仍欲续成汉史。李华也称刘知几之子古文家刘轶"文倾（司马）迁、（班）固"[1]（《祭刘左丞文》）。柳宗元也认为："（司马）迁于退之，固相上下。"[2]（《答韦珩示韩愈相推以文墨事书》）作为古文运动领导者的柳宗元充分认

---

[1] 《全唐文》卷三二一，第3258页。
[2] （唐）柳宗元：《柳河东集》，上海古籍出版社2008年版，第548页。

识到史学家司马迁对韩愈的影响。

史论既是史学作品,也多为散文作品。权德舆好发史论,《新唐书·权德舆传》载:"尝著论,辨汉所以亡,西京以张禹,东京以胡广,大指有补于世。"很多古文家留有史论作品传世,如柳宗元有《封建论》《六逆论》等史论名篇;李德裕著有《夷齐论》《三良论》《汉元帝论》《张禹论》等论历史人物,《三国论》《宋齐论》等论历史朝代兴亡;杜牧散文创作尤以史论擅长,其《罪言》《原十六卫》《战论》《守论》《论相》等多为史论名篇。

散文不讲究辞藻、声律,便于记事。史家纪实之笔与文学不同,散文以其便于记事为史家所喜好。古文在叙事艺术上所取得的成就,是原先存在于子、史领域中的叙事方式回归文学的结果,故史家对古文之复兴贡献良多。

唐代古文运动并没有彻底撼动骈文的地位,晚唐时期,骈文仍然占据文坛主流。真正让骈文退出文坛主流还要等到北宋欧阳修领导的诗文革新运动。欧阳修和宋祁是北宋著名的文学家和史学家,也是《新唐书》和《新五代史》的主要编撰者,他们将古文观念完全灌输于二史的修撰上。唐代诏令悉用骈文,《新唐书》多从删弃。陆贽《罪己诏》曾令河北藩镇骄兵悍将为之泣下,实为千古至文,卒因骈俪而被舍弃。清赵翼对此颇有微词,他说:"欧(阳修)、宋(祁)二公,不喜骈体,故凡遇诏诰章疏四六行文者,必尽删之。"[1] 欧阳修、宋祁皆好韩、柳古文,"凡韩、柳文可入史者,必采摭不遗"[2]。欧阳修和宋祁借修史之契机将其古文观念灌输给读者。由此亦可见,史学对唐宋时期古文复兴运动的重要影响。

---

[1] (清)赵翼:《廿二史札记校证》,王树民校证,中华书局1984年版,第379页。
[2] 同上书,第381页。

第三节　科举与唐代古文运动

唐代以诗赋取士,"其所试,赋则准常规,诗则依齐梁体格"①,齐梁体格的诗歌成为唐代科举考试的内容。因此,自唐代以来,很多人就将进士浮华之风与科举制度联系起来,认为科举制度带来了浮华之风。《新唐书·选举制》载:

> 文宗好学嗜古,郑覃以经术位宰相,深嫉进士浮薄,屡请罢之。文宗曰:"敦厚浮薄,色色有之,进士科取人二百年矣,不可遽废。"因得不罢。武宗即位,宰相李德裕尤恶进士。初,举人既及第,缀行通名,诣主司第谢。……又有曲江会、题名席。至是,德裕奏:"国家设科取士,而附党背公,自为门生。自今一见有司而止,其期集、参谒、曲江题名皆罢。"②

这里,郑覃与李德裕都认为科举考试带来了进士浮薄之风,屡请罢之。后世很多研究者也认为唐代科举试诗赋,因而带来了进士浮华的风气。③

造成唐人以及后来研究者误解的原因是他们以为唐代科举考试内容是齐梁体格的诗歌,因此,带来了进士浮华之风。然而,不同于唐以后的科举考试,决定唐代科举录取的因素主要不在于考试成绩,而

---

① (唐)范摅:《云溪友议》卷上"古制兴"条,《唐五代笔记小说大观》本,上海古籍出版社 2000 年版,第 1271 页。
② 《新唐书》卷四四《选举制》,第 1168—1169 页。
③ 见陈寅恪《政治革命及党派分野》,参见《唐代政治史述论稿》,上海古籍出版社 1997 年版。陈先生进而将进士浮华与山东高门礼法解释为两大阶级的门风。

在于考场之外的表现。

事实上,除唐代初期吏部试短暂糊名外,进士考试并无糊名之说,清人顾炎武说:

> 国家设科之意,本以求才。今之立法,则专以防奸为主,如弥封誊录一切之制是也。考之唐初,吏部试选人皆糊名,令学士考判。武后以为非委任之方,罢之(此则糊名已用之选人而未尝用之贡举)。①

由于试卷不糊名,故知贡举者选人有了更大的自由度。因此,考试形式和内容实际上并不重要,考场外的印象更为重要,当权者的喜好往往决定了举子的命运。其时,对科举录取起重要作用的人有:皇帝和当权的宰相、知贡举者、通榜者。由于中唐以后,君相、知贡举者、通榜者多礼法之士,因而,科举考试与中唐复古之风和古文运动有密切关系,科举考试带来了中唐以后的复古运动以及古文运动。很多复古主义者和古文运动的健将皆为科举考试的佼佼者,如韩愈、柳宗元、刘禹锡等皆以进士及第,崔元翰更是以"四元"的成绩成为科举史上的一个奇迹。

一　君相与科场复古之风

中唐以后皇帝如德宗、宪宗、文宗、武宗、宣宗、懿宗皆好礼法。唐德宗亲自主考,将举子视作他的"门生":

> 德宗每年征四方学术直言极谏之士,至者萃于阙下,上亲自考试,绝请托之路。是时文学相高,当途者咸以推贤进善为意。

---

① (清)顾炎武:《日知录集释》卷一七"糊名"条,(清)黄汝成集释,上海古籍出版社2006年版,第987页。

上试制科于宣德殿。或下等者，即以笔抹之至尾。其称旨者，必吟诵嗟叹；翌日，遍示宰相学士，曰："此皆朕之门生。"公卿无不服上精鉴。①

不仅德宗直接参与了科举考试选拔人才的过程，唐文宗也亲自主考，《全唐诗》卷四《文宗皇帝》小传云：

> 宝历二年即位，恭俭儒雅，听政之暇，博通群籍。顾谓左右曰："若不甲夜视事，乙夜读书，何以为人君？"每试进士，亲裁题目。及所司进所试，披览吟咏，终日忘倦。②

唐宣宗执政的大中年间是唐代最后的辉煌，唐宣宗本人有"小太宗"之称，他对科举尤其重视，据《唐语林》载：

> 宣宗爱羡进士，每对朝臣，问登第否？有以科名对者，必有喜，便问所赋诗赋题，并主司姓名。或有人物优而不中第者，必叹息久之。尝于禁中题"乡贡进士李道龙"。宦官知书，自文、宣二宗始。③

中唐以后帝王多好礼法，重儒学。由于这些帝王皆好礼法，重儒生，在参与科举考试的过程中，复古之风被带入了科举。

除了君王以外，中唐之后当权宰相亦通过科举考试影响了人才的选拔，他们的复古思想对古文运动亦具有深远影响。中唐以后，山东高门全面复兴，山东高门子弟拜相者大量涌现。山东高门本就重儒家礼法，即使非山东高门出身的宰相亦多为礼法之士，如古文家权德舆

---

① 《唐语林校证》卷三"赏誉"条，第277页。
② 《全唐诗》卷四《文宗皇帝》小传，第47页。
③ 《唐语林校证》卷四"企羡"条，第370—371页。

就曾任宰相多年，这一点与很多前辈以及同辈古文家不同。例如李华、独孤及，虽曾"狎主时盟，为词林龟龙"，而官"止于尚书郎、二千石"；梁肃和崔元翰，虽曾"司密命，裁赞书"，而位"不越于谏曹计部"。权德舆认为这些人都是"自天宝以还，操文柄而爵位不称者"（参见《兵部郎中杨君集序》）。崔祐甫曾于常衮之后任宰相，内举不避亲，多任亲族门生为官。崔祐甫与权德舆任宰相期间，通过科举影响了中唐以后的文风。

唐武宗会昌年间，王起再次知贡举，但决定录取人选者却是权相李德裕，《太平广记》卷一八二载：

> 旧例，礼部放榜，先呈宰相。会昌三年，王起知举，问德裕所欲。答曰："安用问所欲为？如卢肇、丁棱、姚鹄，岂可不与及第邪？"起于是依其次而放。①

李德裕"不喜浮华文字"，其《臣子论》："近日宰相上官仪，诗多浮艳，时人称为'上官体'，实为正人所病。"其《文章论》云：

> 古人辞高者，盖以言妙而工，适情不取于音韵，意尽而止，成篇不拘于只耦，故篇无定曲。辞寡累句。譬诸音乐、古词，如金石、琴瑟，尚于至音。今文如丝竹鞞鼓，迫于促节，则知声律之为弊也甚矣。②

会昌年间，李德裕独掌大权，科举知贡举者王起"问德裕所欲"。李德裕反对声律，这也说明了山东士族执掌贡举的会昌年间，古文在科举考试中的优势地位。

---

① 《太平广记》"卢肇"条引《玉泉子》，第1355页。
② 《全唐文》卷七〇九，第7280页。

二　知贡举者与古文运动

在没有"糊名"制度的唐代,知贡举的主考官被称为"座主",举子自称"门生"。为了得到主考老师"座主"的青睐,举子们必然终日揣摩座主的喜好,考试成绩实际上并不十分重要。唐代知贡举者多为礼法之士,这对中唐以后的复古之风产生了重要影响,《封氏闻见记》卷三载:

> 贞观二十年,王师旦为员外郎,冀州进士张昌龄、王公瑾并文词俊楚,声振京邑。师旦考其文,策为下等,举朝不知所以。及奏等第,太宗怪无昌龄等名,问师旦,师旦曰:"此辈诚有词华,然其体轻薄,文章浮艳,必不成令器,臣擢之,恐后生仿效,有变陛下风俗。"[1]

唐初,主持科举的主考官为吏部员外郎。尽管进士张昌龄和王瑾"并文词俊楚,声振京邑",却被出身于太原王氏的王师旦策为下等。王师旦反对浮艳的时文,其尚质实的审美倾向与中唐以后的韩愈、柳宗元遥相呼应。

杨绾出于礼法家庭,他利用知贡举的机会反对进士中的浮华之风,推进儒学复兴,《旧唐书·杨绾传》载:

> 杨绾,字公权,华州华阴人也。……(父祖)皆以儒行称。……及长,好学不倦,博通经史,九流七略,无不该览,尤工文辞,藻思清赡。……早孤家贫,养母以孝闻,甘旨或阙,忧

---

[1] (唐)封演:《封氏闻见记校注》卷三"贡举"条,赵贞信校注,中华书局2005年版,第15页。

见于色。①

代宗宝应二年（763），时任礼部侍郎的杨绾掌贡举，上疏奏贡举之弊端，他说：

> 近炀帝始置进士之科，当时犹试策而已。至高宗朝，刘思立为考功员外郎，又奏进士加杂文，明经填帖，从此积弊，浸转成俗。幼能就学，皆诵当代之诗；长而博文，不越诸家之集。递相党与，用致虚声，《六经》则未尝开卷，《三史》则皆同挂壁。况复征以孔门之道，责其君子之儒者哉！②

杨绾认为高宗以来进士所学"不越诸家之集"，对经史重视不够，"《六经》则未尝开卷，《三史》则皆同挂壁"，请停明经、进士科，别置五经秀才科，试经义20条，对策五道。

贾至于代宗永泰二年（766）知贡举，他尊崇儒道，是古文运动的健将。贾至在《议杨绾条奏贡举疏》附和代宗宝应二年（763）杨绾的上疏，他说，由取士试以诗赋、贴经之失，导致儒学衰落；儒学的衰落则导致安史之乱。他认为儒道的兴衰，关系到国家安危，"向使礼让之道宏，仁义之风著，则忠臣孝子，比屋可封，逆节不得而萌也，人心不得而摇也"。文中还主张移风易俗，反对声病浮艳，张扬儒道，屏斥末学。贾至在其《工部侍郎李公集序》中表明了他对文章的看法：

> 三代文章，炳然可观。洎骚人怨靡，杨马诡丽，班张崔蔡，曹王潘陆，扬波扇飚，大变风雅。宋齐梁隋，荡而不返。昔延陵听乐，知诸侯之兴亡，览数代述作，固足验夫理乱之源也。皇唐

---

① 《旧唐书》卷一一九《杨绾传》，第3429页。
② 同上书，第3430页。

绍周继汉，颂声大作，神龙中兴，朝称多士，济济儒术，焕乎文章，则我李公，杰立当代。於戏，斯文将丧久矣，习郑卫者，难与言咸护之节；被毡裘者，难与议周公之服。而公当颓靡之中，振洋洋之声，可谓深见尧舜之道、宣尼之旨，鲜哉希矣。①

贾至此文崇儒术，重风雅，否定六朝以来浮艳文风。他认为自屈原以后，直到宋齐梁隋，文章皆不足道。只有"济济儒术"，才能"焕乎文章"。贾至当时颇有文名，独孤及的《赵郡李公中集序》称他与萧颖士、李华同为天宝时"文章中兴"的代表人物；梁肃《补阙李君前集序》说他与萧颖士、李华、独孤及四人"比肩而出"，推进了"天宝以还"的文体改革。贾至在代宗宝应二年（763）就附和杨绾的上疏，这样的一个儒学复兴和古文运动的积极倡导者在掌贡举后自然会利用进士的录取大力推进复古之风和古文运动。

陆贽于贞元八年（792）知贡举，这一年录取的包括韩愈、王涯等人日后成为复古运动的中坚力量。陆贽本人颇重儒学，《旧唐书·陆贽传》载："贽少孤，特立不群，颇勤儒学。"② 而儒者往往沉迷复古，崇儒与复古几乎成为古文运动的必备条件。

古文运动的重要人物权德舆于唐德宗贞元十八年（802）、贞元十九年（803）、贞元二十一年（805）三次知贡举。《新唐书·权德舆传》载：

> 德舆生三岁，知变四声，四岁能赋诗，积思经术，无不贯综。自始学至老，未曾一日去书不观。尝著论，辨汉所以亡，西京以张禹，东京以胡广，大指有补于世。其文雅正赡缛，当时公

---

① 《全唐文》卷三六八，第3736页。
② 《旧唐书》卷一三九《陆贽传》，第3791页。

卿侯王功德卓异者，皆所铭纪，十常七八。①

权德舆掌贡举多年，朝中卿相很多出自其门下，"权文公德舆，身不由科第，尝知贡举三年，门下所出诸生相继为公相，号得人之盛"②。由于他"积思经术"，多为后生举子所仿效，直接影响到科举风气。

卫次公于唐宪宗元和三年（808）知贡举，颇能抑止浮华之士，史载卫次公"知礼部贡举，斥华取实，不为权力侵挠"③。这一年，古文家樊宗师、皇甫湜进士及第。

许孟容于唐宪宗元和七年（812）以本官权知贡举，颇能抑制浮华。许孟容为唐代名儒，为好礼法的唐德宗所推崇："德宗诞日，三教讲论。儒者第一赵需，第二许孟容。"④ "德宗降诞日，御麟德殿。命孟容等登座，与释老之徒讲论。"⑤

许孟容好古文，其《穆公集序》表明了他的文学观念：

> 班孟坚谓有汉文章，与三代同风。巨唐化成稽古，斯文配炎灵之盛，浸息淫靡，归于正声。由是业文之士，蓄灵含粹，光价时独者，往往间出。吾友河南穆员字舆直，麟蔚凤采，自天而授。诵六经得其研深，阅百代得其英华。属词匠意，必本于道。夫龙图龟书三统之有述，皆文之蕴也。自雅颂、风骚而下，则又粉泽而成黼藻，雕镂而为形象，比其音而曲度之，缘其情而哀乐之，悠远易直，昭明典则，本情性而根教化者，率漫羡魁垒，繁

---

① 《新唐书》卷一六五《权德舆传》，第5079—5080页。
② 《唐语林校证》卷四"启羡"条，第362页。
③ 《新唐书》卷一六四《卫次公传》，第5045页。
④ （唐）韦绚：《刘宾客嘉话录》，《唐五代笔记小说大观》本，上海古籍出版社2000年版，第806页。
⑤ 《旧唐书》卷一五四《许孟容传》，第4100页。

音艳彩，习怪诞而尚沉溺者也。穆君溯其波流，择其宗师，以为文宣王经春秋序诗书，系易象，犹日月不可及矣。游、夏、荀、孟、李斯、贾谊之徒，是宜学者十驾百己，钻仰而宪章者也。故其文融朗恢健，沉深理辨，墉闳四会，精铓百炼。结而为峻极，散而为游演。其工也异今而从古，其旨也惩恶而从善。迹夫孝于其上，慈于其下，择中庸而后蹈，推久要而后交。则向之词艺，由积衷淳耀，发而为身瑞者也。①

许孟容本人精于礼学，对当时科举以及朝廷选士有重要影响，史载"孟容方劲有礼学，每所折衷，咸得其正。好提腋士，天下清议上之"②。

李建于宪宗元和十五年（820）知贡举，其本人出自"山东五姓"，举止正如山东礼法之门，《新唐书·李建传》载：

> 德宗思得文学者，或以（李）建闻，帝问左右，宰相郑珣瑜曰："臣为吏部时，当补校书者八人，它皆藉贵势以请，建独无有。"帝喜，擢左拾遗、翰林学士。……初，建为学时，家苦贫。兄造知其贤，为营丐，使成就之。故逊、建皆举进士。后虽通显，未尝置垣屋，以清俭称。③

"清俭"是山东高门之门风，开元时期的宰相范阳卢怀慎正是具备清俭之风为玄宗所赏识的。

李宗闵于穆宗长庆四年（824）知贡举，李宗闵守礼法，《唐语林》载："元和已后，大僚睦亲旧者，前辈有司徒郑公（余庆），中

---

① 《全唐文》卷四七九，第 4898 页。
② 《新唐书》卷一六二《许孟容传》，第 5001 页。
③ 《新唐书》卷一六二《李建传》，第 5005 页。

间有杨詹事凭、柳元公（柳公绰），其后李相国武都公宗闵。"① 李宗闵、郑余庆、柳公绰皆当时礼法之士。

郑浣曾于文宗大和三年（829）、四年（830）知贡举，郑浣出自山东高门荥阳郑氏，为儒学世家。其父郑余庆好古学，曾延复古主义者韩愈、孟郊、樊宗师入幕，特别是对复古主义者孟郊有知遇之恩。郑浣勤于修史，著有《经史录要》20卷，并参与了《宪宗实录》的修撰。

李汉是韩愈女婿，也是古文运动的健将，他于文宗大和八年（834）知贡举。李汉善古文，《新唐书》说他"少事韩愈，通古学，属辞雄蔚，为人刚，略类愈。愈爱重，以子妻之，擢进士第"②。

出身于太原王氏的王起自穆宗以后一人四次掌贡选，这在唐代十分罕见。王起为唐代著名儒者，深得几代皇帝信任，《南部新书》载："王起，大和中，文皇颇重之，曾为诗写于太子之笏。"③另据《北梦琐言》"文宗重王起"条载：

> 王文懿公起，三任节镇，扬历省寺，赠守太尉。文宗颇重之，曾为诗，写于太子之笏以扬之，又画仪形于便殿。师友目之曰"当代仲尼"。虽历外镇，家无余财。④

唐文宗的继承人武宗亦十分宠信王起，王起于武宗会昌年间两次知贡举。"王仆射起再主礼闱远迩称扬，皆以文德巍巍，聿兴之也……乃知王公，三教之中无不通晓。其我唐之孔、郑乎？"⑤ 这里，

---

① 《唐语林校证》，第13页。
② 《新唐书》卷七八《李汉传》，第3519页。
③ 《南部新书》，第52页。
④ 《北梦琐言》，第39页。
⑤ （唐）范摅：《云溪友议》卷上"名儒对"条，《唐五代笔记小说大观》本，上海古籍出版社2000年版，第1260页。

王起被比作孔子、郑玄这样的大儒，足见他的儒学造诣。

出身于渤海高氏的高锴与其侄高湜、其子高湘先后五次知贡举。高锴前后三次知贡举，他亦能去浮华，取实才。《旧唐书·高锴传》载：

> 九年十月，（高锴）以本官权知礼部贡举。开成元年春，试毕，进呈及第人名，文宗谓侍臣曰："从前文格非佳，昨出进士题目，是朕出之，所试似胜去年。"郑覃曰："陛下改诗赋格调，以正颓俗，然高锴亦能励精选士，仰副圣旨。"帝又曰："近日诸侯章奏，语太浮华，有乖典实，宜罚掌书记，以诫其流。"李石曰："古人因事为文，今人以文害事，惩弊抑末，实在盛时。"乃以锴为礼部侍郎。凡掌贡部三年，每岁登第者四十人。三年榜出后，敕曰："进士每岁四十人，其数过多，则乖精选。官途填委，要窒其源，宜改每年限放三十人，如不登其数，亦听。"然锴选擢虽多，颇得实才，抑豪华，擢孤进，至今称之。①

陈商于唐武宗会昌五年（845）、会昌六年（846）知贡举，陈商为唐代大儒，史载：

> 文宗时，工部尚书陈商立"汉文帝废丧议"。又立"左氏学议"，以"孔子修经，褒贬善恶，类例分明，法家流也。左丘明为鲁史，载述时政，惧善恶失坠，以日系月，本非扶助圣言，缘饰经旨，盖太史氏之流也。举之《春秋》，则明白而有实；合之《左氏》，则丛杂而无征。杜元凯曾不思孔子所以为经，当与《诗》《书》《周易》等列；丘明所以为史，当与司马迁、班固等

---

① 《旧唐书》卷一六八《高锴传》，第4388页。

列，二义不侔，乃参而贯之，故微旨有所未尽，婉章有所未一"。其后吴郡陆龟蒙亦引啖助、赵匡为证，正与（陈）商议同。[1]

陈商权知会昌四年（844）、五年（845）贡举。其早年与韩愈游，韩愈作《答陈商书》，授其为文方法，亦算得韩门弟子。韩愈传授陈商为文的方法，必然影响到陈商日后知贡举时选拔人才。

出自荥阳郑氏的郑薰于宣宗大中八年（854）为礼部侍郎知贡举，他奖拔寒俊，颇为时人所称。郑薰善诗，郑谷称其"风骚为主人，凡俗仰清尘……立朝鸣佩重，归宅典衣贫"（《故少师从翁隐岩别墅乱后榛芜感旧怆怀遂有追纪》）。郑处诲也称他"高阳茂族，通德盛门。秉庄氏之风规，蕴名卿之器业。文谐骚雅，鼓吹前言。誉洽缙绅，领袖时辈"（《授郑薰礼部侍郎制》）。

著名的"崔氏六榜"说的是博陵崔倕家族六次知贡举之事（实际为七次[2]），博陵崔倕家族是著名的礼法世家，据《唐语林》[3]载：

> 博陵崔倕，缌麻亲三世同爨。贞元已来，言家法者以倕为首。生六子，一为宰相，五为要官。太常卿邠，太原尹郸，外壶尚书郎郾，廷尉郇，执金吾郐，左仆射平章事郸（原注郾及郸五知贡举得士百四十八人）。兄弟亦同居光德里一宅。宣宗尝叹曰："崔郸家门孝友，可为士族之法矣。"郸尝构小斋于别寝，御书赐额曰："德星堂"。

---

[1]《北梦琐言》卷一，第23页。
[2] "《唐登科记》云：'自元和初至大中年间，邠、郾、郸、瑶先后为礼侍，六次放榜，为崔氏六榜。"（《氏族大全》卷四，文渊阁《四库全书》影印本）
[3]《唐语林校证》，第19—20页；又见（宋）钱易《南部新书》，黄寿成点校，中华书局2002年版，第63页。

第十章 山东士族与中唐古文运动

崔倕家族不仅具有严守礼法的门风,其家学儒业亦有过人之处,《旧唐书·崔郾传》[①]载:

> 昭愍即位,选侍讲学士,转中书舍人。入思政殿谢恩,(崔)郾奏曰:"陛下用臣为侍讲,半岁有余,未尝问臣经义。今蒙转改,实惭尸素,有愧厚恩"。帝曰:"朕机务稍闲,即当请益。"高钺曰:"陛下意虽乐善,既未延接儒生,天下之人,宁知重道?"帝深引咎,赐之锦彩。郾退与同列高重抄撮《六经》嘉言要道,区分事类,凡十卷,名曰《诸经纂要》,冀人主易于省览。上嘉之,赐锦彩二百匹、银器等。其年,转礼部侍郎,东都试举人。凡两岁掌贡士,平民阅试,赏拔艺能,所擢者无非名士,至大中、咸通之代,为辅相名卿者十数人。

崔郾家学家风皆为东汉以来山东高门沿袭的传统,他们家族掌贡举以后必然重礼法之士,抑止浮华,唐杜牧在《崔郾行状》中说道:

> (崔郾)二年选士七十余人,大抵后浮华先材实……亲昆仲六人,皆至达官,公与伯兄季弟,五司礼闱,再入吏部。自国朝已来,未之有也。上至公相方伯,下及再命一命,幕府陪吏之属,遍满内外,皆公门生。公俯首益恭,如孤臣客卿,惕惕而多畏也。自为重镇,苞苴金币之货不至权门,亲戚故旧,周给衣食,毕其婚丧,悉出俸钱。[②]

山东士族在中唐以后几乎控制了科举考试,从唐宪宗元和元年至

---

① 《旧唐书》卷一五五《崔郾传》,第4118页。
② (唐)杜牧:《樊川文集》,上海古籍出版社1978年版,第208—211页。

唐哀帝天祐四年（806—907）共举行了98次进士科考试，知贡举者98人次，作为山东高门的"七姓"在元和元年后掌贡举次数最多达到46次，占主考官人次总数近一半。受本身家学家风的影响，他们多宗儒术。即使并非出自山东高门的主考官如杨绾、贾至、陆贽、权德舆、卫次公、许孟容、陈商等人多为唐代名儒，讲礼法、重经术。因此，中唐以后天子宰臣多以儒者知贡举，并将复古之风带入科举，形成了中唐复古之风和古文运动。

三 "通榜"者与古文运动

唐代科举考试未实行"糊名制度"，进士录取常常取决于应试举子平时的声望。当知贡举者不熟悉举子的情况时，旁人的推荐往往起到很大的作用。一些在文坛有地位、有声望者常常主动向知贡举者推荐考生，这在当时谓之"通榜"。中唐兴起复古主义思潮，当时的古文家如梁肃、权德舆、韩愈、吴武陵等人都主动影响科举选人，并由此影响到中唐古文运动。傅璇琮先生认为当时科场的基本情况是：

> 一、主文者仅一人，即知贡举者。二、所谓通榜，可以是一人，也可以是二人（或二人以上），但须与知贡举者关系较为密切。三、通榜仅是推荐人才，在推荐以外似未有插手科场等情事，决定取舍之权还在于知贡举者。[①]

虽说知贡举者最终决定科举录取的名单，但推荐人往往起到重要作用，《唐摭言》卷六"公荐"条载：

---

① 傅璇琮：《唐代科举与文学》，陕西人民出版社2003年版，第228页。

  崔郾侍郎既拜命，于东都试举人，三署公卿皆祖于长乐传舍，冠盖之盛，罕有加也。时吴武陵任太学博士，策蹇而至。郾闻其来，微讶之，乃离席与言。武陵曰："侍郎以峻德伟望，为明天子选才俊，武陵敢不薄施尘露！向者，偶见太学生十数辈，扬眉抵掌，读一卷文书，就而观之，乃进士杜牧《阿房宫赋》。若其人，真王佐才也，侍郎官重，必恐未暇披览。"于是搢笏朗宣一遍。郾大奇之，武陵曰："请侍郎与状头。"郾曰："已有人。"曰："不得已，即第五人。"郾未遑对。武陵曰："不尔，即请此赋。"郾应声曰："敬依所教。"既即席，白诸公曰："适吴太学以第五人见惠。"或曰："为谁？"曰："杜牧。"众中有以牧不拘细行间之者。郾曰："已许吴君矣。牧虽屠沽，不能易也。"①

  在吴武陵的推荐下，杜牧最终以第五名进士及第。杜牧为吴武陵赏识的文章是其名篇《阿房宫赋》，该赋的特点是骈散结合，很有气势，有西汉贾谊、晁错之风。吴武陵为著名古文家，文章有西汉古文之风②，这正是他赏识杜牧的原因。事实上在没有看到考卷的情况下，进士的人选以及排名几乎已确定了。

  贞元八年（792）"龙虎榜"的录取对中唐政治和文学产生了深远的影响，这一科的知贡举者即最终决策者是主考官陆贽，但古文家崔元翰与梁肃对该榜进士的录取也产生了重要影响。

  韩愈正是在这一年（贞元八年）进士及第，对于该科的录取情况，他本人有深刻的体会，他说：

---

  ① （后晋）王定保：《唐摭言》卷六"公荐"条，《唐五代笔记小说大观》本，上海古籍出版社2002年版，第1626页。
  ② 吴武陵与古文大家柳宗元交厚，柳宗元谓其"才气壮健，可以兴西汉之文章"（柳宗元《与杨京兆凭书》），也是从这一点夸奖他的。

往者陆相公司贡士，考文章甚详，愈时亦幸在得中，而未知陆之得人也。其后一二年，所与及第者皆赫然有声，原其所以，亦由梁补阙肃王郎中础（《唐摭言》作杰）佐之，梁举八人，无有失者，其余则王皆与谋焉。陆相之考文章甚详也，待梁与王如此不疑也，梁与王举人如此之当也，至今以为美谈。①（《与祠部陆员外书》）

此事又见载于《旧唐书·陆贽传》：

（陆）贽少孤，特立不群，颇勤儒学。②……七年，罢学士，正拜兵部侍郎，知贡举。时崔元翰、梁肃文艺冠时，贽输心于肃，肃与元翰推荐艺实之士，升第之日，虽众望不惬，然一岁选士，终十四五，数年之内，居台省清近者十余人。③

清人顾炎武也认识到梁肃"通榜"的重要意义，他说："贞元中，陆贽知贡举，访士之有才行者于翰林学士梁肃。肃曰：'崔群虽少年，他日必至公辅。'果如其言。"④ 这一年（贞元八年）崔元翰与梁肃推荐的韩愈、崔群、李绛、李观、王涯、欧阳詹等很多出自山东高门，后来多成为朝廷重臣。崔群出自清河崔氏，李观出自陇西李氏，王涯出自太原王氏，李绛出自赵郡李氏，多为古文家。

知贡举者一般只能左右其负责的考试，通榜者往往依靠其地位影响多次科举考试的结果。梁肃对中唐科举影响力是巨大的，李翱《感知己赋》这样评价梁肃："贞元九年，翱始就州府之贡举人事，其九月，执文章一通谒于右补阙安定梁君。是时梁君之誉塞天下，属词求

---

① 《全唐文》卷五五三，第 5598 页。
② 《旧唐书》卷一三九《陆贽传》，第 3791 页。
③ 同上书，第 3800 页。
④ （清）顾炎武：《日知录集释》卷一七"糊名"条，（清）黄汝成集释，上海古籍出版社 2006 年版，第 987 页。

进之士奉文章造梁君门下者盖无虚日。"李翱于贞元九年（793）由梁肃推荐及第。贞元八年（792）的知贡举者陆贽只左右了一届科举，而像梁肃这样的"通榜"者却可以影响多届科举。

王定保《唐摭言》卷八"通榜"条载有四个例证，其中最突出的是唐宣宗爱婿郑颢于大中十年（856）知贡举，托崔雍为榜：

> 郑颢都尉第一榜，托崔雍员外为榜。雍甚然诺，颢从之，雍第推延。至榜除日，颢待榜不至，陨获且至。会雍遣小僮寿儿者传云："来早陈贺。"颢问有何文字？寿儿曰："无。"然日势既暮，寿儿且寄院中止宿，颢亦怀疑，因命搜寿儿怀袖，一无所得，颢不得已遂躬自操觚。夜艾，寿儿以一蜡弹丸进颢，即榜也。颢得之大喜，狼忙札之，一无更易。①

通榜者往往与知贡举者共同参与录取工作，决定及第名单，这也为当时人所熟知，如《唐语林》载："崔起居雍，少有令名，进士第，与郑颢齐名。士之游其门者多登第，时人语为崔雍、郑颢世界。"②

崔雍出身于博陵崔氏，本人并无知贡举的经历，但他对进士的录取所产生的影响竟与两度知贡举的郑颢齐名，可见，通榜者在唐代科举考试中的重要地位。

权德舆不仅知贡举多年，还是中唐重要的"通榜"者，钱易《南部新书》云："贞元末，许孟容为给事中，权文公任春官，时称权、许。进士可不，二公未尝不相闻。"③ 权德舆与许孟容数次知贡举，互为通榜者。权德舆是古文运动的健将，许孟容亦为唐代大儒，以他们

---

① （后晋）王定保：《唐摭言》卷八，《唐五代笔记小说大观》本，上海古籍出版社2000年版，第1643页。
② 《唐语林校证》卷四，第374页。
③ 《南部新书》癸卷，第164页。

主持科举，必然带来复古之风。

韩愈本人是杰出的古文家，他带头创作古文，领导了轰轰烈烈的古文运动。韩愈之所以能够成为古文运动的领导者，与他喜好奖掖后进有关。韩愈由梁肃推荐及第，同样，在他及第后，亦充分利用其地位影响科举，"韩愈引致后进，为求科第，多有投书请益者，时人谓之韩门弟子"[①]。韩愈不仅推荐了一批文人，而且还担任了吏部侍郎，对朝廷用人起到重要作用。

皇甫湜也是中唐科举考试重要的"通榜"者。《唐摭言》卷六载："韩愈、皇甫湜，贞元中名价籍甚，亦一代之龙门也。"[②] 皇甫湜是古文运动的健将，太原王涯的外甥。由于通榜者接受了举子的行卷后推荐于主考官，其喜好往往对举子有重要影响。皇甫湜与韩愈等"通榜"者的喜好成为中晚唐科举的风向标。

"通榜"者多为古文家，他们所喜好的文章自然多为古文。由于他们重要的社会影响力，其古文思想往往会影响到知贡举者，使得擅长古文者在科举考试中脱颖而出。陆傪于贞元十六年（800）为祠部员外郎，十八年（802）权德舆典贡举，陆傪佐之。韩愈为四门博士时曾向他推荐侯喜等十人。关于此事，韩愈在《与祠部陆傪员外荐士书》曾有记载。李翱在写给陆傪的书信《与陆傪书》中详细讲述了他的文学观点，并哀叹李观的不幸：

[①] （后晋）王定保：《唐摭言》卷六，《唐五代笔记小说大观》本，上海古籍出版社2000年版，第1626页。《唐国史补》卷下亦载韩愈奖掖后进，参见李肇《唐国史补》，《唐五代笔记小说大观》本，上海古籍出版社2000年版，第195页。

[②] （后晋）王定保：《唐摭言》卷六，《唐五代笔记小说大观》本，上海古籍出版社2000年版，第1626页。按：所谓"龙门"，《后汉书》卷六七《李膺传》载："膺独持风裁，以声名自高。士有被其容接者，名为登龙门。"章怀太子注曰："以鱼为喻也。龙门，河水所下之口，在今绛州龙门县。辛氏《三秦记》曰：'河津一名龙门，水险不通，鱼鳖之属莫能上，江海大鱼薄集龙门下数千，不得上，上则为龙也。'"（中华书局1965年版，第2195页）

> 李观之文章如此，官止于太子校书，年止于二十九……予与（李）观平生不得相往来，及其死也，则见文，尝谓："使李观若永年，则不远于扬子云矣！"书已之文次，忽然若观之文，亦见知于君也，故书《苦雨赋》缀于前。当下笔时，复得咏其文，则观也虽不永年，亦不甚远于扬子云矣。书苦雨之辞，既又思："我友韩愈，非兹世之文，古之文也；非兹世之人，古之人也。其词旨，其意适，则孟轲既没，亦不见有过于斯者。"①

李观的文章能够上承陈子昂的复古精神，鄙弃浮靡文风，故韩愈谓其"文高乎当世"。李翱向陆傪推荐韩愈、李观的古文，认为李观的古文不下汉代扬雄，韩愈的古文是孟子之后的第一人。李翱的古文观点就是要继承先秦、两汉的古文传统，并将这种观点直接向参与科举录取工作的陆傪表达，影响到科举录取。

综上所述，山东士族历来就有复古宗经的传统，对中唐以前历代复古运动有重要影响。古文运动产生于中唐，而唐代山东士族也正好在中唐复兴。唐代古文运动与山东士族的宗经的主张一致，山东士族利用科举考试推动了古文运动的发展，他们在掌握政治权力后参与并影响了古文运动。

第四节　唐代山东士族的骈文创作

综观整个唐代，由于沿袭六朝文风，文坛基本处于骈文的笼罩之下。即便在韩愈、柳宗元引领了轰轰烈烈的古文运动前后，文坛依然

---

① （后晋）王定保：《唐摭言》卷五，《唐五代笔记小说大观》本，上海古籍出版社2000年版，第1620页。

以形式整饬华美、音韵铿锵的骈文为主体。可以说，在两汉之后，北宋诗文革新之前，文坛属于骈文的天下。

即使很多文学史中被人津津乐道的古文家亦很难免俗，其作品中的骈文创作依旧占据多数。山东士族的古文创作成就斐然，对古文运动居功甚伟，但在骈俪之风笼罩下的整个唐代，其骈文创作成就亦不容小觑。今天耳熟能详的唐代文豪大家多数是古文家，但在唐代，文章大家或所谓的"大手笔"多以骈文创作称名于时。"山东五姓"子弟中的文章大家如王绩、王勃、卢照邻、李峤、崔融、王维、李华、李德裕等人的骈文创作亦取得了很高成就，并给骈文的发展带来了新的变化。

王绩出自山东高门太原王氏，因此他在《自撰墓志铭》中说："有唐逸人，太原王绩。"[1] 王绩是隋末唐初著名的隐士，以山水诗闻名，其文章亦迥异于时俗。由于出身世代儒学的北方士族，王绩创作的骈文亦清新刚健，如：

三日赋[2]

余以大业四年，获游京邑。暮春三月，暂骋娱游。新停隐士之船，即赴群工之席。赏闲兴洽，接袂方辕。西望昆池，东临灞岸。帷屏竟野，士女盈川。宝马香车，星流云布。气鲜风暖，诚如褚爽之词；络绎缤纷，正是张衡之说。不能默尔，聊为赋焉。同博奕之犹贤，取波流之顺俗。终非白玉，未可抱之而悲；近等黄花，犹当嗌然而笑云尔。

隋炀帝大业年间，年轻的王绩离开家乡龙门来到京师，开始进入

---

[1]《全唐文》卷一三二，第1326页。
[2]《全唐文》卷一三一，第1314页。

仕途。彼时，"新停隐士之船"的王绩也曾经积极入世，欲以有为，不愿意老死乡间。该文反映了初入京师的王绩对都市的繁华十分迷恋，对未来的生活充满了憧憬。文章明白晓畅，虽以骈俪为主，却无六朝晦涩板滞之病。

然而现实是无情的，正如西汉颜驷的"三世不遇"一样，历经隋炀帝、唐高祖、唐太宗三代帝王的王绩最终却怀才不遇，老死于泉下。令人啼笑皆非的是，隋炀帝是荒淫之主，唐高祖属于平庸之主，唐太宗则是圣明天子。在风格完全不同的三个时期，王绩竟然都落得个"冯唐易老，李广难封"的结果，这使得作者最终走向了隐逸之路，他在《自撰墓志铭》中写道：

> 王绩者，有父母，无朋友，自为之目曰无功焉。或问之，箕踞不对。盖以有道于己，无功于时也。不读书，自达理；不知荣辱，不计利害。起家以禄位，历数职而一进阶。才高位下，免责而已。天子不知，公卿不识，四十五十而无闻焉。于是退归，以酒德游于乡间。往往卖卜，时时著书。行若无所之，坐若无所据。乡人未有达其意者。尝耕东皋，世号东皋子。身死之日，自为铭焉，曰：有唐逸人，太原王绩，若顽若愚，似矫似激。院止三径，堂唯四壁，不知节制，焉有亲戚？以生为附赘悬疣，以死为决疣溃痈。无思无虑，何去何从？垄头刻石，马鬣裁封。哀哀孝子，空对长松。①

该文是作者生前为自己写好的墓志铭，对自己的人生作了一个总结，是一篇戏谑之文，文中充满了自嘲与无奈。墓志骈散结合，叙事娓娓道来，倾诉了自己的怀才不遇，不免牢骚满腹。铭文全用骈语为

---

① 《全唐文》卷一三二，第1326页。

之,浅显明白,洗净铅华,生动诙谐。

王绩文风迥异于时,以古文为主,夹杂骈语,其骈文亦往往骈散结合,语义通俗。王绩的骈文与他的诗歌一样气格遒健,皆能涤荡初唐俳偶板滞之习,流露出真实的感情。这一点为其从孙王勃所继承,他的坎坷命运同样被王勃所沿承。

王勃在理论上反对南朝齐梁以来的绮靡之风,创作实践中也力求文章体式的彻底解放。王勃的《上吏部裴侍郎启》是一篇有名的文学论文,反对齐梁以来的艳丽文风。他认为:

> 夫文章之道,自古称难。圣人以开物成务,君子以立言见志。遗雅背训,孟子不为。劝百讽一,扬雄所耻。苟非可以甄明大义,矫正末流,俗化资以兴衰,家国由其轻重,古人未尝留心也。自微言既绝,斯文不振,屈宋导浇源于前,枚马张淫风于后;谈人主者,以宫室苑囿为雄,叙名流者,以沉酗骄奢为达。故魏文用之而中国衰,宋武贵之而江东乱。虽沈、谢争骛,适足兆齐梁之危,徐、庾并驰,不能止周陈之祸。于是识其道者卷舌而不言,明其弊者拂衣而径逝。《潜夫》《昌言》之论,作之而有逆于时;周公、孔氏之教,存之而不行于代。天下之文,靡不坏矣。国家应千载之期,恢百王之业,天地静默,阴阳顺序。方欲激扬正道,大庇生人。黜非圣之书,除不稽之论。①

王勃在给裴侍郎的信中,对历代文章进行了批判,认为"苟非可以甄明大义,矫正末流,俗化资以兴衰,家国由其轻重"的文章,无须留心。至于文中将以宫廷生活为描写对象的文章视为六朝衰败的根本原因,亦不免过分夸大了文章的政治影响。王勃的文论对初唐流行

---

① 《全唐文》卷一八〇,第1830页。

的骈文不啻当头棒喝，起到了振聋发聩的效果。对于统治文坛的浮艳、繁芜的骈文，王勃除了在理论上给予摧陷廓清之外，还用实际创作引领了骈文文风的改变。

王勃的各类序文共有 70 余篇，有的是介绍书籍的序言，有的记载盛会的情况，有的用来纪游，有的用以赠别，有的则纯是用来抒情。其纯抒情之文如：

山亭思友人序[①]

高兴之后，中宵起观，举目四望，风寒月清。邻人张氏，有山亭焉。洞壑横分，奇峰直上，郁然有造化之功矣。嗟乎！大丈夫荷帝王之雨露，对清平之日月。文章可以经纬天地，器局可以蓄泄江河，七星可以气冲，八风可以调合。独行万里，觉天地之崆峒；高枕百年，见生灵之龌龊。虽俗人不识，下士徒轻，顾视天下，亦可以蔽寰中之一半矣。惜乎此山有月，此地无人。清风入琴，黄云对酒。虽形骸真性，得礼乐于身中；而宇宙神交，卷烟霞于物表。至若开辟翰苑，扫荡文场，得宫商之正律，受山川之杰气。虽陆平原、曹子建，足可以车载斗量；谢灵运、潘安仁，足可以膝行肘步。思飞情逸，风云坐宅于笔端；兴洽神清，日月自安于调下云尔。

该序以初唐时期最常见的骈文写成，却无初唐时期骈文创作的繁芜。文章描述了作者夜半时分，于山亭之中举目四望，四周景色怡人，使作者顿生超凡脱俗之意。作者认为若将所处良辰美景与赏心乐事植入文章，则对文章大有裨益。此文酷似汉代的抒情小赋，借景抒情，抒发了自己对自然的喜爱。文章以骈文为主，散文亦掺杂其中，

[①] 《全唐文》卷一八〇，第 1837 页。

亦骈亦散,不用典故,以通俗之言抒发脱俗之情。

王勃记载盛会的骈文如他的名篇《秋日登洪府滕王阁饯别序》,序云:

> 南昌故郡,洪都新府。星分翼轸,地接衡庐。襟三江而带五湖,控蛮荆而引瓯越。物华天宝,龙光射牛斗之墟;人杰地灵,徐孺下陈蕃之榻。雄州雾列,俊彩星驰,台隍枕夷夏之交,宾主尽东南之美。①

记载盛会之文容易落入俗套,成为一篇老生常谈的平淡无奇之文。但当王勃《滕王阁序》以"星分翼轸,地接衡庐。襟三江而带五湖,控蛮荆而引瓯越"开篇时,已注定这不是一篇平凡的文章。文章雄阔的气势,仿佛将读者带入盛唐,因为只有盛唐诸家才有如此阔大的胸襟与刚健的文风。"落霞与孤鹜齐飞,秋水共长天一色。渔舟唱晚,响穷彭蠡之滨;雁阵惊寒,声断衡阳之浦。"不仅让读者读到具有诗歌一般的审美和山水画般的和谐色调,还读到了一个失意文人的落寞。文章对仗工整,笔力雄健,展示了一位少年天才的创作天赋与博大的胸怀。他以老辣的笔法写景抒情,在写景的同时,抒发了只有饱经沧桑的文人才会有的情感,全无媚俗之态。

六朝骈文往往缺少阳刚之气,常常借助许多典故委婉地表达自己的心曲。当时流行的徐陵、庾信之骈文,皆文采绮艳,赋尤为丽绝,为世人所尚,谓之"徐庾体",宿学后生竞相模范。自庾信入北后,他的骈文逐渐摆脱了南朝绮靡文风的影响,沾染了北方刚健的文风,再加上他本人命途多舛,平生萧瑟,"庾信文章老更成,凌云健笔意

---

① 《全唐文》卷一八一,第1846页。

纵横"①（杜甫《戏为六绝句》其一），其文吸取南北文学之长，逐渐变得文质彬彬，尽善尽美。庾信是唐朝文章家竞相学习的对象，王勃出自北方士族，又远离盛行绮靡文风的朝廷，其文章与庾信后期骈文十分类似，具有词义贞刚、重乎气质、情文并茂的特点。另外，王勃的骈文具有诗歌的特点，感慨很深，触动了封建社会里不得志的文人的心弦，因而能引起读者的共鸣。

与王勃同列"初唐四杰"的卢照邻出自山东高门范阳卢氏，他与王勃具有类似的文章观，反对六朝文风。他在《驸马都尉乔君集序》②说道：

> 昔文王既没，道不在于兹乎？尼父克生，礼尽归于是矣。其后荀卿、孟子，服儒者之褒衣；屈平、宋玉，弄词人之柔翰。礼乐之道已颠坠于斯文。《雅》《颂》之风，犹绵连于季叶。痛乎王泽既竭，诸侯为麋鹿之场；帝图伊梗，天下作豺狼之国。秦人一灭旧章，大愚黔首。群书赴火，化昆岳之高烟；儒士投坑，变蓬莱之巨壑。《乐》沈于海，河间王初睠睠于古篇；《礼》失诸夷，叔孙通乃区区于绵蕝。安国讨论科斗，《五典》叶从。史迁祖述《获麟》，八书爱创。衣冠礼乐，重闻三代之风；玉帛讴歌，无坠六经之业。郁其兴咏，大雅于是为群；自此迄今，年逾千祀。圣门论赋，相如为入室之雄；阙里裁诗，公干即升堂之客。……

卢照邻在序言中回顾了文学发展的简史，感叹礼乐之道的沦丧，主张"衣冠礼乐，重闻三代之风；玉帛讴歌，无坠六经之业"。卢照

---

① 《杜诗详注》，第898页。
② 《全唐文》卷一六六，第1691页。

邻具有典型的儒家思想文艺观，反对缺少思想内容的形式主义，反对六朝以来的绮靡文风。

卢照邻早年身染风疾，后半生一直在与疾病作斗争，深受病痛的折磨。其文章也往往宣泄其痛苦，因而特别具有真实情感。他最具特色的骈文是他的几首骚体赋。如《五悲文》（并序）、《释疾文》都陈述了个人的悲惨处境。他在《五悲文》（并序）中说："自古为文者多以九七为题目，乃有《九歌》《九辨》《九章》《七发》《七启》，其流不一。余以为天有五星，地有五岳，人有五章，礼有五礼，乐有五声，五者亦在天地之数。今造五悲以申万物之情，传之好事耳。"表达了他的创新意图。《五悲文》包括《悲才难》《悲穷道》《悲昔游》《悲今日》《悲人生》等五篇文章，虽用骚体写成，但主要使用的还是初唐时期最常见的骈文。与铺陈过多，用典绵密却缺少真情实感的南朝骈体文不同，卢照邻的《五悲文》充满悲愤之情，为古来命运悲催的志士才人一洒英雄泪。如：

> 泪流公子，伤心久之。历万古以抽恨，横八荒而选悲。有幽岩之卧客，兀中林而坐思。形枯槁以崎嶬，足联蜷以缁厘。悄悄兮忽怆，眇眇兮惆怅。迢遥兮独蹇，淹留兮空谷。天片片而云愁，山幽幽而谷哭。露垂泣于幽草，风含悲于拱木。徒观其顶集飞尘，尻埋积雪。骸骨半死，血气中绝。四支萎堕，五官欹缺。皮襞积而千皱，衣联褰而百结。[①]

文章以骚体写成，语句形式整饬，很少用典，即使用典也是当时文人所熟知的常用典，抒发了自己真实的感情，读来令人泪下。

"文章四友"中的李峤和崔融分别出自山东高门赵郡李氏与清河

[①] 《全唐文》卷一六六，第 1697 页。

崔氏，二人皆为武周时期的御用文人。李峤的诗歌冠绝当时，其文章多为趋时应制的骈文，《旧唐书·李峤传》记载他转凤阁舍人时，"则天深加接待，朝廷每有大手笔，皆特令峤为之"[1]。李峤深得武后赏识，因此在武周时期官运亨通，其文章虽未脱御用文人之习气，但也写过一些拾遗补阙的直谏之文，如《谏建白马坂大像疏》[2]：

> 臣以法王慈敏，菩萨护持，唯拟饶益众生，非要营修土木。伏闻造像，税非户口，钱出僧尼，不得州县只承，必是不能济办，终须科率，岂免劳扰！天下编户，贫弱者众，亦有庸力客作以济糇粮，亦有卖舍贴田以代王役。造像钱见有一十七万余贯，若将散施，广济贫穷，人与一千，济得一十七万余户，拯饥寒之弊，省劳役之勤，顺诸佛慈悲之心，沾圣君亭育之意，人神胥悦，功德无穷。

武后佞佛，曾以自己的脂粉钱捐建洛阳龙门石窟的奉先寺，现在，又欲建造白马坂大像。山东士族具有反佛的传统与节俭的家风。这里，出自赵郡李氏的李峤不顾危险，敢犯龙颜，也是源自山东高门的家学门风。此疏骈散结合，语言平和中肯，无过激之言，谏议虽不被武后采纳，却不失为一篇好文章，因此被《旧唐书》收录。

崔融科举及第后，为崇文馆学士，中宗为太子时，"（崔）融为侍读，兼侍属文，东朝表疏，多成其手"[3]。圣历中，武则天幸嵩山，见崔融所撰《启母庙碑》，深加叹美，待到封禅毕后，乃命崔融撰朝觐碑文，成为朝廷的"大手笔"。让武后"深加叹美"的《启母庙碑》

---

[1] 《旧唐书》卷九四《李峤传》，第 2993 页。
[2] 同上书，第 2994—2995 页。
[3] 《旧唐书》卷九四《崔融传》，第 2996 页。

· 509 ·

文气纵横,笔力雄健,兹节录如下:

> 气为母则群物以萌,月为母则容光必照,坤为母则上下交泰,后为母则邦家有成。故华胥履迹而雄氏孕,女登感神而炎运作,星流华渚而白帝生,月贯幽房而黑精降。明明有夏,穆穆涂山,予娶于度土之辰,女婚于台桑之地。①

武氏以母后临朝称制,对赞颂母亲的文章自然十分欣赏,当时此类文章之多自不待言。但像崔融所云"气为母则群物以萌,月为母则容光必照,坤为母则上下交泰,后为母则邦家有成"的句式,以排比为之,想象独特,气势阔大,自然能从同类作品中脱颖而出。

崔融在武后朝深得圣眷,据《新唐书·崔融传》载:"(崔)融为文华婉,当时未有辈者,朝廷大笔,多手敕委之,其《洛出宝图颂》尤工。"② 崔融与李峤同为朝廷"大手笔",其骈文创作颇具影响。崔融的骈文作品保存至今的全部是他的应制文章,颇具特色,如《拔四镇议》《吏部兵部选人议》《断屠议》《瓦松赋并序》等,多骈散结合,语义通俗易懂。

当然文风的改变并不是一蹴而就的事情,而是一个自微而渐的过程。盛唐时期的李华出自山东高门赵郡李氏,是李栖筠的族子。他与古文家萧颖士名望相埒,世称"萧李"。李华以其古文创作称名于后世,被视为古文运动的先驱人物,但其骈文创作成就亦不容小觑。据《旧唐书·李华传》载:"华善属文,与兰陵萧颖士友善。华进士时,著《含元殿赋》万余言,颖士见而赏之,曰:'景福之上,灵光之下。'华文体温丽,少宏杰之气。颖士词锋俊发。华自以所业过之,

---

① 《全唐文》卷二二〇,第 2220 页。
② 《新唐书》卷一一四《崔融传》,第 4196 页。

疑其诬词，乃为《祭古战场文》。"①

李华举进士时所作《含元殿赋》深得萧颖士欣赏，兹节录如下：

《含元殿赋》②

《洪范》曰：皇建其有极，富哉上圣之宏议也。诗歌楚室，颂美泮宫诸侯之事也。云梦、甘泉，宴恢景福，辟王之志也。论诸侯，曷若戴天子。嘉辟王，曷若尊圣人。烈烈盛唐，祖武宗文，五帝赧德，六王惭勋。而政本乎慈，用过乎俭。夫苍生所奉者惟君，所爱者惟亲。宁有君亲宅体于卑室，而臣子得安其身乎。故有熊明庭，帝姚总期，从人欲也。天垂定星，易有大壮。君人者法焉，圣朝犹斥其华而凭其质。今是殿也者，惟铁石丹素，无加饰焉。

作为古文大家，李华的赋作亦充斥着散文句式，却又不失整饬的形式美。

李华的骈文当时极负盛名，《旧唐书·李华传》载："（李）华尝为鲁山令元德秀墓碑，颜真卿书，李阳冰篆额。后人争摹写之，号为'四绝'。"③颜真卿、李阳冰皆书法领域的翘楚，李华与他们名望相垺足见其文坛地位。真正使得李华彪炳文学史册的是他的骈文名篇《吊古战场文》，其辞曰：

浩浩兮平沙无垠，敻不见人。河水萦带，群山纠纷。黯兮惨悴，风悲日曛。蓬断草枯，凛若霜晨。鸟飞不下，兽挺亡群……无贵无贱，同为枯骨，可胜言哉。鼓衰兮力竭，矢尽兮弦绝。白

---

① 《旧唐书》卷一九〇下《李华传》，第 5047—5048 页。
② 《全唐文》卷三一四，第 3188 页。
③ 《旧唐书》卷一九〇下《李华传》，第 5048 页。

刃交兮宝刀折，两军蹙兮生死决。降矣哉，终身夷狄。战矣哉，暴骨沙砾。鸟无声兮山寂寂，夜正长兮风淅淅。魂魄结兮天沉沉，鬼神聚兮云幂幂。日光寒兮草短，月色苦兮霜白。伤心惨目，有如是耶。吾闻之，牧用赵卒，大破林胡，开地千里，遁逃匈奴。汉倾天下，财殚力痡。任人而已，其在多乎？周逐猃狁，北至太原，既城朔方，全师而还。饮至策勋，和乐且闲。穆穆棣棣，君臣之间。秦起长城，竟海为关。荼毒生民，万里朱殷。汉击匈奴，虽得阴山。枕骸遍野，功不补患。苍苍蒸民，谁无父母。提携捧负，畏其不寿。谁无兄弟，如足如手。谁无夫妇，如宾如友。生也何恩，杀之何咎。其存其殁，家莫闻知。人或有言，将信将疑。悁悁心目，寤寐见之。布奠倾觞，哭望天涯。天地之愁，草木凄悲。吊祭不至，精魂无依。必有凶年，人其流离。呜呼噫嘻，时耶命耶。从古如斯，为之奈何。守在四夷。①

自古以来，民族矛盾导致兵燹不断，生灵涂炭。李华着眼于古代战场，回顾了长期以来的民族战争，描绘了这些战争的惨烈，并思考了困扰各民族多年的民族矛盾的问题和解决方案。李华《吊古战场文》尝试解决长期以来的民族战争，最终提出了"守在四夷"的著名论点。该骈文气势宏大，笔力遒劲，一洗初唐骈文羸弱之弊，显示了作者深厚的文章功底。文章骈散结合，以骈语为主，并夹杂骚体句式，形式整饬，对偶工整，不愧为千古名篇。李华既是古文运动的先驱人物，又将骈文的创作提升到更高的水平。

中晚唐时期出自山东高门的骈文大家当数李德裕。李德裕出自赵郡李氏，是宰相李吉甫之子。作为"牛李党争"中李党的代表人物，

---

① 《全唐文》卷三二一，第3276页。

李德裕久典中枢，长期为朝廷重臣。

李德裕擅长古文，亦以其骈文创作成就被公认为朝中"大手笔"。唐穆宗长庆初年，李德裕任翰林学士，与元稹、李绅共称为"三俊"，在任翰林学士期间，就以"大手笔"著称于朝，"凡号令大典册，皆更其手。"[1] 李德裕在唐文宗时拜相，会昌年间，唐武宗独任德裕，使其得以充分施展政治才能。李德裕虽然独掌大权，仍然亲自撰写朝廷重要文书，他著称于朝的文章正是指其骈文创作。李德裕的骈文包括制诰文与文赋，前者是他任翰林学士与拜相后所作，后者则多为抒情小赋。

李德裕"不喜浮华文字"，其《臣子论》："近日宰相上官仪，诗多浮艳，时人称为'上官体'，实为正人所病。"[2] 他为文反对以文害义，反对只重视声韵的毛病，其《文章论》在总结前人诗文创作的经验和教训的基础上说道：

> 古人辞高者，盖以言妙而工。适情不取于音韵，意尽而止，成篇不拘于只耦。故篇无定曲，辞寡累句。譬诸音乐、古词，如金石、琴瑟，尚于至音。今文如丝竹鞞鼓，迫于促节，则知声律之为弊也甚矣。[3]

会昌年间，李德裕总揽机要，独掌大权，科举知贡举者"惟德裕所欲"，李德裕反对声病的思想对当时文坛产生了重要的影响。

李德裕古文与骈文创作皆取得很高成就，他的《幽州纪圣功碑铭（并序）》为奉敕所撰，用来表述幽州卢龙军帅、检校尚书、右仆射张仲武的功勋。文章包括序言和铭文两部分，序言部分骈散结合，以古

---

[1] 《新唐书》卷一八〇《李德裕传》，第5327页。
[2] 《全唐文》卷七〇九，第7274页。
[3] 同上书，第6280页。

文为主体，铭文则以骈文为之。其序言曰：

> 夫兵者，所以除暴害也。爱人则恶其为害，禁暴则恶其为乱。虽睿智不杀，化之以神，至德允怀，招之以礼。然《书》有猾夏之戒，《传》有修刑之训。虞舜四罪，乃成大功。文王一怒，以至无侮。非德教之助欤？……班固以稽落荡寇，大振天声。孰若天子神武，百蛮振慑。乘其咸困，临以兵锋。刈单于之旗，纳休屠之附。非万里之伐，无三年之勤。巍乎成功，辉焯后代。宜刻金石，以扬鸿休。①

文章以散文说理、叙事，以骈文议论，且散文中夹杂着骈语，骈文中又夹杂散句。叙事娓娓道来，议论逻辑绵密，条理清晰。文章夹叙夹议，语言老辣，笔力苍劲，展现了作者非同一般的驾驭文章的能力与技巧。铭文则赞颂了张仲武抚边之功勋，歌颂了天子的文德武功，其辞略云：

> 翩翩飞将，董我三军。禀兄之制，代师之勤。威略火烈，胡马星分。戈回白首，剑薄浮云。天街之北，旄头已落。绝辔之野，蚩尤未缚。俾我元后，恢宏远略。取彼单于，系之徽索。阴山寝烽，亭徼櫜弓。万里昆吾，九译而通。蛮夷既同，天子之功。②

一般碑铭本属为他人捉刀应景之文，往往质木无文，内容与情感两皆空乏。李德裕为文反对形式主义与浮艳文风，亦不为佶屈聱牙之文。该铭文用生动的语言刻画了张仲武英姿勃发的形象与运筹帷幄的

---

① 《全唐文》卷七一一，第 7300—7302 页。
② 同上书，第 7300—7302 页。

谋略，记述了张仲武通边之德。铭文虽以骈语写成，却毫无一般铭文的板滞。语言生动，文风晓畅。

除了朝廷所撰应用文外，李德裕的抒情小赋亦颇具特色，如《大孤山赋并序》：

> 余剖符淮甸，道出蠡泽，属江天清霁，千里无波，点大孤于中流，升旭日于匡阜，不因佐官，岂遂斯游。谢康乐尤好山水，尝居此地，竟阙词赋，其故何哉？彼孤屿乱流，非可俦匹，因为小赋，以寄友朋。
>
> 川渎蠛道，人心所恶，必有穹石，御其横鹜。势莫壮于滟滪，气莫雄于砥柱，惟大孤之角立，掩二山而磊竖。高标九派之冲，以捍百川之注。耽若虎视，蚴如龙据。靡摇巨浪，神明之所扶。不倚群山，上元之所固。必迤逦而何多，信嶷然而有数。念前世之独立，知君子之难遇。如介石者袁杨，制横流者李杜。观其侧秀灵草，旁挺奇树，宁忧梓匠之斤，岂有樵人之路。想江妃之乍游，疑水仙之或驻，嗟瀛洲之方丈，盖仿佛如烟雾。据神鳌而觖觎，逐风涛而沿沂。未若根连坤轴，终古而长存。迹寄夜川，负之而不去。虽愚叟之复生，焉能移其跬步。①

李德裕《大孤山赋》笔力遒劲，气象阔大，是一篇绝佳的山水美文。该赋以骈语写成，描写了大孤山的山水美景与雄阔的气势。在描写大孤山景色的同时，又将大孤山拟人化，以大孤山喻君子之风。大孤山虽为中流砥柱，却不与群山相连，不与小人为朋，反映了志士仁人孤峭不阿的性格。该赋正是表明自己并非如政敌所指责的党同伐异之人，大孤山成为作者自身的写照。李德裕虽博学多

---

① 《全唐文》卷六九七，第 7156 页。

才，但该赋几乎不用典故，全无掉书袋之病。文章情文并茂，反映了作者真实的感情。李德裕极力反对派系之争，其所撰《朋党论》《论侍讲奏孔子门徒事状》等文极力反对朋党，反对当时政治上所谓的"牛李党争"。

《大孤山赋》得到了北宋诗文革新运动的领袖欧阳修的高度评价，他在《唐李德裕大孤山赋》中说道："赞皇文辞，甚可爱也。其所及祸，或责其不能自免；然古今聪明贤智之士，不能免者多矣，岂独斯人也欤！"[①] 另外，欧阳修的集子里尚有对李德裕《平泉山居草木记》与《平泉山居诫子孙记》两篇文章的评价。总之，欧阳修对李德裕的为政颇不以为然，但对其为文多持正面评价，并深受其影响。如李德裕有《秋声赋》《朋党论》两篇文章，前者为抒情小赋，后者为政论，欧阳修的名篇《秋声赋》《朋党论》正是效仿李德裕的同名作品，似有欲与之一较高下的意味。

唐代骈文盛行，从清人董诰《全唐文》所网罗的作品可知，唐人文章大多为骈文。即使在韩愈与柳宗元提倡古文运动的中晚唐时期，令狐楚与李商隐依旧以四六文而引领文坛。骈文流行于南朝，而北朝依旧存在不废古文的优良传统，根植于河北一带的山东高门崇尚经术，受南朝骈俪之风影响较小。唐代山东士族与古文运动关系密切，但在骈文占据主导地位的唐代文坛，山东士族的骈文创作仍然取得了很高的成就，著名的骈文大家如王勃、卢照邻、李峤、崔融、李华、李德裕等人都出自"山东五姓"。

南朝骈文往往堆砌辞藻，文风浮艳，用典绵密，文意晦涩。山东士族出身的骈文家继承了北朝刚健文风，强调实用主义。他们的骈文作品融合了南北文风之长，开创了唐朝的新式骈文。唐代山东士族的

---

① （宋）欧阳修：《文忠集》卷一四二，文渊阁《四库全书》影印本。

骈文家创作的新骈文往往情文并茂,气象阔大,笔力遒劲,摆脱了传统骈文的窠臼,将散文句式融入了骈文的写作。因而,他们的骈文往往骈散结合得恰到好处,使得句式不再板滞,语言更加生动。出自山东高门且才华横溢的骈文家往往将古文的创作手法融入骈文的创作之中,减少了骈文的用典,使得语意更加通俗易解,他们给唐代骈文的发展注入了新的活力。

第十一章

唐代山东士族与唐代小说

　　唐代古文运动与山东士族关系十分密切，山东士族对唐代散文的兴起作出了巨大贡献。山东士族于中唐以后复兴，在他们的倡导和影响下，古文运动蓬勃发展。由于骈文往往过于强调声律形式美，在叙事和议论上难以与古文抗衡。古文叙事能力强，适宜于记载历史和创作小说，因而，唐代小说的繁荣与古文的兴起关系十分密切。

　　魏晋南北朝时期，出现了很多小说类的作品，这类小说大致可以分为"志人"小说和"志怪"小说，前者以刘义庆《世说新语》为代表，后者则以张华《博物志》、干宝《搜神记》最为著名。中唐小说的繁荣与山东士族的复兴密不可分，一方面，山东士族创作了大量笔记小说与传奇小说；另一方面，山东士族倡导的古文为传奇小说作者所使用，并且成为唐代笔记小说与传奇小说所描写的重要对象。唐代传奇小说往往与婚姻、爱情有关，其中，男主人公很多出自山东高门。

第一节　唐代山东士族的小说创作

自东汉班固《汉书·艺文志》至清代《四库全书总目》，官私目录都在子部列"小说家类"，多指街谈巷语或为道听途说。其所记载，并非今日小说所谓的有意识的创作。唐代小说大致可以分成两个大类：一是指官私目录中的小说家言，即本书所论述的笔记小说；二是指作者刻意好奇，有所寄托，情节曲折完整，且篇幅较长的小说，即本书论述的唐代传奇小说。唐代小说的作者大多数已无法确定其身份，这给研究带来很大麻烦，加上唐人小说的分类与现代大不相同，因此在确定小说作者时不能依靠数据统计，只能根据部分可大致确定的作者做简单的推测。山东高门笔记小说与传奇小说创作都取得了很高的成就，尤以笔记小说为甚。

一　唐代山东士族的笔记小说创作

"笔记"二字，本指执笔记叙。由于南北朝时崇尚骈俪之文，一般人称讲究辞藻、声韵、对偶的文章为"文"，称信笔记录的散体文字为"笔"。如梁代刘勰《文心雕龙·总术》所云："今之常言，有文有笔，以为无韵者笔也，有韵者文也。"[①] 后人常把六朝以来用散文所写的零星琐碎的随笔、杂录统称为"笔记"。

唐代或者唐前无"笔记"之说，北宋史学家宋祁始以"笔记"

[①] （梁）刘勰：《增订文心雕龙校注》，黄叔琳、李详、杨明照校注，中华书局2000年版，第529页。

名书，撰《笔记》3卷，分为释俗、考订、杂说，后来，才有了"笔记"与"笔记小说"的提法。笔记小说的分类见仁见智，看法各有不同，很难得出一致结论。这里所指唐人笔记小说以历史琐闻类笔记为主，凡是较为专门类的著作如李吉甫《元和郡县图志》、陆羽《茶经》等，或者是志怪类小说以及较为典型的唐人传奇小说一概不在本书所说的笔记小说范围之内。唐代笔记小说形制短小，但数量可观。

唐代笔记小说在《新唐书·艺文志》中除了史部的杂史类有部分载录，还散见于子部小说类、杂传记类、故事类等。这一类笔记小说很多为山东士族所创造，其中为山东高门所创作的如：李邕《狄仁杰传》、刘𬭸《隋唐嘉话》《国朝旧事》、郑綮《开天传信记》、李吉甫《六代略》、李繁《邺侯家传》、郑昈《史俊》、崔良佐《三国春秋》、刘肃《大唐新语》、李翰《张巡姚訚传》、李肇《国史补》《翰林志》、王起《李赵公行状》（李赵公指李吉甫）、李德裕《次柳氏旧闻》《文武两朝献替记》《会昌伐叛记》《上党纪叛》《异域归忠传》《西蕃会盟记》《西戎记》《英雄录》、郑处诲《明皇杂录》、郑言《平剡录》、李浚《松窗录》、郑樵《彭门纪乱》、高彦休《阙史》等。

刘知几是初唐最为著名的史学家，其代表作《史通》是我国也是世界上第一部系统性的史学理论专著。该书评论史书体例与编撰方法，论述了史籍源流与前代史家修史的得与失，系统总结了史学的发展。刘知几出自山东高门彭城刘氏，其家族世代修史。刘知几的几个儿子多以史学名家。

《隋唐嘉话》是唐代著名的笔记小说集，属于小说化的杂史。该书作者刘𬭸是刘知几的次子，曾于玄宗天宝初年历集贤院学士，兼知史官。《隋唐嘉话》又名《传记》《国朝传记》《国史异纂》《小说》，《隋唐嘉话》又名《小说》说明了它是正史之外的笔记小说。该书记载了南北朝至唐玄宗开元年间人物的言行事迹，犹以太宗朝与武后朝为多,为两《唐书》与《资治通鉴》提供了许多一手资料。该书既是记述琐闻逸事的小说家言,也可补正史之缺,其语言描述亦介于正史与小说之间。

郑綮《开天传信记》1 卷,郑綮出自山东高门荥阳郑氏。该书记述唐玄宗开元、天宝年间史迹。书中凡称玄宗则称"上",而不称"玄宗"或者"明皇",可证其人为玄宗朝人。《开天传信记序》《直斋书录解题》皆称郑綮为玄宗朝官员。该书内容形制短小,内容庞杂,包含了志人小说与志怪小说。

李繁《邺侯家传》10 卷,被列于《新唐书·艺文志》"杂传记类",《直斋书录解题》卷 7 载《邺侯家传》10 卷,称该书为"唐亳州刺史京兆李繁撰。繁,宰相泌之子,坐事下狱。知且死,恐先人功业泯灭。从吏求废纸拙笔为传"[1]。李泌为中唐名相,出自山东高门陇西李氏辽东房。李泌在玄宗朝以神童著称,为张说所喜爱,后对中唐政治产生了重大影响,宋祁感叹道:"(李)泌出入中禁,事四君,数为权幸所疾,常以智免。好纵横大言,时时说议,能寤移人主,然常持黄老鬼神说,故为人所讥切。"[2] 该书记述李泌功业,多杂浮夸之词。

中唐古文家李翰有《张巡姚訚传》2 卷,该书被列于《新唐书·艺文志》"杂传记类"。从古文家李华《蒙求序》、李良《荐蒙求表》可知,李翰为李华宗人,出自"山东五姓"的赵郡李氏。该书虽已失传,但韩愈曾读过此书,认为该书在描述抵抗安史叛军的名将张巡时,遗漏了许远与雷万春,并因此作《张中丞传后叙》以补述之。

《唐国史补》的作者李肇系古文家李华之子,出自赵郡李氏东祖

---

[1] (宋)陈振孙:《直斋书录解题》卷七"传记类",徐小蛮、顾美华点校,上海古籍出版社 1987 年版,第 198 页。

[2] 《新唐书》卷一三九《李泌传》,第 4638 页。

房。刘𫗧《隋唐嘉话》记载了南北朝至唐玄宗开元年间人物的言行事迹，犹以太宗朝与武后朝为多。李肇《唐国史补》有意补缺刘𫗧《隋唐嘉话》，记载玄宗开元至穆宗长庆年间事。该书自序中明确了他的写作目的：

> 昔刘𫗧集小说，涉南北朝至开元，著为《传记》。予自开元至长庆撰《国史补》，虑史氏或阙则补之意，续传记而有不为。言报应，叙鬼神，征梦卜，近帷箔，悉去之；纪事实，探物理，辨疑惑，示劝戒，采风俗，助谈笑，则书之。①

该书的取舍标准十分明确，凡神怪报应之说皆去之，全书所记多为人物事迹、社会风俗与政治典故。

李德裕是中晚唐时期最为活跃的政治家之一，也是中晚唐文坛最为活跃的作家之一，他在诗歌、古文、骈文与笔记小说的创作上都取得了很高的成就。据《新唐书·艺文志》记载，李德裕的笔记小说创作包括《次柳氏旧闻》《文武两朝献替记》《会昌伐叛记》《上党纪叛》《异域归忠传》《西蕃会盟记》《西戎记》《英雄录》等。其中，《次柳氏旧闻》（1卷）是他除文集外仅存的杂史史籍。该书记载其父李吉甫所述唐明皇十七事，惧其失传，遂编录成册，于文宗大和八年（834）作序进呈，"以备史官之阙"②。

《明皇杂录》3卷，则是李德裕《次柳氏旧闻》的续篇。作者郑处诲，系德宗、宪宗两朝宰相郑余庆之孙，出自"山东五姓"的荥阳郑氏。郑处诲出自修史家庭，其父郑瀚③，曾于文宗大和三年

---

① （唐）李肇：《唐国史补》，《唐五代笔记小说大观》本，上海古籍出版社2000年版，第158页。
② （唐）李德裕：《次柳氏旧闻》自序，《唐五代笔记小说大观》本，上海古籍出版社2000年版，第464页。
③ 或记为郑浣，或记为郑干，有《宪宗实录》《经史录要》等经史著作。

(829)、四年（830）知贡举。"（郑）处诲，字廷美，文辞秀拔。仕历刑部侍郎、浙东观察、宣武节度使。卒。先是，李德裕《次柳氏旧闻》，处诲谓未详，更撰《明皇杂录》，为时盛传。"① 郑处诲《明皇杂录》的修撰上承李德裕的《次柳氏旧闻》，是从史学的角度修撰的。

作为盛唐时期的一代雄主，唐玄宗以其传奇的经历与跌宕的人生以及浪漫的爱情成为小说家们津津乐道的话题人物。晚唐笔记小说集《松窗杂录》（1卷）也记录了开元、天宝年间的许多逸闻趣事。四库馆臣定《松窗杂录》的作者为李浚，卞孝萱先生《唐传奇新探》中亦持相同观点。②

李浚为诗人李绅之子，出自"山东五姓"的赵郡李氏③。李浚在《松窗杂录》的序言中说道："浚忆童儿时，即历闻公卿间叙国朝故事，次兼多语其遗事特异者，取其必实之迹，暇日缀成一小轴，题曰《松窗杂录》。"④ 李浚作为宰相李绅之子，曾在史馆参与修史工作。该书所记述多为逸闻秘事，记武后至宣宗大中初年朝廷杂事，多描述帝王、嫔妃、卿相与文人逸事，犹以玄宗朝为多。该书所记唐明皇之事，颇为详整可观，既可以参补史传，亦可以视作街谈巷语或道听途说的小说家言。虽然司马光深斥其说颇不免于诬妄，但作为小说，也是难免的。

晚唐笔记小说集《唐阙史》的作者高彦休出自山东高门渤海高氏，该书记载了中晚唐的逸闻趣事。《新唐书·艺文志》著录《阙史》3卷，四库馆臣将该书归入子部小说家类，现存2卷共51篇。据该书卷下"郑少尹及第"条载："开成之二年（837），愚江夏伯祖再

---

① 《新唐书》卷一六五《郑处诲传》，第5062页。
② 卞孝萱：《唐传奇新探》，江苏教育出版社2001年版，第151页。
③ 据李浚《慧山寺家山记》，《全唐文》卷八一六，第8591页。
④ （唐）李浚：《松窗杂录》，《唐五代笔记小说大观》本，上海古籍出版社2000年版，第1212页。

司文柄。"① 考以《新唐书·高锴传》，出身于渤海高氏的高锴与其侄高湜、其子高湘先后五次知贡举。高锴于唐文宗开成元年（836）、开成二年（837）、开成三年（838）前后三次知贡举，他亦能去浮华，取实才。高彦休为高锴从孙，晚唐人。② 至于该书的写作目的，高彦休在序言中说道：

> 皇朝济济多士，声名文物之盛，两汉才足以扶轮捧毂而已；区区晋、魏、周、隋已降，何足道哉！故自武德、贞观而后。吮笔为小说、小录、稗史、野史、杂录、杂纪者多矣。贞元、大历已前，捃拾无遗事，大中、咸通而下，或有可以为夸尚者、资谈笑者、垂训诫者，惜乎不书于方册，辄从而记之。其雅登于太史氏者，不复载录。③

高彦休自序中认为"吮笔为小说、小录、稗史、野史、杂录、杂纪者多矣"，将小说与其他"小录、稗史、野史、杂录、杂纪"等相提并论，却又将这些小说之类的门类与"雅登于太史氏者"区别开来，可见他记载的目的是以记录正史以外的杂事为宗旨，这样也就扩大了记录范围。至于小说中记载的一些神异故事，也是小说家言所难以避免的。

山东高门不仅直接从事笔记小说创作，而且还影响了笔记小说的创作，如李德裕不仅自己创作了大量笔记小说，还授意韦执谊子韦绚创作了笔记小说《戎幕闲谈》1卷。④ 另外，韦绚的《刘公嘉话录》

---

① （唐）高彦休：《唐阙史》，《唐五代笔记小说大观》本，上海古籍出版社2000年版，第1348页。
② 参见卞孝萱《唐传奇新探》，江苏教育出版社2001年版，第153页。
③ （唐）高彦休：《唐阙史》，《唐五代笔记小说大观》本，上海古籍出版社2000年版，第1348页。
④ 参见程毅中《唐代小说史》，中华书局2003年版，第349页。

也与出身于彭城刘氏的刘禹锡有密切关系。[1]

山东高门大量创作笔记小说的原因与其门风有关。唐代笔记小说具有"史"的性质,笔记小说的作者主观上都是以史笔为之。现今将唐代笔记小说视作文学创作,但当时作者并不认为自己在搞文学创作。笔记小说的作者往往持忠实记录的态度来写作,包括了几代人口耳相传的遗闻逸事。

山东士族家学以经史为主,修史的癖好使他们成为史料笔记小说的重要作者。山东士族家学强调经世致用,史学是其家学的重要组成部分,他们有修史的传统,如北朝崔浩、高允都参与修国史。在崇尚修国史的唐代,很多山东高门子弟参与了国史的修撰,如:

> 黄门侍郎崔知温、给事中刘景先兼修国史。[2]
>
> 宰相崔慎由兼修国史。[3]

唐代山东高门修国史者甚多,较为著名的还有赵郡李峤[4]、彭城刘知几、刘伯庄[5]、刘允济[6]等,另外,还有赵郡李吉甫监修了《顺宗实录》5卷、陇西李汉等监修了《宪宗实录》40卷等。

山东高门大量创作笔记小说的原因与唐代修史地位崇高有关。据《唐语林》载:"薛元超谓所亲曰:'吾不才,富贵过人。平生有三恨:始不以进士擢第,不娶五姓女,不得修国史。'"[7]薛元超位极人臣,尚以不得修国史为平生三大憾事之一,说明了唐代修史的地位十

---

[1] 韦绚曾任剑南西川节度使李德裕幕府巡官,又从学于夔州刺史刘禹锡。二书之成与李德裕、刘禹锡有密切关系。
[2] 《旧唐书》卷五《高宗纪》,第105页。
[3] 《旧唐书》卷一八下《宣宗纪》,第640页。
[4] 《旧唐书》卷九四《李峤传》,第2994页。
[5] 《旧唐书》卷一八九《刘伯庄传》,第4955页。
[6] 《旧唐书》卷一九〇《刘允济传》,第5012—5013页。
[7] 《唐语林校证》卷四"启羡"条,第384页。

· 525 ·

分崇高。但修国史者毕竟是少数人，以薛元超之尊贵，亦引以为憾。为了满足自己修史的欲望，山东士族开始用史笔记载历史，从而创作了大量今天所谓的笔记小说。

山东高门大量创作笔记小说的原因还与中唐古文运动有关。山东高门参与了中唐古文运动，他们将古文运用到实践中，正是散文的普及才推动了唐代笔记小说的繁荣。

山东高门很少创作志怪小说，这与儒家"不语怪、力、乱、神"的家风有关。志怪小说多包含释氏因果，《太平广记》中大量志怪小说都与佛教和神仙传说有关。山东士族传统家学与佛教有很多矛盾，导致了中古时期的"三武灭佛"。因此，崇尚儒学的山东高门往往排斥佛教，刘𫗧《隋唐嘉话》自序称"释教推报应之理，余尝存而不论"①，含有排斥佛教小说的意思。有意续刘𫗧《隋唐嘉话》的李肇《唐国史补》自序中也表明，大凡"言报应，叙鬼神，征梦卜，近帷箔"的作品"悉去之"②。

由于很多史实来源于传闻，再加上党争的需要，他们的记载并不一定可靠。但笔记小说的作者主观上都是以史笔为之，他们的记载有不少可与正史参证，甚至可以补充和纠正正史。唐人笔记小说具有很强的文学性，夹杂着许多史实和传闻，还包括了作者的许多加工③，一旦笔记小说被用于党争，其真实性更是令人怀疑。

---

① 《隋唐嘉话》，程毅中点校，第1页。
② （唐）李肇：《唐国史补》，《唐五代笔记小说大观》本，上海古籍出版社2000年版，第158页。
③ 后现代主义者认为历史与小说没有区别，"史即文本"，否定了历史求真的可能性，否定了历史真实的客观性。他们认为历史只能表达现状，反映当代的观点与利益。意大利人克罗齐提出"一切真历史都是当代史"的著名命题，这种理论犹如"诗无达诂"的说法，使我们在区分历史与笔记小说时更加迷惘。

二 唐代山东士族的传奇小说创作

唐代传奇小说是与唐诗、唐文差可比肩的文学体裁，是中国小说发展史上的一座丰碑。唐代传奇小说不少作品文辞华美，情节曲折，已经属于"作意好奇""幻设为文"的作品。有的虽假托神怪，其情节显然影射现实，表明这些作品已逐步摆脱了六朝志怪小说的窠臼，而逐渐符合了现代小说的范式。

唐代山东士族热衷于笔记小说的创作，但在传奇小说的创作中也取得了一定的成绩。唐传奇中最早的作品当数王度的《古镜记》，《古镜记》在《太平广记》第230卷中题作《王度》，引自《异闻集》。该小说共讲述了11个具有志怪意味的古镜故事，在叙事的考究上大大超过志怪小说，达到了传奇小说要求的水平。

《古镜记》是从志怪小说发展到传奇小说的过渡作品，尚带有六朝志怪小说的遗风。但与六朝短篇志怪小说不同，《古镜记》的篇幅大大增加，语言描写十分生动，如小说中王绩持王度所赠古镜游历归来，以宝镜归还王度时描述他的经历时所说：

> 此镜真宝物也。辞兄之后，先游嵩山少室。降石梁，坐玉坛，属日暮，遇一嵌岩。有一石堂可容三五人，绩栖息止焉。月夜二更后，有两人，一貌胡，须眉皓而瘦，称山公；一面阔，白须眉长，黑而矮，称毛生。谓绩曰："何人斯居也？"绩曰："寻幽探穴访奇者。"二人坐，与绩谈久，往往有异义出于言外。绩疑其精怪，引手潜后，开匣取镜。镜光出而二人失声俯伏。矮者化为龟，胡者化为猿。悬镜至晓，二身俱殒，龟身带绿毛，猿身带白毛。即入箕山，渡颍水，历太和。视玉井，井傍有池，水湛然绿色。问樵夫，曰："此灵湫耳。"村间每八节祭之，以祈福

佑。若一祭有却，即池水出黑云大雹，浸堤坏阜。绩引镜照之，池水沸涌，有雷如震。忽尔池水腾出，池中不遗涓滴，可行二百余步。水落于地，有一鱼，可长丈余，粗细大于臂，首红额白，身作青黄间色，无鳞有涎，龙形蛇角。嘴尖，状如鲟鱼，动而有光，在于泥水，困而不能远去。绩谓鲛也，失水而无能为耳。刃而为炙，甚膏有味，以充数朝口腹……①

小说描写十分生动，使读者如同身临其境。经作者精心设计，小说在叙事视角的变换和叙事结构的考究上大大超过六朝志怪小说。与六朝小说是为了"发明神道之不诬"②不同，《古镜记》始终以古镜为描写对象，前后穿插着王度的活动轨迹，使所写人物与所写事情融合于一体。鲁迅先生认为至唐代，方开始"有意为小说"③，《古镜记》达到了现代所谓传奇小说的要求。

唐初朝廷奉行关陇本位主义政策，山东士族颇不受器重，政治失意的山东士族在传奇小说的创作中有所收获。王度为文中子王通与山水田园诗人王绩之兄，出自"山东五姓"的太原王氏。王度的《古镜记》是唐传奇发展史上的里程碑，可视为隋末唐初文人的游戏之作。王度在唐代传奇小说史中有筚路蓝缕之功，其地位十分重要。

《梁四公子》是初盛唐时期的传奇名篇，但作者尚不可考。《新唐书·艺文志》"杂传记类"著录卢诜作《四公记》④；郑樵《通志·艺

---

① 《太平广记》卷二三〇"王度"条引《异闻集》，第1765—1766页。
② 干宝《搜神记》原序云："今之所集，设有承于前载者，则非余之罪也。若使采访近世之事，苟有虚错，愿与先贤前儒分其讥谤。及其著述，亦足以发明神道之不诬也。"（《汉魏六朝笔记小说大观》本，上海古籍出版社1999年版，第277页）。干宝所写神怪之事，是从纪实角度出发的。
③ 鲁迅：《中国小说史略》，上海古籍出版社1998年版，第44页。
④ 《新唐书》卷五八《艺文志》，第1484页。

文略》作《梁四公子记》，唐卢诜撰①。陈振孙《直斋书录解题》②认为：

> 《梁四公记》一卷。唐张说撰。按《馆阁书目》称梁载言纂。《唐志》作卢诜，注云"一作梁载言"。《邯郸书目》云："载言得之临淄田通。"又云："别本题张说，或为卢诜。"今按此书卷末所云田通事迹，信然，而首题张说，不可晓也。其所记多诞妄，而四公名姓尤怪异无稽，不足深辨。载言，上元二年进士也。

若按照《唐志》《邯郸书目》《新唐书·艺文志》与《通志·艺文略》的说法，出自山东高门范阳卢氏的卢诜很可能是《梁四公记》的作者。该小说主要讲述东海龙王掌管龙王宝珠，梁武帝萧衍以烧燕献给龙女，龙女以各种珠宝报答他的故事。唐代以后各种关于龙女的故事盖源于此。

中唐传奇小说的大家李公佐出自山东高门陇西李氏③，他是唐传奇的多产作家，其作品包括《南柯太守传》（《太平广记》卷475引作《淳于棼》）、《庐江冯媪传》《古岳渎经》（《太平广记》卷467题作《李汤》）、《谢小娥传》等。④

《南柯太守传》是中唐传奇小说名篇，小说描述淳于棼梦入槐安国，被招为驸马，又被任命为南柯郡太守的故事。淳于棼守郡20年，功业显赫。公主死后，淳于棼罢郡归国，福威渐渐隆盛，结果被流言所伤，被遣送还家，还家后方从梦里醒来。醒后寻至大槐树下，发现

---

① （宋）郑樵：《通志二十略》，王树民点校，中华书局1995年版，第1562页。
② （宋）陈振孙：《直斋书录解题》卷七"传记类"，徐小蛮、顾美华点校，上海古籍出版社1987年版，第196页。
③ 白行简在《李娃传》的结尾处点明："予与陇西（李）公佐。"指出李公佐的郡望。
④ 程毅中：《唐代小说史》，人民文学出版社2003年版，第149—157页。

所谓的大槐安国原为蚁穴。小说感叹人生如梦,富贵无常,颇有警世意义。该小说语言生动,所描写的人物形象栩栩如生。以下是描述淳于棼携公主赴南柯郡上任时的送别场景:

> 其夕,王与夫人饯于国南。王谓生曰:"南柯国之大郡,土地丰壤,人物豪盛,非惠政不足以治之。况有周、田二赞。卿其勉之,以副国念。"夫人戒公主曰:"淳于郎性刚好酒,加之少年。为妇之道,贵乎柔顺。尔善事之,吾无忧矣。南柯虽封境不遥,晨昏有间。今日暌别,宁不沾巾。"生与妻拜首南去,登车拥骑,言笑甚欢。累夕达郡。①

这段文字描述了国王夫妇送别淳于棼夫妇赴任的场景,渲染了临别的悲凉气氛。国王与王后的话语贴切人物的身份,十分符合作为国君与长者送别臣下与子女的双重身份。而年轻的淳于棼与公主夫妇则对新生活充满憧憬,心情十分愉悦,对离别不以为然。

《谢小娥传》是李公佐晚期的作品,描写对象从神怪走向了现实生活。谢小娥八岁丧母,嫁历阳侠士段居贞。居贞负气重义,交游豪俊。小娥父蓄巨产,隐名商贾间,常与女婿同舟运货于江湖之间。谢小娥年十四时,父亲与丈夫俱为盗所杀,尽掠金帛,全家与童仆数十人悉沉于江中。谢小娥梦父亲托梦曰:"杀我者车中猴,门东草。"又数日复梦其夫托梦曰:"杀我者禾中走,一日夫。"小娥不能解悟,后遇路过建业的李公佐,得知凶手名申兰、申春。谢小娥至浔阳郡十分巧合地发现了仇人的住所,于是女扮男装,为仇人当雇工,后伺机刺杀了仇人。报官后尽获余党,自身得到特许免罪。②

---

① 《太平广记》卷四七五"淳于棼"条引《异闻录》,第3913页。
② 参见(宋)李昉等编《太平广记》卷四九一"谢小娥传"条,中华书局1961年版,第4030—4032页。

所谓"无巧不成书",后代小说的巧合往往不是现实生活所能够提供的。李公佐《谢小娥传》虽记载他本人亲身亲历之事来表彰谢小娥的贞烈,但过于巧合的情节恰恰说明这是作者有意虚构的小说,有意为之的作品。

由于流传过程中的诸多原因,唐传奇小说的作者往往扑朔迷离,其身份极难辨清,从对现有文献的梳理中隐隐可以看到出自山东士族的作者的影子。

唐代传奇发展至贞元、元和年间而至巅峰状态。与前代小说不同,唐代开始"有意为小说"[①]。山东高门修史的癖好使他们将精力投入笔记小说的创作,良好的古文功底使他们在偶尔为之的传奇小说创作上也取得了很高的成就。

第二节　唐代小说中山东士族的形象

由于偏好修史的传统,山东高门子弟创作了大量的笔记小说。而在中晚唐的"牛李党争"中,山东高门多倾向于李党。由于山东高门子弟的参与以及党争的需要,笔记小说中的山东高门形象较为光鲜。在"牛李党争"中倾向于牛党的进士阶层创作的小说以传奇居多,传奇小说中作为主人公的山东高门子弟常常成为门第较低的进士阶层攻讦的对象。

---

① 鲁迅:《中国小说史略》,上海古籍出版社1998年版,第44页。

一 唐代笔记小说中山东士族的形象

与传奇小说不同，山东士族在唐代笔记小说中多以正面形象出现，山东高门往往被笔记小说作者描写为孝顺、友悌、贞洁、清廉的形象。如唐刘肃《大唐新语》"清廉"篇载："（郑）善果性至孝笃慎……母崔氏甚贤明，晓正道。"[①] 郑善果出自荥阳郑氏，其母亦出自"山东五姓"，其家族属于典型的"五姓"婚姻圈。再如盛唐时期的宰相卢怀慎出自范阳卢氏，同书"清廉"篇描写道："卢怀慎，其先范阳人……怀慎少清俭廉约，不营家业。"[②] 卢怀慎的清廉在两《唐书》本传中都有详细描述，笔记小说与史书亦可以相互佐证。《大唐新语》是效仿《世说新语》的体例创作的，相当于是描写唐代政治、社会生活的《世说新语》。《世说新语》开篇4门以"德行""言语""政事""文学"展示了作者对儒家思想的尊崇。《大唐新语》亦有"政能"篇记载了山东高门的言行，如："郑惟忠名行忠信，天下推重。"[③] 郑惟忠出自荥阳郑氏，书中的郑惟忠被描写为名行忠信的儒者。再如该书"孝行"篇载："崔希高以仁孝友悌，丁母忧，哀毁过礼。"[④] "孝行"是儒家的基本教义，以儒学世代相传的山东高门以孝行为根本，这也是维系其数百年冠冕不坠的重要原因。

高彦休是晚唐人，出自山东高门渤海高氏，其《唐阙史》记载了山东高门的许多逸事，并塑造了许多光鲜的人物形象，如：

"荥阳公清俭"条：荥阳公尚书郑浣（曾于文宗大和三年、

[①] （唐）刘肃：《大唐新语》，《唐五代笔记小说大观》本，上海古籍出版社2000年版，第239页。(本书中该古籍使用此版本较多，后文中将省略朝代与作者，特此说明)
[②] 《大唐新语》，《唐五代笔记小说大观》本，上海古籍出版社2000年版，第241页。
[③] 同上书，第250页。
[④] 同上书，第259页。

大和四年知贡举),以清规素履,嗣续门风。

"路舍人友卢给事"条:时人闻之,以为路之高雅,卢之俊达,各尽其性。

"李丞相特达"条:时议许(陇西公)以特达称。

"崔相国请立太子"条:丞相太保崔公,庄严宏厚,清雅公忠,善诱后来,有佐时许国之志。

"郑侍郎判司勋检"条:吏部郑侍郎熏,介洁方廉,以端劲自许,朝右畏惮。

"崔起居题上马图"条:崔雍起居,誉望清举。

"崔尚书雪怨狱"条:尚书博陵公碣,任河南尹,摘奸蘍暴,为天下吏师。

"卢相国指挥镇州事"条:丞相范阳公(卢)携,清苦律身,剸断无滞,代天理物,必先鹑衣鷇食,退陬远裔。以是四方之誉,翕然归之。①

另外,高彦休《唐阙史》还记载了如陇西李揆之方正("李仆射方正"条);丞相荥阳公郑畋诗歌"傥遇评于精鉴,当在李翰林、杜工部之右"("郑相国题马嵬诗"条)。该书所载山东高门的事迹所占比例极大,几乎都是以正面形象出现,这与唐代传奇小说中山东高门的形象迥异。

山东高门的形象在唐代笔记小说中俯拾皆是,除了像崔湜、卢杞、郑注等少数人物外,大多以正面形象出现。再如张鷟《朝野佥载》载:"监察御史李畲母清素贞洁。"②"文昌左丞卢献女第二,先

---

① (唐)高彦休:《唐阙史》,《唐五代笔记小说大观》本,上海古籍出版社2000年版,第1330—1360页。
② 《朝野佥载》,第33页。

适郑氏，其夫早亡，誓不再醮。姿容端秀，言辞甚高。"① 赵璘《因话录》载："荥阳郑还古，少有俊才，嗜学，而天性孝友。"② 笔记小说中的山东高门形象涵盖男女，女性多以贞节的形象标异于时。

由于山东高门在中晚唐"牛李党争"中多倾向于李党，李党成员很多是笔记小说的作者，因而山东士族在笔记小说中的形象很好。如出自太原王氏的王起著有《李赵公行状》，专写李德裕之父赵国公李吉甫之事，对李吉甫多溢美之词。王起曾于穆宗长庆二年（822）、长庆三年（823）、武宗会昌三年（843）、会昌四年（844）四次知贡举，对文坛影响十分深远。

王起是李党的重要成员，李德裕通过王起知贡举网罗天下人才。王起本人在笔记小说中形象也十分光鲜，如《南部新书》载："王起，大和中，文皇颇重之，曾为诗写于太子之笏。"③ 另据《北梦琐言》"文宗重王起"条载："王文懿公起，三任节镇，扬历省寺，赠守太尉。文宗颇重之，曾为诗，写于太子之笏以扬之，又画仪形于便殿。师友目之曰'当代仲尼'。虽历外镇，家无余财。"④ 范摅《云溪友议》也对他给予高度评价："王仆射起再主礼闱远迩称扬，皆以文德巍巍，聿兴之也……乃知王公，三教之中无不通晓。其我唐之孔、郑乎？"⑤ 这里，王起被比作孔子、郑玄这样的大儒，足见他的儒学造诣。

出于党争的需要，李党连续抛出几部污蔑牛僧孺的作品，包括

---

① 《朝野佥载》，第33页。
② （唐）赵璘：《因话录》，《唐五代笔记小说大观》本，上海古籍出版社2000年版，第848页。
③ 《南部新书》，第52页。
④ 《北梦琐言》，第39页。
⑤ （唐）范摅：《云溪友议》卷上"名儒对"条，《唐五代笔记小说大观》本，上海古籍出版社2000年版，第1260页。

《牛羊日历》《周秦行纪》《续牛羊日历》等。《牛羊日历》收录于《新唐书·艺文志》的"小说类",署名刘轲,记载牛僧孺、杨虞卿之事。标题以"牛羊"的谐音寓牛僧孺、杨虞卿之姓,标题与内容皆诬蔑牛党人物。这三篇作品虽侧重点不同,但相互呼应,是代表山东士族的李党精心策划的攻击牛党的系列作品。

出自山东高门赵郡李氏的李浚《松窗杂录》记载了武后至宣宗大中初年的朝廷杂事,多描述帝王、嫔妃、卿相与文人逸事,犹以玄宗朝为多。李浚为李党成员李绅之子,自李德裕被贬后,郁郁不得志,"乾符四年,浚自秘书省校书郎,为丞相荥阳公独状奏入直史馆"①。提携李浚的正是李党的郑畋。郑畋为郑亚之子,古文家李翱之外孙,出自山东高门荥阳郑氏。据《旧唐书·郑畋传》载:"大中朝,白敏中、令狐绹相继秉政十余年,素与德裕相恶,凡德裕亲旧多废斥之,畋久不偕于士伍。"② 郑畋于唐僖宗乾符四年(877)拜相,提携了李党成员同李绅之子李浚。

《大唐传载》与《因话录》亦多次提及李吉甫、李德裕父子,却不言牛党的主要人物,亦明显倾向于李党。

唐代笔记小说还记载了大量与门第有关的故事,这正是山东士族为了推崇本身的社会地位所作的努力。如李肇《唐国史补》③ 载:

> 李稹,酒泉公义琰侄孙,门户第一而有清名,常以爵位不如族望。官至司封郎中,怀州刺史,与人书札惟称陇西李稹而不衔。
>
> 张燕公好求山东婚姻,当时皆恶之。及后与张氏为亲者,乃

---

① (唐)李浚:《慧山寺家山记》,《全唐文》卷八一六,中华书局1983年版,第8591页。
② 《旧唐书》卷一七八《郑畋传》,第4630页。
③ (唐)李肇:《唐国史补》,《唐五代笔记小说大观》本,上海古籍出版社2000年版,第166页。

为甲门。

四姓惟郑氏不离荥阳,有冈头卢,泽底李,土门崔,家为鼎甲。太原王氏,四姓得之为美,故呼为钑镂王家,喻银质而金饰也。

中唐山东高门全面复兴后,笔记小说无论是数量还是质量都远超前代。山东高门积极参与了笔记小说的创作,笔记小说中的山东高门形象往往是积极的、正面的。通过对小说中山东高门形象的塑造,宣扬了他们的注重孝道、清廉、贞节等基本理念。

二 唐代志怪与传奇小说中山东士族的形象

由于受到家族世代相传的儒家礼法思想的影响,山东高门对有悖礼教的传奇小说有所回避,对"怪、力、乱、神"的志怪小说亦缺乏热情,传奇小说成为出身较为卑微的新兴进士阶层经常使用的文体。在唐代传奇与志怪小说中,山东高门成为他们攻讦的对象,《太平广记》中记载了这类故事,如"郑德楙"条:"荥阳郑德楙,常独乘马。逢一婢,姿色甚美。马前拜云:'崔夫人奉迎郑郎。'鄂然曰:'素不识崔夫人,我又未婚,何故相迎?'婢曰:'夫人小女,颇有容质,且以清门令族,宜相匹敌。'郑知非人。"[①] 小说中崔夫人及其女皆为鬼,郑德楙与崔夫人之女结为夫妇。文章有可能影射"五姓"之间通婚。

"闾丘子"条:"荥阳郑又玄,名家子也。居长安中,自小与邻舍闾丘氏子偕读书于师氏。又玄性骄,率以门望清贵。而闾丘氏子寒贱者,往往戏而骂之曰:'闾丘氏,非吾类也。'有同舍仇生者,大贾之

---

① 《太平广记》卷三三四引《宣室志》,第 2653 页。

子。年始冠，其家资产万计。日与又玄会，又玄累受其金钱赂遗，常与燕游。然仇生非士族，未尝以礼貌接之。"[1] 小说中的荥阳郑又玄"性骄，率以门望清贵"，多次侮辱同学间丘子和仇生。仇生虽出身于大商人，然因门第较低，郑又玄不以礼待之。文章可能是影射山东高门的骄横。

"房陟"条："房陟任清河县尉，妻荥阳郑氏，有容色。时村中有一老妪，将诣谒禅师。未至，而中路荒野间。见一白衣妇人，于蓁棘中行，哭极哀，绕一丘阜，数十步间，若见经营之状者。妪怪而往问，及渐逼，妇人即远，妪适回，而妇人复故处。如是数四，妪度非人。天昏黑，遂舍之。及至禅师处，说所见。兼述妇人形状衣服。禅师异之，因书记屋壁。后月余日，房陟妻暴亡。"[2] 清河房氏与山东高门世代通婚，如房玄龄就好五姓婚姻。小说中房陟妻荥阳郑氏出自山东高门，却不得好死，显然是对山东高门的污蔑。

"崔尉子"条："唐天宝中，有清河崔氏，家居于荥阳。母卢氏，干于治生，家颇富……为子（崔尉）娶太原王氏女。"[3] 崔尉后被奸人所杀，王氏则失节于奸人。丑化了讲究礼法的山东高门。

唐代传奇小说特别是单篇传奇往往以婚姻、爱情为描写主题。作为数百年的礼法之门，山东高门婚姻最为唐人所重，因而他们的婚姻成为传奇小说最为津津乐道的话题，如张鷟《游仙窟》以第一人称记载了邂逅崔十娘的故事：

> 余问曰："崔女郎何人也？"
>
> 女子答曰："博陵王之苗裔，清河公之旧族……"[4]

---

[1]《太平广记》卷五二引《宣室志》，第322页。
[2]《太平广记》卷三四九引《通幽录》，第2762页。
[3]《太平广记》卷一二一引《原化记》，第856页。
[4] 程国斌注评：《唐宋传奇》，凤凰出版社2001年版，第15页。

· 537 ·

……

仆因问曰:"主人姓望何处?夫主何在?"

(崔)十娘答曰:"儿是清河崔公之末孙,适弘农杨府君之长子。即成大礼,随父住于河西。蜀生狡猾,屡侵边境,兄及夫主,弃笔从戎,身死寇场,茕魂莫返。儿年十七,死守一夫;嫂年十九,誓不再醮。兄即清河崔公之第五息,嫂即太原公之第三女。"①

崔十娘出自山东高门清河崔氏或博陵崔氏,其夫君出自弘农杨氏,其嫂当出自太原王氏。本来山东高门迥异于凡庶者在于其讲究礼法,婚姻少杂他姓。《游仙窟》中的崔十娘与崔五嫂皆孀居在家,却不守礼法,与文中的"我"肆意调笑,崔十娘更是以身相许,不能守节。

元稹《会真记》表达了同样的思想,崔莺莺母郑氏,其家族显然属于"山东五姓"婚姻圈。小说记载了张生与崔莺莺始乱终弃的故事,张生后"有所娶",崔莺莺亦另适他人。唐代士人行为往往放荡,好狭邪之游,常常游戏于秦楼楚馆之间,与青楼女子、北里娇娃发生感情。《游仙窟》与《会真记》即与此有关,陈寅恪先生《读莺莺传》中认为:

会真即遇仙或游仙之谓也。又六朝人已侈谈仙女杜兰香萼绿华之世缘,流传至于唐代,仙(女性)之一名,遂多用作妖艳妇人,或风流放诞之女道士之代称,亦竟有以之目倡伎者。②

作为数百年来的礼法之门,山东高门在传奇小说中受到攻击,崔

---

① 同上书,第17—18页。
② 陈寅恪:《元白诗笺证稿》,生活·读书·新知三联书店2001年版,第111页。

· 538 ·

十娘、崔莺莺等山东高门女子被传奇小说的作者以"妖艳妇人"或倡伎视之。

《游仙窟》与《会真记》反映了士子艳遇、男欢女爱,女主人公皆出自山东高门清河崔氏或博陵崔氏。从唐代清河崔氏的婚姻中可以发现,山东高门婚姻往往在"五姓"之间。一些有才华的庶族或次等士族想进入令人艳羡的山东士族婚姻圈十分困难,中小士族出身的张鷟、元稹等人自然产生了嫉妒山东婚姻圈的心理。由于山东婚姻重视门第和礼法,中小士族出身的唐传奇作者偏偏攻击山东婚姻不守礼法。

蒋防的《霍小玉传》标志着唐代传奇小说的成熟,并开辟了中国古代文学"才子佳人"的模式。小说中的李益,字君虞,是中唐时期的著名诗人,很早即声名远扬。韦应物曾称李益"二十挥篇翰,三十穷典坟。辟书五府至,名为四海闻"(《送李侍御益赴幽州幕》)。李益22岁便进士及第,白居易贞元十六年(800)登进士第时,曾得意地认为自己"十七人中最少年",但也已经29岁了。

小说中霍小玉久仰李益大名,这与事实也十分相符,据元代辛文房《唐才子传》卷三载:

> (李益)风流有辞藻,与宗人贺相埒。每一篇就,乐工赂求之,被于雅乐,供奉天子。如《征人》《早行》篇,天下皆施绘画。二十三受策秩,从军十年,运筹决胜,尤其所长。往往鞍马间为文,横槊赋诗。故多抑扬激厉悲离之作。高适、岑参之流也。[1]

李益是肃宗朝宰相李揆之族子,与卢纶系中表兄弟,系出陇西姑臧大房,故李揆被封姑臧县伯。李揆为海内冠族,唐肃宗曾夸李揆门

---

[1] 傅璇琮主编:《唐才子传校笺》第二册,中华书局1987年版,第103—104页。

地、人物、文学皆当世第一,被称为"三绝"。① 当时,有人与李益同姓名,"为太子庶子,皆在朝,人恐莫辨,谓君虞为'文章李益',庶子为'门户李益'"②。所谓"文章李益"是为了区别于"门户李益",实际上,"文章李益"与"门户李益"系出同族,皆出自山东高门陇西李氏姑臧房。李益(君虞)既长于文章且出身山东高门,系天下甲族,门户最为唐人企羡。因此,李益(君虞)"自负才地,多所凌忽,为众不容"③。

小说中的人物除了李益外,皆系虚构。唯一与史实相同的就是李益多猜忌,防范妻妾很严,据元辛文房《唐才子传》载:"益少有僻疾,多猜忌,防闲妻妾,过为苛酷,有散灰扃户之谈。时称为'妒痴尚书李十郎'。"④

这一点在小说中被描述出来。霍小玉临终前对李益说道:"我为女子,薄命如斯。君是丈夫,负心若此。韶颜稚齿,饮恨而终。慈母在堂,不能供养。绮罗弦管,从此永休。征痛黄泉,皆君所致。李君李君,今当永诀。我死之后,必为厉鬼,使君妻妾,终日不安。"⑤ 当然,这也是霍小玉能报复李益的唯一方法。

蒋防对山东高门的家族出身十分在意,小说中的黄衫客为了获得李益信任,也自称:"某族本山东,姻连外戚。"⑥ 与《莺莺传》中的张生同为薄情之人,但出身卑微的张生被元稹描写为"善补过者",而蒋防却对出自山东高门的李益持鲜明的批判态度。李益顺从母亲之意,与天下甲族范阳卢氏结婚,所娶范阳卢氏系其表妹,亦可见"山

---

① 《新唐书》卷一五〇《李揆传》,第4808页。
② 傅璇琮主编:《唐才子传校笺》第二册,中华书局1987年版,第104页。
③ 《旧唐书》卷一三七《李益传》,第3772页。
④ 傅璇琮主编:《唐才子传校笺》第二册,中华书局1987年版,第103页。
⑤ 《太平广记》卷四八七,第4010页。
⑥ 同上书,第4010页。

· 540 ·

东五姓"之间世代通婚。小说中的李益对霍小玉背信弃义，无丝毫歉意与同情，显然属于被谴责的对象。

中唐时期的传奇小说作家沈既济以传奇名篇《枕中记》与《任氏传》享誉文学史。沈既济出自江东士族的吴兴沈氏。吴兴沈氏多出史才，以"史学世家"名世。南朝沈约著作等身，而且大部分都是史书，其《宋书》被列入"二十四史"足以奠定其史学大家的地位。在沈约的影响之下，沈氏家族逐渐形成了重史学的家学传统。这种重史的家学传统，一直传承至唐代，家族中有一大批文士以"史才"作为进阶和谋生的手段，如沈既济、沈传师、沈询祖孙三代皆以史才知名于时。

沈既济"博通群籍，史笔尤工"[1]，吏部侍郎杨炎见而称之。建中初，杨炎为宰相，见沈既济有良史才，召拜左拾遗、史馆修撰。杨炎败后，沈既济坐贬处州司户，后复入朝，位终礼部员外郎。沈既济在当时以具史才著称，被朝廷拜为史馆修撰，撰修史书。著有《建中实录》10卷、《选举志》10卷、《江淮记乱》1卷，均已失传。其所撰《建中实录》，"体裁精简，虽宋、韩、范、裴亦不能过，自此之后，无有比者"[2]。《国史补》称："沈既济撰《枕中记》，庄生寓言之类，韩愈撰《毛颖传》，其文尤高，不下史迁，二篇真良史才也。"[3]

沈既济的《任氏传》和《枕中记》，以其突出的成就，饮誉小说史，程毅中先生说："唐代小说划时代的作品，应该说是沈既济的《任氏传》和《枕中记》。"[4]沈既济在叙述上的成功探索，对当时小

---

[1] 《旧唐书》卷一四九《沈传师传》，第4034页。

[2] （唐）赵璘：《因话录》卷二，《唐五代笔记小说大观》本，上海古籍出版社2000年版，第845页。

[3] （唐）李肇：《唐国史补》卷下，《唐五代笔记小说大观》本，上海古籍出版社2000年版，第845页。

[4] 程毅中：《唐代小说史》，人民文学出版社2003年版，第116页。

说文体的发展作出了不可磨灭的贡献。《任氏传》中的郑六"早习武艺，亦好酒色，贫无家，托身于妻族"①，却与狐女任氏相缱绻。山东高门婚姻上严守礼法，但出身山东高门荥阳郑氏的郑六却是酒色之徒，与狐女发生了有违礼法之事。最终狐女任氏因之而死，郑六的行为对家庭与任氏双方都造成了伤害。

《枕中记》对卢生的梦里富贵嘲讽之意十分明显，卢生出自唐代山东高门范阳卢氏，汲汲于功名，正如小说中卢生自述曰："士之生世，当建功树名，出将入相，列鼎而食，选声而听，使族益昌而家用肥，然后可以言其适。吾志于学，而游于艺，自惟当年，朱紫可拾。今已过壮室，犹勤田亩，非困而何？"小说中多次提及卢生与山东高门的渊源，当他枕上吕翁的枕头入梦后，"娶清河崔氏女，女容甚丽而产甚殷。由是衣裘服御，日已华侈"。清河崔氏属于"山东五姓"，卢生娶清河崔氏影射了现实中的"山东五姓"婚姻圈。当卢生被陷害将下狱时，他对妻子说："吾家本山东，良田数顷，足以御寒馁，何苦求禄？而今及此，思复衣短裘，乘青驹，行邯郸道中，不可得也。"再次表明了他山东高门的身份。卢生所生五子，"其姻媾皆天下望族"，又一次影射了山东高门之间相互通婚的现实，而这样的婚姻正是门第较低的士子所钦羡的。当卢生临终之前，上书曰："臣本山东书生，以田圃为娱。偶逢圣运，得列官序。过蒙荣奖……"② 又一次表明了他山东高门的身份。

沈既济在小说中多次提及主人公山东高门的身份，显然十分在意卢生的家族出身，表明了作者对山东高门的羡慕与嫉妒。与沈既济《枕中记》立意相同，情节十分类似的有李公佐《南柯太守传》，

---

① 《太平广记》卷四五二，第3692页。
② 上述《枕中记》引文见《太平广记》卷八二"吕翁"条引《异闻集》，第527—530页。

两篇小说都对梦中富贵的主人公予以嘲讽，贬斥之意十分明显。李公佐的出身不同于蒋防，他本身即出自山东高门陇西李氏，因而《南柯太守传》主人公换成了出自较低门第的淳于棼，这与两位作者的身份不同有关。《南柯太守传》的作者李公佐出自山东高门陇西李氏，因此对山东高门颇有维护，《南柯太守传》较《枕中记》篇幅长了很多，情节更为曲折，细节描写更为详尽，因而更具有真实感。《南柯太守传》主人公淳于棼为一武将，而《枕中记》的主人公卢生则为文士。

与《枕中记》中的卢生娶妻于"山东五姓"清河崔氏迥异，淳于棼被招为驸马。主人公淳于棼出自一般士族，所谓"东平淳于棼，吴楚游侠之士"。小说中淳于棼梦中尚公主，拜驸马之事，讽刺了次等士族为了飞黄腾达，不惜攀龙附凤。这与唐代山东士族"不乐国姻"的心态形成了鲜明的对比。唐代山东高门"不乐国姻"，初盛唐时期，与皇室通婚者是武氏、韦氏、杨氏等次等士族，并构成了婚姻集团。中晚唐时期，朝廷有意与"山东五姓"联姻，如《新唐书·杜兼传》载："开成初，文宗欲以真源、临真二公主降士族，谓宰相曰：'民间修婚姻，不计官品而上阀阅。我家二百年天子，顾不及崔、卢耶？'"[1] 李唐皇室以二百余年皇族，婚姻尚难以加入山东高门婚姻圈。另据《新唐书·杜悰传》载："时岐阳公主，帝爱女。旧制，选多戚里将家，帝始诏宰相李吉甫择大臣子，皆辞疾。惟（杜）悰以选召见麟德殿。"[2] 杜悰为杜牧之弟，出自京兆杜氏，其曾族杜希望以边将进身，祖父杜佑晚年以妾为夫人，杜牧又有诗酒风流之名，其家族不能笃守儒家礼法。

---

[1] 《新唐书》卷一七二《杜兼传》，第5205—5206页。
[2] 《新唐书》卷一六六《杜悰传》，第5090—5091页。

与出自山东高门荥阳郑氏的郑颢"不乐国姻"不同，杜悰在其他公卿之子皆推辞的情况下成为驸马，并以此成为宰相。李公佐《南柯太守传》中的淳于棼出自次等士族，出自山东高门的作者李公佐嘲讽他招赘驸马并因之飞黄腾达。同样出自山东高门赵郡李氏的李肇读过《南柯太守传》后，十分欣赏，作赞曰："贵极禄位，权倾国都，达人视此，蚁聚何殊？"他们视槐安国为"蚁聚"，那么"贵极禄位，权倾国都"的驸马们不过是一只只蚂蚁。

沈既济出自江东士族吴兴沈氏，次于山东高门，因此对山东高门充满羡慕与嫉妒。沈既济创作《枕中记》嘲讽范阳卢氏及其姻亲清河崔氏，其子沈传师与孙沈询亦颇受家族门风的影响。他们与有悖礼法的杜氏家族为世交，曾受恩于杜佑，杜牧进士及第后亦长期跟随沈传师任幕僚。出自江东士族吴兴沈氏的沈既济家族与山东高门泾渭分明，据《云溪友议》卷下载：

> 潞州沈尚书询，宣宗九载主春闱。将欲发榜，其母郡君夫人曰："吾见近日崔、李侍郎，皆与宗盟及第，似无一家之谤。汝叨此事，家门之庆也。于诸叶中，拟放谁也？"（吴兴沈氏，相见问叶，不问房）询曰："莫先沈光也。"太夫人曰："沈光早有声价，沈擢次之。二子科名，不必在汝，自有他人与之。吾以沈儋孤单，鲜有知者，汝其不愍，孰能见哀？"询不敢违慈母之命，遂放儋第也。①

沈既济之孙沈询于宣宗大中九年（855）知贡举时，效仿"山东五姓"的崔、李侍郎，"皆与宗盟及第"，不仅放本族（吴兴沈

---

① （唐）范摅：《云溪友议》卷下，《唐五代笔记小说大观》本，上海古籍出版社2000年版，第1303页。

氏）子弟及第，而且还是最无名的沈儋。崔、李二家当指"山东五姓"的清河、博陵崔氏以及陇西、赵郡李氏。山东士族执掌科举权力后"皆与宗盟及第"，壮大了其家族力量，也因此遭到其他次等士族的嫉妒。

白行简《李娃传》又名《汧国夫人传》，小说描写荥阳生与妓女李娃的爱情故事。男主人公荥阳生虽未提及姓氏，但在唐代，只要提及荥阳生，自然联想到荥阳郑氏，这几乎是不言自明之事。小说貌似赞许李娃的情深义重，歌颂荥阳生与李娃的纯洁爱情，实际上恶意地攻击了"山东五姓"的荥阳郑氏。当荥阳生落难时，其父却认为他有辱门风，鞭之数百，弃之而去，不顾其死活。当荥阳生高中得官后，乃与之和好如初，小说以李娃的情深义重反衬了荥阳生之父的心狠手辣与前倨后恭。小说虽然表面上描述了李娃的正面形象，实际上有所贬斥，李娃后来为荥阳郑氏传宗接代，这显然污蔑了作为山东高门的荥阳郑氏子孙，影射他们乃是妓女所生。

唐代传奇小说特别是单篇传奇往往以婚姻、爱情为描写内容，山东高门婚姻在当时最为时人所看重，中小士族出身的举子对山东高门婚姻充满了艳羡，但由于门第低微，鲜为山东高门所重。他们将其欲与门阀联姻的企羡表现在传奇小说中，当其要求得不到满足时，则将其对山东高门的怨恨发泄到传奇小说中。

另外，在社会生活中，唐人津津乐道的也是山东婚姻。以山东高门婚姻为描写对象的唐传奇无疑抓住了读者的眼球，也满足了普通读者猎奇的心理。婚姻和爱情是文学创作永恒的主题，传奇小说与爱情的关系十分密切，而唐人以"五姓"婚姻为第一，因此，大量传奇小说中的婚姻与爱情往往与山东士族有关，山东士族成为唐传奇描写最多的对象。

第三节　唐代传奇小说与科举行卷之风

行卷是唐代科举考试中的一个奇特现象,由于唐代科举考试并不糊名,举子为了给主考官留下一个好印象,将平日创作的优秀文学作品提前献给主考官过目,谓之行卷。"行卷之礼,人自激昂,以求当路之知。其无文无行,乡间所不齿,亦不敢妄意于科举。"①

最早记载唐代传奇与行卷有关系的是宋人赵彦卫,其《云麓漫钞》首先提出"温卷"之说,他说:

> 唐之举人,先藉当世显人,以姓名达之主司,然后以所业投献;逾数日又投,谓之温卷,如《幽怪录》《传奇》等皆是也。盖此等文备众体,可以见史才、诗笔、议论。至进士则多以诗为贽,今有唐诗数百种行于世者是也。②

鲁迅先生也认为,传奇文是用来作为行卷用的,他说:"诗文既滥,人不欲观,有的就用传奇文,来希图一新耳目,获得特效了,于是那时的传奇文,也就和'敲门砖'很有关系。"③陈寅恪先生则据赵彦卫所说论述道:"唐代举人之以备具众体之小说之文求知于主司,即与以古文诗什投献者无异。"④陈先生认为唐代传奇与唐代古文和诗歌一样,成为举子行卷的工具,并断言元稹《莺莺传》

---

① (元)陶宗仪:《说郛》卷四四上,文渊阁《四库全书》影印本。
② (宋)赵彦卫:《云麓漫钞》卷八,中华书局1996年版,第135页。
③ 鲁迅:《鲁迅杂文全集》第五本,人民文学出版社2006年版,第114页。
④ 陈寅恪:《元白诗笺证稿》,生活·读书·新知三联书店2001年版,第4页。

为行卷作品①。

刘开荣先生认为："中唐以后的科举制度，实在是传奇小说勃兴的另一条件。"② 程千帆先生亦同意这样的观念，程先生对于"文备众体"的传奇小说是这样认为的：

> （传奇小说）则又恰恰具有不是备众体于多篇之中而是备众体于一篇之中的特点和优点，使人读其一篇，就可以大致了解作者的史才、诗笔、议论，即叙事、抒情、说理的全部能力；而且这三者（至少是叙事和抒情两者）还不是各自孤立起来表现的，而是互相联系着，作为一个有机的整体来表现的，因而很自然地成为行卷的进士们所乐于采用的一种样式了。③

至于唐代传奇小说兴起的时间，这一点学术界已有公论。陈寅恪先生认为："即今日所谓唐代小说者，亦起于贞元元和之世。"④

程千帆先生也认为传奇到了"贞元元和时代，才名篇叠出，而这个时代，又正是进士词科日益为士人所贵重、争以引人注目的行卷来求知己的时代"⑤。

程毅中先生认为："贞元、元和年间是唐代小说的黄金时代。以单篇传奇文为代表的唐代小说，在这时期崛起了一个新的高峰，和盛唐诗歌一样几乎是不可逾越的。"⑥

学术界普遍认为传奇小说与科举行卷有关，其最早根据是宋人赵彦卫的《云麓漫钞》。现存文献资料中仅有一条记载可为赵彦卫温卷

---

① 陈寅恪：《元白诗笺证稿》，生活·读书·新知三联书店2001年版，第120页。
② 刘开荣：《唐代小说研究》，商务印书馆1955年版，第35页。
③ 程千帆：《唐代进士行卷与文学》，上海古籍出版社1980年版，第81页。
④ 陈寅恪：《元白诗笺证稿》，生活·读书·新知三联书店2001年版，第4页。
⑤ 程千帆：《唐代进士行卷与文学》，上海古籍出版社1980年版，第80页。
⑥ 程毅中：《唐代小说史》，人民文学出版社2003年版，第113页。

说作旁证：

> 李景让典贡年，有李复言者，纳省卷，有《纂异》一部十卷。榜出曰："事非经济，动涉虚妄，其所纳仰贡院驱使官却还。"复言因此罢举。①

《纂异》一部 10 卷，不知其内容所述，但从体例上看并非代表唐人最高水平的单篇传奇文，很可能是志怪杂俎类小说。李复言这次行卷很不成功，最终还是被李景让遣还。从徐松《登科记考》可知，李景让于唐文宗开成五年（840）知贡举，这件事的发生当在这一年或稍前。从以下资料中略可见李景让为人："（李）景让有大志，事亲以孝闻，正色立朝，言无避忌。"② "（李）景让家行修治，闺门惟谨。"③ 另据司马光《资治通鉴》载：

> 初，（李）景让母郑氏，性严明，早寡，家贫，居于东都。诸子皆幼，母自教之。宅后古墙因雨隤陷，得钱盈船，奴婢喜，走告母；母往，焚香祝之曰："吾闻无劳而获，身之灾也。天必以先君余庆，矜其贫而赐之，则愿诸孤他日学问有成，乃其志也，此不敢取！"遽命掩而筑之。三子景让、景温、景庄皆举进士及第。景让官达，发已斑白，小有过，不免捶楚。……（李）景庄（李景让弟）老于场屋，每被黜，母辄挞景让。然景让终不肯属主司，曰："朝廷取士自有公道，岂敢效人求关节乎！"久之，宰相谓主司曰："李景庄今岁不可不收，可怜彼翁每岁受挞！"由是始及第。④

---

① 《南部新书》，第 9 页。
② 《旧唐书》卷一八七下《忠义传》，第 4891 页。
③ 《新唐书》卷一七七《李景让传》，第 5290 页。
④ 《资治通鉴》卷二四八，第 8027 页。

李景让世系不明，为中唐著名孝子。由于山东高门婚姻多在"五姓"婚姻圈内，从李景让讲礼法、母郑氏大致可以断定，李景让出自山东高门的赵郡李氏或陇西李氏，其母出自荥阳郑氏，文化上可以定性为山东士族。

中唐以后知贡举者往往是朝廷倚重的大儒，他们多与李景让相似，重视儒家伦理道德，不语"怪、力、乱、神"。唐代知贡举者如王师旦、杨绾、贾至、陆贽、权德舆、李汉、李宗闵、高锴、王起、卫次公、许孟容、郑熏、崔郾、归崇敬等皆谨守儒家礼法。

中唐以后复古运动兴起，科举考试与复古运动以及古文运动密切相关，影响科举录取的除了知贡举者以外还有皇帝、宰相，以及通榜者。中唐以后皇帝如唐德宗、宪宗、文宗、武宗、宣宗、懿宗等多好礼法，重用山东士族；唐德宗以后宰相亦多为礼法之士；知贡举者多守礼法，很多出自山东高门；通榜者多为宗经复古的儒者，与古文运动关系密切。

同样伴随着中唐以后复古运动的兴起，传统经学和儒家礼法再次为世人特别是统治阶级以及士大夫所重视。也就在同一时期，即贞元、元和年间，传奇文进入了黄金时代。唐代传奇小说往往"作意好奇""幻设为文"，多与"怪、力、乱、神"有关，与传统儒学背道而驰。在礼法复兴的中唐，大多数能够影响科举的人皆好礼法，传奇文岂能作为行卷的工具，这就难怪李景让以"事非经济，动涉虚妄"的由头将李复言遣还了。

唐德宗以后宰相中出自山东高门的比例极高，通榜者很多亦出自山东士族或与山东士族有密切关系。至于知贡举者，同样有很多出自山东高门，从唐宪宗元和元年（806）至唐哀帝天佑四年（907）共举行了98次进士科考试，知贡举者98人次，出自"五姓"的主考官在36人至40人次之间，占同期知贡举人次的37%—41%之间。如果加上渤海高氏和彭城刘氏，则山东高门七姓在元和元年后掌贡举次数最多达到46次，占同期主考官人次总数的47%。再加上山东高门的婚姻关系以及其他连带关系，山东高门基本控制了中唐以后的科举考试。

贞元、元和年间特别是唐宪宗元和时期是唐传奇创作的黄金时期。山东高门在"永贞革新"后全面登上政治舞台，宪宗重山东高门，元和前后入相的郑䌌（荥阳）、郑余庆（荥阳）、李吉甫（赵郡）、李绛（赵郡）、李藩（赵郡）、王涯（太原）、崔群（清河）、李墉（赵郡）多出自山东高门。元和年间知贡举者出自山东高门者有崔邠（清河崔氏）、崔枢（清河崔氏）、崔群（清河崔氏）、李逢吉（陇西李氏）、李程（陇西李氏）、李建（赵郡李氏），他们共6人7次掌贡举。唐宪宗元和年间是传奇小说创作的巅峰时期，很多优秀的传奇小说创作于此时，而这段时间山东高门几乎控制了科举考试。

元和时代创作的优秀单篇传奇文代表了唐代小说的最高成就，这类传奇小说多讽刺嘲骂范阳卢氏、博陵崔氏、清河崔氏、荥阳郑氏、赵郡李氏、陇西李氏、太原王氏等山东高门。唐宪宗以后，山东高门几乎控制了科举考试，举子写这类攻击山东高门婚姻的小说岂不是得罪座主和其他能够影响科举的人，又岂能作为行卷之用？以这样的传奇文去向山东高门出身的知贡举者行卷岂非自寻死路。[①]

因此，笔者认为，唐代小说的繁荣与科举行卷无关，唐代优秀的单篇传奇基本不是行卷的产物。学术界认为传奇的繁荣与行卷有关的根据只是因为传奇兴起于中唐，而中唐又是科举制度最辉煌的时期。

唐代传奇小说与科举取士有关。举子们创作小说的目的不过是"一新耳目"，实际上主要是为了以小说成名。

---

① 陈寅恪先生认为元稹《莺莺传》是行卷作品。(《元白诗笺证稿》，生活·读书·新知三联书店2001年版，第120页)

与宋人内敛的作风不同，唐人对名望的追求特别强烈。蜀人陈子昂是唐代复古运动的先锋，为了成名故作惊人之举：

> 陈子昂，蜀射洪人，十年居京师，不为人知。时东市有卖胡琴者，其价百万。日有豪贵传视，无辨者。子昂突出于众，谓左右："可辇千缗市之。"众咸惊问曰："何用之?"答曰："余善此乐。"或有好事者曰："可得一闻乎?"答曰："余居宣阳里，指其第处，并具有酒，明日专候。不惟众君子荣顾，且各宜邀召闻名者齐赴，乃幸遇也。"来晨，集者凡百余人，皆当时重誉之士。子昂大张燕席，具珍羞，食毕，起捧胡琴，当前语曰："蜀人陈子昂有文百轴，驰走京毂，碌碌尘土，不为人所知。此乐贱工之役，岂愚留心哉!"遂举而弃之，异文轴两案，遍赠会者。会既散，一日之内，声华溢都。时武攸宜为建安王，辟为记室，后拜拾遗。①

唐代著名书法家李邕出身于赵郡李氏，为李善之子，亦以狂而知名，李邕为左拾遗时，宋璟奏弹武则天男宠张易之兄弟，武则天不应，李邕在阶下进言曰："臣观宋璟之言，事关社稷，望陛下可其奏。"有人对李邕曰："吾子名位尚卑，若不称旨，祸将不测。何为造次如是?"李邕曰："不愿不狂，其名不彰。若不如此，后代何以称也?"②

唐人为了出名，常发狂态。出身于太原王氏的王翰至长安赴吏部选，曾私以九等定海内文士百有余人，列张说、李邕与自己并列第一，且自张榜公布于吏部东街，结果"观者万计"，成为轰动一时的新闻。③

---

① 《太平广记》卷一七九"陈子昂"条引《独异志》，第1331页。
② 《旧唐书》卷一九〇《李邕传》，第5039—5040页。
③ 参见（唐）封演《封氏闻见记校注》卷三"铨曹"条，赵贞信校注，中华书局2005年版，第22页。

· 551 ·

写传奇文的目的就如陈子昂、李邕等人的举动一样，是为了提高自身的知名度。唐代文人耻于皓首穷经，好求名。在这样的情况下，他们写传奇小说以醒人耳目，其目的就是出名。他们在小说创作的同时，抒发自己的情感，攻击了旧门阀。

中唐以后，正是科举最发达的时期，也是传奇小说最为发达的时期。由于山东士族控制了朝中大权和科举考试，举子们不大可能用传奇小说作为行卷的工具。鲁迅先生所说传奇文的创作是为了"图一新耳目"是正确的，但认为传奇文可作为"敲门砖"，则显然不符合当时的情况。

唐代举子的确以平日所创造的文学作品行卷，这在唐代史料中屡见不鲜。但其用作行卷的文学作品几乎都是诗文，如《说郛》卷三一上载：

"一声啼鸟禁门静，满地落花春日长"，此王公随应举时行卷所作也。[①]

王襄行卷的作品是他创作的诗歌而非传奇文。

唐代以诗文取士，故举子以平日较为得意的诗文向主考官行卷，以此获得主考官的赏识，从而在考试中脱颖而出。至于传奇小说，是难以获得山东高门和复古主义者青睐的。

当然，中晚唐科举考试的知贡举者也并非都出自山东高门，因而，以传奇文行卷也并非没有可能。但目前史料能够明确说明用作行卷的小说作品仅限于李复言的《纂异》10卷，原书已失佚，从该书的标题可以推断该书为志怪类杂俎，类似段成式《酉阳杂俎》与牛僧

[①] 另据（元）陶宗仪《说郛》卷一三上"行卷"条载："唐人举进士必行卷者，为缄轴录其所著文以献主司也。其式见《李义山集新书序》，曰：治纸工率一幅以墨为边准，用十六行式。率一行不过十一字，今俗呼解行也。言一幅解为墨边十六行也。"这里，行卷作品多指文章而非小说。

孺《玄怪录》,并非代表唐人小说最高水平的单篇传奇作品。

唐代优秀单篇传奇小说中很多作品可以考证其写作目的和写作时间,至今并无可以确定为行卷创作的作品。早期的优秀传奇小说作品有王度《古镜记》与《补江总白猿传》。隋唐之际,科举尚未盛行,且兵燹不断,王度避乱于家乡龙门或者死于战乱,并无在唐初参加科举考试的任何线索,自然不大可能以小说作行卷之用。《补江总白猿传》作者不详,小说描写欧阳纥之妻被白猿掳去后怀孕生下欧阳询的故事,因欧阳询相貌类猿,故小说明显对欧阳询进行人身攻击。据卞孝萱先生考证,该小说系褚遂良为了称霸书坛,"授意手下的轻薄文人所作"①。自然也不是科举行卷之作。

中唐元和时期,传奇小说名家辈出,俊彦踵武,但这一时期的传奇小说名篇也没有可以视作科举行卷的作品。《霍小玉传》是中唐时期最为精彩的传奇小说,奠定了中国文学"才子佳人"的模式,小说批判了陇西李益的薄情寡义,显然出自党争的需要。作者蒋防出自江东士族,因为李绅的推荐入仕,本人并无科举考试的经历,因此绝无可能以此小说行卷。同样,传奇名篇《枕中记》《任氏传》的作者沈既济亦无参加科举考试的经历,因此他所创作的小说亦不可能是行卷的作品。

陈鸿《长恨歌传》是与白居易《长恨歌》互为表里的传奇小说。小说结尾说明二者之间的关系:元和元年(806),白居易与陈鸿共游仙游寺,话及唐玄宗、杨贵妃之事,相与感叹。二人相约为此事创作。结果白居易作诗歌《长恨歌》,陈鸿以此话题创作小说《长恨歌传》。因此,该小说自然非科举行卷作品。

白行简《李娃传》也是中唐传奇小说名篇,小说恶意攻击荥阳郑

---

① 卞孝萱:《唐传奇新探》,江苏教育出版社2001年版,第30页。

氏，显然属于党争的需要。白行简于元和二年（807）进士及第，而《李娃传》作于元和十四年（819）以后，因而不可能是科举行卷作品。① 挂名牛僧孺的《周秦行纪》显然不是牛僧孺本人所作，很可能出自李德裕门下的韦瓘之手。牛李党争导致两党相互倾轧，人身攻击层出不穷，此类小说很多出自党争的需要。

《莺莺传》是元稹创作的传奇小说，陈寅恪先生认为这是元稹的行卷作品。② 元稹参加了唐德宗贞元九年（793）明经科、贞元十九年（803）博学宏词科、唐宪宗元和元年（806）"才识兼茂，明于体用科"考试，三次考试的知贡举者分别是顾少连、权德舆、崔邠。顾少连是唐代大儒；权德舆是唐代复古主义者、古文运动的健将，深谙礼法；崔邠出自"可为士族师法"的清河崔氏家族。元稹《莺莺传》写"始乱终弃"的故事，岂可用来行卷博取深谙礼法的主考官的欢心。《莺莺传》描写出自山东高门崔氏的女主人公崔莺莺不守礼法，岂能用来向同样出自崔氏的崔邠行卷。

综上所述，唐代举子不大可能用传奇小说行卷。一方面由于中唐以后，儒学兴起，影响唐代科举录取的当朝皇帝和宰相、知贡举者、通榜者多为礼法之士，举子所创作的传奇小说风格与他们的喜好截然不同；另一方面，举子创作的传奇小说往往攻击门阀特别是山东高门，中唐以后，山东士族全面复兴，他们很大程度上控制了科举考试。因此，传奇小说不大可能用作行卷之用。

---

① 参见卞孝萱《唐传奇新探》，江苏教育出版社2001年版，第233—234页。
② 参见陈寅恪《元白诗笺证稿》，生活·读书·新知三联书店2001年版，第120页。

第十二章

山东士族的复兴与中唐文坛复古主义思潮

唐代文学如同春兰秋菊，繁香不断。中唐文学上承盛唐文学之余绪，下启宋代文学之大端，是继盛唐文学后的又一座高峰。中唐文学名家辈出，流派纷呈。这一时期最有代表性的文学思潮包括以韩愈、柳宗元为代表的古文运动；以韩愈、孟郊为代表的韩孟诗派；以元稹、白居易、李绅为代表的新乐府运动。

中古时期，山东高门奕世高华，以其父祖子孙递相延传之家学家风与寒庶迥异其趣。自东汉以降，山东士族绵延数百年而冠冕不绝。殆及中唐，山东士族全面复兴。伴随山东士族的复兴，其文化影响力亦越来越强。中唐文坛的三大文学思潮都与山东士族的兴起密切相关，山东士族的尚古家风对三大复古主义文学思潮产生了深刻影响。

第一节 山东士族复古宗经的传统

唐代山东士族以山东五姓七家为代表，主要包括荥阳郑氏、范阳卢氏、太原王氏、陇西和赵郡李氏、博陵和清河崔氏等五姓七家及其婚姻集团。故就郡望而言称"七望",就姓氏而言则称"五姓"。除此以外,唐代山东士族的著姓还包括渤海高氏和彭城刘氏等。

在汉武帝崇儒政策推行之后,士人的宗族便逐渐发展。士人在政治上得势后,开始教育子弟读书,从而向士族转变。东汉君臣多好儒,与西汉的豪强大族不同的是,东汉世家大族强调"累世经学",世家大族的存在已经拥有了文化上的深厚依据。由于东汉建都于洛阳,属于秦汉以来的山东文化区域。因此,这一文化区域的士族即山东士族成为累世经学的代表。

清河崔氏的代表人物是东汉大儒崔骃,据《后汉书·崔骃传》载:"(崔)骃年十三能通《诗》《易》《春秋》,博学有伟才,尽通古今训诂,百家之言,善属文。少游太学,与班固、傅毅同时齐名,常以典籍为业,未遑仕进之事。"自崔骃之后,清河崔氏世有美才,遂为儒家文林,故《后汉书·崔骃传》有史臣赞曰:"崔为文宗,世禅雕龙。"[1]

范阳卢氏的代表人物卢植,就学于经学大师马融,据《后汉书·卢植传》载:"卢植能通古今学,好研精而不守章句。"[2]曹操称之曰:"故北中郎将卢植,名著海内,学为儒宗,士之楷模,国之桢干也。"[3](《后汉书·卢植传》)卢植的家学为范阳卢氏的发展奠定了良好的基础。

荥阳郑氏的代表人物郑玄是东汉大儒,其对儒学影响之深,罕有其匹。郑玄与卢植入关后俱事扶风马融。他沉沦典籍,遍注群经,儒学著作凡百余万言,代表了汉儒的最高成就。[4]郑玄家奴婢皆读书,

---

[1] 《后汉书》卷五二《崔骃传》,第1733页。
[2] 《后汉书》卷六四《卢植传》,第2113页。
[3] 同上书,第2119页。
[4] 《后汉书》卷三五《郑玄传》,中华书局1965年版。

《世说新语·文学》载:"(郑玄)尝使一婢不称旨,将挞之,方自陈说。玄怒,使人曳著泥中。须臾复有一婢来,问曰:'胡为乎泥中?'(《诗经·式微》)答曰:'薄言往愬,逢彼之怒。'(《诗经·柏舟》)"郑玄婢女皆能够巧妙化用《诗经》成句表达自身处境,足见郑氏家学之盛。郑玄晚年投靠冀州袁绍,讲学于河北,门下著录者万人,流风所被,河北士族皆以通经绩学为业。

由于东汉以来,山东地区的文化积淀一直优于关中和江左,其儒学传统亦非其他地区所能媲美。隋文帝平一寰宇,十分重视儒学,四方群儒靡不毕集,"齐鲁赵魏,学者尤多,负笈追师,不远千里,讲诵之声,道路不绝。中州之盛,自汉魏以来,一时而已"①。足见山东经学之盛。清人皮锡瑞认为:"案北朝诸君,惟魏孝文、周武帝能一变旧风,崇尊儒术。考其实效,亦未必优于萧梁。而北学反胜于南者,由于北人俗尚朴纯,未染清言之风、浮华之习,故能专宗郑、服,不为伪孔、王、杜所惑。此北学所以纯正胜南也。"②《魏书·儒林传》反映了北魏儒学之盛,《宋书》《南齐书》甚至不能为儒林立传也反映了南方儒学的衰退。除了北魏孝文帝、周武帝,北魏以来的北朝统治者,汉化程度并不高。北学胜南的原因,皮锡瑞理解为北人的纯朴。事实上,北学胜于南学,绝非五胡统治者和庶民之功,北方士族尤其是山东士族才是支撑北学繁荣的根本。

山东高门以其儒素德业迥异于寒庶,并因此绵延数百年而冠冕不绝。山东士族家传儒学,以忠孝为根本,讲究传统礼法。陈寅恪先生说:"夫士族之特点既在其门风之优美,不同于凡庶,而优美之门风

---

① (唐)李延寿:《北史》卷八一《儒林传序》,中华书局1974年版,第2707页。
② (清)皮锡瑞:《经学历史》,中华书局2004年版,第127页。

实基于学业之因袭。故士族家世相传之学业乃与当时之政治社会有极重要之影响。"① 中古时期，经学多为家传，产生于士族之家，山东士族优美的门风及其家学正是北学繁荣的基础，正如《魏书·卢玄传》所载："卢玄绪业著闻，首应旌命，子孙继迹，为世盛门。其文武功烈，殆无足纪，而见重于时，声高冠带，盖德业儒素有过人者。"山东士族"为世盛门"源于他们自东汉以来的家学传统，因此，一旦有机会，他们就会极力恢复其传统。

自汉代罢黜百家，独尊儒术，后来文士所谓复古实际上是恢复先秦时期的儒学。儒学涵盖了儒生的政治理想、治国方略、道德礼法、文学思想等一系列问题，几乎包括了社会生活的方方面面。汉代经学强调经世致用，儒学经典《春秋》《尚书》亦带上了浓厚的实用功能。与南朝儒学重视探隐索微，推求义理不同，北朝山东士子该博坟典，他们将儒学应用到实践中，置于家族和国家的秩序建设中。

北魏皇室出自鲜卑，太武帝统一北方后，十分重视汉人士族，出自清河崔氏的崔浩以及出自渤海高氏的高允等人开始得到重用。崔浩执政后开始推行其复古理念，欲"齐整人伦，分明姓族"，《魏书·卢玄传》载："司徒崔浩，（卢）玄之外兄，每与玄言，辄叹曰：'对子真，使我怀古之情更深。'浩大欲齐整人伦，分明姓族。玄劝之曰：'夫创制立事，各有其时，乐为此者，讵几人也？宜其三思。'"②

卢玄认为崔浩"齐整人伦，分明姓族"的时机尚未成熟，崔浩的改革最终果然以失败告终，与其有关的士族多遭到严重打击，但这并未遏止山东士族兴盛的趋势。北魏孝文帝迁都洛阳后，加速了汉化进

---

① 陈寅恪：《唐代政治史述论稿》，上海古籍出版社1997年版，第71页。
② 《魏书》卷四七《卢玄传》，第1045页。

程。由于地缘和汉化之故，山东士族受到北魏皇室的青睐，成为北魏时代的显赫大姓。孝文帝分明姓族之举给予了山东士族崇高的政治地位和社会地位，孝文帝制定姓族的重要目的，在于促进鲜卑贵族的士族化。在北朝后期胡汉融合的过程中，大批鲜卑贵族通过法律的认可进入士族的行列。

北朝魏周之际的复古主义者有苏绰、卢辩。卢辩出自范阳卢氏，累世儒学，"初，太祖欲行周官，命苏绰专掌其事，未几而绰卒，乃令辩成之……多依古礼，革汉魏之法"[①]。宇文泰的复古事业在苏绰死后由卢辩完成。宇文泰令卢辩作诰谕公卿，其文体无异于苏绰所仿的大诰体。苏绰、卢辩所创造的大诰体，模仿《尚书》，虽志在复古，但缺乏时代气息，远不及徐陵、庾信的文章富有文学意味。这种矫枉过正的文体至周明帝武成元年（559）后便不被遵行，但二人复古的精神却对后代产生了重要影响。

李谔出自山东高门赵郡李氏，是隋文帝时文坛的复古主义者。李谔以当时文坛体尚轻薄，上书文帝曰："臣闻古先哲王之化民也，必变其视听，防其嗜欲，塞其邪放之心，示以淳和之路。五教六行为训民之本，《诗》《书》《礼》《易》为道义之门。故能家复孝慈，人知礼让。"（《隋书·李谔传》）李谔认为自曹魏之后，风教渐薄，文坛竞骋文华，好雕虫之艺，他主张钻研坟集，弃绝华绮，恢复古道。李谔的文学复古主义思想立即得到隋文帝的采纳，并颁示天下。

隋代大儒文中子王通在河汾一带广收门徒，传授儒家经典。其河汾学派对初唐思想影响极大，被称为"开唐代贞观之治"。王通出身于太原王氏，其复古主义思想对初唐产生了深远影响。王通的弟子魏

---

① （唐）令狐德棻：《周书》卷二四《卢辩传》，中华书局 1975 年版，第 403—404 页。

徵在贞观时代提出"文质斌斌"之说，反对南方文学浮艳之风，魏徵出自巨鹿魏氏，属于较低层次的山东士族。初盛唐时期的复古主义者很多出自山东士族。

唐代山东士族政治、经济地位已大不如前，但仍以门第自负，出自陇西李氏的李积"常以爵位不如族望，官至司封郎中、怀州刺史，与人书札唯称陇西李积而不衔"①。官爵为国家名器，本当得到崇重，唐人李揆和李积都将官爵置于门户之后，足见山东士族对本身家族文化的自豪。

唐代山东士族尚能绍继父祖之业，笃学谨行，无坠家声。《唐故荥阳郑（遇）府君夫人博陵崔氏合祔墓志铭并序》曰："（郑遇）文业著于当时，礼义饰于儒行……不苟誉以求容，每亲仁以竭爱。为中外模范，为友朋宗师。乐善孜孜，不愠知鲜，量涵江渎，气合风云，今之古人。"②中晚唐时期的复古主义者郑遇出自荥阳郑氏，能远绍洙泗之风，被称作"今之古人"。

山东士族在中古时期是一等高门，无论政治地位、经济地位还是社会地位皆甲于诸族。初盛唐时期，山东士族屡遭关陇集团的打击，失去了其原有的政治、经济基础，被迫离开祖居地而疏离原籍，加速了其中央化的进程。为了追表远祖，以示不忘本，他们一旦掌权总以复古相号召。一方面是体现其高贵血统和深厚文化积淀，强调其家族的荣耀；另一方面，儒学也是他们家学中的强项。

---

① （唐）李肇：《唐国史补》卷上，《唐五代笔记小说大观》本，上海古籍出版社2000年版，第166页。

② 周绍良、赵超主编《唐代墓志汇编》"大中"一三九，上海古籍出版社1992年版，第2359页。

第二节　中唐文坛共同的复古主张

初盛唐时期文学鼎盛，而于传统经学独称衰微，中唐时期，文坛始掀复古之风。《新唐书·韩愈传》载："大历、贞元之间，文士多尚古学。"学术上的复古思潮也对文学创作产生了影响。中唐文士在四夷交侵的处境下又重新树起复古大旗，儒学观念再次受到士人重视。中唐文坛的古文运动、韩孟诗派、新乐府运动无不打着复古主义的旗号。

古文运动以复古为创新，反对六朝以来流行的骈文，而其实质则是儒学的复兴运动。古文家独孤及与李华志同道合，他在《检校尚书吏部员外郎赵郡李公中集序》中称李华："公之作本乎王道，大抵以五经为泉源。"[1] 说李华的文章，"虽波澜万变，而未始不根于典谟"，赞扬了李华复古宗经的古文。萧颖士与李华齐名，亦为文体复古的积极倡导者，他在《赠韦司业书》中说道："仆平生属文，格不近俗，凡所拟议，必希古人。魏晋以来，未尝留意。"[2] 他强调为文取法魏晋之前，实际上是否定了魏晋以来流行的骈文。柳冕也是早期的古文家，他在《答荆南裴尚书论文书》中说："小子志虽复古，力不足也，言虽近道，辞则不文。虽欲拯其将坠，末由也已。"[3] 同样表达了他的复古主张。

韩愈自幼父母双亡，由兄嫂抚养成人，这对于其日后的复古思想

---

[1]《全唐文》卷三八八，第3946页。
[2]《全唐文》卷三二三，第3276页。
[3]《全唐文》卷五二七，第5358页。

影响极大，故钱穆先生认为韩愈的古文得自家传①。韩愈自称："非三代两汉之书不敢观，非圣人之志不敢存。"②（《答李翊书》）他初至长安时作《出门》诗曰："古人虽已死，书上有遗辞。开卷读且想，千载若相期。"③ 表达了对古学的钦慕。韩愈是唐代古文运动的代表人物，他提倡写古文的主要目的，并不是为了文体改革，而是为了宣扬圣道。他在书信里多次表达了自己的观念，他说："愈之为古文，岂独取其句读不类于今者耶？思古人而不得见，学古道则欲兼通其辞；通其辞者，本志乎古道者也。"④（《题欧阳生哀辞后》）韩愈认为："愈之所志在古道者，不惟其辞之好，好其道焉尔。"⑤（《答李秀才书》）古文运动以复古为革新，其最终目的是以兴复圣人之道为号召而重建儒学独尊的地位。

带有鲜明复古主义色彩的韩孟诗派在中唐文坛异军突起，古体诗再度流行。韩愈的复古主张不仅表现在其古文创作和古文理论中，也反映在其诗歌创作中，正如陈沆所云，韩愈"不特约六经以为文，亦直约风骚以成诗"⑥。

韩愈诗歌体现了明显的复古主义色彩，其《荐士》诗曰："周诗三百篇，雅丽理训诰。曾经圣人手，议论安敢到。五言出汉时，苏李首更号。东都渐弥漫，派别百川导。建安能者七，卓荦变风操。逶迤抵晋宋，气象日凋耗。中间数鲍谢，比近最清奥。齐梁及陈隋，众作

---

① 钱穆：《中国学术思想史论丛》，台北东大图书有限公司1978年版。按：韩愈兄韩会与崔造、张正则、卢东美为友，好谈经济之略，时人号为"四夔"。《唐国史补》卷下载："韩会与名辈号为四夔，会为夔头，而善歌妙绝。"（《唐五代笔记小说大观》本，上海古籍出版社2000年版，第195页）韩会与梁肃共同提倡古文，韩愈生于这样的家庭，算得上古文世家。
② 《韩昌黎文集校注》，第170页。
③ 《韩昌黎诗系年集释》，第4—5页。
④ 《韩昌黎文集校注》，第304—305页。
⑤ 同上书，第176页。
⑥ （清）陈沆：《诗比兴笺》卷四，中华书局1959年版，第190页。

等蝉噪。搜春摘花卉，沿袭伤剽盗。"① 该诗极力推崇《诗经》，对汉魏诗歌亦给予了很高评价，而对南朝诗歌则十分不屑，体现了其诗歌创作中的复古主张。

唐德宗贞元至宣宗大中年间，韩愈一方面与柳宗元掀起了古文运动；另一方面，与孟郊、贾岛等人反对平庸圆俗的诗风，追求硬语盘空，开创了硬体诗派（即韩孟诗派）。韩愈的追随者卢仝、马异、刘叉等人则开始追求奇怪险僻的境界。与他们的复古思想相对应，他们的代表作几乎都是古体诗。古文运动反对骈文，其中一个重要原因是骈文讲声律。与之相似的是，韩孟诗派写古体诗的原因也是鄙弃近体诗的声律。

孟郊较韩愈年长十七岁，是韩孟诗派中年辈最高的一位，韩愈对孟郊推崇备至，尊称他为"孟夫子"，其《孟生诗》曰："孟生江海士，古貌又古心。尝读古人书，谓言古犹今。作诗三百首，窅默咸池音。……我论徐方牧，好古天下钦。"② 将孟郊诗比喻成太古时的《咸池》乐章。孟郊的五言古诗力追汉魏，气格古硬。孟郊志在复古，其《赠苏州韦郎中使君》云："尘埃徐庾词，金玉曹刘名。"卑薄南朝徐庾体诗歌而推崇建安风骨。韩愈论孟诗说："其高出魏晋，不懈而及于古，其他浸淫乎汉氏文。"③（《送孟东野序》）指出了孟诗与汉魏诗的渊源关系。

孟郊诗歌追求硬语盘空，戛戛独造，不合于时，其《秋怀》诗云："黄河倒上天，众水有却来。人心不及水，一直去不回。一直亦有巧，不肯至蓬莱。一直不知疲，惟闻至省台。忍古不失古，失古志易摧。失古剑亦折，失古琴亦哀。夫子失古泪，当时落灌灌。诗老失

---

① 《韩昌黎诗系年集释》，第527—528页。
② 同上书，第12页。
③ 《韩昌黎文集校注》，第235页。

古心,至今寒皑皑。古骨无浊肉,古衣如薜苔。劝君勉忍古,忍古销尘埃。"孟郊认为失去古道是最为可怕也最为可悲的,他所敬仰的只有那种"道出古人辙"①(《投所知》)的君子。孟郊与韩愈共倡复古之风,将复古的主张淋漓尽致地表现在古体诗歌的创作中。

中唐新乐府运动与古文运动并行不悖,新乐府运动也可以说是唐代诗坛的复古运动。元稹、白居易跟韩愈一样,也是儒家思想的狂热追随者。元稹自幼好古敏学,谙熟儒家经典,十五岁即以明经及第。积极入世建功立业的儒家思想始终处于其思想的主导地位,白居易说他的理想就是"安人活国,致君尧、舜,致身伊、皋"②(《唐故武昌军节度处置等使正议大夫检校户部尚书鄂州刺史兼御史大夫赐紫金鱼袋赠尚书右仆射河南元公墓志铭并序》),即使在遭到罢相的打击后仍抱有"誓致尧舜"(《刘颇墓志铭》)的信念。元稹在《乐府古题序》中说道:"自《风》《雅》至于乐流,莫非讽兴当时之事,以贻后代之人。沿袭古题,唱和重复,于文或有短长,于义咸为赘剩;尚不如寓意古题,刺美见事,犹有诗人引古以讽之义焉。"表达了他的复古主张。

与元稹齐名的白居易亦有相同的复古理念,他在给元稹的信中说:"仆尝痛诗道崩坏,忽忽愤发,或食辍哺,夜辍寝,不量才力,欲扶起之。"③(《与元九书》)白居易所要扶起的正是"诗道",即《诗经》的现实主义传统和风雅比兴的写作手法,故陈寅恪先生认为白居易的新乐府"全体结构,无异古经。质而言之,乃一部唐代《诗经》"④。韩愈志在《春秋》,白居易则奉《诗经》为圭臬,以恢复诗道为己任,带有浓重的复古主义倾向。

---

① 《全唐诗》卷三七四,第4198页。
② 《白居易集笺校》,第3738页。
③ 同上书,第2791页。
④ 陈寅恪:《元白诗笺证稿·新乐府》,生活·读书·新知三联书店2001年版,第124页。

元稹在反思安史之乱时，将致乱之源归结于古道衰微和以夷变夏。与元稹的诗歌创作类似，白居易诗歌创作亦反映出鲜明的复古倾向。如《立部伎》"刺雅乐之替也"①；《司天台》"引古以儆今也"。再如《五弦弹》"恶郑之夺雅也"云："人情重今多贱古，古琴有弦人不抚。更从赵璧艺成来，二十五弦不如五。"《华原磬》云："华原磬，华原磬，古人不听今人听。泗滨石，泗滨石，今人不击古人击。今人古人何不同，用之舍之由乐工。乐工虽在耳如壁，不分清浊即为聋。梨园弟子调律吕，知有新声不如古。古称浮磬出泗滨，立辩致死声感人。"② 在音乐上表现出崇古贱今的观点。

元稹、白居易皆以古文知名，元稹散文诸体俱备，被称为"古文运动之健者"。其制诰革新亦可视作古文运动的一个重要部分。白居易称之曰："制从长庆辞高古。"其自注曰："微之长庆初知制诰，文格高古，始变俗体，继者效之也。"③ （《余思未尽加为六韵重寄微之》）宋初诗文革新运动的先驱王禹偁甚至以元稹所作诏诰有胜于《尚书》，高度赞扬元稹对于古文运动的贡献。白居易的古文正如其诗，平易而流畅，于韩柳之外独树一帜。《旧唐书》的《元白传论》："元之制策，白之奏议，极文章之壶奥，尽治乱之根荄。"④ 肯定了元白对于文体发展的贡献。

元白新乐府和韩孟诗派代表了中唐时期的两大不同诗歌流派，两者迥异其趣，但其复古主义精神是一致的。元白诗歌平易，老妪能解，以长律著称，韩孟诗派亦被称作硬体诗，长于古体。论者往往认为韩孟诗派是为"抵消元白末流的软体诗"⑤ 而兴起的，实际上对韩

---

① 《白居易集笺校》，第 150 页。
② 同上书，第 152 页。
③ 同上书，第 1532 页。
④ 《旧唐书》卷一六六《元稹白居易传》，第 4360 页。
⑤ 范文澜：《中国通史》第四册，人民出版社 1978 年版，第 306 页。

愈诗歌最早给予高度评价的恰恰是元稹和白居易。元稹十分喜好韩诗，其《见人咏韩舍人新律诗因有戏赠》诗云："喜闻韩古调，兼爱近诗篇。"他喜闻的正是韩愈的古调。白居易在给韩愈的唱和诗中说道："近来韩阁老，疏我我心知。户大嫌甜酒，才高笑小诗。"①（《久不见韩侍郎戏题四韵以寄之》）白居易诗中认为韩愈诗才高，故不屑于甜美圆俗诗风。元白诗体的形成晚于韩孟，唐德宗贞元十八年（802）元、白订交时，韩愈已声名远扬。中唐时期三大文学思潮皆倡复古之风，其代表作家往往过从甚密，如韩愈、皇甫湜、樊宗师、李观既是古文家又是韩孟诗派的重要诗人；元稹、白居易既是新乐府运动的领导者，又是重要的古文家。

古文运动旨在复兴儒学，恢复古道；新乐府以六经为旨，学习汉魏乐府诗歌的现实主义精神；韩孟诗派思想上厚古薄今，力追汉魏，以古体诗为主而卑薄当时流行的近体诗。三大文学思潮皆不愿囿于窠臼，以复古为创新，其复古的主张是一致的。

第三节　山东士族与中唐文坛复古思潮

安史之乱是由河北胡人挑起的军事叛乱，叛乱后的安史残部依旧割据河朔，呈尾大不掉之势。战争给唐人带来了深重的灾难，安史之乱以后，胡汉关系发生了变化，初盛唐时期基本融洽的胡汉关系遭到破坏。胡汉民族在感情上出现了不可消弭的差距和隔阂。这一切都迫使中唐以后的汉人无论从思想上，还是在文化上，都更倾向于构筑自

---

① 《白居易集笺校》，第1274页。

己的堡垒。

初盛唐时期，胡风盛行，儒学浸微将绝，奕世高华的山东士族亦屡遭打击。中唐以后，作为汉民族文化传承的仅存硕果，山东士族受到社会重视，并凭借深厚的文化底蕴重新登上政治舞台。

本书第三章第二节曾对"山东五姓"与"关中六姓"的拜相情况做过统计，若以唐德宗建中元年（780）为分界点，从唐高祖武德元年至唐德宗建中元年（618—780）为前期，共162年；从建中元年至唐亡（907）为唐后期，共127年。山东"五姓七家"前期162年所出宰相共30人，后期127年宰相却增加到52人；"关中六姓"所出宰相，前期共37人，后期减少到24人。"关中六姓"前期拜相人数37人，超过"山东五姓"的30人；后期拜相人数24人，已不到"山东五姓"52人的一半。中唐以后"山东五姓"拜相人数不仅大量增加，且位高权重，很多人总揽机要，成为朝廷股肱之臣。

山东高门在中唐以后呈现总体复兴之势，重新掌权的山东士族更加珍惜自身保留的传统文化，开始掀起复古思潮。中唐时期，山东士族全面崛起，体现在文化上的诉求就是复古，即恢复其自东汉以来的古老文化传统即家传之儒素德业，体现在文学上，形成了中唐文坛的复古主义思潮。他们将复古的理念应用到文学创作之中，形成了中唐的古文运动、韩孟古体诗派和新乐府运动。三大文学思潮与山东士族复古宗经的思想是一致的。

古文运动是在安史之乱以后的中唐时期勃兴的。这时期可称古文家者辈出，古文作品无论是数量还是质量都可媲美于先秦两汉时期。唐代古文运动很多重要人物出自山东高门，如：李华出身于赵郡李氏，与萧颖士齐名，人称"萧李"；李翰为李华族人，古文家梁肃师事之；崔祐甫出身于博陵崔氏，提倡复古，崔祐甫代常衮为宰相是中唐山东高门登上政治舞台的标志；崔元翰出身于博陵崔氏，论文主张载道与复古；李观出自陇西李氏，与韩愈为同年，以古文知名于当世；韩愈出自昌黎韩氏，虽非高门，亦属于山东士族；刘禹锡出自彭城刘氏，精于古文，是古文运动的积极响应者；李翱出自陇西李氏，是韩愈古文的主要继承人，后来成为韩愈侄女婿；李德裕出自赵郡李氏，为文多用散体，无意追求华丽辞藻，有汉代晁错之风。

研究古文运动与韩孟诗派首先要着重研究韩愈。韩愈既是古文运动的领袖，又是韩孟诗派的中心人物，对两大文学思潮的影响至关重要。韩愈出自昌黎韩氏，属于山东士族。其成长与成材亦与山东士族密不可分。昌黎韩氏诗礼传家，并加入了"山东五姓"婚姻圈。韩愈幼年由兄嫂抚养，受到其古学熏沐，"洎举进士，投文于公卿间，故相郑余庆颇为之延誉，由是知名于时。寻登进士第"[1]。郑余庆十分赏识韩愈古文，韩愈在《上郑尚书相公启》中说道："愈幸甚，三得为属吏，朝夕不离门下，出入五年。"[2]

德宗朝宰相郑絪亦出自荥阳郑氏，与郑余庆齐名，世谓"南郑相、北郑相"[3]。宪宗元和二年（807），韩愈任国子监博士，郑絪爱其诗文，韩愈抄若干篇以进，遭嫉妒者攻击，韩愈作《释言》辩解。荥阳郑氏远绍先祖郑玄之风，世代笃修儒业，家传古学。如郑肃苦心力学，于元和三年（808）擢进士第，又中书判拔萃科，"（郑）肃能为古文，长于经学，左丘明、《三礼》、仪注疑议，博士以下，必就肃决之"[4]。荥阳郑氏在中唐以后全面复兴，唐代荥阳郑氏有10人拜相，拜相者全在唐德宗以后。荥阳郑氏的复兴借助于科举，但在及第后又主张恢复其古老门风，因而参与了古文运动。

---

[1] 《旧唐书》卷一六〇《韩愈传》，第4195页。
[2] 《韩昌黎文集校注》，第149页。
[3] 《新唐书》卷一六五《郑余庆传》，第5061页。
[4] 《旧唐书》卷一七六《郑肃传》，第4573—4574页。

第十二章　山东士族的复兴与中唐文坛复古主义思潮

唐德宗贞元九年（793），韩愈应吏部试，主考官是出身于博陵崔氏的崔元翰。崔元翰状元及第，好古文。他十分赏识韩愈，将韩愈的名字上报中书，尽管惨遭淘汰，韩愈还是写信表示感谢。① 唐宪宗元和七年（812），韩愈任四门博士，颇为失意，作《进学解》。这篇文章马上得到当时宰相李吉甫和李绛等人的赏识，"执政览其文而怜之，以其有史才，改比部郎中、史馆修撰"。元和八年（813），韩愈擢比部郎中（官衔）、史馆修撰（实职）。②

钱穆先生说："女子教育不同，则家风门规颇难维持。此正当时门第所重，则慎重婚配，亦理所宜。"③ 传统士族往往闺门雍肃，雅有礼度，这是士族门风得以维系的重要保障。山东高门往往重五姓婚姻，重要原因在于士族高门女子讲究礼法，其口传身教对子女有重要影响，使家族门风得以维持。

韩愈嫂子（韩会妻）郑夫人出自荥阳郑氏，韩愈在《祭郑夫人文》中载："我生不辰，三岁而孤；蒙幼未知，鞠我者兄；在死而生，实为嫂恩……视余犹子，诲化谆谆。"④ 韩愈父母去世后，其嫂荥阳郑氏担当起母亲的责任，"愈生三岁而孤，随伯兄（韩）会贬官岭表。会卒，嫂郑鞠之。愈自知读书，日记数千百言，比长，尽能通'六经'、百家学"⑤。韩愈事嫂如母，《新唐书》载："（韩愈）嫂郑丧，为服期以报。"⑥ 荥阳郑氏的启蒙教育对韩愈日后复古主义思想的形成奠定了基础。

---

① 韩愈给崔元翰书信《上考功崔虞部书》，《韩昌黎文集校注》，第660页。
② 《旧唐书》卷一六〇《韩愈传》，第4198页。按：李吉甫、李绛于元和六年（811）为中书侍郎同中书门下平章事，这里所谓"执政"指李吉甫和李绛。
③ 钱穆：《略论魏晋南北朝学术文化与当时门第之关系》，《新亚学报》第5卷第2期，1963年版。
④ 《韩昌黎文集校注》，第334—335页。
⑤ 《新唐书》卷一七六《韩愈传》，第5255页。
⑥ 同上书，第5265页。

与韩愈齐名的柳宗元也与山东高门有密切关系。柳宗元出自河东柳氏,河东虽地处山东,河东柳氏却属于关中士族。柳氏与山东高门世代通婚,柳宗元母亲即出自山东高门的范阳卢氏,柳宗元《先太夫人河东县太君归祔志》载其母行状:

> 先夫人姓卢氏,讳某,世家涿郡……尝逮事伯舅,闻其称太夫人之行以教曰:"汝宜知之,七岁通《毛诗》及刘氏《烈女传》,斟酌而行,不坠其旨。汝宗大家也,既事舅姑,周睦姻族,柳氏之孝仁益闻。岁恶少食,不自足而饱孤幼,是良难也。"又尝侍先君,有闻如舅氏之谓,且曰:"吾所读旧史及诸子书,夫人闻而尽知之无遗者。"某始四岁,居京城西田庐中,先君在吴,家无书,太夫人教古赋十四首,皆讽传之。以诗礼图史及剪制缭结授诸女,及长,皆为名妇。①

柳宗元自幼丧父,由母亲范阳卢氏抚养教育成人。卢氏七岁即通《毛诗》及刘氏《烈女传》,"既事舅姑,周睦姻族"。柳宗元母亲的口传身教对他世界观的形成起到了很大的作用,柳宗元日后的成就与卢氏的教育是分不开的。

山东士族的复古主义精神同样深刻影响了韩孟诗派的古体诗歌的创作。韩孟诗派成员,除韩愈、孟郊之外,还包括崔立之、李观、欧阳詹、皇甫湜、樊宗师、李贺、卢仝、贾岛、刘叉、马异等人。他们很多出自山东士族,如韩愈出自昌黎韩氏、崔立之出自博陵崔氏、李观出自陇西李氏、李贺出自陇西李氏、卢仝出自范阳卢氏、刘叉出自彭城刘氏。

韩孟诗派的复古与山东士族家传的经学传统有关。卢仝与韩愈一

---

① (唐)柳宗元:《柳河东集》卷一三,上海古籍出版社2008年版,第203—204页。

样，精于《春秋》经学，《郡斋读书志》载卢仝著《春秋摘微》4卷。[①] 卢仝解经不用左氏、公羊、谷梁旧说，独抒己见。卢仝诗风追求险怪，多奇言僻字和散文句法，自成一家，严羽称之为"卢仝体"，并云"天地间自欠此体不得"。[②] 刘叉自称彭城子，属于彭城刘氏，闻韩愈善接天下之士，步行归之，为樊宗师所服膺，亦曾从卢仝受《春秋》之学。

山东士族不仅直接参与了韩孟诗派，而且深刻影响了古体诗派的发展，韩孟诗派的不少诗人与山东士族有密切关系并受到山东士族的奖掖。宪宗、文宗两朝宰相王涯出自太原王氏，博学好古，擅长古文，古文家梁肃异其才，荐于陆贽，德宗贞元八年（792）与韩愈同登进士第。王涯好学，家书数万卷，好奖掖复古主义者，与韩愈关系密切。皇甫湜是王涯的外甥，彼此关系密切；卢仝与王涯交厚，也为王涯所重，在甘露之变中卒于王涯家中。

郑余庆出自荥阳郑氏，对古文运动和韩孟古体诗派皆有重要影响。郑余庆好古道，曾延复古主义者韩愈、孟郊、樊宗师入幕，其中，韩愈与樊宗师既是古文家又是韩孟古体诗派的重要诗人。

孟郊作诗力追汉魏，因不守格律而不合于时，其复古思想受到山东高门的青睐。孟郊少隐于嵩山，出自陇西李氏的李翱分司洛中，与孟郊交游，并荐之于出自荥阳郑氏的东都留守郑余庆，被辟为宾佐。郑余庆镇兴元又奏为兴元军参谋，孟郊去世后，郑余庆给钱数万葬送，赡给其妻子多年。孟郊为诗有理致，最为韩愈激赏，韩愈一见以为忘形之契，唱和于文酒之间。

中唐时期与古文运动几乎同时的是新乐府运动，山东士族参与并

[①] （宋）晁公武：《郡斋读书志校证》，孙猛校证，上海古籍出版社1990年版，第108页。
[②] （宋）严羽：《沧浪诗话校释》，郭绍虞校释，中华书局1961年版，第180页。

影响了新乐府运动。新乐府运动源起于李绅,李绅出自赵郡南祖房,"本山东著姓"①,李绅在诗歌理论上,主张继承《诗经》、汉乐府、杜甫的传统,讽喻时事,与白居易、元稹共同倡导了新乐府运动。他的《新题乐府二十首》以歌行体写成,题材广泛,讽喻性强,元稹《乐府古题序》称:"予少时与友人乐天、李公垂辈谓是为当,遂不复拟赋古题。"李绅的《新题乐府二十首》对元、白的新乐府运动产生了深远的影响,不愧为新乐府运动的先锋。李绅不仅在新乐府创作方面影响了元、白,而且在长篇叙事诗方面对元、白也有深刻的影响,有倡导之功。其《莺莺歌》将塑造莺莺的形象和情节的发展结合得非常紧密,《莺莺歌》写成的第二年,元稹才开始写《李娃行》,第三年,白居易才写《长恨歌》。

在古代社会士人子女的成长阶段,父亲基本上是不在场的,他们或游宦,或游学,或游幕,承担子女的抚养和教育责任的主要是母亲而不是父亲。李绅母亲出自范阳卢氏,"(李)绅六岁而孤,母卢氏教以经义。绅形状眇小而精悍,能为歌诗。乡赋之年,讽诵多在人口。元和初,登进士第"②。李绅母亲教子以传统经义,这对李绅形成复古主义思想的影响是显而易见的。

元稹的成长也与山东高门密切相关,其成材与母亲的启蒙教育是分不开的。元稹母亲出自山东高门荥阳郑氏,"(元)稹八岁丧父。其母郑夫人,贤明妇人也,家贫,为稹自授书,教之书学。稹九岁能属文。十五,两经擢第"③。元稹在唐穆宗时擢翰林学士,与出自山东高门的李德裕、李绅号为"三俊",彼此情投意合,结为诗文之友。

白居易与元稹相善,同年登制举,交情隆厚,号称"元白"。元

---

① 《旧唐书》卷一七三《李绅传》,第 4497 页。
② 同上。
③ 《旧唐书》卷一六六《元稹传》,第 4327 页。

稹卒后，白居易与刘禹锡为诗友，号称"刘白"。白居易亦深受山东高门的影响，其《唐河南元府君夫人荥阳郑氏墓志铭》载："天下有甲族五，荥阳郑氏居其一，郑之勋德官爵，有国史在；郑之源流婚媾，有家牒在。"[①] 表达了对山东五姓婚姻和文化的推崇和企羡。

综上所论，作为文化高门的山东士族在中唐复兴后，开始远绍先祖之风，克振家声，倡导复古之风。受其影响，中唐文坛走上了宗经复古之路。中唐文学三大思潮包括古文运动、新乐府运动以及韩孟古体诗派无不以复古为创新，山东士族参与并深刻影响了三大文学复古主义思潮。

---

① 《白居易集笺校》，第2716页。

结　　语

　　山东士族是中古重要的社会阶层，他们具备深厚的文化修养，对中古社会政治、经济、文化有重要影响。唐代山东士族并非通常史家所说的已经衰退，他们在士族制度取消之后适应了新的环境，凭借科举考试在中唐全面复兴。在唐代各个时期，山东士族文学创作都取得了很大的成就，对唐代文学流变产生了重要影响，对唐代文学的繁荣有重大贡献。

　　山东士族姓氏庞杂，数量庞大。本书以山东士族最高门第"五姓七家"为主要研究对象，将彭城刘氏和渤海高氏亦纳入考察范围。山东高门在唐代仍为时人所重，且具备明显不同于其他社会阶层的文化特征。在研究山东士族的同时，本书对唐代江东士族和关陇士族亦有关注。通过分析他们与唐代山东士族的异同，突出山东士族的特点。

　　本书从唐代山东士族的历史沿革着手，分析其宗教思想、家学家风及其婚姻。中唐时期山东士族全面复兴，科举取士是山东士族复兴的重要原因。在唐代整个社会文化背景下分析山东士族与唐代文学的关系。山东士族对初唐诗风的转变、唐代律诗的形成、唐代边塞诗和初盛唐山水田园诗创作的繁荣、大历诗风的形成居功甚伟，对中唐古文运动、新乐府运动、唐代骈文与唐代小说的繁荣有重要影响。

本书以统计归纳的方法研究以下领域：山东士族的家学、家风及其婚姻；山东士族在中唐以后的全面复兴；山东士族与科举；山东士族与唐代文学的关系等领域，取得了较好的效果。本书纠正了前贤时彦的一些观念，对唐代史学和文学的一些相关热点问题重新进行了阐释。

随着山东士族的迁移，其籍贯与郡望往往分离，这在唐玄宗开元、天宝以后尤为明显。唐人好标榜门户，唐代史料对唐人郡望和籍贯的记载往往不作区分，且存在大量"冒籍"的现象。一些士人的出身难以确认，很难辨别他们真正的郡望所在，这给本书的研究造成了不便。在统计唐代宰相、知贡举者和重要文学家的出身时主要依靠赵超所编《新唐书宰相世系表集校》和两《唐书》本传，其郡望基本可靠。在统计状元以及科举及第者时主要依靠孟二冬先生补正的《登科记考》所存名单，以崔氏、卢氏、郑氏为主要研究对象。统计数据虽存在一些偏差，但足以说明相关问题。

本书有两个特点：一是跨越时段长，虽是论述唐代山东士族，却不得不追溯至东汉以来的六朝时期；二是涉及学科多，除了文学以外，本书还涉及历史、思想、宗教、文化等学科。以笔者学力，尚不能贯通各学科，不能不说是本书的一个遗憾。这些遗留问题，将在今后的学习中补足。

参考文献

古籍

（汉）司马迁：《史记》，中华书局1959年版。

（汉）班固：《汉书》，颜师古注，中华书局1975年版。

（晋）陈寿：《三国志》，中华书局1982年版。

（北魏）杨衒之：《洛阳伽蓝记》，杨勇校笺，中华书局2006年版。

（南朝宋）范晔：《后汉书》，中华书局1965年版。

（南朝齐）颜之推：《颜氏家训集解》，王利器集解，中华书局1993年版。

（南朝梁）沈约：《宋书》，中华书局1974年版。

（南朝梁）萧子显：《南齐书》，中华书局1972年版。

（北齐）魏收：《魏书》，中华书局1974年版。

（唐）封演：《封氏闻见记校注》，赵贞信校注，中华书局2005年版。

（唐）魏徵等：《隋书》，中华书局1973年版。

（唐）吴兢：《贞观政要集校》，谢保成集校，中华书局2003年版。

（唐）长孙无忌等：《唐律疏议》，中华书局1983年版。

（唐）李林甫等：《唐六典》，中华书局1983年版。

（唐）杜佑：《通典》，中华书局 1988 年版。

（唐）张鹭：《朝野佥载》，赵守俨点校，中华书局 1979 年版。

（唐）刘肃：《大唐新语》，许德楠、李鼎霞点校，中华书局 1984 年版。

（唐）林宝：《元和姓纂（附四校记）》，岑仲勉校记，中华书局 1994 年版。

（唐）李吉甫：《元和郡县图志》，中华书局 1987 年版。

（唐）刘知几：《史通通释》，（清）浦起龙释，上海古籍出版社 1978 年版。

（唐）刘𫗧：《隋唐嘉话》，程毅中点校，中华书局 1979 年版。

（唐）李白：《李太白全集》，王琦注，中华书局 1977 年版。

（唐）王维：《王右丞集笺注》，赵殿成笺注，上海古籍出版社 1998 年版。

（唐）杜甫：《杜诗详注》，仇兆鳌注，中华书局 1979 年版。

（唐）韩愈：《韩昌黎文集校注》，马其昶校注，上海古籍出版社 1986 年版。

（唐）韩愈：《韩昌黎诗系年集注》，钱仲联集注，上海古籍出版社 1984 年版。

（唐）白居易：《白居易集笺校》，朱金城笺注，上海古籍出版社 1988 年版。

（唐）房玄龄等：《晋书》，中华书局 1974 年版。

（唐）李延寿：《北史》，中华书局 1974 年版。

（唐）李延寿：《南史》，中华书局 1974 年版。

（唐）李百药：《北齐书》，中华书局 1972 年版。

（唐）令狐德棻：《周书》，中华书局 1975 年版。

（唐）魏徵等：《隋书》，中华书局 1973 年版。

（唐）姚思廉：《梁书》，中华书局 1973 年版。

（唐）姚思廉：《陈书》，中华书局 1972 年版。

（唐）释道宣编《广弘明集》，上海古籍出版社 1991 年版。

（后晋）刘昫等：《旧唐书》，中华书局 1975 年版。

（后晋）孙光宪：《北梦琐言》，贾二强点校，中华书局 2002 年版。

（宋）陈善：《扪虱新话》，上海书店出版社 1990 年版。

（宋）费衮：《梁溪漫志》，文渊阁《四库全书》影印本。

（宋）李昉等编：《太平广记》，中华书局 1961 年版。

（宋）欧阳修：《六一诗话》，《历代诗话》，中华书局 1981 年版。

（宋）司马光：《资治通鉴》，中华书局 1956 年版。

（宋）司马光：《温公续诗话》，《历代诗话》，中华书局 1981 年版。

（宋）薛居正：《旧五代史》，中华书局 1976 年版。

（宋）欧阳修、宋祁：《新唐书》，中华书局 1975 年版。

（宋）欧阳修：《新五代史》，中华书局 1974 年版。

（宋）王谠：《唐语林校证》，周勋初校证，中华书局 1987 年版。

（宋）王溥：《唐会要》，上海古籍出版社 1991 年版。

（宋）郑樵：《通志二十略》，王树民点校，中华书局 1995 年版。

（宋）计有功：《唐诗纪事》，中华书局 1965 年版。

（宋）晁公武：《郡斋读书志校证》，孙猛校证，上海古籍出版社 1990 年版。

（宋）钱易：《南部新书》，黄寿成点校，中华书局 2002 年版。

（宋）陈振孙：《直斋书录解题》，徐小蛮、顾美华点校，上海古籍出版社 1987 年版。

（宋）赵明诚：《金石录校证》，金文明校证，上海书画出版社 1985 年版。

（宋）王应麟：《诗地理考》，《丛书集成初编》本。

（宋）赞宁：《宋高僧传》，中华书局 1987 年版。

（宋）叶梦得：《石林燕语》，中华书局 1984 年版。

（宋）邵博：《邵氏闻见后录》，中华书局 1983 年版。

（宋）严羽：《沧浪诗话校释》，郭绍虞校释，中华书局 1961 年版。

（明）胡应麟：《诗薮》，上海古籍出版社 1979 年版。

（明）胡震亨：《唐音癸签》，文渊阁《四库全书》影印本。

（明）何良俊：《四友斋丛说》，中华书局 1959 年版。

（清）陈沆：《诗比兴笺》，中华书局 1959 年版。

（清）徐松：《登科记考补正》，孟二冬补正，北京燕山出版社 2003 年版。

（清）王夫之：《读通鉴论》，中华书局 1976 年版。

（清）顾炎武：《日知录集释》，（清）黄汝成集释，上海古籍出版社 1984 年版。

（清）钱大昕：《十驾斋养新录》，上海书店出版社 1983 年版。

（清）王鸣盛：《十七史商榷》，上海书店出版社 2005 年版。

（清）赵翼：《廿二史札记校证》，王树民校证，中华书局 1984 年版。

（清）沈德潜编：《唐诗别裁集》，岳麓书社 1998 年版。

（清）彭定求等：《全唐诗》，中华书局 1960 年版。

（清）董诰：《全唐文》，中华书局 1983 年影印本。

（清）皮锡瑞：《经学历史》，中华书局 2004 年版。

今人著作：

C

曹道衡：《兰陵萧氏与南朝文学》，中华书局 2004 年版。

曹道衡：《南朝文学与北朝文学研究》，江苏古籍出版社 1999 年版。

曹道衡、沈玉成：《南北朝文学史》，人民文学出版社 1991 年版。

岑仲勉：《国史大纲》（修订本），商务印书馆 1996 年版。

岑仲勉：《隋唐史》，河北教育出版社 2000 年版。

岑仲勉：《唐史余渖》，中华书局 2004 年版。

陈寅恪：《唐代政治史述论稿》，上海古籍出版社 1997 年版。

陈寅恪：《寒柳堂集》，上海三联书店 2001 年版。

陈寅恪：《陈寅恪文集》，上海古籍出版社 1980 年版。

陈寅恪：《金明馆丛稿初编》，上海三联书店 2001 年版。

陈寅恪：《金明馆丛稿二编》，上海三联书店 2001 年版。

陈爽：《世家大族与北朝政治》，中国社会科学出版社 1998 年版。

陈尚君：《唐代文学丛考》，中国社会科学出版社 1997 年版。

陈正祥：《中国文化地理》，上海三联书店 1980 年版。

程千帆：《唐代进士行卷与文学》，上海古籍出版社 1980 年版。

程毅中：《唐代小说史》，人民文学出版社 2003 年版。

崔际银：《诗与唐人小说》，天津古籍出版社 2004 年版。

［英］崔瑞德主编：《剑桥中国隋唐史》，中国社科院西方汉学课题组译，中国社会科学出版社 1990 年版。

D

戴伟华：《地域文化与唐代诗歌》，中华书局 2006 年版。

戴伟华：《唐方镇文职僚佐考》，天津古籍出版社 1994 年版。

邓文宽：《唐前期三次官修谱牒浅析》，《唐史学会论文集》，陕西人民出版社 1986 年版。

丁福保：《历代诗话续编》，中华书局 1983 年版。

丁福保辑：《清诗话》，上海古籍出版社 1983 年版。

F

傅璇琮主编《唐才子传校笺》，中华书局 1987 年版。

傅璇琮主编《唐人选唐诗新编》，陕西人民教育出版社 1996 年版。

傅璇琮：《唐代诗人丛考》，中华书局 1980 年版。

傅璇琮：《唐代科举与文学》，陕西人民出版社 2003 年版。

傅璇琮：《李德裕年谱》，河北教育出版社 2001 年版。

G

［日］谷川道雄：《中国中世社会与共同体》，马彪译，中华书局 2002 年版。

［日］谷川道雄：《隋唐帝国形成史论》，李济沧译，上海古籍出版社 2004 年版。

郭绍虞辑：《清诗话续编》，上海古籍出版社 1983 年版。

郭预衡：《中国散文史》，上海古籍出版社 1999 年版。

H

韩云波：《唐代小说观念与小说兴起研究》，四川民族出版社 2002 年版。

何文焕：《历代诗话》，中华书局 1981 年版。

胡阿祥：《魏晋本土文学地理研究》，南京大学出版社 2001 年版。

胡如雷：《隋唐五代社会经济史论稿》，中国社会科学出版社 1996 年版。

胡可先：《政治兴变与唐诗演化》，中国社会科学出版社 2003 年版。

胡宝国：《汉唐间史学的发展》，商务印书馆 2005 年版。

洪修平：《中国禅学思想史纲》，南京大学出版社 1994 年版。

J

蒋寅：《大历诗风》，凤凰出版社 2009 年版。

蒋寅：《大历诗人研究》，北京大学出版社 2007 年版。

蒋福亚：《魏晋南北朝社会经济史》，天津古籍出版社 2005 年版。

L

李光霁：《简论唐代山东旧士族》，《唐史学会论文集》，陕西人民出版社 1986 年版。

李德辉：《唐代交通与文学》，湖南人民出版社 2003 年版。

李泰：《括地志辑校》，中华书局 1987 年版。

李浩：《唐代关中士族与文学》，中国社会科学出版社 2003 年版。

李浩：《唐代三大地域文学士族研究》，中华书局 2002 年版。

李金河：《魏晋隋唐婚姻形态研究》，齐鲁书社 2005 年版。

刘大杰：《中国文学发展史》，上海古籍出版社 1997 年版。

鲁迅：《中国小说史略》，上海古籍出版社 1998 年版。

逯钦立编：《先秦汉魏晋南北朝诗》，中华书局 1983 年版。

卢云：《汉晋文化地理》，陕西人民教育出版社 1991 年版。

吕思勉：《隋唐五代史》，上海古籍出版社 1984 年版。

吕思勉：《中国制度史》，上海世纪出版集团 2002 年版。

吕澂：《中国佛教源流略讲》，中华书局 1979 年版。

M

毛蕾：《唐代翰林学士》，社会科学文献出版社 2000 年版。

毛汉光：《中国中古社会史论》，上海书店出版社 2002 年版。

毛汉光：《中国中古政治史论》，上海书店出版社 2002 年版。

N

牛致功：《唐代碑石与文化研究》，三秦出版社2002年版。

P

皮锡瑞：《经学历史》，中华书局1960年版。

Q

钱穆：《略论魏晋南北朝学术文化与当时门第之关系》，《新亚学报》第5卷第3期，1963年版。

钱穆：《中国文化史导论》（修订本），商务印书馆1994年版。

钱穆：《中国历代政治得失》，生活·读书·新知三联书店2001年版。

卿希泰：《中国道教史》，四川人民出版社1996年版。

R

任继愈：《中国佛教史》（第一卷），中国社会科学出版社1981年版。

任继愈：《中国佛教史》（第二卷），中国社会科学出版社1985年版。

任继愈：《中国佛教史》，中国社会科学出版社1988年版。

S

尚定：《走向盛唐》，中国社会科学出版社1994年版。

史念海：《河山集》，生活·读书·新知三联书店1963年版。

史念海：《河山集》（第2集），生活·读书·新知三联书店1981年版。

史念海：《河山集》（第3集），人民出版社1988年版。

史念海：《河山集》（第4集），陕西师范大学出版社1991年版。

史念海：《河山集》（第5集），山西人民出版社1992年版。

孙以楷主编：《道家与中国哲学》（魏晋南北朝卷），人民出版社2004年版。

孙以楷主编：《道家与中国哲学》（隋唐五代卷），人民出版社2004年版。

孙琴安：《唐诗与政治》，上海人民出版社2003年版。

T

谭其骧主编：《中国历史地图集》，中国地图出版社1982年版。

《唐五代笔记小说大观》，上海古籍出版社2000年版。

陶礼天：《北"风"与南"骚"》，华文出版社1997年版。

汤用彤：《汤用彤学术论文集》，中华书局1983年版。

汤用彤：《汉魏两晋南北朝佛教史》，上海书店出版社1991年版。

田余庆：《东晋门阀政治》，北京大学出版社2005年版。

田廷柱：《隋唐士族》，三秦出版社1990年版。

田廷柱：《关于唐代门阀士族势力消长问题的考察》，《唐史学会论文集》，陕西人民出版社1986年版。

W

万绳楠整理：《陈寅恪魏晋南北朝史演讲录》，黄山书社1987年版。

王仲荦：《隋唐五代史》，上海人民出版社1979年版。

王仲荦：《魏晋南北朝史》，人民出版社1979年版。

王永平：《拥抱文明——十六国北朝改革的启示》，南京大学出版社2000年版。

王永平：《六朝江东世族之家风家学研究》，江苏古籍出版社

2003 年版。

王汝涛：《唐代小说与唐代政治》，岳麓书社 2005 年版。

王勋成：《唐代铨选与文学》，中华书局 2001 年版。

王力平：《中古杜氏家族的变迁》，商务印书馆 2006 年版。

王伊同：《五朝门第》，香港中文大学出版社 1978 年版。

汪小洋、孔庆茂：《科举文体研究》，天津古籍出版社 2005 年版。

汪玢玲：《中国婚姻史》，上海人民出版社 2001 年版。

翁俊雄：《唐代鼎盛时期政区与人口》，首都师范大学出版社 1995 年版。

翁俊雄：《唐后期政区与人口》，首都师范大学出版社 1999 年版。

翁俊雄：《唐代区域经济研究》，首都师范大学出版社 2001 年版。

吴廷燮：《唐方镇年表》，中华书局 1980 年版。

吴庚舜、董乃斌：《唐代文学史》，人民文学出版社 1995 年版。

吴宗国：《唐代士族及其衰落》，《唐史学会论文集》，陕西人民出版社 1986 年版。

X

夏炎：《中古世家大族清河崔氏研究》，天津古籍出版社 2004 年版。

向达：《唐代长安与西域文明》，河北教育出版社 2001 年版。

萧源锦：《状元史话》，重庆出版社 2004 年版。

谢保成：《隋唐五代史学》，商务印书馆 2007 年版。

Y

严可均编：《全上古三代秦汉三国六朝文》，中华书局 1958 年版。

杨兆贵：《论班孟坚"山东出相"说》，《中华文史论丛》第 57

辑，上海古籍出版社1998年版。

于迎春：《秦汉士史》，北京大学出版社2000年版。

余恕诚：《唐诗风貌》，安徽大学出版社2000年版。

郁贤皓：《唐刺史考全编》，安徽大学出版社2000年版。

郁贤皓、胡可先：《唐九卿考》，中国社会科学出版社2003年版。

袁行霈：《中国文学概论》，三联书店（香港）有限公司1990年版。

Z

曾大兴：《中国历代文学家之地理分布》，湖北教育出版社1995年版。

查屏球：《唐学与唐诗学》，商务印书馆2000年版。

查屏球：《天宝河洛儒士群与复古之风》，《中华文史论丛》2001年第1辑，上海古籍出版社2001年版。

詹福瑞、李金善：《士族的挽歌》，河北大学出版社2002年版。

赵超：《新唐书宰相世系表集校》，中华书局1998年版。

周建江：《北朝文学史》，中国社会科学出版社1997年版。

周勋初主编：《唐诗大辞典》，凤凰出版社2003年版。

周绍良、赵超：《唐代墓志汇编》，上海古籍出版社1992年版。

周绍良、赵超：《唐代墓志汇编续编》，上海古籍出版社2001年版。

周祖譔主编：《中国文学家大辞典(唐五代卷)》，中华书局1992年版。